Compte numéroté

Christopher Reich

Compte numéroté

ROMAN

Traduit de l'anglais
par Bernard Cohen

Albin Michel

Titre original :

NUMBERED ACCOUNT

Publié par Delacorte Press, New York

© Christopher Reich, 1998

Traduction française :

© Éditions Albin Michel S. A., 1998
22, rue Huyghens, 75014 Paris

ISBN 2-226-10609-X

Pour Sue,
hier, aujourd'hui, demain.

Prologue

Les lumières. Un enchantement de lumières. Avant de descendre les escaliers de la banque, Martin Becker s'arrêta pour contempler la mer de perles scintillantes. Sur toute sa longueur, la Bahnhofstrasse s'ornait de guirlandes de Noël, une pluie de petites ampoules tombant du ciel telle une chaude averse électrique. En consultant sa montre, il fit le constat, fort désagréable, qu'il lui restait seulement vingt minutes avant le départ du dernier train de la journée pour la montagne. Or, il avait encore une course à faire. Il allait devoir se dépêcher.

Tenant fermement sa serviette en main, il se coula dans la foule affairée du soir. Il allait d'un pas vif, inhabituellement énergique, même pour les hommes d'affaires toujours pressés qui, comme lui, avaient choisi Zurich pour patrie. À deux reprises, cependant, il interrompit sa marche pour lancer un regard derrière lui. Bien que certain de ne pas être suivi, il éprouvait une appréhension née d'un sentiment de culpabilité plutôt que d'une menace possible. Ses yeux inspectèrent les passants, guettant la moindre agitation qui aurait pu justifier son inquiétude : un garde de la banque lui criant de faire halte, une silhouette se rapprochant de lui à vive allure en fendant la foule, n'importe quel signe sortant de l'ordinaire... Il ne vit rien de tel.

Il avait réussi, désormais il était libre. Pourtant son exaltation était en train de retomber, l'impression de victoire qu'il avait éprouvée sur le moment cédait la place à la peur de l'avenir.

Il atteignit l'entrée de Cartier au moment où la directrice du magasin s'apprêtait à fermer. Avec un haussement de sourcils sans animosité, la femme, d'une grande beauté, lui ouvrit les portes argentées et le fit passer à l'intérieur. Encore un de ces banquiers aux abois cherchant à s'acheter la tendresse de son épouse avec un cadeau... Becker se hâta vers le présentoir. Sans jamais poser sa serviette, il avait signé son reçu et accepté l'écrin élégamment emballé en quelques instants. Cette broche en diamants était une extravagance, certes, une preuve de son amour passionné, mais elle serait aussi le resplendissant souvenir du jour où il avait décidé de vivre selon ce que lui commandait son âme.

Après de brefs remerciements, Becker glissa l'écrin dans sa poche et quitta la boutique. Dehors, une neige fine s'était mise à tomber. Il prit la direction de la gare à une allure plus sereine, traversant la Bahnhofstrasse et passant devant Chanel et Bally, deux des innombrables temples que cette cité vouait au luxe. La rue grouillait de gens qui, comme lui, se livraient à des achats de dernière minute, tous habillés avec recherche, tous se hâtant vers la maison avec des cadeaux. Il tenta d'imaginer les traits de sa femme lorsqu'elle ouvrirait son présent, ses lèvres crispées par la curiosité, son regard incrédule en découvrant la broche. Elle bredouillerait sans doute quelque protestation à propos de la dépense, de l'argent qu'il fallait économiser pour l'éducation des enfants. En riant, il la prendrait dans ses bras, lui dirait de ne pas tant s'inquiéter. Alors seulement elle se résoudrait à essayer le bijou. Tôt ou tard, cependant, elle exigerait une explication. « Marty, pourquoi avoir dépensé autant ? » Il serait bien forcé de lui donner une réponse, à ce stade. Mais comment pourrait-il lui avouer l'énormité de sa trahison ?

Il tournait et retournait cette question dans son esprit lorsqu'une main venue de nulle part lui donna une violente poussée dans le dos. Il trébucha en avant. Ses jambes se dérobaient sous lui, il allait s'affaler sur la chaussée quand le bras qu'il avait tendu devant lui trouva *in extremis* un lampadaire auquel il se raccrocha. À ce moment même, un autobus passa en trombe à quelques centimètres de lui, dont le souffle lui ébouriffa les cheveux et l'aveugla à moitié.

Respirant à pleins poumons l'air glacé, il reprit ses esprits avant de se retourner pour découvrir le malotru qui avait osé le bousculer ainsi. Il s'attendait à trouver un passant contrit, tout prêt à lui venir en aide pour tenter de racheter sa brutalité, ou au contraire un fou dangereux qui se préparait à le précipiter d'une autre bourrade sous les roues du prochain autobus. Dans un cas comme dans l'autre, il s'était trompé : la femme élégante qui arrivait en sens inverse sur le trottoir se contenta de lui adresser un sourire de commisération, tandis qu'un homme d'un certain âge, vêtu d'un manteau et d'un chapeau en loden, hochait la tête d'un air navré et passait son chemin.

Becker se remit d'aplomb, lissa son manteau d'une main – la bosse que faisait le cadeau destiné à sa femme était toujours là –, baissa les yeux au sol, fixa ses chaussures de ville à semelles de cuir. Sa respiration se fit plus régulière. Évidemment ! La neige, le trottoir glacé... Il avait glissé, tout simplement. Personne n'avait voulu le jeter sous ce tram. Mais dans ce cas, pourquoi sentait-il encore, au bas du dos, la pression agressive d'une paume inconnue ?

Éperdu, il dévisagea tous les passants autour de lui, sans la moindre idée de ce qu'il devait rechercher, sinon qu'une voix surgie du plus profond de lui, quelque instinct primaire, était en train de l'avertir qu'il avait été suivi. Après une minute, il reprit sa marche. Il n'avait rien remarqué d'anormal, et pourtant son anxiété ne lui donnait pas de répit.

Tout en cheminant, il se répéta que personne n'avait été en mesure de découvrir le forfait qu'il venait de commettre. Du moins, pas pour l'instant. N'avait-il pas pris toutes les précautions nécessaires ? Il s'était servi du code d'accès de son chef, attendant même que cet insupportable petit dictateur ait quitté les lieux pour utiliser son ordinateur. Aucune trace de procédure non autorisée n'avait pu demeurer dans le système. D'autant qu'il avait choisi le jour le plus propice de l'année, en l'occurrence la veille de Noël : ses collègues qui n'étaient pas déjà partis au ski en famille avaient quitté la banque à quatre heures, lui accordant toute latitude jusqu'à la fermeture. Non, personne n'avait pu le surprendre en train d'imprimer les fichiers dans le bureau de son supérieur. Impossible.

Serrant sa serviette sous son bras, il allongea le pas. À une quarantaine de mètres devant lui, le tram était en train de ralentir. Il s'approcha de la foule qui se pressait à l'arrêt. Comme attiré par la promesse d'anonymat qu'elle lui offrait, il accéléra encore, se mit à courir, sans comprendre la vague de désespoir qui le poussait ainsi en avant et à laquelle il s'abandonnait pourtant. Il franchit les derniers mètres à toutes jambes, parvenant sur place au moment où le lourd convoi s'arrêtait dans un grondement de freins.

Les portes s'ouvrirent dans un soupir, des marchepieds

hydrauliques surgirent de la caisse du véhicule. Quelques passagers descendirent alors que Becker se frayait une voie dans la foule, soudain rasséréné par tous ces corps agglutinés autour de lui. Il se rapprochait à chaque pas du tram, respirant désormais plus posément, les battements de son cœur revenus à la normale. À l'abri au sein de la cohue, il se laissa aller à un bref gloussement, à un soulagement amusé : il avait paniqué en vain ; il allait attraper le dernier train pour la montagne, à dix heures il serait à Davos et toute la semaine à venir il resterait dans la chaleur de son foyer.

Un par un, les usagers montaient en se bousculant dans le tram. Becker vit venir son tour, il avait déjà un pied sur la marche métallique et se penchait en avant pour agripper la rambarde lorsqu'une main vint s'abattre brutalement sur son épaule et le bloqua dans son élan. Il résista, renforça sa prise sur la barre de fer afin de se hisser malgré tout dans le véhicule. Mais une autre main l'attrapa par les cheveux et tira sa tête en arrière. Un objet rond et froid passa sur son cou. Quand il ouvrit la bouche pour protester, aucun son n'en sortit. L'air lui manquait pour crier. Un jet de sang jailli de sa gorge vint éclabousser les passagers autour de lui. Une femme hurla de peur, puis une autre. Il retomba en chancelant sur le trottoir, une main sur sa glotte entaillée, l'autre encore fermement refermée sur la poignée de sa serviette. Ses jambes se dérobèrent sous lui. Il tomba à genoux. Tout se déroulait au ralenti. Il sentit des doigts sur les siens, décidés à lui faire lâcher prise et à s'emparer du porte-documents. Il voulut crier encore, qu'on le laisse... Il eut la vision d'un éclair argenté, la sensation d'une déchirure dans son ventre, d'une pointe venant buter contre une de ses côtes puis ressortant. Ses mains n'avaient plus de force. La serviette tomba à terre. Il s'effondra à côté.

Affalé sur le bitume glacé, Martin Becker n'arrivait plus à respirer, percevant le monde autour de lui comme dans un brouillard. Il ne sentait que la chaleur du sang coulant contre sa joue. Le porte-documents n'était qu'à quelques centimètres, et pourtant son bras refusait absolument de se tendre vers lui.

C'est alors qu'il l'aperçut. L'homme au loden, le passant qui s'était trouvé juste derrière lui quand il était tombé la première fois. Mais non, c'était le salaud qui l'avait poussé ! Son meurtrier se pencha sur la forme prostrée, attrapa la serviette. Durant à peine une seconde, leurs regards se croisèrent. L'inconnu eut un sourire, puis se redressa et partit en courant. Becker n'était pas en mesure de voir dans quelle direction il s'enfuyait.

« Arrêtez ! » hurla-t-il sans émettre le moindre son. Mais c'était trop tard, il le savait. Sa tête roula sur le trottoir, il fixait le ciel au-dessus de lui. Toutes ces lumières, si belles... Un enchantement de lumières.

1

Jamais on n'avait vu un hiver aussi froid. Pour la première fois depuis 1962, le lac de Zurich menaçait de se transformer en bloc de glace, ses rives déjà festonnées d'une épaisse couche bleuâtre tandis qu'une croûte transparente emprisonnait ses eaux plus profondes. Les majestueux bateaux à roues qui desservaient régulièrement la ville et ses environs les plus huppés avaient trouvé refuge à Kilchberg, et à l'entrée de chaque débarcadère les fanaux d'alerte brillaient, décourageant toute navigation.

Bien que la dernière neige fût tombée deux jours seulement plus tôt, les rues de la cité étaient impeccables, les trottoirs soigneusement débarrassés des tas de boue gelée qui dans n'importe quelle autre agglomération s'y seraient accumulés. Même le sable et le sel projetés afin de hâter le dégel des artères avaient disparu.

En n'importe quelle autre année, les records de froid dépassés de jour en jour et l'importance des chutes de neige auraient donné lieu à d'intenses commentaires, la plupart des éditorialistes se seraient lancés dans de longues considérations sur les pertes et les profits que cet hiver rigoureux signifiait pour le pays. Perdants, ses agriculteurs et ses éleveurs, puisque des milliers de têtes de bétail avaient péri à cause de la vague de froid. Grands gagnants – et il était plus que temps, après plusieurs saisons où les pistes n'avaient pas reçu leur tapis neigeux –, les hôteliers et commerçants de ses nombreuses stations alpines. Bénéficiaires aussi, les précieuses réserves d'eau potable puisque les experts prédisaient un renflouement des nappes phréatiques après une décennie de déficit. Les titres les plus conservateurs de la presse en auraient aussi certainement profité pour certifier que le soi-disant « effet de serre » était désormais une chimère morte et enterrée.

Mais tel ne fut pas le cas. Au matin du premier lundi de ce janvier-là, on ne trouvait aucune allusion à ces exceptionnels frimas en première page de la *Neue Zürcher Zeitung*, ni du *Tages Anzeiger*, ni même du toujours frivole *Zürcher Tagblatt*. Car le pays faisait alors face à une épreuve bien plus rare encore qu'un pareil hiver : une crise de conscience.

Les signes de ce trouble collectif n'étaient pas difficiles à relever. À peine descendu du tram numéro 13 sur la Paradeplatz, Nicholas Neumann en découvrit le plus évident : à une cinquantaine de mètres à l'est, sur la Bahnhofstrasse, un groupe d'hommes et de femmes était massé devant un austère bâtiment de quatre étages, le siège de l'Union suisse bancaire. C'était là qu'il allait. Même à cette distance, Nick – il préférait qu'on l'appelle par ce surnom – put déchiffrer les écriteaux dont la plupart d'entre eux étaient munis : « La Suisse blanchit l'argent sale, il faut blanchir la Suisse ! », « Argent de la drogue, argent de la mort », « Honte aux banquiers de Hitler ! » D'autres, les mains dans les poches, encadraient la manifestation en allant et venant d'un pas décidé.

L'année qui venait de s'achever avait vu une cascade de révélations sur le compte des banques du pays, toutes plus gênantes les unes que les autres. Complicité dans le trafic d'armes au profit du Troisième Reich, détournement de fonds appartenant aux survivants des camps nazis, « blanchiment » de fortunes frauduleuses que les cartels sud-américains de la drogue leur avaient confiées... La presse locale n'avait pas hésité à traiter les banquiers de « cyniques instruments de la fraude financière » ou de « complices volontaires des sinistres opérations menées par les narcotrafiquants ». Le public avait pris note. Et maintenant, l'heure de payer avait sonné pour les responsables.

« Les pires tempêtes finissent toujours par se calmer », philosopha Nick en lui-même tout en se rapprochant du siège de la banque. Il ne se sentait nullement concerné par le sentiment de culpabilité qui avait gagné le pays. Et il n'était pas du tout certain que les banquiers d'ici soient les seuls à devoir porter le chapeau. C'était d'ailleurs la seule réflexion que cela lui inspirait, tant son esprit était occupé ce matin-là par d'autres soucis. Par une question d'ordre personnel, qui hantait les recoins les plus secrets de son cœur depuis toujours.

15

Nick se fraya aisément un chemin à travers la foule. Avec ses larges épaules et son mètre quatre-vingts passé, il allait d'un pas ferme et intimidant malgré une très légère claudication. Tous les anciens des parades militaires auraient vite remarqué que sa main suivait exactement le mouvement de sa jambe, qu'il redressait sa stature un tout petit peu plus que nécessaire, et en auraient déduit qu'il était un des leurs.

Sous ses cheveux noirs et raides, coupés court, il y avait un visage grave, un nez proéminent qui révélait son ascendance européenne, un menton plus volontaire qu'obstiné, mais c'était surtout ses yeux qui retenaient l'attention, par leur bleu très pâle, le réseau de fines rides qui les entouraient et qui surprenaient chez un individu de son âge, par le défi voilé qui s'y lisait aussi. Un jour, sa fiancée lui avait dit qu'on aurait cru les yeux d'un autre homme, plus vieux, plus endurci qu'un garçon de vingt-huit ans n'aurait dû l'être, les yeux de quelqu'un qu'elle ne reconnaissait pas. Le lendemain de cet aveu, elle l'avait quitté.

Il franchit rapidement la courte distance qui le séparait de la banque. Une pluie glacée, fouettée par une forte bise venue du lac, s'était mise à tomber. Des flocons de neige s'accrochaient à son manteau, les gouttes glaciales lui lacéraient les joues, mais il ne paraissait pas y prendre garde : passant à travers le groupe de manifestants, il gardait le regard fixé sur les lourdes portes à tambour qui l'attendaient en haut du large perron en granit.

L'Union suisse bancaire.

Quarante ans plus tôt, son père avait entamé sa vie professionnelle ici. Stagiaire à seize ans, gestionnaire de portefeuilles à vingt-cinq, vice-président à trente-trois : Alexander Neumann avait connu une ascension foudroyante, que rien ne semblait pouvoir arrêter. Après la vice-présidence, il était entré au conseil d'administration. Plus haut, toujours plus haut.

Nick consulta sa montre avant de gravir les marches et d'entrer dans le hall de la banque. Tout près, le clocher d'une église venait de sonner neuf heures. Sentant son estomac se serrer, il reconnut le frisson d'appréhension qui précède une mission risquée, sourit en lui-même à cette sensation familière et traversa l'étendue de marbre jusqu'à un pupitre où le mot « Réception » se détachait en lettres dorées.

– J'ai rendez-vous avec M. Cerruti, annonça-t-il au portier. Je commence mon travail aujourd'hui.

– Justificatifs ?

Par-dessus le pupitre, Nick tendit une enveloppe ornée de l'emblème de la banque à l'employé, bien plus âgé que lui et très solennel dans sa veste marine aux épaulettes d'argent. Celui-ci en retira sa lettre d'engagement, qu'il parcourut des yeux.

– Papiers d'identité ?

Nick lui présenta deux passeports, le premier bleu marine décoré d'un aigle doré, le second d'un rouge vif, avec une croix blanche bien voyante sur la couverture. Le portier les examina tous deux, les lui rendit.

– Bien, je vais vous annoncer. Veuillez vous asseoir par là-bas, s'il vous plaît.

Il lui désignait d'un geste une rangée de gros fauteuils en cuir, mais le jeune homme préféra rester debout et faire les cent pas dans le hall, observant les clients habillés avec recherche qui attendaient leurs interlocuteurs habituels, les cadres de la banque se hâtant sur le sol poli. Baigné par le discret murmure des conversations d'affaires et des systèmes informatiques au travail, il laissa son esprit revenir à son vol depuis New York, deux nuits plus tôt, puis remonter encore plus loin dans le temps, à Cambridge, à Quantico, à la Californie. Sans même le savoir, il s'était préparé des années durant à cet instant.

Derrière le pupitre, un téléphone sonna. Hochant solennellement la tête, le portier grommela quelques réponses dans l'appareil. Peu après, il guidait Nick vers de vénérables ascenseurs, avançant à grands pas réguliers, comme s'il était en train de mesurer la distance qui le séparait de son poste, puis il ouvrit théâtralement la porte en verre fumé pour le visiteur.

– Deuxième étage, l'informa-t-il, toujours sur le même ton coupant. Vous êtes attendu.

Après l'avoir remercié, Nick entra dans la cabine en palissandre, moquettée de marron glacé et garnie d'une main courante en cuivre. Aussitôt, il perçut un mélange d'odeurs elles aussi familières : l'âcre réminiscence de fumée de cigare, le parfum insistant du cirage de bonne qualité et, plus notable encore, la note à la fois douce et aseptisée de la *Kölnischwasser*, l'eau de Cologne favorite de son père. Ces relents masculins conjurèrent soudain en lui l'image paternelle, ou plutôt des fragments d'image : une chevelure noir de jais, à la coupe presque militaire ; des yeux bleus magnétiques, surmontés de sourcils broussailleux ; une bouche énergique toujours crispée en un rictus désapprobateur...

Devant la porte de l'ascenseur, le portier s'impatientait.

— Deuxième étage, monsieur ! Vous montez au deuxième étage, répéta-t-il, cette fois en anglais. On vous attend. S'il vous plaît, monsieur.

Nick n'entendait pas. Le dos tourné, le regard rivé à la cloison de la cabine, il était plongé dans ses pensées, tentant de reconstituer un portrait complet à partir de ces bribes. Il se rappelait la forte émotion qu'il éprouvait toujours en présence de son père, un mélange d'admiration, de crainte et de fierté. Mais c'était tout. Ses souvenirs demeuraient épars, privés d'une cohérence fondamentale qu'il ne pouvait leur donner.

— Vous vous sentez bien, jeune homme ? s'inquiéta le portier.

Il pivota sur ses talons pour lui faire face, s'efforçant de chasser de son esprit ces troublantes images.

— Très bien, oui, très bien.

L'autre avait déjà un pied dans la cabine.

— Vous êtes sûr que vous êtes en état de commencer votre travail aujourd'hui ?

Le menton levé, Nick brava son regard inquisiteur.

— Oui, affirma-t-il gravement. J'y suis prêt depuis longtemps, très longtemps.

Avec un sourire d'excuse, il laissa la porte de l'ascenseur se refermer et appuya sur le bouton du deuxième.

— Marco Cerruti est souffrant, lui annonça tout de go le cadre élancé, aux cheveux couleur sable, qui l'attendait sur le palier. Il est chez lui, avec un virus, un microbe, allez savoir quoi ! C'est sans doute à cause de l'eau douteuse qu'ils ont par là-bas... Au Moyen-Orient, je veux dire. Le « Croissant fertile » : c'est notre théâtre d'opérations, à nous. Mais croyez-moi, ce n'est pas nous, les banquiers, qui avons affublé ce coin d'un nom pareil !

En sortant de la cabine, Nick se présenta avec un sourire de convenance.

— Bien sûr que vous êtes Neumann ! Qui d'autre aurais-je pu attendre ? (L'homme tendit le bras et lui serra vigoureusement la main.) Peter Sprecher. Ne vous laissez pas abuser par mon accent en anglais : je suis plus suisse que Guillaume Tell ! Mais il se trouve que j'ai fait toutes mes études en Angleterre. Je connais encore les paroles du « God Save the Queen », figurez-vous !

Rajustant de coûteux boutons de manchettes, il poursuivit avec un clin d'œil :

18

— Ce vieux Cerruti rentrait juste de sa virée de Noël. Moi, j'appelle ça sa croisade annuelle : Le Caire, Riyad, Dubaï, et puis des destinations inconnues, à tous les coups une plage où il peut soigner son bronzage pendant que nous on s'étiole au siège social. Cette fois-ci, pourtant, ça ne s'est pas aussi bien passé. D'après ce que j'ai entendu, il est HS pour au moins une semaine. Le mauvais côté de l'affaire, c'est que vous débarquez juste maintenant...

Nick avait suivi ce déluge verbal en faisant de son mieux pour enregistrer toutes les informations.

— Et le bon côté ?

Peter Sprecher, qui avait déjà disparu dans un étroit couloir, lui lança par-dessus son épaule :

— Ah oui, le bon côté... Eh bien, c'est que nous avons un travail dingue devant nous. Comme nos effectifs sont un peu limite, en ce moment, vous n'allez pas rester assis à bâiller devant un monceau de rapports annuels. On va vous envoyer au charbon, rapidos.

— Au charbon ?

Sprecher fit halte devant une porte fermée, sur la gauche.

— Les clients, mon ami, les clients. Il leur faut une bonne tête devant eux. Vous, vous avez l'air du gars honnête. Vous avez encore toutes vos dents, hein ? Ça devrait suffire à les impressionner.

— Comment ? Aujourd'hui même ? s'étonna Nick.

— Mais non, mais non, le rassura Sprecher avec un grand sourire. En général, la banque aime bien accorder une petite période de formation. Vous pouvez vous dire que vous avez un bon mois pour apprendre les ficelles.

Tournant la poignée, il entra dans une petite salle de réunion, lança l'enveloppe en kraft qu'il tenait en main sur la table de conférence et s'affala sur une des chaises en cuir.

— Asseyez-vous, je vous en prie. Faites comme chez vous.

Nick l'imita et s'installa devant son nouveau chef. Le premier instant de panique dissipé, il ressentait désormais le vague malaise qu'il éprouvait toujours au début d'une mission, avec cette fois une sensation absolument inédite, cependant : celle, très insistante, de ne pas arriver à croire qu'il se trouvait là où il était.

« Ça y est, tu es embarqué », se morigéna-t-il avec une fermeté qui, il le savait, lui venait de son père. « Ferme ta bouche et ouvre tes oreilles. Il faut que tu deviennes un des leurs. »

Peter Sprecher avait sorti de l'enveloppe une liasse de feuilles.

— Votre vie en quatre paragraphes, interligne simple. Alors, je vois que vous êtes de Los Angeles ?

19

– J'y ai grandi, mais ça fait un moment que je n'y ai pas remis les pieds.

– Sodome et Gomorrhe réunis, hein ? Moi aussi, j'adore cet endroit. (Il tira une Marlboro de son paquet puis le tendit à Nick, qui déclina l'offre.) Oui, je ne vous voyais pas trop en horrible fumeur. Vous avez l'air assez en forme pour terminer un de leurs fichus marathons. Vous voulez un conseil, mon garçon ? Déten-dez-vous. Vous êtes en Suisse. « Lentement mais sûrement », telle est notre devise. Ne l'oubliez pas.

– J'en prends note.

– Menteur ! s'exclama Sprecher dans un éclat de rire. Je vois bien que quand vous avez une idée en tête, vous ne l'avez pas ail-leurs ! Rigide comme ça sur votre chaise... Enfin, c'est le problème de Cerruti, pas le mien. (Tout en fumant, il continua à parcourir les références du nouveau venu.) Ah, ancien marine, donc ? Et officier, en plus. Ceci explique cela.

– Quatre ans, oui, reconnut Nick.

Il faisait de son mieux pour paraître plus décontracté, abaisser une épaule, se laisser un peu aller sur son siège. Pour lui, cela n'était guère facile.

– Vous faisiez quoi ?

– Infanterie. J'avais une section de reconnaissance. La moitié du temps, on s'entraînait, l'autre moitié on dérivait dans le Paci-fique en attendant une crise qui permettrait de mettre en pratique notre entraînement. L'occasion ne s'est jamais présentée...

C'était du moins ce qu'il s'était engagé à répondre.

– Je vois aussi que vous avez travaillé à New York. Mais seule-ment quatre mois. Que s'est-il passé ?

Nick se limita à une réponse aussi brève que possible. Lorsqu'on ment, il le savait, il vaut mieux rester à couvert de la vérité.

– Ce n'était pas ce à quoi je m'étais attendu. Je ne me suis pas senti à l'aise là-bas, ni au travail, ni dans la vie new-yorkaise.

– Et donc vous avez décidé d'aller chercher fortune de par le vaste monde ?

– J'avais passé toute ma vie aux États-Unis. Un jour, j'ai compris qu'il était temps d'essayer quelque chose de différent. Une fois la décision prise, je suis parti aussi vite que j'ai pu.

– Ah, j'aurais tant aimé avoir le cran de faire pareil ! Mais, hélas pour moi, c'est trop tard. (Il exhala un nuage de fumée vers le pla-fond.) Ici, vous connaissiez déjà ?

— Vous voulez dire la banque ?

— Non, la Suisse ! Vous devez avoir quelqu'un de chez nous dans votre famille, non ? Autrement, ce n'est pas facile d'obtenir le passeport.

— Cela fait un bon bout de temps, se contenta de répondre Nick, délibérément évasif.

Dix-sept ans, exactement. Il en avait onze, alors, et son père l'avait conduit dans ce même immeuble. Une visite de courtoisie, le fameux Alex Neumann venant serrer la main de ses anciens collègues, échanger quelques mots avant de présenter son fils Nicholas comme s'il s'agissait d'un trophée exotique rapporté d'une terre lointaine.

— J'ai la nationalité helvétique du côté paternel. À la maison, nous parlions suisse allemand.

— Vraiment ? Comme c'est drôle... (Sprecher écrasa sa cigarette avant de rapprocher sa chaise de la table, faisant ainsi face à Nick.) Bon, assez bavardé. Monsieur Neumann, je vous souhaite la bienvenue à l'Union suisse bancaire. Vous avez été nommé à la *Finanz Kundenberatung, Abteilung 4*. Direction financière, section 4. Notre petite famille s'occupe de personnes privées du Moyen-Orient et de l'Europe du Sud, c'est-à-dire d'Italie, de Grèce et de Turquie. Actuellement, nous gérons environ sept cents comptes, avec un actif total de plus de deux milliards. Je parle en dollars US, parce que bon, finalement, c'est encore la seule monnaie à laquelle on puisse se fier. La plupart de ces personnes, donc, ont chez nous des comptes numérotés. Dans leurs dossiers, vous tomberez peut-être sur leur nom quelque part, écrit au crayon. Au crayon, j'insiste : effaçable, vous comprenez ? Officiellement, ces clients doivent demeurer anonymes. Ici, nous ne gardons aucun document conservant une trace durable de leur identité. Ces informations-là sont stockées à la DZ, la *Dokumentation Zentrale* que nous appelons, entre nous, le Stalag 17. (Il leva un doigt effilé en signe d'avertissement.) L'identité de plusieurs de nos principaux clients n'est connue que des très gros bonnets de cette banque. Il faut que cela reste ainsi. Si jamais vous éprouviez l'envie d'en savoir plus sur eux, mieux vaut y renoncer à l'instant même. Compris ?

— Compris, acquiesça Nick.

En d'autres termes : les domestiques ne doivent pas frayer avec les invités.

— Très bien. Voici le principe des opérations : un client appelle, il vous donne son numéro de compte, il demandera sans doute la situation de son compte ou l'état de son portefeuille d'actions. Avant de lui communiquer la moindre information, il faudra qu'il ou elle justifie de son identité. Tous nos clients reçoivent un mot de passe à cet effet. Réclamez-le, vous pouvez même leur demander leur date de naissance pour faire bonne mesure. De la sorte, vous les rassurerez sur le sérieux de cet établissement. Mais toute curiosité de votre part s'arrête là. Si un quidam exige un prélèvement hebdomadaire de cinquante mille deutsche Mark en faveur d'un compte à Palerme, votre réponse est : « *Prego, signore, con gusto.* » S'il continue en demandant des virements de liquidités mensuels au bénéfice d'une douzaine de zigs dans douze banques différentes à Washington, vous dites seulement : « *Of course, sir. It's my pleasure.* » D'où vient l'argent de nos clients, où ils décident de l'envoyer, cela relève strictement, uniquement, de leur choix.

Ravalant les commentaires sarcastiques qui lui brûlaient les lèvres, Nick se borna à enregistrer les consignes transmises par son supérieur. Ce dernier s'était levé pour aller se placer devant la fenêtre, qui donnait sur la Bahnhofstrasse.

– Vous entendez les tambours de guerre ? l'interrogea-t-il en faisant un signe de tête en direction des manifestants toujours plantés devant la banque. Non ? Venez un peu par ici, jetez un coup d'œil.

Aux côtés de Sprecher, Nick observa la vingtaine de protestataires en bas sur le trottoir.

– Les barbares sont à nos portes, persifla Sprecher. La révolte gronde chez les indigènes.

– On a déjà demandé aux banques de renoncer à des secrets encore mieux gardés, de par le passé. Quand on a posé des questions sur les actifs de leurs clients victimes de la Seconde Guerre mondiale. Les banquiers ont su se tirer d'affaire, alors.

– Oui, en utilisant les réserves d'or du pays afin de mettre sur pied un fonds pour les survivants. Ce qui nous a coûté la bagatelle de sept milliards de francs suisses ! Et déjà là nous avons fait des pieds et des mains pour les empêcher d'obtenir un accès direct à nos archives. Le passé, ici, c'est *verboten*. Soyez sûr d'une chose : les banques suisses sont construites dans le granit le plus solide, pas en calcaire. Même de l'air n'y passerait pas ! (Après un coup d'œil à sa montre, il désigna la manifestation d'un geste catégorique.) Aujourd'hui plus que jamais, nous devons savoir tenir notre langue et agir comme à l'habitude. Du granit, Neumann ! Mais bon, assez de sermons, je pense... Vous allez maintenant vous rendre chez le Dr Schon, direction du personnel. On va vous y établir votre badge, vous remettre le manuel d'instructions, bref, vous initier à tous ces petits trucs qui font de notre vénérable établissement un lieu où le travail est un vrai plaisir. Les règles, monsieur Neumann, les sacro-saintes règles...

Nick se pencha, attentif aux indications que Sprecher lui donnait afin de localiser le bureau du directeur du personnel. « Les règles », se répétait-il en lui-même. D'un coup, il se revoyait à son premier jour à l'académie militaire de Quantico. Ici, les voix étaient moins rudes, le casernement nettement moins inconfortable, mais le principe était le même : à chaque organisation ses règles, et mieux valait filer droit.

– Ah, un dernier point, renchérit Sprecher. Le Dr Schon peut parfois se montrer... peu commode. Les Américains ne sont pas précisément en odeur de sainteté, ici. C'est le moins que l'on puisse dire.

De sa fenêtre au quatrième étage, Wolfgang Kaiser contemplait les crânes mouillés par la pluie des manifestants agglutinés devant sa banque. Il travaillait pour l'Union suisse bancaire depuis quarante ans, dont les dix-sept derniers à sa tête. Durant tout ce temps, il ne se souvenait que d'un seul autre trouble similaire devant le seuil de la banque, lorsque quelques militants avaient voulu dénoncer les investissements de l'USB en Afrique du Sud. Pour sa part, il n'approuvait pas plus l'apartheid que n'importe qui, mais les affaires étaient les affaires, et les considérations politiques ne pouvaient influer sur les décisions. Il se trouvait simplement que les Afrikaners étaient de sacrés bons clients, point final. Payant leurs intérêts rubis sur l'ongle, avec des comptes toujours bien approvisionnés. Dieu sait combien de leurs lingots d'or avaient transité par ici...

Frisant les pointes de sa moustache entre deux doigts, Kaiser s'éloigna de la baie vitrée. Bien que de taille moyenne, c'était un homme qui, littéralement, en imposait. Sanglé comme à l'accoutumée dans un costume de worsted marine sorti de chez le meilleur tailleur, il avait tout l'air d'un châtelain, même si sa large carrure, son dos de laboureur et ses jambes épaisses n'indiquaient guère une noble extraction. Il conservait d'ailleurs un implacable rappel de ses modestes origines : son bras gauche, estropié à la naissance par le forceps trop enthousiaste d'une sage-femme avinée, pendait à son flanc, atrophié, inutile, à jamais plus court de deux centimètres que le droit, malgré les exercices physiques auxquels il s'était soumis dans sa jeunesse.

Il contourna son bureau, les yeux fixés sur le téléphone. Il attendait un appel, un bref message qui allait redonner vie au passé, une preuve que les rangs se serraient autour de lui. Il ne parvenait pas à oublier les mots qu'il venait de lire sur l'une des pancartes de fortune brandies devant le perron : « Assassins d'enfants ! » Il ne discernait pas avec certitude à quoi se référait cette accusation, mais elle avait de quoi le mettre mal à l'aise. Ces fichus journalistes ! Ah, les vautours ne se tenaient plus d'avoir découvert une proie si facile : les infâmes banquiers, toujours prêts à rendre service aux méchants de toute la planète. Balivernes ! Si ce n'était pas nous, n'importe qui s'empresserait d'en faire autant. En Autriche, au Luxembourg, dans quelque paradis fiscal au nom exotique... La compétition était rude, sur ce terrain aussi.

La sonnerie retentit enfin. En trois pas vifs, il se rua sur le combiné.

— Oui, Kaiser.

— *Guten Morgen, Herr Direktor*. Ici Brunner.

— Eh bien ?

— Le garçon est arrivé, annonça le portier de la banque à l'autre bout du fil. Il s'est présenté à neuf heures précises.

— Et comment est-il ?

Au cours de toutes ces années, Kaiser avait eu entre ses mains plusieurs photographies de lui, plus récemment encore il avait visionné la cassette vidéo de l'entretien auquel il avait été convoqué avant son embauche, et cependant il ne put s'empêcher de demander :

— Est-ce qu'il ressemble à son père ?

— Un peu plus fort, peut-être. Pour le reste, son portrait craché. Je l'ai fait monter chez M. Sprecher.

— Oui, je sais. Merci, Hugo.

Il raccrocha, s'assit à son bureau. Toutes ses pensées convergeaient vers le jeune homme qui se trouvait maintenant deux étages au-dessous de lui. Bientôt, une ébauche de sourire s'esquissa sur ses lèvres. « Bienvenue en Suisse, Nicholas Alexander Neumann, murmura-t-il. Comme cela fait longtemps que nous ne nous étions vus. Bien, bien longtemps... »

2

Le bureau du directeur du personnel (département financier) se trouvait au bout du rez-de-chaussée. Nick frappa deux fois à la porte ouverte avant d'entrer. Une femme était penchée sur une table en désordre, en train d'assembler un puzzle de feuillets immaculés. Son corps mince était couvert d'un chemisier ivoire et d'une jupe bleu marine qui lui arrivait quelques regrettables centimètres au-dessous du genou. Elle se cambra pour faire face au nouveau venu en rejetant une mèche de cheveux qui lui barrait le visage.

— Oui, c'est à quel sujet ?

— Je dois voir le Dr Schon, expliqua Nick. J'ai pris mes fonctions ce matin même et on...

— Votre nom, je vous prie ? Aujourd'hui, nous avons six nouveaux. Premier lundi du mois...

La sécheresse de son ton lui donnait envie de carrer les épaules, de saluer du plat de la main et de hurler ses nom, rang et matricule. Elle en aurait perdu son aplomb, il en était sûr. Mais il se contenta de décliner son identité et, la remarque ironique de Sprecher toujours en tête, de veiller à ce que son maintien ne semble pas trop gourmé. D'un coup, elle manifesta un intérêt évident.

— Humm, voilà notre Américain, alors. Entrez, entrez.

Le cou tendu, elle jeta un regard peu discret sur lui. On aurait dit qu'elle voulait vérifier si la banque en avait eu pour son argent. Apparemment satisfaite, elle lui demanda d'une voix amène s'il avait fait bon voyage.

— Pas mauvais, répondit Nick en lui rendant une œillade

appréciatrice. Après quelques heures, on finit par se sentir à l'étroit, mais ça a été un vol sans histoire.

Elle avait une tête de moins que lui, des yeux bruns qui pétillaient d'intelligence, une épaisse chevelure blonde qui tombait en oblique sur son front, un menton joliment retroussé et un nez volontaire qui lui donnaient un air assuré. Après lui avoir demandé de patienter un instant, elle disparut par la porte qui communiquait avec le bureau principal.

Nick retira les mains de ses poches et les passa machinalement sur son pantalon. Il avait déjà connu une femme de ce genre : sûre d'elle, volontaire, littéralement obsédée par sa carrière, et persuadée qu'un constant effort sur soi-même permettait d'annuler les quelques imperfections qu'aurait pu tolérer la nature. Plus que connu, même : il avait été à deux doigts de l'épouser.

– Je vous attends, monsieur Neumann.

Il reconnut aussitôt cette voix ferme. Installée derrière une vaste table de travail, la femme aux yeux bruns le regarda entrer. Peu commode, l'avait prévenu Sprecher, et qui n'appréciait guère les Américains. Elle avait ramassé sa crinière blonde sur sa nuque, trouvé une veste assortie à sa jupe. Une paire de lunettes en écaille était posée sur son nez.

– Oh, je suis désolé, commença Nick en toute sincérité. Je n'aurais pas pensé que...

Son excuse fit long feu, mais déjà elle s'était levée et lui tendait une main par-dessus son bureau.

– Sylvia Schon. Ravie de faire votre connaissance. Ce n'est pas tous les jours que notre président me recommande une nouvelle recrue.

– Mon père et lui étaient amis. Ils ont travaillé ensemble... (Nick secoua la tête comme s'il minimisait la chose.) C'était il y a très longtemps.

– Alors je comprends. Mais notre banque n'oublie jamais les siens. Question loyauté, nous sommes très forts, ici. (Elle lui fit signe de s'asseoir, attendant qu'il ait obtempéré pour reprendre son siège.) J'espère que vous ne m'en voudrez pas de vous poser quelques questions. Je mets un point d'honneur à bien connaître tous ceux qui travaillent dans notre département. Habituellement, nous tenons à mener plusieurs entretiens avant de confirmer un engagement.

– Je vous suis reconnaissant du traitement de faveur qui a pu m'être réservé. Mais oui, j'ai eu en effet un entretien préalable avec le Dr Ott à New York.

— Une simple formalité, je présume.

— Nous avons abordé un grand nombre de sujets, en réalité. Mais là, vous me demandez s'il m'a fait des cadeaux ? Dans ce cas, la réponse est non.

Un sourcil levé, Sylvia Schon inclina la tête de côté en une mimique qui semblait vouloir dire : « Allons, allons, monsieur Neumann, nous savons vous et moi que ce baratin ne tient pas la route. » Et elle avait raison, évidemment. Sa rencontre avec le vice-président n'avait été rien de plus qu'une conversation à bâtons rompus. Nick avait eu l'impression que ce petit gros onctueux, très doué pour la flatterie, avait reçu pour instructions de lui dépeindre la vie à Zurich sous le meilleur jour possible, et l'intégration à l'Union suisse bancaire comme une partie de plaisir.

— Quatorze mois, annonça-t-elle abruptement. De toutes nos recrues américaines, c'est la plus longue période que l'une d'elles ait pu tenir. Vous autres, vous venez prendre de petites vacances en Europe, un peu de ski, un peu de tourisme, mais au bout d'un an vous refaites vos valises. En route pour des cieux plus cléments.

— Si vous n'êtes pas convaincue, pourquoi ne pas reprendre l'entretien de sélection vous-même ? demanda-t-il d'un ton dégagé qui contrastait avec l'agressivité de sa remarque. Je suis persuadé que vous, vous n'auriez aucun mal à écarter les brebis galeuses.

Elle plissa les yeux, comme si elle n'arrivait pas à décider si elle avait devant elle un petit malin ou un être doué d'une exceptionnelle perspicacité.

— Bonne question, en effet. N'hésitez pas à la poser au Dr Ott la prochaine fois que vous le verrez. La sélection des candidats étrangers, c'est son rayon. Mais maintenant, parlons un peu de vous, si vous le voulez bien. Notre fugitif de Wall Street. J'ai du mal à imaginer qu'une compagnie telle que Morgan Stanley puisse perdre l'un de ses éléments les plus prometteurs au bout de quatre mois seulement.

— Je me suis dit que je n'allais pas faire carrière à New York. Je n'avais jamais eu l'occasion de travailler dans un pays étranger, et j'ai compris que si je voulais bouger, le plus tôt serait le mieux.

— Alors, vous avez démissionné d'un coup, comme ça ? s'étonna-t-elle en claquant des doigts.

Nick commençait à éprouver de l'irritation face à une interlocutrice aussi belliqueuse.

– J'ai d'abord eu un entretien avec Herr Kaiser. Il m'avait contacté dès que j'ai eu mon diplôme, en juin, il m'avait laissé entendre qu'il aimerait me voir rejoindre la banque.

– Et vous n'avez envisagé aucune autre destination ? Londres, Hong Kong, Tokyo, que sais-je ? Après tout, puisque Morgan Stanley voulait de vous, je suis certaine que bien des portes devaient s'ouvrir devant vous ! Qu'est-ce qui vous a fait choisir Zurich ?

– Je voulais me spécialiser dans la banque privée, donc Zurich était l'endroit idéal. Sur ce plan, la réputation de l'USB est inégalée.

– Alors, c'est notre réputation qui vous a conduit à nous ?

– Oui, exactement, confirma Nick avec un sourire.

« Sornettes, contredisait pourtant une voix venue du plus profond de son esprit. Tu serais venu ici même si cet immeuble était enseveli sous la merde. »

– N'oubliez pas que les choses évoluent lentement, ici. Ne vous attendez pas à une promotion fulgurante dans un proche avenir. Nous ne sommes pas une méritocratie comme chez vous, en Amérique...

– Quatorze mois minimum, je m'en souviens, oui. D'ici là, je n'aurai fait que prendre mes marques. Commencer à m'orienter par moi-même.

Son air souriant visait à lui indiquer qu'il n'avait pas été froissé par sa prédiction qu'il ne ferait pas long feu à son poste, et qu'elle devrait finir par s'habituer à lui. Mais il y avait aussi de la détermination dans sa voix. « Je vais rester, c'est clair, disait-il derrière ses formules polies. Quatorze mois, ou quatorze ans. Tout le temps qu'il me faudra pour découvrir pourquoi mon père a été assassiné dans l'immeuble d'un grand ami à lui. »

Sylvia Schon rapprocha sa chaise de son bureau, se plongea dans l'étude des documents posés devant elle, laissa le silence s'installer dans la pièce. La tension des premiers instants de leur rencontre était en train de se dissiper. Finalement, elle releva les yeux, lui sourit.

– Vous avez déjà vu M. Sprecher, n'est-ce pas ? Tout est au point ? (Nick approuva.) Il vous a expliqué, j'en suis sûre, que son département est un peu dégarni, en ce moment ?

– Il m'a appris que M. Cerruti était souffrant. Qu'il serait de retour la semaine prochaine.

– Nous l'espérons, en effet. Il ne vous a rien dit d'autre ?

28

Nick examina attentivement la jeune femme. Elle ne souriait plus. Où voulait-elle en venir, en fait ?

– Non. Simplement que Cerruti avait été victime d'un virus pendant un voyage d'affaires.

Retirant ses lunettes, elle se massa rapidement l'arête du nez.

– Je suis désolée de devoir aborder pareil sujet dès votre premier jour ici, mais je crois qu'il est préférable que vous soyez au courant tout de suite. Je ne pense pas que vous ayez été informé au sujet de M. Becker. Il travaillait à la FKB 4, lui aussi. Il a été tué. La veille de Noël. Poignardé en pleine rue, non loin d'ici. Nous sommes encore sous le choc. C'est une chose terrible, terrible.

– Quoi, l'homme assassiné sur la Bahnhofstrasse, c'était lui ?

Sans se rappeler le nom cité dans l'article, Nick se souvenait maintenant du fait divers qu'il avait lu dans un journal helvétique, lors de son vol New York-Zurich. Par sa violence et son audace, le crime avait fait la une de la presse suisse. Apparemment, la victime transportait des bijoux de grande valeur. La police n'avait pas encore de piste, mais l'article affirmait que le motif du meurtre était le vol. D'une manière ou d'une autre, l'USB s'était arrangée pour ne pas être citée.

– Oui. C'est effroyable. Comme je vous l'ai dit, le coup a été affreux, pour nous.

– Je suis désolé, murmura Nick.

– Non, non, c'est moi qui dois m'excuser. Communiquer une nouvelle aussi tragique à quelqu'un qui vient de prendre son poste... (Elle se leva, contourna son bureau, signifiant que l'entretien était terminé. Elle se força à sourire :

– Eh bien, j'espère que les mauvaises habitudes de M. Sprecher ne déteindront pas trop sur vous. Vous ne serez avec lui que quelques jours, de toute façon. Entre-temps, certaines formalités restent à remplir. Nous avons besoin de plusieurs photos de vous, ainsi que de vos empreintes digitales, bien entendu. Vous pourrez les faire à ce même étage, le troisième bureau à droite. Ah, que je n'oublie pas de vous donner le règlement intérieur de la banque !

Elle le frôla pour aller à un classeur mural, ouvrit un tiroir et lui tendit un livret relié de bleu.

– Est-ce que je dois attendre ici que mon badge soit terminé ? interrogea Nick en soupesant le document.

Plus petit qu'un annuaire téléphonique courant, il était aussi deux fois plus épais. « Les règles, les sacro-saintes règles » : Nick crut entendre encore une fois l'avertissement de Sprecher.

— Non, je ne pense pas que cela soit nécessaire, intervint une voix masculine pleine d'assurance.

Nick se retourna pour découvrir le visage rayonnant de Wolfgang Kaiser en personne. Il fit un pas en arrière, sans pouvoir décider si ce mouvement lui avait été inspiré par la surprise ou par le respect. Depuis toujours, Kaiser avait été l'éminence grise de sa famille, les observant sans être vu de l'autre côté de la terre. Après tout ce temps, Nick ne savait plus comment le saluer. Fallait-il le voir comme celui qui était venu aux obsèques de son père et avait ramené sa dépouille en Suisse ? Comme le bienfaiteur lointain qui surgissait aux moments les plus imprévisibles, envoyant des lettres de félicitations à l'occasion de ses succès scolaires puis universitaires, et sans doute des chèques à sa mère lorsque la veuve avait connu des moments particulièrement difficiles sur le plan financier ? Ou comme le banquier de renommée mondiale, dont le nom était cité dans tous les médias, véritable figure de proue de l'establishment bancaire helvétique ?

Kaiser mit fin au dilemme de Nick en un instant. Il passa son bras droit autour du jeune homme et le serra chaleureusement contre sa poitrine, s'extasiant sur sa ressemblance avec son père, puis il le libéra, non sans lui déposer un baiser énergique sur la joue.

— À l'enterrement de votre père, vous m'avez dit qu'un jour vous reviendriez prendre sa place. Vous vous en souvenez ?

— Non, je ne crois pas, avoua Nick, très gêné.

Surprenant le regard de Sylvia Schon posé sur lui, il eut soudain l'impression qu'elle ne le considérait plus comme un stagiaire, mais comme un rival.

— Bien sûr ! s'exclama Kaiser. Vous aviez quel âge, alors ? Dix, onze ans... Encore un gamin. Mais moi, je m'en suis souvenu. Je ne l'ai jamais oublié. Et maintenant, vous êtes là.

Nick serra la main que lui tendait le président. C'était un étau.

— Je vous remercie d'avoir trouvé une place pour moi. J'avoue que cela s'est passé si vite...

— Allons, allons ! Quand je fais une offre, moi, elle reste ouverte. Je suis heureux que nous ayons pu vous arracher à nos confrères d'outre-Atlantique ! (Il lui lâcha la main.) Alors, l'examen de passage avec le Dr Schon s'est bien passé ? Nous avons vu dans votre dossier de candidature que vous parliez notre dialecte. Ça justifierait le petit coup de pouce que j'ai donné à votre embauche. *Sprechen sie gerne Schweizer-Deutsch ?*

— *Natürlich,* répondit Nick. *Leider han-i fascht kai Möglichkeit dazu, weisch ?*

Les mots accrochaient à sa langue, il en avait conscience. Il n'y avait plus trace de l'aisance linguistique avec laquelle il avait répété des douzaines de fois cette scène, dans le silence de son esprit. Il vit un nuage passer sur les traits enjoués de Kaiser, puis remarqua le bref sourire apparu aux commissures des lèvres de Sylvia Schon. Qu'est-ce qu'il avait bien pu dire, bon sang ?

— Quelques semaines encore et vous aurez tout retrouvé, le rassura Kaiser en revenant à l'anglais. Ah, Ott m'a dit que vous aviez mené un travail sur notre banque. Il en a été très impressionné.

— Ma thèse de doctorat, expliqua Nick, soulagé de revenir sur un terrain moins glissant. Une étude sur le rôle grandissant des banques helvétiques dans l'offre internationale de capital propre.

— Vraiment ? Eh bien, rappelez-vous que nous sommes avant tout une banque suisse. Voilà maintenant plus de cent vingt-cinq ans que nous servons les intérêts de notre peuple et de notre pays. Notre siège social s'élevait déjà à cette place bien avant qu'il n'existe une Allemagne unifiée. Nous existions au temps où le canal de Suez n'avait pas encore été percé, ni même un seul tunnel à travers les Alpes. Depuis, le monde s'est formidablement transformé mais nous, nous sommes toujours là. La continuité, Neumann ! Voilà notre maître mot.

— Après un signe d'assentiment de Nick, il poursuivit :

— Nous vous avons nommé à la FKB 4. C'est l'une de nos principales directions. Vous allez être chargé de gérer de très, très grosses sommes d'argent. J'espère que Cerruti sera bientôt de retour avec nous. Il a travaillé sous les ordres de votre père, il a été enthousiasmé en apprenant que vous alliez intégrer la banque. D'ici là, suivez les consignes de Sprecher.

Il lui serra à nouveau la main, et Nick eut l'intuition qu'il ne le reverrait plus avant un long moment.

— C'est à vous de jouer, maintenant, conclut Kaiser. Votre carrière est entre vos mains. Travaillez, travaillez dur, et la réussite sera là. Et puis, n'oubliez jamais ce que nous disons toujours ici : « La banque d'abord, nous après. »

Sur ces mots, il salua Sylvia Schon et quitta la pièce.

Pivotant sur ses talons, Nick fit face à la jeune femme.

— Juste une question. Tout à l'heure, j'ai dit quelque chose qu'il ne fallait pas au président ?

Elle l'observa tranquillement, les bras croisés.

– Oh, ce n'est pas ce que vous avez dit, c'est la manière dont vous l'avez dit. Vous vous êtes adressé au P-DG de la quatrième banque helvétique comme s'il s'agissait d'un copain de bar. Il a été un peu surpris, c'est tout. Je ne pense pas qu'il l'ait mal pris. Mais à votre place je suivrais son conseil et j'améliorerais mes connaissances linguistiques. Ce n'est pas exactement l'impeccable bilinguisme auquel nous nous attendions...

Conscient de la réprimande voilée, Nick maudit son impair et se promit qu'il n'y en aurait pas d'autre.

– Vous arrivez ici avec beaucoup plus que de vagues recommandations, poursuivit Sylvia Schon. Je connais pas mal de gens qui attendent de voir si vous serez à la hauteur. Quant à moi, j'espère simplement que vous resterez avec nous un moment.

– Merci, c'est gentil.

– Ne vous méprenez pas, monsieur Neumann. Mon intention est que le département financier soit le service où la rotation du personnel est la plus faible. C'est tout. Vous pouvez appeler cela ma bonne résolution du nouvel an.

Nick soutint son regard.

– Je ne vous décevrai pas. Je vais m'accrocher.

Après avoir posé pour la photographie – le cliché d'identification policière classique, de face et de profil – et avoir prêté son doigt à la prise d'empreintes, Nick retrouva son chemin jusqu'aux ascenseurs. En attendant l'arrivée de la cabine, il jeta un regard circulaire autour de lui. En face du couloir qu'il venait d'emprunter, une double porte vitrée était barrée de grandes lettres capitales : LOGISTIK UND ADMINISTRATION. Il trouva étrange de ne pas les avoir remarquées auparavant, tellement elles lui paraissaient familières, sans qu'il sache vraiment pourquoi. Oubliant l'ascenseur, il s'approcha d'elles, effleura la surface dépolie. Oui, il avait déjà vu ces portes. Il les avait passées avec son père lors de cette dernière visite, tant d'années plus tôt... Bureau 103, se rappela-t-il soudain. Ils étaient allés au bureau 103 saluer un vieil ami de son père.

Il se revit enfant, vêtu d'un pantalon de flanelle et d'un blazer bleu marine, les cheveux coupés aussi court que ceux de son père, parcourir des corridors qui lui paraissaient interminables. Un vrai petit soldat, déjà à cette époque... Un souvenir très précis de cette journée ne l'avait jamais quitté : à un moment, il s'était collé contre une grande baie vitrée, contemplant l'agitation de la rue en contrebas, et il avait presque eu l'impression de voler au-dessus de la terre. « Ici, c'est ma maison », lui avait dit son père, ce qui lui avait paru incompréhensible : dans son esprit d'enfant, « la maison », n'était-ce pas Los Angeles ?

Il consulta sa montre. Il n'avait aucun impératif précis, Sprecher n'était visiblement pas du genre pointilleux. Pourquoi ne pas jeter un coup d'œil à ce fameux bureau 103 ? La personne qui l'avait occupé jadis n'était peut-être plus là, mais c'était son seul point de référence ici. Sa décision prise, il poussa le double battant et s'engagea dans le couloir. Tous les cinq pas, il laissait une porte derrière lui, chacune munie d'une plaque en acier où se détachaient le numéro du bureau, le sigle abrégé du département concerné et plusieurs groupes d'initiales désignant certainement les employés qui y travaillaient. Cependant, elles étaient toutes fermées et ne laissaient pas échapper le moindre bruit qui eût suggéré une quelconque activité à l'intérieur.

Nick accéléra le pas. Une dizaine de mètres de plus et c'était la fin du couloir. À gauche, les portes apparaissaient maintenant sans la moindre inscription. Il essaya un loquet, verrouillé. En hâte, il parcourut la distance finale, envahi d'un curieux soulagement lorsqu'il aperçut le numéro 103 sur la dernière des portes de gauche, avec la mention « DZ ». *Dokumentation Zentrale*. Les archives de la banque. À quoi bon rester devant ce panneau fermé ? Il pensa entrer, puis se ravisa : quelles raisons aurait eus un stagiaire de se présenter ici, à son premier jour de travail ?

Une voix désormais familière vint confirmer ses pensées.

— Mais enfin, qu'est-ce que vous fabriquez là ? s'exclama Peter Sprecher, une liasse de documents coincée sous son bras. Les instructions que je vous avais données étaient assez claires, pourtant ! Suivez les cailloux, j'avais dit ! Exactement comme le Petit Poucet.

Nick sentit son corps se raidir machinalement. Sprecher avait été très clair, en effet : « En sortant de l'ascenseur, vous suivez la moquette jusqu'au bureau du Dr Schon. Pareil en sens inverse. » Comment expliquer qu'il se retrouve maintenant devant les archives de l'établissement ? Comment faire comprendre à Sprecher qu'il était parti à la poursuite d'un fantôme ? Il prit une profonde inspiration, résolu à reprendre son calme.

— J'ai dû me tromper, à un moment. Je finissais par me demander si j'allais retrouver mon chemin !

– Si j'avais su que vous aviez un sens de l'orientation aussi remarquable, je vous aurais chargé d'apporter toute cette paperasse pour moi, constata Sprecher en désignant du menton les dossiers qui encombraient son bras. Des portefeuilles de clients bons à passer à la moulinette. Venez, on y va. Le broyeur de documents se trouve dans le premier bureau à gauche après le coude.

Nick s'empressa de profiter de la diversion :

– Je peux vous aider ?

– Non, trop tard. Contentez-vous de marcher avec moi et de ne pas faire tomber votre règlement intérieur. Vu son poids, c'est déjà du boulot. Je vais vous escorter personnellement jusqu'à chez nous. Un petit nouveau qui se balade dans le saint des saints de la banque, non, mais c'est trop...

De retour au deuxième étage, Peter Sprecher conduisit Nick jusqu'à une enfilade de bureaux desservis sur un long corridor. « Voilà votre nouveau foyer, lui annonça-t-il. Nous, on appelle ça la Serre. »

Les pièces, délimitées par des parois de verre, donnaient directement sur le vaste couloir central. Par les vitres, on apercevait des cadres de la banque collés à leur téléphone ou la tête plongée dans des piles de dossiers. L'œil critique de Nick nota la moquette beige, l'insipide mobilier de bureau, le papier mural couleur d'étain. Et le fait que, malgré tout ce déploiement de verre, il n'y avait pas une seule fenêtre ouvrant sur le monde extérieur.

– Ce n'est pas le secteur le plus classe de la banque, admit Sprecher, une main posée sur l'épaule de Nick, mais il répond parfaitement à son but.

– Qui est quoi ?

– Discrétion. Silence. Confidentialité. Notre credo.

Nick fit un geste vers la succession de cages vitrées.

– Lequel est le vôtre ?

– Lequel est le *vôtre*, vous voulez dire...Venez, je vais vous montrer. (La cigarette aux lèvres, il se mit à parcourir le corridor tout en parlant à Nick par-dessus son épaule.) La plupart de nos clients, à la FKB 4, nous ont accordé un contrôle quasi illimité sur leurs comptes. C'est à nous de jouer avec leur argent, de la manière qui nous semble la plus adéquate. Les comptes gérés, vous connaissez ?

– Cela signifie que le client confie à la banque toute la responsabilité des opérations d'investissement réalisées avec ses actifs. La banque place cet argent en fonction d'un profil risque établi par le client, dans lequel il indique ses préférences en matière d'actions, d'obligations, de métaux précieux, ainsi que tous les secteurs d'investissement qu'il préfère laisser de côté.

— Excellent, approuva Sprecher comme s'il manifestait son approbation devant un tour de passe-passe bien mené. Oserai-je vous demander si vous avez déjà une expérience professionnelle en ce domaine, ou si c'est ce qu'on vous a appris chez les grosses têtes de Harvard ? Cela dit, permettez-moi d'ajouter que lesdites opérations sont conduites selon des orientations strictement définies par le comité des investissements de la banque en question. Par exemple, si vous avez un tuyau fantastique sur la prochaine action à la mode à la Bourse de New York, eh bien vous le garderez pour vous. Notre job se limite à contrôler la gestion judicieuse des comptes de nos clients. Sur le papier, d'accord, nous sommes des « gestionnaires de patrimoine », mais depuis deux décennies nous n'avons choisi aucun nouvel investissement par nous-mêmes. Notre « choix », à la limite, c'est de préférer investir dans Ford plutôt que dans General Motors, ou dans Daimler-Benz au lieu de BMW. Nous sommes, très modestement, des administrateurs de biens. Mais ça, nous le faisons mieux que quiconque sur terre. Pigé ?

— Cinq sur cinq, répondit Nick, conscient d'avoir entendu là la profession de foi officielle du banquier suisse typique.

Alors qu'ils passaient devant un bureau vide, Sprecher poursuivit :

— Celui-là, c'était celui de Becker. J'imagine que le Dr Schon vous a mis au courant, à son sujet ?

— Vous le connaissiez bien ?

— Assez bien. Il avait rejoint la FKB 4 il y a deux ans. Finir comme ça, c'est atroce. Et à Noël, en plus ! Bon, en tout cas, vous allez reprendre ses quartiers quand votre formation sera terminée. J'espère que ça ne vous dérange pas ?

— Pas du tout.

Ils parvinrent au dernier cube de verre sur la gauche, plus vaste que les autres. Nick remarqua qu'une deuxième table de travail y avait été ajoutée. Sprecher entra, s'installa derrière le plus grand pupitre :

— Bienvenue dans mon royaume. Douze ans de bons et loyaux services, et voilà le résultat ! Asseyez-vous donc. Ce sera votre place... le temps que vous appreniez les ficelles.

Le téléphone ne sonna qu'une fois. Sprecher avait déjà décroché, donnant aussitôt son nom. Au bout d'un moment, ses yeux revinrent sur Nick. Couvrant le combiné de sa paume, il lui lança :

— Soyez brave, allez me chercher une tasse de café, voulez-vous ? C'est par là... (Il fit un vague geste de son autre main.) Si vous avez du mal à trouver, demandez. Tout le monde sera très content de vous aider. Et merci !

Comprenant le message, Nick quitta le bureau. Ce n'était pas précisément ce pour quoi il avait renoncé à son prestigieux emploi new-yorkais et traversé l'Atlantique, mais bon, après tout, dans n'importe quel travail, il fallait consentir des sacrifices. Si celui-ci n'exigeait de lui que d'apporter du café à son supérieur, il pouvait s'estimer heureux. Il avait franchi la moitié du couloir lorsqu'il s'aperçut qu'il avait oublié de demander à Sprecher comment il le voulait, ce café... Toujours décidé à se montrer un employé zélé, il rebroussa le chemin parcouru et passa la tête à travers l'embrasure de la porte. Son chef avait posé une main sur son front, les yeux fixés au sol.

— Je vous l'ai dit, George, il me faut cinquante mille de plus si vous voulez que je passe chez vous. Je ne partirai pas pour moins. Disons que c'est ma prime de risque. Vous autres, vous ne comprenez pas encore ce genre de trucs. À ce prix– là, je suis encore une super-affaire. (Il s'interrompit brusquement en entendant Nick tapoter la paroi vitrée.) Qu'est-ce que c'est ?

— Votre café, vous le voulez comment ? Avec du lait ? Sucré ?

Nick le vit écarter le combiné de son oreille. À l'évidence, il était en train de se demander ce que le jeune stagiaire avait bien pu surprendre de sa conversation.

— George ? Je vous rappelle. J'ai une urgence. (Après avoir raccroché, il montra du doigt la chaise placée devant son bureau :) Asseyez-vous là.

Nick obéit, tandis que Sprecher tambourinait des doigts sur le bureau, laissant passer un moment avant de lui adresser la parole.

— Seriez-vous un de ces types qui traînent sans cesse là où ils n'ont rien à faire ? D'abord je vous trouve en train de bayer aux corneilles à la porte de la DZ, au rez-de-chaussée. Ensuite vous revenez ici fourrer votre nez dans mes affaires !

— Je n'ai rien entendu.

— Vous avez tout entendu, et je le sais pertinemment. (Il se frotta la nuque d'un air excédé.) Écoutez, mon vieux, il va falloir qu'on bosse ensemble encore un petit moment. Je vous fais

36

confiance, vous me faites confiance. Vous comprenez la règle du jeu ? On n'est pas là pour bavasser les uns sur les autres. Ce n'est pas une cour de récréation, ici.

— Compris, répondit Nick. Je m'excuse d'avoir surgi au milieu d'une conversation privée. Vous n'avez pas à vous inquiéter, je n'ai rien entendu. Alors, je vous en prie, oubliez l'incident. D'accord ?

Sprecher eut un sourire narquois.

— Et même si ce n'est pas vrai, c'est vrai, hein, mon pote ?

Nick garda un ton sérieux pour répondre, refusant de se prêter à cet assaut de familiarité.

— Exactement.

Sprecher rejeta la tête en arrière dans un éclat de rire.

— Ouais, vous n'êtes pas mal, pour un Yankee. Pas mal du tout... Bon, maintenant déguerpissez d'ici et ramenez-moi ce fichu café. Noir, deux sucres !

3

L'appel se produisit à trois heures de l'après-midi, ainsi que Peter Sprecher le lui avait annoncé. Un des plus gros poissons de leur département, le principal client de Marco Cerruti. Connu seulement sous son numéro de compte et son nom de code – « le Pacha » –, l'homme téléphonait chaque lundi et chaque jeudi à la même heure. Pas une seconde plus tard. Il était plus ponctuel que Dieu le Père. Ou que les Suisses eux-mêmes.

À la deuxième sonnerie, Peter Sprecher posa un doigt sur ses lèvres.

– Ne faites aucun bruit et écoutez. Votre formation commence officiellement à cet instant.

Nick était déjà tout ouïe, curieux de découvrir ce qui rendait son chef si solennel. Celui-ci avait décroché.

– Union suisse bancaire, bonjour... (Il marqua une pause, se redressa sur son siège.) Non, M. Cerruti n'est pas joignable. (Encore un silence de la part de Sprecher, qui tressaillit à deux reprises.) Non, monsieur, je regrette mais je ne puis vous communiquer la raison de son absence. Mais oui, monsieur, je serais très heureux de vous donner la preuve de mon appartenance à l'USB. Tout d'abord, cependant, j'ai besoin de votre numéro de compte. (Il inscrivit un chiffre sur un bloc de papier.) Je répète, 549 617 RR. (Il pianota sur le clavier de son ordinateur.) Et votre mot de passe ? (Le regard fixé sur l'écran, il s'accorda un sourire pincé : la réponse l'avait satisfait.) En quoi puis-je vous être utile aujourd'hui, monsieur ? Mon nom est Pe-ter Spre-cher.

Encore plus lentement, détachant toutes les syllabes :
– Je suis l'assistant de M. Cerruti. (Son front se plissa d'un

coup.) Comment, mes références ? Mais certainement, monsieur : mon code banque est S, P, C. (Nouvel arrêt.) M. Cerruti est souffrant. Je suis certain qu'il sera rétabli la semaine prochaine. Avez-vous un message que je puisse lui transmettre ? (Son stylo courut sur la feuille.) Entendu, je le lui dirai. Et maintenant, en quoi puis-je vous aider ?

Il écouta, appuya sur une commande de l'ordinateur. Quelques secondes plus tard, il informait son client :

— Le solde de votre compte s'établit à vingt-six millions de dollars, monsieur. Deux fois dix, et six.

En répétant le chiffre dans sa tête, Nick eut l'impression d'être pris de vertige. Vingt-six millions de dollars. Coquette, la somme ! Lui-même avait toujours vécu avec des budgets très serrés depuis la mort de son père. Lycéen, il avait gagné son argent de poche en travaillant à mi-temps dans des fast-foods. À l'université, ses frais avaient été couverts par une bourse d'études et un petit job dans un bar – il avait pourtant deux ans de moins que l'âge légal, à l'époque. Dans les marines, il avait gagné décemment sa vie, mais une fois retirés les trois cents dollars qu'il envoyait chaque mois à sa mère, il lui restait à peine de quoi se payer un petit appartement hors de la base, un 4 x 4 d'occasion, quelques bières le week-end... Il essaya d'imaginer quelle impression cela lui ferait s'il disposait de vingt-six millions de dollars sur son compte. Il n'y arriva pas.

Sprecher écoutait attentivement le Pacha, opinant à plusieurs reprises du bonnet et tapotant nerveusement son stylo contre sa cuisse. Soudain, il fut pris de mouvements des plus incongrus : le combiné coincé sous son menton, il expédia sa chaise à roulettes en arrière d'un coup de talon, glissa jusqu'à un classeur mural devant lequel il s'agita en tous sens, sans cesser de chuchoter des formules rassurantes dans l'appareil. Enfin, il en extirpa un dossier orange qu'il vint reposer sur son bureau, toujours propulsé par sa chaise. L'épreuve n'était pas terminée, pourtant : la tête tordue vers le bas, il envoya ses cinq doigts tâtonner désespérément dans le deuxième tiroir. Ces efforts se conclurent victorieusement : il avait trouvé son trésor, en l'occurrence un formulaire vert acidulé portant la mention ORDRE DE VIREMENT en capitales, qu'il brandit au-dessus de son crâne comme un champion olympique exhibant son trophée.

Il rectifia la position du combiné, s'accorda une demi-seconde pour reprendre son souffle.

— Je répète, donc : vous souhaitez virer tous les fonds actuellement disponibles sur votre compte, soit vingt-six millions de dollars, aux établissements bancaires mentionnés dans le protocole numéro 3.

Après avoir consulté le dossier orange, il entra un code à cinq chiffres dans l'ordinateur, dont il scruta l'écran comme s'il était Champollion découvrant les hiéroglyphes de la pierre de Rosette.

— Nous avons une liste de vingt-deux banques. Je spécifierai bien que l'opération est urgente. Oui, les virements seront effectués avant la fin de la journée. Sans faute, monsieur. Comment, monsieur ? Oui, je sais que vous avez mon code banque. N'ayez aucune crainte, monsieur. Merci, monsieur. Au revoir, monsieur.

Sprecher reposa le téléphone avec un long soupir :

— Voilà, le Pacha a parlé. Que sa volonté soit faite.

— Il a l'air d'un client plutôt exigeant...

— Exigeant ? Despotique, oui ! Vous savez quel était son message pour Cerruti : « Reprenez le boulot » ! Ah, un charmant bonhomme...

Il éclata de rire, comme s'il n'arrivait pas à prendre au sérieux tant d'impudence, mais reprit bientôt un air soucieux :

— Ce ne sont pas tellement ses manières qui me sidèrent. C'est sa voix. Froide comme la mort. Pas la moindre nuance d'émotion dedans. La voix de l'homme sans ombre. Voilà un client dont nous suivons les ordres plus qu'à la lettre.

Nick était en train de se dire qu'il se garderait bien d'avoir affaire au Pacha, qu'il allait volontiers laisser Cerruti s'en occuper, lorsque les quelques phrases de Sprecher qu'il avait surprises dans la matinée lui revinrent à l'esprit : « Je vous l'ai dit, George, il me faut cinquante mille de plus si vous voulez que je passe chez vous. Je ne partirai pas pour moins... » Si son supérieur avait réellement l'intention de quitter la banque, ce serait lui, Nick, qui aurait à traiter avec le Pacha en l'absence de Cerruti. À cette idée, il se raidit encore plus sur sa chaise.

— Avez-vous noté la procédure que j'ai suivie ? lui demanda Sprecher.

— Tout à fait. Aucune information n'est transmise au client tant que son numéro de compte n'a pas été donné et son identité confirmée.

— Bravo. C'est en effet l'étape numéro 1 et, j'ajouterai, la plus importante de toutes. « Étape numéro 2 : repêcher le dossier dudit client dans ce classeur, là-bas. (Faisant pivoter sa chaise, Sprecher passa un doigt sur les tranches alignées dans le tiroir ouvert.) Les dossiers sont classés par numéro. Pas de noms, rappelez-vous. Toutes les instructions sont dedans. Le Pacha, par exemple, n'utilise ce compte que sous forme de relais temporaire. À dix ou onze heures du matin, l'argent est viré dessus. À trois heures, il appelle pour vérifier si tout est bien arrivé et puis hop à cinq heures il faut que nous ayons vidé les coffres.

— Il ne garde jamais de dépôt ici, alors ?

— Cerruti m'a laissé entendre qu'il avait plus de deux cents millions de dollars dans cette banque, en actions et en liquidités. J'ai tout fait pour en savoir un peu plus, mais Cerbère ne m'a pas lâché le début d'un bout d'info. Hein, chéri ? (Il flatta de la main le flanc de son moniteur.) C'est que ce pauvre vieux Peter n'a pas accès aux infos classées « ultra-confidentiel », lui !

— « Cerbère » ? s'étonna Nick.

— Oui, notre système informatique de gestion. Qui garde les secrets de nos clients aussi férocement que le molosse à trois têtes aux portes des enfers. Chaque employé a seulement accès aux comptes dont il a la responsabilité personnelle. Moi, je suis en mesure de consulter tous ceux de la FKB 4, mais pas un de plus. Le Pacha peut avoir deux cents millions de dollars au frais ici, mais quelqu'un, quelque part (de son pouce levé, il montrait le quatrième étage, le fief des plus hautes instances de direction de la banque), a décidé que ça ne me regardait pas.

L'éventualité, même lointaine, qu'il ait un jour à répondre au fatidique appel téléphonique attisait la curiosité de Nick.

— Est-ce que les virements demandés par le Pacha concernent toujours des sommes aussi... importantes ?

— Deux fois par semaine, ses instructions sont les mêmes. Le montant peut varier, mais ça ne descend jamais au-dessous de dix millions. En dix-huit mois, le chiffre record que j'ai traité a été de trente-trois millions... Rapprochez votre siège par ici, que nous jetions ensemble un coup d'œil à son compte. Donc, le Pacha a défini sept « protocoles », chacun spécifiant le montant à virer – en termes de pourcentage de l'actif total sur le compte – et la liste des banques auxquelles les sommes sont destinées. Regardez, là : protocole 3. (Il rapprocha le dossier orange de Nick, feuilletant la liasse de papiers jusqu'à trouver une page rose.) Nous avons tapé chaque protocole sur des feuilles de différentes couleurs pour les repérer plus facilement. Le protocole 1 est jaune, le 2 bleu, le 3 rose, etc. Tout ça est dans la mémoire de Cerbère, évidemment, mais nous vérifions toujours sur le support papier. Procédure, procédure...

Nick parcourut d'un doigt la liste des établissements bancaires mentionnés : Kreditanstalt, Vienne ; Banque du Luxembourg ; Commerzbank, Francfort ; Norske Bank, Oslo... Il y avait un compte numéroté pour chacun, mais pas un seul nom nulle part.

— Eh bien, il voyage, cet homme-là !

— Son argent, en tout cas. À chaque appel, le Pacha choisit une séquence différente, jamais dans le même ordre. Sur ce point, il est imprévisible, mais pour le reste la procédure est immuable : on confirme le solde de son compte, puis on vire le tout à une flopée d'établissements financiers dans le monde entier, dont le nombre peut aller de vingt-deux à trente-trois.

— Je suppose que je ne dois pas demander qui il est, ni même pourquoi il fait circuler son argent de cette manière.

— Vous supposez bien. Ne soyez pas tenté de prendre de mauvaises habitudes. Tout ce qui nous manquerait, maintenant, ce serait un nouveau... (Il s'interrompit, soupira.) Allez, je n'ai rien dit.

— Un nouveau quoi ? ne put s'empêcher d'insister Nick, en le regrettant aussitôt.

— Rien, répliqua abruptement Sprecher. Faites ce qu'on vous dit, c'est tout, et rappelez-vous : nous sommes des banquiers, nous, pas des policiers.

— Oui, interdit de demander « pourquoi », compléta Nick d'un ton sarcastique.

Il avait voulu plaisanter, mais là, dans ce bureau, sa repartie tomba quelque peu à plat. Sprecher, cependant, lui donna une claque amicale dans le dos :

— Hé, vous apprenez vite, décidément !

— Espérons.

« Ferme ta bouche et ouvre tes oreilles, lui rappela la voix ferme qui sonnait étrangement comme celle de son père. Il faut que tu deviennes un des leurs. »

Sprecher s'était penché sur l'ordre de virement, qu'il remplit rapidement case par case. Cette opération terminée, il vérifia l'heure à sa montre, l'inscrivit sur le formulaire et le parapha.

— Le Pacha attend de nous une attention de tous les instants. Aussi, nous avons pris l'habitude de porter directement, et personnellement, les ordres de virement au service concerné. Nous les remettons en mains propres à Pietro, le responsable des vire-

42

ments internationaux. Parce que quand le Pacha dit « urgent »,
cela signifie « urgent » ! Venez, je vais vous montrer le chemin que
vous allez faire chaque lundi et chaque jeudi après-midi, à trois
heures et quart.

À la fin de la journée, Peter Sprecher invita Nick à venir
prendre une bière au pub James Joyce, point de ralliement favori
des cadres de la banque et des assurances, propriété de l'une des
grandes rivales de l'USB, la puissante Union suisse bancaire.
C'était un bar cossu, au plafond bas, éclairé par des répliques de
becs de gaz anciens, ponctué de rambardes en cuivre. Des vues de
Zurich au début du siècle ornaient tous les murs.

Après avoir installé Nick sur une banquette tranquille et éclusé
une chope de bière sans reprendre haleine, Sprecher commença à
lui raconter ses douze ans de « bons et loyaux services ». Il avait
débuté un peu comme Nick, stagiaire tout frais émoulu de l'université, faisant ses débuts dans le département de trading, activité
qu'il avait détestée dès la première minute. Chaque trader était
tenu pour responsable des pertes et profits générés par le
« poste » qu'on lui avait confié, qu'il s'agisse d'échanger des
francs suisses contre des dollars, de placer des carcasses de porc
en provenance de l'Iowa ou de jongler sur le marché à terme du
platine sud-africain. Ce n'était pas pour lui, reconnaissait-il de
bonne grâce. Là où il s'était toujours senti à l'aise, c'était dans la
gestion des comptes privés. Une branche où la tension n'était pas
aussi insupportable, où tout l'art consistait à savoir caresser le
client dans le sens du poil, à le convaincre qu'un rendement
annuel de quatre pour cent était finalement simple comme bonjour. Et puis, en cas d'investissements malavisés, c'était la banque
qui recevait un savon, pas lui ! Bref, c'était le paradis.

— La clé de ce job, énonça-t-il, c'est de repérer exactement qui
sont les clients essentiels. Les grosses prises. Vous êtes aux petits
soins pour eux, et tout le reste s'enchaîne sans problème. (Il leva
sa nouvelle bière sans quitter Nick des yeux.) Allez, santé ! Et à
votre avenir au sein de l'USB !

Nick prit congé après le troisième verre, invoquant la fatigue de
son vol transatlantique du vendredi précédent qui se faisait toujours sentir. Sorti du bar, il remonta à pied la courte portion de la
Bahnhofstrasse jusqu'à la Paradeplatz. Il était seulement sept
heures et quart mais la rue était déjà calme, les passants rares, les

magasins fermés, les richesses qu'ils recelaient seulement éclairées par de discrets halogènes. En attendant son tram, il eut l'impression d'être dans une ville placée sous un couvre-feu qu'il aurait été un des seuls à ne pas respecter, ou bien le rescapé d'une implacable épidémie. Serré dans son manteau trop léger, il resta debout, frissonnant, silhouette solitaire en terre étrangère.

À peine un mois plus tôt, il faisait partie de la nouvelle cuvée des recrues de choix chez Morgan Stanley, un des trente heureux élus parmi deux mille candidats qui avaient estimé qu'un salaire de départ de quatre-vingt-dix mille dollars annuels, une prime d'embauche de sept mille, et la promesse de nombreux millions à venir justifiaient de se laisser insuffler quotidiennement un savoir durement acquis par les esprits les plus avisés de Wall Street. Et il ne se contentait pas de figurer dans le lot : il en était un des éléments de pointe, puisque très rapidement on lui avait offert des postes aussi prestigieux qu'assistant du responsable du secteur trading, ou associé junior dans l'équipe des fusions et acquisitions internationales, pour l'obtention desquels ses condisciples seraient allés jusqu'au meurtre.

Le mercredi 20 novembre, à son bureau, Nick avait reçu un appel téléphonique de sa tante Evelyn, qui vivait dans le Missouri. Il se rappelait encore avoir consulté sa montre en entendant sa voix perçante. Deux heures cinq. Il avait déjà compris ce qu'elle allait lui annoncer. Sa mère venait de mourir, d'une crise cardiaque. Il l'avait écoutée récapituler, avec un luxe de détails désolants, la manière dont sa santé n'avait cessé de se dégrader pendant ces dernières années. Elle lui avait reproché de ne pas être venue la voir, il s'en était excusé. Finalement, après lui avoir arraché la date de l'enterrement, il avait raccroché.

La nouvelle ne l'avait pas secoué. Les mains crispées sur les accoudoirs en cuir de son fauteuil, il s'était efforcé de ressentir la tristesse et l'accablement que l'on devait naturellement éprouver en apprenant le décès de sa mère, mais en réalité il s'était senti soulagé, délivré de ce poids qui avait tant pesé sur ses épaules. À cinquante-huit ans, sa mère était une alcoolique incurable. Six années s'étaient écoulées depuis la dernière fois où il lui avait parlé, le jour où, dans un accès de sobriété et de bonne volonté, elle l'avait appelé pour lui annoncer qu'elle avait quitté la Californie, qu'elle était revenue à sa ville natale de Hannibal, dans le Missouri. Un nouveau départ, lui avait-elle affirmé. « Encore un. »

Le lendemain, Nick avait sauté dans un avion pour Saint Louis.

Il avait loué une voiture et parcouru les deux cents kilomètres jusqu'à Hannibal. Il arrivait avec l'espoir d'une réconciliation posthume. Il l'accompagnerait jusqu'à sa tombe, il lui pardonnerait ses manquements aux devoirs de mère, de personne adulte et responsable, ne fût-ce que pour redorer un peu les tristes souvenirs qu'il conservait d'elle.

Son enfance n'avait été qu'une succession de cruelles épreuves, la disparition de son père constituant évidemment la première et la plus grave d'entre elles. Mais après ce coup elles s'étaient répétées aussi immanquablement que la ronde des saisons, scandant le triste film de son adolescence qui continuait à repasser dans sa tête : le remariage de sa mère avec un promoteur immobilier véreux ; le détournement de l'assurance-vie paternelle par ce beau-père sans scrupules, qui avait déjà mis la famille financièrement à genoux en perdant la fabuleuse maison d'Alex Neumann, au 805 Alpine Drive, dans une opération douteuse ; le divorce ignominieux qui avait suivi...

Après, la chute en spirale s'était accélérée : les déménagements dans des coins toujours plus déliquescents de la Californie du Sud, Redondo Beach, El Segundo, Hawthorne ; un autre mariage, encore plus bref celui-ci, et moins coûteux puisqu'il ne restait plus rien à revendiquer, à partager, à perdre. Et puis, à l'âge de dix-sept ans, la délivrance : Nick avait coupé les ponts avec sa mère. Son « nouveau départ » à lui, et ce n'étaient pas que des mots cette fois.

Le lendemain des obsèques, il avait dû se rendre au garde-meubles où elle avait entassé quelques pauvres vestiges de son passé. Trier les affaires de la disparue avait été une bien triste mission. Des caisses et des caisses contenant les restes pitoyables d'une vie qui n'avait été que déchéance. Dans ce fatras, il avait reconnu une tasse de porcelaine ébréchée, rescapée d'un cadeau de sa grand-mère aux jeunes mariés ; une enveloppe en kraft bourrée de bulletins scolaires ; une caisse de disques contenant des perles telles que *Burl Ives' Christmas Favorites*, *Dean Martin Loves Somebody*, ou *Von Karajan Conducts Beethoven*, les échos rayés de sa prime enfance.

Le soir tombait lorsque Nick avait découvert deux solides cartons soigneusement renforcés de ruban adhésif, avec une inscription au feutre : « A. Neumann. USB-L.A. » Ils contenaient les effets personnels de son père retrouvés à son bureau de Los Angeles après son décès : quelques presse-papiers, un fichier

45

d'adresses rotatif, un calendrier décoré de paysages suisses, et surtout deux agendas reliés de cuir pour les années 1978 et 1979. La moitié des pages étaient souillées de boue et moisies, victimes des crues du Mississippi qui à deux reprises avaient envahi le hangar en tôle ondulée. Mais le reste était intact, et près de vingt ans plus tard l'écriture déliée de son père demeurait parfaitement lisible.

Nick avait longuement contemplé ces carnets, envahi par une vive émotion. Ses mains, qui avaient pu tenir fermement un calibre 12 à canon scié, s'étaient mises à trembler comme celles d'un premier communiant. En un court éclair, il avait revu son père vivant. Ils étaient dans le salon du rez-de-chaussée, Nick installé sur les genoux paternels devant un bon feu de bois tandis que dehors la pluie de novembre giflait les vitres. Le garçon venait de pleurer, comme c'était souvent le cas lorsqu'il entendait ses parents se quereller, et son père l'avait pris avec lui pour le consoler. Il sentait ses bras puissants le serrer, il avait abandonné sa tête contre la poitrine paternelle et, surprenant les battements précipités de son cœur, avait compris que lui aussi avait du chagrin. Alors, tout en lui caressant les cheveux, Alex Neumann lui avait dit, dans un murmure : « Nicholas ? Promets-moi que tu te souviendras de moi toute ta vie. »

Immobile dans la pénombre du hangar, il avait entendu à nouveau ces mots. Pendant une seconde encore, il avait été persuadé d'avoir devant lui ces yeux d'un bleu froid. Et puis il avait cillé et l'apparition, si c'était de cela qu'il s'agissait, avait disparu.

Jadis, ce souvenir avait occupé une place importante dans son existence quotidienne. Toute l'année qui avait suivi la mort de son père, il avait revécu inlassablement cette scène dans sa mémoire, essayant de trouver une signification cachée à l'exhortation paternelle. À force de se torturer ainsi, il en était arrivé à la conclusion qu'Alex Neumann avait cherché à lui demander son aide, que sans le savoir il avait déçu son attente et qu'il était donc lui-même responsable de sa disparition violente. Peu à peu, cependant, le souvenir s'était estompé, et il avait fini par l'oublier, mais ce sentiment de culpabilité ne l'avait jamais quitté pour de bon.

Une décennie s'était encore écoulée avant que le passé ne revienne l'assaillir si brutalement, là, au milieu de ces caisses poussiéreuses. Et son père avait eu raison de s'inquiéter, oui, car même son visage était désormais pour Nick une image imprécise. Or, voici qu'après avoir abandonné l'espoir d'en savoir plus sur Alex Neumann, lui, son fils, était tombé sur un témoignage rédigé de sa main ! C'était presque trop beau pour y croire, c'était un don du ciel... Sa joie, pourtant, avait tourné court : à l'intérieur d'un des agendas, un reçu signé « Mme V. Neumann » attestait que la veuve avait effectivement pris possession des affaires de son mari. Ainsi, sa mère connaissait leur existence, mais la lui avait délibérément cachée.

Durant tout le vol de retour à New York, Nick avait passé en revue les carnets, les avait lus de bout en bout, d'abord en survolant les notations quotidiennes puis, l'esprit en alerte, essayant de mettre bout à bout des informations éparses. Il y était question d'un client malhonnête qui avait menacé son père et avec lequel, malgré cette mauvaise expérience, ce dernier avait été obligé de rester en relations d'affaires ; d'une compagnie californienne dont la banque, à Zurich, paraissait avoir voulu conserver la clientèle coûte que coûte ; plus intéressant encore, un mois avant sa mort, Alex Neumann avait noté le téléphone et l'adresse de l'antenne du FBI à Los Angeles...

Considérées séparément, ces indications ne semblaient rien d'autre que l'écho de menus tracas. Prises ensemble, elles réclamaient une explication. Et dans le contexte du meurtre toujours inexpliqué de son père, ainsi que de ces souvenirs ravivés, elles ne pouvaient qu'attiser en Nick une flambée de suspicion, dont les flammes jetaient des ombres inquiétantes sur les agissements de l'Union suisse bancaire et de ses clients.

Le lendemain, il était de retour au travail. Son programme de stage prévoyait des cours théoriques de huit heures du matin à midi. Au bout de cinquante minutes du premier exposé – des considérations jargonnantes sur la sous-évaluation des offres publiques initiales –, son attention avait commencé à dériver. Il avait laissé ses yeux errer autour de la salle, observant ses condisciples. Comme lui, ils étaient issus des meilleures écoles de commerce du continent. Comme lui, il étaient soigneusement peignés, amidonnés, coulés dans des costumes de bon faiseur et dans des chaussures de marque. Tous affectaient une subtile insouciance, sans cesser pour autant de prendre en note le moindre mot sorti de la bouche du conférencier. Ils se considéraient comme audessus du commun des mortels, et ils l'étaient, en effet, ces centurions financiers du nouveau millénaire.

Pourquoi éprouvait-il une telle aversion à leur encontre ?

L'après-midi, il avait retrouvé sa place à l'étage du trading, coude à coude avec Jennings Maitland, grand gourou des obliga-

47

tions chez Morgan Stanley et rongeur d'ongles impénitent. « Pose ton cul par là, ferme ton clapet et suis-moi bien », telle était sa formule de bienvenue quotidienne. Ce jour-là aussi, Nick avait obéi à l'injonction et s'était plongé durant les quatre heures suivantes dans l'activité trépidante du service. Il avait écouté attentivement les conversations de Maitland avec ses clients, suivi pas à pas les ouvertures du trader, et même salué de ses cinq doigts en l'air la vente de dix millions d'obligations du Département de l'habitat de la ville de New York, opération magistralement orchestrée par son mentor. Pourtant, son estomac faisait des bonds et il avait terriblement envie de vomir. Quelques jours auparavant, il aurait été au comble de la fierté après la prouesse de Maitland, comme s'il avait modestement contribué, par sa seule présence, à cette opération spectaculaire. Mais désormais il considérait toute cette agitation d'un œil scandalisé, il avait envie de fuir non seulement le triomphe facile de son boss (« ces connards, ils avaleraient n'importe quoi », dixit Maitland), mais le trading en général.

Se levant pour se dégourdir les jambes, il avait contemplé la salle autour de lui. Des rangées et des rangées d'ordinateurs couvraient de toutes parts une étendue comparable à celle d'un terrain de football. Ce tableau, qui l'avait rempli d'allégresse, qui avait évoqué pour lui un champ de bataille moderne, qui avait été la preuve de son appartenance au camp des gagneurs, lui faisait maintenant l'effet d'un sinistre traquenard technologique, dont il devait s'extirper au plus vite. « Que Dieu ait pitié des robots qui passent leur vie collés à un écran », avait-il pensé.

Sur le long chemin du retour chez lui, Nick avait voulu se persuader que sa désillusion n'était que passagère, qu'il retrouverait dès le lendemain sa combativité et son goût du travail. Mais cinq minutes après avoir refermé la porte de son appartement derrière lui, il était à nouveau plongé dans l'étude des agendas paternels, et il admettait qu'il n'avait fait que se mentir à lui-même : le monde, ou du moins la vision qu'il en avait, venait de connaître un changement radical.

Il était retourné au bureau le jour suivant, et celui d'après. Il avait réussi à conserver une apparence zélée, à suivre son stage scrupuleusement, et même à rire quand il le fallait. Toutefois, de nouveaux projets étaient en train de s'ébaucher dans sa tête. Il allait démissionner, se rendre en Suisse, accepter l'emploi que Wolfgang Kaiser lui avait proposé.

Un vendredi soir, il avait mis sa fiancée dans la confidence.

Anna Fontaine, en dernière année à Harvard, était une beauté brune appartenant à la caste la plus fermée des vieilles familles de Nouvelle-Angleterre, une Bostonienne pur sucre douée d'une impertinence innée et du plus beau regard que Nick ait jamais vu. Il l'avait rencontrée un mois après avoir entamé ses études. Un mois encore et ils ne se quittaient plus. Avant de partir travailler à Manhattan, il lui avait proposé le mariage. Elle avait accepté, sans la moindre hésitation : « Oui, Nicholas, je veux être ta femme. »

Anna l'avait écouté sans broncher quand il lui avait expliqué ses raisons. Il devait aller en Suisse afin de découvrir à quoi son père était mêlé au moment où il avait été tué. Il ne savait pas combien de temps il lui faudrait, un mois, un an, plus peut-être. Mais il devait élucider la fin tragique d'Alex Neumann une fois pour toutes. Il lui avait tendu ses agendas. Lorsqu'elle avait achevé leur lecture, il lui avait demandé de faire le voyage avec lui.

Elle avait refusé tout de go. Puis elle lui avait expliqué pourquoi lui non plus ne pouvait pas partir : sa position professionnelle, d'abord, pour laquelle il avait sacrifié toute sa jeunesse. On ne renonçait pas à une place chez Morgan Stanley. Après toutes ces années d'études, il y était entré comme stagiaire – un pour soixante-dix postulants... « Tu y es arrivé, Nick ! » s'était-elle exclamée, et il y avait toujours la même fierté dans sa voix.

Mais il lui suffisait de poser les yeux sur ces carnets pour comprendre qu'il n'était arrivé à rien du tout.

Et sa famille à elle, alors ? avait-elle demandé, entrelaçant ses doigts délicats à ceux de Nick. Son père, qui le considérait comme un deuxième fils. Sa mère, qui demandait chaque jour de ses nouvelles et qui s'extasiait sans cesse sur sa réussite. Un coup pareil les détruirait. « Tu es des nôtres, Nick. Tu ne peux pas t'en aller. »

Mais il n'était pas capable de s'intégrer à une autre famille tant qu'il n'aurait pas résolu le mystère qui pesait sur la sienne.

« Et toi et moi, et nous deux ? » avait-elle finalement lancé. Il avait bien vu qu'elle se faisait violence en invoquant son amour pour le convaincre de renoncer à son idée. Elle lui avait rappelé tout ce qu'ils s'étaient dit, promis, juré : que c'était du sérieux entre eux, que leur amour était plus fort que tout, qu'ils seraient unis à jamais, amants à la vie à la mort. Qu'ils monteraient ensemble à l'assaut de Manhattan. Et c'était vrai, il la croyait parce que c'était vrai, plus vrai que tout.

Mais c'étaient aussi des mots d'avant. Avant la mort de sa mère, avant la découverte des agendas.

En fin de compte, Anna n'avait pas réussi à le comprendre. Ou bien elle n'avait pas voulu. En tout cas, une semaine plus tard elle avait rompu leurs fiançailles, et il ne lui avait plus jamais reparlé depuis.

Une bourrasque glacée le fouetta en plein visage et lui fit venir les larmes aux yeux. Il avait renoncé à son job. Il avait même remboursé la prime de sept mille dollars, merde ! Il avait perdu sa fiancée, la seule femme qu'il ait vraiment aimée de toute sa vie. Il avait tourné le dos à son existence dans le seul but de traquer un fantôme qui était resté caché près de vingt ans. Et pour obtenir quoi ?

Ce fut à ce moment, pour la première fois, que Nick ressentit de plein fouet l'impact de sa décision. Un direct dans le ventre n'aurait pas été plus douloureux.

Le tram numéro 13 surgit sur la place, freina bruyamment devant lui. Il grimpa dans la voiture, une voiture entièrement vide. Il se glissa sur une banquette du milieu tandis que le véhicule repartait dans un soubresaut. Le choc le ramena au présent, et il se retrouva à récapituler les principaux moments de la journée écoulée. La vague de panique qui l'avait brièvement envahi lorsqu'il avait sincèrement cru que Peter Sprecher s'apprêtait à le livrer aux clients sans préparation ; sa réaction désemparée devant la porte fermée de la *Dokumentation Zentrale ;* et surtout, son impardonnable gaffe lorsqu'il s'était adressé à Wolfgang Kaiser en un suisse allemand plus que relâché...

La joue appuyée contre la vitre, il suivait des yeux les immeubles gris qui s'alignaient de chaque côté de la Stockerstrasse. Zurich n'était pas ce que l'on pouvait appeler une cité accueillante. Il avait tout intérêt à ne pas oublier qu'il n'y était ni plus ni moins qu'un étranger. Les cahots du tram, la voiture vide, l'environnement austère, tout concourait à accroître son désarroi, à souligner sa solitude. À quoi avait-il bien pu penser lorsqu'il avait renoncé à tant de certitudes pour se lancer dans une quête aussi improbable ?

Le véhicule ralentit. Nick entendit le chauffeur annoncer d'une voix bourrue la prochaine station, Utobrügg. C'était là qu'il descendait. Il se se leva, s'accrocha à une poignée. En quittant le tram, il fut heureux de retrouver la froide étreinte de la nuit. Toutes ses inquiétudes s'étaient massées en une boule compacte qu'il sentait maintenant palpiter au fond de son estomac. Il reconnut cette sensation : la peur.

C'était ce qu'il avait aussi éprouvé avant de se risquer sur la piste de danse de sa première soirée de lycéens, à quatorze ans. L'effroi qui l'avait assailli en s'exposant ainsi aux regards de tous, en comprenant qu'il ne lui restait plus qu'à trouver le moyen d'inviter une fille à danser sans se ridiculiser, et à prier pour qu'elle ne lui tourne pas le dos.

C'était encore ce qu'il avait ressenti le jour de la sélection à l'académie militaire de Quantico, en Virginie. Tous les candidats étaient réunis dans une même salle. Chacun avait rempli les formulaires nécessaires, s'était prêté aux examens médicaux, et gardait désormais les yeux braqués sur les portes coupe-feu derrière lesquelles dix féroces adjudants les attendaient de pied ferme. Chacun savait que les trois mois à venir allaient décider de son sort : ou bien devenir lieutenant du corps des marines américains, ou bien se retrouver dehors, avec quelques dollars en poche et une marque infamante qu'il serait impossible d'effacer.

Nick regarda le tram disparaître dans l'obscurité. Aspirant une grande bouffée d'air glacé, il sentit un calme relatif revenir en lui. Maintenant qu'il avait défini le faisceau d'émotions qui venaient de l'assaillir, il reprenait confiance. En marchant, il se persuada que l'avenir était toujours devant lui, qu'il était encore dans sa courbe ascendante. Les études à l'université californienne de Northridge, les marines, la Business School à Harvard : il avait fait quelque chose de sa vie, luttant depuis l'enfance pour sortir du bourbier dans lequel on l'avait jeté, pour regagner la fierté légitime que son père lui avait inculquée avec tant de constance.

Dix-sept années durant, ces principes avaient été les phares guidant sa route. Et là, au milieu de la nuit d'hiver, avec un nouveau défi devant lui, il les vit à nouveau briller, briller d'un éclat inégalé.

4

Une semaine plus tard, Marco Cerruti n'avait toujours pas
repris sa place dans la Serre. Et aucune information sur son
état de santé n'avait été communiquée. Il y avait seulement eu
une note de service de Sylvia Schon interdisant formellement
tout appel téléphonique au cadre souffrant et recommandant à
M. Peter Sprecher d'assumer toutes les responsabilités de son
supérieur, parmi lesquelles la participation à la réunion bi-
hebdomadaire de planification dont Sprecher venait juste de
sortir.

En fait, à aucun moment l'état préoccupant de Cerruti n'avait
été évoqué à cette réunion. Depuis neuf heures du matin, les participants avaient abordé un seul et unique point, qui était aussi le
grand sujet de conversation de tous les occupants du vaste
immeuble. La nouvelle, confondante, était que la Banque Adler,
un concurrent acharné dont le siège se trouvait à une cinquantaine
de mètres dans la même rue, venait d'acheter cinq pour cent des
parts de l'USB sur le marché boursier.

L'Union suisse bancaire était menacée par une OPA.

Nick lut tout haut la dépêche du fil financier de Reuters qu'il
avait affichée sur son écran d'ordinateur : « Klaus Konig, le président-directeur général de la Banque Adler, a annoncé
aujourd'hui qu'il avait pris une participation de cinq pour cent
dans l'Union suisse bancaire. Invoquant le " rendement notoirement insuffisant du capital " de cet établissement, Konig a révélé
son intention de prendre le contrôle du conseil d'administration
et d'orienter l'USB vers des activités plus lucratives. La transaction en question est estimée à plus de deux cents millions de

francs suisses. Les actions de l'USB ont enregistré une hausse de dix pour cent sur les places boursières. »

— « Rendement notoirement insuffisant » ? explosa Sprecher qui, à peine revenu à sa table, assena un furieux coup de poing dessus. Dites-moi que je deviens dingue ! Comment, nous n'avons peut-être pas annoncé un chiffre d'affaires record l'an dernier, une progression de vingt et un pour cent des bénéfices nets ?

Nick pivota légèrement sur son siège.

— Konig n'a pas critiqué nos profits. Ce qu'il nous reproche, c'est notre rendement. Nous n'utilisons pas notre argent avec assez d'agressivité, d'après lui.

— Nous sommes une vieille banque helvétique, un établissement respectable ! éructa Sprecher. Nous ne sommes pas censés être « agressifs » ! Non, mais il se croit en Amérique, ce type ? Lancer une OPA unilatérale, comme ça ? On n'a jamais vu une chose pareille, en Suisse. Il est devenu cinglé ou quoi ?

— Il n'y a pas de législation contre les OPA hostiles, remarqua Nick, qui prenait secrètement plaisir à se faire ainsi l'avocat du diable. Ma seule question, c'est : où va-t-il prendre l'argent ? Pour aller jusqu'au bout, il lui faudrait quatre ou cinq milliards de francs. La Banque Adler n'a pas une telle somme disponible, que je sache.

— Il n'a pas besoin de tout ça ! Il lui suffit de rafler trente-trois pour cent de nos actions et d'obtenir trois sièges au CA. Dans ce pays, c'est assez pour avoir une minorité de blocage, puisque les décisions du conseil sont prises aux deux tiers des votants. Vous ne connaissez pas Konig. C'est un renard. Il se servira de sa participation pour semer la zizanie. À force de se vanter des succès fantastiques de sa banque, il va faire bander tout le monde !

— Il a un peu de quoi, non ? Depuis sa fondation, les profits de la Banque Adler ont augmenté à un taux annuel de quarante pour cent. L'an dernier, ils ont encaissé quelque chose comme trois cents millions de francs après impôts. C'est assez pour impressionner pas mal de gens.

Sprecher l'enveloppa d'un regard stupéfait.

— Mais vous êtes quoi, vous ? Une encyclopédie financière ambulante ?

— C'était le sujet de ma thèse, expliqua Nick avec un haussement d'épaules. Le secteur bancaire suisse. La Banque Adler appartient à ce nouveau type de banques qui misent sur le trading. Actions, obligations, options, tout ce qui peut varier de prix d'un moment à l'autre.

– C'est ce pour quoi Konig veut l'USB ! Mettre ses mains cro-chues dans le secteur des comptes privés ! Vous saviez qu'il a tra-vaillé chez nous, il y a des années de ça ? Ce type est avant tout un joueur, et un joueur redoutable ! « Orienter l'USB vers des activi-tés plus lucratives »... Je vois très bien ce qu'il entend par là. Ça signifie anticiper sur les résultats du sommet de l'OPEC de la semaine suivante, ou sur les intentions de la Réserve fédérale US. Ça signifie que « risque » devient le mot d'ordre. Konig veut s'emparer de nos actifs pour permettre à la Banque Adler d'aug-menter ses mises.

Nick étudia le plafond au-dessus de lui, comme s'il était en train de considérer une équation particulièrement complexe.

– Stratégiquement parlant, c'est un coup finement joué. Mais très serré, aussi : aucune banque suisse n'acceptera de cofinancer une attaque contre une de ses semblables. On n'invite pas le diable à entrer dans la maison du Seigneur, pas quand on est soi-même prêtre... Il va donc devoir attirer des investisseurs privés, et donc diluer son contrôle. Moi, je ne m'inquiéterais pas trop, pour l'instant. Il n'a que cinq pour cent des parts : tout ce qu'il peut faire, c'est un peu de chahut à l'assemblée générale des action-naires...

Une voix sarcastique venue de l'entrée du bureau le coupa :

– Ah, ah ! L'avenir de notre banque décidé par deux de ses élé-ments les plus distingués. Spectacle ô combien rassurant !

Armin Schweitzer, le directeur chargé de l'audit interne, vint se planter devant la table de Nick :

– Alors, voici notre dernière recrue, hein ? Encore un Améri-cain. Ça vient et ça repart, une fois par an... Exactement comme une mauvaise grippe. Vous avez déjà booké votre vol de retour, non ?

C'était un sexagénaire taillé en obus, aux épaules massives, tout en flanelle grise. Il avait des yeux sombres, fixes, une bouche sans cesse figée dans un rictus amer.

– Je prévois un long séjour à Zurich, rétorqua Nick après s'être levé et présenté poliment. Je ferai mon possible pour que vous ayez une meilleure idée de la main-d'œuvre américaine.

Schweitzer passa une main épaisse sur son crâne tondu.

– Des idées sur la main-d'œuvre américaine, comme vous dites, je ne m'en fais plus depuis longtemps déjà. Exactement depuis le jour où, jeune encore, j'ai commis la regrettable erreur de m'acheter une Corvair.

Puis, pointant un doigt charnu vers Peter Sprecher :

— J'ai des nouvelles de votre vénéré chef. Nous en parlerons en privé, si vous voulez bien.

Sprecher se leva pour le suivre dehors. Il réapparut cinq minutes plus tard, seul.

— C'était à propos de Cerruti, expliqua-t-il à Nick. Il est en congé illimité. Dépression nerveuse.

— A cause de quoi ?

— C'est ce que je me demande, moi aussi. D'accord, Marco est toujours sur les nerfs, mais c'est naturel, chez lui. Un peu comme pour Schweitzer d'être si con. Il n'y peut rien.

— Vous pensez qu'il va être absent longtemps ?

— Allez savoir ! En tout cas, ils veulent qu'on continue à fonctionner comme avant. Cerruti ne sera pas remplacé. Tenez, c'est le premier résultat du communiqué de ce brave Konig : maîtrise renforcée des coûts de fonctionnement ! (Il reprit son siège, attrapa son dispositif antianxiété personnel, à savoir l'inévitable paquet de Marlboro.) Dieu du ciel ! D'abord Becker, maintenant Cerruti...

« Et toi, quand est-ce que tu t'en vas ? » ajouta Nick en son for intérieur.

Sprecher brandit le bout de sa cigarette allumée en direction de son collègue.

— Vous voyez une raison particulière à ce que Schweitzer vous ait dans le nez, dites ? À part d'être un frimeur d'Amerloque, bien sûr.

Nick se força à rire. Il n'aimait pas cette question.

— Non.

— Vous le connaissiez déjà ?

— Non, répéta Nick plus fort. Pourquoi ?

— Il m'a dit de vous tenir à l'œil. Il avait l'air d'être très sérieux.

— Il a dit quoi ?

— Vous m'avez parfaitement entendu. Et écoutez bien ce conseil : vous n'avez pas intérêt à ce qu'il vous cherche des crosses. Quand il s'y met, rien ne l'arrête.

— Pourquoi voudrait-il que vous me surveilliez ? Agissait-il sur les instructions de Kaiser ?

— Sans doute parce que c'est un parano incurable. Je ne vois pas d'autre raison.

Nick se redressa sur sa chaise. Il allait répliquer à Sprecher lorsque son téléphone sonna devant lui. Il s'empressa de décrocher, heureux de la diversion qui l'empêchait de formuler quelque remarque peu amène sur le compte du directeur.

– Oui, Neumann ?

– Bonjour. Sylvia Schon à l'appareil.

– Bonjour, Dr Schon. Comment allez-vous ?

– Bien, merci.

La réponse avait été sèche : visiblement, un jeune stagiaire n'était pas supposé poser une question aussi personnelle à l'un de ses supérieurs. Mais sa voix s'était radoucie quand elle poursuivit :

– On dirait que vous vous sentez déjà plus à l'aise en suisse allemand.

– Oh, il me faudra encore un peu de temps pour revenir au niveau, mais je vous remercie.

Il fut touché par le compliment. Chaque soir depuis son arrivée, il consacrait une heure à lire à voix haute dans cette langue et à improviser des conversations en tête à tête avec lui-même, mais jusqu'alors personne n'avait semblé remarqué les progrès accomplis.

– Et votre travail ? interrogea Sylvia Schon. M. Sprecher se montre-t-il un mentor avisé ?

Nick contempla la pile de dossiers sur son bureau. Il était chargé de vérifier que les portefeuilles des clients étaient ajustés au plan directeur qu'adoptait le comité des investissements de la banque. Ce jour-là, la consigne était de partager les actifs en trente pour cent d'actions, quarante d'obligations, dix de métaux précieux et conserver le reliquat en liquidités.

– Oui, on ne chôme pas, ici. M. Sprecher me tient très occupé.

De sa place, l'intéressé emit un gloussement narquois.

– Pour M. Cerruti, c'est vraiment désolant. Je pense qu'on vous a mis au courant ?

– Il y a juste quelques minutes, en fait. M. Schweitzer est venu nous en informer.

– Dans ce cas, je voulais aussi convenir d'un rendez-vous afin de faire le point sur votre... acclimatation. J'espère que votre promesse tient toujours, pour les quatorze mois. (Nick crut la voir sourire.) En fait, j'aimerais vous proposer de dîner ensemble. Quelque chose d'un peu moins formel que d'habitude. Disons le 6 février, chez Emilio.

– Le 6 février, chez Emilio, répéta Nick avant de lui demander un instant. (Il coinça le combiné contre son épaule, le temps de consulter un calendrier imaginaire.) Ce serait bien, oui. Parfait.

— Alors, disons sept heures. Entre-temps, il faudra que vous passiez à mon bureau. Nous devons aborder certains points à propos des impératifs liés au secret bancaire. Pensez-vous que M. Sprecher pourrait se passer de vous demain matin, vers dix heures ?

Nick jeta un coup d'œil à son chef, qui lui rendit son regard, un sourire ébahi sur les lèvres.

— Oui, je suis certain que M. Sprecher pourra se débrouiller sans moi quelques minutes, demain matin.

— Excellent. À demain, donc.

Elle raccrocha aussitôt. Après avoir fait de même, Nick fixa son supérieur.

— Qu'y a-t-il ?

— Emilio, hein ? plaisanta Sprecher. Drôle d'endroit pour étudier les dossiers du personnel... Mais enfin, la bouffe y est super. Et pas donnée, non plus.

— Simple routine. Elle veut vérifier que je ne me fais pas trop de souci à cause de l'absence de Cerruti.

— Routine ? Non, mon vieux. La routine, c'est la cafétéria. Au troisième étage, au fond du couloir à gauche. Escalopes viennoises et gâteaux au chocolat. Non, notre Dr Schon a d'autres projets pour vous. Ne croyez pas une seconde qu'elle ne connaisse pas l'intérêt que vous porte notre vénéré président. Elle veut être aux petits soins pour vous. Elle ne peut pas se permettre de vous perdre, non ?

— Ah, vous avez mené votre petite enquête, alors ?

— Il y a des choses que même ce pauvre vieux Peter est capable de découvrir tout seul...

Secouant la tête d'un air incrédule, Nick ne put s'empêcher de rire. Puis il attrapa son agenda et inscrivit le nom de la jeune femme à la date convenue. Le dîner avec Sylvia Schon – attention, un « dîner de travail » – était le premier rendez-vous qu'il inscrivait sur son carnet. Relevant la tête, il vit Sprecher tapoter négligemment son clavier. Il avait encore ce sourire entendu, le salaud... Comment avait-il dit ? « Notre Dr Schon a d'autres projets pour vous. »

Il soupesa encore la phrase. Qu'insinuait-il par là, ce fouineur ? Tout en réfléchissant aux éventuels sous-entendus de son supérieur, il laissa son imagination vagabonder, quitter la pièce et se glisser sans bruit dans le confortable bureau de Sylvia Schon, au rez-de-chaussée. Il la voyait affairée à sa table encombrée de documents, ses lunettes relevées sur son front, son chemisier ouvert juste un peu plus bas que la décence ne l'aurait permis, ses doigts fins jouant distraitement avec le collier qui effleurait la courbe naissante de sa poitrine...

Comme s'il était en train de lire dans ses pensées, Sprecher intervint soudain :

– Prenez garde, Nick. Nous ne sommes pas aussi malins, nous.

Le jeune homme sursauta.

– Aussi malins que qui ?

– Que les femmes, rétorqua Sprecher avec un clin d'œil.

Nick détourna le regard, sans pouvoir décider s'il se sentait gêné, ou coupable. Le caractère nettement érotique de sa rêverie l'étonnait lui-même, et il devinait jusqu'où elle se serait poursuivie si Sprecher ne l'avait pas interrompue. Encore à cet instant, il avait du mal à libérer son esprit de ces images plus que troublantes.

Deux mois plus tôt, il avait été sur le point de lier son avenir à celui de la seule femme qu'il avait aimée et respectée, en laquelle il avait cru comme il ne l'aurait jamais pensé possible. Une partie de lui-même refusait toujours de croire qu'Anna Fontaine l'avait quitté. Mais une autre s'y était résignée, ainsi que ce bref moment d'égarement venait de le prouver, et ne demandait qu'à passer à l'acte. Avec cependant une certitude : il était exclu de commencer par une aventure avec Sylvia Schon.

Nick reprit son labeur. C'était un travail de Sisyphe, puisque la banque redéfinissait sa stratégie d'investissements tous les soixante jours environ, c'est-à-dire le temps qu'il lui fallait pour réajuster les portefeuilles des sept cents clients du département.

Après une semaine à la banque, il avait déjà pris ses habitudes. Chaque matin il se réveillait à six heures, puis se forçait à tenir au moins quinze secondes sous une douche glaciale, une pratique apprise chez les marines et dont la philosophie était qu'une fois subie pareille épreuve, le reste de la journée ne pouvait que bien se passer. À sept heures moins dix, il avait quitté son appartement de la *Personalhaus* de l'USB, l'immeuble d'habitation réservé aux nouveaux venus à la banque. Il attrapait le tram de sept heures une et arrivait au bureau à la demie, au plus tard. En général, il était parmi les premiers au travail. Le programme de la matinée consistait invariablement à étudier une sélection de portefeuilles de clients afin d'y traquer les actions dont le rendement était décevant ou les obligations qui arrivaient à expiration. Une fois ces vérifications terminées, il rédigeait des recommandations que Sprecher approuvait en bloc. « Rappelez-vous, mon gars, aimait à lui répéter son chef, les revenus, il n'y a que ça qui compte. Les intérêts doivent rentrer. C'est à ça, et seulement à ça, qu'on évalue notre efficacité. »

Mais les activités de Nick ne se bornaient pas à celles dont Peter Sprecher le chargeait. Chaque jour, il trouvait le temps de mener des recoupements d'ordre beaucoup plus personnel. Ces « responsabilités non officielles », ainsi qu'il les appelait en son for intérieur, consistaient à trouver les moyens de fouiller dans le passé de la banque sans se faire remarquer, de repérer les filons qui pourraient le conduire à la fin mystérieuse de son père. Dès le mercredi suivant son embauche, il avait mené sa première expédition à la bibliothèque de l'USB, la *Wirtschafts Dokumentation*, ou WIDO. Là, il passait au crible les rapports d'activité annuels, les documents internes dont l'accès était resté verrouillé jusqu'en 1980. Il y releva le nom de son père à plusieurs reprises, mais uniquement dans de rapides références ou au sein d'organigrammes. Rien qui puisse projeter un peu de lumière sur la piste qu'il suivait obstinément.

En d'autres occasions, il étudia de fond en comble l'annuaire interne de la banque, cherchant – en vain – des noms de cadres supérieurs qui auraient pu réveiller un souvenir en lui, notant tous ceux qui, de par leur ancienneté et leur rang, auraient pu avoir travaillé avec son père. C'était, de toute façon, un effort sans lendemain : approcher tous les responsables âgés de plus de cinquante-cinq ans pour leur demander s'ils avaient connu son père était le meilleur moyen d'éveiller la curiosité générale.

Par deux fois encore, il retourna à la *Dokumentation Zentrale*. Il restait là devant la porte, se mettant au défi d'entrer, imaginant les kilomètres d'archives méticuleusement rangées qu'il y trouverait. Il finit par être convaincu que si le meurtre de son père était effectivement lié à ses fonctions au sein de la banque ou à des démarches pour le compte d'un de ses clients, les preuves subsistantes ne pouvaient être que là, derrière cette porte.

Cet après-midi comme tous les lundis et jeudis précédents, le téléphone sonna à trois heures tapantes. Il en avait été de même durant les dix-huit mois qui venaient de s'écouler, et sans doute encore avant, d'après ce qu'affirmait Sprecher. Nick se surprit à essayer de deviner quelle somme le Pacha allait faire virer ce jour-là. Quinze millions ? Vingt ? Plus ? Une semaine plus tôt, les transferts s'étaient élevés à seize millions de dollars, répartis dans les banques citées au protocole 5 : moins que les vingt-six virés le lundi précédent, mais tout de même une fortune.

Nick trouvait aussi étrange qu'illogique de devoir attendre l'appel du Pacha avant de vérifier le solde du compte 549 617 RR. Certes, le règlement interdisait de s'intéresser à cette information tant que le client ne l'avait pas demandée. Mais pourquoi le Pacha n'avait-il pas signé un ordre de virement permanent de tous ses actifs chaque lundi et jeudi, préférant téléphoner en plein après-midi, ce qui laissait peu de temps à l'exécution des transferts avant la fermeture des bureaux ?

— Vingt-sept millions quatre cent mille dollars, annonçait Peter Sprecher à son énigmatique interlocuteur. À virer d'urgence conformément au protocole 7.

Il avait pris « le ton dégagé du pro qui en a vu d'autres », ainsi qu'il se plaisait lui-même à le dire.

Nick lui tendit le dossier orange, déjà ouvert à la page demandée, et lut en silence la liste des établissements concernés : Banques de Hong Kong et de Shanghai, Banque de développement de Singapour, Banque Daiwa, ainsi que plusieurs compagnies européennes telles que le Crédit lyonnais, le Banco Lavoro italien et jusqu'à la Banque du Peuple à Moscou. En tout, trente établissements financiers bien connus.

Plus tard, en allant porter l'ordre de virement à Pietro, il repensa aux sept « protocoles » et aux centaines de banques qui y étaient mentionnées. Qu'il l'ait voulu ou non, il ne pouvait que se laisser aller à imaginer l'ampleur des activités du Pacha. La question, en fait, était de savoir s'il existait au monde une seule banque dans laquelle ce dernier n'avait pas de compte !

Le lendemain, à dix heures précises, Nick se présenta au bureau de Sylvia Schon. Il frappa une fois, poussa la porte. Sa ou son secrétaire devait être en congé, puisque comme la première fois l'antichambre était vide. Il toussota un peu, puis risqua :

— Euh, c'est Neumann. Le rendez-vous de dix heures avec le Dr Schon.

Elle répondit sans tarder, de l'autre côté de la cloison :

— Entrez, entrez, monsieur Neumann. Asseyez-vous. Je suis heureuse de constater que vous êtes ponctuel.

– Seulement quand je ne suis pas en retard.

Elle ne sourit pas, entrant dans le vif du sujet dès qu'il fut installé :

– Dans quelques semaines, vous allez commencer à rencontrer personnellement certains clients. Vous les aiderez à vérifier l'état de leurs portefeuilles, vous les assisterez dans diverses démarches administratives. Dans la plupart des cas, vous serez leur unique contact avec la banque. L'élément humain de nos services. Je suis sûre que M. Sprecher vous a appris comment vous comporter dans un tel contexte. Il me revient, à moi, de vérifier que vous êtes bien au courant de vos obligations en matière de secret bancaire.

Dès sa deuxième journée de travail, Nick avait reçu de Peter Sprecher un exemplaire de la loi helvétique régissant le secret bancaire, *Das Bank Geheimnis*. Il avait dû le lire sur-le-champ, et signer une déclaration selon laquelle il comprenait et acceptait ses termes. C'était l'une des rares fois où son chef s'était abstenu de la moindre plaisanterie, de la moindre remarque sarcastique.

– Je dois encore signer d'autres papiers ? demanda-t-il.

– Non. Mon devoir consiste seulement à récapituler certains principes généraux afin de vous empêcher de prendre de mauvaises habitudes.

– Faites, je vous prie.

On l'avait déjà mis en garde à deux reprises contre ces fameuses « mauvaises habitudes », depuis son arrivée...

Sylvia Schon joignit les mains et les posa sur son bureau.

– Vous n'évoquerez les affaires de vos clients qu'avec votre chef de votre service, et lui seul. Vous n'en parlerez jamais, une fois quitté ce bâtiment. Sans exception. Ni à un déjeuner avec un ami, ni en prenant un verre avec M. Sprecher.

Nick se demanda si le cas de figure où le susdit chef de service voudrait en discuter en éclusant des bières était prévu par ces fameuses règles, mais il préféra se taire.

– Veillez à ne jamais aborder de questions concernant la banque ou ses clients lors d'une conversation sur une ligne téléphonique privée, et à ne jamais emporter chez vous de documents confidentiels. Encore un point...

Mal à l'aise, Nick laissa ses yeux errer autour de la pièce, à la recherche d'une touche personnelle, d'une photo, d'un bibelot qui pourrait lui en dire plus sur le compte de la jeune femme. Il n'y avait rien de tel, à part une bouteille de vin rouge posée sur le sol à côté du grand classeur mural. Elle semblait ne vivre que pour son travail.

– ... Encore un point, donc : il n'est jamais prudent de prendre des notes concernant vos dossiers. Vous ne savez pas qui pourrait les lire.

A nouveau attentif, Nick finit par avoir envie de citer, pince-sans-rire, les vieilles formules consacrées : « Attention, les murs ont des oreilles ! » ou : « Chut, le Boche écoute ! » Tout cela n'était-il pas un peu forcé, et même beaucoup ? Comme si elle avait perçu ses réticences, Sylvia Schon se leva d'un coup de son fauteuil et contourna son bureau pour se rapprocher de lui.

– Vous trouvez ce que je raconte amusant, monsieur Neumann ? Malheureusement, cela me paraît être la réaction typiquement américaine : se moquer de l'autorité. Après tout, à quoi servent les règlements, sinon à être transgressés ? N'est-ce pas ainsi que vous voyez les choses, vous autres ?

Nick se redressa sur son siège. La véhémence de sa sortie l'avait pris de court.

– Mais... non. Pas du tout.

Elle se cala contre la table, près de lui.

– Encore l'an dernier, un employé de l'un de nos concurrents s'est retrouvé en prison pour atteinte à la loi sur le secret bancaire. En prison, monsieur Neumann. Vous savez ce qu'il avait fait ?

– Non, quoi ?

– Oh, pas grand-chose, mais cela a été jugé suffisant. Pendant Fastnacht, la période du carnaval, la tradition à Bâle est d'éteindre les lumières de la ville jusqu'à trois heures du matin la première nuit des festivités. Tout le monde profite de cette obscurité pour descendre dans la rue et faire la fête. Il y a des orchestres un peu partout, on se déguise. C'est un vrai spectacle. Et puis, à trois heures, quand les lumières reviennent, les *Stadtwohner*, les citoyens de la ville, font pleuvoir des confettis sur la foule.

Nick était tout ouïe. Le « petit malin » en lui gardait profil bas en attendant la prochaine volée de bois vert.

– Eh bien, ce cadre d'une banque que je ne citerai pas avait rapporté chez lui d'anciens dossiers de clients, passés au broyeur bien entendu, dans le but de s'en servir comme confettis. À trois heures, il les a jetés par sa fenêtre, très content de lui. Au matin, les services de nettoyage sont tombés sur ces bribes de papier. Ils les ont remis à la police, qui a été en mesure d'y relever plusieurs noms et numéros de comptes.

– Vous voulez dire que ce type a fini sous les verrous pour avoir fait des confettis avec des dossiers passés au laminoir ?

Il se souvenait de l'histoire des brodeurs de tapis de Téhéran qui s'étaient échinés à reconstituer les milliers de documents que le personnel de l'ambassade américaine en Iran avait expédiés au broyeur à la mort du shah. Mais il s'agissait là d'une révolution fondamentaliste ! Dans quel autre pays les balayeurs prendraient-ils le temps d'inspecter ce qu'ils pourraient trouver sur le trottoir un lendemain de liesse ? Et, pis encore, de se précipiter chez les flics en brandissant leur découverte ?

— Le scandale a été énorme, oui. Écoutez ! Le fait que les papiers étaient pratiquement illisibles n'y changeait rien. Ce qui était grave, c'est qu'un banquier expérimenté ait trahi la confiance que lui portaient ses clients. Cet homme a fait six mois de prison. Et il a été licencié par sa banque.

— Six mois, répéta Nick d'un ton atterré.

Dans un pays où l'évasion fiscale n'était pas considérée comme un crime, le prix à payer pour jeter quelques lambeaux de papier par la fenêtre était lourd, très lourd.

Sylvia Schon se pencha, posa ses deux mains sur le dossier de la chaise de Nick et rapprocha son visage du sien.

— Je vous raconte cette histoire dans votre propre intérêt. Nous prenons nos lois et nos traditions au sérieux. On attend de vous que vous en fassiez autant.

— Mais je comprends l'importance de la confidentialité ! Si j'ai paru m'impatienter, je m'en excuse. C'est que les principes que vous m'avez récapitulés relèvent du simple bon sens, non ?

— Bravo, monsieur Neumann. C'est en effet du « simple bon sens ». Hélas, de nos jours, le bon sens n'est plus si simple.

— Peut-être, oui.

— Ah, au moins là nous sommes d'accord.

Elle retourna à sa place, se rassit, avant de proférer d'une voix à nouveau calme et froide :

— Ce sera tout, monsieur Neumann. Il est temps de reprendre votre travail.

5

Un vendredi soir neigeux, trois semaines après son entrée à l'Union suisse bancaire, Nick s'efforçait de trouver son chemin dans les ruelles du vieux Zurich jusqu'au rendez-vous que lui avait donné Peter Sprecher. « Soyez au Keller Stübli à sept heures pétantes », lui avait dit ce dernier en l'appelant dans l'après-midi, alors qu'il n'était pas revenu au bureau après le déjeuner. « C'est au coin de la Hirchgasse et de la Niederdorf. Il y a une vieille enseigne, on ne voit qu'elle. Vous ne pouvez pas la louper, mon pote. »

La Hirchgasse était un raidillon pavé qui montait sur une centaine de mètres des quais de la Limmat jusqu'à la Niederdorf-strasse, la principale voie piétonne de la vieille ville. Tout en haut, les lumières de quelques cafés et restaurants perçaient l'obscurité. Nick s'approchait d'elles lorsqu'il sentit une ombre planer au-dessus de sa tête. Fixée à une potence qui jaillissait d'un mur décrépit, l'enseigne en question était là, un rond en fer forgé dont la dorure éprouvée par le temps pendait par plaques comme de la mousse sur le tronc d'un bouleau. En dessous, il y avait une porte en bois munie d'un heurtoir et d'une tabatière grillagée. Sur une plaque de fer rouillé se lisaient encore les mots : *Nunc est biben-dum*. Convoquant ses souvenirs de latin, Nick eut un sourire. « Maintenant, c'est le moment de boire. » L'endroit idéal pour un Peter Sprecher, certainement.

Après avoir passé le lourd battant, Nick entra dans une taverne sombre, entièrement lambrissée, qui sentait le tabac froid et la bière éventée. La salle était encore à moitié vide mais, à en juger par le mobilier fatigué elle ne tarderait pas à être comble. Un air de Horace Silver filtrait en sourdine des haut-parleurs.

— Content que vous ayez trouvé ! lui cria Sprecher, installé à l'autre bout du bar en bois de pin. C'est sympa d'être venu, même si je vous ai prévenu plutôt tard.

Nick attendit d'être près de lui pour répondre.

— J'ai dû bousculer un peu mes plans, lança-t-il avec un sourire en coin. (En fait, il n'avait aucune fréquentation hors de la banque, et Sprecher le savait pertinemment.) Dites, vous nous avez manqué, cet après-midi !

— Quelque chose d'important, répliqua l'autre en écartant les bras avec emphase. Un entretien. Une proposition, même.

Il était évident qu'il avait commencé à lever le coude tout seul.

— Une proposition ?

— Que j'ai acceptée. Un homme sans principes tel que moi, et aussi cupide, n'avait pas à hésiter très longtemps.

Nick tambourina des doigts sur le comptoir, enregistrant ces informations évasives. Il fit aussitôt le lien avec la conversation téléphonique qu'il avait surprise dès son arrivée à la banque. Ainsi, Sprecher avait donc obtenu sa rallonge de cinquante mille... Restait à savoir de qui.

— J'attends les détails.

— Croyez-moi, vous avez d'abord besoin d'un verre.

Sprecher vida celui qui se trouvait devant lui et commanda une tournée. Nick prit une gorgée honorable de sa chope, la reposa.

— Allez, je suis prêt.

— La Banque Adler. Ils créent un département de comptes privés. Il leur faut des experts. Ils m'ont trouvé, moi. On me propose trente pour cent de mieux sur mon salaire, une prime de quinze pour cent ferme, et dans deux ans un paquet d'actions.

Nick ne put dissimuler son étonnement.

— Quoi, après douze ans à l'USB vous passez à la Banque Adler ? À l'ennemi, autant dire. Il y a une semaine encore, vous traitiez Klaus Konig de joueur irresponsable, doublé d'un salopard. Enfin, Peter, vous devez être promu à la vice-présidence avant la fin de l'année ! Cette histoire d'Adler, c'est une blague ?

— Que non ! La décision est prise. Et d'ailleurs, j'ai dit que Konig était un joueur « redoutable », nuance ! Redoutable, ce qui signifie gagnant. Gagnant, c'est-à-dire prospère. Et prospère, en d'autres termes, c'est plein aux as ! Si vous voulez, je peux leur parler de vous. On fait une bonne équipe, pourquoi se séparer ?

— Merci, mais sur ce coup, je passe.

Nick avait du mal à ne pas interpréter le choix de son collègue comme une trahison. Mais il réfléchit à sa réaction. Trahison de qui ? De quoi ? De la banque, ou de lui, Nick ? Comprenant qu'il avait mis le doigt sur la réponse, il se reprocha d'avoir pris la nouvelle si égoïstement. En un bref laps de temps, Sprecher avait adopté volontiers le rôle de grand frère irrévérencieux, jamais à court de conseils aussi bien sur le plan professionnel que personnel. Son bagou, son ironie dévastatrice étaient vite devenus pour Nick un antidote à la rigidité bureaucratique ambiante. Ils avaient renforcé leurs liens après le travail, Nick se laissant guider d'un bar à l'autre, découvrant sous sa conduite le Pacifico, le Babaloo, le Kaufleuten... Bientôt son mentor allait quitter l'USB et Nick ne pourrait plus compter sur sa présence somme toute réconfortante.

— Alors, vous allez me laisser le Pacha ?

S'immerger dans le travail lui parut alors le seul refuge possible face à cette nouvelle déception. Il s'en voulut de s'être montré si cavalier devant le sermon de Sylvia Schon à propos du secret bancaire. Mais il était trop tard : aux yeux de la jeune femme, il était encore « un de ces Américains ».

— Le Pacha ? (Sprecher, qui avait failli s'étrangler, abattit sa chope sur le comptoir.) S'il y a un type louche, c'est bien celui-là ! Le fric lui brûle tellement les doigts qu'il ne peut pas le laisser en place plus d'une heure. Ça crame encore plus vite que si sa maman oubliait son fer sur la table à repasser...

— Vous le cataloguez un peu rapidement, objecta Nick d'un air pensif. Dépôts d'encaissements, paiement immédiat des fournisseurs : ce pourrait être une grosse affaire comme il y en a des milliers. Absolument légale.

— Des fournisseurs d'un bout de la fichue planète à l'autre ? Allons, allons ! Mais enfin, qu'il soit noir, blanc ou gris, on ne va épiloguer là-dessus. Dans ce bas monde, tout est « légal » tant qu'on ne se fait pas prendre. Ne vous méprenez pas, mon jeune ami : je n'émets aucun jugement sur le compte du Pacha. Mais en tant que professionnel, son micmac m'intéresse. Qu'est-ce qu'il fabrique, exactement ? Est-ce un fonctionnaire véreux qui vide régulièrement les coffres de l'ONU pour se remplir les poches ? Un dictateur qui puise dans son butin hebdomadaire en saignant les veuves et les orphelins de quelque pays paumé ? Ou bien il refile de la coke aux Russes ? Je me rappelle que nous avons fait un virement à une banque du Kazakhstan il y a deux ou trois mois.

Alma machin, vous savez, Almaty ? Ce n'est pas une destination qu'on voit tous les jours, ça. Il y a dix mille façons de se sucrer sur le dos des autres, et je parie n'importe quoi que notre Pacha en possède au moins une sur le bout des doigts.

– Je vous accorde que ses transactions sont intéressantes, mais ça ne les rend pas pour autant suspectes.

– Hé, mais vous parlez comme un vrai banquier suisse !

Il continua d'une voix solennelle, comme s'il était en train de lire le titre d'un journal :

– « Le Pacha, un client intéressant qui effectue des virements intéressants de sommes très intéressantes ! » Ah, vous irez loin, monsieur Neumann !

– Ce n'est pas vous qui m'avez dit que ce qu'il fait en réalité ne nous regarde pas ? Que nous ne devions pas fouiner dans les affaires de nos clients ? Que nous étions des banquiers, pas des flics ? Je ne l'ai pas inventé, quand même !

– Oui, je l'ai dit. Eh bien, admettons que depuis j'ai ouvert les yeux.

– Ça signifie quoi, ça ?

Sprecher alluma une cigarette avant de répondre.

– Voilà, ce n'est pas seulement l'appât du gain qui m'a fait quitter l'USB. Votre pauvre vieux Peter n'est pas aussi auto-destructeur qu'il en a l'air, voyez-vous. Parce que, un, Cerruti est en dépression nerveuse, peut-être définitivement HS ; deux, Marty Becker est tout bonnement refroidi, ce qui l'exclut *vraiment* du jeu. Alors ? Instinct de survie. C'est comme ça que vous diriez, vous les marines, non ?

En réalité, Nick n'avait pu que s'interroger sur la coïncidence qui avait privé le département de deux de ses cadres en si peu de temps – l'un était tombé malade, l'autre avait été victime d'une agression. Après tout, seule la version officielle assurait que le meurtre de son propre père n'était pas lié à ses responsabilités au sein de la banque. Et pourtant il avait préféré accepter le fait que Cerruti était la proie du surmenage, et que Becker avait péri dans un vol à la tire qui avait mal tourné.

– Ce qui leur est arrivé n'a aucun rapport avec leur travail, objecta-t-il avant de marquer une pause et d'ajouter : ou si ?

– Bien sûr que non, confirma Sprecher d'un ton convaincu. Cerruti a les nerfs en marmelade depuis toujours. Quant à Becker, il n'a pas eu de bol. Je deviens parano, voilà tout. Ou peut-être que j'ai forcé sur la bière. (Il donna un coup de coude à Nick.) En tout cas, vous voulez un conseil ?

Nick se pencha en avant.

– Oui, quoi ?

– Tenez-vous à carreau, quand que je serai parti. Parfois, je remarque cette expression que vous avez dans le regard. Vous êtes là depuis un mois mais chaque matin vous débarquez comme si c'était votre premier jour. Vous avez un truc en tête, vous. Il connaît son monde, l'oncle Peter.

S'il avait proféré une absurdité, Nick ne l'aurait pas regardé autrement.

– Croyez-moi ou non, mais je me plais, ici. Et je n'ai rien derrière la tête, non.

– Si vous le dites…, concéda Sprecher en haussant les épaules, résigné. Mais bon, pas d'initiatives, hein ? Et puis, évitez Schweitzer. Vous connaissez son histoire ?

– Celle de Schweitzer ?

– Oui. Le Landru de Londres, proféra Sprecher en affectant une mine terrorisée.

– Non, pas du tout.

En fait, après Becker et Cerruti, il n'était pas certain de vouloir l'entendre…

– Voilà. Il a gagné ses galons à la banque en négociant des obligations européennes à Londres à la fin des années soixante-dix. Eurodollars, europétrole, euro-yens, c'était une époque bénie, la prospérité. Tout le monde amassait des fortunes, en ce temps-là. De l'aube au crépuscule, Schweitzer menait son équipe de traders à la cravache. Et du crépuscule à l'aube il hantait les boîtes de nuit les plus select de Londres, d'Annabel's au Tramp, en évoluant dans une coterie d'anciens et de futurs clients. Sa conviction, c'était que si on est incapable de boucler une spéculation gratinée sur le deutsche Mark à trois heures du mat', avec deux bouteilles de Tullamore Dew dans les veines et une nuée de petites nanas autour, eh bien on n'est pas fait pour ce boulot. Et de fait il a placé l'USB au premier rang, avec ses méthodes ! (Sprecher éclata de rire à cette idée, puis vida le fond de sa chope.) Par un beau jour de printemps, il est rentré un peu retard à sa suite à l'hôtel Savoy, que la banque payait pour lui à l'année. Il avait convaincu le conseil d'administration qu'il avait besoin d'un cadre raffiné pour rencontrer ses clients, que le bureau était trop petit, trop bruyant… Enfin, voici notre Armin qui débarque et tombe sur sa maîtresse du moment, une petite sauteuse originaire de Cincinnati, ainsi que sur son épouse légitime arrivée sans crier gare, toutes deux très occupées à se crêper le chignon.

— Oui, et alors ? demanda Nick en se disant que toute l'histoire ressemblait à un mauvais feuilleton télévisé.

Sprecher commanda une autre bière avant de reprendre.

— Ce qui s'est passé exactement après, on ne l'a jamais su. Selon la version officielle servie par la direction de la banque, l'honorable Frau Schweitzer, mère de deux filles, trésorière du club de curling Zollikon et compagne depuis quinze ans d'un coureur de jupons notoire, a sorti un revolver de son sac au cours de l'altercation et a buté la jeune copine d'Armin. D'une balle en plein cœur. Atterrée par ce qu'elle venait de faire, elle a ensuite tourné l'arme contre sa propre tempe et a tiré un seul coup. Sa mort a été instantanée, de même que le rappel de son veuf adoré à Zurich, au siège, où il a été nommé à un poste relativement important mais, comment dire, moins visible. Un placard, quoi. À la cave, le Casanova ! Directeur de l'audit interne...

— Et la version non officielle ?

— Ah, celle-ci est notamment soutenue par Yogi Bauer, l'adjoint de Schweitzer à l'époque du drame. Il a été placé à la retraite depuis, mais vous pouvez encore le rencontrer dans certains des bars les plus glauques de Zurich, catégorie à laquelle le Gottfried Keller Stübli, je suis fier de le préciser, appartient. En fait, il ne quitte pratiquement pas ces lieux.

Regardant par-dessus son épaule gauche, il émit un bruyant sifflement, puis brandit sa chope et cria :

— Hé, Yogi ? À la santé de Frau Schweitzer !

Une vague silhouette courbée au-dessus d'une table dans le coin le plus sombre de la taverne leva son verre en retour.

— Ouais, sacrément incroyable, hein ? hurla en guise de réponse à ce toast Yogi Bauer en personne. C'est bien la seule rombière d'Europe capable d'avoir passé un revolver chargé dans deux aéroports internationaux sans se faire pincer. Tout à fait mon genre de meuf. *Prosit !*

— *Prosit !* répéta Sprecher en engloutissant une bonne rasade de bière. Yogi, c'est l'historien non officiel de notre banque. Il gagne sa croûte en nous régalant des pages les plus savoureuses de notre illustre passé.

— Et celle-là, elle est véridique à quel point ?

— 19 avril 1978 : vous n'avez qu'à retrouver les journaux de l'époque. Ça a fait grand bruit, par ici. Là où je voulais en venir, c'est que vous avez intérêt à rester loin de Schweitzer. Les Américains, il ne peut pas les encadrer. Si les gus recrutés par Ott aux

USA ne font jamais long feu chez nous, c'est largement parce que Schweitzer leur mène une vie infernale dès leur arrivée. Yogi soutient que sa petite copine yankee avait appelé sa femme en lui disant que le coquin s'apprêtait à demander le divorce pour l'épouser, elle. Depuis ce jour-là, Schweitzer ne peut plus voir la bannière étoilée en peinture.

De ses deux mains levés, Nick fit signe à son collègue de ralentir un peu.

— Attendez, attendez. On parle bien du même Armin Schweitzer, là ? Un gros type, avec une bonne brioche ? Et vous me dites que c'était un briseur de cœurs ?

— Lui, oui. L'inconfondable connard qui vous a balancé hier matin qu'il préférerait encore conduire une Trabant qu'une Ford.

Nick essaya de sourire, de prendre à la légère ce qu'il venait d'entendre, mais en vain. Les insinuations de Sprecher avaient fini par modifier sans qu'il s'en rende compte l'idée qu'il avait de la banque. Becker assassiné, mais non pas par un voleur anonyme ; Cerruti, une épave, un homme brisé ; et maintenant Schweitzer, un maniaque de la gâchette. De qui d'autre encore ignorait-il l'aspect caché ?

Soudain, il fut assailli par le souvenir d'une des innombrables querelles parentales, un de ces éclats qui avaient empoisonné la vie de la famille au cours de l'hiver précédant le meurtre de son père. Il crut entendre l'impérieuse voix de baryton paternelle qui traversait les couloirs et montait dans l'escalier en haut duquel le petit garçon s'était assis, en pyjama, l'oreille tendue. Chaque mot lui revenait maintenant avec une précision surnaturelle.

« Il ne me laisse aucun autre choix, Vivien ! Je me tue à te répéter que ce n'est pas une question de vanité. Si Zurich me le demandait, je passerais la serpillière au bureau ! — Mais tu as dit toi-même que tu n'étais pas certain ! Que tu ne savais pas s'il était vraiment un escroc ! Alors, arrête de faire tant d'histoires et agis comme ils te le demandent ! Pense un peu à toi, Alex ! — Je ne travaillerai pas avec lui, tu m'entends ? Si la banque a envie de traiter avec des criminels, tant pis, mais moi je ne le ferai pas. »

De quels criminels parlait-il, alors ?

— Voilà pourquoi je vous ai raconté ça, continuait Sprecher. Filez droit, montrez-vous discipliné et Schweitzer ne viendra pas vous chercher noise. Si les rumeurs à propos de notre coopération avec les autorités sont exactes, ce sera à lui de fliquer tous les gestionnaires de patrimoine. C'est son job, l'audit interne, non ?

Nick sursauta. Après avoir dérivé vers le passé, son esprit revenait à la conversation en cours.

— Mais... de quoi parlez-vous ? Quelles rumeurs ?

— Rien d'officiel encore, expliqua Sprecher à voix basse. Nous saurons tout mardi matin. Mais visiblement les banques sont trop sur la sellette, en ce moment. Avec tous ces scandales et ces révélations, nos chefs ont décidé qu'il valait mieux se prêter volontairement aux vérifications plutôt que d'y être forcés d'une manière ou d'une autre. Je ne connais pas tous les tenants et aboutissants, mais nous allons aider les autorités à réunir des informations sur nos clients, du moins pendant un petit bout de temps. Attention, tout le monde ne sera pas concerné, hein ! Le procureur fédéral va étudier les recours dont il a été saisi et désigner en conséquence les comptes numérotés que les enquêteurs seront en droit d'étudier.

— Ça alors... Quasiment une chasse aux sorcières, on dirait ?

— Tout à fait. Ils sont en train de soulever la moindre pierre pour voir s'il n'y aurait pas un nouveau Pablo Escobar caché dessous.

En croisant le regard de son ami, Nick comprit qu'ils avaient tous deux ajouté en leur for intérieur : « Ou un Pacha... »

— Dieu ait pitié de la banque qui pourrait l'abriter, prononça-t-il pensivement.

— Et de celui qui le dénoncera, ajouta Sprecher en levant deux doigts à l'intention du barman. *Noch zwei Biere, bitte.*

— Amen, compléta Nick.

Mais ce n'était pas aux bières qu'il pensait.

6

À huit heures et demie, le mardi matin suivant, tous les gestionnaires de patrimoine étaient convoqués au quatrième étage. La réunion, destinée à leur exposer la réponse de l'USB aux demandes répétées de coopération avec la DEA *(Drug Enforcement Administration)*, le service américain de répression des stupéfiants, et autres institutions de ce type, constituait pour Nick la première occasion d'être admis au mythique étage connu dans tout l'établissement sous le déférent sobriquet de « Nid de l'Empereur », ce dernier n'étant autre que le P-DG de la banque.

La salle du conseil d'administration s'ouvrit devant lui telle une grotte immense. Le chambranle de la porte s'élevait à plus de quatre mètres du sol, les plafonds à six. Nick s'avança d'un pas respectueux sur l'épaisse moquette marron, décorée d'une frise ornée des emblèmes des vingt-six cantons helvétiques. Au centre, sous une prodigieuse table de conférence en acajou, se déployait le blason de l'Union suisse bancaire : l'aigle des Habsbourg, noire rampant à dextre sur écu moutarde, aux larges ailes ouvertes, ses serres refermées sur trois clés, son bec altier retenant un ruban doré sur lequel était inscrite la devise de la banque : *Pecunia honorarum felicitatus*. « Heureux d'accueillir votre argent. »

En compagnie de Peter Sprecher, Nick alla se placer au fond de la salle, près des fenêtres qui donnaient sur la Bahnhofstrasse. Il aurait dû se sentir intimidé, pensa-t-il, mais il était trop occupé à observer ses collègues. Tous, sans exception, restaient bouche bée devant le solennel décor, tel un groupe de touristes éberlués, qui tâtant le cuir souple des chaises, qui passant discrètement la main sur les palissandres, qui détaillant avec fierté les armes emblasonnées de leur employeur. Nombre d'entre eux découvraient aussi ce jour-là les fastes du quatrième étage.

Alors qu'il tournait les yeux vers la porte, Sylvia Schon fit son entrée. Elle était vêtue d'une jupe noire et d'un blazer, ses cheveux ramassés en un strict chignon. Elle lui parut plus petite que dans son souvenir, mais aucunement effarouchée par cette assemblée masculine. Elle passait de l'un à l'autre en serrant des mains, adressant des sourires ou des signes de tête, échangeant quelques mots à voix basse : un modèle d'assurance et de discrétion, qui ne manqua pas d'impressionner le jeune homme.

Soudain, un silence complet se fit dans la salle. Wolfgang Kaiser venait d'apparaître. Il alla droit au fauteuil disposé juste sous le portrait du fondateur de l'établissement, Alfred Escher-Wyss, sans s'y asseoir. Une main posée sur la table devant lui, il parcourut l'assistance des yeux. On aurait dit un général inspectant ses troupes avant une opération périlleuse.

Nick le regardait, fasciné par ses yeux d'un bleu glacier, sa moustache d'aïeul, son bras atrophié collé à son flanc gauche. Il se souvint du jour où il l'avait vu pour la première fois, dix-sept ans plus tôt, lors du dernier voyage de son père en Suisse. Cet homme aussi puissant qu'autoritaire avait alors terrifié le jeune garçon qu'il était. Mais là, dans ce cadre solennel, il se sentit fier des rapports privilégiés qu'il avait avec Kaiser grâce à son histoire familiale, de la confiance que celui-ci lui avait manifestée en lui proposant de rejoindre la banque.

Le maître de l'USB était entré en compagnie de trois hommes : Rudolf Ott, le numéro 2 de la banque, qui avait reçu Nick pour son entretien à New York ; Martin Maeder, le vice-président chargé des comptes privés, et enfin un inconnu qui paraissait notoirement étranger à ce cénacle, grand et mince comme un roseau, un attaché-case en cuir fatigué à la main. Il portait un costume bleu marine dont les revers trop raides trahissaient son origine américaine – Nick ne pouvait l'ignorer, puisque les siens étaient pareils...–, et des bottes de cow-boy dont l'impeccable brillant aurait arraché un sifflement d'admiration à n'importe quel adjudant-chef.

Ce fut Rudolph Ott qui ouvrit la réunion. Avec ses lunettes à fine monture et ses épaules voûtées, il ressemblait à un professeur qui a l'habitude de se faire chahuter.

– En tant que représentant de notre établissement à l'Association des banques suisses, commença-t-il d'une voix à laquelle son accent bâlois donnait une inflexion nasale, je me suis entretenu ces derniers jours avec mes collègues à Genève, Berne et Lugano. Nos consultations ont porté essentiellement sur les mesures à prendre dans le contexte défavorable que nous connaissons, afin d'éviter une décision fédérale contraignante qui pourrait conduire à la divulgation de certaines informations confidentielles relatives à nos clients, à l'intention non seulement des services du procureur fédéral mais aussi des autorités internationales. Bien que la discrétion garantie à nos estimés clients demeure un principe fondamental dans la déontologie des banquiers suisses, il a été convenu que nous répondrions volontairement, je dis bien volontairement, aux exigences de notre gouvernement fédéral, aux souhaits de nos concitoyens et aux demandes des institutions internationales. Nous devons occuper dignement notre place à la table des nations occidentales développées et industrialisées, et donc aider à éradiquer les individus ou groupements qui pourraient utiliser nos services dans le but de répandre le mal et la corruption à travers la planète.

Alors qu'il s'interrompait pour s'éclaircir la gorge, un murmure parcourut l'assistance. Nick se pencha vers Peter Sprecher et chuchota :

– Nous n'étions donc pas assez développés et industrialisés pour occuper cette place pendant la Seconde Guerre mondiale ?

– Pas du tout ! rétorqua Sprecher aussi bas. En ce temps-là, il y en avait deux, de tables. Notre problème, à nous autres Suisses, c'est que nous n'arrivions pas à décider à laquelle nous asseoir.

Avec un signe en direction de l'Américain dégingandé, Ott poursuivit :

– Le service de répression des stupéfiants des États-Unis nous a communiqué une liste de transactions qu'il considère comme « suspectes » et qui sembleraient liées à des activités illégales, en particulier le blanchiment de fonds générés par la vente de substances prohibées. Je vous présente M. Sterling Thorne, qui va vous donner plus de détails sur la coopération que nous nous proposons d'établir.

Se tournant vers le visiteur, il lui serra la main et lui glissa :

– Ne vous inquiétez pas, ils ne vous mordront pas.

Nick se dit pourtant que son compatriote ne paraissait guère intimidé lorsqu'il se leva et fit face aux soixante-cinq cadres de la banque réunis dans la salle. Ses cheveux étaient peignés à la hâte et un peu trop longs, comme s'il avait voulu se démarquer ainsi des bureaucrates bien léchés de son agence. Ses yeux étaient deux fentes aux aguets, ses joues témoignaient de la longue bataille qu'il avait dû mener durant son adolescence contre l'acné, et qu'il avait perdue. La bouche était petite et mince, mais ses mâchoires auraient pu broyer une barre de fer.

– Mon nom est Sterling Stanton Thorne, commença-t-il. J'appartiens à la DEA, le service américain de répression des stupéfiants, et ce depuis maintenant près de vingt-trois ans. Récemment, les gros bonnets de Washington ont jugé bon de me nommer responsable de nos opérations en Europe. Ce qui explique que je me retrouve aujourd'hui devant vous, messieurs, pour vous demander d'aider à l'effort de guerre contre les narcotrafiquants.

Sans connaître cet exemplaire précis, Nick avait aussitôt repéré le modèle d'individu auquel Thorne appartenait : la cinquantaine, une vie entière au service de l'État, le fonctionnaire type jouant les Eliot Ness modernes.

– En 1997, le trafic de drogue a brassé pour plus de cinq cents milliards de dollars, poursuivit Thorne. Héroïne, cocaïne, marijuana, et ainsi de suite. Cinq cents milliards. Un cinquième de cette somme, en gros, soit cent milliards, a remonté toute la chaîne jusqu'à arriver dans les poches des grands organisateurs du trafic international, des parrains. Ça fait pas mal d'argent à circuler à travers le monde entier à la recherche d'une planque sûre. Or, il se trouve qu'en chemin une grosse part de ce gâteau disparaît purement et simplement. Pfft, engloutie dans un trou noir. Aucune personne privée, aucune institution, aucun pays ne signale l'avoir reçue. Quelque part dans sa route vers les narcotrafiquants, elle se volatise. Pour où, personne ne le sait. En fait, des banques du monde entier, y compris aux USA, je le reconnais volontiers, aident à blanchir cet argent, à le recycler et à le remettre dans le circuit. Reçus truqués, sociétés prête-noms, virements incontrôlables sur comptes numérotés, chaque jour, il s'invente de nouvelles façons de procéder.

L'oreille tendue, Nick détecta dans son élocution un lointain écho du pays profond, un reste obstiné de ses rudes origines qui ne voulait pas s'effacer. Il se dit que si Thorne avait porté un chapeau de cow-boy en cette occasion, ce serait exactement le moment où il l'aurait relevé sur son front d'une petite tape et où il aurait poussé son menton en avant de quelques millimètres, juste de quoi faire comprendre à ces braves gens qu'il allait maintenant passer aux choses sérieuses.

À cet instant, menton imperceptiblement levé, Thorne continua :

– Nous ne nous intéresserons pas à l'immense majorité des
clients de votre vénérable établissement. Ce sont, à quatre-vingt-
quinze pour cent, d'honnêtes citoyens qui respectent les lois. Ni
aux quatre pour cent de fraudeurs sans envergure, d'escrocs à la
petite semaine, de petits trafiquants d'armes et de revendeurs de
came lambda. Pour les autorités américaines, ces gens-là
n'existent même pas. Nous, messieurs... (Et Thorne s'adressait
désormais aux cadres de la banque comme s'ils étaient unis à lui
dans une cause commune.) ... Nous, ce qui nous importe, c'est la
pêche au gros. Le un pour cent restant. Les grandes pointures.
Après tant d'années, nous avons enfin reçu le feu vert. La chasse à
l'éléphant est ouverte. Mais attention, la réglementation est très
contraignante. Les responsables de la société de chasse suisse
n'attendent pas que nous cartonnions le moindre éléphant qui
passe. Dans mon service, nous savons exactement lesquels ont les
plus grosses défenses : ce sont ceux-là qu'il nous faut. Pas les
bébés éléphants, pas même les mamans éléphants. Nous cherchons les mâles, et les mâles les plus vicieux, les solitaires. Or, à un
moment ou à un autre, vos propres « gardes-chasse » les ont
tatoués ; donc, même si vous me soutenez que vous ne connaissez
pas leur nom, je suis sûr que leur numéro matricule vous dira
quelque chose... (Il grimaça un sourire, mais sa voix avait maintenant un ton des plus sérieux.) Dès que nous vous fournirons le
nom ou le matricule de l'un de ces mâles pour lesquels vous avez
reçu un permis de chasse, je vous le répète, messieurs, eh bien
nous comptons sur votre coopération. (Un genou fléchi, il pointa
le doigt vers l'assistance.) Et si vous pensez, ne serait-ce que pensez, à protéger un de ces solitaires, à le soustraire à notre action, je
vous jure que je retrouverai votre cul et que je le botterai aussi fort
que la loi m'y autorise. Et même plus, peut-être.

Nick remarqua plusieurs visages congestionnés autour de lui.
Les banquiers helvétiques, d'ordinaire si calmes, étaient en train
de perdre leur sang-froid à vitesse grand V.

– S'il vous plaît, messieurs ! Écoutez-moi bien, car nous arri-
vons à l'essentiel. Si l'un de ces éléphants mâles... Oh, et puis au
diable, pourquoi ne pas les appeler par leur nom ? Si l'un de ces
cri-mi-nels que nous recherchons dépose sur son compte une
somme importante, supérieure à cinq cent mille dollars, francs
suisses, marks allemands, ou équivalent, vous, les amis, devrez

bondir sur votre téléphone et m'en informer. Si l'un d'eux reçoit des virements supérieurs à dix millions de dollars ou l'équivalent, puis ressort plus de la moitié de cet argent en le virant à une, dix ou cent banques, et cela en l'espace de moins de vingt-quatre heures, idem. Quand on est un investisseur avisé, on ne malmène pas son fric. Quand on le fait circuler à tout bout de champ, c'est qu'on est train de blanchir de l'argent sale. Et là, ce type m'appartient. (Il se détendit, eut un bref haussement d'épaules.) Comme je vous l'ai dit, la réglementation de cette chasse est contraignante. Vous autres, vous ne nous rendez pas la vie facile. Il n'empêche que je compte sur votre collaboration pleine et entière. Nous allons tester cet accord en tant que *gentlemen's agreement*. Mais nous jugerons aux résultats. Ne jouez pas aux plus fins avec nous, les gars, ou ça vous pétera à la figure.

Sur ces mots, Sterling Thorne attrapa son attaché-case, serra la main à Kaiser et Maeder. Puis, escorté par Rudolf Ott, il quitta la salle du conseil.

« Bon débarras ! » grinça Nick en son for intérieur. Il sentait encore dans son échine le spasme qu'un souvenir douloureux avait éveillé. Il avait en effet ses propres raisons de ne pas aimer cet homme.

L'assemblée resta plongée dans un silence de mort. On croyait sentir comme une hésitation collective, chacun se demandant s'il fallait rester à sa place ou s'en aller. Mais puisque Kaiser et Maeder ne bougeaient pas, personne ne fit mine de se lever. Finalement, avec un soupir laborieux, Wolfgang Kaiser quitta son siège.

– S'il vous plaît, messieurs. Encore un mot... Nous espérons tous que notre coopération avec les instances internationales concernées sera aussi brève que sans histoires. M. Thorne a de toute évidence quelques tristes individus bien en tête lorsqu'il parle de « chasse aux éléphants », de « mâles solitaires », etc. (Un sourire passa dans les yeux bleus de Kaiser, qui semblait vouloir dire que lui aussi, tout au long de ces années, avait été amené à croiser des clients peu communs.) Mais je suis convaincu qu'aucun d'entre eux ne figure parmi notre estimable clientèle. Le fondement des activités de cette banque est de respecter à la lettre l'exigence d'honnêteté qui caractérise la vie financière de notre pays. Au fil des ans, les services que nous proposons à nos concitoyens et à la communauté internationale ont gagné en diversité, en complexité, mais notre engagement initial à ne travailler qu'avec des partenaires honorables demeure inchangé.

Tout le monde opina vigoureusement du bonnet. Les collègues de Nick semblaient heureux d'entendre leur président proclamer l'innocence de l'établissement, sa réputation sans tache.

Kaiser martela la table de son poing en prononçant sa conclusion :

— Nous n'avons et nous n'aurons jamais aucun besoin de chercher à tirer profit d'un commerce que la loi et la morale réprouvent. Je vous prie de retourner maintenant à votre travail avec la certitude que, quand bien même M. Thorne étendrait sa chasse aux éléphants aussi loin que possible, eh bien il ne trouvera jamais ce qu'il cherche au sein de l'Union suisse bancaire.

Et il prit la direction de la porte, Maeder et Ott sur ses talons tels deux vieux enfants de chœur. Pendant quelques minutes, les cadres s'attardèrent dans la salle, encore trop sous le choc ou trop indignés pour réagir vraiment. Nick se fraya un chemin à travers eux, s'engagea dans le couloir. Dans l'ascenseur, il se retrouva avec deux de ses collègues qu'il ne connaissait pas. L'un d'eux était en train d'assurer à son compagnon que cette baudruche allait se dégonfler en l'espace d'une semaine. Nick les écoutait à peine, occupé qu'il était à répéter dans sa tête la dernière phrase de Wolfgang Kaiser : « ...Quand bien même M. Thorne étendrait sa chasse aux éléphants aussi loin que possible, eh bien il ne trouvera jamais ce qu'il cherche au sein de l'Union suisse bancaire. »

S'agissait-il d'un constat, ou d'un appel aux armes ?

7

– Voici les termes de notre reddition, annonça le lendemain Peter Sprecher en lançant sur son bureau un document intitulé « Liste interne de comptes à vérifier ». Signés par l'Oncle Sam en personne !

– Ouf, nous sommes tranquilles ! constata Nick après avoir consulté son propre exemplaire. Je ne vois pas un seul compte qui appartienne à la FKB4.

– Ce n'est pas pour *nous* que je me fais du souci, releva Sprecher en coinçant une cigarette entre ses lèvres. C'est pour la banque en général. C'est pour tout ce putain de secteur bancaire, même !

Apportée personnellement par un Armin Schweitzer tout joyeux un peu plus tôt dans la journée, la liste contredisait la vibrante apologie de ses clients qu'avait prononcée Wolfgang Kaiser puisque quatre comptes numérotés appartenant à des utilisateurs de l'USB y apparaissaient.

– « Toute transaction concernant les comptes mentionnés ci-dessus doit être immédiatement signalée au service de l'audit interne, poste 4571 », lut Nick à voix haute. Eh bien, ça va l'occuper, Schweitzer !

– L'occuper ? s'exclama Sprecher en roulant des yeux effarés. Vous voulez dire que le mec est carrément au septième ciel ! Fini de chicaner sur des ordres de virement dépourvus de la double signature requise, ou de traquer les marges accordées au-delà des normes prescrites. Notre Armin nage en plein bonheur. Le voilà catapulté défenseur de l'Honnêteté et de la Correction, les deux avec majuscules. Garant de l'engagement de son gouvernement bien-aimé à faire respecter le *gentlemen's agreement* qui a été conclu. Hé, suis-je donc le seul dans cette boîte à avoir envie de hurler ?

— Du calme, lui conseilla Nick tout en se demandant si l'Honnêteté et la Correction étaient des membres permanents du panthéon helvétique, ou seulement des invités. En tout cas, ce n'est sans doute pas la pire alternative.

— Alternative ? De quoi il parle, maintenant ? C'est de l'auto-immolation, oui !

— Non, un engagement fédéral qui exige notre coopération. Une façon d'officialiser notre collaboration volontaire.

Sprecher fondit sur le bureau de Nick tel un oiseau de proie.

— Depuis 1933, nous avions réussi à préserver l'intégrité de nos banques. Soixante-cinq ans, pour en arriver là ! À cette... abomination. C'est un désastre, bon Dieu ! Hier encore, notre banque n'aurait toléré aucune question à propos de l'identité d'un de ses clients ou des mouvements sur son compte. C'était un mur, une forteresse. Sans un mandat fédéral dûment signé par le président, aucune information, même la plus anodine, n'aurait été fournie à quiconque. Ni au général Ramos lorsqu'il a essayé d'obtenir la restitution des milliards barbotés par la famille Marcos, ni à votre FBI quand il a voulu fouiner dans les actifs de certains hommes d'affaires colombiens, et encore moins à une bande de sionistes surexcités qui demandent à cor et à cri le rapatriement des fonds déposés par leurs parents avant la Seconde Guerre mondiale.

— Et c'est justement à cause d'une telle intransigeance que nous en sommes arrivés là, rétorqua le jeune homme.

— Faux ! C'est cette intransigeance qui nous a valu la réputation d'être les meilleurs banquiers du monde !

Secouant un doigt menaçant à l'intention de Nick :

— Je vous l'ai dit, je le répète : du granit, Neumann, du granit ! Pas du calcaire.

Nick leva les mains en signe d'apaisement. Il ne prenait aucun plaisir à plaider la cause de Sterling Thorne.

— De toute façon, ajouta Sprecher avec un calme inquiétant, ce ne sera bientôt plus que *votre* problème, très bientôt. D'ici dix jours j'aurai débarrassé le plancher.

— Dix jours ? Et votre préavis, alors ? Vous avez jusqu'au 1ᵉʳ avril, minimum.

Son chef haussa les épaules.

— Disons que c'est un divorce à l'américaine. Je suis encore là jusqu'à mercredi prochain. Jeudi et vendredi, je serai en congé maladie. Non, rien de grave, merci, un petit passage à vide, ou un accès de grippe. Ne vous gênez pas pour choisir ce que vous voudrez, si on vous pose la question. Mais entre vous, moi et les murs, en réalité je serai chez Konig. Séminaire de deux jours pour les nouveaux. Je commence le lundi d'après.

– Bon Dieu, Peter, vous planez ou quoi ? Les Indiens encerclent le fort et vous, vous vous tirez par un tunnel ?

– Autant que je m'en souvienne, le pourcentage de survivants à Fort Alamo n'était pas génial, si ? Non, non. J'ai un plan de carrière, moi.

Se levant d'un bond, Nick le fixa droit dans les yeux.

– Et si... ?

– Si quoi ? Le Pacha ? Non, ça n'arrivera pas. Enfin, vous savez combien de clients il y a dans cette banque ? Et puis, d'après vous, ce n'est qu'un businessman international de haute volée, doté d'un service compta plus rapide que la lumière... Mais même si cette situation devait se présenter, vous seriez bien avisé de mesurer les conséquences avant d'agir sur un coup de tête.

– Conséquences ? répéta Nick comme s'il entendait ce mot pour la première fois.

– Oui. Pour la banque. Et pour vous, personnellement. (Il se dirigea vers la porte.) Je sors. Rendez-vous chez mon tailleur. À nouveau job, nouveau costard. Je reviens vers les onze heures. C'est vous qui êtes à la barre, ce matin. Si quelque client potentiel se présente, Hugo vous appellera d'en bas. Prenez soin d'eux, hein ?

Nick lui adressa un signe distrait en guise d'au revoir.

Huit jours plus tard, Nicholas Neumann, fils unique d'un banquier assassiné, ancien lieutenant de marines, promu *de facto* gestionnaire de patrimoine et, d'après la feuille de service, cadre de permanence ce matin-là, arriva à la banque à sept heures cinq. La Serre était encore plongée dans la pénombre. Il ferma les yeux avant d'allumer le bureau, le flot brutal de lumière fluorescente ne manquant jamais de raviver ses pires souvenirs de gueule de bois. Il alla à la penderie, y suspendit son manteau mouillé, étendit sur une étagère une chemise blanche encore enveloppée dans le plastique du pressing. Elle était destinée à son dîner avec Sylvia Schon qui devait avoir lieu le soir même Chez Emilio.

La remarque de Peter Sprecher à propos des « projets » qu'elle aurait eus pour lui ne s'était pas estompée de son esprit. En fait, il attendait la rencontre avec bien plus d'impatience qu'il ne voulait l'admettre.

Il se prépara un thé chaud, puis tira un sachet en papier de sa poche : son petit déjeuner, un pain au chocolat tout juste sorti des fours de Sprüngli. Sa tasse dans la main, il revint à sa table et entreprit la lecture des pages financières de la *NZZ, le Neue Zürcher Zeitung*, contrôlant le comportement des marchés des changes à Tokyo, Hong Kong et Singapour. Tout en s'asseyant, il déverrouilla les tiroirs de son bureau pour en retirer la liste de « missions » qu'il revoyait deux fois par jour.

« Point 1 : vérifier portefeuilles n°s 222 000 à 230 999 pour obligations devant expirer avant la fin du mois. Point 2 : demander relevés de compte n°s 231 000 à 239 999. Point 3 : étudier la liste des actions privilégiées – à savoir celles que les gestionnaires de patrimoine étaient autorisés à acheter pour leurs clients dont ils étaient mandataires. Repérer compagnies possiblement exposées à OPA. » Le point 4 indiquait laconiquement : « 15 heures. »

Il contempla ce chiffre sibyllin, se demandant pourquoi il n'avait pas plus développé la description. Par exemple : « Point 4 : ne pas oublier d'être le cul vissé à ta chaise quand le Pacha va appeler à trois heures », ou encore : « Point 4 : ne fiche pas tout par terre la première fois que ton chef te laisse te débrouiller tout seul. » Comme s'il avait besoin d'un « point 4 » pour se rappeler cette échéance !

Il reprit la lecture du journal, à la recherche du commentaire sur l'orientation du marché. L'index suisse avait progressé de dix-sept points, finissant à 4975, 43 avec un gros volume d'achats : Klaus Konig était en train d'amasser ses réserves de guerre en pré-vision de l'assemblée générale, prévue d'ici quatre semaines. Nick se dit qu'il serait intéressant d'examiner le volume quotidien des transactions depuis le jour où le banquier rival avait annoncé son OPA sur l'Union suisse bancaire.

Il glissa son badge magnétique dans le lecteur d'identification et attendit que le programme Cerbère se lance sur l'ordinateur. Une série de lignes jaunes défila à gauche de l'écran pendant que Cerbère exécutait son autodiagnostic. Quelques secondes plus tard, une voix métallique lança un *Willkommen* peu avenant et un fond grisâtre envahit l'écran. Après avoir entré son code à trois chiffres, Nick vit apparaître une fenêtre qui lui proposait quatre choix : « Marchés financiers », « Fil Reuter », « Accès aux comptes USB », « Gestionnaire de documents ». Il choisit le premier. Le fond passa à un bleu profond, une nouvelle boîte de dialogue apparut, cette fois avec deux options : « National » et « International ». Après avoir sélectionné « National », il eut une bande passante jaune au bas de l'écran, sur laquelle défilaient les cotations à la clôture de la Bourse de Zurich la veille au soir. Il tapa le sigle de l'USB, ajouta un Z pour Zurich – les principales actions helvétiques étaient aussi cotées à Genève et à Bâle –, compléta le tout par VV 21. Un bilan quotidien du prix des actions de la banque et du volume négocié au cours du mois précédent s'afficha, accompagné à droite des graphiques correspondants.

Depuis la déclaration fracassante de Konig, les parts de l'USB avaient enregistré une hausse de dix-huit pour cent, et il s'en était échangé deux fois plus que d'habitude. L'action avait incontestablement la cote. Traders, courtiers, arbitragistes, toujours à l'affût de sensations fortes sur un marché habituellement paisible, avaient vu en l'USB une possible « histoire intéressante », c'est-à-dire l'éventualité d'une fulgurante OPA. La hausse du prix de l'action, cependant, restait relativement modeste eu égard à l'augmentation du volume échangé, et cet indicateur semblait prouver que Konig n'était pas en mesure de tenir ses promesses. Mais elle était là, tout de même. Pourquoi ? Elle reflétait la conviction générale que l'USB allait prendre des mesures décisives afin d'améliorer le rendement de son capital, et donc sa rentabilité, soit en réduisant ses coûts de fonctionnement, soit en développant une politique plus agressive.

Passant à la rubrique « Fil Reuter », il tapa à nouveau le symbole de l'USB afin de voir si l'agence avait diffusé dans la nuit un article consacré au raid lancé par Konig. Une dépêche s'afficha. Il n'avait pas lu la première ligne qu'une main s'abattit sur son épaule, le faisant sursauter.

– *Guten Morgen, Herr Neumann.* (C'était Armin Schweitzer.) Comment va notre hôte américain, aujourd'hui ? (Dans sa bouche, le mot « américain » paraissait avoir un goût de citron amer.) Eh bien, on suit la sévère dégringolade de son dollar adoré, ou bien on jette simplement un coup d'œil aux résultats de l'incontournable basket-ball ?

Nick se tourna pour faire face au directeur. Il remarqua que ce dernier portait des chaussures de marche éraflées et des chaussettes blanches.

– Bonjour.

– J'ai ici les derniers mandats d'arrêt lancés par la Gestapo US, annonça Schweitzer en brandissant une liasse de papiers. Ce sont vos grands amis, n'est-ce pas ?

– Pas vraiment, non, rétorqua Nick d'un ton un peu plus coupant qu'il ne l'aurait voulu.

Cet homme le mettait mal à l'aise. Il émanait de sa personne une impression d'instabilité presque palpable, un mélange chimique détonant qu'il valait sans doute mieux garder à température constante.

– Vous êtes sûr ?

– Je déplore autant qu'un autre toute espèce d'ingérence dans nos affaires internes. Nous devrions résister par tous les moyens possibles à ces tentatives de mettre en cause la confidentialité de nos activités.

Il frissonna intérieurement : une part de lui-même était convaincue de ce qu'il venait de dire, en réalité.

– *Nos* affaires, dites-vous, monsieur Neumann ? À peine arrivé et on clame déjà ses droits de propriété. Ah, comme on vous apprend à être ambitieux, en Amérique... (Avec un sourire en coin, il se pencha sur Nick. Son souffle avait l'aigreur du premier café du matin.) Malheureusement, il semble que vos compatriotes ne nous aient pas laissé d'autre choix que de collaborer avec eux. Enfin, quelle fantastique consolation de savoir que néanmoins vous êtes du côté de la bonne cause ! Un jour, peut-être, vous aurez l'occasion de mettre en pratique une si sincère loyauté. D'ici là, je vous recommande de rester vigilant. Qui sait ? Un de vos clients pourrait se trouver sur ces listes.

Nick crut entendre une nuance d'espoir dans la voix de Schweitzer. Jusqu'alors, les quatre comptes suspects n'avaient rien révélé d'anormal, rien en tout cas qui ait pu correspondre aux critères précis retenus par Sterling Thorne. Nick prit le nouveau document et le posa sur son bureau sans y jeter un regard.

– Je serai vigilant.

– Je n'en attends pas moins, lança Schweitzer par-dessus son épaule alors qu'il quittait le box vitré. *Schönen Tag, nach.*

Nick attendit qu'il ait disparu pour reprendre la liste mise à jour. Six numéros de comptes y apparaissaient, les quatre de la semaine précédente et deux autres encore : le 411 968 OF et le 549 617 RR.

Il contempla longuement cette dernière combinaison.

549 617 RR.

Il la connaissait par cœur. Chaque lundi et chaque jeudi, à trois heures, elle avait la force d'un sésame. Désormais, pourtant, cette séquence de chiffres et de lettres indiquait la route directe vers l'enfer. Neuvième cercle, première classe. Aller simple. « Le Pacha », murmura Nick.

Le lundi précédent, Nick avait demandé à son chef de pouvoir suivre l'appel téléphonique de leur fameux client. Après un premier refus, Sprecher avait fini par céder, conscient qu'il ne ferait plus partie de la maison la prochaine fois que le Pacha serait en ligne. « Attendez un peu de l'entendre, l'avait-il prévenu. Ça vous donne froid dans le dos. » Et sitôt la conversation engagée, il avait branché le haut-parleur de son poste.

Nick se souvenait encore de cette voix basse, rauque, qui évoquait une boîte en carton vide traînée sur du gravier. Impérieuse, mais pas agressive. Maîtresse de ses moindres intonations, ne laissant transparaître aucune émotion. Et certes, en l'entendant, il avait senti un tressaillement dans sa colonne vertébrale, en ce point ultrasensible où l'intuition signale l'imminence d'un danger.

Le même frisson d'anxiété le parcourut encore tandis qu'il fixait la liste, un document apparemment anodin, tapé sur papier à en-tête de l'USB avec en haut à gauche la mention : « À usage strictement interne ». Six numéros, puis l'avertissement inscrit en bas de la page : « Toute transaction concernant les comptes mentionnés ci-dessus doit être immédiatement signalée à votre supérieur hiérarchique et/ou directement au service de l'audit interne, poste 4571. »

Dans sept heures, le titulaire du compte 549 617 RR allait appeler. Après avoir demandé sa situation, il ordonnerait une série de virements à plusieurs dizaines de banques à travers le monde. S'il s'exécutait, Nick livrerait tout bonnement le Pacha aux enquêteurs américains. S'il retardait l'opération, son client échapperait à leurs filets. Du moins pour cette fois.

La pique lancée quelques instants plus tôt par Schweitzer résonnait encore dans son cerveau : « Qui sait ? Un de vos clients pourrait se trouver sur ces listes... » Et dans ce cas, alors ? Devrait-il en référer au directeur de l'audit interne, ainsi que les instructions de la banque le stipulaient explicitement ? L'informer qu'un client dont le compte était placé sur la liste de surveillance venait d'opérer une transaction qui obligeait l'USB à informer « volontairement » les services américains ?

En esprit, il revint à la taverne où Peter Sprecher avait lancé de si graves accusations. Le Pacha serait donc un voleur, un trafiquant, un escroc ? Pourquoi pas un assassin, en plus, histoire de compléter le tableau ? Un mois auparavant, Nick avait défendu la réputation de cet inconnu, ce qui était plaider pour celle de la banque, du même coup. Mais n'avait-il pas en réalité toujours soupçonné sinon le pire, du moins une réalité moins édifiante ? Des activités sans doute peu compatibles avec les lois de la communauté occidentale ? Un « criminel international », le Pacha ? Et pourquoi pas ?

Très peu étaient ceux, à l'USB, qui connaissaient sa véritable identité. L'un d'eux, Marco Cerruti, était sous le coup – et ici Nick choisit de s'en tenir à la terminologie officielle – d'une « asthénie chronique due au surmenage » : une manière élégante d'indiquer que le malheureux avait subi une dépression nerveuse de grande magnitude. Or, c'était Cerruti qui avait choisi son sobriquet au « Pacha », lui qui, des années durant, s'était personnellement occupé de son compte... Ce surnom, d'ailleurs, ne fournissait-il pas un indice implicite quant à l'identité de son client ? Avait-il un rapport avec la nationalité de l'intéressé, ou, plus subtilement, avec son tempérament et son caractère ?

Il laissa le mot rouler dans sa bouche. Le Pacha. Il avait un goût de corruption. Nick imagina un ventilateur à larges pales tournant lentement au plafond, brassant des volutes bleues de fumée de cigarette, une paume discrète crissant sur le carreau d'une fenêtre fermée, un fez cramoisi orné d'un gland doré. Le Pacha. Cela lui évoquait l'élégance dépravée d'un empire à la grandeur enfuie, dilapidée, qui dérivait vers le Mal avec une délétère nonchalance.

La sonnerie du téléphone vint le tirer de sa rêverie.

– Neumann, j'écoute.

– Ici Hugo Brunner, le réceptionniste en chef. Un client important est en bas. Il est venu sans rendez-vous. Il désirerait ouvrir un compte pour son petit-fils. C'est vous qui assurez la permanence, d'après ma feuille de service. Merci de descendre tout de suite au salon 4.

– Un client important ? (Cela ne l'arrangeait pas du tout. Il l'aurait volontiers refilé à quelqu'un d'autre.) Est-ce que son interlocuteur habituel chez nous ne peut pas le recevoir ?

– S'il était déjà là, oui... Il faut que vous veniez tout de suite. Salon 4.

– Qui est-ce, ce client ? Je dois d'abord prendre son dossier.

– Eberhard Senn, comte Languenjoux. (À en juger par le son de sa voix, le portier devait avoir les dents serrées à se rompre.) Il possède six pour cent de la banque. Dépêchez-vous, maintenant.

Nick en oublia la liste des comptes à surveiller, le Pacha, toutes ses interrogations. Senn était le principal actionnaire privé de l'établissement...

– Je ne suis qu'un stagiaire, moi ! Il doit bien y avoir quelqu'un de plus qualifié pour recevoir M. Senn, euh, je veux dire le comte Languenjoux.

Brunner répondit avec une fureur contenue qui ne laissait plus place à une seule excuse.

– Il est huit heures moins vingt. Personne n'est encore arrivé. Vous êtes de permanence, vous venez. Tout de suite. Salon 4.

8

– Mon grand-père était intime avec le roi Léopold de Belgique, rugit presque d'entrée Eberhard Senn, comte Languenjoux.

C'était un pétulant octogénaire sanglé dans un costume prince-de-galles impeccable qu'un nœud papillon rouge venait égayer.

– Le Congo, ça vous rappelle quelque chose, monsieur Neumann ? Les Belges ont tout raflé, dans ce fichu pays. Aujourd'hui, ce ne serait plus si facile. Tenez, voyez ce despote de Saddam Hussein : dès qu'il a voulu voler le lopin de terre à côté de chez lui, il s'est fait remonter les bretelles.

– Sévèrement mettre en déroute, plutôt, corrigea Hubert, le petit-fils du comte, un pathétique jouvenceau d'une vingtaine d'années perdu dans un complet trois-pièces. Grand-père veut dire que Hussein s'est vu infliger une terrible raclée.

– Euh, oui, acquiesça Nick en affectant de n'avoir qu'une vague idée de ces péripéties.

Dans la panoplie du bon banquier, savoir feindre l'ignorance était un atout important. Presque aussi important que la rapidité.

Aussitôt après avoir reçu l'appel de Hugo Brenner, il s'était rué au bout du couloir afin de demander le dossier de Senn à la secrétaire de son gestionnaire de patrimoine habituel. Et dans les deux minutes qu'il lui avait fallu pour descendre en ascenseur et arriver au salon 4, il avait eu le temps de consulter la plupart des informations que la banque conservait sur ce client de choix.

– Mais ça n'a pas été entièrement négatif pour nous, n'est-ce pas, Hubert ? poursuivit le comte. Ces idiots, tout leur arsenal est parti en fumée. Tanks, mitrailleuses, mortiers...Tout ça, envolé ! Pour nous, c'est une vraie mine d'or. Mais tout dépend de la Jordanie. Si vous voulez envoyez des armes là-bas, vous avez besoin d'un solide partenaire en Jordanie.

— Bien sûr, approuva Nick avec conviction.

Comme Senn gardait le silence, il en vint à se demander avec une certaine inquiétude si son visiteur attendait que lui, Nick, lui propose un nom pour ce « solide partenaire ».

— L'occupation du Congo, reprit finalement le comte, c'est bien la seule bonne chose dont ces satanés Belges aient été capables ! Je continue à espérer qu'ils le récupéreront, d'ailleurs. Ça leur ferait le plus grand bien, là-bas !

Nick et Hubert sourirent de concert, tous deux par obligation, même si elle était de nature différente.

— Et donc, monsieur Neumann, c'est ainsi que mon aïeul fut anobli.

— En aidant Léopold à coloniser le Congo ? risqua Nick.

— Mais non, mais non ! rétorqua le comte en s'esclaffant. En y important des femmes européennes de façon à rendre vivable ce coin infernal. Les maîtresses de Léopold n'y auraient pas mis les pieds, vous pensez ! Il fallait bien que quelqu'un se préoccupe du délassement du roi...

La visite urgente de Senn avait pour but de modifier les pouvoirs sur ses comptes à l'USB. Son fils Robert venait de décéder. Nick avait en mémoire le bref article aperçu dans un journal suisse : « Robert Senn, président de Senn Industries (fabricant helvétique de matériel militaire léger, d'aérosols et de systèmes de ventilation), a trouvé la mort dans un accident d'avion. L'appareil, au Gulfstream IV, qui appartenait à sa compagnie, s'est écrasé peu après son décollage de Groznyï, la capitale de Tchétchénie. » Aucune hypothèse n'était avancée quant aux causes de l'accident, ni aux raisons qui avaient conduit l'industriel à se rendre dans une ville récemment ravagée par la guerre. L'histoire moderne était jonchée de cadavres de marchands d'armes éliminés par des clients belliqueux mais désargentés. Il fallait maintenant remplacer la signature du disparu par celle d'Hubert. La banque accueillait une nouvelle génération, et cet événement allait être sanctionné en quelques minutes.

Nick ouvrit son classeur relié de cuir, en sortit deux formulaires vierges qu'il posa sur la table.

— Si vous voulez bien signer au bas de ces pages, le transfert du compte au nom de Hubert sera effectif d'ici ce soir.

Le vieil homme contempla les feuillets, puis leva les yeux vers le jeune banquier.

– Robert ne supportait pas de rester en Suisse. Il aimait les voyages. L'Italie, l'Amérique du Sud, l'Asie. C'était un excellent vendeur. À chaque fois, il revenait avec des contrats signés. Les armées de plus de trente pays et territoires sont équipées de pistolets et de fusils Senn, le saviez-vous, monsieur Neumann ? Oui, trente... Et ce n'est que le décompte « officiel ». (Il adressa un clin d'œil de conspirateur à Nick, tout en se tournant sur son fauteuil pour observer son héritier mal à l'aise.) Tu sais, Hubert, j'ai toujours dit à ton père : « Tous ces nouveaux États bizarres, Kazakhstan, Tchétchénie, Ossétie, que sais-je encore, ne t'y risque pas. » Et lui me répondait : « C'est notre dernière frontière, papa. Notre Far West. » Ah, il adorait nos clients, Robert !

« Surtout lorsqu'ils payaient cash », compléta Nick en lui-même.

Une ombre passa sur les traits ridés du comte. Il se pencha vers la table, comme s'il peinait sur une difficulté impossible à résoudre. Soudain, ses yeux se remplirent de larmes, l'une d'elles se mit à couler lentement sur sa joue.

– Pourquoi s'ennuyait-il tellement dans la vie, Robert ? Pourquoi ?

Hubert saisit la main de l'octogénaire, la tapota gentiment.

– Allons, allons, grand-père. Tout ira bien.

Nick regardait fixement le sol.

– Bien sûr que tout ira bien ! tonna le comte. Nous, les Senn, nous sommes à l'image de cette banque : solides comme le roc, indestructibles. Monsieur Neumann, vous ai-je dit que nous étions clients de votre établissement depuis plus d'un siècle ? Ce Holbein, là, sur le mur derrière vous, c'est un cadeau de mon père. Lui, le premier comte, a commencé sa carrière grâce à des emprunts accordés par l'USB. Vous vous rendez compte ? Le revolver Senn est né grâce à de l'argent venu d'ici même ! Oh, vous appartenez à une grande, très grande tradition, Neumann. Ne l'oubliez jamais. Les gens comptent sur cette banque. Comme ils comptent sur la tradition. Sur la confiance. Il en reste si peu, dans notre monde...

Par un petit signe de tête, Hubert fit comprendre à Nick qu'il était temps de conclure l'opération. Le jeune banquier plaça donc les formulaires devant Eberhard Senn, qui les signa et les passa à son petit-fils. Non sans s'être un peu débattu avec son veston trop grand pour rendre son bras plus mobile, Hubert l'imita.

Nick rangea le tout, les remercia de leur visite, se leva pour les reconduire. Senn lui donna une vigoureuse poignée de main.

– La confiance, monsieur Neumann ! Quand on devient vieux, c'est la seule chose qui ait encore vraiment de l'importance. Il en reste si peu, de nos jours...

Après les avoir escortés jusqu'au perron, Nick retraversa le hall d'entrée, songeur. Eberhard était un marchand d'armes sans aucun scrupule, le descendant d'un esclavagiste versé dans la traite des Blanches – car quelle femme occidentale aurait pu se rendre volontairement dans le Congo des années 1880, dans ce « cœur des ténèbres » ? –, un homme dont toute la fortune familiale avait été amassée grâce à des activités plus que douteuses, sur un plan moral, et cependant il dissertait sur la confiance et sur l'irréprochable honnêteté de l'Union suisse bancaire !

En pensée, il était déjà devant son bureau, à nouveau accaparé par le document resté sur sa table, la liste des comptes à surveiller. La « confiance », donc. Mais tous les clients qui avaient accordé la leur à la banque ne méritaient-ils pas, en retour, la garantie d'une totale confidentialité ? Dans un pays dont l'une des principales originalités était constituée par le secret bancaire le plus absolu, la confiance était certes un maître mot. Et Wolfgang Kaiser n'était sûrement pas prêt à y déroger. D'où, sans doute, sa sibylline remarque de l'autre jour : « Quand bien même M. Thorne étendrait sa chasse aux éléphants aussi loin que possible, eh bien il ne trouvera jamais ce qu'il cherche au sein de l'Union suisse bancaire. »

Mais pourquoi Thorne échouerait-il ? Parce que la clientèle de la banque était exempte de tels individus ? Ou parce que Kaiser ferait tout ce qui était en son pouvoir pour leur épargner d'être démasqués ?

Nick appuya sur le bouton d'appel des ascenseurs. De sa place, il apercevait Hugo Brunner en train de sermonner une jeune fille vêtue d'un sévère tailleur bleu marine. D'instinct, il devina qu'elle vivait là sa première journée de travail au siège de l'USB. Il essaya de se représenter quelle image elle pouvait avoir de lui : celle d'un très austère cadre de l'établissement, sanglé dans le costume anthracite de rigueur, tellement absorbé dans ses réflexions que la consigne « Ne pas déranger » semblait clignoter sur son front. Il trouva d'abord ce tableau amusant, mais considéré sous un autre angle il ne l'était plus du tout : en six semaines seulement, il s'était transformé en l'un de ces banquiers préoccupés qu'il avait vus se hâter dans le hall le jour de son arrivée. Qu'adviendrait-il de lui après six ans, à ce rythme ?

Il entra dans l'ascenseur, sélectionna son étage. « Ne te tourmente pas avec ce qui se passera dans six ans, se corrigea-t-il. Tu as déjà assez à faire avec le présent. Le numéro du compte du Pacha se trouve sur la liste des suspects. » La voix de Peter Sprecher s'éleva dans sa mémoire : « Vous seriez bien avisé de mesurer les conséquences avant d'agir sur un coup de tête. Pour la banque. Et pour vous, personnellement. »

Il était facile de comprendre que si le Pacha se révélait être un des criminels recherchés par les autorités américaines, les « conséquences » pour l'USB seraient peu favorables, à tout le moins. La seule allusion à une relation d'affaires entre l'établissement et lui suffirait à déchaîner la presse. Au cas où une enquête judiciaire serait effectivement ouverte, la précieuse réputation de la banque en souffrirait gravement, et cela quels qu'en soient les résultats. À l'heure où Klaus Konig préparait son entrée en force dans le capital de son rival, l'USB ne pouvait se permettre le moindre scandale.

Et la carrière de Nick non plus.

Car même si, à strictement parler, il ne faisait qu'obéir aux directives en dénonçant le Pacha, il n'en serait pas récompensé, au contraire. Loin d'obtenir une promotion, il pourrait s'estimer heureux de se retrouver dans un département aussi prestigieux que, disons, les services techniques du siège... Dans ce cas, il n'aurait plus qu'à renoncer à ses propres recherches.

Les Suisses, en effet, n'ont pas l'habitude d'encenser les belles âmes prêtes à vendre la mèche. Huit ans plus tôt, dans un accès de sincérité spontanée, le gouvernement avait corrigé la législation en vigueur afin d'autoriser les employés de banque à dénoncer toute pratique illégale constatée dans l'exercice de leurs fonctions, et ce sans avoir à en référer à leur supérieur. Durant toute cette période, à peine une douzaine d'entre eux s'étaient risqués à user de ce droit : l'immense majorité des cent soixante dix mille personnes travaillant dans le secteur bancaire suisse avaient préféré se cantonner à un prudent et confortable silence.

Si de telles statistiques en disaient long sur la mentalité du pays, elles étaient loin d'expliquer pourquoi Nick répugnait d'instinct à se lancer dans un acte de désobéissance délibérée. Ses raisons, il aurait fallu les trouver dans les agendas de son père, désormais rangés dans un coin discret de son petit appartement. À travers ces pages, il avait découvert les aléas d'une vie mouvementée, ce qui expliquait que la « chute » n'avait pas été provoquée par un accident fortuit. Des notations rapides mais éloquentes – « Le salaud m'a menacé ! Je dois m'incliner », « Ce type est un escroc, de bout en bout » –, qui n'éclairaient pas seulement l'infortune de son père mais aussi la sienne, car Nick ne pouvait considérer sa disparition sans revenir sur les conséquences qu'elle avait eues sur sa propre existence : les déménagements incessants, une scolarité erratique (dix écoles en six ans, exactement), l'effort d'avoir à s'adapter chaque fois à un nouveau contexte, jusqu'au jour où il avait tout simplement renoncé à l'idée de se faire des amis.

Après, seulement après, était venue la pire épreuve. Sa mère n'était pas une buveuse expansive. Elle, c'était l'autre genre : la plongée inexorable et silencieuse dans l'hébétude, verre après verre. À neuf heures du soir, elle avait déjà une dizaine de cocktails bien tassés dans les veines, plus peut-être. Pour l'extirper de son sofa et la mettre au lit, c'était la croix et la bannière. Nick se demandait si beaucoup d'adolescents avaient eu à soutenir leur mère nue comme un ver sous une douche glacée, à s'assurer qu'elle prenait deux aspirines avec son café chaque matin, à se demander en la voyant finalement partir au travail si elle ne serait pas licenciée sans sommation dans la journée.

Alors, la liste des comptes à surveiller était une opportunité à laquelle il ne pouvait renoncer. Le passe qui lui ouvrirait les couloirs les plus sombres de la banque. Toute la question était de savoir comment s'en servir.

Tandis que l'ascenseur se hissait poussivement d'un étage à l'autre, il fut surpris d'entendre s'élever en lui une voix dont il croyait avoir oublié les accents trop péremptoirement vertueux. « Et Thorne ? s'indignait-elle. Et cette mission, ce devoir de mettre fin aux agissements des barons de la drogue ? »

Que Thorne aille se faire voir, répondit-il sans hésiter. Qu'il continue à s'exciter sur sa chasse aux solitaires, aux narcotrafiquants, à ce qu'il voulait. Mais qu'il ne lui raconte pas d'histoires à lui, Nick. CIA, FBI, DEA, toute cette bande de donneurs de leçons était autant motivée par le souci de satisfaire les petits intérêts égoïstes de ses dirigeants que par le désir légitime d'en finir avec des fléaux sociaux. Ils pouvaient aller au diable, tous !

A trois heures moins cinq, Nick était de retour à son service, où régnait un silence irréel. Le bureau de Sprecher semblait abandonné, celui de Cerruti aussi, les lieux paraissaient plus impersonnels que jamais. Il ne lui restait que cinq minutes pour décider de la marche à suivre avec le Pacha, ce client anonyme désormais décrété hors la loi par au moins une puissance occidentale.

Tapotant la liste infamante de son crayon, il s'efforça de se concentrer à nouveau sur son travail, qu'il avait négligé pendant la majeure partie de la journée. Afin de se changer les idées, ou peut-être de les remettre en place, il entreprit d'enregistrer les nouvelles données concernant le compte de Senn. D'un champ de bataille imaginaire, un clairon lançait des notes martiales. Il y reconnut la cadence du président de l'USB : c'était un appel aux armes.

Avec un demi-sourire, il consulta sa montre : quatorze heures cinquante-neuf. En un clin d'œil, l'heure fatidique était arrivée. Du tiroir supérieur, il retira un formulaire vert d'ordre de virement et un stylo-bille noir, qu'il posa devant lui, de telle sorte que la liste communiquée par Schweitzer ne lui soit plus visible. Un, deux, trois... Il se mit à compter, croyant presque sentir les impulsions lumineuses qui devaient déjà courir le long des câbles en fibre optique. Quatre, cinq, six.

La sonnerie retentit. Le regard aimanté par le voyant qui s'était mis à clignoter sur le poste téléphonique, il laissa passer quelques secondes avant de saisir le combiné d'une main résolue et de le placer contre son oreille.

– Union suisse bancaire, bonjour. Neumann à l'appareil.

9

Se calant contre son dossier, Nick répéta :

— Union suisse bancaire, Neumann à l'appareil. En quoi puis-je vous aider ?

Seul un sifflement strident lui répondit.

— Allô, j'écoute. Vous m'entendez ?

Une décharge d'anxiété lui serrait l'estomac, lui nouait la gorge. Enfin, une voix rocailleuse survint dans l'écouteur :

— Venez, mon royaume du désert vous est ouvert. Les plaisirs que dispense Allah vous attendent. Il m'a été dit que vous étiez un beau et vigoureux jeune homme. Nous avons de superbes femmes ici, très, très jeunes aussi. Beaucoup. Mais pour vous, j'ai choisi quelque chose de spécial, un trésor comme il y en a peu.

— Euh, je vous demande pardon ?

Il ne reconnaissait pas l'homme dont il avait écouté la voix le lundi précédent.

— Innombrables sont les plaisirs du désert, continua la voix où les *r* roulaient comme des cailloux dans un torrent. Mais pour vous, mon jeune ami, je réserve ma très précieuse Fatima. Une douceur pareille, vous ne pouvez pas même imaginer, mon ami. Le duvet de mille coussins ne rivaliserait pas avec elle. Et experte, experte... Aaah, oui, Fatima, une bête d'amour comme vous n'en avez jamais rêvé ! La reine de mes chamelles. (Soudain, l'accent oriental fortement prononcé céda la place à une gouailleuse fluidité.) Ne vous gênez pas, vous pouvez la baiser autant que vous voudrez. Et...

Incapable de garder plus longtemps son sérieux, Peter Sprecher éclata d'un rire tonitruant.

95

– Dites, mon vieux, je ne vous dérange pas trop, au moins ?

– Salopard ! explosa Nick. Vous me le paierez ! (Sprecher rit de plus belle.) Quoi, Konig vous laisse encore le temps de faire des blagues pareilles ? Ou bien avez-vous déjà commencé à lui acheter des parts ? Parce qu'il veut toute la banque, c'est cela ?

– Désolé, mon gars, mais ça, je ne vous le dirai pas. Par ailleurs, si j'avais à parier, je miserais peut-être sur lui...

– Toujours porteur de bonnes nouvelles, vous... (Nick s'interrompit : un deuxième voyant s'était mis à clignoter sur son poste.) Il faut que j'y aille. Notre ami vient de sonner. Oh, à propos, son compte est sur la liste concoctée par Schweitzer...

Très content de son effet de surprise, il appuya sur le bouton de l'autre ligne.

– Union suisse bancaire bonjour, Neumann à l'appareil.

– Je voudrais M. Sprecher, s'il vous plaît.

C'était lui.

– Ici M. Neumann, monsieur. M. Sprecher est malheureusement absent, aujourd'hui, mais je suis son assistant. Puis-je vous aider, monsieur ?

– Quel est votre code banque ? (La voix, âpre, était reconnaissable entre mille.) Je connais bien M. Sprecher. Vous, non. Je vous prie donc de me communiquer votre identité complète et votre code banque.

– Je serai très heureux de vous donner toutes les preuves nécessaires, monsieur. Mais auparavant je dois vous demander de bien vouloir m'indiquer votre numéro de compte.

Il y eut un bref silence, un grommellement réprimé sur-le-champ.

– Très bien. Mon numéro est le cinq, quatre, neuf, six, un, sept, R, R.

Il détachait soigneusement les chiffres et les lettres.

– Merci, monsieur. Maintenant, il me faudrait le mot de passe pour ce compte.

Nick ressentit une étrange sensation de pouvoir en accomplissant cette procédure destinée à contrôler l'utilisation des comptes privés. Des décennies durant, la seule « formalité » demandée par les banques helvétiques pour l'ouverture de ces comptes confidentiels était un versement initial, au moyen d'un chèque tiré sur un établissement international ou, dans le cas des personnes physiques encore plus soucieuses de leur anonymat, d'un dépôt de liquidités librement convertibles en francs suisses. Un justificatif d'identité était le bienvenu, mais en aucun cas requis. En 1990, cependant, les autorités helvétiques, lasses d'être accusées de laisser leurs banques abriter passivement les transactions de voyous de haute volée, exigèrent que les titulaires d'un compte numéroté justifient au moins de leur identité et de leur nationalité. Un passeport en cours de validité suffisait, dont les coordonnées étaient inscrites, au titre d'informations hautement confidentielles, dans les dossiers personnels des clients. Mais, selon Peter Sprecher, nombre de banquiers particulièrement malins avaient pris soin, avant l'entrée en vigueur de cette « draconienne » réglementation, de répertorier plusieurs milliers de comptes numérotés au nom de leurs *Treuhändler*, intermédiaires financiers de confiance. Ceux-ci furent réservés aux clients privilégiés qui désiraient maintenir leur identité secrète. Ces « exemptés » ne devaient remplir qu'une seule condition pour bénéficier d'un tel traitement de faveur : verser au minimum cinq millions de dollars sur leur compte. Histoire de dissuader le tout-venant...

— Le mot de passe ? répéta Nick.

— Palais Ciragan, répondit le client 549 617 RR.

Nick réprima un sourire. Le palais Ciragan, à Istanbul, avait été la résidence des derniers vizirs turcs au XIXe siècle. Marco Cerruti avait certainement voulu donner un indice sur la nationalité de son client en le surnommant « le Pacha ».

— Palais Ciragan, en effet, monsieur. Je m'appelle Nicholas Neumann, mon code banque est NXM.

Après avoir épelé son nom, il attendit un long moment. Sur la ligne, il n'entendait plus qu'un bruit régulier, fluide. Il rapprocha sa chaise du bureau, comme si la proximité physique du dossier de son client pouvait hâter la réponse de ce dernier.

— Bien reçu, monsieur Neumann, approuva enfin le Pacha avec une énergie renouvelée. Nous pouvons passer à nos affaires, alors ? Merci de me donner la position de mon compte 549 617 RR.

Nick communiqua à Cerbère, le programme de gestion, le numéro suivi du code AB 30 A pour obtenir la situation de son client. Après moins d'une seconde, l'écran afficha sa demande, sous ses yeux exorbités. Jamais encore le Pacha n'avait atteint une telle somme.

— Votre solde est positif de quarante-sept millions de dollars, annonça-t-il en surveillant sa voix.

— Quarante-sept millions, répéta lentement le Pacha.

97

Il était sans doute réjouissant d'apprendre qu'une telle fortune se trouvait sur son compte personnel. Lui, cependant, ne trahit aucune émotion à l'autre bout du fil.

– Monsieur Neumann, vous avez toutes mes instructions sous les yeux, n'est-ce pas ? Veuillez vous référer au protocole numéro 6.

Nick retira la feuille en question du dossier placé devant lui. Il y était stipulé que la somme considérée à cet instant, c'est-à-dire ce pactole en dollars US, devait être transférée à diverses banques d'Autriche, d'Allemagne, de Norvège, de Singapour, de Hong Kong et des îles Caïmans.

– Le protocole 6 prévoit le virement du solde à un total de... vingt-deux établissements bancaires.

– Exact, monsieur Neumann. Vous paraissez hésitant. Y a-t-il un problème ? Voudriez-vous vérifier de quelles banques il s'agit ?

– Non, non, monsieur, aucun problème...

Ses yeux tombèrent sur la liste des comptes à surveiller, dont un coin apparaissait sous le dossier du Pacha. Il n'avait aucunement l'intention d'informer son client de l'existence de ce document. L'USB avait accepté de collaborer à l'enquête sur une base volontaire. Et strictement confidentielle.

– Simplement, j'aimerais récapituler les noms des établissements transitaires. Pour plus de sûreté. Donc, la Deutsche Bank, agence principale de Francfort.

– Correct.

– Landesbank, Munich.

– Oui.

– Norske Bank, Oslo, poursuivit Nick d'un ton monocorde, n'obtenant plus qu'un grognement d'impatience en guise d'assentiment. Kreditanstalt, Vienne...

Il regarda autour de lui. Peter Sprecher n'était plus là. Marco Cerruti non plus. Une phrase qu'il avait lue durant une interminable mission dans le Pacifique lui revint en mémoire : « L'isolement est l'unique épreuve par laquelle un homme puisse réellement forger son caractère. » Il en avait oublié l'auteur, mais à ce moment il comprenait toute la portée de l'aphorisme.

– Banque Negara, agence centrale de Hong Kong. Banque Sanwa, Singapour...

Il continuait à égrener la liste lorsque le souvenir de la courte harangue de Sterling Thorne fit une apparition inattendue dans son esprit. « Chasse aux éléphants », « solitaires », « gardes-chasse »... Ces mots lui inspiraient une répulsion presque physique. Il avait déjà eu affaire à quelqu'un de la même espèce que ce Thorne. M. Jack Keely, de la CIA. Lui aussi était un serviteur aveugle de son gouvernement, toujours prêt à enrôler de nouvelles recrues dans sa croisade. Nick avait suivi sa bannière, s'était porté volontaire, et avait chèrement payé ce naïf espoir de se couvrir de gloire. « Plus jamais », s'était-il juré une fois l'aventure terminée. Ni pour Keely ni pour Thorne. Ni pour quiconque.

— Vingt-deux établissements confirmés, déclara-t-il une fois sa besogne achevée.

— Merci, monsieur Neumann. Assurez-vous que ces fonds auront été virés à la fin de votre journée de travail. Je ne tolère pas les erreurs.

Silence sur la ligne, définitif cette fois.

Nick raccrocha. C'était à lui de jouer, maintenant. Une partie de lui-même s'en félicitait. La décision lui appartenait. Au-dessus du bureau de Sprecher, l'horloge murale indiquait quinze heures six. Il rapprocha de lui l'ordre de virement, nota l'heure de la demande de transaction et entreprit de remplir les cases vierges. En haut à gauche, il écrivit le numéro de compte du Pacha ; plus bas, sur la ligne réservée au nom du client, il porta la mention « N.D. », « non disponible ». Pour « mode de transfert », il indiqua « protocole 6 (selon instructions client), voir écran CC 21 B ». Dans la case « montant », il inscrivit un 47 suivi de six zéros. Il lui restait à compléter deux informations : « date de validité » et « initiales de l'employé responsable ». Il nota les trois lettres de son code banque, mais laissa l'autre case vide. Puis il repoussa sa chaise, ouvrit son tiroir et y plaça le formulaire tout au fond. La marche à suivre était décidée.

Au cours des deux heures suivantes, il passa au crible tous les comptes numérotés allant du numéro 220 000 AA au 230 999 ZZ, pointant toutes les obligations qui devaient arriver à échéance dans les trente prochains jours. À cinq heures et demie, il replaça le dernier dossier dans le classeur, le verrouilla, ramassa tous les papiers restant sur son bureau, les classa dans un ordre qui lui appartenait et les glissa dans le second tiroir. Tous les documents de nature confidentielle étaient sous clé, sa table était impeccable : Armin Schweitzer, qui adorait inspecter les bureaux désertés à la recherche d'éventuelles négligences, ne trouverait rien à redire. Et c'était tant mieux, car il réservait les feux de l'enfer aux employés peu soigneux.

Juste avant de quitter le box vitré, Nick rouvrit le tiroir du haut et en sortit l'ordre de virement du Pacha. À la case demeurée vierge, il gribouilla la date du lendemain. Son écriture était assez illisible pour que deux ou trois heures s'écoulent avant que Pietro, au service des virements, ne l'appelle en demandant des précisions. En comptant avec la bousculade habituelle des vendredis, il était certain que les transferts ne seraient pas effectués avant le lundi matin. Satisfait, il descendit le couloir jusqu'au bureau technique du département, où il trouva une enveloppe de courrier interne qu'il libella à l'intention du *Zahlungs Verkehr Ausland*, le service des virements internationaux, avant d'y glisser le formulaire et de la refermer soigneusement. Il la contempla un moment, puis la laissa tomber dans le sac en coton réservé aux échanges intérieurs à la banque.

Le sort en était jeté.

Il venait de désobéir de manière flagrante aux consignes de sa direction, de défier la volonté des autorités du plus puissant pays d'Occident, et cela pour protéger un homme qu'il n'avait jamais rencontré, des pratiques qu'il désapprouvait. En éteignant les lumières de la Serre derrière lui, Nick était convaincu qu'il venait ainsi de franchir un premier pas en direction des secrets les plus noirs de l'USB, des mystères restés tapis derrière la mort de son père.

10

Ali Mevlevi ne se lassait jamais de contempler le soleil se coucher sur la Méditerranée. En été, il s'installait dans l'un des fauteuils en raphia de la véranda et laissait ses pensées dériver sur la surface scintillante, fasciné par la lente descente de l'astre de feu. En hiver, comme c'était le cas ce jour-là, il avait seulement quelques minutes pour savourer le passage au crépuscule et à la nuit. Les yeux perdus sur les confins occidentaux du Machrek, il suivit la courbe du soleil tandis qu'il s'enfonçait dans un écrin de gros nuages amassés à l'horizon. Une brise légère passa sur la terrasse, portant avec elle des effluves d'eucalyptus et de cèdre.

À travers la brume du soir, Mevlevi distinguait à huit kilomètres au sud-ouest les taudis, les gratte-ciel, les usines, les autoroutes d'une grande ville de bord de mer. Rares étaient les quartiers intacts, aucun n'était entièrement reconstruit, et pourtant les combats les plus sérieux avaient cessé depuis déjà des années. Un sourire pensif aux lèvres, il essaya de compter les panaches de fumée qui s'élevaient dans le ciel crépusculaire. C'était sa manière à lui de mesurer le lent retour de la cité à la civilisation : tant que ses habitants continueraient à préparer leur dîner sur des braseros de fortune, au milieu des immeubles éventrés par les bombes, il se sentirait tranquille. Après en avoir dénombré quatorze, il dut renoncer car la lumière qui déclinait rapidement gênait son observation. La veille, il avait repéré vingt-quatre petites colonnes distinctes. Quand il ne pourrait en compter plus de dix, il serait contraint d'envisager de trouver un nouveau logis.

La « Perle du Levant » était encore en état de siège. Non plus à cause des tirs de mortier et de roquette, mais à cause de l'incompétence et de la léthargie. L'eau courante ne se trouvait qu'en certains endroits, l'électricité ne fonctionnait que six heures par jour. Trois milices se partageaient les rues de la ville, sur laquelle régnaient deux maires. Et c'était au nom de ce piètre résultat que les gens, tels des parents extasiés, se vantaient de la renaissance de leur cité ! Mais lui, Mevlevi, leur montrait comment fêter dignement l'heureux événement : depuis que le milliardaire avait mis le pouvoir en place à sa botte, le pays était passé à la vitesse supérieure. L'hôtel Saint-Georges venait de rouvrir ses portes. L'autoroute qui devait relier les quartiers chrétien et musulman était pratiquement achevée. De nouveau, les avions en provenance des principales capitales européennes se posaient à l'aéroport. Et les restaurants à la mode affichaient complet.

Les entreprises d'une certaine taille ne répugnaient pas à verser cinq pour cent de leurs revenus au Premier ministre et à ses collaborateurs, honoraires destinés à garantir stabilité et prospérité. Le jour où le chef du gouvernement avait présenté sa démission, entraînant la monnaie locale dans une chute brutale, il était aussitôt revenu sur sa décision, et d'après de persistantes rumeurs ce revirement avait été rendu possible par un modeste ajustement de sa commission, de cinq à sept pour cent... Le Premier ministre savait se contenter de peu.

Beyrouth... Une prostituée qui s'offrait au monde entier. Et comme il l'aimait !

Retenant son souffle, il vit le soleil tirer sa révérence derrière un rideau de nuages orange et laisser place à la nuit. Sous la chaleur de l'astre disparu, la mer paraissait frémir, mais il savait que c'était seulement là une illusion due aux effets des rayons, de l'air marin et de la distance sur ses yeux vieillissants. Le soleil, la mer, les étoiles : rien d'autre ne lui inspirait un tel respect, un tel sentiment de grandeur. Peut-être avait-il été, dans une vie précédente, un compagnon du plus illustre des explorateurs musulmans, Ibn Battûta. Mais pour l'heure c'était à une autre destinée qu'il était promis : instrument du Prophète, il allait conduire la résurrection de son peuple, lui rendre ce qui lui revenait de droit. De cela, il était intimement convaincu.

Un peu plus tard, Ali Mevlevi s'assit devant son bureau et se plongea dans l'étude d'une carte du Sud-Liban et d'Israël. En à peine un mois, son papier s'était usé, ses plis creusés à force d'avoir été si souvent consultée. De Beyrouth et des collines où il avait installé sa base au nord-est de la capitale, ses yeux descendirent vers la frontière, s'arrêtèrent sur une douzaine de points géographiques avant de glisser plus bas sur un point en Cisjordanie occupée. Ariel. Une implantation habitée par quinze mille juifs orthodoxes. Des intrus sur une terre qui ne leur appartenait pas. Édifiée en plein désert, la colonie n'avait aucun voisinage à moins de vingt kilomètres. Il ouvrit un tiroir, en retira un long compas avec lequel il traça un petit cercle autour de la colonie. « Ariel », prononça-t-il d'une voix sinistre. Il avait pris sa décision.

Après avoir replié et rangé la carte, il décrocha son téléphone, composa un numéro interne à deux chiffres.

— Joseph ? demanda-t-il d'un ton calme. Viens me voir, tout de suite. Amène le traître avec toi, et mon revolver. Ah, dis aussi à Lina de venir. Ce serait dommage qu'elle rate une séance si instructive.

Bientôt, des pas décidés, martiaux, résonnèrent dans le couloir. Mevlevi se leva pour aller à la porte.

— Eh bien, mon ami, lança-t-il, assez fort pour se faire entendre de loin. Approche, approche ! J'ai hâte d'apprendre les nouvelles de la journée.

Un homme trapu et ramassé, vêtu d'un treillis vert, se hâtait vers lui. Il attendit de s'être mis au garde-à-vous à un mètre devant son maître pour parler, crispé dans un salut emphatique :

— Bonsoir, Al-Mevlevi ! J'ai l'honneur de me présenter au rapport de la journée.

Attirant l'homme contre lui, Mevlevi déposa deux baisers sonores sur ses joues.

— Tu es mes yeux, tu es mes oreilles. Tu sais combien je compte sur toi. Allez, je t'en prie, raconte...

Joseph entreprit le long résumé des mesures de sécurité récemment prises dans la base. Des patrouilles de trois hommes en sillonnaient le périmètre toutes les quinze minutes. Aucun incident suspect n'avait été signalé. Les barbelés de l'enceinte devaient être doublés au nord, mais l'équipe de renfort prévue pour ce travail ne s'était pas encore présentée. Encore un coup des chrétiens, sans doute.

Mevlevi écoutait attentivement, laissant courir un regard

approbateur sur les larges épaules et la raideur militaire de son chef de la sécurité, qui complétaient si bien sa sévère apparence, ses cheveux noirs coupés en brosse, son visage cuivré couvert d'une barbe de quatre jours, ses yeux sombres et tristes. Les yeux de son peuple, oui.

Comme tous ses autres miliciens, Joseph avait été recruté à Miyé-Miyé. Il était le contremaître du secteur méridional de ce camp de réfugiés palestiniens situé entre Beyrouth et le Sud-Liban, qui demeurait une tache sanglante sur le seuil du territoire israélien. Quinze ans après l'invasion sioniste, le camp existait toujours, et s'était même étendu. Des milliers de personnes s'entassaient dans ses boyaux étroits, se disputant chaque jour de maigres rations et des taudis insalubres. Les tâches les plus pénibles attendaient tous ceux qui cherchaient à gagner quelque argent, et ils étaient légion : attaquer le bitume défoncé, reboucher les innombrables cratères laissés par les bombes et les voitures piégées, dix heures d'affilée, sous un soleil implacable et dans la menace permanente des francs-tireurs, c'était le prix à payer pour une miche de pain, trois morceaux de mouton, deux cigarettes. Chaque semaine, deux malheureux trouvaient la mort alors qu'ils réparaient les routes de la ville, et ils étaient deux cents à se bousculer pour les remplacer.

L'attention de Mevlevi avait été attirée sur Joseph par un homme sans foi ni loi, un Syrien qui répondait au nom d'Abou Abou et qui exploitait ces esclaves sans le moindre scrupule. De par sa fonction, Abou Abou avait l'œil pour repérer les résidents du camp les plus obstinés et les plus déterminés. La plupart ne manquaient pas d'arrogance, ni de force physique, mais peu témoignaient d'une lucidité et d'une constance suffisantes. Et tout en haut de ces victimes de l'histoire, il y avait Joseph. « Méchant comme un cobra, mais malin comme une chouette, avait dit de lui Abou Abou en racontant avec délices le traitement brutal auquel avait été soumis le dernier intrigant qui avait cherché à ravir sa place à Joseph. Celui-là, il n'est pas comme les autres. Il a de l'honneur. »

Joseph avait d'abord refusé poliment de quitter le camp mais, avec du temps et des arguments, Mevlevi avait fini par le convaincre. À vrai dire, il avait été obligé de lui révéler ses intentions plus qu'il n'estimait prudent de le faire : il lui avait parlé de la nouvelle garde prétorienne qu'il était en train de mettre sur pied, cette fois non pas au service des Romains mais de leur propre peuple ; il lui avait décrit une Jérusalem refondée, rendue à ses authentiques détenteurs, un monde purifié où le respect irait d'abord à Dieu, puis aux hommes. Et Joseph avait fini par le suivre.

Quand son second eut achevé son rapport, Mevlevi interrogea d'un ton péremptoire :

– Et nos chers instructeurs, alors ? Sont-ils capables de tenir les délais ? Nous ne pouvons plus nous permettre de perdre du temps !

– Oui, Al-Mevlevi. Tout le programme d'instruction prévu pour le cinquante-septième jour a été réalisé. Le sergent Rodenko a achevé ce matin l'entraînement aux missiles Katioucha. Les hommes ont particulièrement travaillé sur le déploiement et le démantèlement rapides des plates-formes de tir. Chaque section d'assaut a pu répéter ces procédures, puisque nous avons reçu vingt et une rampes, pour l'instant. Malheureusement, ils n'ont pas été en mesure de s'entraîner au tir réel. Rodenko s'y est absolument opposé. Il a dit que la signature thermique des missiles était facilement repérable par les satellites. (Mevlevi hocha la tête. Tout ce jargon n'avait plus de secret pour lui, c'était le vocabulaire de *Khamsin*, le nom de code de son plan.) Cet après-midi, le lieutenant Ivlov a donné un cours sur la sélection de cibles et l'armement des leurres laser. Les hommes n'ont pas trop suivi, en fait. Ils se sentent plus à l'aise avec leurs bonnes vieilles kalachnikovs. Et puis, tout le monde voudrait savoir à quoi cet entraînement est destiné exactement. Ivlov a encore demandé si notre objectif à venir était civil ou militaire.

– Ah, vraiment ?

Le lieutenant Boris Ivlov et le sergent Mikhaïl Rodenko étaient arrivés sur place avec le matériel deux mois plus tôt. Ces deux vétérans endurcis de la guerre d'Afghanistan étaient les instructeurs inclus dans la livraison négociée avec le général Dimitri Martchenko, un ancien des forces armées soviétiques qui présidait maintenant, quasi officiellement, aux destinées des stocks militaires de la nouvelle république du Kazakhstan. Un de ces « businessmen » qui s'étaient multipliés à la faveur de la fin de la guerre froide. À l'instar de la majeure partie du matériel qu'il avait fourni, Ivlov et Rodenko n'étaient pas du premier choix : peu fiables, susceptibles de faire faux bond aux moments critiques. Leur penchant chronique pour la vodka et l'hébétude dans laquelle elle les plongeait avait déjà coûté deux précieuses journées d'entraînement. Et voici qu'ils se mettaient à poser des questions, en plus ! Non mais...

— Votre objectif vous sera révélé en temps et en heure, trancha Mevlevi. Ce que je peux t'assurer, c'est que bientôt, très bientôt, vous ne tirerez plus à blanc !

Alors que Joseph approuvait d'un hochement de tête respectueux, il continua :

— Bon, ce n'est pas de gaieté de cœur, mais il faut passer au dernier point...

— Oui, je regrette. Encore un serpent découvert dans notre maison.

— Sept mois ont passé depuis le raid. Ce Mong, cette crapule aux yeux bridés, il ne se lassera donc jamais ? À chaque fois un nouvel espion, à chaque fois il faut renforcer la sécurité...

Mevlevi soupira. Il avait omis d'ajouter que les stratagèmes de l'Asiatique ne lui avaient pas accordé une nuit de sommeil paisible depuis fort longtemps.

Un petit matin du mois de juillet précédent, une escouade d'hommes armés s'était infiltrée dans la base. Ils étaient quinze, animés d'un but très précis : assassiner Ali Mevlevi. Leur commanditaire n'était autre que le général Buddy Mong, le principal partenaire commercial de Mevlevi depuis des années, qui entretenait une armée irrégulière de vingt mille mercenaires le long de la frontière thaïlando-birmane. Ou du moins c'était ce que le Pacha supposait. Incapable de comprendre ce qui avait pu justifier cette expédition punitive, il avait continué à observer la complexe étiquette des trafiquants de drogue internationaux et à traiter avec Mong comme s'il ne s'était rien passé. En fait, il n'était pas en mesure d'agir autrement. Pas pour l'instant, du moins. Pas avec l'opération Khamsin sur le point de se déclencher...

— Rendons grâce à Allah d'être assez forts pour repousser de nouvelles attaques, commenta Joseph.

— Qu'Allah en soit remercié, oui.

Mevlevi avait du mal à ne pas arrêter son regard sur l'affreuse cicatrice qui zigzaguait de l'œil droit jusqu'au menton de son second. Un souvenir posthume laissé par les tueurs de Mong. Joseph était le seul de ses collaborateurs dont la loyauté était au-dessus de tout soupçon. Cette balafre le proclamait assez.

— Mong ne mérite aucune faiblesse, poursuivit Mevlevi. Et ses sbires non plus. Amène-moi ici ce Judas !

106

Pivotant sur ses talons, Joseph quitta la pièce, non sans s'incliner rapidement devant Lina qui hésitait sur le seuil. Elle attendait que Mevlevi l'invite à entrer.

– Lina ! Viens, joins-toi à nous. Viens !

Il voulait que sa maîtresse assiste à la démonstration de son autorité, aussi brutale dût-elle être. On ne savait plus assez apprécier les vertus pédagogiques du châtiment. Lui-même, à y repenser, s'était montré trop laxiste envers une de ses vieilles connaissances, Cerruti, le banquier, qui était venu lui rendre visite le 1er janvier. Certes, il avait jugé nécessaire de juguler les velléités d'indépendance que le Suisse, sans crier gare, s'était mis à manifester : on ne pouvait laisser un subordonné, même lointain, se croire en mesure de formuler des instructions unilatérales. L'impudent avait mal réagi aux mesures, pourtant modérées, qu'il avait prises contre lui.

Et maintenant, des nouvelles déplaisantes lui parvenaient du front helvétique. Il se moquait de l'accord secret que les banques de ce pays avaient conclu avec les autorités américaines. C'était une péripétie, rien de plus. Mais la facilité gloutonne avec laquelle celles-ci avaient châtré les banquiers helvétiques était un défi ouvert qu'il ne laisserait pas sans réponse. À leur nez et à leur barbe, il allait demeurer invisible, intouchable, indemne. La provocation lui avait même donné une énergie accrue.

Il prit une profonde inspiration, se forçant à recouvrer son calme. Pour tout ce qui concernait ses avoirs en Suisse, il devait agir tout en finesse. Ce petit pays montagneux était au centre de ses ambitions, puisqu'il recelait le carburant qui allait mettre en branle ses légions. Qui allait déclencher son plan Khamsin.

Et voici qu'aujourd'hui encore il avait dû traiter avec un nouvel interlocuteur à la banque... Sur ce point, il reconnaissait détenir au moins une responsabilité partielle. Il ne put contenir un gloussement en se souvenant de la tête de ce pauvre Cerruti lorsqu'il avait été conduit devant le bassin de Soliman. Au début, le banquier s'était refusé à admettre la réalité de ce qui se trouvait devant lui. Il avait fixé les profondeurs avec des yeux hagards, des yeux qui clignaient hystériquement tandis qu'il secouait la tête, incrédule, terrorisé. Et lorsque Joseph l'avait poussé un peu en avant, afin qu'il voie encore mieux, l'épreuve avait été au-dessus de ses forces : il en avait perdu le souffle, s'était évanoui. Au moins ses maudits yeux étaient-ils restés tranquilles, après...

107

Revenant au milieu de son bureau plongé dans la pénombre, Mevlevi contempla la note écrite à la main posée sur sa table, puis décrocha son téléphone et appuya sur une touche de présélection. Le numéro de son associé à Zurich se composa automatiquement.

— Makdissi Trading, allô ?

— Albert ?

— *Ahlan wa Sahlan !* Salut, mon frère ? Tu as besoin de moi ?

— Juste une petite vérification. À propos d'un type de l'USB. Un certain Neumann. Il parle un anglais impeccable. Américain, je dirais.

— Tu veux une simple surveillance, ou les grands moyens ?

— Non, quelque chose de très discret, s'il te plaît. Garder un œil sur lui pendant quelques jours. Sans qu'il s'en rende compte, évidemment ! Fouiller son appartement. Au besoin, on lui fera une petite visite de courtoisie. Mais pas pour l'instant.

— On va commencer dès aujourd'hui. Rappelle-moi dans une semaine.

En raccrochant, Mevlevi entendit les pieds nus de Lina s'avancer sur le sol de la pièce. Il se tourna vers elle.

— Mes yeux se réjouissent de te voir.

— Tu n'as pas encore fini pour aujourd'hui ? interrogea-t-elle d'un air boudeur. (Elle était jeune – dix-neuf ans à peine –, une beauté aux cheveux d'ébène, avec des hanches voluptueuses et une poitrine généreuse.) Il est presque sept heures !

Mevlevi eut un sourire compréhensif.

— Si, chérie, presque. Un dernier petit problème à régler. Je veux que tu sois là.

Lina croisa les bras, fronça les sourcils.

— Je ne vois pas l'intérêt de te regarder passer ton temps au téléphone, moi !

— Vraiment ? Dans ce cas, tu ne seras pas déçue.

Il se leva pour aller prendre la petite tigresse dans ses bras. Elle abandonna aussitôt son attitude rebelle pour se lover contre lui en soupirant. Il avait découvert Lina trois mois plus tôt au Petit Maxim's, une boîte de nuit beyrouthine peu recommandable, connue de quelques initiés. Une discrète conversation avec le patron de l'établissement lui avait permis de s'assurer les services permanents de la jeune fille. Elle passait six nuits avec lui, s'absentant seulement une fois par semaine pour aller voir sa mère à Djounié. Car elle était chrétienne, issue d'une famille phalangiste. C'était honteux de sa part, certes, mais Allah ne pouvait pas contrôler tous les mouvements du cœur, et le corps de Lina le transportait à des sommets qu'il n'avait encore jamais atteints avec quiconque.

Joseph fit son apparition sur le seuil, poussant devant lui un garçon au physique ingrat, recruté deux mois auparavant au sein de l'armée personnelle de Mevlevi. Tête basse, Kamel hésitait à l'entrée.

— On l'a trouvé dans ton bureau, en train de fouiller dans tes affaires, rappela Joseph.

— Fais-le approcher.

Joseph donna une bourrade à l'adolescent.

— Il a perdu sa langue.

« Au propre ou au figuré ? » se demanda Mevlevi, connaissant la rudesse des procédés de son sbire. Avec un sac d'oranges mûres et un bout de tuyau en caoutchouc, ce diable d'homme aurait été capable de faire avouer à Benyamin Nétanyahou sa dévotion éternelle pour le prophète Mahomet, sans laisser aucune trace sur l'anatomie adipeuse de l'Israélien.

— Il est à la solde de Mong, continua Joseph. Il l'a reconnu.

Mevlevi s'approcha encore du chétif suspect, l'obligea d'un doigt à relever le menton.

— Est-ce que c'est vrai, ce que dit Joseph ? Tu es au service du général Mong ? (Le visage de Kamel tressaillit. Il serrait les dents, incapable de proférer le moindre son.) Seul l'amour du Miséricordieux peut guérir la blessure que tu as infligée au cœur de l'Islam. Remets-toi à sa volonté. Crains Allah et le paradis t'est ouvert. Es-tu prêt à accepter son pardon ?

L'adolescent avait-il incliné la tête en signe d'assentiment ? En tout cas, Mevlevi indiqua à Joseph de le conduire dehors, jusqu'à un pilier rond derrière lequel on entrevoyait les faibles lumières montant de Beyrouth.

— Mets-toi dans la position de celui qui prie le Très-Haut !

Kamel s'agenouilla, la face tournée vers la vaste obscurité de la mer.

— Récitons la profession de foi.

Tandis que Mevlevi prononçait la prière traditionnelle, Joseph disparut à l'intérieur de la maison. Debout à côté de son maître, Lina demeurait silencieuse. Les derniers mots s'envolèrent dans la brise langoureuse du soir. Soudain, il y eut un éclair argenté : un revolver était venu se poser contre la nuque du traître. Pen-

dant quelques secondes, le bout du canon s'attarda dans sa chevelure sale. Puis l'arme fut abaissée. Trois balles percèrent le dos
du prisonnier.

Kamel tomba en avant, yeux grands ouverts mais déjà
aveugles, tachant de son sang la pierre blanche de la terrasse.

– Pour les traîtres, la punition est la mort, prononça Mevlevi.
C'est ce qu'a édicté le Prophète, et c'est ce que j'affirme, moi.

11

Nick dévala le perron de la sortie réservée aux employés, trop content d'avoir quitté la lumière artificielle de la Serre. Il courut encore quelques mètres, comme pour se libérer de l'atmosphère guindée de la banque, puis ralentit, aspirant de tous ses poumons l'air pur de la Suisse. Les deux dernières heures de sa journée de travail lui avaient paru durer des siècles. Il se sentait tel un voleur de tableaux piégé dans un musée, redoutant le délenchement de l'alarme. À tout instant, il s'était attendu à l'irruption d'Armin Schweitzer dans son bureau, un Schweitzer furibond qui lui aurait demandé ce qu'il avait bien pu fabriquer avec les virements demandés par le Pacha. Et pourtant aucune sirène ne s'était déclenchée, Schweitzer était resté invisible. Il s'en était tiré.

Comme il lui restait encore une heure avant son rendez-vous avec Sylvia Schon, il décida d'aller jusqu'au bout de la Bahnhof-strasse, là où le lac de Zurich se rétrécissait pour se jeter dans la Limmat. Recroquevillé dans son manteau, il emprunta l'allée pié-tonne parallèle à la grand-rue. La nuit arrivait vite, des plaques de verglas se formaient sur le sol. Mais ses pensées étaient loin de tout ça : telle la bise soufflant dans les rues désertes, son esprit était assailli par les événements de la journée, et il cherchait à dis-cerner dans son incertitude les défenses à préparer, les consé-quences auxquelles parer.

Sterling Thorne avait été des plus clairs : si une somme supé-rieure à dix millions de dollars arrivait sur un des comptes dési-gnés à leur surveillance, et si au moins la moitié était aussitôt virée à un ou plusieurs établissements bancaires, ils étaient tenus d'en informer les autorités compétentes. Ce n'était qu'un *gentlemen's agreement*, certes, mais l'USB ne pouvait se permettre de violer un accord conclu sous les auspices du président du Bundesrat helvétique. Pour dissuader toute tentation en ce sens, d'ailleurs, le service américain de répression des stupéfiants avait posté des agents dans les services de transactions internationales des principales banques.

En retardant de quarante-huit heures les virements ordonnés par le Pacha, Nick les avait placés hors du cadre strictement défini par Thorne. Ce dernier ne serait donc pas en mesure d'exiger toute information disponible sur cette opération, puisqu'elle n'était plus suspecte, formellement. Ni lui ni personne ne pourrait réclamer que le compte soit gelé en attente d'un complément d'enquête. Le Pacha échapperait aux griffes de la DEA et, du même coup, protégerait l'USB du scandale.

Les mains enfoncées dans ses poches, le nez enfoui dans son écharpe, Nick poursuivit sa marche. En passant devant un vieux bec de gaz converti depuis longtemps à l'électricité, il vit son ombre s'étirer sur le mur en béton qui bloquait son chemin. S'il prenait à gauche, il se retrouverait dans Augustinestrasse ; à droite, ce serait à nouveau la Bahnhofstrasse. Il hésita un instant avant de choisir la première solution. Le mur se poursuivait, désormais à sa droite, mais il était uniformément sombre puisqu'il s'était déjà éloigné du lampadaire. Il entreprit de remonter la ruelle balayée par le vent, puis ralentit en remarquant une ombre étrange sur le mur. Un homme aux épaules tombantes, pensa-t-il, avec un chapeau en pointe : aussi incongru que si la silhouette d'un activiste du Ku Klux Klan lui était apparue dans la faible lumière des bougies... Il s'arrêta, observant l'ombre difforme grossir encore. Soudain, elle se figea, se rétrécit jusqu'à finalement disparaître. Avec un haussement d'épaules, Nick reprit sa route.

Dans l'artère, sinueuse et pentue, il passa devant une pâtisserie, une bijouterie, une boutique qui vendait des édredons scandinaves au rabais. Devant cette dernière vitrine, il s'immobilisa, scrutant le prix d'une paire de coussins en plumes d'oie. Penché contre la vitre, il mit sa main en visière afin d'éviter le reflet des lampadaires. Les pas précipités qu'il était certain d'avoir entendus derrière lui cessèrent aussitôt. C'était tellement improbable, et pourtant il ne pouvait pas ne pas se poser la question : était-on en train de le suivre ?

Sans réfléchir, il repartit en courant par où il était arrivé. Après une dizaine de foulées, il pila et regarda tout autour de lui, scrutant les moindres recoins, le moindre porche. Personne. Il reprit son souffle. Son cœur battait plus vite que ce petit effort ne pouvait l'expliquer. Autour de lui, les fenêtres blanches de neige paraissaient s'être resserrées. La ruelle, pleine de commerçants truculents dans la journée, était vide, hostile presque.

Après avoir franchi une centaine de mètres à une allure normale dans sa direction première, il s'arrêta encore. Il avait « senti » quelqu'un derrière lui, plus qu'entendu. Il jeta un regard par-dessus son épaule, persuadé qu'il allait surprendre celui qui le filait. Mais il était seul dans la ruelle. Il resta pétrifié sur place, guettant les échos de ses propres pas ricochant sur les pavés et s'éteignant dans la brume du soir. « Je deviens parano, ou quoi ? »

En hâte, il rejoignit la grande artère qui courait parallèlement à la ruelle. Les trottoirs de la Bahnhofstrasse étaient encore encombrés d'employés se hâtant vers leur domicile. Les trams se croisaient en grondant, des camelots proposaient des marrons grillés sur leurs poêles mobiles. À contre-courant de la foule qui se pressait vers le nord sur la principale rue de Zurich, il se hâta vers la Paradeplatz. S'il était réellement suivi, qui aurait voulu lui emboîter le pas aurait eu du mal à se faufiler dans la cohue.

Tête basse, épaules rentrées, il surveillait régulièrement du coin de l'œil ce qui se passait derrière lui. À un moment, certain d'avoir entrevu le bizarre chapeau pointu dans la masse des passants, il accéléra encore, traversa en trombe la chaussée. L'entrée d'une boutique brillamment éclairée retint son attention. Il obliqua brusquement à gauche, se faufilant entre un mari impatient et sa femme qui s'attardait devant la vitrine, et s'engouffra dans le magasin.

D'un coup, il se retrouva dans un univers de montres. Un monde chatoyant d'or, de verre, d'acier et de diamants. Une touche d'élégance, à trente mille francs la babiole... C'était Bucherer, le magasin d'horlogerie le plus réputé de toute la ville, à l'heure de pointe, après la sortie des bureaux. Du trottoir, Nick restait cependant très visible. Il aperçut des escaliers devant lui, s'y engagea en hâte.

Le deuxième étage était plus calme. Quatre présentoirs étaient disposés en carré au centre de la pièce. Tout en faisant semblant d'examiner leur contenu, il étudia discrètement les alentours. Le prix de la plupart des montres exposées ici dépassait son salaire annuel. Une Audemars Piguet « Grande Complication », ainsi, était cotée cent quatre-vingt-quinze mille francs suisses, et encore était-il des plus malaisés de déchiffrer l'heure dans cette profusion d'aiguilles, de cadrans et de dateurs... Un chef-d'œuvre, vraiment ? Il écarta la manche de son manteau afin de consulter sa propre montre, une Patek-Philippe de 1961, legs de son père. En imaginant ce qu'elle devait coûter, il se réjouit d'avoir réussi à empêcher sa mère de faire main basse sur elle.

En relevant les yeux, il remarqua la présence d'un homme au teint bistre et aux cheveux noirs frisés, grand, lourd, qui paraissait le fixer. Un malfrat, peut-être, se dit-il. Il soutint son regard et tenta une ébauche de sourire, mais l'inconnu mal rasé semblait désormais captivé par un des modèles présentés.

Après quelques pas, Nick s'arrêta devant une montre-bracelet en or massif. « Vas-y, approche, défiait-il l'autre en silence. Si tu n'es là que pour regarder, tu vas continuer plus loin... » Il contempla un instant le bijou tapageur, en se disant qu'il serait parfait pour un bookmaker de Las Vegas ou un usurier de Miami Beach. Lorsqu'il releva la tête dans sa direction, l'homme avait disparu.

Une voix onctueuse, venue de sa droite, le fit presque sursauter :

– Je vois que monsieur semble s'intéresser à cette Piaget... (Un sourire éclatant, encore plus blanc au milieu du visage basané.) Franchement, si je puis me permettre, il vous faudrait quelque chose de moins... voyant. Un modèle plus solide, plus pratique. Vous paraissez quelqu'un de sportif, un homme d'action, je ne me trompe pas ? Que diriez-vous de la Daytona de Rolex ? Nous en avons une de toute beauté, or dix-huits carats, verre en saphir, fermoir protégé, boîtier waterproof jusqu'à deux cents mètres. Une merveille, et pour trente-deux mille francs suisses seulement.

Nick leva un sourcil. À supposer qu'il eût été en mesure de dépenser pareille somme, il n'aurait jamais pensé à une montre.

– Oui... Et vous l'avez avec le pourtour en diamants ?

Le vendeur prit un air consterné.

– Hélas, non. Nous venons de vendre le dernier exemplaire de ce modèle. Mais si j'osais proposer...

– Une autre fois, peut-être, offrit poliment Nick avant de battre en retraite jusqu'à l'escalier.

Dehors, il se dirigea vers le lac, au sud, prenant soin de ne pas s'écarter des vitrines et des porches éclairés. « Parano, tu l'es ! se réprimanda-t-il. Il n'y avait personne dans la ruelle, tout à l'heure. Tes histoires de chapeau pointu, c'est du délire. Et le type louche, chez Bucherer, était un simple employé ! Et puis, qui aurait la moindre raison de te filer, ici ? » N'ayant aucune réponse à apporter, il se contenta de se recommander à lui-même : « Calme-toi ! »

Devant lui, la Bahnhofstrasse s'élargissait. Aux immeubles sur la droite succédait une large esplanade, la Paradeplatz, sillonnée de trams qui contournaient l'abribus et le guichet frileusement serrés au milieu de la place, comme intimidés par ce grandiose environnement. Il y avait là le siège central du Crédit suisse, un bâtiment néo-gothique illustrant l'art du détail propre à l'époque victorienne. Plus loin, c'était la Corporation bancaire helvétique, exemple typique de l'architecture austère de l'après-guerre. À la gauche de Nick, l'hôtel Savoy accueillait maints banquiers en quête d'un remontant dans son bar, le plus élégant de Zurich.

Nick traversa, s'engageant sur la place. Dans le hall d'entrée du Crédit suisse, il se dissimula un instant derrière un palmier en pot, trouvant lui-même qu'il devait donner un spectacle des plus ridicules. Mais les excentriques d'allure pourtant respectable ne devaient pas être rares, car aucun des usagers des distributeurs de billets automatiques ne prit la peine d'observer son manège. Au bout de cinq minutes, il se lassa de son guet à travers les feuilles cannelées et quitta la banque. Après avoir laissé passer le tram numéro 13 qui bringuebalait en direction d'Albisguetli, il traversa les rails en courant, défiant le numéro 17 dont la masse lancée dans l'autre sens menaçait de l'écraser. Il l'évita de justesse, se retrouva de l'autre côté. Non, personne n'avait pu le suivre, là ! Satisfait, il mit le cap sur la confiserie Sprüngli, du côté opposé de la place.

En passant devant les portes vitrées de la pâtisserie, il fut assailli par de multiples effluves, tous plus alléchants les uns que les autres. Le parfum du chocolat était corsé d'un zeste de citron, adouci d'une note de crème chantilly. Séduit, il entra, alla jusqu'au comptoir et acheta une boîte de *Luxembergeli*, délicieux bâtonnets de meringue et de crème au chocolat d'une légéreté aérienne. Il paya, repartit vers la sortie. « Et laisse ton imagination galopante derrière toi », plaisanta-t-il en lui-même.

Et puis, pour quelque raison – peut-être pour savourer encore l'impression de chaleur et de sécurité que la boutique venait de lui donner, ou plus prosaïquement parce qu'il avait réellement senti un regard posé sur lui –, il se retourna afin d'observer l'intérieur de la pâtisserie. Devant l'autre porte vitrée, près de sortir lui aussi, il y avait un homme d'âge moyen, au teint olivâtre, barbiche poivre et sel, une cape prince-de-galles posée sur ses épaules tombantes. Il était coiffé d'un chapeau tyrolien, vert sombre, qui pointait sur sa tête tel un sommet de montagne tronqué.

L'encapuchonné du Ku Klux Klan, c'était lui.

Un long moment, il garda les yeux fixés sur Nick, aucunement troublé de constater que ce dernier lui retournait son regard. Puis un sourire insolent apparut sur ses lèvres, il plissa les yeux et s'élança dehors. Cette crapule ne prenait même pas la peine de dissimuler qu'il l'avait suivi !

Nick demeura immobile quatre ou cinq secondes, sous le choc de sa découverte. Quand la stupéfaction eut cédé la place à la colère, il s'élança dehors, à la poursuite de l'impudent.

Il dut se frayer un chemin parmi une multitude de chalands, d'employés sortis du bureau, de touristes. Par-dessus toutes ces têtes, et malgré la pénombre, la neige, la brume, il tenta de localiser l'absurde chapeau, la cape à la Sherlock Holmes. Il fit deux fois le tour de la place, éperdu. Il voulait savoir pourquoi ce barbichu l'avait suivi. Était-ce un simple hurluberlu qui passait ainsi le temps, ou bien avait-il été chargé de le filer ? Et par qui ?

Un quart d'heure plus tard, il décida de renoncer. Non seulement le type s'était évanoui dans la foule mais encore, comble de malchance, Nick avait perdu sa boîte de chocolats dans la poursuite. Il reprit la Bahnhofstrasse, à nouveau en direction du sud. Les passants se faisaient plus rares, les magasins commençaient à fermer. Tous les dix pas il se retournait, guettant la présence du mystérieux quidam. Bientôt, il n'y eut plus derrière lui que l'empreinte de ses chaussures sur la neige poudreuse.

Soudain, il perçut le ronronnement d'un moteur de voiture. Cette partie de la Bahnhofstrasse, pourtant, était réservée aux trams, la circulation automobile se cantonnant à ses extrémités nord et sud. Du coin de l'œil, Nick constata qu'une berline noire aux vitres teintées et aux plaques du corps diplomatique, une Mercedes dernier modèle, s'approchait lentement. Elle devait venir de la Paradeplatz, certainement. D'un coup d'accélérateur, le véhicule se porta à sa hauteur. La vitre du passager s'abaissa, une tête à la chevelure ébouriffée en surgit.

– Monsieur Neumann ? Nicholas Neumann ? Z'êtes américain, exact ?

Nick fit un pas de côté pour s'éloigner de la voiture. On s'intéressait décidément beaucoup à lui, ce soir ! Il avait reconnu sur-le-champ celui qui le hélait. C'était Sterling Thorne.

116

– Oui, en effet. Américain *et* suisse.

– Ça fait plusieurs semaines qu'on se dit qu'il faudrait vous rencontrer. Savez-vous que vous êtes le seul Américain à travailler à l'USB ?

– Je ne connais pas tout le personnel de la banque.

– Vous pouvez me croire, suggéra Thorne avec affabilité. Vous êtes le seul et unique. (Il portait une veste en daim doublée de laine ; il avait des cernes noirs sous les yeux, les joues creuses et piquées de cicatrices d'acné). Alors, qu'est-ce que ça fait, de bosser dans ce nid de vipères ? Je veux dire, en tant que compatriote, et tout...

– Vipères ? Des vipères plutôt inoffensives, non ?

Nick affectait le même ton badin que son interlocuteur, tout en se demandant où celui-ci voulait en venir, et en pariant que la réponse à cette question ne pouvait être que déplaisante.

– Ouais... Je reconnais que vous n'avez pas l'air bien terribles, vous autres. Mais enfin, les apparences peuvent être trompeuses. Pas d'accord, monsieur Neumann ?

Nick se pencha pour jeter un coup d'œil à l'intérieur de la Mercedes. La seule vue de Thorne avait réveillé son aversion à l'encontre des serviteurs de l'État américain. Il repensa à l'inconnu qui l'avait suivi. Non, cette cape, ce chapeau de montagnard, tout ce vernis européen ne cadrait aucunement avec le style de Sterling Thorne. C'était le jour et la nuit, même.

– Écoutez, qu'est-ce que vous me voulez, exactement ? Il neige. Je suis attendu à dîner. Ça vous ennuierait d'y aller franco ?

Regardant droit devant lui, Thorne secoua la tête d'un air incrédule, émit un bref gloussement comme s'il était en train de se dire : « Non, mais ce garçon, quelles manières ! » Il reporta les yeux sur le jeune homme.

– Je vous demande toute votre attention, Nick. Je crois qu'il serait inconsidéré de prendre à la légère ce qu'un représentant de l'Oncle Sam a à vous dire. Si je me rappelle bien, il y a encore quelques années, c'est nous qui vous payions votre solde, non ?

– OK. Mais soyez bref.

– Cette banque, nous l'avons à l'œil depuis un bon bout de temps.

– Je croyais que vous les aviez toutes à l'œil...

– Oh, que oui ! Mais la vôtre, voyez-vous, c'est ma petite préférée. Quand je vous ai dit que vous travailliez dans un nid de vipères, je ne parlais pas en l'air. Vos collègues trempent dans des

117

affaires plus que louches. À moins que vous ne trouviez normal d'accepter d'encaisser un dépôt d'un million de dollars en coupures de dix et de vingt ? Ou de permettre à un client d'ouvrir un compte à Panama ou au Luxembourg sans qu'il s'abaisse à donner son nom ni son matricule, et de lui dire en plus : « Mais comment donc, monsieur, avec plaisir ! En quoi pouvons-nous vous obliger encore, aujourd'hui ? » Non, ça ne l'est pas, normal ! C'est même exactement ce que mon regretté père appelait « donner un coup de main au diable ».

Nick observa le compagnon de Thorne, assis derrière le volant qu'il tambourinait nerveusement de ses doigts. Corpulent, suant à grosses gouttes dans son costume anthracite, il semblait regretter amèrement d'être là.

— En quoi tout cela me concerne-t-il ? demanda le jeune homme, qui ne le savait que trop bien.

— Nous avons besoin de vos yeux et de vos oreilles.

— Vraiment ?

— Si vous collaborez avec nous, on ne vous oubliera pas quand on mettra ce château de cartes par terre. Je dirai un mot pour vous au procureur fédéral. On vous sortira d'ici par le premier avion.

— Et sinon ?

— Alors je serai forcé de vous coffrer avec le reste de vos potes. (Il tendit le bras au-dehors, tapota familièrement la joue de Nick.) Encore que, pour être franc, ça me ferait sans doute pas mal plaisir de coincer un petit connard arrogant dans votre genre. Mais enfin, à vous de choisir.

Nick rapprocha son visage de celui de Thorne.

— Vous êtes en train d'essayer de m'intimider ?

L'agent de la DEA se rejeta en arrière, une grimace sardonique sur les traits.

— Tiens, où êtes-vous allé chercher pareille idée, lieutenant Neumann ? Mais non, je me contente de vous rappeler vos devoirs, sur lesquels vous vous êtes solennellement engagé. Quoi, vous croyiez que ce serment d'obéir au Président et de protéger les intérêts de votre pays n'était plus valable dès que vous aviez quitté votre uniforme ? Si c'est que vous avez pensé, je vous le dis tout de suite : c'est faux. Archifaux. Non, mon gars, t'as signé pour la vie. Exactement comme moi. Pas la peine de chercher à te cacher derrière ton petit passeport avec une croix blanche dessus. Le passeport bleu que tu as aussi, il est autrement plus solide, il pèse autrement plus !

Nick se força à combattre la vague de fureur qui montait en lui.

— Quand l'occasion se présentera, si elle se présente, ce sera à moi de décider.

— J'ai comme l'impression que tu ne saisis pas bien la situation, là. On sait tout de toi, on connaît parfaitement vos petits jeux, à tes potes et à toi. Ce n'est pas une demande qu'on t'a adressée : c'est un ordre, point ! Considère qu'il émane du commandant en chef lui-même. Tu as l'ordre de garder l'œil sur tout et de faire ton rapport quand on te le demandera. Vous autres petits malins, à l'USB comme dans la moindre foutue banque de ce bled, vous ne voulez même pas voir que vous aidez un tas d'individus malfaisants à recycler un fric qui pue.

— Et vous, vous êtes là pour nous protéger d'eux ?

— Prends-le comme ça. Mais sans toi et tes semblables, Neumann, ces ordures ne seraient pas à se prélasser dans des yachts de vingt mètres au large de la Floride, à tirer sur leurs cigares, à niquer matin, midi et soir, et à préparer leur prochain sale coup. Vous êtes aussi coupables qu'eux.

Cette dernière accusation mit le feu aux poudres. Mâchoires serrées, bouillonnant, Nick ne pouvait plus se contenir.

— A mon tour de clarifier quelques points pour vous, Thorne. Premièrement, j'ai servi mon pays durant quatre ans. Le serment que j'ai prêté, il restera en moi jusqu'à la fin de ma vie. Vous savez sous quelle forme ? Sous la forme d'un éclat d'obus de cinq centimètres, coincé derrière ce qui reste de mon genou. Chaque jour, il me cisaille un peu plus le tendon, mais il est tellement profond que personne ne veut même essayer d'aller le chercher. Deuxièmement, si votre truc, c'est de traquer les méchants dans le monde entier, allez-y, ne vous gênez pas. Vous êtes payé pour ça. Mais quand vous n'arrivez pas à leur mettre la main dessus, n'allez pas chercher autour de vous des pigeons sur lesquels faire retomber la faute. Moi, je prends mon job au sérieux, j'essaie de faire au mieux. Tout ce que je vois, ce sont des papiers, et encore des papiers, des gens qui placent leur argent et le font travailler. On ne reçoit pas des mecs qui nous tendent un million en petites coupures par-dessus le comptoir. Ça, c'est de la science-fiction.

Agrippant la portière des deux mains, il se pencha vers Thorne, poursuivant à voix plus basse :

— Troisième et dernière chose, je me contrefous de ceux qui vous emploient, mais si jamais vous vous avisez de porter encore la main sur moi, je vous botte le cul et je vous le tatane jusqu'à ce qu'il ne reste plus de vous que votre ceinturon, vos bottes de cow-boy et votre insigne à la con. Ma jambe tient encore assez le coup pour le faire, je vous assure.

Sans attendre de réponse, Nick se redressa, recula sur le trot-toir, réprima une grimace de douleur à cause de son genou droit, et reprit son chemin vers le lac.

De la Mercedes qui le suivait au pas, Thorne cria :

– Zurich est une petite ville, Neumann ! Incroyable comme on retombe toujours sur ses amis, à un moment ou un autre. Je pense qu'on se reverra, oui. (Nick se força à ne pas tourner la tête, jurant de ne pas se laisser provoquer davantage par cet imbécile.) Et pour les vipères, je ne plaisante pas ! Tiens, demande à ton M. Kaiser des nouvelles de Cerruti, pour voir ! Et ouvre l'œil, Nick, ouvre l'œil ! C'est ton pays qui le demande. *Semper fi !*

Il vit la voiture accélerer sur la Bahnhofstrasse, puis obliquer à gauche vers le quai Brucke.

– *Semper fi*, répéta-t-il d'un ton navré.

Pour les vauriens, cette proclamation d'allégeance était tou-jours le dernier recours. Pour Sterling Thorne, c'était le premier.

12

Les doigts serrés sur la balustrade du quai, Nick plongeait son regard dans la nuit. Des fanaux d'alerte clignotaient à l'entrée des ports de Wollishofen et Kilchberg, sur la Côte d'Or, au Zurich-horn et au Küsnacht. La neige tombait en tourbillons fantasques, des courants impétueux soulevaient les plaques de glace coagulées autour des piliers de la jetée. Il laissa le vent fouetter son visage, attendant que l'air piquant emporte avec lui le souvenir des derniers mots de Thorne.

Semper fidelis.

Trois années s'étaient écoulées depuis qu'il avait signé sa décharge de l'armée. Trois ans à compter du jour où il avait serré la main à Gunny Ortiga, salué une dernière fois et quitté la caserne, en route vers une nouvelle vie. Un mois plus tard, il était en effet devenu un autre homme : cherchant un appartement à louer à Cambridge, dans le Massachusetts, achetant stylos, blocs-notes, manuels, la panoplie de l'étudiant modèle. Il se souvenait encore de l'impression qu'il avait produite en arrivant sur le campus : sa coupe en brosse de marine n'était pas des plus courantes parmi les élèves de Harvard...

Pendant tout son séjour à l'école des officiers, il s'était montré exceptionnellement *gung ho*, selon le jargon des baroudeurs US, plein de dévouement et d'enthousiasme, se refusant à critiquer la moindre mission. Cette discipline constante avait fini par devenir une grenade dégoupillée dans son ventre, qui menaçait maintenant d'exploser à la seule mention de ce *Semper fi*, de ce serment d'obéissance aveugle.

Les yeux perdus dans la tempête de neige et dans la brume qui s'étendait sur le lac comme une soyeuse couverture de laine, il se demanda pourquoi Thorne avait précisément choisi ce jour pour le héler en pleine rue. Connaissait-il les habitudes du Pacha, ses appels du lundi et du jeudi ? Savait-il que Nick avait reçu la responsabilité de la gestion de son compte ? Sinon, pourquoi avait-il mentionné Cerruti ? Ou bien avait-il décidé de le contacter seulement parce qu'il était américain ?

Si toutes ces questions demeuraient en suspens, l'incident ne faisait en tout cas que renforcer une conviction forgée par l'expérience : il ne croyait pas aux coïncidences. Le « terrain de chasse » avait vu ses limites s'étendre.

Semper fidelis, avait juré Thorne. « Toujours fidèle. »

Nick ferma les yeux, incapable désormais de résister à la cascade de souvenirs qui surgissaient en lui. *Semper fidelis*. Ces mots appartenaient, pour toujours, à Johnny Burke. Ils évoqueraient à jamais, pour lui, un marais étouffant, un secteur perdu d'une guerre secrète.

Le lieutenant de l'US Marine Corps Nicholas Neumann est assis dans le QG opérationnel du croiseur USS *Guam*. L'air est lourd, âcre de la sueur des hommes qui s'y trouvent en surnombre. Parti de la base navale de San Diego vingt-sept jours plus tôt, le *Guam* fend les eaux calmes de la mer de Sulu au large de Mindanao, l'île la plus méridionale de l'archipel des Philippines. Il sera minuit dans cinq minutes.

– Quand est-ce qu'on aura de nouveau la putain de clim sur ce bateau de merde ?

Le colonel Sigurd Andersen, dit « Big Sig », est en train de hurler dans un combiné noir qui disparaît presque au milieu de sa patte d'ours.

Dehors, la température est supportable. Mais entre les flancs d'acier du *Guam*, privé d'air conditionné depuis plus d'une journée que le système de ventilation a rendu l'âme, le thermomètre dépasse les quarante degrés.

– Je vous donne jusqu'à six heures tapantes pour réparer ce bordel, autrement il va y avoir une mutinerie ici, et c'est moi qui serai à sa tête ! Pigé ?

Andersen raccroche violemment le téléphone mural. C'est lui qui commande les deux mille marines embarqués sur le navire de guerre. Nick n'avait encore jamais vu un officier supérieur perdre à ce point son sang-froid. Il se demande si c'est un effet de la chaleur, ou si la cause ne serait pas plutôt la présence à bord d'un « analyste civil » aux allures de conspirateur qui, monté lors de leur dernière escale de Hong Kong, n'a pratiquement pas quitté la salle radio de la passerelle, plongé dans de mystérieux échanges avec un interlocuteur top secret.

Assis à trois pas de Nick, Jack Keely tire sur une cigarette en tripotant nerveusement les bourrelets de chair qui retombent sur la ceinture de son pantalon. L'« analyste civil » attend d'entamer son briefing sur l'opération clandestine qui se prépare et que Nick a été chargé de diriger. Une « opé clando », pour reprendre le jargon des agents secrets et de leurs exécuteurs de basses œuvres.

Après s'être affalé sur une banquette en skaï fatigué, Andersen fait signe à Keely d'y aller.

Ce dernier n'est pas à son aise. Il n'y a que sept hommes avec lui, pourtant il paraît aussi intimidé que devant une vaste assemblée ; il se dandine d'une jambe sur l'autre, évite les regards des autres, fixe obstinément la cloison derrière Nick et ses camarades. Entre deux bouffées de cigarette, il se met cependant à donner les grandes lignes de la mission.

Un Philippin répondant au nom d'Arturo de la Cruz Enrile s'élève depuis un certain temps contre les autorités de Manille. Il avance les revendications habituelles : élections non truquées, redistribution des terres, droit à la santé, mais il a aussi entrepris de mettre sur pied ici, au sud de Mindanao, une force rebelle qui compterait de cinq cents à deux mille guérilleros, armés de kalachnikovs AK-47, de RPG et de RPK, bref, de toutes les armes légères que les Russkofs ont laissées derrière eux après leur petit séjour aux Philippines il y a une quinzaine d'années.

Le hic, c'est qu'Enrile est communiste. Et populaire, en plus. Pas vraiment un sale type, seulement, les pontes de Manille s'inquiètent. La reprise économique tant attendue commence à se faire sentir. Subic Bay et Olongapo sont en plein boom. Les Philippines sont à nouveau en selle. Il y a même des négociations pour redonner aux Américains la concession de la base de Subic Bay et de l'aérodrome de Clark. Et c'est là que tout se joue, précisément : la Maison-Blanche ferait n'importe quoi pour récupérer ces installations navales flambant neuves. De quoi économiser cinq cents millions de dollars sur le prochain budget de la Défense.

Ça gamberge sec à Washington, dit Keely avant de faire une pause pour avaler une goulée de nicotine, essuyer les torrents de sueur qui ruissellent sur son front. Et il reprend son exposé.

Il se trouve que le semeur de troubles est protégé par son oncle, responsable de la police de la province de Davao mais surtout chef de guerre local. Le tonton y gagne sur tous les tableaux, puisque son neveu et ses baroudeurs se tapent aussi le boulot dans ses plantations d'ananas. Un vrai capitaliste, le mec. Et quand le gouvernement envoie des troupes pour choper Enrile, elles se font ratiboiser. Ils ont déjà perdu un tas de soldats. Et la face, aussi.

Keely se redresse, sourit comme s'il arrivait maintenant au clou du spectacle. Il ouvre largement les bras, tel un cabotin chevronné :

– Nous sommes là pour faire un peu de nettoyage, annonce-t-il avec satisfaction.

On dirait qu'il est question d'entretenir des toilettes publiques, et non de passer la corde au cou à un être humain.

C'est ensuite au tour du major Donald Conroy, commandant opérationnel du bataillon S 2, de décrire les aspects techniques de la mission. Neuf marines vont être lâchés sur une des plages de Mindanao, à vingt kilomètres au nord du centre urbain de Zamboanga. Le lieutenant Neumann mènera le commando le long du fleuve Azul, à travers la jungle, jusqu'à une petite ferme située à 7° 10'59" de latitude et 122° 46'04" de longitude. Là, ils devront se mettre en position et attendre les ordres suivants. Nick aura avec lui un « sous-lieut' », un certain Johnny Burke, originaire du Kentucky et tout frais émoulu de l'école d'infanterie. Tireur d'élite, il sera seulement équipé de sa Winchester 30,06 avec viseur hyperpuissant. Burke a reçu le surnom de « Tranxène », parce qu'il est capable de réduire son rythme cardiaque à quarante battements par minute, entre lesquels il tire sans ciller, aussi immobile qu'un cadavre. À Quantico, il a réussi toutes les épreuves à cent, deux cents et cinq cents mètres. Depuis la fin de la guerre du Vietnam, on n'avait jamais vu ça...

Nick et ses hommes sont tapis sur les graviers d'une ravine, à six kilomètres à l'intérieur des terres. À trois cents mètres devant eux, au milieu d'une clairière encerclée par la jungle, il y a une ferme en planches, un potager à l'abandon où errent des poules et des cochons.

Depuis leur débarquement à deux heures quarante-cinq, les marines ont parcouru quinze kilomètres à travers une nature sauvage, le long des méandres du fleuve Azul, à peine plus qu'un filet d'eau en réalité, dont le lit est en maints endroits asséché et envahi par la végétation. Les hommes comptent sur Nick pour retrouver leur chemin.

Il est sept heures. Pour lutter contre la déshydratation, le commando doit avaler quelques tablettes de sel. Nick vérifie leur position sur son navigateur satellitaire Magellan. Pile sur l'objectif. Passant sur la fréquence d'opération, il émet un double bip afin de l'annoncer au QG. Ensuite, il fait signe à Ortiga, son officier de tir d'origine philippine, de le rejoindre. Celui-ci vient s'affaler entre son supérieur et Tranxène, dont la respiration désordonnée et la pâleur sont effrayantes. Ortiga, un ancien de la Navy, contrôle le pouls du tireur d'élite : il est à cent dix, son cœur bat la chamade. Epuisement dû à la chaleur. La panne du système de climatisation du *Guam* a eu raison de Johnny Burke, désormais incapable de remplir son office.

Prenant la Winchester que Burke avait passée en bandoulière dans son dos, Nick chuchote à Ortiga de ne pas cesser de lui humecter la gorge : même s'il ne peut plus tirer, il devra être en état de décrocher au moment voulu, comme eux tous.

Le talkie-walkie de Nick se met à grésiller. C'est Keely. Une fourgonnette à plateau blanche doit arriver à la ferme dans quinze minutes. Arturo de la Cruz Enrile sera au volant, seul.

Au-dessus des marines, le toit végétal que fait la jungle s'anime sous les premiers rayons du soleil. Un ara à bec rouge se met à piailler.

Nick soupèse la carabine. Elle est longue et lourde, au moins deux fois plus que les M 16 équipés d'un lance-grenades dont tous les autres sont munis. Sur le magasin, Burke a gravé le sigle USMC des marines américains et, en dessous, une brève devise : « Premier au combat. » Nick pointe l'arme, porte le viseur à son œil. Le grossissement est si fort qu'il peut viser sans aucun mal un épi de blé qui pousse dans le jardin.

C'est un matin calme et chaud. Une vapeur de condensation monte de la clairière. Nick a les yeux attaqués par la sueur qui, sur son front, a déjà fait fondre en rigoles son camouflage vert et noir. D'un geste, il donne à ses hommes l'ordre de déverrouiller le cran de sûreté de leur FM. Aucun ennemi n'est signalé, mais la jungle a des yeux et des oreilles. Burke, lui, commence à revenir à lui. Il crache de la bile sur le sol. Ortega lui donne encore de l'eau.

Au loin, on entend un moteur changer de vitesse. En guettant son ronronnement, Nick imagine la route qui conduit à la ferme délabrée. Quelques minutes plus tard, une antique Ford fait son apparition. Elle était peut-être blanche, avant, mais désormais c'est surtout la rouille et la couleur terne du métal corrodé qui l'emportent. À cause des reflets du soleil dans le pare-brise, il n'arrive pas à discerner si le conducteur est seul ou non.

La fourgonnette s'arrête devant la ferme. Nick ne peut voir personne, il entend seulement une voix. Qui crie. Enrile appelle quelqu'un. Nick ne comprend pas ce qu'il dit. S'exprime-t-il en tagalog ?

Le chef rebelle contourne le bâtiment. Il se dirige droit vers Nick. Dans la lunette de la carabine, il paraît à moins de dix mètres de lui. Il porte une chemise blanche à manches courtes, ses cheveux sont encore mouillés, soigneusement peignés en arrière. On croirait qu'il s'est préparé pour aller à l'église.

« Nom de Dieu, mais il a mon âge ! » se dit Nick.

Enrile inspecte le potager. Appelle encore.

Un coq chante.

Il est fébrile, maintenant. Il se dresse sur la pointe des pieds, hausse le col comme s'il tentait d'apercevoir un point situé un peu plus bas que l'horizon. Il se retourne. Nerveux. Prêt à s'enfuir.

Les doigts de Nick se crispent sur le magasin. Des gouttes de sueur s'amassent dans ses yeux. Il tente de maintenir la mire centrée sur sa cible, mais son bras tremble.

Une main en visière, Enrile dirige son regard droit sur lui.

Nick retient sa respiration. Lentement, il presse sur la détente. Arturo de la Cruz Enrile tourne sur lui-même. Une buée rouge jaillit de sa tête. Nick sent la Winchester bondir dans ses mains, entend un bruit sec, comme un pétard. Il avait visé au cœur.

Enrile est tombé. Il est immobile.

Les marines restent à leur place. Ils attendent. L'écho sec du tir s'attarde dans l'air paisible du matin, dans la brume montée des rizières.

Ortiga inspecte la clairière. D'un bond, il se lève et part en courant confirmer le coup. Il sort son couteau de survie, le lève très haut et le plonge dans la poitrine d'Enrile.

Brusquement, Nick pivota sur ses talons et se cacha le visage dans son épaule. Paupières closes, il pria pour que la caméra dans

126

sa tête arrête de projeter l'insupportable cauchemar. Pour la première fois, il prit conscience du froid intense qui régnait sur les bords du lac. La neige, qui était tombée presque toute la journée, s'était arrêtée, de même que le vent.

Ce matin-là, il avait pris la vie d'un homme, jeune comme lui, convaincu comme lui de son bon droit. Pendant une minute, une courte minute, il avait été persuadé d'avoir bien agi, d'avoir assumé ses responsabilités de chef du commando infiltré en prenant la place de Burke. Il s'était dit qu'il était là pour exécuter fidèlement les ordres de son gouvernement, et non pour en contester les choix.

Pas plus d'une minute.

13

Accroché au lavabo, Nick s'observa longtemps dans la glace des toilettes du restaurant, les pupilles inhabituellement dilatées, la chevelure trempée. D'être venu à pied du lac jusqu'au restaurant ne l'avait guère aidé à retrouver son calme. Il était encore tendu, hypertendu. « C'est fait, maintenant, ne cessait-il de se répéter, tu ne peux plus retourner en arrière. »

Il ouvrit le robinet, s'aspergea encore le visage. Avec une serviette en papier, il essuya tant bien que mal ses cheveux, puis se pencha pour placer son oreille près du filet d'eau, qu'il écouta chuinter dans la vasque en porcelaine. Il n'aurait pas su dire combien de temps il demeura dans cette position : cinq secondes, une minute, plus ? En tout cas, il finit par sentir que sa respiration redevenait normale, que son cœur ralentissait. À nouveau, il se regarda dans le miroir. Il avait meilleur aspect, mais c'était encore loin d'être parfait. Des bribes de papier mouillé parsemaient sa tignasse brun foncé, affreusement visibles. Il entreprit de s'en débarrasser en les saisissant une par une entre deux doigts. « Bonsoir, Dr Schon, mima-t-il devant la glace. Oh, ça ? Ce n'est rien. Un petit accès de pelliculite. Ça m'arrive souvent, vous savez. » Le spectacle était si ridicule qu'il réussit à rire, ce qui contribua encore à le calmer.

— Serais-je en retard ?

Stupéfaite, Sylvia Schon contrôlait l'heure à sa montre. Nick se leva pour lui serrer la main.

— Pas du tout. C'est moi qui suis arrivé un peu en avance. Il fallait que j'échappe à toute cette neige !

– Vous êtes sûr ? Nous étions bien convenus de sept heures, n'est-ce pas ?

– Oui, en effet. (Il se sentait plus calme, et la double vodka qu'il avait avalée en trois gorgées n'y était sans doute pas pour rien.) Oh, à propos, merci pour l'invitation.

Sylvia Schon prit un air surpris.

– Comment, des bonnes manières, en plus ? Je vois que le président nous a trouvé un vrai gentleman...

Elle se glissa sur la banquette près de lui et, après avoir jeté un œil sur le verre vide de Nick, annonça au maître d'hôtel qui se penchait déjà vers elle :

– Je prendrai la même chose que M. Neumann.

– *Ein doppel vodka, meine Dame ?*

– Oui, et une autre pour mon collègue.

Puis, s'adressant à Nick :

– C'est ce que vous autres appelez *after hours*, non ? Un peu de détente après une rude journée de travail. S'il y a un côté que j'aime chez vous, les Américains, c'est que vous savez apprécier un bon verre.

– Quelle idée vous vous faites de nous, décidément ! Un peuple d'ivrognes qui ne tiennent pas leurs engagements, en somme.

– Qui ne tiennent pas leurs engagements, possible. Mais ivrognes, non...

Comme pour chercher une diversion, elle examina les serviettes amidonnées placées en éventail devant eux, en déplia une et la posa sur ses genoux. Nick, pour sa part, en profitait pour la regarder. Ses cheveux blonds tombaient gracieusement sur sa veste marron, qu'il devinait être en cachemire. Son chemisier en soie était modestement boutonné au-dessous du col, révélant un simple rang de perles. Elle avait des mains blanches et lisses, demeurées à l'abri des intempéries et de l'âge. Ses doigts, longs, racés, ne portaient aucune bague.

Depuis son entrée à la banque six semaines plus tôt, il avait dû se contenter de penser à elle dans un cadre strictement professionnel. Au cours de leurs rencontres précédentes, elle s'était montrée réservée, un peu protectrice, assez ouverte, et même parfois amicale – jusqu'à un certain point. Toujours attentive à maintenir ses distances. Chacun de ses rires avait l'air d'être compté. Pas plus d'un ou deux par heure.

Et là, en la découvrant détendue, dépouillée de sa cuirasse de responsable accablée de contraintes, Nick mesura à quel point il avait attendu de la connaître sous son autre jour. En fait, la remarque sibylline de Sprecher était restée bien ancrée dans son esprit. « Elle a d'autres projets pour vous » : encore maintenant, il ne savait pas s'il fallait l'entendre comme une mise en garde, ou une blague de potache.

Un serveur moustachu apparut avec leurs vodkas. Il se disposait à leur tendre des menus, mais Sylvia Schon l'arrêta d'un petit geste du poignet.

— Chez Emilio, il n'y a pas le choix. Il *faut* prendre le poulet. Un *Mistkratzerli* bien tendre, rôti aux herbes et absolument dégoulinant de beurre. C'est divin !

— Ça me paraît parfait, approuva Nick.

Il mourait de faim.

Elle passa commande dans un espagnol fluide :

— *Dos pollos, dos ensaladas, un rioja, agua mineral, eso es.* (Puis elle se retourna vers Nick.) Vous savez, je me considère comme personnellement responsable de chaque membre de notre département financier. Mon travail consiste à veiller à ce que vous soyez satisfait de votre sort, c'est-à-dire à ce que vous ayez toutes les chances de vous réaliser et de progresser professionnellement. Votre carrière, c'est mon job. Nous nous targuons d'attirer à nous les meilleurs éléments, et de les garder avec nous.

— Au moins quatorze mois, compléta-t-il d'un ton narquois.

— Au moins, oui, renchérit-elle avec un sourire. Vous avez eu vent de mes déceptions avec certains jeunes Américains que le Dr Ott nous a envoyés de par le passé, je vois. Mais n'en faites pas une affaire personnelle, j'aboie plus que je ne mords.

— J'en prends bonne note, glissa Nick.

Il était un peu déstabilisé par l'aménité dont elle faisait preuve. C'était un aspect d'elle qui le surprenait. Et le charmait.

Chez Emilio, c'était l'heure du coup de feu. Une armée de serveurs en tabliers blancs empesés se hâtaient des cuisines à la salle. Toutes les banquettes alignées contre les murs d'un rouge tapageur étaient occupées. Les clients parlaient haut et fort, mangeaient avec appétit, fumaient avec délectation la cigarette digestive. Après avoir pris une bonne gorgée de vodka, Sylvia Schon poursuivit :

— J'ai fait plus que jeter un œil à votre dossier, vous savez. Un parcours très intéressant. Enfance en Californie, voyages en Suisse. Puis-je vous demander ce qui vous a décidé à entrer dans

130

les marines ? Ce ne sont pas précisément des enfants de chœur, là-dedans !

Nick haussa légèrement les épaules.

— C'était un moyen de me payer l'université. Je devais avoir une bourse sport-études de deux ans, mais les entraîneurs ont estimé que je manquais de ressort et on me l'a retirée. Pas question de retourner travailler dans un fast-food : j'en avais assez bavé du temps où j'étais lycéen. Au point où j'en étais, les marines m'ont paru être la solution idéale.

— Et vous vous retrouvez ici ? Dans une banque suisse ? Cela doit paraître plutôt ennuyeux, quand on saute d'un hélicoptère et fait joujou avec des mitraillettes !

« Ennuyeux ? s'étonna Nick en lui-même. Aujourd'hui, j'ai protégé les avoirs d'un milliardaire sans doute recherché par les flics du monde entier. Je me suis fait suivre dans la rue par un type déguisé en Sherlock Holmes, et menacer par un cow-boy de la lutte antidrogue. Où trouver autant d'émotions en une seule journée ? »

— M. Sprecher veille à ce que je sois occupé, répondit-il en s'en tenant à l'humour de bureau bon teint. D'après lui, je dois encore m'estimer heureux puisque nous sommes en période creuse, après les fêtes...

— Selon mes informations, votre service tourne parfaitement. Vous, en particulier. On me dit que vous faites merveille dans vos fonctions.

— Oui ? Et M. Cerruti, vous avez des nouvelles ?

— Je ne lui ai pas parlé directement, mais Herr Kaiser pense qu'il va se rétablir rapidement. Une fois remis sur pied, il pourrait se voir confier un poste moins éprouvant dans l'une de nos filiales. La Banque extérieure arabe, par exemple...

Nick saisit l'occasion qui venait de lui être donnée.

— Ah... Le président, vous êtes parmi ses proches collaborateurs, non ?

— Moi ? Grands dieux, non ! Vous ne savez pas quelle surprise cela a été pour moi de le voir surgir dans mon bureau, quand vous étiez là. Personne ne se rappelait l'avoir jamais aperçu à notre étage. Quelles relations a-t-il avec votre famille, exactement ?

C'était une question que Nick se posait souvent lui-même. Les fugaces apparitions de Kaiser dans son existence, qui avaient été à la fois d'ordre professionnel et familial, étaient-elles à mettre

131

sur le compte d'un strict respect du protocole ou d'une fidélité évasive envers un ami disparu ? Il n'en savait rien.

— Je n'avais pas revu Herr Kaiser depuis les obsèques de mon père, lui expliqua-t-il. De temps en temps, il renouait le contact avec nous. Des cartes, des coups de téléphone. Mais il n'est jamais venu chez nous.

— Le président aime garder ses distances.

Nick était content de constater qu'il n'était pas le seul de cet avis.

— A-t-il déjà fait une quelconque allusion à mon père devant vous ? Il était entré à la banque peu après Kaiser.

— Herr Kaiser ne fraie pas avec les simples mortels.

— Vous êtes directeur adjoint, tout de même !

— Vous m'en reparlerez quand je serai installée au quatrième étage. Le pouvoir, il est là, pas ailleurs. Pour l'instant, vous feriez mieux d'interroger les vieux de la vieille : Schweitzer, Maeder... et pourquoi pas Herr Kaiser en personne ?

— Il en a fait déjà bien assez pour moi.

— Depuis que je m'occupe des ressources humaines au département financier, c'est la première fois que je le vois recommander quelqu'un. Comment vous êtes-vous débrouillé, dites-moi ?

— Moi ? Mais non, en fait c'est lui qui me l'a proposé. La première fois, c'était il y a des années, au moment où j'allais quitter les marines. Un jour, brusquement, il m'a appelé et m'a demandé d'envisager d'entrer dans une bonne école de commerce. À Harvard, carrément. Il a dit qu'il parlerait de moi au recteur. Et puis, quelques mois avant que je décroche mon diplôme, il m'a encore téléphoné. Il m'a dit qu'il y aurait un poste pour moi, si je voulais.

Il affecta un air courroucé avant d'ajouter :

— Mais il ne m'a pas prévenu que je devrais me soumettre à des entretiens pour ça !

Elle sourit à sa facétie.

— Vous vous en êtes très bien tiré, à l'évidence. Je dois dire que vous correspondiez tout à fait au genre de gus que le Dr Ott se débrouille pour nous expédier : un mètre quatre-vingts, une poignée de main à vous briser les phalanges, et un bagou que plus d'un politicien envierait... (Elle leva une main apaisante.) Enfin, non, sans le bagou. J'espère que vous allez m'excuser, monsieur Neumann.

Nick eut un petit rire. Il aimait les femmes qui ne mâchaient pas leurs mots.

– Y a pas de mal, y a pas de mal.

Elle eut une grimace désabusée.

– Seulement, quand ses golden boys nous tirent leur révérence au bout de moins d'un an, c'est *mon* bilan d'activité qui en prend un coup.

– Et c'est ça, votre problème avec lui ?

Sylvia le fixa de ses yeux plissés, comme si elle était en train d'évaluer à quel point il savait tenir sa langue.

– Bien, on joue franc jeu, tous les deux, n'est-ce pas ? Voilà : il y a un petit peu de jalousie professionnelle, de ma part. Pas très passionnant, hein ? Je suis certaine que vous devez trouver cela d'un commun...

– Non, non, allez-y. (Soudain, Nick se dit qu'elle pourrait aussi bien se lancer dans un exposé sur les théories quantitatives en matière de gestion des portefeuilles sans qu'il s'ennuie pour autant avec elle.) Concrètement, je suis chargée de diriger le recrutement de collaborateurs qui travailleront dans le département financier de nos bureaux en Suisse. Mais ce secteur se développe surtout à l'étranger, maintenant. Nous avons cinq cents personnes à Londres, quarante à Hong Kong, vingt-cinq à Singapour, et deux cents à New York. L'aspect le plus excitant du travail, c'est là-bas : financement des sociétés, fusions et acquisitions, opérations de capitaux propres... Pour moi, le niveau au-dessus, ce serait d'organiser la prospection et l'embauche de ces spécialistes qui seront amenés à occuper les plus hauts postes dans nos bureaux à l'étranger. Je veux être celle qui réussira à amener un associé de chez Goldman Sachs à l'USB. Ou bien, j'adorerais rafler toute l'équipe qui suit le deutsche Mark chez Salomon Brothers. Je dois, je dois absolument aller à New York pour montrer que je suis capable de repérer les meilleurs éléments et de les convaincre de venir chez nous.

– Moi, je vous y enverrais tout de suite. Votre anglais est impeccable et, sans vouloir manquer de respect au Dr Ott, vous faites nettement plus impression que lui !

Son sourire épanoui révéla que la remarque de Nick signifiait plus qu'une simple galanterie pour elle.

– Je vous remercie de votre confiance. Sincèrement.

A cet instant, le garçon apparut, chargé de leurs salades et d'un panier de pain odorant. Il les servit et revint aussitôt avec un pichet de vin rouge et deux bouteilles de San Pellegrino. Ils avaient à peine terminé les entrées que les poulets, croustillants et dorés à souhait, leur étaient présentés avant d'être prestement découpés sur une desserte.

Sylvia leva son verre de rioja et proposa un toast :

— Au nom de toute la banque, je me félicite que vous soyez parmi nous. Que votre carrière soit aussi longue que fructueuse ! *Prosit !*

En rencontrant son regard, Nick fut étonné de la voir garder les yeux dans les siens plus longtemps qu'il ne s'y était attendu. Il les détourna, un peu gêné, mais ne put s'empêcher de l'observer à nouveau quelques secondes plus tard. C'était plus fort que lui. Une bouffée de désir envahit sa poitrine, ce qui renforça encore son embarras. Elle était son supérieur hiérarchique, se rappela-t-il à lui-même. Intouchable, donc. Taboue.

De plus, il ne se sentait pas en mesure de se lancer dans une aventure tant qu'il n'aurait pas définitivement éclairci ses sentiments envers Anna. Après avoir vécu deux ans ensemble, deux mois seulement s'étaient écoulés depuis leur séparation et cependant il en venait de plus en plus à penser que leur rupture était irréversible. Au cours de ses premières semaines à Zurich, il avait souvent guetté le téléphone, s'attendant à ce qu'elle l'appelle pour dire qu'elle regrettait sa réaction, qu'elle comprenait les raisons de son départ. Il s'était même abandonné à un rêve éveillé : elle apparaîtrait un jour devant sa porte, portant un jean élimé, des boots toutes simples et un manteau en poil de chameau terriblement coûteux, col relevé. La tête un peu penchée, elle lui demanderait si elle pouvait entrer, comme si elle passait dans son quartier par hasard et ne venait pas de franchir tout l'Atlantique pour lui faire cette bonne surprise...

Mais non, elle n'avait jamais appelé, et désormais il comprenait combien il avait été ridicule de lui proposer ne serait-ce que le voyage. Comment avait-il pu sérieusement envisager qu'elle abandonne Harvard alors qu'elle approchait du diplôme ? Avait-il réellement cru qu'elle puisse renoncer à la carrière à Wall Street dont elle rêvait dans le seul but de le rejoindre ?

« Ton père est mort il y a dix-sept ans, Nick ! lui avait dit Anna le jour de la séparation. Qu'est-ce que tu crois pouvoir trouver en Suisse, à part de nouvelles causes de déception ? Laisse-le reposer en paix. — Si tu tenais à moi, tu serais prête à faire un sacrifice », avait-il rétorqué, pour l'entendre aussitôt s'exclamer d'une voix noyée de larmes : « Et toi, pourquoi tu ne te sacrifierais pas pour moi ? » Avant d'ajouter, sans lui laisser le temps de répliquer : « Parce que tu vis dans ton obsession. Tu ne sais même plus aimer. »

A la table de ce restaurant animé, dans un pays qu'il connaissait à peine, Nick se demanda s'il l'aimait encore. Oui, bien sûr. Ou plutôt, une partie de lui-même chérissait toujours Anna. Mais la distance avait émoussé sa passion. Et chaque minute passée en la compagnie de Sylvia Schon l'éloignait un peu plus d'elle.

Ils en étaient au café lorsqu'elle lui demanda :

— Est-ce que vous ne connaîtriez pas Roger Sutter ? C'est le directeur de notre représentation à Los Angeles. Depuis toujours.

— Si, vaguement, répondit Nick. (Ce *toujours* signifiait-il plus de dix-sept ans ?) Après le décès de mon père, il nous a quelquefois rendu visite... Mais j'ai quitté L.A. depuis un bout de temps, et ma mère aussi, il y a six ans. Elle est morte l'année dernière.

Sylvia le regarda dans les yeux.

— Oh, je suis désolée. Moi, j'ai perdu ma mère quand j'étais toute petite, à peine neuf ans. Un cancer. Après, j'ai grandi entre mon père et mes deux frères cadets, Rolf et Erich, des jumeaux. C'est sans doute ce qui explique que je me sente à l'aise dans un environnement professionnel essentiellement masculin. Certains me trouvent un peu cassante, mais quand on fait ses armes avec un père autoritaire et deux garnements, on apprend vite à se battre pour avoir sa place.

— J'imagine, oui.

— Et vous ? Des frères, des sœurs ?

— Eh non. Il n'y a que moi. Un électron libre, c'est comme ça que je me vois.

— Mieux vaut ne compter que sur soi-même, énonça-t-elle, presque sévèrement.

Elle prit une gorgée de café avant de poursuivre son interrogatoire :

— Racontez-moi ce qui vous a poussé à venir en Suisse. Renoncer à un poste dans une des meilleures compagnies de Wall Street, cela ne se voit pas tous les jours.

— Lorsque ma mère est morte, j'ai brusquement pris conscience que je n'avais pas d'attaches sur cette terre, à vrai dire. D'un coup, je me suis senti étranger dans mon propre pays. Surtout à New York.

135

– Alors, vous avez démissionné et vous êtes parti en Suisse ?

A sa voix, il comprit qu'elle n'était pas convaincue par son boniment.

– Mon père avait passé sa jeunesse à Zurich. J'y suis revenu très souvent avec lui, dans mon enfance. Mais après sa mort nous n'avons plus eu de relations avec sa famille suisse. L'idée que tout ça allait disparaître, je ne sais pas, ça ne me plaisait pas...

Elle le contempla un moment. Elle soupesait ce qu'il venait de dire, c'était visible dans son regard.

– Vous étiez proche de lui ?

Nick se détendit imperceptiblement, soulagé d'avoir passé ce cap difficile dans leur conversation.

– De mon père ? Pas simple à dire, après toutes ces années... Vous savez, il appartenait à la vieille école : les enfants ne doivent pas faire de bruit, pas parler à table, pas regarder la télé, être au lit tous les soirs à huit heures tapantes. Non, je ne pense pas avoir été proche de lui, au sens propre. C'est quelque chose qui aurait dû se produire plus tard, quand j'aurais été plus âgé...

Sylvia porta la tasse à ses lèvres et s'arrêta pour demander :

– De quoi est-il mort, exactement ?

– Quoi, Kaiser ne vous l'a jamais dit ?

– Non.

C'était à son tour d'évaluer ses réactions.

– On est convenus de se parler en toute confiance, vous et moi ?

Elle sourit à peine et hocha la tête.

– Il a été assassiné. Par qui, je ne sais pas. La police n'a jamais arrêté un seul suspect.

La main de Sylvia avait légèrement tremblé. Quelques gouttes de café glissèrent sur le bord de la tasse.

– Je suis confuse d'avoir été aussi indiscrète, dit-elle, mal à l'aise. Excusez-moi encore. Cela ne me regarde pas, après tout.

Il sentait qu'elle était sincèrement confuse d'être allée trop loin, et il lui en sut gré.

– Non, ça va. Je n'ai pas été choqué par vos questions. Ça fait si longtemps, de toute manière...

Ils savourèrent leur café en silence, puis Sylvia annonça qu'elle avait quelque chose à lui confier, elle aussi, et elle se rapprocha de lui. Soudain, Nick eut l'impression que le brouhaha autour d'eux s'était estompé. Il espérait seulement qu'elle ne lui raconterait pas à son tour quelque horrible secret de famille, mais en voyant un sourire malicieux apparaître sur les lèvres de la jeune femme, il oublia son appréhension.

— Depuis le début de la soirée, je meurs d'envie de vous enlever ces affreuses peluches de papier que vous avez dans les cheveux, annonça-t-elle. Je n'osais pas vous demander comment elles s'étaient retrouvées là avant de comprendre que vous avez dû vous essuyer la tête, tout à l'heure. À cause de la neige. Venez, penchez-vous un peu sur moi.

Nick eut un moment d'hésitation. Il la contempla tandis qu'elle modifiait sa position sur la banquette pour lui faire entièrement face. Quand elle croisa son regard, elle haussa les sourcils, interloquée. Ses yeux noisette, d'où la lueur de défi légèrement hautain avait presque disparu, le gardèrent un moment dans leur étreinte muette. Puis elle fronça un peu le nez, comme s'il venait de lui poser une question blessante, et elle eut un franc sourire qui lui permit de découvrir le petit espace entre ses deux incisives, un sourire dans lequel il aperçut, fugacement, la fillette devenue la femme de tête accaparée par les responsabilités qu'il connaissait.

— N'ayez pas peur. Je vous ai dit que j'aboie plus que je ne mords, non ? Faites-moi confiance.

Il inclina docilement la tête vers elle. À cette distance, il percevait la chaleur de son corps, la subtilité de son parfum qui se mêlait à l'odeur féminine de sa peau. Rougissant, il était en train d'oublier toutes ses recommandations à propos de celle qui était son supérieur hiérarchique, mais aux charmes de laquelle il s'abandonnait tandis qu'elle retirait les derniers lambeaux de serviette en papier de sa chevelure. Et il eut du mal à résister à l'envie impérieuse de la prendre dans ses bras, de chercher ses lèvres et de l'embrasser longtemps, passionnément.

— Voilà, je crois qu'on est venu à bout de cet accès de pelliculite aiguë, annonça-t-elle avec fierté.

Nick se passa une main dans les cheveux, un peu honteux de s'être laissé aller à ces pensées.

— Il n'y a plus rien ?

— Rien, confirma-t-elle, le visage éclairé d'un beau sourire.

Et d'ajouter, en chuchotant sur un ton confidentiel :

— Si vous avez besoin de quoi que ce soit, monsieur Neumann, je veux que vous me promettiez, ici, tout de suite, que vous m'appellerez.

Nick promit tout ce qu'elle voulait.

Plus tard dans la nuit, il tourna et retourna dans sa tête la dernière phrase de Sylvia Schon, hésitant à lui choisir une signification cachée parmi les milliers qu'elle pouvait avoir. Et en répétant pour lui l'invite de la jeune femme, il ne parvint à trouver qu'un seul souhait qu'il aurait désiré la voir exaucer : qu'elle oublie le « monsieur Neumann » pour « Nick ».

14

Le service américain de répression des stupéfiants avait installé son QG de campagne au rez-de-chaussée d'un immeuble anodin dans le quartier de Seefeld. Le numéro 58 de la Wildbachstrasse était un austère et sobre bâtiment dont la seule fantaisie était constituée par de larges portes-fenêtres à double vitrage qui s'ouvraient au milieu de chacun de ses trois étages. Pour le reste, sa façade revêche en stuc blanchâtre n'était égayée par aucune terrasse, aucun balcon, aucune frise.

En le voyant pour la première fois, Sterling Thorne avait décidé que ce machin ressemblait à un pot de chambre posé sur un bloc de parpaing. Mais le loyer demandé – trois mille deux cent cinquante francs suisses – convenait parfaitement aux contraintes budgétaires, et la disposition quelque peu vieillotte des lieux, avec leurs six pièces de taille égale disposées de chaque côté d'un couloir central correspondait aux besoins de son staff de quatre ou cinq personnes.

Le combiné de son téléphone pressé contre l'oreille, Thorne fixait d'un regard anxieux la porte-fenêtre devant lui, comme s'il attendait d'y voir surgir enfin un agent revenu d'une périlleuse mission à l'Est. Il était midi moins le quart mais le brouillard du matin, qui en hiver s'attardait sur le plateau de Zurich tel un invité impoli, ne s'était pas encore dissipé.

– Oui, oui, Argus, j'ai compris ce que vous me disiez, mais cette réponse ne me convient pas. Bon, on reprend : ce virement que je vous avais demandé de contrôler, vous l'avez trouvé, oui ou non ?

– Que dalle, répondit Argus Skouras, le jeune collaborateur

qu'il avait posté au service des transactions internationales de l'USB. Je n'ai pas bougé jusqu'à ce qu'ils me jettent dehors hier à six heures et demie. Ce matin, j'étais sur place dès sept heures et quart. J'ai fouillé dans un tas de papiers plus gros qu'un cul d'hippopotame. Résultat : zéro.

— C'est impossible ! s'exclama Thorne. On a des sources impeccables qui nous disent que notre bonhomme a reçu hier un tas de fric et qu'il l'a fait virer sur-le-champ. Hé, quarante-sept millions de dollars, ça ne disparaît pas comme ça !

— Écoutez, chef, qu'est-ce que je peux vous dire ? Si vous ne me croyez pas, venez ici et recommençons tout le truc ensemble.

— Je vous crois, Argus, je vous crois ! Pas d'énervement. Reprenez votre calme et faites votre job, c'est tout. Et puis, passez-moi ce pompeux connard de Schweitzer.

Une voix bourrue fut bientôt en ligne.

— Bien le bonjour, monsieur Thorne. En quoi puis-je vous être utile ?

— Skouras m'annonce que vous n'avez aucune opération à signaler sur le compte dont nous vous avons donné le numéro mercredi soir.

— C'est exact. J'ai passé presque toute la matinée avec M. Skouras, nous avons épluché les relevés informatiques de tous les virements effectués par nos services depuis que la nouvelle liste des comptes à vérifier nous a été transmise. M. Skouras a jugé ce document insuffisant, il a demandé à contrôler les ordres de virement un par un. Comme nous en avons environ trois mille par jour, il a été très occupé...

— C'est pour ça que l'État américain le paie, rétorqua sèchement Thorne.

— Si vous voulez patienter un moment, je vais recontrôler tous les comptes de votre liste sur notre programme Cerbère. Il ne peut pas se tromper, lui. Vous recherchez quelque chose en particulier ? Ce serait plus facile si j'avais une somme exacte, disons le montant du virement, pour aider la recherche.

— Contentez-vous de vérifier tous ces comptes individuellement. Si nous trouvons ce que nous recherchons, je vous tiendrai au courant.

— Ah, secret d'État ! plaisanta Schweitzer. Très bien, je vais aller voir dans ces six comptes. Cela va prendre un moment. Je vous repasse M. Skouras.

Tapant du pied avec impatience, Thorne jura entre ses dents,

140

maudissant l'exécrable climat suisse. Presque midi, et rien, pas de soleil, ni de pluie, ni de neige, rien sinon la couche épaisse de brouillard qui pesait sur la ville comme un couvercle poisseux.

Ses yeux errèrent sur l'immeuble d'en face. À sa fenêtre, une vieille dame posait un regard méfiant sur les hommes de la DEA allant et venant dans l'allée, occupés à charger des classeurs vides dans les coffres de deux voitures de service. Telle une souris grise poussée hors de son trou par la faim, la mégère tendait le cou et ne perdait pas un de leurs gestes.

— Chef ? C'est moi. M. Schweitzer est en train de vérifier. Et moi je vérifie qu'il entre les numéros de comptes qui nous intéressent. On va avoir un tirage papier de tout ça.

Sans cérémonie, la porte de Thorne fut ouverte d'une poussée brutale. Il pivota sur sa chaise pour découvrir le visage suant et les sourcils foncés de son visiteur.

— Thorne ! lança ce dernier, un Noir corpulent. J'attends que tu aies terminé ta conversation téléphonique, mais ensuite j'exige une explication sur ce qui se passe ici, au nom du ciel !

Thorne, qui secouait la tête avec incrédulité, sourit d'un air entendu.

— Tiens, tiens, le révérend Terry Strait en personne ! Mettez-vous à genoux et repentez-vous, mécréants ! Comment va, Terry ? Tu es ici pour bousiller encore une opération, ou juste pour t'assurer que notre sacro-saint règlement est bien respecté ?

Comme le nouveau venu faisait mine de lui adresser une réponse bien sentie, Thorne posa un doigt sur ses lèvres et reporta son attention sur le téléphone.

— Monsieur ? Ici Schweitzer à nouveau. Désolé de vous décevoir, mais nous n'avons aucune opération enregistrée pour ces comptes.

— Rien, ni en débit ni en crédit ?

Tout en fusillant du regard Strait qui s'était rapproché de quelques centimètres, Thorne se gratta la nuque, perplexe.

— Absolument rien.

— Vous êtes sûr ? insista-t-il tandis qu'en lui-même il s'exclamait : « Impossible, le Jongleur ne s'est jamais trompé ! »

— Voulez-vous insinuer que nous ne disons pas la vérité, à l'Union suisse bancaire ?

— Ce ne serait pas la première fois ! Mais quand je sais que Skouras ne vous lâche pas d'une semelle, je ne peux pas vraiment vous accuser de nous désinformer.

– Ne poussez pas le bouchon trop loin, monsieur Thorne, avertit un Schweitzer glacial. Notre établissement a tenu à vous réserver le meilleur accueil. Vous devriez déjà être content d'avoir réussi à placer un de vos informateurs ici. Je vais demander à ma secrétaire de veiller à ce que M. Skouras continue à recevoir une copie de toutes les opérations effectuées par notre service des transactions internationales. Si vous avez la moindre question, n'hésitez pas à m'appeler. D'ici là, bonne journée.

À son tour, Thorne raccrocha avec rage. Puis il se tourna vers son peu cérémonieux visiteur.

– Que viennent faire en Suisse nos estimés bureaucrates, alors ?

Terry Strait lui rendit un regard aussi venimeux.

– Je suis ici afin de m'assurer que tu suis à la lettre le plan que nous avons défini il y a déjà longtemps.

Thorne s'accouda à son bureau, bras croisés.

– Ah oui, et qu'est-ce qui t'a fait penser que ce n'était pas le cas ?

– Toi ! éructa Strait. Tu ne l'as jamais fait jusqu'ici, et je vois très bien que c'est à nouveau ce qui se passe. (Il retira une feuille de papier de la poche intérieure de sa veste, la déplia et la posa devant Thorne : c'était la fameuse liste des comptes à surveiller, avec en-tête de l'USB.) C'est quoi, ce truc, bon Dieu ? Comment ce numéro de compte s'est-il retrouvé là-dedans ?

Sans trahir la moindre émotion, Thorne contempla quelques secondes le document avant de le rendre à Strait.

– J'imagine que c'est à son sujet que tu étais en train de harceler Schweitzer, non ? Le 549 617 RR. Je ne me trompe pas ?

– Correct, Terry. En plein dans le mille, comme toujours !

Strait tenait la feuille entre deux doigts, comme si elle dégageait une odeur nauséabonde.

– En fait, j'hésite même à demander comment ce compte a atterri dans la liste de surveillance de la banque. J'ai peur d'entendre la réponse.

Le regard vide, Thorne se laissa aller à une petite moue sarcastique. Avant même de commencer, il était fatigué d'avoir à donner des explications.

– Tu vas être déçu, mon vieux : c'est tout ce qu'il y a de plus dans les normes.

– « Dans les normes » ? Tu veux dire que Franz Studer t'a autorisé à mettre ce compte sur la liste ? Tu blagues ou quoi ?

(Strait prit un air profondément désolé.) Mais pourquoi, Sterling ? Pourquoi mets-tu en péril toute cette opération ? Pourquoi veux-tu faire fuir ce type avant qu'il ne tombe dans nos filets ?

— Quels filets ? contre-attaqua Thorne. Où tu as vu des filets, ici ? Je vais te dire, Terry : si c'est que nous avons, des filets, eh bien ils ont un trou assez balèze pour laisser passer jusqu'à Moby Dick ! C'est d'ailleurs ce que « ce type » fait depuis dix-huit mois, putain !

— *Vent d'est* ne peut pas réussir en deux jours ! Chaque opération a son propre timing.

— Eh bien, son « timing » s'achève, là ! *Vent d'est* est mon enfant. C'est moi qui l'ai conçu, c'est moi qui lui donne son rythme. (Se levant d'un bond, il se mit à faire les cent pas.) Tu permets que je te rappelle les buts de notre mission ? Un : stopper l'arrivée d'héroïne en Europe du Sud. Deux : forcer le responsable — et nous savons pertinemment de qui on parle — à quitter sa tanière dans la montagne et à se risquer dans un pays occidental où nous pourrons lui passer les menottes. Trois : saisir les avoirs de ce fils de pute, histoire d'avoir de quoi financer les vacances de rêve qu'on est en train de passer dans ce beau pays de Suisse. Parce que de nos jours, toute opération extérieure doit être auto-financée, non ? Jusque-là, j'ai raison ?

— Oui, Sterling, tu as raison, mais...

— Alors ferme-la et laisse-moi terminer ! coupa Thorne, qui continuait à aller et venir. Depuis quand on a eu le feu vert, pour tout ça ? Neuf mois ? Un an ? Non, vingt putains de mois ! Deux fois dix. Bon, d'accord, il nous a fallu un an rien que pour lancer le Jongleur sur orbite. Et depuis, qu'est-ce qu'on a obtenu ? On a stoppé l'arrivée d'héroïne en Europe, peut-être ? Tu parles, même pas une seule cargaison !

— C'est la faute du Jongleur ! Ta source était censée nous donner les détails sur les envois concoctés par qui tu sais.

— Et il ne l'a pas fait, d'accord. Allez, mets-moi la faute sur le dos. Il n'est peut-être pas très large, mais j'assume, j'assume !

— Là n'est pas la question, Sterling !

— Très juste. La question, c'est les résultats. En ce qui concerne notre objectif numéro un, arrêter l'arrivée de l'héro, d'accord, tu marques un point. Pour le deuxième, déloger notre oiseau de son nid, laisse-moi te demander une petite chose : est-ce que cet enfoiré de Mevlevi a seulement jeté un coup d'œil dans notre direction ? Est-ce qu'il a seulement bronché ?

Comme Strait gardait le silence, Thorne poursuivit sa diatribe :

– Non. Au lieu de prendre peur, le saligaud s'est préparé à un siège de longue durée, il a renforcé les mesures de sécurité, il a doublé les effectifs de son armée privée. Nom de Dieu, il a assez de puissance de feu pour reconquérir la Cisjordanie à lui tout seul ! Et le Jongleur dit qu'il a un gros coup en préparation. Tu as bien lu mes rapports, non ?

– C'est justement ce qui nous a inquiétés. Au lieu de t'en tenir à la réussite des objectifs initiaux, tu ne cesses de vouloir élargir la portée de cette opération. Tes infos, on les a transmises à Langley. C'est à la CIA de se débrouiller avec.

Thorne leva les yeux au plafond, à la recherche d'une aide divine.

– Arrête de débloquer, Terry : ce type, on n'arrivera jamais à l'attirer dans un pays ami pour lui mettre la main dessus. Ce qui nous laisse la perspective numéro trois : nous emparer des ressources de ce fils de pute. Le frapper là où ça fait mal. Tu connais le principe : attrape un mec par les couilles et tout le reste suit. C'est le seul moyen que nous ayons. Tout ce qu'a pu sortir le Jongleur concerne ses finances. Donc, attaquons de ce côté !

Terry Strait se raidit, bien décidé à ne pas se laisser émouvoir par le plaidoyer de Thorne.

– On a déjà parlé de tout ça, objecta-t-il calmement. Avant toute chose, des preuves substantielles doivent être présentées aux services du procureur fédéral de Suisse. Des preuves qui établissent formellement l'implication de notre cible dans des activités criminelles...

– Sans le moindre doute possible, compléta Thorne.

– Tu l'as dit.

– Eh bien, c'est ce que je lui ai donné, bordel !

– Quoi, comment ? s'étrangla Strait, les yeux hors de la tête. Mais ce sont des infos classées !

– M'en fous ! Nous avons des photos satellites de la base de Mevlevi. C'est une vraie armée qu'il a mise sur pied, merde ! (Il porta sa main à la bouche, comme s'il venait de trahir un secret par mégarde.) Oh, zut, j'ai oublié ; ça c'est l'affaire de la CIA, pas la nôtre...

Puis, avec un sourire sarcastique :

– Mais bon, des preuves, ce n'est pas ce qui manque. Nous avons les dépositions sous serment d'anciens associés de Mevlevi dans le trafic de drogue, dont deux purgent actuellement leur peine dans un QHS quelque part du côté de Colorado Springs. Surtout, surtout, nous avons les relevés d'interception du centre de surveillance informatique des renseignements militaires US à San Diego, qui nous indiquent à la virgule près les sommes que Mevlevi a fait transiter sur son compte à l'USB. C'est en soi une preuve suffisante qu'il blanchit de l'argent sale à tout va. Tu prends tout ça et tu scores le max ! Même cette pédale de procureur, ce planqué de Franz Studer, il ne peut rien y redire.

— Tu n'avais pas le droit de repasser ces informations sans l'accord exprès de notre directeur. Lequel l'a dit et répété : pas de précipitation avec *Vent d'est*.

Thorne arracha de sa main le papier de l'USB.

— Et moi, j'en ai plus que marre d'attendre ! D'attendre jusqu'à ce que ces salauds se sentent pris à l'hameçon et le recrachent tranquillement ! Le Jongleur nous a appris ce dont nous avions besoin. C'est mon opé, et c'est à moi de décider quand elle doit passer à la vitesse supérieure. (Il roula la feuille en boule et la jeta par terre.) Ou bien on attend que Mevlevi commence à utiliser son armée ?

— Oh, arrête un peu de fantasmer là-dessus ! L'opération a été conçue dans le but d'appréhender celui qui est derrière environ trente pour cent du trafic mondial d'héroïne, et de saisir du même coup une partie significative de ses stocks. On ne s'est pas donné tout ce mal pour nous emparer de la douzaine de comptes bancaires où notre cible garde son argent de poche ! Ni pour te permettre de rêver que tu vas jouer les justiciers contre ce siphonné !

— Tu n'as pas lu ce que le Jongleur raconte sur l'équipement de Mevlevi, alors ? Il dispose d'une douzaine de tanks, d'une escadrille d'hélicos russes, que sais-je encore ? On n'a pas la queue du début d'une chance de choper ce mec. Dans notre jeu, tout le secret, c'est de tabler sur ce qui est possible. Et ce qui est possible, aujourd'hui, c'est de lui couper les vivres. Maintenant, si tu appelles « argent de poche » cent millions de dollars ou plus, c'est qu'on doit avoir des relevés de compte différents à son sujet, toi et moi !

Il contourna Strait pour aller se planter devant la fenêtre. La vieille pipelette d'en face était toujours à espionner son équipe.

— Lui geler son compte, et après ? Dans un an, deux au maximum, il sera à nouveau dans le circuit. Sterling, nous menons une opération antidrogue, là ! C'est pour la DEA qu'on bosse, pas pour la CIA, ni pour l'Agence de la sécurité nationale ! On peut s'emparer et de Mevlevi et de sa came. Seulement, il faut du temps, et de la patience. Or, tu manques visiblement des deux !

— Parfait, parfait ! On oublie les armes. Mais en bloquant ses avoirs, on coupe le robinet d'héroïne tout de suite ! Là, maintenant ! Ce qui pourra se passer dans un an, à Washington, ils s'en branlent !

— Eh bien pas moi, ni notre chef. (S'approchant de Thorne, Strait lui plongea sans ménagement son index dans l'épaule.) Hé, je peux te signaler encore autre chose ? En persuadant Studer de placer ce compte sur la liste de surveillance, tu as mis ta source en danger. Il y va de la peau du Jongleur, là. Après ce qui s'est passé à Noël, je pensais que tu allais te montrer un peu plus prudent...

Thorne se retourna d'un bond. Plus vif qu'une mangouste, il saisit le doigt de Strait et le tordit en arrière, d'un coup sec. Il se sentait assez coupable pour ne pas tolérer qu'on vienne lui rappeler sa responsabilité vis-à-vis de la sécurité de ses hommes.

— Suffit, maintenant ! Tes conneries moralisatrices, j'en ai ma claque. Je ne connais qu'un moyen de coincer Mevlevi, et c'est celui que je vais employer. Tu lui coupes les fonds et tu n'as plus qu'à le cueillir. C'est clair ?

Malgré la douleur, Strait insista encore :

— Si Mevlevi découvre tout ce qu'on sait sur lui, le Jongleur est dans une sacrée merde.

— Vous ne m'avez pas bien écouté, révérend Terry. J'ai demandé si c'était clair, non ?

Il accentua sa torsion, arrachant un cri à sa victime qui s'affaissa sur un genou. En lui-même, il se répétait que Becker était tombé sur un pickpocket particulièrement brutal, mais cette naïveté forcée n'arrivait pas à le convaincre. Il ne connaissait que trop bien la réalité. L'index de Strait était sur le point de céder.

— Je répète. C'est clair, Terry ?

Le malheureux fit oui de la tête. Libéré de ce supplice, il se releva en glapissant :

— Tu n'es qu'une sale brute !

— Possible, mais c'est moi qui commande ici, donc, surveille ton langage.

— Tu ne commanderas plus très longtemps si je vais jusqu'au bout de ma tâche. Le directeur m'a demandé de t'avoir à l'œil. Il a nettement l'impression que tu t'agites beaucoup trop.

— J'ai déjà un type qui me supervise, là-bas.

— Eh bien ça t'en fera deux ! Tu es gâté, hein ? (Strait chancela vers un vieux canapé à l'autre bout de la pièce et se laissa tomber sur ses coussins défoncés.) Mais au moins, dis-moi qu'il n'y a eu aucune activité sur ce compte. Par pitié, dis-le-moi.

– C'est ton jour de chance, Teddy. Enfin, celui de Mevlevi et le tien. Non, aucun mouvement signalé. Pendant des mois, le Jongleur nous a prévenus des moindres entrées et sorties, avec la régularité d'un métronome. Et le jour même où le compte se retrouve sur la liste de surveillance, paf, silence radio ! Franchement, je trouve ça louche.

– Notre priorité, c'est *Vent d'est*, répéta Strait. C'est-à-dire une mission antidrogue, point. Je repète textuellement ce qu'a dit le directeur. Et à mon tour je te demande : c'est clair ? Je suis là pour vérifier que tu suis la consigne.

Les yeux fixés au-dehors, Thorne agita une main excédée en direction de son interlocuteur.

– Oh, lâche-moi ! Pour l'instant, l'opération se déroule au poil.

– C'est ce que je voulais entendre, soupira Strait. Mais à partir de maintenant, réfléchis bien à ce que tu me dis. Et préviens Franz Studer de retirer ce damné numéro de la liste.

– Terry ? Va te faire...

Une Volvo blanche de la police zurichoise s'était garée derrière les véhicules de la DEA arrêtés dans l'allée. Un jeune policier vêtu d'un manteau de cuir était en train de sermonner les hommes de Thorne. À ses mimiques indignées, il était facile de déduire que ce stationnement improvisé devait constituer une grave infraction à la loi helvétique, pire que le vol avec effraction et à peine moins qu'un meurtre au premier degré.

« Qui a prévenu ce zombie ? » se demanda Thorne. Instinctivement, il reporta son regard sur la vieille voisine embusquée à sa fenêtre. Se sentant repérée, elle recula dans l'ombre de son appartement. Une seconde plus tard, les rideaux étaient tirés.

Abasourdi, Sterling Thorne revint s'asseoir à son bureau. Les dents serrées, il laissa échapper quelques mots :

– Bon Dieu, que cet endroit me débecte !

15

Deux heures plus tôt ce matin-là, assis dans un fauteuil en cuir peu confortable, Nick Neumann laissait ses yeux s'habituer à la demi-pénombre d'un bureau du mythique quatrième étage, au siège de l'USB. Une seule lampe, installée à gauche de l'imposante table de travail, éclairait la pièce dont les fenêtres étaient obstruées par de lourds stores en acier encastrés dans les murs, telles des herses médiévales.

De sa place, il gardait les yeux fixés sur Martin Maeder, le vice-président chargé des comptes privés. Tête baissée, celui-ci était plongé dans l'étude de deux feuillets posés côte à côte sur le bureau : un rapport à son sujet, certainement. Maeder n'avait pas bougé depuis dix minutes, ni prononcé un seul mot. Nick commençait à se dire que ce silence était une tactique destinée à le déstabiliser, à l'amener à avouer toute une série de crimes, certains imaginaires et d'autres qu'il aurait pu avoir commis, en effet. À son corps défendant, il dut reconnaître que si tel était le but recherché, il n'était pas loin d'avoir été atteint.

Il demeura cependant impassible, décidé à ne pas trahir sa nervosité. Ses épaules touchant à peine le dossier du fauteuil, les mains croisées sur ses genoux avec les pouces réunis en un V inversé, il inspecta minutieusement ses souliers, impeccablement cirés, le pli rectiligne de son pantalon, puis passa à ses ongles, irréprochables comme ils l'avaient toujours été depuis sa prime enfance, depuis que son père avait pris l'habitude d'inspecter la présentation et les devoirs de son fils chaque soir en rentrant du travail.

Il avait neuf ans lorsque Neumann avait établi qu'ils se retrouveraient tous les jours à dix-huit heures dans la salle à manger. Après avoir passé une chemise propre et avoir fait usage de la lime à ongles et de la brosse que son père lui avait données, il lui montrait ses mains – paumes en dessus, puis en dessous – tout en répondant à ses questions sur sa journée à l'école, puis lui tendait ses devoirs. Il croyait sentir encore le toucher des mains de son père, si grandes et puissantes lorsqu'elles saisissaient les menottes du garçon pour mieux les examiner. Une fois l'inspection achevée, ils échangeaient une solennelle poignée de main, en entrecroisant leurs petits doigts : c'était leur rite secret. Ensuite, ils révisaient ensemble ses leçons. Cette cérémonie avait duré un an et demi, et Nick avait fini par se convaincre qu'elle était détestable.

Le premier lundi après la mort de son père, Nick était descendu à la salle à manger à six heures précises, comme à l'accoutumée. Il avait terminé tous ses devoirs, enfilé une chemise propre, nettoyé ses ongles avec la lime et la brosse. Il était resté à la table, il avait attendu une heure entière. Il entendait la télévision que sa mère regardait dans le salon. Tous les quarts d'heure, elle se levait pour se verser un verre. Toute la semaine, il s'était ainsi présenté à leur rendez-vous quotidien. Chaque soir, il avait espéré qu'elle viendrait s'asseoir à côté de lui, qu'elle reprendrait la place de son père. Chaque nuit, il avait prié pour que les choses retrouvent leur cours normal.

Mais sa mère n'était jamais venue auprès de lui. Et la semaine suivante, Nick n'était plus descendu à six heures.

Martin Maeder releva la tête, se racla la gorge. Il attrapa une cigarette dans une coupe en argent posée à une extrémité de son bureau.

– Eh bien, monsieur Neumann, la Suisse vous a-t-elle bien accueilli ?

Il s'exprimait dans un anglais parfait.

– Plus ou moins, répondit Nick en faisant un effort pour s'adapter au ton badin de Maeder. Sur le plan du travail, plutôt bien. Question climat, plutôt mal.

Maeder attrapa à deux mains un lourd briquet de table cylindrique.

– Attendez, je reformule. Depuis votre arrivée, diriez-vous que votre verre a été à moitié rempli, ou à moitié vidé ?

– Vous devriez peut-être me reposer cette question après la fin de notre entretien.

– Peut-être, oui. (Il rit, aspira une bouffée de tabac.) Vous êtes un dur, vous, non ? Vous voyez ce que je veux dire : sergent Rock, le cri de ralliement du commando, dépasser ses limites, etc., ? Quoi, je vous étonne ? Eh bien oui, j'ai vécu aux States, moi aussi. Little Rock, de 58 à 62. En pleine guerre froide. On devait s'entraîner à plonger sous nos bureaux, en cas d'alerte aérienne. Enfin, vous connaissez la procédure... (Sa cigarette coincée entre les dents, il se rejeta en arrière et croisa les mains sur sa nuque.) « Mets ta tête entre tes jambes et dis au revoir à ton trou de balle. » (Il rejeta un mince filet de fumée, toujours souriant.) Vous êtes un militaire, vous devez savoir de quoi je parle ?

Nick tarda à répondre. Il détaillait Maeder : ses cheveux plaqués en arrière, gominés, son teint crayeux, ses lunettes bifocales en équilibre sur un nez soupçonneux, sa bouche à jamais tordue en une moue sardonique. C'était cette moue qui le persuada que derrière l'apparence studieuse et les solides mâchoires se cachait un faiseur d'entourloupes. Bien élevé, d'accord, mais un voyou quand même...

– Moi, c'était les marines. Le sergent Rock, c'est l'infanterie. Nous, on était plutôt le genre Alvin York.

– OK, Nick, marines, infanterie, boy-scouts, comme vous voudrez. Ici, nous avons un client qui a la haine comme c'est pas possible. Vous pourriez être l'empereur Ming en personne qu'il s'en contrefoutrait. Vous me suivez ? Vous aviez quoi en tête, exactement, quand vous avez fait ça ?

Nick se posait la même question. Toutes les certitudes qu'il avait pu avoir quant aux mesures prises pour le compte du Pacha s'étaient envolées en fumée à six heures et quart, le matin même, lorsqu'un coup de fil de Maeder l'avait réveillé pour le convoquer à une petite discussion à bâtons rompus à dix heures. Depuis, il avait retourné le problème dans tous les sens. Comment avaient-ils pu apprendre aussi vite qu'il n'avait pas exécuté l'ordre de virement du Pacha ? Aucune des banques européennes concernées par les transferts n'était en mesure de signaler la réception – ou la non-réception ! – de ces sommes colossales avant la fin de la matinée, au mieux, puisque aucune ne se serait empressée de créditer le compte de ses clients, même si les quarante-sept millions de dollars avaient quitté normalement l'USB la veille : n'importe quel banquier aimait à faire « travailler » l'argent quelques heures avant de le remettre à son détenteur. Et il fallait au moins deux heures à la banque émettrice pour lister les virements de la veille...

Tout cela, cependant, n'était vrai que pour l'Europe : l'Extrême-Orient avait sept heures d'avance sur Zurich en termes de décalage horaire, et Nick se rappelait que le « protocole 6 » comportait deux banques à Singapour et une à Hong Kong. En leur donnant jusqu'à minuit, heure locale, pour créditer leur client, cela signifiait que le Pacha avait pu découvrir l'anomalie à cinq heures du matin, heure de Zurich. C'est-à-dire soixante minutes avant l'appel de Maeder.

Devant le sourire carnassier de son supérieur, Nick se sentait plus que bête, soudain.

– Dites-moi, monsieur Neumann, le rendement de quarante-sept millions de dollars, d'un jour sur l'autre, ça ferait quoi ?

Prenant sa respiration, les yeux au plafond, Nick entrevit l'occasion d'épater un peu ce faiseur. Il excellait dans ce genre de calcul mental ultrarapide.

– Pour le client, deux mille cinq cent soixante-quinze dollars. Au taux d'hier, c'est-à-dire deux et demi pour cent. Mais la banque créditerait la somme sur le marché financier de la nuit, ce qui lui rapporterait du cinq et demi pour cent, soit sept mille quatre-vingt... quatre-vingt-deux dollars. Ce qui donnerait à la banque un rendement positif d'environ quatre mille cinq cents dollars.

Maeder, qui était déjà penché sur sa calculatrice comme un comptable myope, la repoussa d'un geste las. Il avait raté son effet. Alors, il changea de tactique.

– Malheureusement, notre client se soucie peu des quelques milliers de dollars dont nous aurions pu le créditer en ajoutant ses avoirs à notre volume de transactions de la nuit. Ce qui l'insupporte, c'est que vous n'ayez pas appliqué ses instructions. Ce qui le révolte, c'est que pas moins de seize heures après vous – enfin, vous : « le matricule NXM », pour reprendre ses propres termes – avoir donné un ordre de virement, de virement « urgent », son argent se trouve toujours en Suisse. Ça vous gênerait de m'expliquer ça ?

Nick relâcha un bouton de sa veste et se carra dans son fauteuil. Il n'était pas mécontent d'avoir la possibilité de se défendre.

– J'ai rempli le formulaire de virement, comme d'habitude, avec une seule différence : j'ai indiqué aujourd'hui, trois heures et demie, pour la validation. Autrement, en comptant avec la bousculade habituelle des vendredis, les transferts seraient partis lundi matin.

– Ah, vraiment ? Ce client, vous le connaissez ?

– Non, monsieur. Ce compte a été ouvert par le Fonds international de placement de Zoug, en 1985, soit bien avant la réglementation actuelle qui exige une attestation d'identité pour le détenteur. Bien entendu, que nous connaissions leur nom ou pas, nous traitons tous nos clients avec la même déférence. À nos yeux, ils sont tous importants.

– Mais certains le sont plus que d'autres, non ? suggéra Maeder à mi-voix.

Nick haussa les épaules.

– Oui, naturellement.

– J'ai cru comprendre qu'il n'y avait pas grand monde par chez vous, hier. Personne à qui demander conseil. Sprecher est malade, Cerruti mal en point...

– Oui, c'était très calme, en effet.

– Alors dites-moi, mon vieux : si l'un de vos chefs avait été sur place, est-ce que vous l'auriez consulté ? Ou, mieux encore : si ce fameux Pacha avait été votre client personnel – si vous aviez été Cerruti, en somme –, auriez-vous agi de la même manière ? J'entends, étant donné les circonstances exceptionnelles dans lesquelles nous nous trouvons...

Et à ces mots, Maeder brandit en l'air une feuille de papier. La liste de surveillance interne.

Nick soutint son regard. « Ne flanche pas. Montre-leur que tu y crois dur comme fer. Que tu es un des leurs. »

– Si l'un d'eux avait été présent, je n'aurais même pas eu à me poser la question... Mais enfin, oui, j'aurais fait de même. Notre job, c'est de préserver les investissements de nos clients.

– Et pas de suivre à la lettre leurs instructions ?

– Si, sans aucun doute. Mais...

– Mais quoi ?

– Mais dans ce cas précis, l'exécution de ces ordres aurait mis en péril les avoirs de notre client et aurait attiré... (Nick hésita, cherchant un terme pour enrober cette bien peu reluisante réalité)... une attention indésirable sur notre établissement. Or, je ne me sens pas qualifié à prendre des décisions qui pourraient avoir des effets négatifs, non seulement sur le client mais aussi sur la banque.

– Par contre, vous vous estimez assez « qualifié » pour désobéir aux consignes internes et pour ignorer les ordres du plus gros client de votre département... Ah, c'est remarquable !

152

Nick ne savait s'il fallait prendre cette dernière phrase comme un compliment ou comme un blâme. Sans doute un peu des deux...

Maeder se leva, contourna son bureau.

– Vous allez rentrer chez vous. Ne passez pas par votre étage. Ne parlez à aucun de vos collègues. Y compris votre pote Sprecher, où qu'il puisse être, celui-là... Compris ? Le tribunal rendra son verdict lundi. (Il lui donna une tape sur l'épaule, grimaça un sourire.) Et puis, une dernière question : ce besoin soudain de protéger la banque, ça vous vient d'où ?

Debout à son tour, Nick réfléchit. Il avait toujours su que le passé de son père lui conférait une incontestable légitimité à l'USB : malgré les soupçons qu'il nourrissait par-devers lui, il appartenait au sérail. Enfin, pas exactement le dauphin venu réclamer son trône, mais pas non plus un simple expatrié en quête d'emploi. Tradition. Héritage. Succession. Tels étaient les maîtres mots de la banque, et ce serait en leur nom qu'il mènerait son combat.

– Mon père a travaillé ici pendant vingt-quatre ans, finit-il par répondre. Toute sa carrière. La loyauté envers l'USB, nous avons cela dans le sang.

Le travail ne lui avait pas pris longtemps. On lui avait donné une clé de la porte d'entrée. Et puis une demi-heure, pour un appartement si petit, c'était amplement suffisant. Il avait surveillé le type alors qu'il quittait l'immeuble. Quinze minutes plus tard, il avait reçu la confirmation radio qu'il était bien monté dans un tram en direction de la Paradeplatz. De lui, il savait seulement qu'il était cadre à l'Union suisse bancaire, et de nationalité américaine.

A peine entré, il n'avait pas perdu un instant. D'abord des clichés au Polaroïd du lit étroit, de la table de nuit, des rayonnages de livres, du bureau, de la salle de bains enfin : il devrait laisser les lieux exactement en l'état où il les avait trouvés. Cette précaution prise, il était revenu à son point de départ et avait démarré dans le sens des aiguilles d'une montre. La penderie, en premier. Rien de spécial : quelques costumes, deux bleu marine, un gris ; quatre cravates ; des chemises blanches tout juste sorties de chez le teinturier ; plusieurs jeans, des sweat-shirts, un blouson, une paire de chaussures de ville et deux paires de baskets, le tout rangé avec soin. La salle de bains, bien qu'exiguë, était impeccable. L'Américain se contentait de l'essentiel : une brosse à dents, du dentifrice, une bombe de crème à raser, un rasoir à main, un after-shave US, deux peignes. Il n'avait trouvé qu'un seul flacon de médicament, du Percocet, un analgésique puissant. La posologie était de dix comprimés, il y en avait encore huit. La baignoire et la douche étaient immaculées, comme si elles étaient récurées à fond après chaque utilisation. Deux serviettes blanches étaient suspendues à la patère.

Il avait poursuivi son inspection du studio. Une pile de rapports annuels sur le bureau, la plupart de l'USB mais certains concernant aussi la Banque Adler et Senn Industries. Dans le tiroir du haut, des stylos, un bloc de papier à lettres sous lequel il avait repéré une enveloppe : après vérification, il s'agissait d'un document anodin, la lettre de confirmation de son embauche à la banque, avec la date et son salaire de départ. Un autre tiroir : ah, ce mec était tout de même humain ! Un paquet de lettres manuscrites, retenues par un élastique, bien rangées dans leurs enveloppes. Il les avait inspectées rapidement : toujours le même expéditeur, une certaine Vivien Neumann, de Blythe, en Californie. Comme les cachets de la poste dataient de dix ans, il n'avait pas jugé bon d'aller plus loin.

Sur les étagères, il avait dénombré trente-sept livres, qu'il avait feuilletés un par un, à la recherche de quelque papier dissimulé entre les pages. Deux photos étaient tombées d'un gros roman. Sur la première, un groupe de soldats en tenue de camouflage, visages peints aux couleurs de la jungle, M 16 passé en bandoulière ; sur l'autre, un homme et une femme debout devant une piscine, lui grand et mince, elle brune, potelée, pas mal du tout en fait, surtout que c'était une vieille photographie, cela se remarquait aux bords blancs du tirage. À la fin, il avait été intrigué par deux livres qui ne portaient aucun titre sur la tranche. C'étaient des agendas, pour les années 1978 et 1979. Il les avait rapidement parcourus, sans rien remarquer de particulier. À la date du 16 octobre 1979, un mardi, il y avait un nom en face de neuf heures du matin : Allen Soufi. Plus bas, à quatorze heures, la mention « Golf ». Cela l'avait fait bien rire.

Il avait tout remis en place, avant de s'attaquer à la commode près du lit. Un tiroir plein de chaussettes, de T-shirts, de sous-vêtements, qui ne dissimulaient rien de spécial. Rien non plus n'avait été fixé sur la face inférieure de la tablette en bois. Dans le second tiroir, il avait vu quelques pulls, des gants de ski et deux casquettes de base-ball. En passant la main sous les couvre-chefs, il avait senti une masse lourde, gainée de cuir. Ha-ha ! Sa trouvaille était un holster bien entretenu, contenant une arme qu'il avait rapidement identifiée : un Colt Commander calibre 45. Le revolver était chargé, une balle était engagée dans le chargeur, le cran de sûreté était verrouillé. Il avait mis en joue un adversaire imaginaire puis, un peu honteux de son cinéma, avait remis le tout en place.

Sur la table de nuit, un verre d'eau, quelques revues : *Der Spiegel, Sports Illustrated* (le numéro spécial sur les maillots de bainféminins), et l'*Institutional Investor*, avec en couverture le visage féroce d'un homme à la moustache hérissée. Il avait inspecté le matelas, s'était agenouillé pour regarder sous le lit. Rien. À part le revolver, c'était un appartement sans histoire. Et même la présence de cette arme n'était pas vraiment surprenante : tous les réservistes qui avaient servi dans l'armée helvétique en conservaient une chez eux. D'accord, ils ne devaient pas tous la garder à leur chevet, déjà chargée, avec neuf autres balles dans le magasin. Mais non, il n'arrivait pas à trouver étrange que le type soit armé. Après tout, Al-Makdissi ne l'avait-il pas appelé « le marine » ?

16

Wolfgang Kaiser abattit sa main ouverte sur la table de conférence.

— La loyauté, il a ça dans le sang ! Vous l'avez entendu, non ?

Avec Rudolf Ott et Armin Schweitzer auprès de lui, ils tendaient tous l'oreille en direction d'un petit haut-parleur beige encastré dans son immense bureau en acajou.

— Je le savais depuis le début, affirma Ott. J'aurais pu le certifier cinq minutes après notre première rencontre.

Schweitzer murmura qu'il l'avait bien entendu, oui, mais toute son attitude proclamait qu'il n'en croyait pas un mot.

Kaiser, lui, était en droit d'exulter. Nicholas Neumann, cela faisait des années qu'il le suivait, attentif à l'enfance difficile du garçon, à son engagement dans les marines sur un coup de tête, à la dérive de sa mère de ville en ville. Attentif, mais à distance. Et puis, trois ans auparavant, il avait perdu son propre fils, Stefan, son unique, splendide descendant. Un être rêveur, vulnérable. Et peu après il s'était surpris à penser de plus en plus à Nicholas. Il avait pris l'initiative de lui suggérer d'entrer à Harvard. Le jour où le jeune homme avait accepté, Kaiser avait formulé tout haut une idée qu'il caressait depuis des mois : « Pourquoi ne pas le faire venir chez nous ? » Quand Nick avait choisi de débuter sa carrière à Wall Street, il avait été déçu, évidemment. Mais moins d'un an plus tard, il n'avait pas été étonné de l'entendre regretter ce choix au cours d'une conversation téléphonique : ce garçon avait trop de racines européennes pour se laisser berner par ces miroirs aux alouettes. Plus encore, et ainsi que l'intéressé venait de le déclarer lui-même, il était congénitalement attaché à la banque...

Malgré l'attention qu'il lui portait depuis des années, Kaiser avait dû cependant attendre jusqu'à ce moment pour découvrir quel genre d'homme était réellement Nicholas. Plus précisément, il aurait été incapable de décider s'il ressemblait ou non à son père. Et là, il venait d'obtenir la réponse, ce qui ne laissait pas de le mettre en joie.

Le haut-parleur crachota. C'était Martin Maeder qui s'adressait à eux :

— J'espère que vous avez pu suivre notre conversation. J'avais tiré tous les stores, fermé toutes les portes. On se serait cru dans le tombeau de Ramsès II. Ouais, on lui a fichu une trouille bleue, à ce mioche.

— Il n'avait pas l'air si terrorisé que ça, Marty, observa Armin Schweitzer, debout devant le haut-parleur, les bras croisés sur son imposant thorax. En tout cas, il n'en a pas perdu ses aptitudes en maths !

— C'est un sorcier, ce petit ! approuva Maeder. D'un toupet extraordinaire, mais un vrai Einstein, à part ça !

— C'est vrai, renchérit Kaiser. Son père était pareil. Il a été mon assistant pendant dix ans. Nous avons passé pratiquement toute notre jeunesse ensemble. C'était un homme très, très brillant. Qui a eu une fin horrible.

— Oui, abattu en plein Los Angeles, ajouta Schweitzer, incapable de dissimuler le plaisir qu'il prenait à évoquer le malheur d'autrui. C'est un vrai champ de tir, là-bas.

— Je ne tolérerai pas des insinuations qui ne sont fondées que sur l'ignorance ! s'exclama Kaiser, dont la bonne humeur venait d'être gâtée par ce rappel du passé. Alex Neumann était un brave homme. Trop bon, peut-être. Nous avons une sacrée chance d'avoir son fils avec nous.

— Il est des nôtres, confirma Maeder. Il n'a pas bronché une seule fois. Comme un poisson dans l'eau.

— Il me semble, oui, déclara Kaiser. Eh bien, Marty, ce sera tout pour l'instant. Merci.

Après avoir coupé la communication, il fixa ses deux collaborateurs :

— Il s'est bien comporté, qu'en pensez-vous ?

— Je conseillerais de ne pas tirer trop vite de conclusions à propos de ce qu'il a fait, objecta Schweitzer. À mon avis, il a été inspiré par la peur bien plus que par sa « loyauté envers la banque ».

— Vraiment ? s'étonna Kaiser. Non, je ne suis pas d'accord. Je crois que nous n'aurions pu rêver d'une meilleure occasion pour mettre à l'épreuve son sens des responsabilités, ou sa loyauté, en effet. Un simple stagiaire, sans un seul de ses supérieurs à ses côtés – il fallait qu'il soit sacrément gonflé pour prendre une décision pareille. Rudy, vous voulez appeler le Dr Schon ? Qu'elle vienne nous rejoindre. *Sofort !*

Pendant qu'Ott décrochait le combiné, Kaiser se rapprocha de Schweitzer. Ses traits s'étaient assombris.

– C'est plutôt votre comportement qui devrait m'inquiéter, Armin. C'est vous qui êtes en charge de la liste de surveillance que M. Studer et cet impossible Sterling Thorne nous ont communiquée, non ? S'il y a un numéro de compte qui aurait dû attirer votre attention, c'était bien celui-là !

Le directeur de l'audit interne soutint le regard de son président.

– Franz Studer nous a pris par surprise. Quand la liste nous été transmise mercredi soir, j'étais absent, un peu souffrant. Je n'ai eu l'occasion de l'examiner qu'hier après-midi. J'ai été naturellement consterné lorsque j'ai vu que ce numéro y figurait.

– Naturellement, répéta Kaiser d'un air dubitatif.

Schweitzer ne manquait jamais de bonnes raisons pour expliquer une bévue. Mais il ne s'excusait jamais, non plus... « Un peu souffrant » : sans doute une indisposition qui ne demandait que plusieurs généreuses rasades de schnaps pour être oubliée. Il posa une main impérieuse sur son épaule.

– N'oubliez jamais à qui vous devez allégeance, Armin.

Rudolf Ott raccrocha.

– On va avoir le dossier personnel de Neumann dans un petit instant.

Puis, fusillant Schweitzer du regard :

– Je n'arrive pas à digérer ce mauvais coup du sort, que le compte en question soit porté sur la liste juste au moment où Herr Kaiser et moi étions en déplacement à Londres et vous, Armin... un peu souffrant.

À ces derniers mots, lancés d'un ton peu amène, Schweitzer se redressa, rouge de colère. Rudolf Ott se recula prudemment. Le directeur de l'audit interne reporta son attention sur le président de l'USB, ce qui lui fit aussitôt retrouver son calme.

– Vous avez bien vérifié que Franz Studer n'a pas fortuitement laissé ce compte apparaître sur la liste ?

– S'il s'y trouve, c'est parce que Studer l'y a mis, répondit calmement Kaiser. D'accord, c'est à peine croyable qu'il soit passé du côté des Américains. Enfin, maintenant nous savons où il se situe. (Il secoua la tête, mesurant pour la première fois le risque qu'ils venaient de courir, et soupira bruyamment.) Et nous avons eu une chance incroyable.

Ott sortit à contrecœur de sa prudente réserve, comme s'il préférait devancer l'épreuve.

— Encore une mauvaise nouvelle, Herr Kaiser : le Dr Schon vient juste de m'apprendre que Peter Sprecher nous quitte.

— Oh non, encore un ! s'exclama Kaiser.

Il n'avait même pas besoin de demander où partait le cadre de l'USB.

— Il rejoint la banque Adler, poursuivit Ott. Un autre lion pour la ménagerie de Konig.

— Et une raison supplémentaire de ne pas croire Neumann ! intervint Schweitzer, soudain très animé. Ils sont très vite devenus inséparables, ces deux-là. Si l'un quitte le navire, l'autre ne tardera pas à le suivre.

— Je pense que c'est une hypothèse à exclure totalement, répliqua Kaiser. Il a mis sa peau en jeu pour nous tous. Ce ne pouvait pas être sans raison. (Il commença à faire les cent pas sur l'épaisse moquette, passant d'un canton à l'autre, du blason bleu-blanc de Lucerne à l'ours de Berne ou au taureau d'Uri.) Mais enfin, quelles que soient les motivations de M. Neumann, il est clair que nous ne pouvons plus gérer nos comptes spéciaux comme auparavant.

— Pourquoi ne pas les confier à des membres de mon équipe ? proposa aussitôt Schweitzer. Nous sommes en mesure de garder un historique des opérations impeccable.

Kaiser ne se donna pas le peine de répondre. Il avait ses propres idées sur la question.

— Et si nous prenions M. Neumann avec nous ? suggéra Ott. Il a démontré qu'il pouvait s'occuper de ce compte avec beaucoup de doigté. Et puis, vous avez vraiment besoin d'un nouvel assistant. M. Feller est débordé, c'est visible. L'offensive de Konig a terriblement compliqué les choses.

— Je vous demande pardon, Herr Kaiser, s'interposa Schweitzer, mais l'idée de faire monter Neumann au quatrième, c'est de l'inconscience pure et simple ! Aucune personne sensée ne...

— Aucune personne sensée n'aurait dû laisser ce numéro apparaître sur notre propre liste de surveillance, coupa Ott. Maudit soit ce Studer ! Mais pour vous rassurer, Armin, je dirais qu'en l'installant au quatrième nous aurons Neumann plus à l'œil. Et il sera tout indiqué pour répondre aux questions de nos actionnaires américains. Pour fermer le clapet aux journalistes US, nous avons aussi besoin de quelqu'un dont l'anglais soit la langue maternelle.

Kaiser s'immobilisa entre les deux hommes, la tête légèrement rejetée en arrière, comme s'il sentait le vent.

— Parfait, trancha-t-il, très satisfait que Rudolf Ott l'ait devancé pour formuler la proposition. C'est décidé, donc. Qu'il soit là lundi matin. Nous n'avons pas une minute à perdre. Plus qu'un mois avant l'assemblée générale, je vous le rappelle.

Schweitzer s'apprêtait à quitter la pièce avec l'attitude du soupirant éternellement éconduit. Il allait ouvrir la porte lorsque la voix de Kaiser l'arrêta :

— Euh, Armin...

— *Jawohl, Herr Kaiser ?*

— Surveillez mieux les listes que Studer vous donnera. Il n'est plus de notre côté, désormais. C'est clair ?

— *Jawohl, Herr Kaiser*, confirma Schweitzer d'un ton coupant, avant de refermer la porte derrière lui.

— Ce pauvre Armin, soupira le président, il doit se sentir dans ses petits souliers, aujourd'hui.

— Il m'a déçu, affirma Ott. J'espère que nous n'avons pas à mettre sa fidélité en doute...

Kaiser se tourna vers le petit homme grassouillet.

— Schweitzer ? Il est avec nous depuis trente ans. Son dévouement est au-dessus de tout soupçon.

Il n'avait pas besoin de préciser ce qui garantissait sa totale allégeance : deux femmes retrouvées mortes, un revolver encore chaud, un passé de coureur de jupons – voilà qui aurait ait la une de tous les journaux dans n'importe quel pays... Étouffer une telle affaire avait exigé beaucoup d'efforts, et d'argent. Mais le résultat était là : il « tenait » Schweitzer jusqu'à la fin de sa vie. Revenant à des préoccupations plus immédiates, il reprit :

— Est-ce que les avoirs de notre ami ont été localisés et transférés ?

Rudolf Ott joignit les mains en signe de contrition.

— Tout a été envoyé ce matin dès l'ouverture. Les papiers signés par Neumann ont été placés en lieu sûr. L'agent Skouras n'en a même pas vu l'ombre.

160

– Ah... Mon Dieu, contrarier un client pareil, avec deux cents millions en permanence chez nous et un pour cent de nos actions dans la poche... ce n'est pas à faire.

– Certes non, monsieur, répéta Ott avec l'obséquiosité d'un eunuque.

– Et nous avons pu opérer les virements par l'intermédiaire de la Méduse ?

Kaiser faisait allusion au nouveau système de gestion en ligne, devenu opérationnel deux jours plus tôt seulement.

– Oui, Herr Kaiser. Les ordinateurs de Sprecher et de Neumann ont été réinitialisés pour y avoir accès. Désormais, les virements de notre client se font sans laisser la moindre trace.

– Il était temps, murmura le président, soulagé.

Il n'ignorait pas que les services de renseignements de plusieurs États occidentaux avaient depuis plusieurs années les moyens technologiques d'accéder aux principales données informatiques de la banque. Les Américains étaient particulièrement inventifs et équipés, sur ce terrain-là. Ils avaient notamment réussi, grâce à des équipements très sophistiqués, à suivre tous les échanges entre le système central de l'USB, Cerbère, et les systèmes hôtes le connectant au réseau mondial. Ainsi, les virements effectués entre Zurich et New York ou Hong Kong n'avaient plus de secrets pour eux. « Méduse » était la toute récente parade à ces incursions. C'était un programme révolutionnaire de transfert de données cryptées capable de contrer toutes les formes de surveillance en ligne. Grâce à lui, l'USB retrouvait sa traditionnelle raison d'être, l'activité bancaire « privée », dans toute l'acception du terme. Cet effort avait eu son prix, bien sûr : le développement, l'installation et la mise en œuvre de Méduse avaient été estimés à cent millions de francs suisses, et en avaient finalement coûté cent cinquante millions : mais il fallait bien que les « fonds spéciaux » servent à quelque chose, non ?

Quelques coups frappés énergiquement à la lourde porte de chêne tirèrent Kaiser de ses réflexions.

– Herr Kaiser, Herr Ott, bonjour, lança Sylvia Schon. Voilà, j'ai ici le dossier de M. Neumann.

Ott se hâta vers elle, tendit sa main ouverte pour que la jeune femme y dépose les documents.

– Oui, merci. Vous pouvez vous retirer.

– Pas si vite ! (À son tour, Kaiser s'approcha et lui fit signe de venir près de lui. Il avait oublié à quel point elle était séduisante.) Dr Schon ! Quel plaisir de vous voir.

Avec un regard interrogateur pour Ott, elle le contourna afin de remettre la chemise au président en personne.

– Le dossier Neumann, comme vous l'avez demandé.

Kaiser le prit entre ses doigts.

– Un de nos espoirs, ce petit. Vous avez entendu quelque chose sur la manière dont il s'intègre chez nous ?

– Je n'ai entendu que des éloges de la part de M. Sprecher.

– Compte tenu de sa décision de nous faire faux bond, je ne sais pas trop comment il faut prendre cela... Et vous ? Vous avez eu l'occasion de faire plus ample connaissance.

– Brièvement, oui. Nous avons dîné ensemble, hier.

– Où ça ? ne put-il s'empêcher d'interroger.

– Chez Emilio.

Kaiser leva un sourcil.

– Je vois. Konig n'a peut-être pas tort, quand il critique nos performances. Si vous invitez tous les nouveaux employés là-bas, nous serons en faillite dans une semaine.

– J'ai pensé que la banque devait lui faire sentir qu'il était le bienvenu, expliqua Sylvia Schon en surveillant Ott du coin de l'œil.

– Ce n'est certainement pas à moi de vous dire comment vous devez faire votre travail, ma chère. Neumann n'est pas n'importe qui. J'étais très proche de son père, vous comprenez. Un homme exceptionnel. Tel père, tel fils. Et que pense M. Neumann de notre « collaboration » suggérée avec qui vous savez ? Le sujet s'est-il présenté entre vous ?

– Oui, nous y avons fait allusion. Il a fait clairement comprendre qu'il ne trouvait pas cela raisonnable. Il m'a dit que « les murs de la banque devaient être en granit, pas en calcaire ».

Kaiser rit de bon cœur.

– C'est ce qu'il a dit ? Comme c'est réconfortant, de la part d'un Américain !

Sylvia Schon osa un pas en avant.

– Est-ce qu'il y a un problème, avec lui ? Est-ce pour cela que vous m'avez demandé de venir ?

– Au contraire, au contraire ! On dirait que ce garçon a le chic pour nous épargner les problèmes, à nous ! Non, nous envisageons de le muter ici, au quatrième. Il me faut un autre assistant.

– M. Feller a du mal à faire face à une charge de travail grandissante, compléta Ott d'un ton malveillant.

Sylvia Schon ne put réprimer un mouvement de protestation.

– M. Neumann est parmi nous depuis moins de deux mois !
D'ici un an, peut-être pourra-t-il être en mesure d'occuper un
poste au quatrième étage, mais d'ici là... il n'a pas eu le temps de se
roder.

Kaiser savait pertinemment que l'annonce de cette promotion
lui avait fait l'effet d'un coup de poignard dans le dos. À l'USB,
personne n'était aussi ambitieux que la jeune femme, et en vérité
personne ne travaillait aussi dur qu'elle. Sylvia Schon était un fleu-
ron de la banque.

– Je comprends vos réticences. Mais ce petit a fait Harvard,
Ott me dit que sa thèse était remarquable. Il en sait plus sur le
métier de banquier que vous et moi, hein, Ott ?

– Plus que moi, c'est certain, confirma le vice-président d'un
air préoccupé. (Il consultait sa montre, dansait d'un pied sur
l'autre comme s'il avait été pris d'un besoin naturel des plus pres-
sants.) Herr Kaiser ? On nous attend au salon 2, je vous rappelle.
Les Hausmann.

Kaiser glissa le dossier sous son bras et serra la main de Sylvia
Schon. Il avait oublié comme la peau d'une jeune femme pouvait
être douce.

– Dès lundi matin, donc, entendu ?

Elle baissa les yeux.

– Certainement. Je vais informer M. Neumann sans tarder.

En remarquant sa mine abattue, Kaiser prit une soudaine décision.

– Dr Schon ? À partir de maintenant, je veux que vous vous
occupiez du recrutement aux États-Unis. D'ici quelques
semaines, vous irez là-bas nous dénicher quelques oiseaux rares.
Vous avez manifesté un vrai talent pour former les nouveaux dans
votre département. Pas vrai, Ott ? (Mais ce dernier était trop
occupé à jauger la jeune femme d'un regard haineux pour
répondre.) Vous m'entendez, Rudy ? Vous êtes d'accord ?

– B... Bien sûr, bredouilla l'autre avant de filer vers la porte.

Kaiser se rapprocha encore un peu de Sylvia Schon.

– Oh, à propos, commença-t-il comme si une vieille idée venait
de lui revenir à l'esprit. Croyez-vous que vous pourriez faire en
sorte de mieux le connaître encore ?

– Je vous demande pardon ?

– Neumann, chuchota Kaiser. Si c'était... un impératif de service ?

Sylvia Schon posa des yeux indignés sur le visage du président,

163

qui détourna la tête. Oui, il était peut-être allé trop loin. Inutile de précipiter les choses. Il voulait garder Neumann très longtemps auprès de lui, le plus longtemps possible.

— Oubliez ce que je viens de dire. Encore une chose, cependant : pour le mettre au courant, mieux vaut attendre lundi. Compris ?

Il voulait que Neumann se ronge les sangs pendant tout le week-end. Même si leur instinct était juste, il n'appréciait pas que ses subordonnés prennent des décisions importantes sans en référer d'abord à lui.

Sylvia Schon approuva du chef.

Ott, qui était revenu dans la pièce, saisit le bras du président pour l'entraîner vers la porte, non sans souffler au passage :

— Bonne journée, Dr Schon. Merci d'être venue.

— C'est bon, on est partis, Rudy, le rassura Kaiser du même ton que s'il consentait à le suivre dans une petite promenade matinale. Qui devons-nous voir, déjà ? Ah, les Hausmann ? Des gangsters, ceux-là. Avec qui on doit pactiser pour contrer Konig, c'est fou, tout de même !

Sylvia Schon se retrouva seule dans la vaste salle de conférences. Elle demeura immobile un long moment, le regard perdu sur la place que le président venait d'occuper. Et puis, comme si elle venait d'hésiter devant une initiative périlleuse, elle se raidit, respira profondément, boutonna la veste de son tailleur et quitta les lieux d'un pas vif.

17

À peine entré dans le Keller Stübli, Nick fut assailli par les effluves désormais familiers de la taverne, mélange d'air surchauffé, de fumée de cigarette et de vapeurs de bière. Le petit comptoir était assailli par une foule hétéroclite d'hommes et de femmes pressés les uns contre les autres en attendant qu'une table se libère. Littéralement cul à cul, ainsi que l'aurait exprimé un marine.

— T'es en retard ! hurla Peter Sprecher par-dessus l'indescriptible brouhaha. Encore un quart d'heure et je me barrais. Nastassia m'attend au restau.

— Nastassia ? s'étonna Nick lorsqu'il eut rejoint son ami en se faufilant jusqu'à l'autre bout du bar.

— De chez Fogal, précisa Sprecher. (C'était un élégant magasin de sous-vêtements situé à deux pas de l'USB.) La sublime petite qui sert là-bas. Bon, je te donne quinze minutes sur sa pause-déjeuner à elle !

— C'est trop généreux.

— Pas de quoi. Alors, qu'est-ce qui ne va pas ? Viens pleurer sur l'épaule de ce bon vieux Peter.

Nick brûlait de le bombarder de questions sur sa deuxième journée de travail à la Banque Adler. Avait-il rencontré Konig ? Que disait-on sur l'OPA projetée, là-bas ? Était-ce une simple manœuvre pour faire monter le prix des actions et contraindre Kaiser à riposter, ou bien Konig se préparait-il à une offensive en règle ? Mais il faudrait attendre une autre occasion. Alors, il se contenta de lâcher, laconique :

— Le Pacha.

— Quoi, notre très respectable client ?

Nick approuva, puis entreprit de lui conter en détail l'affaire des virements délibérément retardés par ses soins.

— C'était bien vu, probablement, commenta Sprecher à la fin. Mais où est le problème ?

— Ce matin à six heures, Martin Maeder m'a téléphoné, lui confia Nick en se rapprochant de lui. Il m'a convoqué à son bureau et m'a cuisiné pour savoir ce qui m'avait conduit à faire ça. Le grand jeu : est-ce que je connaissais l'identité du Pacha, comment j'avais osé désobéir aux ordres, etc.

— Continue.

— Je m'étais préparé à ce genre d'interrogatoire. Je ne m'y attendais pas si tôt, honnêtement, mais il ne m'a pas désarçonné. Au bout du compte, Maeder m'a ordonné de rentrer chez moi, direct, et de ne parler à personne, surtout pas à toi. « Le tribunal rendra son verdict lundi », il a ajouté... (Nick se frotta la nuque, mécontent de s'être laissé tant impressionner par la menace.) Hier, j'étais certain d'avoir bien agi. Et maintenant... Maintenant, je me demande.

Sprecher éclata d'un rire tonitruant.

— Au pire, c'est quoi, ce qui t'attend ? Aller tailler les crayons à Alstetten, ou être muté à la nouvelle succursale de Riga ! (Il lui envoya une claque sonore sur le genou.) Mais non, mon pote, je blague ! Tu verras, lundi tout sera comme avant. Inutile de flipper.

— Tu trouves ça drôle ? protesta Nick. Non, je ne crois pas une seconde que ça puisse passer comme une lettre à la poste.

Sprecher carra les épaules et pivota sur son tabouret pour se retrouver face à son ex-collègue.

— Écoute-moi, Nick : tu n'as pas fait perdre un centime à la banque, tu as tiré un client d'un mauvais pas et du même coup tu as nettement sauvé la mise à tes employeurs. Ça ne m'étonnerait pas que tu reçoives une médaille pour acte de bravoure sous le feu ennemi !

Nick ne partageait aucunement l'euphorie de son ami. S'il était licencié, ou même relégué dans un département moins important, les recherches qu'il entendait mener sur la mort de son père seraient très compromises, voire réduites à néant.

— Autre chose encore, poursuivit-il. Hier, pendant que je marchais dans la rue, Sterling Thorne m'est tombé dessus.

Sprecher parut encore plus amusé.

– Visiblement, ce n'était pas pour t'inviter à venir prendre un pot au club des expat' américains, si ?

– Tu parles ! Il m'a demandé si je n'avais rien remarqué d'« intéressant » à la banque, légal ou illégal.

Sprecher affecta un air outragé.

– Juste ciel ? Rien d'autre ? Il n'a pas voulu savoir si tu travaillais pour le cartel de Cali ? Ou si tu étais en train d'acheter les membres du Sénat italien un par un ? Quoi, tu es surpris ? Ça s'est déjà fait avant, mon vieux. Ah, promets-moi, Nick, promets-moi que tu n'avoueras jamais ! (Il alluma une cigarette, reprit une contenance plus sérieuse.) Ce type est à pleurer. Pathétique. Sa bande a reçu l'ordre d'arrêter quelques clampins pour l'exemple, de forcer les banques suisses à collaborer. Je parie qu'il n'a rien dit de précis au sujet du Pacha, si ?

– Non. Mais il a mentionné le nom de Cerruti.

– Ah oui ? Et alors ? Il y a quinze jours, ce clown a essayé de venir me chercher des poux dans la tête. J'ai répondu : « Sorie, je no spique pas angliche. » Je t'assure qu'il avait plutôt les boules !

– S'il est allé te trouver toi, et ensuite moi, c'est certainement qu'il est après le Pacha. C'est le seul client de notre département à apparaître sur la liste de surveillance.

– Il peut toujours se toucher, oui ! (Sprecher leva sa chope de bière.) J'espère que tu l'as envoyé paître.

– En gros, oui.

Le transfuge de l'USB hocha gravement la tête.

– Allez, te fais pas de souci, mon pote. Santé ! (Il vida la chope d'un trait, attrapa son paquet de cigarettes et jeta un billet de cent francs sur le comptoir.) Tu diras cinq Notre-Père, six Ave Maria, et tous tes péchés te seront pardonnés.

Posant une main sur son épaule, Nick l'obligea à se rasseoir sur le tabouret qu'il s'apprêtait à quitter. Sprecher se cogna à la barre en cuivre.

– Quoi, tu n'avais pas fini ? Nastassia va être furax !

– Dis-lui que si elle veut t'avoir, elle devra me passer sur le corps, prononça Nick d'un ton comiquement théâtral.

– Alors, vas-y. Mais grouille !

Nick hésita un instant avant de se lancer. Il lui raconta que sa venue en Suisse était un moyen, pas une fin. Qu'il était prêt à tout dans le but d'obtenir la moindre information à propos de la mort de son père. Il lui fallait des réponses, tout de suite : ce qui s'était passé durant les dernières vingt-quatre heures – la décision de

167

protéger le Pacha, l'incursion de Thorne, la confrontation avec Maeder – avait réveillé trop d'échos en lui. Il était aux abois. Tout, la banque, le souvenir de son père, et jusqu'à lui-même, tout devenait trop lourd à porter.

– Après avoir vu Maeder, raconta-t-il, je suis quand même retourné à mon bureau. Il fallait que je me rende compte, de mes propres yeux, de ce qui se passait sur ce compte. Eh bien, figure-toi que tous les virements étaient déjà partis. Aucune signature, pas d'initiales, impossible de vérifier qui les a effectués. Toi, ça ne te démange pas de savoir qui est ce type, qui est le Pacha?

– Je n'en dors plus la nuit, vois-tu...

– Tu ne te demandes pas qui peut être capable de tirer de son lit à six heures du matin un vice-président de l'USB? Un client qui contrôle les moindres mouvements de son argent et ne va pas se coucher tant qu'il n'est pas arrivé à bon port? Un client qui a le numéro de téléphone de Maeder chez lui? Si ça se trouve, il a appelé le président en personne.

Sprecher sauta de son tabouret, brandissant un doigt menaçant en direction de Nick.

– Seul Dieu a la ligne directe avec Kaiser. N'oublie jamais ça.

– Le compte du Pacha est sur la liste de surveillance, insista Nick en scandant ses mots de deux doigts sur le bar. La DEA s'intéresse à lui. Il appelle Maeder à la maison, en pleine nuit. Putain, ce n'est pas n'importe qui, ce type!

– J'apprécie ton choix des euphémismes, mon jeune ami. Ouais, sûr que ce n'est pas « n'importe qui », notre Pacha! Et la banque a besoin d'en avoir plein dans sa clientèle, des « pas n'importe qui ». C'est pour ça qu'on bosse, rappelle-toi!

– Alors, qui est-ce? Comment expliques-tu tout ce qui arrive avec son compte?

– Tiens, l'autre soir, ce n'est pas toi qui prenais sa défense?

– Ton accès de curiosité m'avait pris par surprise. Mais là, aujourd'hui, c'est moi qui pose les questions.

Sprecher secoua la tête, exaspéré.

– Non, tu poses zéro question! Tu t'écrases et tu comptes les billets. Tu fais ton boulot avec tout le sérieux professionnel voulu, tu empoches ton salaire rondelet et tu dors tes huit heures par nuit sans chercher d'embrouilles. Une ou deux fois par an, tu sautes dans un avion, tu te trouves une plage où le soleil brille un peu plus que dans ce trou minable, tu dégustes une *piñacolada* et basta. Voilà le secret de Peter Sprecher pour vivre longtemps, s'en tirer brillamment et nager dans le bonheur absolu : un portefeuille bien garni et deux billets pour Saint-Trop' en première classe !

— Bon, si tu veux vivre comme ça, tant mieux...

Là, Sprecher se fâcha pour de bon.

— Qu'est-ce que c'est que ce foutu saint Nicolas que j'ai là ! Encore un de ces Américains qui veulent sauver le monde contre son gré ! Pourquoi, mais pourquoi la Suisse est-elle le seul pays à avoir appris à ne pas se mêler des affaires des autres ? Cette planète irait foutrement mieux si l'exemple helvétique était plus imité, crois-moi ! Oh, et puis merde ! (Il soupira, fit signe au barman.) Deux bières ! Mon ami ici présent a l'intention de sauver la civilisation de ses maux. Y a de quoi vous dessécher la gorge !

Ils gardèrent le silence jusqu'à l'arrivée de la commande, puis Sprecher effleura le bras de son compagnon :

— Écoute, mon pote, si tu as tellement envie de découvrir qui est le Pacha, il te suffit de voir ce qui est arrivé à Marco Cerruti. À ma connaissance, il lui a rendu une petite visite de courtoisie pendant son dernier voyage au Moyen-Orient, non ? Et depuis, il a pété les plombs... Alors, suis mon avis et laisse tomber.

Nick plissa les yeux d'étonnement courroucé.

— Le total de toutes tes années d'expérience, c'est de me dire de faire l'autruche et d'obéir ?

— Exactement.

— De faire l'autruche et d'aller droit à la catastrophe ?

— Mais non, très cher, pas à la catastrophe : au bonheur !

18

Sitôt sorti de la taverne, Nick entra dans le premier bureau de poste sur sa route, se glissa dans une cabine téléphonique et se mit à feuilleter les annuaires à la recherche d'un nom : Marco Cerruti. Sa curiosité ne tarda pas à être récompensée : « Cerruti M. Banquier. Seestrasse 78. Thalwil. » La profession indiquée juste à côté du nom : encore une de ces bizarreries suisses que Nick ne faisait que découvrir.

Il prit un tram jusqu'à la Bürkiplatz, changea pour un autobus qui le déposa dans le quartier de Thalwil en un quart d'heure. Le numéro 78 de la Seestrasse ne fut pas difficile à trouver. C'était un joli petit immeuble à la façade en stuc jaune, sur la principale artère qui longeait le lac.

Le nom qu'il recherchait était le premier des six inscrits sur l'interphone. Il appuya sur le bouton correspondant, attendit. En vain. Il se demanda s'il n'aurait pas dû appeler d'abord, mais décida qu'il valait mieux surgir à l'improviste et sonna donc encore. Soudain, une voix hachée s'éleva de l'appareil :

– Qui est là ?

Nick se pencha en hâte vers le haut-parleur :

– Neumann, de l'USB.

– L'USB ?

– Oui, confirma Nick en se nommant à nouveau.

Peu après, le verrou d'entrée se libéra avec un léger bruit métallique. Il pénétra dans un hall qui sentait fortement le détergent parfumé au pin, alla à l'ascenseur. En attendant l'arrivée de la cabine, il vérifia son apparence dans un petit miroir accroché près de la cage d'escalier. Ses cernes prononcés trahissaient le manque de sommeil. « Qu'est-ce que tu fabriques ici ? » se demanda-t-il. Était-il là pour faire enrager Maeder ? Pour contredire les proclamations cyniques de Sprecher ? Ou était-ce une manière d'honorer le souvenir confus qu'il gardait de son père ? Alex Neumann n'aurait-il pas agi pareillement, dans son cas ?

Il entra dans l'ascenseur, appuya sur la touche du dernier étage. Plusieurs écriteaux se détachaient sur les parois. « Merci de vous en tenir à votre jour de lessive. Pas de lessive le dimanche (Directive fédérale) », proclamait l'un d'eux. Une mention manuscrite avait été calligraphiée en dessous de cet avertissement : « Ne pas changer le jour de lessive prévu dans le roulement. » Et, encore plus bas, quelqu'un avait ajouté : « Surtout Frau Brunner ! »

Avant que Nick ne s'aperçoive que l'ascenseur était parvenu à sa destination finale, la porte s'ouvrit à la volée. Un homme de petite taille, sanglé dans un costume croisé gris égayé d'un œillet à la boutonnière, l'attrapa par la main et l'attira à l'intérieur de son appartement.

– Cerruti. *Es freut mich.* Ravi de faire votre connaissance. Entrez, asseyez-vous. (Nick se laissa conduire le long d'un étroit couloir jusqu'à un salon spacieux ; une main insistante, dans son dos, le poussa vers le canapé.) Mettez-vous à l'aise, voyons. Dieu du ciel, il était temps que vous veniez ! Cela fait des semaines que j'appelle la banque... (Il ne lui laissa pas le temps d'intervenir.) Non, ne vous excusez pas. Nous savons vous et moi que Herr Kaiser ne le permettrait pas. J'imagine que la banque doit être sur le pied de guerre. Ce diable de Konig... Euh, je ne crois pas que nous nous connaissions. Vous êtes nouveau, au quatrième ?

C'était donc lui, le mystérieux Marco Cerruti... La cinquantaine révolue, visiblement, des cheveux poivre et sel coupés court, des yeux entre le bleu et le gris, une chair pâle accrochée à ses traits tel un papier mural mal posé, ici trop tendue, là boursouflée... Et nerveux, terriblement nerveux.

– Je n'appartiens pas au quatrième étage. S'il y a eu un malentendu, je m'en excuse.

Cerruti bondit sur ses pieds.

– Non, non, c'est ma faute, j'en suis sûr. Et vous êtes... ?

– Neumann, Nicholas Neumann. Je suis employé dans votre section, la FKB 4. Je suis entré peu après votre départ en congé de maladie.

Cerruti examina le jeune homme avec une attention intriguée, comme un critique averti détaillant un Picasso ou un Braque particulièrement audacieux. Enfin, il saisit Nick par les épaules et le regarda droit dans les yeux.

— Je ne comprends pas pourquoi je n'ai pas enregistré, tout à l'heure. J'ai entendu votre nom, mais... Oui, oui, bien entendu. Nicholas Neumann. Mon Dieu, comme vous ressemblez à votre père ! Je l'ai bien connu, vous savez. J'ai travaillé sous ses ordres pendant cinq ans. La plus belle époque de ma vie... Ne bougez pas, je vais chercher mes papiers. Nous avons tant de choses à nous dire ! Hé, regardez ! Frais comme un gardon, prêt pour le service !

Il pirouetta sur lui-même et quitta la pièce en trombe.

Resté seul, Nick laissa ses yeux errer autour de lui. Un mobilier lourd et sombre, d'un style qu'il aurait appelé « néogothique », des coloris discrets jusqu'à la fadeur, une baie vitrée qui faisait toute la largeur du salon et qui, là où elle n'était pas obstruée par d'épais rideaux de calicot, offrait une vue superbe sur le lac de Zurich. Ce jour-là encore, une couche de brouillard pesait sur la surface des eaux, des averses de pluie gelée se succédaient. L'univers entier était une masse grise, humide, désespérante.

Cerruti fit son retour en trombe, porteur de deux carnets et d'une pile de dossiers.

— Tenez, voici une liste de clients que Sprecher doit absolument contacter. Trois ou quatre d'entre eux avaient pris rendez-vous avec moi avant que je doive m'absenter.

— Peter a quitté l'USB. Il a rejoint la Banque Adler.

— La banque Adler ? Ce sera notre mort, à nous tous ! (Abandonnant une main éplorée sur le sommet de son crâne, Cerruti se laissa tomber sur le canapé, à côté de son visiteur.) Alors, que m'avez-vous apporté ? Voyons un peu.

Nick ouvrit le mince attaché-case posé à ses pieds, en retira une chemise cartonnée.

— Cheikh Abdoul ben Ahmed al-Aziz a téléphoné à plusieurs reprises. Il vous envoie ses meilleurs sentiments. Il a demandé comment vous alliez, où il pourrait vous joindre. Il a répété qu'il voulait seulement entendre vos réponses à ses questions, les vôtres et non celles d'un autre. (Cerruti renifla à deux reprises et battit des cils rapidement.) Le cheikh brûle d'envie d'acheter des bons de l'État allemand. Il a appris de source sûre que Schneider, le ministre des Finances, va baisser le taux Lombard d'un jour à l'autre.

Cerruti lui jeta un regard désorienté, poussa un très long soupir et se mit à rire.

— Oui, ce cher vieil Abdoul ben Ahmed ! Je l'appelle « Triple A », savez-vous ! N'a jamais compris un traître mot à l'économie, celui-là. L'inflation remonte en Allemagne, le chômage a dépassé la barre des dix pour cent, l'oncle d'Abdoul lui-même rêve d'augmenter le prix du pétrole... Les taux d'intérêt ne peuvent que grimper, grimper et encore grimper ! (Il se remit debout, rajusta son veston, fit sortir d'un bon centimètre les manchettes de sa chemise.) Vous devez dire au cheikh d'acheter des actions allemandes, vite fait. Vendez tous les bons qu'il peut détenir et faites-le investir dans Daimler-Benz, Veba et Hoechst. Ça devrait renforcer les principaux groupes industriels, et empêcher Abdoul de se retrouver sur la paille.

Tandis que Nick prenait note de ses instructions, Cerruti lui tapota le bras.

— Hé, Neumann ? Chez Kaiser, ils parlent de mon retour ? Même à mi-temps ?

Ainsi, Cerruti voulait reprendre le collier. Nick se demanda pour quelles raisons Kaiser aurait voulu le tenir écarté de la banque.

— Désolé, mais je n'ai aucun contact avec le quatrième étage.

— Oui, oui, bien sûr. (Cerruti essayait vainement de dissimuler sa déception.) Eh bien, je suis certain que le président va m'appeler très bientôt pour me tenir au courant de ses plans. Allons, poursuivez. Qui avez-vous, ensuite ?

— Un autre client nous crée un peu de souci. C'est un de nos comptes numérotés, donc je ne connais pas son nom, évidemment...

Il feignit de chercher le numéro parmi les papiers étalés sur ses genoux. Après tout, il n'était qu'un simple stagiaire, aucunement supposé faire preuve de la même mémoire des chiffres que le légendaire Cerruti.

— Ah, je l'ai retrouvé. Le compte 549 617 RR.

— Vous pouvez répéter ? demanda le banquier d'une voix altérée.

Ses paupières battaient maintenant à une cadence infernale.

— Cinq, quatre, neuf, six, un, sept, R, R. Vous devez vous le rappeler, non ?

— Oui, oui, bien entendu. (Cerruti se raclait désespérément la gorge, s'agitait en tous sens, se tordait les mains.) Bon, allez au fait, mon garçon. Quel est le problème ?

— Ce n'est pas un problème, à proprement parler. Une opportunité, plutôt. J'aimerais convaincre ce client de conserver plus de

173

liquidités chez nous. Au cours des six dernières semaines, il a fait transiter au moins deux cents millions de dollars par la banque sans garder un centime d'un jour sur l'autre. Je suis persuadé que nous pouvons faire bien plus d'argent avec le sien que les habituels frais de virement.

Cerruti ne tenait plus en place.

— Attendez, Nicholas. Ne bougez pas. Restez tranquille. Je reviens tout de suite. J'ai quelque chose de... ah, de merveilleux à vous montrer.

Sans lui laisser le temps de protester, il disparut une fois encore, revenant bientôt avec un album à spirale qu'il fourra dans les mains du jeune homme et ouvrit à un endroit signalé par un marque-page en cuir.

— Vous reconnaissez quelqu'un ?

Nick étudia la photographie en couleurs qui avait été collée sur la page de droite. On y voyait Wolfgang Kaiser, Marco Cerruti, Alexander Neumann et un solide gaillard aux traits enjoués et au front emperlé de sueur. Une femme aux courbes sensuelles et aux cheveux blond irisé, sa bouche voluptueuse éclairée d'un rouge à lèvres rose, paradait devant eux. Elle était absolument ravissante. Kaiser attirait une de ses mains devant ses lèvres en un baiser cérémonieux. L'autre était accaparée par le joyeux luron de droite, qui ne voulait pas demeurer en reste. Les yeux pétillants de la belle ne dissimulaient pas le plaisir qu'elle prenait à être l'objet de cette double adoration. Quelques mots étaient écrits à la main sous le cliché : « Californie, le voilà ! Décembre 1967. »

Nick contempla son père, grand et mince, les cheveux aussi sombres que les siens, coupés à la mode de l'époque, ses yeux bleus illuminés par l'enthousiasme de mille rêves, chacun d'eux réalisable. Il souriait de toutes ses dents. Un homme avec tout son avenir devant lui.

A ses côtés, plus petit d'une bonne tête, l'éternel dandy, un œillet rouge à la boutonnière d'un costume foncé : Marco Cerruti. Puis Wolfgang Kaiser, tout à ce baise-main impétueux, la moustache encore plus fournie. Nick ne reconnut ni le quatrième des compères, ni cette séduisante inconnue.

— La fête de départ de votre père, expliqua Cerruti. Il s'en allait ouvrir nos bureaux à Los Angeles. Ah, nous formions une sacrée bande. Tous célibataires. De joyeux drilles, hein ? Toute la banque était de la partie, ce jour-là. Oui, évidemment, nous étions à peine deux cents, alors...

174

— Vous m'avez dit que vous aviez travaillé avec lui ?

— On travaillait tous ensemble ! Une fine équipe, oui ! Kaiser était notre chef de service. Moi, j'ai fait mes débuts sous les ordres de votre père. Il était comme un grand frère. Ce jour-là, il avait été promu vice-président... (Il tapota la photo de son doigt tendu.) Alex, je lui vouais un véritable culte. J'ai été effondré de le voir partir à Los Angeles. Même si, pour moi, de nouvelles perspectives se sont ouvertes.

Nick resta plongé dans la contemplation du cliché. Il avait vu des photos de son père datant de la période antérieure à l'Amérique, pour la plupart des portraits en noir et blanc d'un adolescent grave, longiligne, engoncé dans ses habits du dimanche. Il était surpris de lui découvrir un air si jeune, si heureux. Aucun de ses propres souvenirs ne lui avait laissé l'image d'un homme aussi gai et spontané.

Cerruti se releva, comme mû par un ressort.

— Allez, venez, buvons un verre. Que puis-je vous offrir ?

Nick fut gagné par l'enthousiasme de son hôte.

— Une bière, disons ?

— Désolé, mais je ne touche pas à l'alcool. Pas bon pour mes nerfs. Un soda, peut-être ?

— Certainement, très bien, approuva Nick en se demandant ce qui aurait pu calmer un peu cet homme, puisque même l'alcool le rendait nerveux...

Cerruti revint de la cuisine avec deux canettes de Coca-Cola et deux grands verres remplis de glaçons. Il attendit que Nick se soit servi lui-même pour porter un toast :

— À votre père.

Le jeune homme but poliment une gorgée avant de remarquer :

— Je ne savais pas du tout qu'il avait travaillé directement avec Wolfgang Kaiser. Que faisait-il ?

— Eh bien, Alex a été son bras droit pendant des années. Gestion des portefeuilles, n'est-ce pas. Quoi, le président ne vous a jamais raconté ?

— Non. Depuis que je suis là, je ne lui ai parlé que très rapidement, une seule fois. Comme vous le remarquiez tout à l'heure, il est plutôt bousculé, en ce moment.

— Votre père, c'était un lion ! Il y avait beaucoup de compétition entre eux deux.

— Que voulez-vous dire ?

— Allez-y, tournez cette page. J'ai gardé une lettre de votre

175

père, vous allez comprendre ce que j'entends par là. En fait, c'est un de ses rapports mensuels, un bilan d'activité de nos services à Los Angeles.

Nick s'exécuta, découvrant un papier froissé conservé dans une pochette transparente. L'en-tête du feuillet indiquait : « United Swiss Bank, Los Angeles Representative Office, Alexander Neumann, Vice-President and Bureau Manager ». Le mémorandum, daté du 17 juin 1968, était adressé à Wolfgang Kaiser avec copies à Urs Knecht, Beate Frey et Klaus Konig.

Le texte, anodin, frappait plus par son style détendu – surtout en comparaison du ton sérieux de tels rapports rédigés dans les années quatre-vingt-dix – que par les informations données. Le père de Nick y évoquait trois clients potentiels, les cent vingt-cinq mille dollars déposés par un certain Walter Galahad (« une grosse légume de MGM ») et son besoin urgent d'une secrétaire, expliquant sur ce dernier point qu'on ne pouvait pas attendre de lui de recopier des documents internes toute la matinée et d'enchaîner sur un déjeuner d'affaires chez Perino, les doigts tachés d'encre... Il annonçait aussi qu'il se rendrait à San Francisco la semaine suivante. Mais ce fut surtout le post-scriptum – précédé de la mention « confidentiel », sans doute afin de susciter un maximum de curiosité ! – qui attira l'attention de Nick : « Wolf, je suis prêt à doubler la mise pour notre pari. L'objectif d'un million en dépôts la première année, c'était trop facile ! Et ne dis pas que je ne joue pas le jeu ! Alex. »

Nick relut le texte une deuxième fois, plus lentement, ligne à ligne. Il avait l'impression que son père était encore vivant. Un avion pour San Francisco dans une semaine, un pari avec Wolfgang Kaiser qu'il avait bien l'intention de gagner, un déjeuner chez Perino... Comment pouvait-il avoir disparu depuis dix-sept ans, déjà ? Il avait une femme, un fils, toute sa vie devant lui.

Il resta là, dans un état second, envahi d'une soudaine fatigue qui pesait sur ses épaules et le prenait au ventre. Un coup d'œil à une vieille photographie, la lecture d'un document interne, et il était sur le point de s'effondrer. L'intensité de sa peine le surprenait lui-même. Revenant au cliché, il braqua son regard dans les yeux de son père. À cet instant, il comprit qu'il avait appris, toutes ces années, à regretter non l'homme en chair et en os, non pas Alexander Neumann dans son entier, mais seulement une de ses facettes : son rôle de père. Il ne s'était encore jamais dit qu'il avait été privé de l'occasion de connaître un être d'exception, une personnalité à laquelle Cerruti avait voué un véritable culte, selon ses propres termes. Et pour la première fois de son existence Nick ressentit de la compassion envers son père, envers le brillant professionnel de quarante ans auquel il n'avait pas été donné de vivre plus longtemps. Il venait de découvrir en lui une nouvelle source de chagrin, dont les eaux l'envahissaient déjà, ramenant avec elles ses plus douloureux souvenirs.

Il ferma les yeux. Il n'était plus chez Marco Cerruti. Il était redevenu un petit garçon. C'est la nuit. Les flashes aveuglants des gyrophares de la police éclairent une douzaine de silhouettes revêtues de cirés jaunes. La pluie tombe violemment sur lui, mais ce n'est pas à cause d'elle qu'il frissonne. Il marche vers l'entrée d'un immeuble qu'il ne connaît pas. Pourquoi son père passe-t-il la nuit ici, si près de la maison ? Qu'est-ce qui l'y a conduit ? Son travail ? C'est l'explication maladroite que sa mère lui a donnée. Ou bien est-ce à cause des disputes incessantes qui déchirent ses parents ? Dans le hall, il est étendu sur le côté, vêtu de son pyjama couleur tabac, une mare de sang s'étalant entre sa poitrine et son bras étendu. « Le pauvre type en a reçu trois en plein dans le buffet », chuchote un policier derrière Nick. « Trois en plein dans le buffet, le pauvre type, trois en plein dans le buffet, trois... »

– Vous vous sentez mal, monsieur Neumann ?

Nick sursauta en sentant la main de Cerruti sur son épaule.

– Non, tout va bien. Merci.

– J'ai été tellement triste, quand j'ai appris, pour votre père...

– Ce genre de lecture vous replonge dans de vieux souvenirs, expliqua Nick en désignant le rapport d'activité. Vous pensez que je pourrais le garder ?

– Rien ne me ferait plus plaisir. (Aussitôt, il ouvrit délicatement la pochette et en retira la feuille.) Il y en a encore beaucoup d'autres dans les archives de la banque. Nous n'avons jamais détruit la moindre correspondance interne, vous savez ? Pas une seule fois, en cent vingt-cinq ans.

– Où pourrais-je les obtenir ?

– À la *Dokumentation Zentrale*. Demandez Karl. Il est capable de retrouver une aiguille dans une botte de foin.

– Un jour où j'aurai le temps, oui, peut-être...

Malgré sa réponse nonchalante, Nick bouillait intérieurement : il allait se rendre à la DZ, et en quatrième vitesse !

« Je veux savoir ce qui est arrivé à mon père, avait-il affirmé à Anna, sa compagne. Je veux savoir une bonne fois pour toutes s'il était innocent, ou non. » Le feuillet qu'il avait en main justifiait le choix difficile qu'il avait fait.

Revenant à la photographie, il demanda à Cerruti :

– Et cette dame, là, qui est-ce ?

Cerruti eut un sourire ravi, comme si de doux souvenirs lui revenaient à l'esprit.

– Comment, vous ne la reconnaissez pas ? Mais c'est Rita Sutter ! À l'époque, bien sûr, elle n'était qu'une simple dactylo. Aujourd'hui, c'est la secrétaire particulière du président.

– Et le quatrième garçon ? Lui ?

– Klaus Konig. Le patron de la Banque Adler.

Nick l'observa encore. Ce petit homme jovial n'avait aucun point commun avec l'actuel Konig, ses airs hautains, son éternel nœud papillon à pois rouges... Il se demanda qui, de Konig ou de Kaiser, avait réussi ce jour-là à accaparer l'attention de la belle dactylo, et si le perdant en avait éprouvé quelque ressentiment.

– Konig faisait partie de notre joyeuse bande, expliqua Cerruti. Il est parti aux États-Unis quelques années après votre père. Étudier je ne sais quel genre de hautes mathématiques. Il voulait un doctorat, il voulait nous dépasser tous. Il est revenu dix ans après. Il a été consultant au Moyen-Orient, sans doute pour le compte du Voleur de Bagdad, tel que je le connais ! Il y a sept ans, il a monté sa propre boîte. Ce n'est pas sa réussite que je lui reproche, mais ses méthodes. Le terrorisme et l'intimidation, nous autres Suisses, nous n'aimons pas.

– Aux USA, on appelle ça désaccord entre actionnaires, tout simplement.

– Appelez ça comme vous voudrez, moi je dis que c'est de la piraterie ! (Cerruti vida le fond de son verre avant d'aller vers la porte.) Si vous n'aviez rien d'autre à discuter, monsieur Neumann...

– Nous n'en avons pas terminé avec notre dernier client, objecta Nick. Il faudrait vraiment éclaircir cette question.

– Non, je ne pense pas. Croyez-moi, oubliez-le.

Mais Nick n'était pas d'humeur à s'incliner.

– Depuis que vous n'êtes plus là, le volume de ses dépôts a énormément augmenté. Et il y a d'autres développements, aussi : la banque a décidé de collaborer avec le service américain de répression des stupéfiants.

– Quoi, Thorne ? bredouilla Cerruti. Sterling Thorne ?

– Oui, Sterling Thorne. Il vous a contacté ?

178

Cerruti croisa frileusement les bras autour de son torse.

– Moi ? Pourquoi ? Il a parlé de moi ?

– Non, mais il tient une liste de tous les comptes qu'il soupçonne de servir au trafic de drogue, au recyclage d'argent sale, etc. Or, cette semaine, le numéro du Pacha s'est retrouvé dessus. Il faut que je sache qui est cet homme.

– Qui est ou qui n'est pas le Pacha, cela ne vous regarde en rien.

– Pourquoi la DEA le recherche, alors ?

– Vous m'avez entendu ? Ce ne sont pas vos affaires ! s'écria Cerruti, qui se massait le front d'une main tremblante.

– Il est de ma responsabilité de connaître l'identité de ce client.

– Faites ce qu'on vous dit, monsieur Neumann. Ne vous mêlez pas des affaires du Pacha. Laissez cela à M. Maeder ou, mieux encore, à...

– À qui ?

– Laissez cela à Maeder. C'est un autre univers, qui n'est pas à votre portée. Restez où vous êtes.

– Mais vous, vous le connaissez ! s'exclama Nick, désormais hors de lui. Vous êtes allé le voir en décembre. Comment s'appelle-t-il ?

– Monsieur Neumann, je vous en prie, assez de questions ! Je... Je n'aime pas cela.

Le léger tremblement de sa main s'était transformé en un long frisson qui parcourut tout son corps.

– Quelles sont ses activités ? insista Nick, qui devait maintenant lutter contre l'envie de le secouer comme un prunier jusqu'à obtenir une réponse. Pourquoi les autorités américaines sont-elles après lui ?

– Je n'en sais rien, et je ne veux pas le savoir. (Soudain, Cerruti attrapa le jeune homme par les revers de son veston.) Dites-moi, Neumann ! Dites-moi que vous n'avez rien fait qui puisse l'irriter !

Nick saisit les poignets du petit homme et le fit asseoir sans brutalité sur le canapé. Toute sa colère avait disparu au spectacle de ce visage déformé par une peur panique.

– Non, rien, répondit-il calmement.

– Il ne faut jamais, vous entendez, jamais le fâcher.

Debout devant son hôte prostré et terrorisé, Nick comprit qu'il ne pourrait plus rien en tirer, du moins pour l'instant.

– Bien, ne vous dérangez pas, je m'en vais. Et merci pour le papier de mon père.

– Neumann ! Encore une question. Que vous ont-ils dit, au bureau, à propos de mon absence ?

– Martin Maeder nous a informés que vous aviez eu une dépression nerveuse, mais on nous a demandé d'expliquer aux clients que vous aviez attrapé une hépatite au cours de votre dernier voyage. Ah oui, il y a aussi une rumeur selon laquelle vous pourriez être nommé dans une de nos filiales. La Banque extérieure arabe, peut-être.

– La Banque arabe ? Que Dieu me vienne en aide...

Il s'agrippait de tous ses doigts aux coussins du canapé.

Nick posa un genou au sol pour se rapprocher de lui. Il comprenait maintenant pourquoi Kaiser retardait le retour de Cerruti à la banque : cet homme était dans un état pitoyable.

– Vous êtes certain que ça va aller ? Laissez-moi appeler un médecin. Vous n'avez pas l'air bien.

Cerruti le repoussa d'un geste las.

– Non, monsieur Neumann, non. Mais allez-vous-en, s'il vous plaît. Il me faut un peu de repos, c'est tout.

Nick s'apprêtait à quitter la pièce lorsqu'il le rappela d'une voix faible :

– Hé, Neumann ! Dès que vous verrez le président, dites-lui, hein, dites-lui exactement ça : que je suis frais comme un gardon et prêt pour le service.

19

Le soir même, Nick se retrouva devant un disgracieux immeuble en pierre grise, dans une rue écartée, loin du centre cossu de la ville. Le thermomètre était tombé au-dessous de zéro, le ciel s'était partiellement éclairci. Il tenait un bout de papier à la main, avec une adresse griffonnée dessus : Eibenstrasse 18.

C'était ici que son père avait grandi. Dix-neuf années durant, Alexander Neumann avait partagé avec sa mère et sa grand-mère un minable deux-pièces qui donnait sur l'obscurité tenace d'une cour intérieure.

Nick se rappelait encore l'impression que ces cieux lui avaient faite lorsqu'il y était venu en visite, au cours de sa jeunesse. Un espace sombre, renfermé, aux fenêtres aveuglées par de lourdes tentures, aux meubles massifs d'une teinte marron terne. Pour un garçon habitué aux pelouses et aux artères ensoleillées du sud de la Californie, tout, dans ce quartier qui avait été le théâtre de l'enfance paternelle, lui avait paru hostile, rebutant. Détestable.

Ce soir-là, pourtant, il avait eu envie d'y revenir. Il avait voulu communier avec les fantômes du passé, retrouver dans ces ombres l'adolescent qui était devenu son père.

En levant les yeux sur la sinistre façade, Nick se souvint du jour où il avait éprouvé une véritable haine à son encontre, un terrible mépris. Du jour où il avait souhaité que la terre s'entrouvre et engloutisse son père dans les abîmes incandescents qui étaient sans doute la seule demeure qu'il ait méritée.

Cela s'était passé au cours d'un voyage d'été, en Suisse, quand Nick avait dix ans. Ils étaient en week-end à Arosa, un village de montagne perché à flanc de vallée. Le Club alpin suisse avait organisé une sortie dominicale. Vingt-deux participants s'étaient donné rendez-vous le matin dans une clairière, sous le regard stoïque d'un pic gigantesque, le Tierfluh. Le plus jeune du groupe était Nick, le plus vieux, âgé de soixante-dix ans, son grand-oncle Erhard. Après avoir traversé une étendue de hautes herbes et contourné un lac dont la surface laiteuse était aussi calme qu'un miroir jusqu'au moment où elle se rompait en une cascade tumultueuse, ils étaient entrés dans une forêt de grands pins, et le chemin de randonnée avait commencé à monter plus nettement. L'oncle Erhard menait le groupe de randonneurs appliqués à surveiller leur souffle et leur cadence. Nick était au milieu.

Le garçon se sent nerveux. Les grands veulent-ils vraiment atteindre ce sommet déchiqueté ? Au bout d'une heure, les marcheurs s'arrêtent devant une cabane en bois, au milieu d'un alpage. La porte est entrouverte, l'un d'eux se risque à l'intérieur. Il reparaît en brandissant une bouteille remplie d'un liquide limpide. Des cris de joie fusent : tous se succèdent pour goûter la gnôle artisanale, la traditionnelle *Pfümli*. Nick est invité à boire, lui aussi. Les quelques gouttes d'alcool de prune lui mettent des larmes aux yeux, lui brûlent la gorge. Il s'efforce de ne pas tousser. Il est fier d'avoir été accepté dans la fraternité des randonneurs. Il se jure de ne pas avouer sa fatigue, ni son anxiété grandissante.

La marche reprend, toujours à travers bois. Une heure passe, la piste débouche sur un plateau pierreux, moins escarpé mais plus pénible car les cailloux roulent sous chaque pas. Peu à peu, toute végétation disparaît. Ils sont maintenant sur les contreforts du massif, ils s'enfoncent dans l'ombre incurvée qui s'étend entre deux pics.

Muni d'un sac à dos en cuir et d'un bâton noueux, Erhard est toujours en tête, mais le groupe s'est étiré : Alexander Neumann est à cent mètres de lui, suivi à une vingtaine de pas par Nick. Un par un, les randonneurs dépassent le garçon en lui décochant une tape sur la tête et quelques mots d'encouragement. Bientôt, il est le dernier.

En tête, ses compagnons se sont engagés sur une étendue de neige éternelle aussi éclatante que du sucre glace sur un gâteau au chocolat. La pente est de plus en plus rude. Nick a du mal à ne pas retomber en arrière après chaque foulée. Il respire péniblement, il se sent étourdi. Au loin, il ne discerne plus son grand-oncle parmi les autres que grâce à son stick de montagnard. Il aperçoit aussi son père, sa chevelure noire au-dessus d'un pull aussi rouge que le drapeau helvétique.

182

Les minutes s'écoulent, les heures. L'ascension continue. Nick marche la tête basse. Il se force à compter jusqu'à mille, mais la fin n'est pas en vue. La neige s'étale sur des kilomètres. Très haut au-dessus de son épaule gauche, les rochers acérés qui conduisent au sommet se découpent dans le ciel. Il constate avec angoisse que le groupe le distance de plus en plus. Son oncle est désormais invisible, son père, un simple point coloré. Il est seul dans l'immensité blanche. Chaque pas l'éloigne des autres mais aussi le rapproche du pic menaçant, du pic qui veut sa mort. Finalement, il ne peut plus avancer, l'épuisement et la peur l'obligent à s'arrêter.

« Papa ! crie-t-il. Papa ! » Mais la montagne engloutit sa voix juvénile. « Au secours ! Revenez ! » Personne ne l'entend. Les marcheurs s'évanouissent l'un après l'autre derrière la paroi de pierre. Son père aussi.

Au début, Nick n'en croit pas ses yeux. Il a retrouvé son souffle, son cœur a repris un rythme plus normal. Tout est calme, le bruit monotone de la neige foulée par les hommes a cessé. Rien ne bouge. Pour un enfant élevé en ville, rien de plus terrifiant que ce silence écrasant, que le souffle glacé de la nature inviolée sur son visage ; la majesté du site que ses sens engourdis arrivent à percevoir ne fait que souligner la brutale révélation qui l'assaille soudain : il est seul, abandonné.

Nick tombe à genoux. Il ne sait pas s'il est capable de continuer. Où sont tous les autres ? Pourquoi son père l'a-t-il laissé ? Quoi, ils ne s'inquiètent pas pour lui ? Et s'il meurt ?

« Papa ! » glapit-il encore. Sa gorge se resserre, ses yeux se noient de larmes qui lui brouillent la vue. Un sanglot désespéré le secoue, puis ce sont des pleurs incontrôlables, un flot impétueux où se mêlent toutes les injustices, toutes les punitions abusives, toutes les incompréhensions qu'il a dû subir depuis sa naissance. Personne ne l'aime, c'est ce qu'il répète en bredouillant, à moitié suffoqué. Son père a décidé de le faire mourir ici. Sa mère l'a sans doute encouragé dans ce projet.

Nick appelle encore. Personne ne vient. La montagne reste déserte. Ses larmes se tarissent, ses sanglots refluent. Il est seul face aux sommets écrasants, à la bise coupante, aux roches énormes qui l'observent et attendent de l'écraser. Il essuie ses joues, se mouche dans une poignée de neige.

Non. La montagne ne le tuera pas. Il se le jure. Il se souvient de la chaude morsure de l'alcool, de la manière dont ils lui ont tendu la bouteille, comme à un grand. Il se rappelle les encouragements de tous ceux qui le dépassaient, tout à l'heure. Surtout, il revoit le mur silencieux du dos paternel, loin devant lui, le pull rouge qui ne s'est jamais retourné, ne s'est jamais inquiété de sa progression.

« Il faut que je reparte, décide-t-il. Je ne peux pas m'arrêter ici. » Et, telle une illumination divine, l'idée l'envahit qu'il doit parvenir au sommet, qu'il n'a pas le choix, cette fois. Et les mots se forment d'eux-mêmes : « J'arriverai en haut. Oui, je vais y arriver. »

Tête baissée, les yeux fixés sur les traces de pas, il se met en route. Il avance vite sur la piste ouverte par les autres. Il court presque maintenant, au rythme de son pouls il se répète qu'il doit réussir, ne plus faire halte. Il monte, monte, sans se demander depuis combien de temps, seulement concentré sur les traces. Il sait que son oncle a emprunté ce chemin, et son père, et tous ceux qui attendent de lui qu'il parvienne au sommet, lui aussi.

Un coup de sifflet vient percer la coque de silence dans laquelle il avance. Un cri, des rires. Nick lève les yeux. Tout le groupe est assis sur un promontoire, quelques mètres au-dessus de lui. Ils se mettent debout, applaudissent. Encore le sifflet : c'est son père qui descend à sa rencontre.

Il l'a fait. Il a gagné.

L'instant d'après, il est dans les bras de son père, qui le serre contre lui. Au début, il éprouve une certaine colère. Il est arrivé sans aide, tout seul. C'est sa victoire. Comment son père ose-t-il le traiter comme un gamin ? Mais après un mouvement d'hésitation il s'abandonne à l'étreinte. Ils restent enlacés, longtemps. Alexander Neumann lui murmure quelques phrases à l'oreille, à propos des premiers pas, de ce qui vous apprend à devenir un homme. Nick a chaud, comme s'il avait la fièvre. Sans même comprendre pourquoi, il fond en larmes. Là, dans le havre des bras paternels, il s'abandonne aux pleurs et se presse contre la poitrine rassurante, de toutes ses forces.

Oui, ce jour était à jamais inscrit en lui. Il regarda à nouveau la façade et se sentit submergé par un sentiment de fierté. Il était venu en Suisse pour apprendre à connaître Alexander Neumann. Il était là pour chercher la vérité sur cet homme disparu à l'âge de quarante ans.

« Deviens un des leurs ! » l'avait encouragé l'ombre de son père. Il y était parvenu. Désormais, il ne lui restait plus qu'à prier pour que son intervention en faveur du Pacha, de ce mystère qu'on appelait le Pacha, n'ait pas compromis sa quête.

20

Le pied à fond sur l'accélérateur de sa Bentley Mulsanne Turbo, Ali Mevlevi surgit en trombe sur l'échangeur. Une camionnette Volkswagen occupant le milieu de la chaussée fit une brusque embardée à gauche pour l'éviter, manquant de capoter contre le terre-plein de séparation au milieu d'un nuage de poussière. Loin de réduire sa vitesse, Mevlevi actionna son klaxon en hurlant à l'adresse du conducteur : « Dégage, mais dégage de là ! »

Le véhicule décrépit se redressa de justesse et se rangea prudemment. Sur sa plate-forme s'entassaient des manœuvres, qui sautèrent à terre dès que le chauffeur put s'arrêter sur le bas-côté défoncé et se mirent à adresser des gestes obscènes à la berline qui s'éloignait.

« Pauvres bougres », se dit Mevlevi en jetant un coup d'œil par son rétroviseur aux silhouettes indignées qui gesticulaient dans le soleil déclinant. Il en avait oublié son accès de fureur. Sous quelle mauvaise étoile étaient-ils nés, ces malheureux ? Où était passée l'indomptable fierté de leur race, accablés comme ils l'étaient par le dénuement et les travaux les plus ingrats ? Pour eux, il était prêt à mettre en jeu toute sa fortune. Pour eux, le plan *Khamsin* devait se conclure victorieusement.

Il reporta son attention sur la route, mais bientôt ses pensées furent à nouveau accaparées par l'incertitude qui rongeait son cœur. Il sentait la présence d'un espion à ses côtés. Il en était certain, même.

Quelques heures plus tôt, il avait découvert que sa banque en Suisse avait omis de transférer ses quarante-sept millions de dollars conformément à ses instructions. Il avait vérifié par télé-

185

phone, bien entendu, et apprit ainsi qu'il l'avait échappé belle. Mais il n'avait obtenu aucune explication quant au dysfonctionnement ayant permis que son numéro de compte soit apparu sur une liste de suspects établie par la DEA américaine. Et le pire n'était pas encore là : le pire, c'était que les enquêteurs non seulement savaient à quel moment les virements devaient avoir lieu, mais qu'ils connaissaient leur montant exact...

– Un espion, grinça Mevlevi entre ses dents. Un serpent qui m'attaque dans le dos...

Jusqu'alors, il avait reconnu de bonne grâce aux Suisses une efficacité sans faille. Nulle part ailleurs les instructions d'un client n'auraient été traitées avec la même scrupuleuse attention. Les Français étaient pleins de morgue, les Chinois brouillons, et les gens des îles Caïmans... Comment se fier à de telles sangsues de la finance ? Les Suisses, eux, étaient polis, obéissants, précis. Ils suivaient les ordres à la lettre. Et, réflexion faite, la mésaventure survenue à ses virements avait pris un tour plutôt piquant : c'était grâce à un acte de désobéissance qu'il avait pu se dérober aux enquêteurs internationaux. Et il en était redevable à un Américain ! À un ancien marine, qui plus est ! À quelqu'un dont les pairs avaient abreuvé de leur sang impur la terre sainte sur laquelle il roulait en ce moment.

Il fut incapable de réprimer le rire qui lui montait dans la gorge. Impayables, ces Yankees qui donnaient des leçons de démocratie à la terre entière, prônant un monde sans dictateurs et sans drogues. Et c'était lui, le visionnaire exalté ?

Réduisant sa vitesse, il continua sur la route nationale numéro 1, vers le sud. Direction Miyé-Miyé, direction Israël. À sa droite, une succession de mamelons d'une pâleur alcaline s'élevaient de la Méditerranée. Un village se détachait parfois de leur nudité, juché sur une hauteur, ses modestes bâtisses en parpaings passées à la chaux afin de repousser un peu l'éclat du soleil levantin. Elles étaient hérissées d'antennes de télévision, ou, de plus en plus souvent, de paraboles satellitaires. À sa gauche, les montagnes du Chouf se dressaient hardiment, leurs reflets bleu-gris et leurs formes acérées évoquant les ailerons d'un banc de requins fendant la mer. Bientôt, quand la végétation tenace de leurs hauteurs éclaterait en bourgeons, leurs flancs allaient hisser des couleurs verdoyantes.

Seize ans auparavant, le général Amos Ben Ami et ses troupes avaient remonté cette même route, en sens inverse. L'opération

Paix en Galilée : l'invasion du Liban, pour parler clair. Venu du sud, l'ennemi avait vomi sur son pays des flots de tanks de fabrication américaine, de véhicules blindés, d'artillerie de campagne, toute la technologie conçue par l'impérialisme occidental. Mal organisées, les milices libanaises avaient à peine résisté, les troupes régulières syriennes guère plus. En vérité, le président Hafez el-Assad avait ordonné à ses officiers supérieurs de se replier vers la relative sécurité qu'offrait la vallée de la Bekaa dès que l'avant-garde israélienne atteindrait Beyrouth. Aussi, lorsque Ben Ami et ses hommes encerclèrent la capitale, les Syriens avaient disparu. L'OLP avait capitulé, négociant une évacuation maritime de ses militants vers l'Égypte ou l'Arabie Saoudite. Onze mois plus tard, Israël avait fini par abandonner Beyrouth, préférant renforcer la « zone de sécurité » à sa frontière septentrionale, une bande large de vingt-cinq kilomètres destinée à protéger l'État hébreu des fanatiques islamistes installés plus au nord.

Oui, les Israéliens avaient gagné quinze ans, méditait Mevlevi, quinze années d'une paix précaire qui ne serait plus qu'un mauvais souvenir, très prochainement... Car dans quelques semaines une autre armée allait s'ébranler en avant, cette fois en direction du sud. Une armée secrète, placée sous son commandement. Une guérilla résolue à lever bien haut l'étendard vert et blanc de l'Islam. Tel le fameux *khamsin*, ce vent furieux qui s'élevait soudain du désert et brûlait tout sur son passage cinquante jours durant, lui, Mevlevi, allait prendre l'ennemi par surprise et se déchaîner sur lui.

Ouvrant d'une main un boîtier plaqué d'argent près de lui, il en retira une mince cigarette noire, une Sobranié turque. C'était son dernier lien avec sa terre natale, l'Anatolie. « Là où se lève le soleil. » « Et là où il se couche, aussi », compléta-t-il amèrement en pensant à ses habitants, chaque jour plus démunis, plus affamés.

Il laissa la fumée âcre envahir ses poumons, sentant l'afflux de nicotine lui donner une énergie renouvelée. Il n'était plus au Liban : il imaginait, devant lui, les monts érodés et les plaines salées de Cappadoce. Puis ce fut l'image de son père, assis au bout de la longue table en bois grossier qui servait tour à tour de plan de travail, de lit conjugal et, en de rares occasions, de support à quelque banquet de fête. Il portait le haut fez rouge qu'il chérissait tant. Son frère aîné, Salem, ne se séparait pas de ce couvre-chef, lui non plus. Ils étaient derviches, tous les deux. Des mystiques.

Mevlevi se souvint de leurs danses tourbillonnantes, de leurs mélopées aiguës, des bords de leur ample tunique se gonflant en cloche, de plus en plus haut à mesure que leur tournoiement extatique s'accélérait. Il revit leur tête rejetée en arrière, leur visage distendu par les stridentes implorations au Prophète. Il entendit à nouveau leur voix enfiévrée appeler leurs coreligionnaires à entrer avec eux dans le ravissement de la foi.

Des années durant, son père l'avait supplié de revenir au pays. « Tu es un homme riche maintenant, lui disait-il, ouvre ton cœur à Allah. Accepte l'amour des tiens. » Mevlevi n'avait répondu que par des ricanements. Non, son cœur n'appartenait pas à Allah. Il avait renié la religion de ses ancêtres. Mais le Très-Haut, par contre, ne l'avait pas oublié. Un jour, son père lui avait écrit pour proclamer qu'il avait reçu un commandement exprès du Prophète : il devait ramener son deuxième fils à l'Islam. Sa lettre contenait quelques vers qui avaient réveillé un écho dans une âme que Mevlevi croyait pourtant définitivement sourde à ces appels :

Viens, viens, qui que tu sois,
Errant, idolâtre, adorateur du feu,
Viens quand bien même tu te serais renié mille fois,
Notre caravane n'est pas celle des désespérés.

Mevlevi avait longuement médité ces vers. Certes, il était riche comme Crésus, maître d'un petit empire. Des comptes numérotés abritaient sa fortune à travers toute l'Europe. Mais que lui avait apporté tant de richesse matérielle ? Rien d'autre que ce désespoir des fourvoyés qu'évoquait la poésie sacrée.

Sa détestation de l'engeance humaine grandissait chaque jour. L'homme ? Une créature immonde, presque toujours en proie à ses désirs les plus vils, seulement occupée à amasser argent, considération et pouvoir. Cupide, licencieux, despotique. En se considérant dans la glace, Mevlevi voyait un roi, certes, mais le souverain d'un royaume putride. Il avait honte.

Seule sa condition de musulman avait pu lui procurer quelque consolation. Il se rappelait encore le moment de son illumination, l'instant où son corps tout entier avait été emporté par l'amour absolu pour Allah et la révélation de l'inanité de ses petites ambitions. À quelle cause consacrer ses immenses ressources ? Au service de quels objectifs mettre son expérience ? Seul Allah détenait la réponse, et la lui avait volontiers donnée : il devrait servir l'Islam, chanter la gloire de Mahomet, œuvrer au bien de son peuple.

Et juste maintenant, alors qu'il était sur le point de prouver à son père et à ses frères qu'il était capable de sanctifier le Créateur mieux que par leurs danses et leurs incantations mystiques, Mevlevi découvrait l'existence d'un espion, d'un ennemi de Dieu qui menaçait de ruiner l'œuvre à laquelle il s'était consacré depuis toutes ces années. D'un ennemi de *Khamsin*.

Son enquête devrait se concentrer sur ceux de ses collaborateurs qui avaient accès aux détails de ses transactions financières. Le suspect ne se trouvait pas à Zurich, de cela il était certain : ni Cerruti, ni Sprecher, ni ce Neumann n'aurait pu connaître la somme exacte du transfert avant qu'il ne soit parvenu à la banque ! Or, cette information avait été divulguée avant l'arrivée de l'argent à l'USB, ce point était incontestable et ses sources à Zurich le confirmaient formellement : Sterling Thorne, le représentant des services américains, guettait l'apparition de quarante-sept millions de dollars, ni plus ni moins.

Le traître était donc tout près de lui. À son QG. Qui était autorisé à fréquenter son bureau, ses appartements ? Qui aurait pu surprendre une conversation téléphonique, ou fouiller dans ses papiers les plus secrets ? Il ne voyait que deux personnes : Joseph et Lina. Mais pour quelles raisons l'un ou l'autre aurait-il cherché à le frapper dans le dos ? Quel intérêt sa maîtresse ou son serviteur le plus proche auraient-ils à provoquer sa chute ?

Mevlevi éclata d'un rire amer. Qu'il était naïf ! Mais l'argent, voyons ! Autant un sursaut d'indignation morale était à exclure, autant l'appât du gain restait un motif évident. Mais alors, le Caïphas qui avait versé à ce Judas ses trente deniers d'argent, qui était-il ?

Il allait l'apprendre, très bientôt. Aujourd'hui même, peut-être.

Se renfonçant dans le siège en cuir de sa Bentley noire rutilante, Mevlevi poursuivit sa route vers le camp de Miyé-Miyé. Il voulait revoir plus en détail avec Abou Abou les circonstances du recrutement de Joseph. Qui sait, la spectaculaire cicatrice de celui-ci n'était peut-être pas le symbole d'incorruptibilité qu'il avait cru ?

A peine arrivé aux abords de ce faubourg construit avec les moyens du bord, le véhicule fut entouré d'une foule qui grossissait à chaque instant. À cent mètres des portes du camp, elle obligea Mevlevi à s'arrêter complètement. Il se glissa par la portière au milieu des habitants qui se pressaient pour toucher et regarder cette voiture d'un luxe irréel, demanda à deux jeunes au visage patibulaire de la lui garder et donna à chacun un billet de cent dollars tout neuf pour sa peine. Sans tarder, ces auxiliaires improvisés entreprirent de disperser l'attroupement avec force claques, coups de pied et bourrades, le tout accompagné de jurons et d'insultes énergiques. Ils avaient déjà oublié qu'eux aussi, quelques secondes plus tôt, faisaient partie de ces pauvres hères anonymes...

Mevlevi marcha rapidement jusqu'à l'habitation du directeur de l'école. Pour cette sortie, il avait revêtu une *dishdasha* noire qui flottait autour de lui, s'était coiffé d'un keffieh rouge à carreaux. Il poussa le rideau élimé qui faisait office de porte d'entrée. À l'intérieur, deux enfants braquaient un regard vide sur une télévision en noir et blanc, dont l'écran diffusait plus de parasites que d'images.

Il s'accroupit à côté de l'un d'eux, un garçon corpulent d'une douzaine d'années.

— Bonjour, mon jeune guerrier. Où est ton père ?

Comme le gamin ne prenait même pas la peine de détourner la tête de l'écran brouillé, il s'adressa à la fillette, blottie dans une couverture tissée à la main.

— Ton frère a perdu sa langue ?

— Non, répondit-elle sans conviction.

Mevlevi attrapa le garçon par une oreille et le souleva du sol, lui arrachant un hurlement éperdu.

— Djafar ! cria-t-il. Je tiens ton fils, ici. Montre-toi, abominable lâche ! Tu crois que je suis venu dans ce bouge pour faire la causette à tes morveux ?

En silence, il demanda pardon au Prophète pour ce qui allait suivre, ajoutant que c'était toutefois pour la bonne cause. D'une autre pièce, une voix timide s'éleva :

— Al-Mevlevi, sois béni ! Mais je t'en supplie, ne lui fais pas de mal ! J'arrive à l'instant.

Par une petite trappe dissimulée derrière une armoire en mauvais bois, Djafar Mouftilli émergea dans la demi-obscurité de la pièce principale. C'était un homme d'une quarantaine d'années, mais déjà voûté. Il était chargé d'un boulier et d'un livre de comptes à la reliure passablement usée.

— Je ne savais pas que ce jour et cette humble maison allaient être honorés d'une si auguste visite...

— Et moi, je ne savais pas que tu passais tes journées terré dans une cave, loin de tes amis !

– Ne te trompe pas sur mon compte, ô toi le très noble ! Mais les questions financières demandent à être traitées avec le plus grand soin. Et, par malheur, mes concitoyens sont toujours disposés à se voler entre eux.

Mevlevi eut un reniflement dégoûté. Sans lâcher sa prise sur l'oreille du gamin, il se demanda de quelles « questions financières » ce parasite pouvait bien s'occuper, à part de décider s'il devait conserver ses économies en coupures de cent dollars ou de vingt-cinq.

– J'ai besoin de voir Abou Abou, tout de suite.

Le notable caressa sa barbe maigrichonne d'un air gêné.

– Je... Je ne l'ai pas vu depuis longtemps.

– Djafar ! Je ne souffrirai aucun délai. Il me faut Abou Abou sur-le-champ !

S'humectant les lèvres, Djafar leva des mains suppliantes.

– Pitié, maître. Je ne dis que la vérité. Je n'ai aucune raison de te mentir.

– Peut-être que non. Ou peut-être qu'Abou aura acheté ton silence.

– Jamais, maître !

Mevlevi donna un coup sec vers le bas, arrachant l'oreille avec une netteté chirurgicale. Le garçon tomba de toute sa masse adipeuse sur le sol. Chose curieuse, seul un mince filet de sang s'échappait des doigts qu'il pressait contre la plaie en hurlant de douleur.

Sans savoir s'il devait d'abord se porter au secours de son fils devenu hystérique ou calmer son terrible visiteur, Djafar s'effondra à genoux.

– Al-Mevlevi ! Je dis la vérité ! Abou Abou est parti. Je... Je ne sais pas où il est passé.

Des plis de son vêtement, Mevlevi sortit un instrument d'aspect effrayant qu'il porta devant les yeux de Djafar, afin de permettre à ce dernier d'en imaginer l'effet. Une lame en croissant de lune, fixée sur un court manche de bois : c'était une serpe de cueilleur de pavots, présent lointain du trafiquant d'opium thaïlandais, le général Mong. Il se pencha sur l'enfant, lui attrapa la tête par une poignée de longs cheveux noirs et la releva de sorte que son père et lui se retrouvent face à face.

– Ton gnome, tu veux qu'il perde quoi, pour commencer ? Son nez ? Sa langue ?

Pétrifié par la rage et la peur, Djafar risqua dans un hoquet :

191

– Je vais te conduire chez lui. Tu dois me croire, maître. Je ne sais rien.

Il s'aplatit, le front collé au sol, sanglotant.

Mevlevi relâcha sa victime.

– Parfait. Allons-y.

Ils sortirent aussitôt. Tous les habitants qu'ils croisaient s'inclinaient avec déférence devant eux avant de se retirer dans l'ombre de leurs masures. Le camp de réfugiés était un véritable labyrinthe d'allées et de passages qui s'entremêlaient sur plus de huit kilomètres carrés. Une fois dans son enceinte, un étranger aurait pu errer pendant des jours avant de retrouver le chemin de la sortie. Si on le laissait repartir, s'entend.

Après un quart d'heure passé à se faufiler dans ce dédale, Djafar et son visiteur s'arrêtèrent devant une cahute particulièrement misérable : quelques mâts en bois supportant un patchwork de tôles usagées, de débris de caisses et de bouts de couvertures en guise de toit. Des fenêtres sans vitres, à peine abritées par des chiffons qui claquaient au vent, s'échappait une odeur fétide, envahissante. Mevlevi fut le premier à se risquer dans le taudis. Des hardes jetées partout, une bouteille de lait renversée, dont le contenu avait séché sur le sol en terre battue, une table jetée dans un coin, les pieds en l'air. Et puis surtout la puanteur, insupportable, incontournable. Qu'il connaissait bien : c'était la pestilence de la mort.

– Où est son abri ? demanda-t-il à Djafar.

Celui-ci hésita un instant avant de montrer du doigt un poêle en fonte rouillé. Comme Mevlevi le poussait en avant d'une bourrade, il se pencha sur la cuisinière et l'enlaça à deux bras, telle une vieille connaissance longtemps perdue de vue.

– Je cherche le mécanisme, expliqua-t-il en tâtonnant sur le côté postérieur jusqu'à trouver un levier, qui en se libérant écarta le poêle de la paroi en parpaings.

Un trou noir béait, dans lequel on discernait une volée de marches. L'infection s'échappait de ce trou obscur. Mevlevi s'y jeta, sa main suivant sur le mur un fil qui la conduisit jusqu'à un interrupteur. Une ampoule s'alluma sur le plafond bas, jetant une lumière glauque sur la cache exiguë.

Abou Abou était mort. Personne n'aurait pu hésiter à énoncer ce constat. Il gisait devant Mevlevi, en deux morceaux : sa tête coupée était disposée avec décorum sur un plateau en cuivre. À côté, son torse dénudé était jeté au sol, maculé d'un sang si abondant qu'il semblait provenir d'au moins dix hommes. Le couteau qui avait servi à la décapitation était abandonné près de son épaule, sa lame crantée prise dans une gangue d'hémoglobine séchée. Mevlevi le ramassa. La poignée en plastique avait été tailladée pour assurer une meilleure prise. Une étoile de David dans un cercle se détachait à la base. Il reconnut aussitôt l'arme : un poignard de commando israélien. Glissant un pied sous l'estomac distendu d'Abou Abou, il retourna le cadavre, qui s'étala bras en croix. Les deux pouces avaient été amputés. Au milieu de chaque paume, taillée dans la chair, une étoile de David.

– Les juifs ! souffla Mouftilli avant de courir dans un coin et de se mettre à vomir.

Mevlevi, par contre, resta impassible. Il en avait vu d'autres.

– Qu'est-ce qu'il pu faire pour provoquer les sionistes ?

– Des représailles, tenta l'autre d'une voix défaillante. Il avait de bons amis au Hamas, il travaillait pour eux.

– Pour le Qassam ? s'étonna Mevlevi, sceptique. Quoi, il recrutait pour eux ?

Il faisait allusion à la branche la plus extrémiste de l'organisation fondamentaliste, parmi laquelle les candidats aux attentats-suicides abondaient.

Mouftilli revint vers lui en chancelant.

– Ça... Ce n'est pas une preuve suffisante ?

– Si, si.

Oui, puisque les sionistes avaient jugé qu'Abou Abou méritait l'intervention de leurs tueurs les plus expérimentés, c'était qu'il avait dû exercer de hautes responsabilités au sein du Hamas, voire du Qassam. La solidarité combattante de Mevlevi envers ses frères ne souffrait aucune discussion. Pas plus que son aptitude à se choisir les meilleurs collaborateurs. Donc, Joseph était digne de confiance.

Il contempla la tête du supplicié. Ses yeux étaient grands ouverts, sa bouche déformée dans un rictus de souffrance. Un fidèle serviteur de l'Islam méritait une autre fin. En silence, il lui promit : « Repose en paix. Ta mort sera vengée dix mille fois. »

21

Nick venait de refermer la porte de son appartement lorsqu'il perçut une odeur, ténue, certes, mais qu'il n'avait pas remarquée quand il avait quitté les lieux au matin. Elle lui rappela le détergent au citron qu'il utilisait pour nettoyer les tables du mess, à l'époque où il était dans les marines. C'était presque cela, mais pas tout à fait non plus. Une senteur plus discrète, et cependant détectable. Il referma et verrouilla la porte derrière lui, se plaça au centre de son modeste palais et inhala profondément. Non, il n'arrivait pas à la reconnaître. Tout ce qu'il pouvait dire, c'était qu'elle n'appartenait pas à ce pays. Une odeur... exotique, oui.

Il se força à examiner les lieux sans précipitation, de fond en comble. Sa garde-robe était en ordre, ses livres n'avaient pas été déplacés. Les documents sur sa table, un peu trop bien rangés, peut-être ? Mais son instinct valait mille preuves : il savait, il était certain qu'on avait visité son studio pendant la journée.

Il renifla l'air encore, à plusieurs reprises, son sens olfactif aux aguets. Une eau de toilette masculine, voilà. Un parfum lourd et sucré, de grande marque. Qu'il n'aurait et n'avait jamais porté, lui.

Il alla à sa commode, ouvrit le tiroir du bas. En sentant la bosse rassurante de son arme sous le sweat-shirt qui la dissimulait, il se détendit un peu. Pour amener jusqu'ici son Colt Commander de service, il n'avait eu qu'à le démonter et à en répartir les pièces dans ses bagages, trompant ainsi la surveillance de la police de l'air. Les balles, il les avait achetées sur place, à Zurich. Il retira le holster de sa cachette, le jeta sur son lit et s'assit à côté. Il vérifia que le revolver était toujours chargé : la chemise de cuivre de la cartouche calibre 45 lui apparut dans le magasin, qu'il désenclencha pour vérifier le cran de sûreté. Il était abaissé. Il bondit sur ses pieds : par une habitude acquise depuis longtemps, il conservait toujours son arme chargée mais verrouillée. Il tâta le pignon pour voir si le cran n'avait pas pu se relâcher accidentellement. Tout était normal. S'il était déverrouillé, c'est qu'on l'avait délibérément poussé vers le bas.

Il remit tout en place et revint à sa porte, essayant d'imaginer les mouvements de la personne qui avait été là. Il crut voir une ombre fantomatique se déplacer d'un point à l'autre, cherchant... Quoi ? Envoyée par qui ? Thorne et ses services ? Ou quelqu'un de la banque, Maeder, Schweitzer, un de leurs sous-fifres chargé d'espionner le nouveau venu ? Il alla se rasseoir sur le lit. L'image du chapeau tyrolien et de l'inconnu qui l'avait suivi dans la rue s'imposa à lui. Etait-ce lui, l'intrus ?

Comme il ne pouvait répondre avec certitude, il se sentit encore plus mal à l'aise. En danger. Il éprouva le besoin irrationnel de s'assurer que les rares objets auxquels il tenait vraiment n'avaient pas disparu. Non, il savait qu'il retrouverait tout à sa place, mais il devait pourtant les voir, les toucher, car ils appartenaient à son moi le plus intime, ils en étaient une projection extérieure.

Il s'élança dans la salle de bains, attrapa son nécessaire à raser et inspecta l'intérieur de la trousse. Il y avait dans un des coins une petite boîte bleue, avec l'inscription « Tiffany & Co » sur son couvercle, qu'il ouvrit pour en retirer une poche en peau de chamois du même bleu, qui reposait sur un lit de coton. Il retourna la poche, faisant tomber dans le creux de sa main un couteau de l'armée suisse plaqué argent. Sur le manche étaient gravés trois mots : « Amour toujours, Anna. » Son cadeau d'adieu, qu'il avait reçu à Noël. Sous le coton, soigneusement pliée en carré, la lettre qui l'avait accompagné et qu'il relut une nouvelle fois :

« Nicholas chéri,
« En cette période de fêtes, je pense plus que jamais à tout ce que nous avons connu ensemble, et à tout ce que nous aurions pu vivre tous les deux. Je n'arrive pas à croire que tu sois sorti de ma vie. Tout ce que je peux espérer, c'est que tu ne te sentes pas aussi abandonné que moi. Je me souviens de la première fois, quand je t'ai vu traverser comme une fusée le campus, à Harvard. Tu avais l'air tellement drôle, avec cette touffe de cheveux sur le haut du crâne, tellement pressé... Quand tu m'as adressé la parole pour la première fois, avant le cours du Dr Galbraith, j'étais même un peu

195

effrayée. Tu le savais ? Tes beaux yeux étaient si graves, et tu serrais tellement fort tes livres sous le bras que j'ai cru que tu allais les écraser... Oui, je crois que tu n'en menais pas large, toi non plus !

« Nick, il faut que tu saches que je n'arrête pas de me demander ce qui serait arrivé si je t'avais suivi en Suisse. Toi, tu es persuadé que je n'ai pensé qu'à ma carrière lorsque j'ai refusé de venir, mais il y avait tant d'autres choses... Les amis, la famille, les espoirs de toute une vie. Mais surtout, surtout, il y avait toi. En fait, notre histoire s'est terminée le jour où tu es revenu de l'enterrement de ta mère. Tu n'étais plus le même. J'ai passé un an à essayer de te faire sortir de ta carapace, de t'amener à me parler en toute confiance. Oui, je voulais t'apprendre à ne pas te méfier de moi, te convaincre que toutes les femmes n'étaient pas comme ta mère (pardon de revenir là-dessus si c'est encore trop dur pour toi). Je me souviens de toi avec papa le jour de mon anniversaire, en juin. Deux grands fous en train de boire de la bière ensemble et de plaisanter comme des copains de toujours. On t'aimait, Nick. Nous tous. Mais quand tu es revenu, après Thanksgiving, tu avais changé. Tu ne souriais plus. Tu te réfugiais dans ton petit monde. Tu étais redevenu un soldat borné lancé dans une mission idiote, qui ne pouvait et ne pourra rien changer, à côté de ce qu'on aurait pu faire, tous les deux... Tant que tu ne renonçais pas à vivre dans le passé, nous n'avions pas d'avenir. Je suis désolée de ce qui est arrivé à ton père, mais cela remonte à si loin, tu n'avais pas à t'arrêter là-dessus. Ni à me faire revivre tout ça, sans cesse. Et voilà, j'y repense et j'y repense. C'est ce que tu provoques en moi, oui...

« Enfin, j'ai vu ça chez Tiffany, et j'ai pensé à toi.

« Je t'aimerai toujours,

« *Anna.* »

Nick replia le feuillet, le garda entre ses doigts. Il crut entendre la jeune femme murmurer dans son oreille tandis qu'ils faisaient l'amour dans sa chambre d'étudiant à Boston. « À nous Manhattan, Nick ! » Le souvenir était si précis qu'il pouvait presque sentir la peau douce de ses jambes autour de ses reins, ses dents qui lui mordillaient la joue, son corps tout entier se mouvant sous le sien. « Oui, baise-moi, marine ! On va gagner, tous les deux ! »

Puis ce fut une autre image. Il la tenait par les deux bras, sur le trottoir en bas de chez lui. C'était la dernière fois qu'ils se voyaient. Il faisait des efforts désespérés pour qu'elle le comprenne enfin, il enrageait de ne pas trouver de mots assez forts pour exprimer ses sentiments. « Mais tu ne comprends pas que j'avais autant de rêves que toi, peut-être plus, même ? Je n'ai pas le choix. Tu ne vois pas ça ? Il faut d'abord que je me délivre de ça. » De temps en temps, elle posait un regard muet sur lui. Elle l'écoutait, oui, mais ne comprenait pas.

La scène s'estompait déjà dans sa mémoire. Il se demandait maintenant s'il avait réellement prononcé ces mots ou s'il en avait seulement eu l'intention.

Il replaça le couteau dans son écrin et quitta la salle de bains, décidé à poursuivre ce retour doux-amer dans le monde des souvenirs. La petite bibliothèque était l'étape suivante. Il n'avait emporté que ses livres préférés, chéris depuis l'enfance, lus et relus. Il sortit de la rangée son *Iliade*, en version allemande, et sourit à ce que lui évoquait immanquablement ce volume : « Qui est assez dingue pour lire des trucs pareils ? » C'est cette réaction première qui l'avait jadis poussé à s'y attaquer, comme à des douzaines d'autres œuvres du même genre.

Il le retourna, le secoua. Un tirage photo en tomba. Il le ramassa et contempla son passé. Escadron 3, Section Écho, Centre de formation aux opérations de commando en Floride. Il était le dernier à gauche, le visage enduit de camouflage, pesant dix kilos de moins, alors. À ses côtés, lui arrivant à l'épaule, ses traits si peinturlurés qu'on ne voyait plus que le blanc éclatant de ses yeux, Gunny Ortiga, puis Sims, Medjuck, Illsey, Leonard, Edwards, Yerkovic... Tous envoyés aux Philippines avec lui. Il se demanda sur quelles mers ils pouvaient être en train de naviguer, maintenant.

Il remit le livre en place et en prit un autre, plus haut et plus mince que les autres, relié en cuir. L'agenda 1978 de son père. Après l'avoir déposé sur son bureau, il retourna à la salle de bains, où il se munit d'une lame de rasoir neuve. Une fois installé à sa table, il entreprit d'ouvrir délicatement le contrefort intérieur de la couverture, en haut à gauche. De la doublure en papier, il retira un feuillet tout froissé.

La lame dans une main, le rapport de police concernant la mort de son père dans l'autre, il soupira de soulagement. Son admirateur secret n'avait pas trouvé cela non plus, grâce au ciel... Expédiant la lame dans la corbeille à papier, il contempla le document officiel, écorné à un coin, marqué d'un rond brunâtre tout en bas, là où l'un des inspecteurs avait dû poser sa tasse de café. Pour la mille et unième fois, il relut les informations administratives tapées à la machine dans les cases prévues à cet effet.

197

« Date : 31 janvier 1980. Officier en charge : lieutenant W.J. Lee. Délit : code 187, homicide. Heure du décès : 21 heures env. Cause du décès : blessures multiples par balle. » Dans la case « Suspects », l'abréviation NSA, *no suspect apprehended*. Ils n'avaient trouvé personne. Plus bas, dans l'espace réservé aux commentaires, le lieutenant Lee avait tapé sa relation des faits. À vingt et une heures cinq, les sergents M. Holloway et B. Schiff étaient arrivés 10602 Stone Canyon Drive, où des coups de feu avaient été signalés. Ils avaient trouvé la victime, Alexander Neumann, quarante ans, gisant inanimé à l'entrée du bâtiment. Il avait été touché à l'abdomen par trois tirs d'arme de gros calibre, à courte distance (traces de poudre visibles sur ses vêtements). La victime n'était plus en vie à leur arrivée. La porte d'entrée était ouverte, la serrure intacte, les lieux déserts. Pas de signes d'altercation, de résistance. L'enquête au domicile était encore en cours. La brigade criminelle du QG de Los Angeles Ouest avait été alertée à vingt et une heures quinze, l'inspecteur envoyé sur place et prenant l'affaire en charge était le signataire du rapport.

La feuille était barrée d'un tampon rouge, « Classé », avec la date manuscrite du 31 juillet 1980. Après l'avoir découvert parmi les effets personnels de sa mère, Nick avait appelé les services de police de L.A. pour réclamer une copie du rapport final d'enquête et du rapport d'autopsie, mais on lui avait appris qu'ils figuraient parmi les archives détruites au cours d'un incendie au Parker Center, dix ans plus tôt. Il avait même cherché à joindre le lieutenant Lee en personne : ce dernier avait entre-temps pris sa retraite et n'avait pas laissé de moyens de le contacter, du moins pas pour les parents éplorés de victimes de meurtres restés inexpliqués...

Il garda longtemps les yeux fixés sur le nom de son père et la mention laconique à côté : « Homicide. » Il le revit sur la photographie de 1967, lors de sa fête d'adieu à la Suisse, à vingt-sept ans, si heureux de cette nouvelle page qui s'ouvrait dans sa vie. L'Amérique. Il entendait presque son rire joyeux, il ressentait presque l'allégresse paternelle dans son cœur. Et leurs rendez-vous du soir, quand il lui présentait ses devoirs et ses mains. Et ce fameux jour dans la montagne, à Arosa, ce jour où il avait été plus proche de lui que jamais.

Un flash éclata dans sa tête. À nouveau il fut debout sous la pluie, regardant le cadavre étendu par terre, dans sa mare de sang.

Soudain, un sanglot monta dans sa gorge, de très loin. Il abattit son poing sur la table, se forçant à ne plus respirer. Quand l'effort devint intolérable, il prit une courte respiration, se laissa aller sur sa chaise et murmura d'une voix qui n'était pas tout à fait la sienne, la voix de son âme : « Pardon, papa... »

Une larme roula sur sa joue. Pour la première fois en dix-sept ans, pour la première fois depuis la disparition de son père, il pleura.

22

Il était onze heures passées et Nick se tenait à nouveau devant une porte inconnue, attendant que le verrou automatique se déclenche pour le laisser entrer. Cette fois, il avait prévenu par téléphone, il était attendu, si l'on pouvait appeler ainsi l'acquiescement réticent qu'avait reçu sa requête inopinée, un vendredi soir très tard... Il serra le col de son pardessus autour de sa gorge, transi. « Allez, Sylvia, ouvre. Tu sais que c'est moi. Oui, moi, le paumé qui t'a appelée il y a une heure pour te dire qu'il allait devenir fou s'il restait dans cet appartement sinistre, s'il ne voyait pas tout de suite un visage ami. »

Le portail électrique s'ouvrit. Il trébucha sur les marches qui conduisaient à son domicile. Sa porte était entrouverte, il discernait ses yeux dans le clair-obscur, ses yeux qui cherchaient à deviner s'il était ivre mort ou dans l'exaltation artificielle de la drogue. Mais ce n'était que le Nicholas Neumann de tous les jours, le jeune stagiaire plein de zèle qui se sentait simplement plus fatigué, plus perdu et plus abandonné qu'il ne l'aurait jamais cru possible.

Le couloir s'illumina, la porte s'ouvrit en grand. D'un mouvement de tête, Sylvia Schon lui fit signe d'approcher. Elle portait un peignoir en flanelle rouge et de grosses chaussettes de laine blanches qui retombaient bas sur ses chevilles, comme si elles ne s'étaient pas résolues à dissimuler au monde d'aussi beaux attraits. Ses cheveux flottaient sur ses épaules. Elle avait les lunettes à lourde monture qu'il ne l'avait plus vue porter depuis leur toute première rencontre. À son expression, il était clair que la situation ne l'amusait nullement.

– J'espère que ce qui vous amène est très important, monsieur

Neumann. Lorsque je vous ai dit que je serais heureuse de vous rendre n'importe quel service, je ne pensais certainement pas à...

— Nick, la coupa-t-il doucement. Appelez-moi Nick. Vous m'aviez dit que je pourrais vous appeler dès que j'aurais besoin de quoi que ce soit. Je suis conscient que ce n'est pas vraiment une heure pour débarquer chez vous, et d'ailleurs je me demande moi-même ce que je fais là, mais si on pouvait s'asseoir un moment, boire un café ou ce que vous voudrez, je suis certain que je pourrais m'expliquer. Et...

Il s'interrompit, stupéfait par sa soudaine éloquence. Il aurait été incapable de répéter ce qu'il venait de dire, les mots étaient sortis en un flot qu'il ne maîtrisait aucunement. Il hésita, cherchant d'autres explications, mais la main de la jeune femme, posée fermement sur son bras, le fit s'arrêter net.

— D'accord, Nick. Entrez. Et puis, dites, puisqu'il est presque minuit et que vous me trouvez dans le plus seyant de mes pyjamas, vous feriez aussi bien de m'appeler Sylvia !

Il la suivit dans une petite entrée qui donnait sur un salon confortable, avec un canapé d'angle en cuir, des rayonnages de livres ponctués de photographies encadrées.

— Asseyez-vous, mettez-vous à l'aise.

Elle revint bientôt avec deux grandes tasses de café. Nick en but une gorgée, se détendant peu à peu devant le feu de cheminée. La chaîne stéréo diffusait de la musique en sourdine. Il tendit l'oreille vers les haut-parleurs.

— De qui est-ce ?

— Tchaïkovski. Le Concerto pour violon en ré mineur. Vous connaissez ?

Il écouta encore un moment.

— Non, mais j'aime beaucoup. Il y a beaucoup de passion, là-dedans.

Sylvia prit place à l'autre bout du canapé, ses jambes ramenées sous elle. Elle l'observait en silence, le laissant reprendre ses esprits, lui indiquant par son attitude qu'elle était prête à l'entendre. Finalement, elle prit les devants :

— Vous avez l'air dans tous vos états. Que se passe-t-il ?

Les yeux plongés dans sa tasse, Nick eut une mimique d'étonnement.

— Ah, on ne s'ennuie pas, dans une banque ! La plupart des gens croient le contraire, mais c'est faux. En tout cas, c'est bien plus animé que ce que j'avais imaginé, moi !

Après cette introduction, il lui rapporta en détail les péripéties de son intervention en faveur du titulaire du compte 549 617 RR, qu'il justifia par le désir d'éviter des ennuis à l'USB et d'empêcher les enquêteurs américains de violer la confidentialité du compte numéroté. Il ne fit pas mention de ses propres motivations, ni de l'incident de la filature dans la rue, ni de sa rencontre inattendue mais certainement pas fortuite avec Sterling Thorne. Et il conclut par la menace que Maeder avait fait peser sur lui : le « verdict » devait tomber lundi.

— Il n'avait pas l'air très content, reconnut-il. J'ai peut-être aidé la banque, à court terme, mais j'ai aussi piétiné allégrement toutes les procédures. Lundi matin, je m'attends à trouver une note sur mon bureau, oh, quelque chose de très poli, certes, mais qui me demandera de rejoindre un placard quelconque, où je serai chargé de compter les boîtes d'agrafes...

— Alors, ça c'est passé ainsi ! J'aurais dû m'en douter...

Avant que Nick n'ait eu le temps de rétorquer qu'elle ne pouvait quand même pas être au courant de tout, elle poursuivit :

— Ah, une mutation, c'est ce que vous allez avoir, oui. Je suis certaine de ça, au moins !

Son estomac se crispa douloureusement. Voilà pour les paroles rassurantes de Sprecher ! *Statu quo*, mon œil !

— Bon sang....

— Vous êtes muté au bureau de Wolfgang Kaiser. Vous devenez son adjoint. (Nick se préparait à répondre au sarcasme par le sarcasme, mais le ton tout à fait sérieux de la jeune femme l'arrêta.) Théoriquement, je ne devais rien vous dire avant lundi. Maintenant, je comprends... Le président voulait vous faire mariner dans votre jus pendant le week-end. S'il voyait dans quel état ça vous a mis, il en jubilerait, je parie. Dès votre arrivée lundi, vous serez convoqué au Nid de l'Empereur. Ott m'a demandé votre dossier, aujourd'hui. Apparemment, vous avez impressionné ces messieurs au point qu'ils vous veulent à tout prix avec eux là-haut, au quatrième ! En protégeant ce fameux Pacha, vous avez gagné le cœur de Kaiser, c'est évident.

Nick ne savait plus où il en était. Il s'était préparé depuis des heures à une sévère réprimande, voire à un renvoi fracassant, à tout sauf ça...

— Impossible, murmura-t-il. Pourquoi ils voudraient de moi ?

— Ils ont leurs raisons. Konig et son OPA, entre autres. Kaiser a besoin d'un collaborateur fiable pour livrer bataille à ses actionnaires américains récalcitrants. Vous, vous tombez à point nommé. À leurs yeux, vous venez de passer une sorte de test : j'imagine qu'ils vous jugent digne de confiance, maintenant. Seulement, attention, là-haut : ces couloirs sont hantés d'ego gros comme ça ! Calquez votre comportement sur celui du président. Faites exactement ce qu'il vous dira.

– J'ai déjà entendu ce genre de conseils, nota-t-il d'un air sceptique.

– En tout cas, pas un mot là-dessus, trancha Sylvia. Vous devrez paraître surpris, lundi.

– Je suis plus que surpris ! Je suis abasourdi.

– Je pensais que ça vous ferait davantage plaisir, releva la jeune femme sans cacher sa déception. N'est-ce pas ce dont rêverait tout diplômé de Harvard ? Une place à la droite du Seigneur !

Nick tenta un sourire, mais il était en proie à trop d'émotions contradictoires : le soulagement d'avoir échappé à une sanction, l'espoir que la découverte du mémorandum signé par son père avait fait renaître en lui, l'anxiété de ne pas être à la hauteur des attentes de Kaiser. Il réussit toutefois à affirmer qu'il était enthousiasmé, au contraire.

Sylvia, elle, paraissait épuisée par la révélation qu'elle venait de lui faire.

– C'est tout, donc ? Eh bien, je suis contente d'avoir pu vous sortir de votre sombre humeur. Vous n'aviez pas l'air en grande forme, en arrivant...

Elle se leva, fit quelques pas lents en direction du couloir. Il était temps de prendre congé. Nick bondit sur ses pieds, la suivit jusqu'à la porte d'entrée qu'elle ouvrit et sur laquelle elle resta appuyée :

– Bonne nuit, monsieur Neumann. Je ne voudrais pas vous répéter ce que je vous ai dit hier, au dîner.

– Que je pouvais appeler dès que j'aurais besoin de quoi que ce soit ?

Elle leva les sourcils en une mimique qui signifiait : « Dans le mille ! »

Nick lui lança un long, long regard. Il contempla ses joues pâles, légèrement colorées aux pommettes, ses lèvres roses et pleines. Il eut terriblement envie de les embrasser. Toute son angoisse s'était dissipée, remplacée par le même élan impétueux qu'il avait ressenti la veille au soir, la même tension qui lui nouait le ventre et l'amenait à sourire bêtement.

– Déjeunons ensemble demain, d'accord?

Debout si près d'elle, il se sentait euphorique, comme si le monde lui appartenait.

– Je crois que ce serait aller un petit peu trop vite, non?

– Non. Vraiment, moi je ne crois pas du tout. Laissez-moi vous remercier de m'avoir reçu et écouté. Disons une heure, au Zeughauskeller.

– Monsieur Neumann, je...

Nick s'était penché. Il posa ses lèvres sur celles de la jeune femme, juste assez longtemps pour la sentir contre lui et vérifier qu'elle ne reculait pas du tout.

– Merci, merci encore. (Il sortit sur le seuil.) Je vous attends demain à une heure. Venez. S'il vous plaît.

23

Le Zughauskeller résonnait de la cacophonie produite par deux cents convives attablés devant un solide repas. Jadis dépôt de l'arsenal militaire du canton de Zurich, la grande salle gardait encore une allure martiale avec son entrelacs de poutres en chêne verni reposant sur huit énormes piliers de mortier et de ciment, ses murs en pierre décorés de piques, de lances et d'arbalètes. En ce samedi d'hiver, à l'heure du déjeuner, le restaurant était comble.

Installé depuis longtemps à une petite table au centre de la salle, Nick défendait son territoire face aux arrivants, la moindre chaise libre étant l'objet de toutes les convoitises. On ne monopolise pas une table lorsqu'on est seul. Pas en Suisse, en tout cas... Il consulta sa montre en battant la semelle d'énervement. Une heure cinq. « Elle va venir. » Il en était certain. Il sentait encore le goût de ses lèvres. Sachant que Dieu n'aimait pas la fatuité, il ajouta cependant une note de supplication muette à son assertion.

De son site stratégique, il pouvait surveiller toutes les allées et venues. La porte de gauche s'ouvrit, laissant passer un couple âgé, chacun époussetant son manteau de la fine pellicule de neige qui le recouvrait. Derrière eux, une silhouette svelte apparut, drapée dans une veste longue en poil de chameau, la tête protégée d'un foulard coloré. Lui tournant le dos, la femme retira son manteau, redonna sa liberté à une belle chevelure blonde réunie en queue-de-cheval. Puis elle pivota et entreprit d'inspecter les tables du regard.

Nick se mit debout pour lui faire signe. Sylvia Schon répondit d'un petit geste de la main.

« Est-ce qu'elle a souri, aussi ? »

— Vous avez meilleure mine, aujourd'hui, annonça-t-elle une fois arrivée devant lui. Vous avez pu vous reposer un peu, alors ?

Elle portait un pantalon noir ajusté et un col roulé assorti. Quelques mèches de cheveux flottaient autour de son visage.

— J'en avais plus besoin que je ne le croyais. (Il avait en effet dormi sept heures d'affilée, ce qui constituait un record, pour lui.) Merci encore de m'avoir ouvert votre porte. Je devais avoir l'air assez démoli...

— Nouveau pays, nouveau travail... J'imagine que ça doit être dur, parfois. Je suis heureuse d'avoir pu vous offrir mon amitié. En plus, je vous le devais bien...

— Comment cela ?

— Je ne vous l'ai pas dit hier, mais Kaiser a été très satisfait d'apprendre que je vous avais traité avec les honneurs de la banque.

Comme il n'était pas sûr de comprendre ce qu'elle entendait par là, Nick demeura prudent :

— Ah... vraiment ?

— Vous voyez, monsieur Neumann... Pardon, Nick. Eh bien, en fait, quand je vous ai dit que j'avais l'habitude d'inviter à dîner les stagiaires, je vous ai menti. (Elle releva les yeux, le regarda en face.) Oh, mensonge est un grand mot. Non, d'ordinaire je peux les convier à prendre un Coca à la cafétéria de la banque, mais chez Emilio, c'est assez exceptionnel... Enfin, le président, lui, a trouvé que j'avais eu une excellente idée. Il a dit que vous, vous étiez à part, et que moi, j'avais l'œil pour repérer les jeunes gens talentueux. Résultat, il a chargé Rudy Ott de m'envoyer aux USA afin de terminer notre recrutement du premier semestre. Je pars dans quinze jours.

Nick réussit à masquer son amusement. Sprecher avait parfaitement discerné les motivations profondes de la jeune femme. Mais il la comprenait très bien, et il la trouvait désarmante de franchise.

— Mes félicitations. Je suis très content pour vous.

Elle eut un grand sourire, cachant à peine sa jubilation.

— Oh, ce n'est pas tant le voyage qui compte, c'est la confiance que cela implique. Vous comprenez, c'est la première fois qu'une femme est chargée du recrutement des cadres à l'étranger, chez nous. Pour moi, c'est comme si le plafond de mon bureau s'était ouvert et que j'avais entrevu le paradis !

« Le paradis, ou du moins l'accès direct au quatrième étage », compléta Nick en silence.

Après le déjeuner, ils se mêlèrent à la foule de promeneurs sur la Bahnhofstrasse. Samedi était jour de shopping, et, qu'il vente ou qu'il neige, les Zurichois ne renonçaient jamais à ce moment dédié à la consommation. Les produits exotiques chez Globus, la mode au PKZ, les pâtisseries chez l'incontournable Sprüngli... Tandis que Sylvia parcourait d'un œil exercé les vitrines de Chanel ou de Rita Lange, Nick méditait sur les perspectives que sa promotion inespérée lui ouvraient. En devenant l'adjoint du président, il aurait évidemment l'autorité nécessaire pour avoir accès aux archives. Du coup, tous les documents rédigés par son père pendant de si longues années n'auraient plus de secret pour lui. Mais...

Et si ce n'était pas le cas ? Soudain, il ne se sentait plus trop sûr. Après tout, puisque le programme Cerbère conservait une trace détaillée de toutes les consultations de dossiers confidentiels, le service des archives pouvait être soumis à un contrôle aussi strict. Et en vérité il préférait encore les yeux inquisiteurs mais artificiels de Cerbère à ceux, humains mais tout aussi implacables, d'un Schweitzer ou d'un Maeder. Sylvia, d'ailleurs, lui avait fait comprendre qu'on ne le lâcherait pas d'une semelle, là-haut. En fait, la marge de manœuvre dont il disposait sous la désinvolte supervision de Peter Sprecher venait de lui être retirée. Ses moindres faits et gestes allaient être guettés par des responsables soupçonneux, dont toute l'existence se résumait à leur carrière à l'USB, par des hommes qui prendraient comme une attaque personnelle toute contestation des pratiques de la banque, et qui réagiraient donc en conséquence.

Ils étaient entrés chez Céline pour regarder ensemble une robe très habillée (et très déshabillée), lorsqu'il décida d'aborder le sujet avec elle.

– Sylvia ? commença-t-il prudemment. Vous savez, depuis que je suis ici j'ai eu envie de me pencher un peu sur ce qu'a été le travail de mon père à la banque. La semaine dernière, en bavardant avec un de mes collègues, j'ai appris qu'en tant que directeur des bureaux de Los Angeles il avait dû envoyer des rapports au siège, pratiquement tous les mois...

– « Rapports d'activité mensuels » – c'est comme ça qu'on les appelle. J'en reçois des copies à chaque fois que l'une de nos représentations à l'étranger demande du personnel à détacher du siège.

– Oui. Eh bien, j'aurais beaucoup aimé voir le genre de dossiers que mon père a été amené à traiter. Pour moi, ce serait comme de le découvrir sous l'aspect d'un confrère. Le connaître d'homme à homme, en quelque sorte.

– Je ne pense pas qu'il y ait de problème. Descendez à la DZ et demandez à Karl de vous trouver ses rapports mensuels. Ce sont des archives classées depuis longtemps. Personne n'y verra rien à redire.

Nick fit non de la tête, lentement.

– J'y ai pensé, bien sûr, mais je ne voudrais pas que Herr Kaiser ou Armin Schweitzer croient que je néglige mon travail pour aller fouiner dans le passé. Qui sait comment ils pourraient interpréter ma démarche ?

– Oh, allez, qu'est-ce que ça pourrait leur faire ? répondit Sylvia d'un ton insouciant. C'est de l'histoire ancienne !

– Ça pourrait, c'est tout. Ça pourrait...

Il garda les yeux fixés sur une passante qui, de l'autre côté de la vitrine, se battait avec le vent pour ouvrir son parapluie. C'était à ce point qu'Anna s'était rebiffée, exactement là. Qu'elle s'était révoltée en le traitant d'égoïste obsessionnel. Elle l'avait dit clairement, alors : « La mort de ton père t'a déjà gâché la vie une fois. Une fois, ça suffit non ? »

Il prit Sylvia par la main et l'entraîna vers un coin plus tranquille du magasin, où il l'invita d'un geste à s'asseoir sur une ottomane de couleur beige.

– On n'a jamais retrouvé le meurtrier de mon père. Il habitait chez un ami, à ce moment-là. Il se cachait, il fuyait quelqu'un, ou quelque chose. La police n'a pas trouvé un seul suspect.

– Et vous... Vous savez qui c'est ?

– Moi ? Non, je n'en sais rien. Mais je veux savoir.

– C'est pour cette raison que vous recherchez ces documents ? Vous pensez que sa mort a un lien avec la banque ?

– Honnêtement, je n'ai pas la moindre idée des causes de sa mort. Mais cela a peut-être un rapport avec son travail, en effet. D'après vous, les rapports mensuels ne pourraient-ils pas donner une indication, au cas où ?

– C'est possible. Quoi qu'il en soit, ils vous permettront de retrouver quelles affaires il était en train de traiter, à l'é... (Elle se leva d'un bond, le visage soudain fermé, la sympathie ayant abruptement fait place à la colère dans son regard.) Vous ne voulez quand même pas insinuer que la banque est impliquée dans l'assassinat de votre père !

À son tour, Nick se remit debout.

— Non, je ne pense pas à la banque en tant que telle. Plutôt à quelqu'un qu'il aurait connu dans le cadre de son travail. Un client, un interlocuteur dans une autre société...

— Je n'aime pas le tour que prend cette conversation, l'interrompit-elle d'un ton sec.

Il la sentait se rétracter, céder aux forces intérieures qui, depuis le début, répugnaient à ses confidences. Mais il n'était pas prêt à reculer pour autant.

— J'espérais que ces rapports pourraient avoir leur utilité, c'est tout. Que d'une manière ou d'une autre ils me permettraient de comprendre ce à quoi mon père était occupé quand il a été tué.

Loin d'arranger les choses, cette dernière explication la rendit furibonde.

— Eh bien, comme manipulateur sans scrupules, vous vous posez un peu là ! C'est une honte ! Si j'étais moins bête, je vous giflerais, ici, devant tout le monde. Parce que ne croyez pas que je n'ai pas deviné votre petit jeu ! M'amener à me compromettre pour obtenir des informations que vous n'avez pas le courage de récolter vous-même !

— Allons, Sylvia, calmez-vous, voulut-il la raisonner en posant une main sur son bras. Vous allez trop loin, là.

Ou bien était-ce lui qui avait dépassé les bornes ? En un éclair, il se rendit compte qu'il avait été plus qu'imprudent de faire confiance à la jeune femme. Il n'avait pas osé partir seul à la recherche de ces documents, il avait souhaité son aide et s'était abusé en croyant à une attirance réciproque. Mais pourquoi aurait-elle cherché à le soutenir ? Pour quelles raisons aurait-elle risqué sa carrière en faveur d'un inconnu, ou presque ? Grands dieux, quel rustaud il faisait...

Elle se dégagea brutalement, ne tolérant pas le contact de sa main.

— Alors, c'était dans ce but, tout votre cinéma d'hier soir ? Vous essayiez de m'attendrir assez pour m'entraîner dans vos magouilles ?

— Bien sûr que non ! J'avais besoin de parler à quelqu'un. De vous parler à vous ! (Il reprit son souffle, priant pour que cette pause dissipe l'absurdité du malentendu.) Oubliez tous ces rapports. J'ai eu tort. Je peux me débrouiller tout seul.

Sylvia lui jeta un regard méprisant.

— Je me fiche de ce que vous pourrez fabriquer avec ces vieux papiers, mais moi, en tout cas, je me garderai bien de tremper dans vos petites combines, croyez-moi ! Non merci ! Enfin, je vois que cela a été une grave erreur de poursuivre nos relations en dehors du travail. Je suis incorrigible, il faut croire...

Elle partit vers la porte d'un pas décidé, s'arrêta et lui lança par-dessus l'épaule :

– Bonne chance pour lundi, monsieur Neumann. Mais n'oubliez pas une chose : au quatrième étage, vous ne serez pas le seul à poursuivre des objectifs personnels. Loin de là...

24

Lundi matin était arrivé, et Nick se retrouvait assis près de Wolfgang Kaiser sur le large canapé de cuir qui occupait tout le mur droit du bureau présidentiel. Deux espressos fumaient sur la table devant eux, auxquels ni l'un ni l'autre n'avaient touché. Au-dessus de la porte, le voyant rouge était allumé, indiquant que le président ne devait être dérangé sous aucun prétexte. Rita Sutter, sa secrétaire, avait reçu pour ordre de filtrer tous les appels, sans exception. « J'ai des choses importantes à aborder avec ce jeune Neumann, avait-il expliqué à celle qui le secondait depuis dix-huit ans. Ni plus ni moins que l'avenir de la banque... »

Kaiser s'était lancé dans un cours sur la disparition du banquier polyvalent, qu'il déplorait profondément.

— De nos jours, ce n'est que spécialisation et encore spécialisation ! s'écria-t-il avec dépit en retroussant les pointes de sa moustache. Tenez, prenez l'exemple de Baker, aux litiges. Essayez de lui demander quel est le taux d'intérêt immobilier en cours et il vous regardera comme si vous l'interrogiez sur la meilleure route pour aller sur la lune. Ou prenez Leuenberger, aux dérivés. Ce type est incroyable, il peut vous parler pendant des heures d'options indexées ou d'accords de swap, mais si je le consulte à propos d'un prêt de deux cents millions à l'Asea Brown Boveri, il va complètement paniquer. Faire dans sa culotte, oui ! Mais notre banque a besoin de cadres qui soient en mesure de développer une vision cohérente de toutes nos activités et de concevoir une stratégie d'ensemble à partir de là. D'hommes qui ne reculent pas devant les décisions les plus difficiles.

211

Kaiser tendit la main vers sa tasse, croisa le regard de Nick, prit une gorgée de café et enchaîna :

— Vous voudriez faire partie d'un tel encadrement, Neumann ?

Aussi rigide que s'il se présentait au rapport devant le commandant en chef des marines en personne, Nick respecta la solennité du moment en observant un petit silence avant de répondre. Il s'était levé à cinq heures pour vérifier le pli de son pantalon, le brillant de ses chaussures, le moindre détail de sa présentation. Et pendant tous ces préparatifs il n'avait pu que se sentir encore sous le choc de la surprise, sidéré par sa soudaine ascension à l'étage directorial. Soutenant le regard du président, il articula posément :

— Tout à fait, monsieur.

— Excellent ! s'exclama Kaiser, à deux doigts de donner une claque amicale sur le genou de son jeune protégé. Si nous avions le temps, je vous ferais descendre chez Karl, à la DZ. C'est là que nous avons tous fait nos armes, nous autres. Moi, votre père... Ah, la *Dokumentation Zentrale* ! Là-bas, vous appreniez les structures de la banque, vous compreniez qui faisait quoi. Rien ne vous échappait, quoi !

Nick hocha la tête d'un air impressionné. C'était justement l'endroit où il rêvait de travailler, la DZ. Cerruti lui avait dit que l'USB n'avait pas jeté un seul bout de papier depuis plus d'un siècle. Les rapports signés par son père devaient l'attendre sur quelque étagère oubliée, gris de poussière...

— Après deux ans à la DZ, vous receviez votre première nomination, poursuivit Kaiser. La banque privée, c'était le nec plus ultra. Votre père a été nommé sous ma direction. Au département de la gestion des patrimoines, si je m'en souviens bien. Alex et moi, nous étions comme deux frères... Ce qui n'était pas toujours simple, avec lui. Il avait son quant-à-soi, oui ! « Du caractère », comme on dit aujourd'hui. À notre époque, ça s'appelait vite de l'insubordination. Oh non, il n'était pas du genre à obéir sans réfléchir ! (Il aspira une longue bouffée d'air.) J'ai comme l'impression que vous êtes de la même trempe.

Nick fit une mimique de circonstance tout en se demandant ce que Kaiser savait vraiment au sujet de la mort de son père. S'il savait quoi que soit...

— C'était un esprit curieux de tout, qui m'a beaucoup appris, poursuivit le président, le regard perdu dans un passé qu'il évoquait avec un visible intérêt. Il m'a aidé à arriver là où j'en suis aujourd'hui. Sa disparition a été une perte terrible pour la banque. Et pour votre famille, bien sûr... Perdre son père dans des circonstances aussi affreuses, quelle épreuve ! Mais vous êtes un battant, vous. Je le vois dans vos yeux. Vous avez le regard de votre père. (Avec un sourire mélancolique, il resta un moment plongé dans ses pensées avant de se lever et d'aller à son bureau.) Bon, assez de souvenirs, pour l'instant. On se retrouverait vite la larme à l'œil, tous... Dieu tout-puissant !

Nick se rapprocha à son tour du bureau. Les talents d'acteur de Kaiser l'avaient fortement impressionné. Car enfin, cet homme n'avait sans doute pleuré qu'une seule fois dans toute son existence, et cela avait été le jour où les bénéfices d'une opération n'avaient pas été à la hauteur de ses espoirs...

Son regard planait sur les piles de dossiers, de rapports internes et de télécopies qui formaient une muraille de papier autour de son buvard. Il finit par s'arrêter sur un porte-documents en cuir noir, qu'il prit dans sa main.

– Ah, voilà ce que je cherchais ! (Il le tendit à Nick.) Vous savez, il n'est pas convenable qu'un simple stagiaire soit le proche collaborateur du président d'une banque suisse de l'importance de la nôtre. Personne ne vous avait encore remercié de l'initiative que vous avez su prendre jeudi dernier. La plupart des gens que je connais se seraient réfugiés derrière le règlement pour ne pas avoir à assumer leurs responsabilités comme vous, vous l'avez fait. Vous avez pris votre décision en pensant à la banque, et non à vous. Cela demandait de la clairvoyance, et du courage. Ce sont des qualités dont nous avons le plus grand besoin, surtout en ce moment.

Nick accepta le présent et l'ouvrit. Une doublure en velours des plus précieux accueillait une unique feuille en vélin ivoire. Calligraphié dans une gothique richement ornée, le document proclamait que Nicholas A. Neumann était à compter de ce jour sous-directeur adjoint de l'Union suisse bancaire et se voyait conférer tous les droits et prérogatives afférents à cette charge.

Kaiser lui tendit la main par-dessus son bureau.

– Je suis extrêmement fier de votre comportement depuis le peu de temps que vous êtes parmi nous. Si mon propre fils avait été là, il n'aurait pas fait mieux.

Nick ne pouvait détacher ses yeux du certificat. Au bout de six semaines, il avait décroché une promotion qui aurait demandé normalement au moins quatre années de bons et loyaux services.

213

« Récompense sous le feu de l'ennemi, pensa-t-il. Konig nous attaque sur un flanc, Thorne sur l'autre. En repoussant l'un, tu t'es retrouvé contrant les deux à la fois ! » Tandis qu'ils échangeaient une poignée de main, il risqua une remarque qui dans son esprit n'était aucunement anodine :

– Je suis sûr que mon père aurait agi de la même manière.

Kaiser leva un sourcil.

– Possible, oui.

Avant que Nick ait eu le temps de lui demander ce qu'il entendait par là, le président lui fit signe de s'asseoir en face de lui :

– Voilà, vous êtes maintenant un cadre supérieur de notre établissement. Le Dr Schon va vous contacter à propos de votre augmentation de salaire. Elle s'occupe bien de vous, je crois...

– Nous avons dîné ensemble, jeudi dernier.

Pour la première fois, Nick se fit la réflexion qu'elle pouvait en effet avoir été froissée par sa sidérante ascension. Avec ses neuf ans d'ancienneté, elle ne se trouvait plus désormais qu'à un simple échelon au-dessus de lui. Pas étonnant qu'elle ait si mal réagi à propos des rapports archivés. Retrouver le degré d'intimité auquel ils étaient parvenus paraissait désormais exclu. Il se reprocha encore de lui avoir parlé de ces vieux dossiers.

– Il faut que nous vous trouvions un peu mieux que la *Personalhaus*, comme quartiers, poursuivit Kaiser. Par ailleurs, théoriquement vous devriez suivre un séminaire de formation à notre centre de Wolfschranz, mais je crois que cela peut attendre, vu la situation.

Cette allusion aux austères bâtiments dans lesquels la banque logeait ses employés ramena soudain Nick à la question qu'il n'avait cessé de se poser depuis deux jours : qui était venu fouiner chez lui dans la journée de vendredi ? Et si le prix à payer pour entrer dans le « Nid de l'Empereur » était ce genre d'immixtion dans sa vie privée ?

Un voyant se mit à clignoter sur le téléphone de Kaiser. Nick l'observa tandis qu'il hésitait à répondre. On aurait dit un alcoolique devant le premier verre de la journée. Le prendre, ne pas le prendre ? Les yeux de Kaiser allaient du jeune homme au combiné, et retour. Finalement, il lâcha dans un soupir :

– Voilà, l'enfer commence... (Il appuya sur la touche, décrocha.) Oui ? Oui, faites-le entrer.

Il n'avait pas raccroché que la porte s'ouvrit à la volée et qu'un petit homme échevelé, de toute apparence hors de lui, apparut.

214

— Klaus Konig vient d'émettre un ordre d'achat pour cent cinquante millions de nos parts ! Avec les cinq pour cent que la Banque Adler détient déjà, ils vont atteindre les vingt pour cent de notre capital. Une fois entré dans le conseil, Konig ne nous laissera plus une minute de répit ! Plus rien de confidentiel ! Le chaos, comme aux États-Unis !

Kaiser entreprit de tempérer son visiteur.

— Monsieur Feller, assura-t-il d'un ton calme, soyez certain que nous ne laisserons jamais la Banque Adler atteindre une position qui lui donne droit à un seul siège au sein de notre conseil d'administration. Nous avons sous-estimé les intentions réelles de M. Konig. Eh bien, c'est terminé. Une bonne partie de nos efforts va maintenant être déployée en direction de nos actionnaires institutionnels qui se trouvent pour beaucoup en Amérique du Nord. M. Neumann, ici présent, va être chargé de les contacter et de les persuader de voter avec la direction en place lors de la prochaine assemblée générale, dans un mois.

Le porteur de ces mauvaises nouvelles fit un pas en arrière et découvrit Nick assis sur sa chaise.

— Oh, excusez-moi, murmura-t-il. Feller, Reto Feller. Enchanté de faire votre connaissance.

Trapu, râblé, il devait être à peine plus âgé que Nick. Derrière ses grosses lunettes de myope, ses yeux ressemblaient à des billes sombres et perdues. Un halo de cheveux roux bouclés entourait sa calvitie.

Nick se leva, se présenta, puis commit l'erreur de déclarer qu'il espérait avoir le plaisir de travailler avec lui.

— Le plaisir ? aboya Feller. Mais nous sommes en guerre ! Il n'y aura aucun plaisir tant que Konig n'aura pas mordu la poussière, lui et sa banque ! (Il se tourna vers Kaiser). Que dois-je dire au Dr Ott, monsieur ? Il est déjà à l'étage du trading, avec Sepp Zwicki. Lançons-nous notre programme de recapitalisation ?

— Pas si vite ! coupa le président. Dès que nous allons commencer à acheter, le prix des actions va monter en flèche. Non, il faut d'abord s'assurer du plus grand nombre de voix. Ensuite, nous mobiliserons le capital de la banque pour combattre Konig.

Feller baissa la tête et détala sans demander son reste.

Kaiser reprit son téléphone pour appeler Sepp Zwicki, le chef du service trading. Il répéta sa consigne de prudence, puis l'interrogea sur les vendeurs potentiels de parts importantes à la Banque Adler. Alors qu'il abordait avec son interlocuteur les conséquences de l'offensive de Konig sur la valeur des fonds communs de placement de l'USB, l'attention de Nick se relâcha. Pivotant sur sa chaise, il entreprit d'examiner en détail le bureau du président, ce qu'il n'avait encore pas eu le temps de faire.

De par sa taille et sa disposition, la pièce évoquait le transept d'une cathédrale médiévale. Le plafond, haut et voûté, était soutenu par quatre arches à la fonction essentiellement décorative. L'accès était protégé par une double enfilade de lourdes portes en chêne à deux battants, qui étaient un indicateur permanent de ce qui se passait dans le Nid de l'Empereur : lorsqu'elles étaient toutes ouvertes, cela signifiait que les membres de la direction pouvaient entrer sans solliciter de rendez-vous ; si les portes intérieures étaient fermées, par contre, seule Rita Sutter était autorisée à déranger le président. C'était elle qui avait expliqué ce rituel à Nick le matin même, ajoutant que dans le cas où tous les battants étaient fermés, « seul quelqu'un prêt à se faire défenestrer » aurait l'idée de braver cette interdiction absolue. À condition d'avoir pu passer le barrage déjà constitué par la secrétaire, avait complété Nick en son for intérieur...

Il était désormais difficile de reconnaître en elle la radieuse beauté qu'il avait découverte sur la photographie de Marco Cerruti. Ses cheveux blonds lui arrivaient maintenant sagement un peu au-dessus des épaules, et si on la devinait encore svelte sous un élégant tailleur gris foncé, ses yeux avaient perdu la joyeuse innocence de jadis, ils jaugeaient le nouveau venu avec une prudente froideur. Elle exhalait un calme olympien, une conscience de son autorité qui aurait pu aisément la faire prendre pour une des principales autorités de la banque, et non la secrétaire du président. En la voyant, Nick s'était dit qu'elle en savait sans doute plus long sur la vie de l'établissement que son chef suprême. Et il s'était promis de l'amener à parler de son père, un jour...

Les visiteurs admis dans le saint des saints devaient traverser la moquette d'un bleu profond sur une dizaine de pas avant d'atteindre la table de travail du président, installée droit face à l'entrée. Là, sur cet imposant autel en acajou, trônaient les indispensables objets du culte rendu aux dieux de la finance internationale : deux écrans d'ordinateur, deux téléphones, un dictaphone et un fichier d'adresses à tambour qui ressemblait à une roue à eau miniature.

Derrière le bureau s'ouvrait une haute fenêtre cintrée, protégée par quatre solides barreaux verticaux qui donnaient la rassurante impression que l'on se trouvait enfermé au sein du plus gros coffre-fort du monde ou, pour une conscience moins tranquille, prisonnier d'une forteresse inviolable au cœur de l'Europe.

Nick suivit des yeux un rayon de soleil qui était parvenu à percer le brouillard matinal et à se glisser en ces lieux solennels. Deux tableaux décoraient le mur en face de lui : un portrait à l'huile de Gerhard Gautschi, qui avait régné sur la banque trente-cinq années durant, et une mosaïque byzantine dont le thème ne pouvait être que les marchands devant le Temple, avec son usurier agenouillé tendant humblement un sac d'or à un Sarrasin à cheval qui brandissait son cimeterre incrusté de pierreries. C'était une composition captivante, et sans nul doute une œuvre importante, même pour l'œil inexpérimenté de Nick.

Dans le coin le plus proche de la table de Kaiser, une armure de samouraï montait la garde en pied, cadeau personnel de la direction de la banque nippone Sho-Ichiban à laquelle l'USB était alliée. À la gauche de Nick, au-dessus du canapé sur lequel ils avaient pris place plus tôt, il y avait un petit tableau impressionniste, un champ de blé sous un ciel estival, immaculé, et, dans l'éclat impitoyable du soleil, la silhouette d'un paysan solitaire ployant sous la charge qu'il apportait au moulin. Un Renoir.

Adossé à sa chaise, Nick essayait de découvrir un fil conducteur dans la décoration de ce bureau. Chaque pièce exposée était d'une beauté et d'une rareté saisissantes : il y avait peu de collections privées qui pouvaient à la fois s'enorgueillir d'un Renoir et d'une armure japonaise du XVIe siècle. Pourtant, Kaiser n'était pas homme à faire étalage de ses richesses, si exceptionnelles fussent-elles. Non, il s'était entouré des souvenirs qui avaient ponctué son ascension au sommet de la banque. C'étaient là les trophées de combats durement gagnés.

Plus il y réfléchissait, plus Nick discernait une cohérence dans ce mélange apparemment éclectique. Un message qui ne demandait qu'à être décrypté. Il laissa encore ses yeux errer sur les murs, recherchant la sensation plus que la perception, attaché à saisir l'esprit des lieux plutôt qu'à les détailler. Et alors, il comprit. C'était là un monument élevé à la puissance éclairée, au pouvoir et au discernement. C'était un sanctuaire voué à la grandeur de l'Union suisse bancaire et à l'homme qui l'avait assurée.

Le bruit du combiné reposé sans ménagement sur son support le fit sursauter. Se laissant aller dans son fauteuil, Kaiser passa une main dans sa chevelure fournie, puis retroussa une nouvelle fois ses moustaches.

– « De l'audace, toujours de l'audace ! » Vous savez qui a dit ça, Neumann ? (Il n'attendit pas sa réponse.) Eh bien, nous ne voulons pas finir comme lui, n'est-ce pas ? Échoué sur une île perdue au milieu de nulle part... Non, nous, nous allons jouer plus subtilement. Pas de canonnade ni de sabre au clair, à l'USB ! En tout cas, pas si nous voulons mater vite et bien cette petite révolution.

S'il se garda de corriger le président, Nick savait que ce fameux cri de guerre avait été poussé par Danton et non par Bonaparte. Kaiser, en tout cas, était désormais lancé :

– Attrapez un papier, Neumann, et prenez note de ce que je vais vous dire. Et surtout, ne vous mettez pas à courir dans tous les sens comme M. Feller. Un général doit garder tout son calme quand la bataille atteint son point culminant. (Le jeune homme attira vers lui un bloc-notes qui se trouvait sur le bureau et attendit.) Enfin, bon, Feller a raison sur un point. Nous sommes en guerre. Konig veut nous avaler tout crus. Il l'a toujours voulu, si je ne me trompe pas. Il détient cinq pour cent de notre capital, il se prépare à en acquérir quinze autres. Nous ignorons combien de parts ses acolytes possèdent, mais s'il arrive à totaliser derrière lui trente-trois pour cent des votes, alors il aura deux sièges au conseil. Dans ce cas, il pourra influencer d'autres actionnaires et disposer d'une minorité de blocage sur des décisions importantes. Sa grande idée, c'est que nous sommes des fossiles. La finance privée, c'est ringard, point final ! L'avenir appartient au trading, et à rien d'autre. Il faut savoir mettre en jeu son capital pour influer sur le cours des marchés, des devises, des taux d'intérêt. Tout ce sur quoi lui et sa bande peuvent faire main basse, ils le raflent : spéculation pétrolière, crédits immobiliers, contrats de vente de bœuf argentin, tout ! Et le moindre investissement qui n'assure pas un rendement de vingt pour cent annuel passe à la trappe. Mais pas nous, grands dieux, pas nous ! Cela ne se passera pas ainsi, à l'USB. C'est grâce à la finance privée que nous sommes parvenus là où nous en sommes. Je n'ai aucune intention d'abandonner cette ligne, ni de risquer notre solvabilité en rejoignant sa fine équipe de turfistes hystériques. (Il se leva et contourna la table pour venir poser une main ferme sur l'épaule de Nick). Je vous charge de repérer les personnes privées et les institutions qui détiennent les principales tranches de parts chez nous. Voyez sur qui nous pouvons compter et qui Konig est susceptible de rallier. Il faut que nous concoctions un joli texte sur la manière dont nous allons améliorer notre rendement et augmenter les bénéfices de nos actionnaires.

Nick imaginait déjà la tâche qu'il avait devant lui. Elle allait accaparer tout son temps dans les semaines à venir. Son projet de mettre à profit sa nouvelle position pour enquêter sur les circonstances du meurtre de son père devrait attendre, au moins jusqu'à la mise en déroute de Konig. Mais l'essentiel était d'avoir atteint cette place, d'être désormais « assis à la droite du Seigneur ».

— Où est-ce que cet enfant de salaud trouve son financement ? continua Kaiser. Dans les sept derniers mois, la Banque Adler a annoncé le triplement de son capital sans même avoir besoin d'aller en Bourse. Cela signifie qu'un certain nombre de groupes privés se sont mis secrètement derrière Konig. Je veux que vous me trouviez qui ils sont. Votre grand ami Sprecher commence son job là-bas aujourd'hui. Servez-vous de lui. Et ne soyez pas étonné s'il essaie de vous tirer les vers du nez à son tour, surtout quand il aura appris que vous travaillez avec moi.

Le président relâcha son emprise sur l'épaule du jeune homme et se mit en marche vers l'entrée. Nick le suivit, brûlant de lui poser une question : et le Pacha, qui allait s'occuper de lui, maintenant ? Il avait au moins une certitude : si Cerruti connaissait personnellement ce mystérieux client, Kaiser, lui, devait le connaître encore mieux...

— Il nous reste quatre semaines avant l'assemblée générale, Neumann. C'est peu, en regard du pain que nous avons sur la planche. Mme Sutter va vous montrer vos nouveaux quartiers. Ah, et puis gardez l'œil sur Feller : ne le laissez pas trop se monter la tête. Rappelez-vous, Neumann : quatre semaines !

25

Considérant d'un œil critique les avis d'appel bleus posés sur son bureau, Sylvia Schon se demanda quand il cesserait de la bombarder de coups de téléphone. Le premier, daté de mardi soir, indiquait : « M. Nicholas Neumann a appelé à dix-huit heures quarante-cinq. Vous demande de le recontacter. » Un autre similaire ce matin, qu'elle relut encore, reconnaissant le numéro de poste donné par l'appelant : cela venait du Nid de l'Empereur, au quatrième.

Elle reposa les messages en se morigénant intérieurement. Elle ne devait pas être jalouse de sa réussite. Et pourtant, en neuf ans à la banque, elle n'avait jamais vu ni entendu parler d'une promotion aussi spectaculaire – en l'espace d'un mois et demi, qui plus est ! Pour arriver au rang qu'elle occupait, il lui avait fallu six longues années, à elle. Afin de mettre toutes les chances de son côté, elle s'était inscrite à l'université de Zurich, avait suivi des cours du soir trois fois par semaine et le samedi en vue de décrocher un doctorat en management. Et encore n'avait-elle accédé au poste de directeur adjoint que cet hiver... Or, si ce Neumann donnait satisfaction au quatrième, il l'aurait rejointe d'ici neuf mois, lors des promotions annuelles de novembre. Plus on était proche du pouvoir, plus on grimpait vite.

Elle jeta les formulaires dans sa corbeille à papier, leur faisant subir le même sort qu'aux autres avis d'appel qu'il lui avait laissés depuis lundi. Elle voulait se persuader de ne pas prendre son succès au tragique. Elle se répéta que ce n'était qu'une petite humiliation de plus à digérer. Mais elle n'y arrivait pas.

Le téléphone sonna. Sylvia tendit le cou pour voir si son assistant était à sa place. Non, évidemment. Elle décrocha à la troisième sonnerie.

— Schon.

— Bonjour, Sylvia. Ici Nick Neumann. Comment va ?

Elle ferma les yeux, excédée. C'était la dernière chose dont elle ait eu besoin, à cet instant.

— Euh, bonjour, monsieur Neumann.

— Je croyais qu'on s'était mis d'accord pour Nick ?

Elle se tortilla sur son siège, furieuse de se réfugier à nouveau derrière son masque professionnel.

— Oui, Nick, d'accord. En quoi puis-je vous être utile ?

— Vous le savez, je crois. J'appelais pour m'excuser, au sujet des archives. Je n'aurais jamais dû essayer de vous entraîner là-dedans. C'était très égoïste de ma part. J'ai eu tort. Voilà.

— Excuses acceptées. (En fait, elle avait à peine pensé à ces vieux rapports depuis leur altercation de samedi ; dans son esprit, c'était sa fulgurante ascension qui était répréhensible.) Comment cela se passe-t-il, avec le président ?

— Passionnant. Très prenant. J'adorerais en parler avec vous, d'ailleurs. Vous seriez libre à dîner, demain soir ?

Elle prit sa respiration. Elle s'était doutée qu'il appelait pour proposer un rendez-vous. Et là, en entendant sa voix ferme, assurée, elle comprenait que sa colère était déplacée. Pourtant, même si elle était prête à reconnaître qu'elle n'avait pas le droit de le blâmer, elle avait besoin de mettre au clair la nature de ses sentiments à son égard.

— Non, je ne pense pas... En réalité, je crois qu'il serait préférable de laisser les choses comme elles étaient.

— Ah ? Et elles étaient comment ?

— Elles n'étaient rien du tout ! trancha-t-elle, exaspérée par son insistance. Vous comprenez, j'espère ? Écoutez, je suis vraiment très prise. Je passerai vous voir là-haut quand j'aurai un moment. C'est tout.

Et elle raccrocha avant qu'il puisse protester. Mais sa main n'avait pas quitté le combiné qu'elle se reprochait déjà son impardonnable grossièreté. Qui lui avait coûté, tant elle détestait l'impolitesse. « Je regrette, Nick, prononça-t-elle en silence, les yeux fixés sur son téléphone. Allez, rappelle-moi. Je te dirai que je ne sais pas ce qui m'est arrivé. Et que oui, nous avons passé des moments merveilleux ensemble, et que je me souviens encore de ce baiser... »

Mais l'appareil demeura silencieux.

Elle fit pivoter sa chaise, se pencha sur la corbeille, saisit un message et le défroissa. Le numéro de son poste était devant elle.

Elle ne pouvait nier l'effet que Nick faisait sur elle. Il était séduisant et sûr de lui. Il avait de beaux yeux, dont l'expression pouvait intimider mais qui aussitôt après, inspirait un besoin irrépressible de le réconforter. Il était seul au monde, et elle en était reconnaissante à Dieu. Elle aurait bien aimé avoir une telle chance, affligée qu'elle était d'un père obstiné et tyrannique, un despote domestique aux accès de colère tonitruants, qui avait toujours voulu régner sur son foyer comme il avait régenté la gare de Sargans pendant des décennies. À la mort de sa mère, elle avait dû s'occuper de ses deux petits frères, préparant leurs repas, s'occupant de leur linge et de leur chambre. Mais au lieu de lui en être reconnaissants, ces garnements avaient singé les manières paternelles, la traitant comme une servante plutôt que comme une sœur aînée.

Sylvia repensa à son dîner en compagnie de Nick, à la formule qu'il avait eue pour se décrire et qui l'avait tant frappée : « Un électron libre. » Oui, elle aussi se considérait comme indépendante, maîtresse de son avenir... Elle se rappela le contact de ses lèvres sur les siennes quand ils s'étaient séparés pour la nuit, la passion qu'elle avait ressentie derrière la légèreté de ce rapide baiser. Elle ferma les yeux, laissa son imagination dériver vers ce qui pourrait suivre. La main du jeune homme sur sa joue, elle se pressant impétueusement contre lui. Elle voulait avoir son goût sur sa langue, dans sa bouche... Le frisson qui la traversa était si délibérément sexuel qu'il la sortit de sa rêverie.

Elle consulta sa montre. Neuf heures, déjà. Elle s'attela à une tâche des plus fastidieuses, la mise à jour d'une série de demandes d'entretiens formulés par de jeunes diplômés helvétiques. Afin d'en oublier un peu la monotonie, elle évoqua les objectifs qu'elle s'était fixés pour l'année. D'abord, son voyage aux États-Unis au printemps prochain, le lancement d'une campagne de recrutement sous sa direction. Ensuite, le bilan annuel que présenterait son département le 31 décembre : elle voulait assurer le meilleur taux d'intégration réussie de tout l'établissement. Le premier ne présentait aucune difficulté particulière : elle avait été chargée de cette mission par le président lui-même, ce dont elle pouvait remercier Nick au moins en partie puisque c'est grâce à lui qu'elle s'était attiré la gratitude de Wolfgang Kaiser. Quant au second, il allait demander une attention de tous les instants. En termes de stabilité du personnel, le département financier arrivait encore après le commercial, mais faisait mieux que l'étage du trading. Si Nick durait plus longtemps que les girouettes généralement recrutées par Rudolf Ott, elle pourrait s'estimer heureuse...

« Oui, mais c'est pour d'autres raisons que tu veux le voir rester ! » chuchota une voix malicieuse en elle.

Elle reprit son téléphone. Sur le plan sentimental, elle était entièrement libre en ce moment, alors pourquoi ne pas le rappeler ? Il était aussi indépendant qu'elle, elle pouvait avoir une aventure avec lui sans que cela prête à conséquence. Un maximum de passion, un minimum d'engagement : c'est ainsi qu'elle avait toujours conçu ses relations avec les hommes. Une ou deux histoires par an, gratifiantes sans pour autant mettre en danger une liberté qu'elle avait conquise de haute lutte. Elle se disait qu'elle en viendrait un jour à souhaiter plus de stabilité, autre chose que des tocades passagères, mais pour l'heure ce genre de liaisons librement consenties et librement défaites lui convenait très bien... Alors pourquoi son cœur battait-il aussi ridiculement vite, soudain, à la seule idée que Nick pourrait être « plus » que cela ?

Elle composa son numéro de poste. On décrocha aussitôt.

– Allô, oui ?

– Vous êtes censé vous nommer. C'est trop familier, comme ça.

– Laquelle de vous ai-je au bout du fil ? Dr Jekyll, ou Mrs Hyde ?

– Oh, pardon, Nick. Oubliez que je vous ai téléphoné, d'accord ? Vous m'avez complètement déboussolée, là.

– Pas de problème !

Une voix qu'elle ne connaissait que trop bien la héla soudain de l'antichambre :

– Fräulein Schon, vous êtes dans votre bureau ?

Elle se raidit d'un coup.

– Nick ? Il va falloir que je vous rappelle. Je passerai peut-être vous voir, tout à l'heure, OK ? Je dois y aller.

Elle l'entendit dire « À toute » au moment où elle raccrochait, puis se leva pour aller au-devant du vice-président de l'USB qui était déjà entré et lui tendait la main.

– Bonjour, Dr Ott ! lança-t-elle gaiement, quelle bonne surprise !

L'apparition inopinée du pot à tabac était certes une surprise, mais aucunement une bonne surprise. Cet individu était une vipère.

223

– Tout le plaisir est pour moi, Fräulein Schon.

– Il resta planté devant elle, les mains croisées sur son bedon. Sylvia observa ses lèvres palpiter comme la bouche d'un gros poisson : chez lui, les mots se formaient toujours quelques secondes avant qu'il ne les prononce.

– Nous avons un travail gigantesque devant nous. Tant de choses à régler avant l'assemblée générale...

– Eh oui, seulement un mois, c'est incroyable ! ajouta-t-elle plaisamment.

– Trois semaines et demie, pour être précis, corrigea Ott. Le courrier aux membres de votre personnel à propos de leur vote en tant qu'actionnaires doit partir aujourd'hui. Il faut être absolument claire, n'est-ce pas ? Tout le monde doit voter la confiance à notre direction, soit personnellement, soit par procuration. Tout le monde ! J'attends une copie de votre lettre à cinq heures cet après-midi.

– Vous ne me prévenez pas vraiment à l'avance, observa Sylvia.

– Dans une semaine, poursuivit-il en ignorant la remarque, vous téléphonerez à chaque membre de votre département, un par un, afin de vous assurer de leurs intentions.

– Je ne voudrais pas paraître désobligeante, mais pensez-vous véritablement que quiconque trouverait qu'il est dans son intérêt de voter pour Konig, ici ?

Ott inclina le torse, comme s'il avait mal entendu la jeune femme.

– Si je le pense ? Dans l'idéal, sans doute que non ! Mais la question n'est pas là. Je ne fais que répercuter les ordres exprès du président. Et vous devez vivement encourager tout votre personnel à participer à l'assemblée. Une demi-journée de congé lui sera accordée pour ce faire. Le président a l'impression que vous êtes bien écoutée par vos troupes. Vous devriez en être flattée.

– Je le suis, je le suis. Mais je suis aussi un peu bousculée, vous comprenez. Je pars aux USA la semaine prochaine. J'ai déjà faxé un programme d'entretiens à toutes les grandes écoles avec lesquelles nous avons travaillé de par le passé : Harvard, Wharton, Northwestern, et ainsi de suite...

– Vous allez devoir remettre ce voyage, malheureusement.

Sylvia lui adressa un faible sourire. L'avait-elle mal compris ?

– Mais... Mais il faut nouer ces contacts avant la fin mars, autrement les meilleurs éléments auront déjà été retenus par la concurrence. Cette mission ne me retiendra que quinze jours. Je comptais vous adresser mon planning demain.

Les lèvres d'Ott s'agitèrent un moment avant qu'il ne prenne la parole.

— Je suis désolé, Fräulein Schon. Vous comprendrez certainement que le président a besoin de tous vos talents ici même. Tant que nous n'aurons pas repoussé l'assaut de M. Konig, votre moisson de jeunes prodiges ne nous sera d'aucune utilité.

Elle retourna à son bureau pour prendre le programme détaillé de sa tournée de recrutement.

— Si vous regardez les dates, vous verrez que je prévois d'être de retour une bonne semaine avant l'assemblée générale. Ce qui me laisse amplement le temps de veiller à ce que tous les votes aillent à Herr Kaiser.

Il repoussa l'objection d'un geste négligent tout en casant sa corpulente anatomie dans un fauteuil.

— Ainsi, vous restez convaincue qu'en vous demandant de partir à New York à ma place Herr Kaiser se soucie de votre carrière, c'est cela ? Eh bien, ma chère, je reconnais qu'en invitant à dîner le jeune Neumann vous avez manifesté une admirable perspicacité. Très finement joué, c'est sûr. Kaiser a été assez impressionné, et vous avez réussi à le monter contre moi. Je vous accorde ce point : je n'irai pas à New York, d'accord. Mais hélas, *Liebchen*, je dois vous dire que vous non plus...

— Sincèrement, *Herr Doktor*, je suis certaine que nous pouvons trouver une solution qui ait votre agrément et celui du président. Je peux écourter mon voyage, si besoin est.

— Non, je ne crois pas. Au risque de me répéter, nous avons trop besoin de vos services ici.

— Je suis au regret d'insister ! s'écria Sylvia, incapable de dissimuler sa frustration. C'était la demande explicite du président !

Ott abattit sa main ouverte sur le bureau.

— Ce voyage n'aura pas lieu. Ni maintenant ni jamais ! Avez-vous réellement cru que votre flirt avec le président allait vous placer au-dessus de nous tous, ma chère ? Qu'il allait vous ouvrir toutes les portes ?

— Ma vie privée ne vous concerne pas. Je n'ai jamais tenté de tirer le moindre avantage de ma... relation avec le président, mais dans le cas présent je n'hésiterai pas à m'adresser directement à lui.

— Ah ! Vous pensez que vous allez vous jeter dans ses bras et pleurer dans son giron ? Mais, ma pauvre enfant, le président en a fini, avec vous. C'est un homme discipliné. Dans le cas où il demanderait une compagnie féminine, nous lui choisirions quelqu'un de bien moins envahissant que vous. Quelqu'un sans aucune relation avec la banque, de préférence.

– Vous ne pouvez pas contrôler son cœur, ses désirs...

– Être désiré est une chose, très chère, être indispensable en est une autre. Le président a besoin de moi. Aujourd'hui, demain, tant qu'il sera à la tête de cet établissement. Je suis l'huile sans laquelle les rouages de cette complexe machine ne pourraient tourner. (Il se leva, savourant un moment son triomphe, puis tendit un doigt boudiné vers Sylvia.) Vous, vous ne pensiez pas sérieusement qu'une banque suisse puisse tolérer que son représentant aux États-Unis soit une femme ? De surcroît une enfant, pratiquement ?

Elle ouvrit la bouche pour se défendre, mais aucun son n'en sortit. Ott n'avait que trop raison : à cet égard, la Suisse était à des années-lumière derrière l'Angleterre, la France ou les États-Unis. L'USB en était un exemple patent : aucune femme au conseil d'administration, pratiquement aucune à des postes stratégiques... Pourtant, elle était persuadée qu'il n'en serait pas toujours ainsi. Et elle avait cru qu'elle-même serait un élément moteur du changement.

– Mais si, elle le pensait ! constata Ott d'un ton à la fois incrédule et souverainement catégorique. Je le vois à votre regard. Faut-il être puérile !

Il fonça vers la sortie, non sans lancer en partant :

– J'attends copie de votre lettre à cinq heures sans faute, Fräulein ! Nous devons avoir toutes nos voix.

Une fois certaine qu'il avait disparu, elle sortit à son tour pour aller aux toilettes. Elle entra dans la cabine la plus retirée, ferma la porte et se laissa aller contre la cloison carrelée. Les mots du vice-président lui brûlaient encore le front, tel un jet d'acide. Il avait gagné. Il l'avait brisée. Pour conforter son alliance avec Wolfgang Kaiser, il était prêt à tout écraser sur son passage.

« Quelle ordure ! » gémit-elle en son for intérieur, et ce constat emporta la dernière digue : elle se mit à pleurer. Elle pleurait sur son sort, sur sa brève aventure avec le président de l'USB, dont elle se souvenait cependant du début comme si c'était hier. Cela s'était passé deux ans plus tôt, par un chaud après-midi de juillet, à l'occasion du pique-nique annuel de la banque. Elle ne s'attendait pas du tout à se retrouver seule à seul avec lui, encore moins à le voir lui faire la cour. À son niveau, on ne parlait pas avec le président, par déférence et par crainte des conséquences. Alors, quand il l'avait prise à part et lui avait demandé si elle s'amusait bien, elle s'était d'abord montrée plus que réservée, réticente. Mais la surprise avait eu raison de ses défenses quand, au lieu de l'assaillir de banalités sur la politique de recrutement de la banque, il s'était mis à évoquer avec enthousiasme la nouvelle exposition Giacometti qui venait de s'ouvrir au Kunsthaus ; quand, loin de la presser de questions compromettantes sur ses collègues, il lui avait demandé si elle avait déjà descendu la rivière Saanen en kayak et lui avait raconté sa propre expérience, deux semaines auparavant. Elle attendait un fonctionnaire rigide et pompeux, elle avait découvert un homme passionné et passionnant.

Deux weeks-ends dans sa maison d'été de Gstaad avaient approfondi leur liaison. Il l'avait traitée comme une princesse : dîners sur la véranda du Palace Hotel, longues promenades à travers les collines verdoyantes et, elle devait bien le reconnaître, nuits exaltées où ils avaient fait l'amour sans relâche et bu les vins les plus exquis. Elle n'avait jamais été assez folle pour se dire que cette aventure durerait longtemps, mais elle n'avait jamais imaginé non plus qu'elle puisse être un jour utilisée contre elle.

Quelques minutes plus tard, elle avait retrouvé son calme. Devant le lavabo, elle aspergea longuement d'eau glacée ses joues enfiévrées, ses paupières rougies. Elle s'observa dans la glace. Confiance, dévouement, constance. Elle avait voué tout son être à ces principes, au succès de la banque. Pourquoi avaient-ils décidé de la traiter si durement, alors ?

L'USB était une banque suisse, certes, mais aux activités internationales très développées. Celui qui se proposerait de gravir la hiérarchie de la direction des ressources humaines – non pas « celle », car Sylvia ne se berçait plus d'illusions – aurait forcément à faire ses preuves dans le recrutement des cadres à New York, Hong Kong ou Dubaï. Que l'éminence grise du président lui refuse cette opportunité, et sa carrière se retrouverait dans une impasse. C'était ce qui venait de lui arriver.

Elle se redressa, sécha son visage. Elle avait besoin de se libérer du poids qui oppressait sa poitrine, d'échapper au cadre contraignant du bureau. Mais c'était impossible. La banque bruissait désormais comme une ruche : chaque département se mobilisait en perspective de l'assemblée générale, chaque chef de section attendait avec impatience le bilan d'activité annuel, chaque employé sentait l'ombre menaçante de la Banque Adler peser sur l'USB. Elle devrait rester à son poste pendant au moins encore un mois, jour après jour.

Elle se révolta à cette nouvelle preuve de loyauté mal placée. La voie qui menait à un avenir enviable venait de lui être barrée, peut-être définitivement, et cependant elle ne considérait rien d'autre que ses devoirs ! En glissant sa main dans sa poche, elle découvrit les messages de Nick, roulés en boule, qu'elle avait dû faire disparaître à un moment de son échange houleux avec Rudolf Ott. Elle les déplia, relut son numéro de poste pour le mémoriser. Ainsi, elle était si seule au monde qu'elle ne pouvait envisager de se tourner que vers un homme qui était son cadet et qu'elle connaissait à peine ?

Elle se regarda encore dans le miroir. Une catastrophe : les yeux enflés, le maquillage à vau-l'eau, des joues plus empourprées que celles d'un nourrisson qui fait ses dents. « Lamentable, se jugea-t-elle sans complaisance. Laisser les lubies d'un seul intrigant ruiner tous tes rêves. Autoriser un sous-fifre à t'annoncer les décisions du commandant. Va trouver Wolfgang Kaiser, plaide ta cause devant lui, sans intermédiaire, montre-lui que tu peux représenter dignement la banque à l'étranger ! Rends coup pour coup ! »

Elle repensa à sa rencontre avec lui, le vendredi précédent. Elle sentit à nouveau sa main rêche autour de la sienne. Sa poigne insistante, pleine d'insinuations. Du désir ? Non, de la voracité. De la force ? Une grande faiblesse, plutôt. Une faiblesse qu'elle ne connaissait que trop bien, et qu'elle était maintenant décidée à exploiter à son avantage.

Elle sortit un mouchoir en papier de son sac, l'humecta sous le robinet et s'apprêta à nettoyer une trace de mascara sous son œil. À mi-chemin, pourtant, elle suspendit son mouvement et recula d'un pas, stupéfaite. Quelque chose n'allait pas, n'allait pas du tout. Elle regarda sa main, prise d'un tremblement incontrôlable.

26

Nick le repéra immédiatement. À une vingtaine de mètres de l'entrée de son immeuble, faisant le pied de grue sous un lampadaire aveuglant. Sterling Thorne était vêtu d'un trench-coat marron et d'un costume sombre; pour une fois, l'agent fédéral américain ne jurait pas trop dans le paysage zurichois. Apercevant Nick de loin, il leva la main en une ébauche de salut.

Le jeune homme eut vaguement l'idée de tourner les talons et de fuir dans la direction opposée, mais il était dix heures du soir et il se sentait vanné. Et cela, seulement deux jours après être entré au service de Wolfgang Kaiser ! Il est vrai que celui-ci vivait à un train d'enfer, et que son nouvel aide de camp, confident et assistant, Nicholas A. Neumann, était bien obligé de suivre !

La journée avait débuté à huit heures avec Sepp Zwicki : une visite sur la ligne de front, en l'occurrence l'étage du trading, afin de faire le point sur les dernières incursions tentées par Konig. À la mi-journée, ils étaient de retour au Nid de l'Empereur, où Kaiser lui expliqua à quelle sauce manger les actionnaires récalcitrants et passa lui-même quelques coups de fil pour lui montrer comment prendre ces affreux grippe-sous dans le sens du poil. Puis il y avait eu le déjeuner dans un des salons de réception privés du quatrième étage : côtes de veau, château-pétrus 1979 et cohibas à discrétion pour leurs braves hôtes de la Banque Vontobel et de chez Julius Baer, deux établissements qui détenaient une fraction substantielle des parts de l'USB. Dans l'après-midi, étude des listes interminables d'actionnaires de la banque et nouvelle corvée de coups de fil, partagée entre Nick et Reto Feller. À sept heures, pause casse-croûte avec des *Bratwürste mit Zwiebeln* montées de

229

la brasserie Kopf. Les trois heures suivantes avaient été consacrées à une cascade d'appels passés à des analystes boursiers de Manhattan. Marche ou crève...

Et maintenant, pour couronner le tout, Thorne ! La première réaction de Nick aurait été de le saisir au collet, de le plaquer contre le mur et de lui demander si c'était lui, le connard qui était allé farfouiller chez lui la semaine précédente.

— Eh bien, Neumann, on fait des heures sup, à ce que je vois, lança Thorne en guise de salut.

Ignorant la main que l'Américain lui tendait, Nick s'efforça de rester dans les limites de la courtoisie.

— On a beaucoup de travail, oui. L'assemblée générale approche.

Thorne retira sa main.

— Vous allez nous annoncer encore une année de bénéfices records ?

— Pourquoi, on cherche un tuyau ? Histoire d'arrondir un peu son salaire de fonctionnaire ? Je me rappelle à quel point l'Oncle Sam peut se montrer radin, en effet...

L'agent fédéral tenta un sourire amusé, mais il avait surtout l'air de quelqu'un qui vient de mordre dans une pomme pourrie. « Ça ne tourne pas bien pour lui, devina immédiatement Nick. Autrement, pourquoi tous ces efforts d'affabilité ? »

— Alors, en quoi puis-je servir mon pays, en cette belle soirée ?

— Dites-moi, Nick, on ne pourrait pas discuter de ça à l'intérieur ? J'en ai assez, de ce froid !

Nick soupesa la proposition. Qu'il le veuille ou non, Thorne était un représentant de l'État américain, et à ce titre méritait quelque respect. Pour l'instant, en tout cas... Il le fit entrer dans le hall et le précéda dans l'escalier jusqu'au deuxième étage, où il ouvrit sa porte et fit signe à son hôte de passer.

Thorne s'avança au milieu du studio, jeta un regard circulaire.

— Ça alors... J'aurais cru que les banquiers vivaient un peu mieux que ça !

Nick, qui l'avait suivi, retira son manteau et le déposa sur le dossier de sa chaise.

— J'ai connu pire.

— Moi de même, remarquez... Alors, vous avez ruminé notre dernière conversation ? Vous avez ouvert l'œil ?

— J'ai ouvert l'œil là où j'étais censé le faire : sur mon boulot. Et je ne peux pas dire que je sois tombé sur quoi que ce soit qui puisse vous intéresser.

230

Il s'assit sur son lit et attendit, le regard fixé sur Thorne. Après tout, le micro était à lui... Finalement, l'agent fédéral déboutonna son trench-coat, alla prendre un siège à l'autre bout de la pièce, et commença avec un soupir :

– Bon, ce soir je vais baisser ma garde, parce que j'ai vraiment besoin de votre aide. Vous feriez bien de profiter de mes bonnes dispositions, vu que ça ne se produit pas souvent, et que ça ne dure jamais longtemps.

– C'est noté.

– Le compte numéro 549 617 RR, ça vous dit quelque chose ?

Les traits impassibles, Nick prit son temps pour répondre. La question de Thorne l'avait cependant atteint en plein ventre. « Le Pacha. Il sait. »

– Oui ou non ? insista son visiteur. Pour un pauvre gars élevé à la dure comme vous, une telle masse de fric, ça ne peut pas s'oublier facilement, non ?

« Oh, que non ! » rétorqua Nick par-devers lui. À la place, il annonça d'une voix sèche :

– Je ne suis pas habilité à faire le moindre commentaire sur l'identité d'un client, ni sur les mouvements sur son compte. Vous le savez pertinemment, en plus : confidentialité, secret bancaire, etc.

– Allons ! Le compte 549 617 RR. Vous autres, vous l'appelez le Pacha, je crois bien.

– Jamais entendu parler.

– Pas si vite, Neumann ! Là, je vous demande un service. Si jamais j'ai été sur le point de me mettre à genoux devant quelqu'un, c'est aujourd'hui. J'aimerais vous donner une chance de faire quelque chose de bien.

Nick ne put réprimer un sourire. D'après sa propre expérience, un agent du gouvernement « faisant quelque chose de bien », c'était un exemple parfait de contradiction dans les termes...

– Je suis désolé, mais je ne peux pas vous aider.

– Ce Pacha est un sale type, mon vieux. Ali Mevlevi, de son vrai nom. D'origine turque, mais il vit tout près de Beyrouth, dans un camp fortifié imprenable. C'est une des très, très grosses pointures dans le trafic mondial d'héroïne. Nous estimons qu'il est derrière l'importation en Europe et en ex-Union soviétique de quelque vingt tonnes d'héro par an. De la came hyper-raffinée, de la blanche de Chine, comme on dit dans notre jargon. Vingt tonnes, Nick, chaque année que le bon Dieu fait ! On ne parle pas d'un petit joueur, là. Mevlevi, c'est du sérieux.

231

Nick leva les deux mains devant lui pour l'arrêter.

— Et alors ? Même si c'est le cas, en quoi cela me concerne-t-il, moi ou la banque ? Vous ne vous êtes pas encore rentré dans le crâne que je ne suis lé-ga-le-ment pas autorisé à aborder avec vous ce que je fais à l'USB ? Ni avec vous ni avec quiconque, d'ailleurs. Je ne dis pas que ce fameux Pacha est mon client, ni qu'il ne l'est pas. Je ne dis rien du tout ! Et si le diable en personne me passait deux coups de fil par jour, je ne vous le dirais toujours pas.

Thorne opina du bonnet d'un air compréhensif. Il semblait persuadé que ses preuves étaient assez accablantes pour finir par convaincre un jeune compatriote dont le fond était essentiellement bon. Ce qui n'était pas une mauvaise tactique, reconnut Nick en lui-même.

— Dans son petit jardin, Mevlevi entretient une armée privée d'environ cinq cents hommes. Il les fait s'entraîner matin, midi et soir. Et il a accumulé une tonne de matériel militaire, avec ça : des T 72 russes, quelques hélicos, un tas de roquettes, des mortiers, ce que vous voudrez. Il a un véritable bataillon d'infanterie mécanisée, prêt à rouler. C'est ce qui nous tracasse le plus, vous comprenez ? Vous vous rappelez ce qui est arrivé à nos marines dans leur casernement de Beyrouth ? Un seul kamikaze et des dizaines de braves garçons bousillés. Imaginez ce que cinq cents fanatiques du même genre pourraient faire.

Nick se pencha légèrement en avant. En lui, l'officier d'infanterie concevait aisément le bain de sang qu'un tel groupe serait à même de provoquer. Mais il garda le silence.

— Nous avons des preuves tangibles des virements que Mevlevi a effectués en direction et à partir de votre banque pendant ces dix-huit derniers mois. La preuve irréfutable que votre banque blanchit sa thune, Nick ! Notre problème, c'est que M. Ali Mevlevi s'est mis à couvert. Trois jours après l'apparition de son numéro de compte sur votre liste de surveillance, paf, il arrête ses transferts hebdomadaires, il se terre, le Pacha ! Jeudi dernier, nous attendions l'arrivée d'environ quarante-sept millions de dollars chez vous. Vous les avez eus ?

Nick demeura bouche cousue. Il était au pied du mur, désormais. Plus besoin de spéculer sur ce que la DEA savait ou ne savait pas : ils connaissaient jusqu'au montant des sommes qui transitaient par son compte ! Ali Mevlevi, alias le Pacha, se trouvait en plein dans leur ligne de mire. Le temps était venu d'ajuster le tir. Et, pour le lieutenant Nicholas Neumann, de les aider à appuyer sur la gâchette.

Comme s'il avait senti que Nick était sur le point de capituler, Thorne se rapprocha. Pour assener son nouvel argument, il prit un ton de conspirateur :

— Et puis, il y a aussi une dimension humaine très concrète dans cette affaire. Voilà, nous avons un agent chez lui. Quelqu'un que nous avons infiltré depuis un bon bout de temps. Vous me suivez ?

Nick fit oui de la tête. Il voyait parfaitement où Thorne voulait en venir, le poids de culpabilité qu'il s'apprêtait à faire retomber sur ses épaules. Une seconde plus tôt, il avait été à deux doigts de lui manifester sa compréhension, voire de lui proposer son aide. Maintenant, il le haïssait.

— Notre homme, appelons-le le Jongleur... Eh bien, lui non plus ne donne plus signe de vie. Il avait l'habitude de nous contacter deux fois par semaine pour nous informer des opérations hebdomadaires de Mevlevi. Je parie que vous devinez quels jours c'était, hein ? Exact, lundi et jeudi ! Or, le Jongleur ne nous a plus appelés depuis la semaine dernière, Nick. Vous me suivez toujours ?

— Je comprends votre problème, oui. Vous avez mis un homme dans une situation plus que risquée, maintenant vous avez peur qu'il soit grillé mais vous ne pouvez pas le tirer de là. En bref, vous l'avez laissé à poil dans le merdier, et vous me demandez non seulement de lui sauver la peau mais aussi de venir à la rescousse de votre opération.

— C'est... C'est à peu près ça, oui.

— Je mesure bien la situation... (Nick marqua un temps d'arrêt, ménageant son effet.) Je la mesure très bien, mais je ne vais sûrement pas passer quelques années de ma vie dans une taule suisse pour vous permettre de décrocher une promo et pour éventuellement, oui, éventuellement, tirer votre type du merdier dans lequel vous l'avez mis !

— On vous sortira d'ici. Vous avez ma parole.

C'était le mensonge que Nick attendait depuis le début. Il était même étonné qu'il ne l'ait pas servi plus tôt, cette fois. Intérieurement, il bouillait de rage.

— Votre parole, je ne me torcherais pas avec. Vous n'avez pas le moindre pouvoir sur qui les Suisses décident de mettre au trou ou non. Pendant un petit moment, vous avez failli m'avoir, je dois l'avouer. Il suffit de sonner le clairon et le brave marine accourt ! Mais je vous connais, vous autres. Ça sillonne le monde en se prenant pour Dieu et en prétendant « faire le bien » des autres. En réalité, vous ne faites que vous branler avec tout le pouvoir qu'on vous donne sur quelques clampins. Mais moi, vous m'oubliez, d'accord ? Je ne marche pas là-dedans. Pas dans vos petits jeux à la con.

— Tu dérailles, mec ! hurla Thorne en réponse. Tu ne vas pas me prendre comme excuse pour jurer tes grands dieux que Mevlevi n'existe pas ou que toi, son banquier, c'est-à-dire le zig qui l'aide jour après jour à dissimuler ses profits crapuleux, tu n'es responsable de rien ! Toi et lui, vous êtes sur le même putain de bateau !... Écoute, Nick, dans mon monde à moi, il y a *nous* et il y a *eux*. Si tu n'es pas avec nous, c'est que tu es avec eux. Alors, où tu te situes ?

Nick réfléchit un instant à la question.

— Il faut croire que je suis avec eux, donc.

Thorne parut étonnamment satisfait de sa réponse.

— Tss, dommage, trop dommage. Je t'avais dit de profiter de mes bonnes dispositions. Maintenant, tu m'as mis les boules. Tu vois, pour ton vieux copain, Jack Keely, je suis au courant. Ce qui s'est passé là-bas, aux Philippines, ça a dû être coton, pour te faire péter les plombs à ce point. Tu as eu de la chance de ne pas l'avoir tué, ce mec. Mais bon, tu vas réfléchir sérieusement à ma proposition, sans ça il y en aura d'autres qui seront au courant de ta petite crise. Je ne pense pas que Kaiser serait très content d'apprendre que tu t'es fait jeter des marines avec un blâme au cul. Je ne crois pas qu'il aimerait entendre que tu as eu affaire à la justice, un tribunal militaire, d'accord, mais une sale histoire quand même. Hé, je devrais peut-être même avoir peur de toi, dis ? Mais non. Je suis trop occupé avec Mevlevi et les saloperies qu'il prépare. Et avec le Jongleur. Tu as envie de chier sur des gars comme moi, vas-y. Mais des gars comme toi, je les écrabouille, moi. C'est pas rien que mon job, c'est ma raison de vivre ! Tu me reçois ?

— Cinq sur cinq, répliqua Nick. Faites ce que vous avez à faire. Simplement, ne venez plus me chercher. Je n'ai rien à vous dire. Ni maintenant ni jamais.

27

Jeudi matin, quand Nick s'extirpa du train bondé, ce fut pour constater que tous les journaux titraient sur une des principales banques du pays. Le kiosque au centre de la place était pavoisé d'affichettes émanant des différents titres de la presse zurichoise. *Blick*, le quotidien à grand tirage qui ne faisait jamais dans la dentelle, annonçait « *Schmiergeld bei Gotthardo Bank* », « Pots-de-vin chez Gotthardo ». La *NZZ*, le plus vieux et le plus conservateur des trois titres de la cité, ne mâchait pas non plus ses mots : « Honte sur la Banque Gotthardo ». Le *Tages Anzeiger*, enfin, proclamait : « Les banques suisses main dans la main avec la Mafia de la drogue ! »

Il se hâta d'acheter un journal. La matinée avait mal commencé et ça ne paraissait pas vouloir s'arranger. Son réveil avait oublié de sonner ; l'alimentation en eau chaude de son immeuble était tombée en panne, de sorte qu'au lieu des quinze secondes rituelles il avait dû subir deux minutes entières de douche glacée ; le tram de sept heures une était passé à son arrêt à six heures cinquante-neuf et était donc reparti sans lui... Enfin, la journée de la veille n'avait guère été meilleure, maugréa-t-il en se mettant à trotter sur la Bahnofstrasse, son quotidien sous le bras.

Mercredi à onze heures, en effet, Klaus Konig avait achevé de rafler plus d'un million sept cent mille actions de l'USB. Un peu plus tard, il complétait sa razzia en achetant encore deux cent mille actions au prix du marché. En début de soirée, alors que le prix des actions de l'USB avait flambé de quinze pour cent, Konig, avec vingt et un pour cent des parts du capital, n'avait jamais été aussi près d'atteindre le seuil des trente-trois pour cent, le sésame qui lui donnerait l'accès tant désiré au conseil d'administration de la banque.

Avec ces nouveaux développements, l'Union suisse bancaire se retrouvait dans un état d'extrême vulnérabilité. Personne n'en était plus conscient que Wolfgang Kaiser, et personne n'avait répliqué avec la même vigueur que lui. À midi, le président de l'USB était descendu à l'étage de Sepp Zwicki et lui avait donné personnellement l'ordre d'acheter et d'acheter encore des actions de la banque, à n'importe quel prix. Il déterrait ainsi la hache de guerre : en trois heures, l'établissement avait glané quelque deux cent mille actions, défiant ainsi ouvertement sa rivale, la Banque Adler. À New York, Tokyo, Sydney ou Singapour, les agents de change s'arrachaient les titres de l'USB et comptaient bien que leur prix continue à grimper aussi vite.

Avant d'entrer dans le Nid de l'Empereur, Nick jeta un dernier coup d'œil sur la manchette incendiaire du journal. « Bordel de merde ! pensa-t-il. Il ne manquait plus que ça ! »

Kaiser était en train de hurler dans son téléphone.

— *Gottfurdeckel, Armin !* Vous m'aviez certifié que Gotthardo attendrait au moins quinze jours avant de caner ! Cela fait des années qu'ils sont au courant, pour ce poivrot de Rey. Pourquoi déballer ça sur la place publique juste maintenant ? Ce n'est pas fait pour renforcer notre position, bon sang ! Hein ? Oui... Et puis, Armin... (Il s'interrompit, son regard croisa celui de Nick.) Cette fois, vérifiez vos informations, entendu ? En l'espace d'une semaine, vous m'avez causé deux grosses déceptions. Considérez ça comme un dernier avertissement ! (Il raccrocha brutalement, fit face à son nouveau collaborateur.) Asseyez-vous, je suis à vous dans deux minutes.

Nick alla s'installer sur le canapé sans discuter et ouvrit son attaché-case. « On dirait que la lune de miel est terminée », commenta-t-il pour son édification personnelle. Dépliant la *NZZ* sur la table basse devant lui, il se plongea dans l'examen des faits tels qu'ils étaient rapportés par le quotidien.

La veille, la Banque Gotthardo, un établissement de taille à peu près comparable à celle de l'USB et dont le siège se trouvait à Lugano, avait saisi le procureur fédéral Franz Studer de graves malversations commises par l'un de ses dirigeants, délits mis au jour à la suite d'une longue enquête interne. Au cours des sept dernières années, Lorenz Rey, un des vice-présidents les plus chevronnés, avait secrètement œuvré au service de la famille mexicaine Uribe, prêtant la main au recyclage de leur argent et à la circulation internationale de fonds générés par le trafic de stupéfiants. Rey avait certifié que seuls lui et deux de ses collaborateurs avaient eu accès aux détails des comptes des Uribe, et avaient donc eu pleinement connaissance du caractère délictueux des activités de leurs clients. Selon les documents transmis au procureur fédéral, la banque avait « blanchi » plus de deux milliards de dollars pour eux, pendant cette période. Des reçus de dépôts en espèces délivrés aux Uribe à Lugano même faisaient partie du dossier, représentant une somme totale de quelque quatre-vingt-cinq millions de dollars, soit des entrées à la cadence impressionnante d'un million de dollars par mois. Rey avait avoué par la suite avoir dissimulé la nature des activités des Uribe à ses supérieurs en échange de nombreux et somptueux cadeaux en espèces, y compris des vacances tous frais payés dans l'hôtel que les Uribe possédaient à Cala di Volpe, en Sardaigne, ainsi qu'à Acapulco, San Francisco ou Punta del Este.

« Un vrai Marco Polo ! » pensa Nick.

Franz Studer avait immédiatement annoncé la mise sous scellés des comptes des Uribe et diligenté une enquête officielle, non sans rendre hommage à la direction de la Banque Gotthardo qui, selon le procureur, avait montré l'exemple dans l'effort concerté du secteur financier suisse en vue de contrecarrer les agissements du crime organisé international. Aucune poursuite légale ne serait engagée contre la banque, concluait Studer.

Sur la photo publiée en une, Rey sortait du bureau du procureur, menottes aux poignets. Il s'était bien habillé, pour sa scène d'adieu : un trois-pièces de bon faiseur, agrémenté d'un mouchoir en soie qui bouffait hors de la pochette. Pis encore, il souriait de toutes ses dents.

Nick n'avait pas besoin d'être un banquier blanchi sous le harnais pour conclure qui si un client faisait transiter plus de deux milliards de dollars par un établissement bancaire en l'espace de sept ans, il devait y avoir forcément plus de trois employés au courant. Pour commencer, les portefeuilles des principaux clients étaient analysés chaque mois, la banque mettant un point d'honneur à assurer le meilleur rendement à leurs avoirs. Des lettres leur étaient régulièrement envoyées afin de proposer tel ou tel investissement, de les assurer que tous les services étaient mobilisés pour leur entière satisfaction. C'était un protocole rigoureusement défini, grâce auquel les plus riches se sentaient constamment choyés. Ensuite, même le plus modeste des gestionnaires de portefeuille ne pouvait s'empêcher de se vanter auprès de ses collègues lorsqu'il parvenait à attirer de grosses sommes en dépôt : ne participait-il pas à la prospérité de l'établissement grâce aux profits dérivés ? Et à moins d'avoir l'abnégation d'un moine déchaussé, il se disait qu'il devait, lui aussi, bénéficier de ce succès. Lorenz Rey, parvenu à la vice-présidence de la Gotthardo à l'âge de trente-huit ans, n'avait pas précisément l'allure d'un franciscain. À moins que cet ordre monastique n'ait soudain décidé que les costumes croisés de chez Brioni, les Rolex en or et les boutons de manchettes en diamants faisaient désormais partie de leur habit...

Enfin, il était clair que le dépôt en liquide d'un million de dollars chaque mois n'avait pu qu'attirer l'attention des caissiers, qui par essence n'avaient ni les yeux ni la langue dans la poche. Un gestionnaire de portefeuille se présentant deux ou trois fois par mois à la caisse les bras chargés de billets verts, et toujours pour le compte du même client, passerait aussi inaperçu auprès du personnel qu'une inconnue entrant dans le hall en tenue d'Ève et demandant la direction du zoo de Bâle.

Sa lecture terminée, Nick eut du mal à réprimer un éclat de rire homérique. Si la Banque Gotthardo méritait des félicitations, c'était pour son monumental toupet. Comme pour confirmer son incrédulité, l'article indiquait « en passant » que les comptes de la famille mexicaine étaient créditeurs de sept millions de dollars lorsque le procureur les avait gelés : pas moins de deux milliards avaient transité par là, mais curieusement, le jour où les autorités mettaient la main dessus, ils ne contenaient plus qu'une somme qui, pour des barons de la drogue, représentait un peu d'argent de poche... Coup de chance ? Coïncidence ? Allons donc.

En se prêtant à l'enquête, la Banque Gotthardo avait payé le prix de sa liberté. Une bonne affaire, finalement : sept millions de dollars et la tête de quelques tripatouilleurs aisément remplaçables. Seuls les Uribe n'allaient pas être heureux, surtout quand la banque compenserait leurs avoirs gelés en puisant discrètement dans ses fonds réservés.

Nick reporta son regard sur le président de l'USB, engagé dans une conversation téléphonique animée avec Sepp Zwicki. Ainsi, Kaiser n'avait pas apprécié que la Banque Gotthardo ait lâché les Uribe aussi vite. Au passage, il avait sérieusement botté le train à Schweitzer pour ne pas avoir été capable de l'informer à temps.

La « deuxième grosse déception », avait-il dit. Quelle avait été la première ? se demanda le jeune homme.

Mais ce qui le faisait réfléchir, surtout, c'était la réaction de colère de Kaiser. Elle n'était pas provoquée par le fait que Gotthardo ait travaillé pour les Uribe, un nom pourtant lié au crime organisé depuis des décennies. Kaiser n'était pas non plus ulcéré que les aveux de la banque de Lugano mettent à mal la réputation de discrétion et de confidentialité de tout le secteur bancaire helvétique. Non, il enrageait uniquement parce qu'ils avaient craché le morceau à ce moment précis, dans un contexte défavorable à l'USB. Herr Kaiser était loin d'être un idiot. Il avait compris sur-le-champ que le scandale à la Gotthardo ne pouvait qu'encourager les pressions sur son propre établissement. Qu'on allait lui demander, plus que jamais, de faire aussi le ménage chez lui. Dans ce jeu, personne n'était innocent, et personne vraiment coupable non plus, mais de temps en temps il fallait payer son écot pour avoir le droit de rester à la table. C'était ce que venait de faire la Banque Gotthardo, se mettant ainsi relativement à l'abri de nouvelles questions indiscrètes. Mais c'était un luxe que l'USB ne pouvait pas se permettre.

Wolfgang Kaiser raccrocha en faisant signe à Nick de venir le rejoindre. Celui-ci replia rapidement son journal et s'avança vers le bureau, couvert des quotidiens du jour, les trois titres suisses avoisinant le *Wall Street Journal*, le *Financial Times* et la *Frankfurter Allgemeine Zeitung*, tous ouverts à la page consacrée à l'affaire de la Gotthardo.

— Beau gâchis, hein ? lança Kaiser. Ça n'aurait pas pu tomber plus mal...

Nick n'eut pas le temps de répondre. Derrière les doubles battants hermétiquement fermés, la voix habituellement calme de Rita Sutter venait d'atteindre des aigus douloureux. Les deux hommes entendirent une chaise tomber, un bruit de verre cassé. Nick bondit sur ses pieds. Kaiser se lançait déjà vers la porte qui s'ouvrit à la volée, les clouant sur place.

Sterling Thorne venait de prendre d'assaut le bureau du président de l'Union suisse bancaire. Accrochée à ses basques, répétant inlassablement que personne n'avait le droit d'entrer ici sans rendez-vous, Rita Sutter le suivait tant bien que mal. Tête baissée comme un chien d'arrêt qui vient de décevoir son maître, Hugo Brunner, le portier en chef, fermait la marche.

— Auriez-vous l'obligeance de lâcher la manche de ma chemise, madame ? demanda Thorne.

239

— Ça va, Rita ! cria Kaiser, dont les yeux furibonds exprimaient tout le contraire. Nous devons traiter nos hôtes avec correction, même quand ils ne s'annoncent pas. Vous pouvez retourner à votre travail. Vous aussi, Hugo. Merci.

— Cet homme est un... est un barbare ! explosa Rita Sutter, qui consentit cependant à abandonner sa prise et, non sans siffler une insulte bien sentie entre ses dents, battit en retraite, suivie par le portier.

Rajustant ses vêtements, Thorne alla droit sur Kaiser et se présenta comme s'il le rencontrait pour la première fois.

Le président de l'USB accepta sa main tendue avec une grimace qui signifiait : « Oh, épargnez-moi ce cirque ! »

— Monsieur Thorne, vous êtes ici dans une banque. En règle générale, même nos clients les plus privilégiés sont censés prendre rendez-vous avant de venir. Ce n'est pas un de vos fast-foods où chacun entre et sort comme dans un moulin !

L'agent fédéral s'inclina révérencieusement.

— Pardon de ne pas avoir respecté votre sacro-sainte étiquette. En Amérique, on apprend aux gosses à prendre le taureau par les cornes. Ou, comme disait mon père, à choper le bouc par les roustes.

— Charmant ! Prenez un siège, je vous prie. À moins que vous ne préfériez vous asseoir par terre ?

Thorne se posa sur le canapé, tandis que Kaiser attrapait une chaise et s'installait devant lui.

— Neumann, venez avec nous.

— Ceci est une conversation privée, fit remarquer Thorne. Je ne sais pas s'il est très bon que vous y mêliez un de vos poulains.

Nick s'était déjà levé, prêt à quitter les lieux. Moins il fréquentait ce gros dur de la DEA, mieux il se sentait.

— Allez, Nicholas, venez vous asseoir. Voyez-vous, monsieur Thorne, j'apprécie beaucoup l'apport de nos jeunes cadres. L'avenir de notre banque repose sur eux.

— Vous parlez d'un avenir..., lâcha Thorne en jaugeant Nick d'un air méprisant. Enfin. Eh bien, monsieur Kaiser, je crois que nous avons une connaissance commune, vous et moi. Et qui remonte à loin.

— J'en serais extrêmement étonné, rétorqua le président avec un sourire poli.

— Vous ne devriez pas. C'est un fait ! (Les yeux de Thorne se posèrent sur Nick avant de revenir à Kaiser.) M. Mevlevi. Ali Mevlevi.

– Connais pas, laissa tomber Kaiser, imperturbable.

– Je vais répéter le nom pour vous. Je sais que certains messieurs commencent à avoir des troubles auditifs, à votre âge. (Il s'éclaircit la gorge avec insistance.) A-li Mev-le-vi.

– Désolé, monsieur Thorne. Ce nom ne me dit rien du tout. J'espère que vous n'avez pas exécuté une entrée aussi spectaculaire dans le but de venir me parler de cet... ami à vous.

– Mevlevi n'est pas un ami à moi et vous le savez parfaitement ! Si je ne me trompe pas, vous l'appelez le Pacha, vous autres. En tout cas, M. Neumann le connaît plus que bien, lui ! Pas vrai, lieutenant ?

– Je n'ai jamais rien dit de tel, répliqua Nick calmement. Au contraire, je pensais avoir indiqué de manière catégorique que je n'étais pas habilité à faire le moindre commentaire sur l'identité de nos clients.

– Attendez, que je vous rafraîchisse un peu la mémoire. Le compte 549 617 RR ? Des virements tous les lundis et jeudis ? Oh, oui, c'est un de vos clients. Ça, au moins, j'en suis sûr !

Le visage de Nick demeurait impassible. Il n'était qu'un spectateur, il ne savait rien. Il maîtrisait moins bien son estomac, par contre, qui, à l'instar de sa conscience, commençait à se crisper d'inquiétude.

– Désolé. Je répète : *no comment*.

Thorne devint rouge de colère.

– Hé, Neumann, on n'est pas à une conférence de presse, là ! *No comment*... C'est aussi ce que vous me dites, Kaiser ? Attendez, je vais vous en faire, moi, des commentaires ! (Il retira un papier de la poche de son veston et la déplia.) Le 11 juillet 1996. Un versement de seize millions de dollars. La même somme est aussitôt dispatchée sur vingt-quatre comptes différents. Le 15, dix millions entrent et repartent le jour même dans quinze banques. Le 1er août 1997, trente et un millions, virés à la minute en vingt-sept points de la planète. Et ça continue comme ça pendant des heures. Aussi long qu'une mauvaise crise de chiasse.

Kaiser tendit une main ouverte dans sa direction.

– Avez-vous obtenu ces informations de source officielle ? Si c'est le cas, puis-je y jeter un coup d'œil ?

Thorne replia la feuille et la fourra dans sa poche.

– La source de cette information est classée « confidentiel ».

– « Confidentiel », ou totalement fantaisiste ? releva Kaiser en fronçant les sourcils. Ni le nom que vous avez mentionné, ni tous

241

ces chiffres qui semblent tant vous impressionner n'ont la moindre signification pour moi.

À nouveau, Thorne se tourna vers Nick.

— Mais à vous, Neumann, ils vous rappellent quelque chose, ces chiffres, hein ? C'est un compte dont vous vous occupez, non ? Je ne vous conseille pas trop de mentir à un représentant officiel de l'État américain. Abriter de l'argent sale est un crime grave. Vous pouvez demander à vos petits copains de la Banque Gotthardo ce qu'ils en pensent.

Kaiser posa une main d'airain sur le genou de Nick.

— Permettez-moi de vous interrompre, monsieur Thorne. Votre zèle est plus que louable. Nous approuvons sans réserve vos efforts en vue de mettre fin aux agissements illégaux pour lesquels les banques de notre pays sont souvent utilisées, hélas. Mais cet Alfie Merlani dont vous me parlez... Ou comment était-ce, déjà ? Non, sincèrement, je ne vois pas.

— Mevlevi, corrigea Thorne qui trompait son énervement en s'agitant sur le canapé. Ali Mevlevi. Exportateur en Europe de plus d'une tonne d'héroïne par mois. Passe habituellement par l'Italie, puis l'Allemagne, la France, la Scandinavie. Un bon quart de la came aboutit directement ici, à Zurich... Écoutez, ce que j'essaie de faire, c'est de vous proposer un deal. Une chance de rattraper le coup avant que nous déballions le truc en public.

— Je n'ai nul besoin d'un « deal », monsieur Thorne. Notre banque a toujours mis un point d'honneur à respecter scrupuleusement les lois de notre pays. Or, notre législation sur le secret bancaire m'interdit de divulguer la moindre information sur nos clients. Cependant... Cependant, en gage de bonne volonté, je suis prêt à une exception, une seule ! Le numéro de compte que vous avez cité se trouvait en effet sur notre liste de surveillance interne la semaine dernière. Je puis aussi vous confirmer qu'il s'agit d'un compte suivi par M. Neumann ici présent. Nicholas, allez-y, dites à M. Thorne tout ce que vous savez au sujet de ce compte. Je vous délivre des responsabilités que vous pourriez avoir envers notre établissement au titre de la loi sur le secret bancaire de 1933. Allez, dites-lui.

Nick fixa Thorne droit dans les yeux. La main de Kaiser enserrait toujours son genou, implacable. L'ignorance de bonne foi était une chose, mais la dissimulation préméditée... Il s'était toutefois engagé trop loin pour modifier sa ligne de conduite, maintenant.

— Je reconnais ce numéro. Je me rappelle l'avoir vu sur la liste de surveillance jeudi dernier. Mais je ne me souviens d'aucun mouvement particulier sur ce compte, ce jour-là. Et j'ignore l'identité de son détenteur.

Rejetant la tête en arrière, Thorne lâcha un rire peu plaisant, qui ressemblait plutôt à un hennissement.

— Bien, bien... Vous vous croyez devant la commission McCarthy, je vois ! Bon, je vais encore vous donner une chance, une seule, de parvenir à un accord avec nous et d'épargner ainsi à votre établissement la disgrâce de voir son président impliqué dans le sale business d'un des principaux trafiquants d'héroïne au monde. J'aurais cru qu'un homme qui a eu des malheurs dans la vie comme vous, tragédie familiale et tout, se montrerait plus sensible à nos efforts pour coincer un type aussi malfaisant que ce Mevlevi. C'est une grosse prise, pour nous. Nous n'arrêterons pas tant que nous ne l'aurons pas coincé, mort ou vif. Tenez, j'ai trouvé une petite photo qui devrait vous encourager à donner un coup de main...

Il jeta un tirage couleur sur la table basse. Avec une grimace, Nick vit que c'était un homme nu, étendu sur une plate-forme en aluminium, un cadavre. Un banc d'autopsie, dans une morgue. Le mort avait les yeux grands ouverts, d'un bleu translucide mais voilé. Du sang avait coulé de son nez. Sa bouche béait, souillée d'une mousse laiteuse.

— Stefan, réussit à articuler Kaiser. C'est... C'est mon fils.

— Mais oui, c'est votre fils ! Flingué à l'héroïne. Le dernier mauvais trip, à ce qu'on dirait... On l'a trouvé ici, à Zurich, non ? Ce qui signifie que le poison qui coulait dans ses veines venait de chez Ali Mevlevi. Donc du Pacha. Donc du titulaire du compte 549 617 RR. Donc... (Thorne abattit son poing sur la table)... de votre client !

Kaiser saisit le cliché, le contempla longuement, en silence. L'agent américain poursuivit sa harangue, sans dissimuler que la compassion envers le président de l'USB ne l'étouffait pas.

— Aidez-moi à casser ce type. Bloquez les avoirs du Pacha ! (Il chercha des yeux le soutien de Nick.) Si vous lui coupez les vivres, nous couperons l'arrivée de la drogue. C'est simple, non ? Il est plus que temps de protéger les jeunes de la came qui a tué votre fils. Quel âge avait-il, hein ? Dix-neuf ? Vingt ans ?

Wolfgang Kaiser se leva. Il semblait dans un autre monde.

— Monsieur Thorne ? Partez, s'il vous plaît. Nous n'avons plus rien à vous dire, pour aujourd'hui. Nous ne connaissons aucun Mevlevi. Nous ne travaillons pas avec des trafiquants de drogue. Que vous soyez tombé si bas pour mêler mon pauvre fils à tout cela, c'est inimaginable...

– Vraiment, monsieur Kaiser ? Non, je ne pense pas. Avant de m'en aller, laissez-moi éclairer encore un peu votre lanterne. Je veux vous donner suffisamment à réfléchir pour les jours qui viennent. Voilà, je sais que vous avez travaillé à Beyrouth. Quatre ans, exact ? Et Mevlevi y était aussi, à cette époque. Quand vous êtes arrivé, il était en train de se lancer dans les affaires, en grand... C'était déjà une célébrité, là-bas, si je ne me trompe pas. Alors, je ne peux pas m'empêcher de trouver bizarre que vous ayez vécu dans la même ville pendant tout ce temps sans jamais le rencontrer. Enfin, d'après ce que vous dites. Je ne voudrais pas être indiscret, monsieur Kaiser, mais votre job, c'était bien de quémander des miettes auprès du beau linge local ?

Kaiser se tourna vers Nick comme s'il n'avait pas entendu un seul mot sortir de la bouche de Thorne.

– Nicholas, veuillez raccompagnez notre hôte jusqu'à la sortie, demanda-t-il aimablement. Nous avons épuisé le peu de temps qui nous était imparti, j'en ai peur.

Très impressionné par le flegme du président, Nick posa sa main dans le dos de l'agent fédéral américain et lança :

– Allons-y.

Thorne se dégagea d'un geste brusque.

– Je n'ai pas besoin de chaperon, Neumann ! Merci quand même... (Il tendit un doigt menaçant vers Kaiser.) N'oubliez pas ma proposition. Quelques infos sur Mevlevi, c'est tout ce qu'on demande. Autrement, je torpille votre banque et vous coulez avec, en grand uniforme ou pas. Je suis assez clair ? Nous savons tout, à votre sujet. Absolument tout !

Il partit vers la porte. En passant devant Nick, il eut un petit sourire et murmura :

– Quant à toi, tu auras encore de mes nouvelles. Surveille ta boîte aux lettres !

A peine Thorne avait-il disparu que Rita Sutter se glissa dans le bureau présidentiel. Elle avait retrouvé toute sa maîtrise naturelle.

– Ce n'est pas un homme, c'est une bête sauvage ! Quoi, avoir l'audace de...

– Pas de problème, Rita, assura Kaiser, qui ne pouvait cependant dissimuler sa pâleur et son front plissé. Auriez-vous la gentillesse de m'apporter une tasse de café et un *Basel Leckerei* ?

244

La secrétaire fit un signe d'assentiment, mais au lieu de s'exécuter elle fit un pas vers le président, posa une main sur son épaule et lui demanda tendrement :

– *Gehts ?* Ça va ?

Kaiser releva la tête, soutint son regard, réprima un soupir.

– Oui, oui, je vais bien... Ce type a découvert, pour Stefan.

À voix basse, elle voua Thorne aux gémonies, tapota l'épaule de Kaiser en guise d'encouragement et repartit. Lorsqu'elle eut refermé les portes, le président retrouva un peu de son allure martiale.

– Vous ne devez pas croire les mensonges que colporte cet homme, déclara-t-il à Nick. Il est aux abois. De toute évidence, il est prêt à tout pour avoir ce... ce Mevlevi. Mais nous, devons-nous jouer les policiers ? Non, je ne pense pas.

Nick tressaillit en entendant son supérieur reprendre la ligne de défense chère aux banquiers helvétiques. Avec ce qu'il savait déjà, c'était un aveu saisissant de la complicité qui liait leur établissement à un dangereux trafiquant d'héroïne.

– Thorne n'a rien, absolument rien, poursuivit Kaiser, dont la voix reprenait peu à peu son assurance coutumière. Il brandit son épée en l'air dans l'espoir de pourfendre tout ce qui pourrait passer à côté de lui. Cet individu est une menace vivante pour les honnêtes gens et leurs affaires.

Nick hocha distraitement la tête. Il était en train de réfléchir aux étranges symétries que le destin, dans son aveuglement, arrivait parfois à tracer. Lui, il avait perdu son père, Kaiser son fils unique... Pendant un instant, il se demanda si le président n'avait pas désiré le voir venir à Zurich plus encore que lui-même n'avait voulu partir en Suisse.

Avant de quitter la pièce, il risqua à voix basse :

– Pour votre fils, je suis désolé...

Kaiser laissa la formule de condoléances sans réponse.

28

Enfin seul dans le couloir, Nick put pousser un long soupir de soulagement, puis il se mit lentement en marche vers son bureau. Il n'arrivait pas encore à assimiler ce qu'il venait de vivre. Qui avait menti, qui avait dit vrai ? La question demeurait ouverte dans son esprit. La plupart des arguments de Thorne lui paraissaient très sensés. Si, déjà à l'époque, Ali Mevlevi était un gros bonnet à Beyrouth, Kaiser aurait dû au moins connaître son nom. Plus probablement encore, il avait dû œuvrer à en faire un client de la banque. Le travail d'un chef de bureau à l'étranger consistait pour une bonne part à fréquenter le beau monde, à se glisser parmi les cercles les plus fermés, et à savoir proposer les services incomparables de son établissement dès après le deuxième Martini. Du moins était-ce ainsi qu'il se l'imaginait. De même, si Ali Mevlevi était le Pacha – ce qui paraissait fort probable –, alors, encore une fois, Kaiser devait le connaître : on ne devenait pas le président d'une banque importante sans tisser des liens avec ses principaux clients. Pas Wolfgang Kaiser, en tout cas.

Bon sang, songea Nick, tout ce que Thorne avait dit tenait debout ! Que le Pacha ne soit autre qu'Ali Mevlevi ; que celui-ci soit le titulaire du compte chiffré 549 617 RR ; que l'USB serve à blanchir son argent ; que Kaiser ait non seulement entendu son nom, mais qu'il ne le connaisse que trop bien... Tout collait !

Après un coude, Nick s'engagea dans un couloir plus étroit. Ici, les plafonds étaient moins hauts, les volumes moins solennels. Il y avait fait quelques pas lorsqu'il entendit distinctement un bruit sourd venu de la droite, devant lui. Le bruit d'un tiroir refermé brutalement. Cela venait d'un bureau dont la porte était entrouverte, laissant filtrer un rai de lumière sur la moquette. En se rapprochant, il vit quelqu'un à l'intérieur, affairé au-dessus d'un amas de dossiers jetés sur la table. À ce moment, il se rendit compte qu'il était en train d'espionner ce qui se passait... dans son propre bureau.

Il entra, claqua la porte derrière lui.

— Je croyais que vous attendiez l'heure de la fermeture, pour fouiner dans les affaires des autres !

Aucunement décontenancé, Armin Schweitzer poursuivait ses recherches comme si de rien n'était.

— Je voulais juste vérifier la liste des clients que vous devez joindre. La banque ne peut pas se permettre que vous commettiez quelque impair avec nos principaux actionnaires.

— Je l'ai ici, cette liste.

Et il sortit une feuille pliée en quatre de la poche de son veston.

— Faites voir...

Schweitzer tendait déjà sa grosse patte. Nick soupesa le document, l'air d'en apprécier la valeur, puis le fit à nouveau disparaître.

— Si vous désirez une copie, voyez avec le président.

— Encore faudrait-il qu'il veuille bien m'accorder un moment. Hélas, il semble que vous et votre grand ami, M. Thorne, accapariez tout son temps. (Il jeta négligemment sur la table les dossiers qu'il tenait encore.) Étrange coïncidence, votre apparition juste au moment où ce Thorne a tant besoin de vous. La Gestapo US et M. Neumann, main dans la main.

— Alors, vous croyez que je travaille pour la DEA ? C'est pour cette raison que je vous trouve ici ? (Nick écarta l'hypothèse d'un rire sec.) Si j'étais vous, je consacrerais plus de temps à m'occuper de mes propres affaires. D'après ce que je sais, c'est vous qui êtes sur la corde raide, pas moi.

Schweitzer tressaillit comme s'il venait d'être giflé.

— Vous ne savez rien de rien ! (Il s'ébranla telle une locomotive sous pression, fonça sur le jeune homme et ne s'arrêta qu'à quelques centimètres de lui.) Je ne suis sur une aucune corde raide, mon cher. Mon dévouement à cette banque est égal à celui du président. Je lui ai donné trente-cinq ans de ma vie, vous entendez, trente-cinq ans ! Pouvez-vous seulement imaginer la profondeur de cet engagement ? Vous, un Américain, qui passez d'un employeur à l'autre, seulement préoccupé par le meilleur salaire, les primes les plus juteuses... Herr Kaiser n'a jamais mis en doute ma loyauté envers lui, ni les services que je rends à cet établissement. Jamais !

Nick plongea ses yeux dans ceux, exorbités, de Schweitzer.

— Pour l'instant, je ne sais qu'une chose : ici, c'est mon bureau, et vous auriez dû au moins me demander la permission avant de débarquer et de tout saccager.

— Votre permission ? (Il éclata d'un rire tonitruant.) Dois-je vous rappeler que je suis chargé de veiller à ce que la banque respecte toutes ses obligations légales — la banque, ainsi que ses employés ? Quiconque, Neumann, quiconque me paraît avoir un comportement potentiellement préjudiciable à la banque s'attire de ma part une vigilance de tous les instants ! Et dans ce cas, toutes les mesures que je jugerai bon de prendre seront justifiées. Y compris une petite inspection de votre bureau et de vos papiers quand je l'estime nécessaire.

— « Préjudiciable à la banque » ? répéta Nick en reculant d'un pas. Qu'est-ce que j'ai pu faire pour vous donner cette impression ? Mes actes parlent d'eux-mêmes, il me semble !

— Ils parlent trop, peut-être... (Il se rapprocha pour chuchoter à l'oreille du jeune homme :) Allez, Neumann, racontez-moi : quels péchés voulez-vous tant expier ?

— Qu'est-ce que vous racontez ?

Une expression stupéfaite passa sur les traits de Schweitzer.

— Je vous répète que je suis ici depuis trente-cinq ans. Assez longtemps pour avoir connu votre père. Très bien connu, même. Comme nous tous. Et je puis vous assurer qu'aucun d'entre nous, au quatrième étage, n'a oublié à quel point il a pu nous mettre dans l'embarras.

— Mon père était un homme honnête, se défendit Nick instinctivement.

— Bien sûr, bien sûr... Mais on a toujours des surprises, n'est-ce pas ? (Avec un sourire malveillant, il attendit de constater son effet pour se diriger vers la porte, qu'il ouvrit.) Ah, et puis, Neumann ! Si vous trouvez que moi, je marche sur la corde raide... c'est que vous-même n'avez pas jeté un coup d'œil en bas depuis un moment. Une chute du quatrième étage, c'est très, très long. J'aurai tout le temps de vous regarder.

— Alors, prenez un billet !

Schweitzer s'inclina avec raideur, puis disparut.

Nick s'effondra dans son fauteuil. Peter Sprecher avait eu raison de lui dire que ce type était dangereux, mais il avait omis d'ajouter qu'il était aussi paranoïaque, psychopathe et mégalomane. Qu'avait-il bien voulu insinuer en lançant que son père les avait « mis dans l'embarras » ? Certes, Nick ne connaissait que les grandes lignes de la carrière paternelle : stagiaire de seize à vingt ans, puis conseiller adjoint et gestionnaire de portefeuilles de plein droit. Selon Cerruti, il avait été dans les deux cas sous les ordres de Kaiser. Était-ce à cette époque qu'il avait pu commettre quelque impair ? Nick n'y croyait pas. Schweitzer n'avait pas fait allusion à une bévue de jeune cadre encore inexpérimenté, mais à quelque chose de beaucoup plus grave. Quelque chose qui avait dû se passer après son installation à Los Angeles...

À cet égard, l'unique source d'information dont Nick disposait, c'était les deux agendas trouvés dans le déménagement de sa mère, et la seule piste tangible dans ce cadre était la mention d'un certain Allen Soufi, ce client dont chaque visite donnait lieu à des notations indignées de la part de son père. Une fois, il y était qualifié de *Schlitzohr*, terme d'argot suisse désignant un escroc; une autre fois, Alex Neumann le traitait simplement de « personne infréquentable ». Et plus tard, il apparaissait encore, à la faveur de cette exclamation lourde de conséquences : « Le salaud m'a menacé ! », que son père avait notée en lettres capitales et non dans la cursive élégante qu'il employait habituellement. Il y avait aussi le nom d'une société, « Goldluxe », à laquelle il avait rendu visite, suite à une demande de crédit selon toute vraisemblance, et sur le compte de laquelle il avait émis un jugement sans appel – « Louche », « Bilan fantaisiste », « À prendre avec des pincettes » – mais avec laquelle il avait été cependant obligé de traiter.

Nick se massa pensivement la tempe. Comment la banque aurait-elle pu reprocher à son père de plaider contre toute collaboration avec des individus ou des groupes peu recommandables ? La réponse n'était pas difficile à trouver, d'autant que les accusations de Thorne à propos d'une longue relation d'affaires entre Kaiser et le fameux Ali Mevlevi résonnaient encore dans sa mémoire : non seulement la banque ne repoussait pas ce genre de collaboration, mais elle le recherchait !

Il rectifia sa position sur son siège. Il n'existait qu'un endroit où il puisse trouver la clé de toutes ces interrogations : les rapports d'activité mensuels envoyés jadis de Los Angeles par son père. Pour ce faire, il n'y avait que deux solutions : passer par le programme Cerbère pour remplir une demande de consultation officielle qui porterait son matricule, ou demander à quelqu'un de les sortir des archives à sa place. La première présentait trop de risques, la seconde était exclue, du moins pour l'instant. Il ne lui restait plus qu'à attendre et à en trouver une troisième, si possible.

« Patience ! lui recommanda une voix intérieure qui n'était pas sans lui rappeler celle de son père. Maîtrise-toi. »

Il eut le plus grand mal à se remettre au travail. Pour commencer, il posa devant lui le document tant coinvoité par Schweitzer, la liste des principaux actionnaires, personnes privées ou institutions, qu'il devait contacter. Il sourit lorsque ses yeux tombèrent sur le nom d'Eberhard Senn, comte Languenjoux. Ce vieux de la vieille ne détenait pas moins de deux cent cinquante millions de francs suisses d'actions, soit six pour cent du capital de la banque. Son vote serait déterminant.

La liste était longue. Pour ceux qui disposaient aussi d'un compte à l'USB, il allait demander une copie complète de leur dossier client, qu'il étudierait avant de leur téléphoner, afin d'assimiler un maximum de détails sur leurs activités et leur profil. Il coulait de source que les parts détenues par des portefeuilles dont la gestion avait été entièrement confiée à la banque seraient comptées parmi les votants en faveur de la direction en place...

Mais la grande majorité des actionnaires de l'USB n'avaient pas de compte bancaire dans l'établissement. Dans leur cas, Nick devrait prendre directement contact avec eux, ou avec le conseil en gestion de patrimoine chargé de l'administration de leurs parts, et plaider la cause de la banque à l'aveugle. Sa liste était surtout constituée d'institutions ou de cabinets d'investissement américains : la Caisse de retraite des enseignants de l'État de New York, celle des fonctionnaires de Californie, le Fonds d'investissements européens Morgan Stanley...

Nick attrapa une pile de demandes de consultation de dossiers et entreprit de les remplir en précisant le nom du gestionnaire du portefeuille, le département, la date de la requête, puis de les signer un par un. La procédure ne laissait rien au hasard, absolument rien. Les formulaires devaient être contresignés par Kaiser avant d'être adressés aux responsables de département concernés. Le même respect scrupuleux de la confidentialité s'appliquait aussi bien à l'intérieur de la banque qu'à l'extérieur. Nick se demanda s'il parviendrait un jour à extirper les rapports de son père des coffres de la *Dokumentation Zentrale*. Pas si la signature de Kaiser était nécessaire, il en était sûr. Ni si Schweitzer continuait à épier ses moindres faits et gestes.

Il était absorbé dans ce travail monotone depuis une heure déjà quand il fut interrompu par Yvan, le courrier du quatrième étage, qui entra pour lui remettre plusieurs enveloppes en papier kraft, deux fois plus petites que celles employées généralement par les entreprises du monde entier pour leur correspondance interne. L'avertissement de Thorne encore à l'esprit – « Surveille ta boîte aux lettres ! » –, il entreprit de les ouvrir.

La première contenait une note de service de Martin Maeder qui « suggérait » à tous les gestionnaires de portefeuilles d'envisager de garnir le panier de leurs clients d'actions supplémentaires de l'USB. La tactique était évidemment destinée à étendre le contrôle de la banque sur ses parts, ce qui revenait presque à violer la sacro-sainte muraille de Chine qui, dans tout établissement bancaire helvétique, était censée séparer strictement le monde de la spéculation de celui de la banque commerciale. Sur le marché boursier, les pouvoirs discrétionnaires dont disposaient les gestionnaires de portefeuilles donnaient à l'USB, comme à ses consœurs, toute latitude pour manipuler le prix des actions, assurer le succès d'une émission de bons à terme, ou influer sur la valeur d'une devise.

Nick jeta la note de Maeder au panier et fendit une seconde enveloppe. Elle en contenait une autre, blanche, avec son nom et son adresse professionnelle. Pas de timbre, ni de cachet. À l'intérieur, il trouva la photocopie de sa feuille de libération de l'US Marine Corps, ainsi que des conclusions de la commission d'enquête recommandant une sanction disciplinaire pour voies de fait avec intention d'infliger de graves blessures corporelles. « Intention » ? Il avait transformé Keely en chair à pâté, oui ! Il avait réduit ce gros saligaud à presque rien ! Oui, cela avait été la récompense accordée par le lieutenant Nicholas Neumann, USMC, à l'agent fédéral Jack Keely, CIA...

Il étala les papiers sur sa table. Il était furieux que Thorne ait réussi à mettre la main dessus. Il n'arrivait pas vraiment à y croire, d'ailleurs : légalement, ils auraient dû être classés top secret dans les archives au QG de son ancienne arme. Il n'avait jamais parlé de l'enquête de la cour martiale à quiconque, et surtout pas à Kaiser. Officiellement, il avait quitté les marines la tête haute, ayant honorablement servi son pays. En tant qu'homme, il était irréprochable. En tant que soldat, peut-être moins : mais cette question demeurait strictement entre Jack Keely et lui.

Sa main descendit sur son genou droit, s'arrêtant au creux dans la chair, là où plus d'une livre de tendons et d'épiderme manquait. Thorne, Keely... Deux personnalités distinctes dans deux contextes différents, mais avec les mêmes réflexes, les mêmes motivations. Et ni l'un ni l'autre n'étaient dignes de confiance.

Toujours hypnotisé par les papiers devant lui, il plissa les yeux comme s'il regardait dans le clair soleil du matin. Il était à nouveau dans la clairière poussiéreuse où Arturo Cruz Enrile gisait au sol avec une balle *made in USA* dans le crâne. Il voyait Gunny Ortiga bondir jusqu'au corps, puis le bandana vert dans lequel il avait enveloppé le pouce sectionné d'Enrile, preuve irréfutable de la mort du rebelle. Une seconde, il fut certain d'entendre les pas précipités du soldat revenant vers leurs lignes. Mais ce n'étaient que ceux d'Yvan, un peu plus loin dans le couloir silencieux...

Alors, à nouveau, il se retrouva dans la jungle. Rien d'autre n'avait d'existence. Ni Thorne, ni Schweitzer, ni toute cette fichue banque. Il n'y avait que lui, un officier allongé sur le ventre dans la poussière rouge et brûlante, attendant le moment de ramener ses hommes à leur navire. Et qui savait, avec une affreuse certitude rétrospective, qu'il allait devoir traverser un enfer.

29

Pendant quelques secondes, tout est calme. Le bruissement inlassable de la jungle s'est tu. Ortiga s'est à nouveau étendu derrière le parapet de boue.

— Bien visé, dit-il. Il était mort avant de toucher le sol.

Nick reçoit le macabre trophée. Il essaie de ne pas penser au pouce enroulé dans ce bout de coton gluant. Il fait signe à ses hommes de se replier dans le sous-bois et de se placer en formation de marche. La retraite, plus de vingt kilomètres à travers la jungle chauffée à blanc, va commencer. Un par un, les marines décrochent, le corps cassé en deux.

Le hurlement d'une femme perce l'air vibrant du matin.

Nick crie à ses hommes de stopper là où ils sont et de se mettre à couvert.

La femme hurle encore une fois. Un cri de terreur, guttural, qui s'achève en sanglot.

Avec ses jumelles, il inspecte la clairière. Rien en vue, sinon le cadavre d'Enrile, sur lequel le soleil pèse de toute sa force. Un essaim de mouches s'est déjà amassé près de la flaque de sang coagulé autour de sa tête. Une femme brune, de petite taille, surgit soudain de l'arrière de la ferme. Elle court, trébuche, se relève, court encore vers le corps. Sa plainte s'amplifie à chaque pas. Elle lève les bras au ciel, s'en bat les flancs. Un enfant sort en trottinant de la maison. Il part à la recherche de sa mère. Tous deux s'arrêtent devant l'homme mort. Ils pleurent toutes les larmes de leur corps.

Nick regarde Ortiga.

— D'où elle sort, elle ?

Le marine hausse les épaules.

– Elle devait être dans la camionnette avec lui. La reconnaissance avait dit que la ferme était déserte.

Nick sent une autre présence près de lui. Johnny Burke, de retour chez les vivants. Il s'approprie les jumelles.

– D'ici, ce gosse, on sait pas si c'est un garçon ou une fille... Hé, qu'est-ce qu'ils chialent, tous les deux ! (Il se relève sur un genou, inspecte encore la clairière.) Le mec, vous l'avez eu, hein ? Rétamé, il est ?

Nick tire le bleubite par sa chemise.

– Te découvre pas, toi !

Burke résiste.

– Y a personne d'autre que cette pauvre mama et son petit, lieutenant ! Pas âme qui vive à part cette femme... (Il est d'une pâleur spectrale ; Nick se rend compte qu'il est en proie au délire, à cause de sa fièvre.) Hé, vous lui avez tué son mari, lieutenant !

Un bruit de branches cassées. À la droite et à la gauche de Nick, la petite digue crache des geysers de poussière. Plus loin, dans la végétation, des ronds de fumée se forment, telles des fleurs en train d'éclore. Face à eux, sous les arbres, des armes légères se sont mises à crépiter.

Burke est debout. De tous ses poumons, il vocifère :

– À terre, m'dame, à terre ! Le gosse aussi ! Planquez-vous, merde !

Nick l'attrape par le fond de son treillis et cherche à le plaquer au sol, mais le jeune tireur d'élite se débat et continue à beugler ses recommandations.

Nick sent une gifle mouillée sur son oreille.

Burke tombe à genoux. Sa tenue de jungle est rouge, d'un coup. Il a été touché en plein ventre. Il tousse, un flot de sang sort en arc de sa bouche.

– À terre ! Ne répondez pas au feu !

Contredisant lui-même son ordre, Nick tend le cou au-dessus du parapet. La femme et l'enfant sont toujours à côté du cadavre, immobiles. Ils ont seulement protégé leur tête de leurs bras.

– Baissez-vous ! siffle Nick, la joue maintenant pressée contre la tête brûlante. Mais baissez-vous, bon Dieu !

Les balles sifflent, tout près. Burke gémit. Nick le regarde. Il se lève d'un bond, met ses mains en porte-voix autour de sa bouche et crie de toutes ses forces :

– Couchez-vous, là-bas ! Madame, à terre !

Un projectile fend l'air près de sa tempe, il se jette au sol. Mais la femme et l'enfant ne bougent pas. On dirait deux statues montant la garde près du cadavre d'Enrile.

Et puis, il est trop tard.

Ce sont des détonations comme toutes les autres, mais Nick sait qu'elles viennent de les faucher. Soudain, ils ne sont plus debout, ils gisent près d'Enrile. D'autres balles viennent se ficher dans leur corps. À chaque impact, ils tressaillent encore, la mère et son fils.

Nick donne le signal de la retraite. Il jette un coup d'œil à Burke, qui ne cesse de vomir un sang noir. Ortiga ouvre sa chemise, y glisse une compresse antiseptique. Les sourcils froncés, il secoue la tête.

En plein midi dans la jungle des Philippines. Nick et ses hommes ont parcouru quinze kilomètres sur le chemin du retour. Ils sont poursuivis par un ennemi invisible, qui ne se manifeste que par des tirs sporadiques en leur direction. Les marines ont besoin de souffler, et Nick plus que quiconque. Il dépose Johnny Burke sur ce qui, d'après sa carte, devrait être le bord de la rivière Azul. Le jeune soldat a retrouvé sa lucidité, pour un moment. D'une voix hachée, il lui dit :

– Merci pour tout ça, lieutenant... Mais je ne vais pas aller beaucoup plus loin. Vous feriez mieux... de me laisser ici.

– Garde cette bouche fermée, tu veux ? On te ramène à la maison. Continue à t'accrocher à moi, c'est tout. Montre-moi que tu es toujours là.

Ensuite, il se traîne jusqu'à son « 0330 », le caporal chargé de l'équipement radio. Sur l'émetteur, il compose la fréquence de leur opération dans l'espoir de joindre l'USS *Guam*. Trois fois déjà, il a tenté de contacter le bateau pour demander une évacuation d'urgence en hélicoptère. Mais le *Guam* reste silencieux. Nick essaie une autre fréquence. Il tombe sur la tour de contrôle de l'aéroport de Zamboanga. Ce n'est pas sa radio qui lui joue des tours. Là-bas, on ignore ses appels.

Quatre heures de l'après-midi. Le bout de plage qui doit servir à leur évacuation se trouve à moins de cinq cents mètres devant eux, après une étendue de broussailles. Burke est toujours en vie. Nick s'agenouille près de lui. Il est couvert, des pieds à la tête, du

sang de son camarade. Il tend l'oreille, guettant le discret ronronnement que feront les deux dinghys envoyés par le *Guam* en
approchant de la rive. Une heure plus tôt, il a enfin réussi à
joindre le navire par l'intermédiaire d'un contrôleur aérien de
Zamboanga qui a transmis son appel au colonel Sigurd Andersen.

Il ne lui reste plus qu'à s'asseoir et à patienter. Et à prier pour
que Burke survive.

Ortiga a repéré les embarcations à un demi-mille au large. Un
cri de triomphe monte de la section épuisée.

Johnny Burke ouvre les yeux, les pose sur Nick.

– *Semper fi*, articule-t-il faiblement.

Nick presse sa main dans la sienne.

– T'es tiré d'affaire, mon grand. Encore deux minutes.

Ortiga ordonne à l'escadron A de se reformer. Les hommes ont
pour consigne de rester à couvert jusqu'à l'arrivée des bateaux sur
le sable. Alors qu'ils se regroupent, une grêle de feu se déchaîne
contre eux à partir d'un bouquet de palmiers sur leur gauche.
D'autres tirs se déclenchent d'une ligne d'arbres à caoutchouc,
derrière : les marines sont pris dans une manœuvre d'encercle-
ment classique, qui leur coupe leur issue par la mer.

Nick leur crie de se mettre à plat ventre.

– Ils en veulent, on va leur en donner ! Feu à volonté !

Huit marines laissent leurs armes se décharger furieusement sur
l'ennemi, toujours invisible. Les détonations et les impacts sont
assourdissants. Ortiga tire au lance-grenades, Nick vide un chargeur dans les broussailles et se met en marche vers la plage. Par-
dessus le vacarme, il entend les cris de leurs assaillants. Tout ce
tumulte le plonge dans une étrange exaltation.

Le premier dinghy est en position. L'escadron A galope vers
lui, chacun retenant son casque sur la tête de sa main libre. Nick et
Ortiga couvrent leurs arrières. L'embarcation s'éloigne de la rive
et repart vers le large, moteur à plein régime, laissant une traînée
d'écume bouillonnante derrière elle.

La deuxième vient aborder. Nick jette Burke sur ses épaules
pour le sprint final jusqu'à la délivrance. Il émerge des buissons,
commence à descendre la dune en trébuchant. Son M 16 en joue,
arrosant la jungle de rafales cadencées, Ortiga lui crie de se dépêcher. Avec ses bottes et sa lourde charge, Nick peine dans le sable
fin. Il aperçoit le pilote du dinghy, lui fait signe. Ça y est, c'est bon.
Une seconde plus tard, le voilà catapulté dans les airs par une tor-
nade brûlante qui le saisit par-derrière. Il est happé par un gron-

dement effroyable, une tourbillon de feu et de pierres. Ses poumons sont vides. Le temps s'arrête.

Il se réveille le visage dans le sable. Ortiga le secoue par l'épaule.

– Ça va aller, lieut'nant ?

– Où est Burke ? hurle Nick. Où il est ?

– Il en reste rien, de Burke ! Faut qu'on embarque, lieut'nant ! Vite fait !

Nick jette un regard égaré à sa droite. Le torse de Burke est là, dans une mare de sang sableuse, privé de ses membres, amputés nettement à la base. Son dos est criblé d'éclats d'obus qui fument encore dans la chair. L'odeur le fait vomir. Il se répète qu'il doit courir au bateau, se secouer, mais ses jambes refusent de bouger. Quelque chose ne tourne pas rond. Ses yeux tombent sur son genou droit. « Oh non, je suis touché ! » Son pantalon lacéré découvre des lambeaux de chair carbonisée. Le sang – le sien, cette fois – jaillit, comme d'une source discrète mais tenace. Un morceau de cartilage reflète les rayons du soleil. Nick attrape la carabine de précision de Burke, la plante dans le sol, crosse en l'air. Grâce à cette béquille improvisée, il arrive à se mettre debout. Il ne discerne plus que du blanc, puis un rideau gris, cotonneux. Le seul bruit qu'il distingue est un hurlement, plus glaçant qu'il n'en a jamais entendu, et qui monte de ses propre entrailles. Ortiga a passé son bras autour de lui. Ensemble, ils chancellent jusqu'à l'embarcation. Le pilote est descendu sur la plage, il hisse à bord une masse noircie. Ce qui reste de Burke.

Ils sont en mer.

Les tirs ont cessé.

La douleur explose après une centaine de mètres.

Allongé à la proue du dinghy, Nick lutte pour rester conscient pendant le long retour vers le *Guam*. Chaque vague provoque en lui un spasme de souffrance, chaque creux une nausée à peine maîtrisable. Son genou droit est en miettes, la jambe elle-même est terriblement abîmée. Un éclat d'os blanc comme l'ivoire pointe à travers la chair, comme s'il cherchait à s'extirper de sa prison. Il ne gémit pas. Pendant quelques minutes, la douleur est si aiguë qu'elle le laisse la tête claire, très lucide. Capable de récapituler l'enchaînement des événements durant cette journée, et leurs implications.

Enrile. Un assassinat. Le meurtre de sa femme et de son enfant. Ses appels de détresse, laissés sans réponse par le QG sur le *Guam*. Tout avait été prémédité. Froidement prémédité.

Il imagine Keely embusqué dix-huit heures d'affilée dans la salle des communications du navire. Il l'entend donner l'information de l'arrivée d'Enrile, certifier que le chef rebelle est seul. Il le voit couper la radio, ensuite, faire la sourde oreille aux appels des neuf marines, dont un grièvement blessé, pris sous le feu. Pourquoi ? a-t-il envie de vociférer. Mais pourquoi ?

Secoué par la houle sur la frêle embarcation, il se jure de découvrir toute la vérité. Il se promet de démasquer les responsables de l'assassinat d'Enrile, et de la trahison qui a coûté la vie à Johnny Burke.

Il n'entendit pas tout de suite les coups discrets que l'on frappait à sa porte. Il avait les yeux grands ouverts mais ne voyait que les images brouillées de son passé. Comme les coups devenaient plus insistants, il émergea de son égarement, invita son visiteur à entrer. Par la porte entrebâillée, la tête blonde de Sylvia Schon apparut. Elle semblait inquiète.

— Vous allez bien ? J'ai frappé, frappé...

Nick se leva pour l'accueillir.

— Ça va, oui. Pas mal de soucis, c'est tout. Vous pouvez imaginer... Entrez !

Il aurait voulu lui dire qu'il était très heureux de la voir, qu'elle était ravissante, mais il craignit de paraître trop familier. Leurs échanges téléphoniques de la veille l'avaient déconcerté : d'abord, elle avait répondu comme si elle ne pouvait plus le supporter, d'une voix plus que froide. Puis, quand elle avait rappelé, elle s'était excusée, apparemment sincère. Avant de raccrocher en hâte...

Sylvia referma la porte, sur laquelle elle s'adossa. Elle portait un classeur au bord jauni sous le bras.

— Je voulais vous dire que j'étais désolée, pour hier matin. Je sais que j'ai dû vous paraître complètement folle. Ce n'est pas facile à l'avouer, mais franchement j'étais un peu... jalouse. Je crois que vous ne mesurez pas bien ce à quoi vous êtes arrivé, là.

Nick désigna d'un geste circulaire son étroit bureau sans fenêtre, encombré de rayonnages et de casiers — un cagibi, ou presque.

— Quoi, ça ?

— Allons, vous savez de quoi je parle. Le quatrième étage. Devenir le collaborateur du président.

Si, il savait exactement ce qu'il en était.

– Je dois avoir une sacrée veine, c'est sûr. Mais à vrai dire je n'ai même pas eu une minute pour m'en féliciter, parce que pour l'instant, quel travail !

– Eh bien, disons que voici un cadeau pour fêter votre promotion...

Et elle lança le classeur sur sa table avec une grâce espiègle.

– Qu'est-ce que c'est ? Attendez, je devine... Ah, oui, un questionnaire à remplir en trois exemplaires, pour savoir si je suis satisfait de l'aménagement de mon placard !

Elle lui décocha un sourire malicieux.

– Pas vraiment, non.

– La liste de tous les établissements scolaires que j'ai fréquentés, avec mes jours d'absence et mes activités pendant les vacances d'été.

Elle éclata d'un rire joyeux.

– Ah, là, vous brûlez ! Allez, regardez.

Nick prit le classeur, l'inclina pour lire le titre sur la tranche : « Union suisse bancaire, bureau de Los Angeles. Rapports mensuels d'activité, 1975. » Il resta un moment sans voix.

– Je... Je n'aurais jamais dû vous demander ce service. Je ne pensais pas du tout à votre position à la banque. C'était grossier et égoïste de ma part. Je ne veux pas que vous ayez des ennuis à cause de moi.

– Pourquoi donc ? Je vous ai dit que je vous devais un service, en remerciement. Et puis, si je veux vous aider, moi ?

– Pourquoi ?

La question avait une nuance de scepticisme qui lui avait échappé. En réalité, il n'était pas encore certain qu'elle ne l'aide pas un jour pour le dénoncer le lendemain.

– C'est moi qui me suis montrée égoïste, pas vous. Des fois, c'est plus fort que moi. Je me suis battue si dur pour arriver là où je suis que la moindre surprise me fait paniquer... (Elle releva le menton et poursuivit d'un ton volontaire :) Pour être très franche, je suis confuse, et c'est pour cette raison que je n'ai pas répondu à vos coups de fil. Et puis j'ai réfléchi à ce que vous m'aviez demandé, et je me suis dit qu'un fils avait le droit d'en savoir autant qu'il voulait sur son père.

Nick restait prudent devant ce revirement inespéré.

– Est-ce que je dois... me méfier ?

– Et moi, alors ? s'exclama-t-elle avant de faire un pas en avant et de poser sa main sur le bras du jeune homme. Promettez-moi simplement une chose, Nick : que vous m'expliquerez bientôt toute cette histoire.

Il reposa la chemise sur la table.

– D'accord, promis. Ce soir, c'est possible ?

Elle parut prise de court.

– Ce soir ?... (Elle se mordit la lèvre, le regarda droit dans les yeux.) Ce serait parfait, oui. Chez moi, à sept heures et demie ? Vous vous rappelez où c'est, je pense ?

– Pas de problème.

Elle était partie depuis une minute mais Nick fixait toujours l'endroit où elle s'était tenue, comme s'il se demandait encore si elle n'avait pas été qu'une apparition. Mais le dossier sur son bureau était bien réel, avec son titre, son numéro d'identification et son code soigneusement tapés à la machine.

Net. Sans bavure. Et entièrement à lui pour les vingt-quatre heures à venir.

30

Au moment même où Nick recevait les précieux documents des mains de Sylvia, sous un ciel bien plus clément, à environ cinq mille kilomètres à l'est, Ali Mevlevi se faufilait dans la cohue de la rue Clemenceau au volant de sa Bentley, pas mécontent d'être en vue de l'hôtel Saint-Georges où il avait rendez-vous à déjeuner depuis un quart d'heure déjà. De loin, la porte cochère blanche de cette adresse élégante lui apparaissait comme une oasis au milieu de la pollution urbaine, particulièrement pénible en fin de matinée. En retrouvant une existence civilisée, Beyrouth s'était en effet dotée de bouchons permanents, aussi inextricables que ceux de ses sœurs plus huppées qu'étaient Paris ou Milan.

Mevlevi trépigna sur son siège. Il lui restait moins de vingt mètres jusqu'à l'entrée où il pourrait confier son véhicule au concierge de l'hôtel, mais l'embouteillage devant lui refusait de se dissiper. Rothstein devait pester en regardant sa montre : le propriétaire du Petit Maxim's était réputé pour sa fidélité obsessionnelle à des habitudes immuables. Mevlevi avait dû pratiquement le supplier d'y déroger en acceptant sa présence à ses côtés lors de son déjeuner hebdomadaire à l'hôtel Saint-Georges. Le souvenir de cette humiliation le rendit encore plus furibond.

« Tu l'as fait pour Lina, se répéta-t-il afin de retrouver son calme. Pour la laver de tout soupçon. Pour établir à jamais qu'elle n'est pas, qu'elle ne peut pas être l'espion infiltré sous ton toit. »

Il oublia un instant la confusion environnante. Il ne pensait plus qu'à elle. À la première fois qu'il l'avait vue. Il souriait, maintenant.

Tout au bout de la rue Ma'akba, à deux pâtés de maisons du front de mer, le Petit Maxim's avait l'allure d'un lupanar des temps révolus. Un capharnaüm de canapés en velours et de vieux fauteuils regroupés autour de tables basses invariablement souillées de noyaux d'olives et de restes de *mezze* abandonnés par les noceurs. Mais si Max accordait peu d'attention au cadre, il n'en allait pas de même pour ses pensionnaires : essaimées à travers la salle tels des diamants sur un tas de charbon, deux douzaines des plus belles filles au monde auraient fait tourner les têtes des plus blasés.

Cette nuit-là, Mevlevi était arrivé vers deux heures, après une épuisante journée passée en coups de téléphone. Il venait de s'installer à sa table habituelle lorsqu'une jeune et mince Asiatique, cheveux coupés à la garçonne et laqués, lèvres provocantes, avait glissé vers lui et lui avait proposé sa compagnie. Il avait poliment refusé, tout comme il avait ensuite décliné l'offre d'une Géorgienne à la flamboyante chevelure puis d'une ravageuse blonde platine originaire de Londres dont les seins somptueux explosaient sous un chemisier ajouré. Il n'était pas en quête d'une beauté sidérante, ni de raffinements érotiques, mais d'une révélation charnelle : quelque chose de brut, de primaire, l'écho atavique du désir originel.

Un client difficile, certes.

Mais qui ne s'attendait nullement au choc Lina.

Le spectacle de la soirée s'ouvrit dans un tonnerre de musique, agressive presque. Mevlevi, qui détestait le rock US, se sentit cependant brusquement stimulé par cet afflux d'énergie, électrisé, pressé de voir ce que ce fracas annonçait. Quand Lina apparut sur la scène, muscles sinueux, chevelure d'ébène cascadant sur ses épaules sculpturales, il sentit son cœur s'arrêter. Elle dansait avec la furie d'une panthère en cage, et, quand la musique le demandait, elle s'exhibait avec une audace qui lui incendiait les reins. En la contemplant retirer le soutien-gorge qui retenait sa fière poitrine, il se retrouva la bouche plus sèche que le désert. Puis elle s'avança au bord de l'estrade, soulevant des deux mains la masse de ses cheveux, balançant ses hanches sensuelles au rythme sauvage, assourdissant. Elle le regarda plus longtemps que les règles de Max – il en avait tout de même quelques-unes... – ne l'auraient permis. Des yeux noirs, mais illuminés d'une vibration intérieure qui lui donna l'impression qu'elle le sondait jusqu'au plus profond de son être en le fixant ainsi. Et qu'elle avait envie de lui, autant qu'il la désirait, lui.

Un tintamarre de klaxons le tira de son rêve. Il avança de quelques mètres, dut à nouveau s'arrêter. « Allez au diable ! » hurlat-il à l'attention des voitures agglutinées devant lui. Finalement, il n'y tint plus : sans même couper le moteur, il abandonna la Bentley au milieu de la chaussée et franchit à pied les quelques mètres jusqu'à l'hôtel. Un garçon en livrée l'aperçut et sortit en courant de l'allée pour le rejoindre dans la rue. Mevlevi lui fourra un billet de cent dollars dans la main en lui demandant de récupérer son véhicule et de le garer près de l'entrée.

Beyrouth. Chaque jour, il fallait savoir improviser face à l'adversité.

— Max ! Merci encore de m'avoir permis de me joindre à vous ! Et je vous ai pris de court, presque ! Je suis honoré, réellement.

Un homme aux cheveux gris, vigoureux, aussi mince que bronzé, sa chemise de soie blanche largement ouverte, se leva de sa chaise.

— Vous êtes un charmeur, Ali. Mais maintenant, je sais que c'est un traquenard. Chez nous, nous avons un dicton : « Quand le lion sourit, même ses petits s'enfuient. » Garçon ! L'addition !

Ils éclatèrent de rire tous les deux.

— Vous avez l'air en pleine forme, Max. Cela faisait longtemps que je ne vous avais pas vu à la lumière du jour.

Rothstein prit sa serviette amidonnée pour s'en tapoter les yeux.

— Oui, pour un vieux débris comme moi, ça peut encore aller... Mais vous, vous avez l'air chiffonné. Vous voulez qu'on en parle tout de suite ?

Mevlevi se força à sourire. En silence, il se remémora le verset du Coran : « Assurément, ceux qui témoignent de la patience verront le Royaume d'Allah... » Facile à dire.

— Je suis venu déjeuner avec un vieil ami. Le business peut attendre.

Un maître d'hôtel vint leur présenter les menus.

— Lunettes, ordonna Rothstein en élevant la voix.

Une armoire à glace assise à la table d'à côté se pencha pour les lui tendre.

– Toujours prudent, hein ? nota Mevlevi en lorgnant les figures patibulaires attablées non loin de leur patron.

– Vous savez bien : je suis un homme d'habitudes, rétorqua son hôte en souriant.

Ils passèrent commande. Un hamburger de cinq cents grammes bien cuit, avec un œuf poché, pour Rothstein, une sole grillée pour Mevlevi. Depuis que celui-ci connaissait ce « vieil ami », il ne l'avait jamais rien vu consommer d'autre que cette préparation barbare, à déjeuner comme à dîner.

Maxime André Rothstein. Allemand de naissance, libanais d'adoption, le phénomène était aussi insaisissable qu'un esturgeon sur un lit de glace. Cela faisait des décennies qu'il régnait sur la plupart des tripots et des bars louches de Beyrouth. Bien avant son arrivée au Liban en 1980, certainement. Même au plus fort de la guerre civile, sa boîte de nuit était restée ouverte chaque soir. Aucun milicien ou soldat ne se serait risqué à subir les représailles de ses chefs en cherchant noise à Max et à ses filles. Afin de conforter encore cette solide popularité, il avait d'ailleurs réparti ses croupiers parmi toutes les factions rivales, déterminé à assurer le triomphe de la roulette et du baccarat des deux les côtés de la Ligne verte. Et, bien entendu, il prélevait sa part sur toutes les recettes.

À une époque où l'énorme majorité des Beyrouthins perdaient non seulement des êtres chers mais aussi tout ou partie de leurs biens matériels, Rothstein avait amassé une fortune considérable. La présence continuelle de gardes du corps en civil autour de lui prouvait que le ruffian s'était senti plus en sécurité pendant le conflit qu'une fois la paix revenue. Dans cette ville où l'explosion d'une voiture piégée était sans cesse possible, les précautions « habituelles » de Rothstein ne faisaient que renforcer le malaise grandissant d'Ali Mevlevi, venu seul et sans protection en plein cœur de la capitale, ce jour-là.

Cependant, les deux hommes se lancèrent dans une conversation à bâtons rompus dont le sujet était les difficultés qui attendaient encore le Liban dans sa marche vers la normalisation. Ni l'un ni l'autre n'affichaient d'opinions tranchées : en tant qu'hommes d'affaires avisés, ils savaient que leur intérêt était d'approuver le clan au pouvoir, quel qu'il fût. Hier Gemayel, aujourd'hui Hariri, demain... Personne ne savait ce dont demain serait fait.

Un chariot de desserts fut poussé devant leur table. Mevlevi choisit un éclair au chocolat, Rothstein une crème renversée.

Après avoir pris une bouchée et s'être extasié sur la finesse de la pâtisserie, il se lança :

— Dites, Max... Voitures, ou chameaux ?

— Répétez un peu celle-là.

Mevlevi reposa sa question. Il avait décidé d'aborder son problème sous un angle purement métaphorique, pour l'instant. Si Rothstein venait à se fâcher, il pourrait ainsi changer de sujet sans perdre la face.

Son hôte jeta un coup d'œil à ses gardes du corps, soupira et consentit enfin à se prêter au jeu.

— Voitures. Les animaux, ça ne m'a jamais inspiré. Hé, je n'ai même pas de chien !

À la table d'à côté, l'escouade partit d'un rire complaisant. Mevlevi se joignit à l'hilarité forcée, avant d'avancer une nouvelle carte :

— Voilà, j'ai un petit pépin avec ma nouvelle voiture. Je pensais que vous pourriez m'aider, peut-être.

Rothstein haussa les épaules, sans cacher son irritation.

— Je ne suis pas mécanicien, mais allez-y, dites toujours. Qu'est-ce que vous conduisez ?

— Oh, une très, très belle machine. Un châssis magnifique, des lignes très sexy, et quel moteur... Je l'ai depuis neuf mois, environ.

Avec un sourire entendu, Rothstein le coupa.

— Attendez ! Je sais de quel modèle vous me parlez là !

— Bon, mais, Maxie, cette voiture, je l'ai achetée neuve.

— Ah... Oui, seulement il y a neuf et neuf. Des fois, ce qui est neuf est neuf, d'autres fois presque neuf, et d'autres fois... (Il laissa échapper un gloussement.) D'autres fois, ce qui est neuf peut se révéler pas si neuf !

— Alors, et si cette voiture que je croyais neuve ne l'était pas, en fait ? Admettons que ce soit quelque chose que vous ayez vendu pour obliger un ami...

La préoccupation se lisait maintenant sur le visage ridé de Rothstein.

— Quoi, moi, je vous aurais refilé une auto de seconde main ? À vous, un de mes plus vieux clients ?

— Non, Max, s'il vous plaît. Ce n'est pas la question, aujourd'hui.

— Vous avez des problèmes avec ce modèle ? Eh bien, ramenez-le-moi. Si c'est bien celui auquel je pense, je trouverai un autre acheteur en deux secondes.

— Je ne rends jamais ce qui m'appartient. Vous le savez, Max. Quand j'achète quelque chose, c'est définitif. Si je n'en ai plus besoin, je le jette.

Rothstein engouffra une cuillerée de crème dont il renversa la moitié sur son menton et l'autre sur son torse. Mais il ne prêta aucune attention à ce gâchis.

— Alors... Alors, qu'est-ce qui cloche? C'est parce qu'elle a moins de... reprise?

Il rit pour le bénéfice de ses quatre sbires, qui l'imitèrent servilement.

Mevlevi, lui, sentait que la patience tant désirée était en train de s'éloigner à grande vitesse. Les doigts crispés sur la nappe, il siffla :

— Cela ne vous regarde pas! Où vous l'avez trouvée, cette voiture? La réponse vaut bien plus cher que le véhicule en question.

Et il lui tendit une enveloppe rembourrée par-dessus la table. Rothstein l'ouvrit, glissa un pouce dedans et tâta son contenu : cent billets de cent dollars.

— Écoutez, Ali, je l'ai reprise pour rendre service à un vieil ami à moi. Il m'a dit que cette voiture avait besoin de soins, de tous les soins qu'elle méritait et qu'elle n'avait pas encore eus. Que c'était un modèle de luxe, qui devait n'avoir qu'un seul conducteur. Pas la vulgaire bagnole qu'on se repasse, quoi !

— C'est très louable. Mais il y en a peu, même dans notre cercle, qui peuvent se payer un tel luxe.

— Pas des masses, non.

— Et ce grand ami qui a eu la gentillesse de vous confier une auto aussi exceptionnelle, on peut savoir qui c'est?

— C'est aussi un grand ami à vous. Je n'écoute pas aux portes, mais je crois même qu'il pourrait être un de vos associés. C'est seulement parce que vous vous connaissez tous les deux que je vous en ai parlé. Après tout, quand on est partenaires, on ne doit pas avoir de secrets l'un pour l'autre.

— Ah, Max... Comme de coutume, la sagesse coule de votre bouche.

Et Mevlevi se pencha vers Rothstein pour l'entendre murmurer le nom de celui qui avait amené Lina au Petit Maxim's. Alors, il ferma les yeux et chercha à retenir ses larmes. Il savait, maintenant.

31

Nick était au bas de l'immeuble à l'heure convenue. En montant dans le tram sur la Paradeplatz, il avait eu l'impression d'effectuer le trajet pour la première fois, même si c'était la même route qu'il avait empruntée six jours plus tôt.

Sylvia vivait dans une résidence récente, tout en haut du Zurichberg. La nature était très présente, ici : la forêt commençait juste derrière les bâtiments. Depuis l'arrêt d'autobus sur Universitätstrasse, Nick avait grimpé dix bonnes minutes une rue très pentue, en se disant que cet exercice, accompli deux fois par jour, vous assurait de vivre centenaire.

Il appuya sur le bouton de l'interphone et attendit, son attaché-case dans une main – il était venu directement de la banque –, un bouquet de fleurs aux vives couleurs dans l'autre. Les fleurs, il n'y avait pas pensé avant de passer par hasard devant un fleuriste et de céder à l'impulsion. Et maintenant, il se sentait ridicule, tel un jouvenceau à son premier flirt. Soudain, tout lui parut vain et superficiel. Il se demanda qui pouvait se tenir à la porte d'Anna en ce moment, lui aussi avec un stupide bouquet, avant de surmonter cet accès de jalousie.

Dans l'interphone, Sylvia lui dit d'entrer. Elle avait déjà ouvert sa porte. Elle portait un jean délavé et un polo Pendleton vert, et elle était coiffée avec une raie au milieu. D'emblée, il pensa qu'elle voulait ressembler à une Américaine. Elle le dévisagea, remarqua les fleurs.

— Qu'elles sont belles ! Comme c'est gentil...

Peinant pour trouver une réponse, Nick sentit qu'il piquait un fard.

– Je les ai vues dans une vitrine. Et puis, arriver les mains vides, ça ne se fait pas.

« Surtout une deuxième fois », compléta-t-il en son for intérieur.

– Mais entrez donc ! (Elle lui déposa un baiser sur la joue, le débarrassa du bouquet et le précéda jusqu'au salon.) Asseyez-vous, je vais les mettre dans l'eau. Le dîner sera prêt dans quelques minutes. J'espère que vous aimez la cuisine campagnarde de chez nous. Je vous ai préparé des *Spätzle mit Käse überbacken*.

– Rien que le nom me donne faim.

Avant de prendre place, il alla devant la bibliothèque, examinant les photographies encadrées. On y retrouvait souvent Sylvia en compagnie d'un homme athlétique, blond, qu'elle enlaçait tendrement.

– Mes frères, expliqua-t-elle en revenant les bras chargés d'un grand vase. Rolf et Erich. Des jumeaux. Ils se ressemblent comme deux gouttes d'eau.

– Ah...

L'information avait provoqué en lui un soulagement qui le surprit. Il se souciait donc plus de la jeune femme qu'il n'avait voulu l'admettre. Il se décida à s'asseoir sur le canapé.

– Ils vivent à Zurich, tous les deux ?

– Non. Rolf est moniteur de ski à Davos, Erich avocat à Berne.

À son ton, il devina qu'elle n'avait guère envie de parler d'eux. Elle posa les fleurs sur la table.

– Je vous sers un verre ?

– Une bière, avec plaisir.

Elle alla ouvrir la baie coulissante qui donnait sur la terrasse, se pencha et prit une bouteille dans un carton de six.

– Löwenbrau, c'est bien ? Elle est brassée ici, à Zurich.

– Parfait, oui.

Nick s'installa plus confortablement sur les coussins et laissa son regard vagabonder dans la pièce. C'était un appartement très agréablement arrangé. Deux tapis persans décoraient le parquet. Dans le coin-repas, la table était dressée pour deux, une bouteille de vin trônant au centre. Il avait l'impression de découvrir Sylvia telle qu'elle était réellement, et tout ce qu'il voyait lui plaisait. De l'autre côté, au bout du petit couloir, il y avait une porte fermée. Sa chambre. De fil en aiguille, il se demanda quelle personnalité elle révélerait, au lit : la femme énergique et sans concession qu'il connaissait au bureau, ou la fille de la campagne, simple et enjouée, qui venait de l'accueillir avec un baiser et un sourire. Dans les deux hypothèses, la perspective était excitante.

Sylvia s'approcha avec deux bières. Elle en tendit une à son invité, puis s'assit à l'autre bout du canapé.

– Alors, jusqu'à présent, vous vous plaisez, en Suisse ? (Nick faillit renverser sa bière en pouffant de rire.) Qu'ai-je dit de si drôle ?

– C'est... C'est exactement la question que Martin Maeder m'a posée, vendredi dernier.

– Eh bien : oui, ou non ?

– Eh bien oui ! C'est très différent des souvenirs que j'en avais. En mieux, sincèrement. J'aime bien comme tout est organisé, la manière dont tout le monde prend son travail à cœur, depuis l'éboueur jusqu'à...

– Jusqu'à Wolfgang Kaiser.

– Exactement. Chez moi, aux USA, c'est un exemple dont il faudrait s'inspirer.

Il but un peu de bière. Il n'avait pas très envie de laisser la conversation se focaliser sur lui. Sylvia était un sujet qui l'intéressait beaucoup plus.

– Mais racontez-moi plutôt comment vous êtes arrivée à la banque, vous. Est-ce que ça vous plaît autant que vous en avez l'air ?

Elle parut interloquée par la question, ou du moins par la façon dont il l'avait formulée.

– Moi ? Au départ, j'ai répondu à une annonce affichée à la faculté. En fait, je ne pensais pas du tout me lancer dans la banque, cela me paraissait vieux jeu... Non, je pensais à la publicité ou aux relations publiques, plutôt. Quelque chose avec du peps, quoi ! Et puis, j'ai eu un deuxième entretien, directement au siège de l'USB, cette fois. J'ai eu droit à une visite complète, l'étage du trading, les coffres... Je n'aurais jamais pensé qu'il se passait tant de choses derrière le guichet ! Tenez, regardez ce que nous faisons, nous, au département financier : nous brassons des milliards de dollars, nous émettons des emprunts qui permettent à des compagnies de se développer, à des pays entiers de s'équiper. C'est tellement... dynamique. J'adore !

– Waouh ! Hé, Sylvia, n'oubliez pas que je suis de la partie, moi aussi ! Vous prêchez un converti !

En réalité, il trouvait son enthousiasme contagieux et se rappelait très bien qu'il était parti à la conquête de Wall Street pour les mêmes raisons.

Elle posa une main sur sa bouche, confuse.

— Oui, je me suis emballée, je crois... Enfin, il y avait sans doute une autre raison, aussi : il y a si peu de femmes dans ce secteur, encore aujourd'hui. En tout cas à partir d'un certain niveau. (Elle attrapa une feuille posée sur la table basse que Nick n'avait pas remarquée.) Ah, je viens juste de recevoir la confirmation de mon itinéraire aux États-Unis. Finalement, je vais devoir attendre que l'assemblée générale ait eu lieu pour partir, ce qui ne va pas me simplifier la tâche... Enfin, c'est mieux que rien.

Elle lui tendit son programme, qu'il parcourut rapidement. Cela lui rappela l'époque des entretiens post-universitaires et de leurs contraintes. Elle devait commencer par New York, où elle verrait une série de jeunes diplômés de New York University, de Wharton et de Columbia. Ensuite, ce serait Harvard, le MIT, et en dernière étape Chicago, pour le campus de Northwestern.

— Eh bien... Ça fait beaucoup de route, pour recruter un ou deux futurs cadres !

— C'est une recherche que nous prenons très au sérieux, se défendit-elle en lui reprenant la feuille. Voilà pourquoi vous avez intérêt à rester avec nous, d'ailleurs : vous, les Américains, devez commencer à donner un meilleur exemple aux suivants !

— Ne vous inquiétez pas, je reste ! Vous croyez que je voudrais gâcher les résultats de votre département en matière de gestion des ressources humaines ?

— Monstre !

Elle lui donna une tape facétieuse sur la jambe, puis se leva en annonçant qu'elle allait mettre la dernière main au dîner.

Dix minutes plus tard, Nick attaquait de bon cœur les petites boulettes dorées au four et assaisonnées de fromage suisse fondu et de paprika. Tout en se disant qu'il n'avait rien mangé de meilleur depuis son arrivée à Zurich, il poussa la jeune femme à lui parler de son enfance. Elle se montra d'abord un peu timide mais oublia rapidement ses réticences. Elle avait grandi à Sargans, une petite ville à quatre-vingts kilomètres au sud-est de Zurich. Son père, chef de gare, était un notable local, un « parangon de vertus civiques » selon les propres termes de Sylvia. Après la mort de son épouse, il ne s'était jamais remarié. La fillette avait pris en charge la maisonnée et s'était occupée, seule, de l'éducation de ses frères cadets.

— On dirait que vous étiez très proches, remarqua Nick. Ce devait être bien...

— C'était atroce ! coupa Sylvia, qui rit aussitôt de sa sortie. Pardon.

— Pas de quoi. Mais pourquoi ?

Elle attrapa sa serviette sur ses genoux, les yeux fixés sur lui, cherchant à vérifier si son intérêt était sincère ou s'il voulait seulement la flatter. Elle détourna le regard.

— Mon père était quelqu'un de... difficile. Après toute une vie de chef de gare, il voulait que tout soit réglé comme un horaire de chemin de fer ! Autrement, il était perdu, malheureux. D'après moi, c'est pour cette raison qu'il ne s'est jamais remis de la mort de ma mère. Ce n'était pas « planifié », vous comprenez ? Dieu ne lui avait pas demandé son avis. Et qui devait supporter le poids de sa déception ? Vous pouvez l'imaginer : moi. Tout simplement parce qu'il ne savait pas comment se comporter avec une petite fille.

— À ce point ?

— Oh, il n'était pas méchant. Mais si exigeant... Je devais me lever à cinq heures pour lui préparer son petit déjeuner, et sa gamelle pour midi. Et puis, les jumeaux qu'il fallait réveiller, préparer à l'heure pour l'école. Quand on a neuf ans, cela fait beaucoup. Quand j'y repense, je me demande comment j'ai pu y arriver.

— Vous étiez forte. Vous l'êtes toujours.

— Je ne sais pas si je dois le prendre comme un compliment !

Nick lui adressa un sourire chaleureux.

— Moi, c'était pareil. Après la mort de mon père, ma seule préoccupation, c'était d'être à la hauteur. À l'école, je travaillais dur, j'essayais d'être le meilleur en tout. Des fois, la nuit, je me levais, je prenais mon cahier de devoirs et je vérifiais que tout était en ordre. J'avais peur que ça ait disparu. C'est dingue, non ?

— Pour moi, le problème n'était pas tellement là. C'était de faire tourner la maison. Vous savez, nous vivions dans une petite ville, tout le monde connaissait mon père, il fallait savoir garder les apparences. On ne pouvait pas avouer que ce n'était pas si simple, sans sa femme, sans sa mère... C'est peut-être pour moi que cela a été le plus dur. Mes frères, eux, étaient comme des coqs en pâte. Ils avaient une domestique à demeure.

— Et certainement ne vous en aimaient-ils que plus.

— Comme me disait Rudolf Ott l'autre jour, « dans l'idéal, sans doute » ! (Un sourire caustique, comme à regret.) Mais ils ont suivi l'exemple de leur père, hélas : ils considéraient tout ça comme on ne peut plus normal. Quand je ne sortais pas les vendredis soir, ils croyaient que c'était parce que je n'en avais pas envie. Pas parce que j'étais trop épuisée pour y penser. Je suis sûre qu'ils étaient persuadés que si je leur changeais les draps toutes les semaines, c'est parce que j'aimais ça !

— Vous n'êtes pas en très bons termes avec eux ?

— Oh, je respecte les formes : cadeaux d'anniversaire, cartes de vœux. Mais cela fait trois ans que je ne les ai pas vus, ni Rolf ni Erich. Et c'est mieux ainsi.

— Et votre père ?

Sylvia leva une main en l'air.

— Lui, je le vois, oui.

Nick comprit à son expression que le sujet était clos. Alors qu'il détournait le regard, ses yeux tombèrent sur son attaché-case, qu'il avait laissé dans l'entrée. Il avait totalement oublié son existence, tant il s'était laissé prendre par sa conversation avec Sylvia. Et il ne le regrettait pas, loin de là : partager un moment avec une femme séduisante, attachante, était un bonheur qui lui avait manqué.

Le dîner achevé, il alla le prendre et en sortit le classeur, qu'il ouvrit sur la table. Les rapports envoyés de Los Angeles par son père étaient classés par ordre chronologique, de janvier à juin 1975. Le premier était divisé en quatre parties : un bilan des activités lucratives, une présentation des affaires potentielles, un argumentaire plaidant pour plus de personnel et de moyens techniques, et enfin une section intitulée « Divers ». Nick étudia le sommaire du rapport.

I. BILAN D'ACTIVITÉ POUR LA PÉRIODE DU 01/01/75 AU 31/01/75

A. Dépôts : 2,5 millions, dont 1,8 de nouveaux clients (cf. dossiers personnels ci-joints).
1. Frais de gestion : 217 000 $ accumulés.
2. Déclarations fiscales pro forma pour 1975.
B. Nouvelles affaires : Swiss Graphite Manufacturing, Inc.
Cal Swiss Ballbearing Company
Atlantic Maritime Freight.
C. Recommandations en vue d'étoffer l'équipe de sept (7) à neuf (9) employé(e)s.
1. Demande de machines à écrire IBM Selectric (9).
D. Divers : dîner au consulat suisse (voir compte-rendu).

Nick releva la tête du document. Il ne s'était pas attendu à obtenir des révélations bouleversantes de papiers administratifs qui remontaient à cinq ans avant la mort de son père. Mais il n'en restait pas moins décidé à éplucher cette prose ingrate jusqu'au bout, à rechercher toutes les pistes possibles. D'autant qu'il bénéficiait maintenant de l'aide désintéressée d'une protectrice qu'il entendait s'approcher de lui, revenue de la cuisine.

Sylvia posa sa main sur l'épaule du jeune homme.

– Qu'est-ce que vous cherchez ? Dites-moi.

Il soupira, incapable de masquer sa fatigue.

– Vous voulez vraiment vous retrouver mêlée à cette histoire ?

– Mais vous m'aviez promis de m'expliquer ! Enfin, je veux dire... On est ici pour ça, non ?

Nick eut un petit rire qui servait surtout à dissimuler son appréhension. Le moment de vérité était arrivé. Le moment de confiance. Il savait que sans l'aide de Sylvia il ne pourrait pas avancer dans ses recherches, et au fond de lui-même il en avait besoin, peut-être parce que à chaque minute il se sentait de plus en plus séduit par sa belle chevelure dorée, par son sourire espiègle. Peut-être aussi parce qu'il trouvait tant de points communs entre eux : l'enfant forcé de devenir adulte avant l'âge, le tempérament de lutteur, jamais entièrement satisfait par ses accomplissements. Ou peut-être tout simplement parce que Anna, elle, l'avait laissé choir ?

– Voilà, je recherche deux choses : tout ce qui concerne un client du nom d'Allen Soufi, un type pas net qui avait des relations d'affaires avec la banque à Los Angeles, et la moindre référence à Goldluxe Inc.

– Goldluxe ?

– Je ne sais pratiquement rien de cette boîte, sinon qu'en refusant de travailler avec eux mon père avait provoqué un petit cataclysme au siège, à Zurich.

– Donc, c'était une société cliente ?

– Pendant un temps, au moins.

– Et qu'est-ce qui vous a fait vous intéresser à ce Soufi et à cette compagnie ?

– C'est à cause de ce que mon père disait à leur sujet. Attendez, je vais vous montrer.

Il retourna dans le couloir, rouvrit son attaché-case et revint chargé d'un petit carnet noir, qu'il posa sur la table.

– Voici l'agenda de mon père pour l'année 1978. Il se trouvait dans son bureau de l'USB à Los Angeles.

Les yeux fixés sur le carnet, Sylvia fronça le nez comme si son contenu était aussi suspect que les relents de moisi qu'il dégageait encore.

— Drôle d'odeur, pour quelque chose qui était dans un bureau...

— C'est à cause des inondations, expliqua Nick qui s'y était habitué depuis le temps. C'est à peine croyable, mais je l'ai trouvé dans un entrepôt, en haut d'une pile de vieilleries que ma mère avait gardées pendant des années. Le hangar avait été inondé à deux reprises. C'est là que je suis tombé dessus, avec l'agenda 1979, en rangeant les affaires de ma mère après sa mort.

Il se mit à le feuilleter, s'arrêtant aux endroits qu'il voulait lui signaler. « 12 oct., dîner chez Matteo avec Allen Soufi. Infréquentable. » « 10 nov., Soufi, au bureau », suivi de la mention « Vérif. crédit » et d'un incrédule « Rien ?! » »; et enfin la phrase, aussi courte que terrible : « Le salaud m'a menacé ! », en commentaire d'un rendez-vous à déjeuner, à midi, le 3 septembre, au Beverly Willshire Hotel. Un déjeuner avec l'omniprésent Allen Soufi.

— Il y en a encore dans l'autre agenda. Je vais vous montrer.

— Vous n'en avez que deux ?

— Ce sont les seuls que j'ai retrouvés, oui. Mais par chance, ce sont aussi les derniers qu'il ait tenus. Mon père a été tué le 31 janvier 1980.

Sylvia ne put réprimer un frisson. Nick contempla ses yeux noisette, qu'il avait jadis pu trouver froids et méfiants mais qu'il voyait maintenant emplis d'une sincère compassion. Il se radossa à la chaise en bois et écarta les bras : il était temps de confier toute son histoire. Soudain, il fut frappé par un constat : il y avait si peu de gens à avoir appris les circonstances de la mort de son père ! Quelques camarades de classe, juste après le drame, Gunny Ortiga... Et Anna, bien sûr. En général, la perspective de raconter cette page noire de sa vie le rendait fébrile. Ce soir, pourtant, la présence de Sylvia le rendait calme, lucide.

— Le pire, ç'a été le trajet pour y aller, commença-t-il à voix presque basse. Nous savions qu'il lui était arrivé quelque chose. La police nous avait appelés. Ils ont dit que c'était un accident, ils nous ont envoyé une voiture. Mon père ne vivait plus à la maison, en ce temps-là. D'après moi, il savait que quelqu'un voulait sa peau. (Sylvia gardait une immobilité de pierre, elle était tout ouïe.) Il pleuvait, poursuivit-il lentement tandis que les images lui revenaient une par une. Nous avons remonté Stone Canyon

Drive. Ma mère me serrait contre elle, elle me serrait... Elle pleurait. Elle devait savoir qu'il était mort. L'intuition, ou ce qu'on voudra. Moi, non, je ne l'imaginais même pas. Les policiers auraient préféré que je ne vienne pas, mais elle avait insisté. Déjà à cette époque, elle n'était plus très costaud, nerveusement. Je regardais la pluie tomber, je me demandais ce qui s'était passé. La radio n'arrêtait pas de hurler, du jargon de flics, incompréhensible, mais j'ai quand même surpris le mot « meurtre », prononcé avec l'adresse où mon père avait été retrouvé. Les gars assis devant ne desserraient pas les dents. Moi, je croyais qu'ils nous diraient au moins des banalités dans le style « Ne vous inquiétez pas », « Ça va aller », mais non, rien...

Il se pencha, entrelaça ses doigts à ceux de Sylvia et attira les mains de la jeune femme contre son torse. En découvrant des larmes dans ses yeux, il fut d'abord furieux contre elle. Le spectacle de la faiblesse chez autrui le mettait dans tous ses états : il savait que cette réaction était une manière de réprimer ses propres émotions, et qu'il avait tort de s'y abandonner, mais il lui fallut une bonne minute pour s'en libérer.

— Vous savez ce que je ressentais, dans cette voiture ? La certitude que tout allait changer. Là, tout de suite, je comprenais que mon univers venait d'être bouleversé, que plus rien ne serait comme avant.

— Comment... c'est arrivé ? murmura Sylvia.

— Les enquêteurs ont déduit que quelqu'un s'était présenté à l'entrée de l'immeuble à neuf heures, quelqu'un que mon père connaissait puisque la porte n'avait pas été forcée et qu'il n'y avait pas de trace de lutte. Non, mon père lui avait ouvert, l'avait laissé entrer, avait probablement échangé quelques mots avec lui. Il a été abattu de trois balles tirées tout près, cinquante ou soixante centimètres. Celui qui l'a tué l'a regardé droit dans les yeux...On ne se douterait pas qu'il y a autant de sang dans un corps humain. Enfin... Tout était rouge, le sol, les murs. Ils n'avaient même pas encore couvert son corps. Ni fermé ses yeux.

Il laissa son regard dériver vers la fenêtre, se perdre dans l'obscurité. Il voulait se libérer du poids de sa mémoire, maintenant, un poids qui oppressait ses poumons.

— Qu'est-ce qu'il pleuvait, ce soir-là...

Sylvia posa sa main sur la joue de Nick.

— Ça va ?

— Oui, oui... Tout va bien.

Il grimaça un sourire. Tout allait bien, oui, puisqu'un marine ne pleure jamais. C'était gentil de sa part, mais elle ne devait pas s'inquiéter pour lui.

– Donc, mon père a été tué. C'est un fait. Malheureux, évidemment. Et évidemment, je me demande qui a pu commettre une chose pareille. Il y a eu une enquête, bien entendu, mais sans témoins, sans l'arme du meurtre, la police ne pouvait pas aller très loin. Six mois plus tard, ils ont classé l'affaire. Hop, la vie continue, encore un acte de violence aveugle... Les flics vous diront que ça arrive tous les jours, dans une grande ville comme Los Angeles. (Il abattit soudain sa main sur la table.) Mais bon sang, à moi, ça n'arrive pas tous les jours !

Il repoussa sa chaise de la table, s'excusa auprès de Sylvia : il avait besoin d'aller respirer un peu dehors. Il ouvrit la baie vitrée, sortit sur la terrasse, dans l'air glacé de la nuit. La neige avait été repoussée en un demi-cercle parfait, de sorte qu'on pouvait s'avancer vers le balcon et contempler la forêt, dont les effluves de pin et de chêne n'avaient pas encore été entièrement neutralisés par le froid. Il regarda les volutes de buée que faisait son haleine, ne désirant penser à rien, juste faire le vide dans son esprit, s'abandonner à la perception du monde autour de lui comme si l'univers entier y était résumé...

– C'est beau, ici.

La voix de Sylvia le fit sursauter. Il ne l'avait pas entendue approcher.

– Je n'arrive pas à croire que nous sommes toujours en ville, oui.

– Et pourtant, elle est juste au bout de la rue.

– J'ai l'impression d'être en pleine montagne.

Elle vint l'enlacer par-derrière, tout contre lui.

– Oh, Nick, je suis désolée...

Il prit ses mains dans les siennes et les serra fort.

– Moi aussi.

– Alors, c'est pour cela que vous êtes venu en Suisse ? murmura-t-elle, et c'était un constat plus qu'une question.

– Je crois, oui. À partir du moment où j'ai trouvé ces agendas, je n'avais plus vraiment le choix. Quoique, souvent, je me dise que je n'ai pas une chance de découvrir quoi que ce soit... (Il haussa les épaules.) Enfin, peut-être que oui, peut-être que non. Tout ce que je sais, c'est que je dois essayer.

Ils restèrent silencieux un moment. Il oscillait doucement

d'avant en arrière, goûtant la chaleur du corps de la jeune femme et son parfum dans l'air nocturne. Puis il se tourna, se pencha vers elle. Sylvia lui caressa encore la joue. Lorsque leurs lèvres se joignirent, il ferma les yeux.

Une fois revenus à l'intérieur, elle lui demanda comment il pensait continuer ses recherches.

— Il faut que je voie ces rapports d'activité pour 1978 et 1979.

— Il y en a huit volumes, en tout.

— Eh oui.

Elle repoussa une mèche de cheveux derrière l'oreille et hocha la tête d'un air résolu.

— D'accord, je ferai de mon mieux. Je veux vous aider, Nick, sincèrement. Mais... cela fait si longtemps. Qui sait ce que votre père a pu écrire ? Je ne voudrais pas que vous attendiez trop de ces documents. Vous risqueriez d'être déçu.

Nick faisait les cent pas dans le salon, s'arrêtant pour considérer une photo, un bibelot.

— Un jour, quelqu'un m'a dit que tout le monde peut choisir le degré de bonheur qu'il veut atteindre, qu'il soit homme ou femme. D'après lui, l'équation est très simple : bonheur égale réalité divisée par espoir. Si on n'attend pas trop de la vie, la réalité sera toujours supérieure aux illusions, donc le rapport sera positif et on sera heureux. Si on veut décrocher la lune, par contre, on sera toujours déçu, donc malheureux. Tout se complique pour les gens qui veulent tout, pour les idéalistes qui exigent carrément un dix sur dix !

— Et vous, Nick, vous voulez quoi ?

— Quand j'étais gosse, je voulais au moins... un dix. On est tous pareils, sans doute. Ensuite, quand mon père est mort et que les choses se sont gâtées, je me serais contenté d'un trois. Maintenant, je suis plus optimiste, je risquerais cinq, allez, même six ! Six jours de bonheur sur dix, ça me va très bien !

— Non, je voulais dire : qu'est-ce que vous recherchez vraiment, dans votre vie ?

— Eh bien... Je voudrais faire la lumière sur la mort de mon père, ça c'est évident. Au-delà, je ne sais pas exactement. Je resterai peut-être un moment en Suisse. Rencontrer quelqu'un, tomber amoureux, fonder une famille... Le principal, pour moi, c'est d'arriver à me sentir à ma place quelque part.

277

Il se sentait étrangement euphorique en compagnie de Sylvia, prêt à se confier sans réticence. Il la connaissait à peine, et déjà il lui dévoilait ses sentiments les plus secrets, les rêves d'avenir qu'il avait jadis eus avec Anna. Des rêves qui n'avaient plus de raison d'être, songea-t-il aussitôt.

— Et vous ?

— Moi, c'est différent chaque jour, chaque minute, même ! Dans mon enfance, je n'ai pas été très heureuse, je souhaitais tellement que ma mère revienne... J'aurais eu quatre, disons. Ensuite, quand j'ai commencé à la banque, je suis montée facilement à neuf : tout me semblait ouvert, possible... Et puis, ce soir, ici, avec vous, je me contenterais bien d'un neuf aussi ! Je préfère être un peu déçue que de ne pas espérer du tout.

— Bon, mais qu'est-ce que vous voulez, réellement ?

— Facile : devenir la première femme au conseil d'administration de l'USB.

Il mit fin à ses allées et venues en se laissant tomber sur le canapé bien rembourré.

— Quelle romantique vous faites !

Elle vint s'asseoir près de lui.

— Sans cela, pourquoi est-ce que je vous aiderais à porter tous ces classeurs ? Ils pèsent leur poids, vous savez !

— Pauvre Sylvia, qu'est-ce qu'on va faire d'elle ? plaisanta Nick en entreprenant de lui masser les épaules. Mal au dos, je parie ?

— Mmmm, oui.

Il prit les jambes de la jeune femme et les posa sur ses genoux, reportant son massage sur ses chevilles fines.

— Et là ? À force de parcourir tous ces couloirs, ce doit être terrible...

Le contact de ces jambes si douces sous ses paumes éveilla en lui une onde de désir. Il avait presque oublié la volupté du corps féminin, le jeu tendre et impérieux de la séduction.

— Justement, oui, approuva Sylvia en lui montrant un point qui nécessitait une attention toute particulière. Ah, là, ça va mieux !

— Et ces pieds ? interrogea Nick en lui retirant ses mocassins. Pensez à tout le chemin qu'ils doivent faire...

— Stop ! cria-t-elle. Ça chatouille. Arrêtez tout de suite !

— Comment, ça chatouille ? (Il effleura ses orteils gainés de nylon.) Impossible !

— Non, non ! (Sa protestation s'acheva dans un fou rire.) S'il vous plaît, Nick !

278

Il la laissa reposer ses pieds sur le sol.

– Quoi, en échange ?

– Et si... (Elle eut un sourire coquin.) Et si j'essayais d'améliorer le résultat de votre équation ?

– Il faut voir. C'est sérieux, ça ! À combien vous pensez pouvoir arriver ? Huit ?

– Plus, beaucoup plus...

Elle se pencha pour lui mordre légèrement la lèvre, une main posée sur la nuque vigoureuse du jeune homme.

– Neuf, alors ?

Elle se mit à califourchon sur lui. Lentement, elle déboutonna son chemisier et l'ouvrit devant lui.

– Plus...

– Plus que neuf ? Rien n'est parfait...

Elle dégrafa son soutien-gorge. Tour à tour, elle fit passer les pointes de ses seins sur sa bouche entrouverte.

– Et ça ?

Nick ferma les yeux et s'abandonna à l'instant. Il avait décidé d'aller jusqu'à dix.

32

Il arriva tôt au bureau le lendemain. Il devait préparer un mémoire, destiné aux principaux actionnaires – et évidemment signé par le président lui-même –, qui détaillerait les mesures que la banque comptait prendre pour réduire ses coûts de fonctionnement, augmenter son rendement, bref, améliorer sa compétitivité financière dans les neuf prochaines années. Il avait commencé à ébaucher un projet quand il dut s'interrompre. Il n'arrivait pas à se concentrer, assailli d'images de Sylvia et de la nuit passée : la courbe de sa taille flexible, son ventre ferme, ses jambes interminables... Sans parler, elle pouvait le faire sourire ; sans bouger, le faire tressaillir ; sans respirer, le faire haleter.

D'un coup, il repoussa sa chaise à roulettes de son bureau. Il se passa les mains sur les cuisses, comme pour vérifier qu'il était bien celui qui se laissait aller à de telles émotions. Lui qui, deux mois plus tôt seulement, avait abandonné une femme qui l'aimait, une femme qu'il devait sans doute aimer encore, malgré sa peur de le reconnaître. « Tu es un sagouin, pensa-t-il. Te jeter sur la première fille qui croise ta route. Tu as trahi son amour. » Mais une voix plus posée rétorquait aussitôt : « Mais non ! Anna appartient à ton passé. Et c'est mieux pour elle, ainsi. »

À neuf heures moins le quart, Rita Sutter passa la tête par la porte entrebâillée.

– Bonjour, monsieur Neumann ! Vous êtes matinal, aujourd'hui.

Nick leva les yeux de son texte, surpris : en quatre jours de travail au quatrième étage, il ne l'avait encore jamais vue s'aventurer hors du périmètre protégé des quartiers de Kaiser.

— Je n'ai pas trop le choix, si je veux suivre le rythme du président !

— Il nous pousse tous à nous dépasser, n'est-ce pas ?

Elle risqua un pas dans son bureau. Elle portait une robe bleu marine, un cardigan blanc, un simple rang de perles. Dans cette tenue, avec une liasse de papiers à la main, elle arrivait à paraître à la fois chic, réservée et discrètement sexy.

— Je n'ai pas eu le temps de vous féliciter pour votre promotion. Vous devez être aux anges...

Nick la regardait, un peu abasourdi. Rita Sutter était la dernière personne que l'on aurait imaginée prête à consacrer du temps à de plaisantes banalités. Sa mission essentielle, la gestion de l'agenda de Wolfgang Kaiser, elle l'assumait habituellement avec la martiale précision d'un aide de camp chevronné. Rien ne parvenait au président sans son approbation préalable : pas un appel téléphonique, pas une lettre, et surtout pas un visiteur – Sterling Thorne excepté... Même pendant les coups de feu les plus éprouvants, Kaiser parvenait à tenir son emploi du temps grâce à elle, sans qu'elle se départe jamais (ou presque) de sa contenance posée, de son flegme inébranlable. Nick se demanda ce qu'elle avait derrière la tête.

— Pour moi, c'est un honneur d'être ici, approuva-t-il poliment. Bien que les circonstances actuelles ne soient pas idéales, loin de là.

— Oh, je suis certaine que Herr Kaiser s'en tirera bien. Il ne laissera pas mettre la banque en péril sans riposter.

— Je pense que non, en effet.

Elle se rapprocha de sa table.

— Vous savez que vous ressemblez beaucoup, beaucoup à votre père ? Si vous me permettez, bien sûr...

— Certainement ! (Il n'avait pas encore eu l'occasion de la faire parler de lui : le moment était venu.) Vous avez travaillé ensemble ?

— Eh bien... Oui, tout à fait. Je suis entrée à la banque un an après lui. À cette époque, nous étions une petite équipe, à peine une centaine. C'était quelqu'un de bien.

« Ah, enfin quelqu'un pour le reconnaître ! » se dit Nick. Il se leva, lui montra l'unique chaise disposée en face de son bureau.

— Asseyez-vous, je vous en prie... Si vous avez un peu de temps, bien entendu.

Rita Sutter prit place sur le bord de son siège, ses doigts jouant nerveusement avec le collier de perles. Toute son attitude laissait entendre qu'elle n'était là que pour une brève visite.

– Je vais peut-être vous l'apprendre, mais nous avons tous grandi dans le même quartier, Herr Kaiser, votre père et moi.

– Eibenstrasse ?

– Moi, c'était Manessestrasse. Juste au coin. Mais Herr Kaiser habitait dans le même immeuble que votre père. Pourtant, ils ne se fréquentaient pas, étant enfants. Votre père était bien plus sportif, alors que Wolfgang était surtout plongé dans ses livres. Il était assez timide, en ce temps-là.

– Le président, timide ?

Nick tenta d'imaginer un garçon affligé d'un bras atrophié, sans costumes sortis de chez les tailleurs les plus coûteux pour masquer son infirmité. Quant à son père, il fouilla dans sa mémoire à la recherche de souvenirs cadrant avec cette image de jeune athlète. Oui, il avait pratiqué un peu le golf, mais pas une fois il n'avait joué au base-ball ou au foot avec son fils...

– Nous ne parlons guère du passé, ici, poursuivit Rita Sutter. Et pourtant j'ai pensé que je devais vous dire à quel point j'admirais votre père. Il a eu une influence très positive sur moi. Il avait une telle énergie, une telle confiance dans la vie. Parfois, je me demande ce que ce serait de travailler pour Alex au lieu de Wolfgang, si votre père était encore... (Elle laissa sa phrase en suspens, sourit brusquement et reporta son attention sur Nick.) Vous savez, c'est lui qui m'a encouragée à passer le diplôme de la HSG, la *Hochschule Sankt Gallen*. Je lui en serai toujours reconnaissante. Même si je pense qu'il aurait été déçu par ce que j'en ai fait...

Nick était impressionné. C'était l'école de commerce la plus réputée du pays.

– C'est vous qui dirigez pratiquement la banque ! protesta-t-il sincèrement. Ce n'est quand même pas mal, non ?

– Oh, je ne sais pas trop, Nicholas... Je n'ai encore jamais vu Rudolf Ott servir son café et ses biscuits au président.

Sur cette remarque ironique, elle se leva, rajustant les plis de sa robe. Nick la raccompagna à la porte. Il aurait aimé amener la conversation sur les fonctions de son père à la banque, mais l'occasion paraissait lui échapper, maintenant. Il se força cependant à improviser, mécontent d'aborder un tel sujet si cavalièrement :

– Puis-je vous poser une question à propos de mon père ? Voilà... Est-ce que vous avez déjà entendu dire qu'il aurait fait quelque chose de préjudiciable à la banque ? Quelque chose qui aurait nui à la réputation de l'USB ?

Rita Sutter pila sur place.

– Qui a vous raconté cela ? Non, ne me dites pas. Je devine. (Elle se retourna, frôlant Nick dans son mouvement, et le regarda droit dans les yeux.) Votre père n'a jamais rien fait qui ait pu nuire à la bonne renommée de notre établissement. C'était un homme d'honneur.

– Merci. C'est juste que j'avais...

– Chut ! le coupa-t-elle en posant un doigt sur ses lèvres. Ne croyez pas tout ce que vous pourrez entendre à cet étage. Ah, j'oubliais... En ce qui concerne cette lettre que vous préparez pour le président, il demande que vous limitiez au maximum les plans de compression de personnel. Voici un résumé de ses idées.

Elle lui tendit la liasse et quitta la pièce. Nick examina la première feuille et y reconnut, de bout en bout, l'écriture de Rita Sutter.

Une heure plus tard, Nick avait achevé son projet, qui incluait les suggestions de Kaiser (ou plutôt de sa fidèle assistante) en matière de « maîtrise des coûts de personnel ». Il était en train de relire le texte point par point lorsque le téléphone sonna.

– Neumann à l'appareil.

– Comment, comment, pas de secrétaire, mon jeune ami ? On s'attendrait que l'écuyer du roi mène plus grand train !

Nick laissa tomber son stylo et se laissa aller contre le dossier de sa chaise, le visage illuminé d'un grand sourire.

– Pardon, je travaille pour un empereur, moi ! C'est vous, mon cher, qui êtes au service d'un roitelet.

– Touché !

– Bonjour quand même, Peter ! Alors, comment ça se passe, de l'autre côté ?

– L'autre côté ? pouffa Sprecher. L'autre côté de quoi ? De la ligne Maginot ? Bon, eh bien, très très charrette, je dirais. Un brin trop trépidant pour les vieux os de ce vieux Peter. Et toi, alors ? Tu n'as pas le vertige, là-haut ? Le quatrième étage, juste ciel ! J'ai toujours pensé que tu étais un bourreau de travail.

– Je te raconterai autour d'une bière, proposa Nick, qui appréciait toujours l'humour caustique et le bagou de son ancien collègue. Tu as amplement de quoi payer la tournée, maintenant !

— Entendu. Au Keller Stübli, à sept heures.

Nick jeta un coup d'œil aux piles de dossiers sur sa table.

— Disons huit, pour être plus sûr. Alors, en quoi puis-je t'aider, tout de suite ?

— Comment, tu ne t'en doutes pas ? (Il semblait réellement étonné.) Mais je voulais acheter un paquet de vos actions, voyons ! Tu n'en aurais pas deux ou trois mille sous le coude, là ?

— Ah, désolé, Peter, rétorqua Nick en jouant le jeu, mais nous sommes totalement à court. On se garde une poire pour la soif, comme tu dirais. Par contre, celles de la Banque Adler, on vend à découvert.

— Accorde-moi quelques semaines et je me ferai un plaisir de les couvrir pour vous. Moi-même. Je cherchais justement un moyen de financer la nouvelle Ferrari que je veux m'acheter.

— Bonne chance, alors, mais je...

— Tu peux attendre une seconde ? l'interrompit Sprecher. J'ai un autre appel.

Avant que Nick ait eu le temps de réagir, son interlocuteur avait coupé. Il reprit son stylo, le fit rouler distraitement sur la table. Il se demanda ce Sylvia pouvait bien être en train de faire, en ce moment. Sans doute occupée à vérifier son sacro-saint taux de rotation du personnel, ou mieux encore à rêver de son prochain voyage aux USA, après l'assemblée générale.

Sprecher revint en ligne.

— Pardon, Nick, mais c'était une urgence. Comme toujours, hein ?

— Depuis quand tu travailles au trading ? Je croyais qu'on t'avait embauché pour aider à monter un département de comptes privés.

— Ça n'arrête pas de bouger, ici. Disons que j'évolue selon le « système Neumann », moi aussi : j'ai été propulsé en haut, dans l'équipe « acquisitions » de Konig.

— Bon sang, donc tu ne plaisantais pas ! Tu es leur avant-garde dans l'offensive USB ? Chargé de ratisser le marché à la recherche de nos actions ?

— Oh, n'en fais pas une affaire personnelle. Konig a pensé que je saurais où en déterrer quelques-unes, oui. Il fait flèche de tout bois, présentons-le comme ça. Oh, à propos, on a en raflé quelques milliers sur ton propre territoire, hier.

— C'est ce que j'ai entendu dire, en effet. Mais ne compte pas que ça se reproduise.

Sprecher disait vrai : plusieurs gestionnaires de patrimoine de l'USB, plus soucieux d'assurer de juteux revenus à leurs clients que de protéger la position de la banque, avaient vendu des actions de l'USB, cotées très en hausse. Quand la nouvelle était parvenue au quatrième étage, Kaiser, fou de rage, était descendu les trouver un par un et les avait limogés sans sommation.

— Écoute, vieux, continua Sprecher d'un ton désormais sérieux, ils veulent te parler, chez nous... en privé. (Il insista sur ce dernier mot.) On voudrait te proposer une sorte de... d'arrangement.

— Dans quel but ?

Nick se souvint de la mise en garde de Kaiser, quand il lui avait affirmé que Sprecher ne tarderait pas à tenter de mettre à profit leur amitié. Il avait trouvé l'accusation ridicule, alors.

— Quoi, tu ne devines pas ?

— Non, répliqua Nick, dont l'incrédulité commençait à faire place à l'indignation. Exprime-toi.

— Mais ce que je t'ai demandé tout à l'heure, enfin ! Des paquets d'actions. Des gros, si possible. On veut verrouiller ce truc avant l'assemblée générale. Toi, tu sais qui sont les principaux actionnaires. Tu nous dis leurs noms et on ne t'oubliera pas, crois-moi.

Nick sentit le sang lui monter à la nuque. D'abord Schweitzer fouillant dans ses affaires, et maintenant Sprecher...

— Tu plaisantes, là ?

— Pas du tout.

— Alors, je ne te le dirai qu'une fois, Peter, et tu as intérêt à piger : va te faire foutre.

— Du calme, Nick, du calme !

— Tu crois que je pourrais tomber aussi bas ?

— Il n'y a aucun honneur à être loyal, affirma Sprecher avec conviction, comme s'il était en train de dissuader un enfant de croire une idée reçue. C'est fini, ces principes-là. La loyauté à sa boîte, en tout cas. Moi, je suis ici pour mon salaire et ma retraite. Tu devrais en faire autant.

— Tu as travaillé dans cette banque pendant douze ans. Pourquoi es-tu si pressé de la voir couler ?

— Ça ne marche pas comme ça, une banque en bousillant une autre... Ce sera une fusion, au vrai sens du terme : l'expérience de l'USB dans le secteur de la banque commerciale combinée à la compétitivité de la Banque Adler en matière de trading. Ensemble, nous pouvons contrôler tout le marché helvétique.

— Ah oui ? répondit Nick, aucunement impressionné. Eh bien ce sera sans moi.

— Pense un peu à toi, Nick ! Si tu nous aides, je te garantis une bonne place ici, une fois qu'on aura avalé l'USB. Autrement, ta tête va voler avec celle de tous les mecs du quatrième étage. Range-toi du côté du vainqueur !

— Si vous êtes si pleins aux as que ça, pourquoi vous ne proposez pas un prix pour toute la boîte ?

— Toutes les rumeurs que tu entends, je m'en méfierais, moi. Euh, une seconde, Nick... (Il posa sa main sur la combiné, mais Nick entendait encore sa voix étouffée.) Passe-moi cette liste de prix, Hassan ! Non, la feuille rose, foutu métèque ! Ouais, ouais, celle-là. (Il enleva sa paume.) Bon, Nick, réfléchis à la proposition. Je t'en dirai plus ce soir. À huit heures, donc ?

— Ça m'étonnerait. Je ne bois qu'avec mes amis.

Sprecher allait protester, mais Nick avait déjà raccroché.

À midi et demi, il partit porter son projet de lettre au bureau du président. À cette heure, même les bourreaux de travail les plus acharnés étaient en train de déjeuner. Dans les couloirs déserts, il allait à pas lents, écoutant le parquet craquer sous ses pas indolents. Brusquement, il sentit une présence derrière lui.

— Alors, Neumann, on est fatigué ou pompette ? aboya Schweitzer.

Nick décida que le bonhomme avait cessé de l'intimider. Brandissant les papiers qu'il tenait dans sa main, il se tourna et annonça d'un ton badin :

— Comme l'inspiration ne venait pas, je me suis accordé une larme de whisky première classe, en effet. Un petit verre de single malt, rien de tel pour convoquer sa muse.

— Un petit malin, hein ? grinça Schweitzer. Mais à cet étage, on se tient et on marche droit ! Si vous voulez vous promener, vous avez le parc. Qu'est-ce que vous avez là ?

— Quelques idées du président pour redonner du tonus à la banque. C'est une lettre que nous devons envoyer aux actionnaires.

Il lui tendit une copie. Pourquoi ne pas lui offrir le rameau d'olivier ? Il tenait toujours à savoir ce que ce sinistre individu avait voulu insinuer à propos de son père.

Schweitzer parcourut le texte.

– Mauvaise passe, Neumann. On ne correspondra jamais au modèle de banque prôné par Konig. Lui, il veut des machines. Nous, Dieu merci, nous préférons les êtres de chair et de sang.

– Konig n'a pas une chance. Il lui faudrait des montagnes de cash pour s'emparer de l'USB.

– Oui, c'est vrai. Mais ne le sous-estimez pas. Je n'ai jamais connu quelqu'un d'aussi cupide. Qui sait jusqu'où il ira ? Sa conduite est extrêmement embarrassante, pour nous tous.

– Vous voulez dire, comme mon père ? demanda Nick en saisissant la balle au bond. Qu'est-ce qu'il a fait, exactement ?

Schweitzer eut une moue dubitative, soupira et, posant une main sur l'épaule du jeune homme :

– Quelque chose que vous êtes trop intelligent ne serait-ce que pour imaginer, mon garçon. (Il lui rendit la copie de la lettre.) Et maintenant, courez, courez vite. Je suis sûr que le président se languit déjà de son toutou.

Nick allait lui sauter à la gorge, mais il réussit à se contenir, non sans s'autoriser une pique finale :

– Ah, mon bureau est grand ouvert, si cela vous intéresse. Allez-y, ne vous gênez pas. Vous découvrirez peut-être quelque chose, cette fois !

33

Un véritable conseil de guerre avait été convoqué dans la salle du conseil d'administration. Au milieu de cet immense espace, quatre hommes, représentant chacun un stade de l'anxiété : Reto Feller, appuyé contre le mur du fond, les bras croisés sur la poitrine, ses talons martyrisant l'épaisse moquette au sol ; Rudolf Ott et Martin Maeder, assis à la formidable table de conférence, l'image même de la conspiration, avec leurs dos voûtés et leurs chuchotements, et enfin Armin Schweitzer qui faisait les cent pas, un voile de transpiration sur ses traits épais, tirant toutes les deux minutes un mouchoir de sa poche pour s'éponger rageusement le front. Tous attendaient l'arrivée de leur capitaine. De l'homme qui, comme sur tous les navires, était le seul maître à bord après Dieu.

À deux heures précises, Wolfgang Kaiser poussa les lourdes portes en acajou et fit son entrée. Il alla rapidement à son fauteuil habituel, suivi de Nick qui prit un siège à côté de lui. Ott et Maeder se redressèrent, Feller tomba sur la première chaise venue. Seul Schweitzer resta debout.

Kaiser ouvrit la séance sans cérémonie :

– Alors, monsieur Feller, où en sont les achats d'actions de la Banque Adler ?

Sa voix était sèche et lugubre. On aurait dit qu'il demandait le bilan d'un récent raid d'artillerie.

– Ils détiennent vingt-huit pour cent des parts, pour l'instant, répondit un Reto Feller visiblement terrorisé. Encore cinq pour cent et Konig aura ses deux sièges au conseil, de droit.

– *Scheisse !* jura quelqu'un.

– Le bruit court qu'ils ont les fonds pour tenter le rachat complet, rapporta Schweitzer. Ces bâtards ne veulent pas deux sièges, non, ils lorgnent tout le gâteau.

– *Quatsch !* s'écria Martin Maeder. Absurdités ! Jetez un œil à leurs comptes. Ils ne pourront jamais assumer une telle dette. Tous leurs avoirs sont mobilisés sur leurs opérations de trading.

– Mais pourquoi s'endetter quand on dispose de tout le cash nécessaire ? gémit Feller.

– M. Feller a raison, intervint Kaiser. Le pouvoir d'achat de Klaus Konig reste pratiquement intact. Mais où ce fils de pute trouve-t-il tout cet argent, grands dieux ? Vous avez une idée, vous ?

Personne ne répondit. Maeder et Ott baissèrent la tête, comme si la honte était une excuse suffisante à leur ignorance, tandis que Schweitzer se contentait de hausser les épaules. Nick, lui, s'était rarement senti aussi mal à l'aise. Profondément conscient de son inexpérience, il ne cessait de se répéter : « Je n'ai rien à faire ici. Qu'est-ce que je fabrique dans cette pièce, avec tout le haut état-major d'une banque ? Et pourquoi ils me veulent tant avec eux, bon sang ? »

– Il y a des nouvelles encore plus alarmantes, finit par annoncer Ott : j'ai appris que Konig avait proposé à Hubert Senn, le petit-fils du comte, d'accepter une place au conseil d'administration de la Banque Adler. Je n'ai besoin de rappeler à personne que Senn Industries a été de tout temps un ardent partisan de la direction actuelle.

– Et qu'ils contrôlent six pour cent des voix prépondérantes, compléta Kaiser. Des voix que nous avions comptées pour acquises, jusqu'ici.

Nick se souvint du jeune homme efflanqué flottant dans son costume strict. Avec les nouvelles dispositions prises par le comte, sa signature devenait indispensable à un vote en faveur de la direction de l'USB. Encore un obstacle...

Tel un écolier sage, Feller leva le doigt.

– Je ne demande pas mieux que de téléphoner au comte et de lui expliquer le plan de restructuration projeté. Je suis certain qu'il...

– Il serait préférable que le président lui parle, je crois, coupa sèchement Nick, laissant sans voix son obséquieux collègue. À son âge, Senn tient beaucoup aux traditions. Nous devrions organiser une rencontre directe avec lui.

— Le comte nous restera fidèle ! assena Schweitzer en s'épongeant encore le front. Pour l'heure, notre priorité, c'est de racheter nos parts.

— Avec quoi, Armin ? Vos économies ? persifla Kaiser. Non, Neumann a raison : il faut que je parle au comte. (Il se tourna vers Nick :) Vous vous en occupez, d'accord ? Dites-moi seulement où et quand.

Nick fit un signe d'assentiment. D'un coup, il se sentit plus détendu. C'était son baptême du feu : il avait hasardé une suggestion, elle avait été acceptée. Du coin de l'œil, il constata que Reto Feller était devenu rouge de confusion.

— À ce stade, il ne nous laisse plus guère de choix, continua Kaiser en pianotant sur la table. Avant tout, Neumann et Feller vont continuer la tournée des principaux actionnaires. Marty, je veux que vous vous joigniez à eux. Tous ceux qui détiennent plus de cinq cents actions, il faut leur parler.

— Mais la liste est interminable ! protesta Maeder.

— Faites-le ! ordonna Kaiser, dont le ton suffit à dissiper les objections du vice-président. J'ai le sentiment que nos efforts en la matière ne suffiront pas, toutefois. Ce dont nous avons besoin, c'est de liquidités. Et tout de suite.

Un concert de murmures approbateurs accueillit cette remarque. Tous les présents paraissaient plus que conscients de l'état des coffres de la banque, ce qui n'échappa pas à Nick.

— À ce sujet, j'ai deux idées, poursuivit Kaiser. La première suppose la participation d'un investisseur privé... un de mes vieux amis. La seconde consiste à utiliser intelligemment les avoirs de nos clients. Nous avons été quelques-uns à plancher là-dessus, ces derniers jours. Le plan est risqué, peut-être, mais nous n'avons pas le choix.

Nick observa les autres. Maeder et Ott paraissaient maintenant détendus, sereins, presque. Schweitzer, par contre, s'était immobilisé, raide comme une statue. Ainsi, il n'était pas dans la confidence... Pauvre Armin, qu'avez-vous fait pour que vos complices vous tiennent en dehors du coup ?

— C'est notre seule issue, certifia Maeder en se levant et en se plaçant derrière son fauteuil, dont il agrippait le dossier des deux mains. Les portefeuilles dont nous avons la gestion.

Schweitzer se pencha en avant, n'en croyant pas ses oreilles. Il se mit à murmurer, comme une litanie :

— *Nein, nein, nein...*

– Nous avons plus de trois mille comptes sous notre pouvoir discrétionnaire, poursuivit Maeder, indifférent à la stupeur balbutiante de son collègue. Plus de six milliards de francs suisses en liquidités, placements, métaux précieux... Nous pouvons en disposer comme nous l'entendons. Nos clients nous ont conféré ce droit. En clair, nous sommes entièrement autorisés à reconfigurer leurs portefeuilles en revendant des actions peu performantes, en renonçant à certaines obligations, et en utilisant les fonds générés pour racheter toutes les parts de notre capital. À en faire des porteurs de parts privilégiés de l'USB, pour résumer !

– Non, c'est impossible ! protesta Schweitzer.

Après lui avoir décoché un unique regard de biais, Maeder poursuivit, imperturbable :

– La plupart de ces clients sont domiciliés chez nous. Ils ne viennent relever leur courrier qu'une ou deux fois par an au maximum. Ils n'auront pas même le début d'une idée de ce à quoi leur portefeuille a servi. Car d'ici à ce qu'ils y jettent un œil, nous aurons mis en déroute la Banque Adler, revendu nos actions et reconstitué leur panier d'actions comme il était auparavant. Si par extraordinaire l'un d'eux découvre quelque chose, nous lui dirons qu'il y a eu une erreur. Une bavure administrative. N'oubliez pas qu'ils ne peuvent même pas se contacter entre eux, au cas où ils voudraient vérifier : anonymes ils sont, anonymes ils veulent rester.

Nick ne put réprimer un frisson. Ce que Maeder venait de proposer était tout ce qu'il y avait de plus illégal, une fraude d'amplitude majeure. Cela revenait à confisquer les jetons de leurs clients et à les risquer au black jack.

Retirant sa veste, Schweitzer apparut dans une chemise trempée de sueur, qui lui collait dans le dos.

– En tant que directeur de l'audit interne, je refuse. De tels agissements constitueraient une violation de la législation bancaire. La gestion de ces fonds nous a été confiée, certes, mais cela ne nous autorise pas à en disposer comme bon nous semble. Ils sont la propriété de nos clients. Notre rôle, c'est de réaliser des investissements comme s'il s'agissait de notre propre argent.

– Eh bien, c'est exactement ce que j'ai proposé ! s'exclama Maeder. Si c'était notre propre argent, nous ferions de même : nous achèterions des actions de l'USB, parce que nous en avons besoin ! Merci, Armin.

Ott grimaça un sourire visqueux. Mais Schweitzer, lui, préféra se tourner vers le président en personne :

— Herr Kaiser, s'approprier les fonds de nos clients dans le but d'acheter des actions de l'USB, c'est de la folie pure. Elles s'échangent à un prix nettement surévalué, en ce moment. Quand nous aurons battu Konig, elles vont dégringoler. Non, il faut suivre les principes d'investissement sur lesquels nous nous sommes engagés auprès de nos clients. C'est la loi.

Personne ne fit mine de porter la moindre considération à ces arguments, à commencer par le président, qui détourna le regard du contradicteur et ne desserra pas les dents. Nick essayait d'imaginer comment aurait réagi Sylvia si elle avait été assise à la table, avec eux. Aurait-elle approuvé ? Il repensa à une expression qu'il avait déjà vue dans ses yeux, un éclat froid, implacable, cruel presque, et il se dit qu'elle en eût certainement été capable, oui. Soudain, une autre image d'elle l'assaillit, provoquant en lui un afflux de désir sexuel qui, dans un tel contexte, le gêna et l'excita à la fois. Elle était en train de le chevaucher, soulevant et abaissant ses hanches en cadence. Il tenait ses seins dans ses mains, sentant les tétons durcir sans cesse contre ses paumes. Il était en elle, au plus profond. Elle lui avait pris une main et avait léché le bout de ses doigts, avidement, avant de gémir encore, plus fort cette fois, et de l'entraîner dans la tourmente de son plaisir.

La voix de Feller vint dissiper ces troublantes évocations :

— Je peux poser une question ? Après avoir infligé une défaite à la Banque Adler, ne risquons-nous pas de perdre de nombreux clients si leurs portefeuilles n'enregistrent pas de résultats positifs ?

Maeder, Ott et même Kaiser éclatèrent d'un gros rire. Feller regarda Nick, qui paraissait aussi décontenancé que lui. Ce fut Maeder qui daigna enfin expliquer la raison de leur hilarité :

— En effet, nous sommes censés leur assurer un rendement correct, mais l'objectif numéro un, c'est de préserver notre capital. Parvenir à des performances supérieures au taux d'inflation annuel, c'est... c'est bien, mais ce n'est pas la priorité. Quand nous aurons repoussé l'offensive Konig, nos actions risquent de connaître un repli temporaire, sur ce point Armin n'a pas tort, de sorte que nous devrons peut-être annoncer une moins bonne performance à nos clients. Mais rien de tragique. Et nous leur promettrons de bien meilleurs résultats l'année suivante.

— Il est possible que nous perdions quelques clients, résuma Kaiser, mais c'est tout de même autre chose que de les perdre tous !

– Bien dit ! glapit Ott.

– Et si la Banque Adler triomphe, finalement ? interrogea Schweitzer, loin d'être convaincu.

– Vainqueurs ou perdants, nous remettrons les portefeuilles en l'état actuel, assura péremptoirement Maeder, qui s'adressait à tous sauf à Schweitzer. Si Konig gagne, le prix des actions se maintiendra à un haut niveau, il pourra même se vanter d'avoir enrichi ses nouveaux clients grâce à l'OPA qu'il viendra de réaliser. La cerise sur le gâteau !

Kaiser abattit son poing sur la table.

– Konig ne gagnera pas !

Il y eut un silence prolongé, que Rudolf Ott finit par rompre. D'un ton professoral, comme s'il voulait rappeler un détail mineur à ses dignes confrères, il nota :

– Si la moindre indiscrétion se produit à ce sujet, je n'ai pas besoin d'évoquer quelles pourraient être les conséquences...

Schweitzer partit d'un rire sardonique. Il ne s'avouait pas vaincu. Maeder, lui, choisit le registre de la plaisanterie :

– Trois repas par jour, quelques heures de promenade et une chambre bien chauffée, le tout aux frais de l'État !

– Rien ne peut être pire que de tomber sous la botte de Konig ! s'exclama Feller, qui semblait maintenant se délecter de son rôle de conjuré.

– Vous êtes inconscients, ou quoi ? éructa Schweitzer. Deux ans à la prison de Saint-Gall, ce n'est pas précisément la partie de plaisir que Marty nous décrit ! Ce serait notre ruine. La honte sur nous !

– Rudy a mis le doigt sur un point important, commenta Kaiser sans tenir compte de la protestation de Schweitzer. Pas un mot ne doit filtrer à propos de notre plan. Toutes les transactions y afférentes doivent passer exclusivement par Méduse. Ceci reste entre nous. Puis-je compter sur la discrétion de chacun ici ?

Nick les regarda approuver du chef un à un, y compris Schweitzer. La vaste salle plongée dans une demi-pénombre, qui faisait paraître leur groupe encore plus réduit, l'écho assourdi des voix, tout contribuait à baigner d'une ambiance maléfique ce qui était bien plus qu'un tour de passe-passe bancaire. Soudain, il se rendit compte que tous les yeux étaient posés sur lui, guettant sa propre réponse. Il serra les mâchoires pour masquer l'hésitation qui avait dû commencer à apparaître sur ses traits, et hocha rapidement la tête à son tour.

– Très bien, conclut Kaiser sans cesser d'observer son jeune collaborateur. Nous sommes en guerre. N'oubliez pas le châtiment réservé aux traîtres. Croyez-moi, il sera appliqué.

Nick sentit les pupilles glaciales du président le vriller. Dernier admis dans le cercle, il savait que l'avertissement lui était directement adressé.

Après un profond soupir, Kaiser reprit d'un ton moins tendu :

– Ainsi que je vous le disais, je suis en contact avec un investisseur qui est disposé à acheter un certain nombre de parts pour nous. C'est un grand ami, je pense qu'il acceptera de prendre cinq pour cent de notre capital. Ce ne sera pas sans contrepartie, toutefois : je propose que nous lui garantissions une rétribution de dix pour cent sur quatre-vingt-dix jours.

– Cela fait du quarante pour cent annuel ! tonna Schweitzer, à nouveau au bord de la rébellion. J'appelle ça de l'extorsion !

– Et moi, j'appelle cela du business, trancha Kaiser. (Il se tourna vers Maeder :) Appelez Sepp Zwicki. Commencez le programme d'accumulation des parts. Prenez-les avec règlement à vue sur deux jours.

– Est-ce que deux cents millions de francs suffiront ? demanda Maeder.

– Pour commencer, oui.

Visiblement emballé par le défi qu'ils devaient relever, Maeder adressa un clin d'œil à Nick et à Feller.

– Il va falloir qu'on brade un sacré paquet d'actions et d'obligations pour réunir une telle somme !

– Il n'y a pas d'autre choix, répéta Kaiser. (Il bondit hors de son siège avec l'énergie d'un condamné qui vient d'apprendre sa grâce au dernier moment.) Ah, et puis, Marty, dites à Zwicki de vendre des actions Adler à tout va. Pour cent millions, au moins. Cela donnera de quoi réfléchir à Konig. S'il perd la bataille, ceux qui le financent vont le crucifier vivant !

34

« Mais comment ai-je pu me faire piéger à ce point ? » Debout sur les planches pourrissantes d'un embarcadère désaffecté, Nick ne cessait de se reposer la même question. Les flots verdâtres de la Limmat bouillonnaient sous ses pieds. Sur l'autre rive, les flèches jumelles de la cathédrale Grossmunster se perdaient dans la brume. Il était cinq heures, et il savait qu'il aurait dû être au travail.

Martin Maeder avait voulu entreprendre la formation de ses « gars », ainsi qu'il appelait désormais Nick et Reto Feller – aux arcanes informatiques de Méduse. « C'est de la haute, très haute technologie ! avait-il proclamé. Accès direct à tous les comptes sans exception. » Puis, tel un ivrogne qui vient de découvrir qu'il ne tient plus sa langue, il s'était renfrogné et avait pris un air méfiant. « À propos, je vous rappelle la promesse que vous avez faite au président. Vous emporterez ces secrets dans la tombe ! »

Maeder devait sans doute être en train de le chercher, pressé qu'il était de commencer les grandes manœuvres en vue d'assurer l'emprise de Wolfgang Kaiser sur le timon de l'USB. Nick aurait aimé avoir pu lui dire la vérité : « Désolé, Marty, j'ai besoin d'aller respirer et réfléchir un peu au gâchis que ma vie est en train de devenir », ou bien : « Hé, Marty, donnez-moi juste cinq minutes, histoire de regarder s'il y a un moyen de se tirer de là. Quel nom vous disiez, déjà ? Le *Titanic* ? » Il avait une douzaine d'explications laconiques de ce genre en réserve, mais au bout du compte il s'était contenté d'annoncer à Rita Sutter qu'il sortait faire une course pour justifier sa fuite de l'univers confiné de la banque.

Sans préciser que c'était à la recherche de son âme qu'il partait...

Les yeux perdus sur les toits enneigés de la vieille ville, Nick se sentait peu à peu écrasé par le constat qu'il était allé trop loin, qu'à force de vouloir ménager ses chances de pouvoir faire la lumière sur la mort de son père il avait dépassé les bornes de l'honnêteté. Lorsqu'il avait repris la place de Peter Sprecher, il s'était rassuré en se disant qu'il se coulait dans un moule déjà occupé par d'autres avant lui. Son intervention en faveur du Pacha n'avait été que la continuation logique de cette philosophie, même s'il avait aussi nourri l'espoir secret de se gagner la confiance de ses supérieurs par ce coup d'audace. Puis il avait cherché à rationaliser son geste en se répétant qu'il ignorait l'identité du titulaire du compte 549 617 RR, et qu'en bravant les instructions données par la DEA il réagissait encore à l'amère expérience de l'épisode Jack Kelly.

Désormais, pourtant, il n'était plus en mesure de se contenter de telles consolations morales. La gravité du forfait projeté et auquel il venait de prêter la main ne laissait plus aucune ambiguïté : Nicholas A. Neumann se retrouvait du mauvais côté de la barrière, et il ne lui était plus possible de nier cette évidence. Il avait déjà protégé un criminel recherché par les services de plusieurs pays occidentaux, menti délibérément au représentant de l'État américain chargé de livrer ledit criminel à la justice. Et voici qu'il s'apprêtait à tremper dans une fraude financière qui n'avait pas de précédent dans l'histoire récente...

« Assez ! » se promit-il. Tel un arc trop tendu, il allait basculer dans la direction inverse. Racheter ses erreurs. L'espace d'une minute, il pensa donner sa démission, aller tout avouer aux autorités suisses. Il se voyait déjà arriver au siège central de la police zurichoise, pétri de bonnes intentions, désireux de dénoncer la corruption qui, oui, monsieur l'inspecteur, était en train de ronger le cœur de l'Union suisse bancaire. L'image lui arracha un rire amer : la belle affaire, vraiment ! La parole d'un employé totalisant à peine deux mois dans l'établissement, d'un étranger, malgré son passeport helvétique, contre celle de Wolfgang Kaiser, c'est-à-dire d'un homme qui, au pays des lingots d'or et du chocolat, se rapprochait le plus par son statut du héros national !

Des preuves, jeune homme ! Vous en avez, des preuves ?

Avec un sourire contrit, Nick reconnut qu'une seule voie s'ouvrait devant lui. Il devait rester à la banque, poursuivre son enquête depuis l'intérieur de la forteresse. Il devait accepter de se couper en deux et montrer son aspect le plus noir à Kaiser, se fondre encore plus résolument dans le tissu d'intrigues qui tapissait le Nid de l'Empereur. Et cela tout en restant à l'affût de l'occasion de se racheter. Il ignorait quand et comment celle-ci se présenterait, il savait seulement qu'il devait accumuler toutes les preuves suffisantes pour aboutir à la mise sous scellés du compte du Pacha.

Tournant les talons, il remonta vers la terre ferme, suivi par un couple de cygnes affamés et un colvert solitaire qui glissaient sur l'eau à côté de lui. Alors qu'il levait la tête, il aperçut une Mercedes noire se rangeant le long du trottoir. La porte du passager s'ouvrit. C'était Sterling Thorne, vêtu du trench qu'il ne quittait visiblement plus et dont il avait remonté le col.

— Salut, Neumann, lança l'agent US en gardant ostensiblement les mains dans ses poches.

— Monsieur Thorne...

— Vous pouvez m'appeler Sterling, hé ! Il est plus que temps que nous fassions amis, non ?

Nick ne put réprimer un sourire.

— Je me satisfais de nos relations telles qu'elles sont, merci.

— Pardon, pour cette lettre.

— Ce qui signifie ? Vous la reprenez ? Avec des excuses officielles, peut-être ?

Thorne fit une petite grimace contrite apologétique.

— Vous savez bien ce que nous voulons...

— Qu'est-ce que vous voulez ? Clouer au pilori mon employeur ? Aider à couler l'USB ?

Nick se sentit soudain très las : oui, c'était exactement ce qu'il s'était juré de faire lui-même. Il était fatigué de défendre la banque contre les attaques de Konig, fatigué des interférences incessantes de Thorne, fatigué de ses propres doutes... Son esprit de contradiction le poussa cependant à ajouter :

— Désolé, mais ça ne se passera pas ainsi.

— Je me suis promis que nous n'allions pas perdre notre calme, aujourd'hui. Que nous n'allions pas nous sauter mutuellement à la figure comme deux chats de gouttière. L'autre jour, vous avez entendu ce que j'ai dit à Kaiser. Et moi, j'ai vu, à votre regard, que vous me croyiez.

« Jésus ! pensa Nick, il ne capitulera jamais, celui-là ! »

— Oui, vous vous êtes pas mal donné en spectacle. L'Oncle Sam aurait été fier de vous !

– J'avais l'air d'une encyclopédie ambulante, pas vrai ? Avec tous ces chiffres, toutes ces dates... Mais je n'ai dit que la vérité. Ne croyez pas que j'aime m'accrocher comme ça. C'est mon boulot, point.

– Et le chantage, ça fait également partie de votre boulot ?

– En cas de besoin, répondit Thorne ingénument, comme si le chantage était en effet une forme de persuasion bénigne. Désolé si je vous ai blessé, mais votre amour-propre compte rudement moins pour moi que de neutraliser ce Mevlevi. L'autre soir, je vous ai parlé du Jongleur... l'agent que nous avons implanté chez lui...

– Vous avez renoué le contact ?

Il était sincèrement préoccupé par le sort de l'énigmatique Jongleur. Lui aussi s'était retrouvé jadis dans le même genre de situation.

– Non, et on se fait un sacré souci pour lui. Mais avant qu'il ne soit coupé, le Jongleur nous a certifié que Mevlevi et votre patron étaient vraiment très proches. C'est une vieille histoire, apparemment. Il semble que Mevlevi ait été un des premiers clients de Kaiser à Beyrouth, du temps où votre boss développait les activités de la banque au Moyen-Orient. Si je n'ai pas eu la berlue, Kaiser a nié ça catégoriquement, non ? Mais vous, ça vous plaît de savoir que votre patron et l'un des pires trafiquants d'héroïne au monde se tapent sur le ventre ?

Cela ne lui plaisait pas du tout, mais il se serait tranché la langue plutôt que de l'avouer à Thorne.

– Je préfère vous arrêter tout de suite, là.

Il avait avancé une main en direction de Thorne, qui le saisit par le poignet et l'attira vers lui.

– Neumann ! Vous êtes au service d'un type capable de lécher le cul du salopard qui a tué son fils ! D'une ordure qui place l'argent au-dessus de ses propres enfants ! Vous aidez et protégez la pire espèce qui existe sur terre !

Nick dégagea son bras et recula de plusieurs pas. Sa position devenait franchement intenable.

– Peut-être que vous avez raison, que ce Mevlevi, ce Pacha, ou je ne sais qui, trafique de l'héroïne en grand et place son argent à l'USB. Je reconnais que c'est dégueulasse. Sur ce point, je vous suis. Mais vous attendez quoi de moi ? Que je farfouille dans les formulaires, que je demande des copies de ses virements, que je lui pique le courrier dans sa boîte ?

Thorne l'observa longuement, comme s'il venait de remarquer dans ses yeux un reflet encourageant.

— Ah, je vois que vous y avez pensé, donc.

Les défenses que Nick avait pris tant de peine à se construire étaient en train de vaciller.

— C'est infaisable, Thorne ! Ni par moi ni par personne. À part Kaiser, Ott, ou un autre des leurs. Et puis, même si j'arrive à obtenir une info, je n'ai légalement pas le droit de vous la donner. Pour moi, ce serait la taule !

— On vous mettra dans le premier avion pour les States.

— Vous me l'avez déjà dit, oui. Et alors ? Il paraît que les patrons de Wall Street adorent ça, les mouchards...

— On gardera votre nom secret.

— Mon cul !

— Mais bon sang, ça va au-delà de votre petite carrière, cette histoire !

Thorne n'avait jamais dit plus vrai.

— Et Mevlevi, vous y avez pensé ? Et ses complices ? Vous croyez qu'ils vont me laisser partir gentiment ? S'il est aussi dangereux que vous le prétendez, il ne me fera pas de cadeau ! Si... Si vous tenez tant que ça à le coincer, pourquoi n'y allez-vous pas vous-même, lui passer les menottes ?

— Je vais vous le dire, pourquoi. Parce que M. Mevlevi vit à Beyrouth et n'en sort jamais. Parce que nous ne pouvons pas faire deux pas sur le territoire libanais sans violer deux douzaines de traités internationaux. Parce qu'il se terre dans une base avec la puissance de feu d'une division d'infanterie, voire plus ! Voilà pourquoi ! Non, on est dans la merde, vraiment. Le seul moyen de le choper, c'est de bloquer son fric. Et pour ça, nous avons besoin de votre aide.

Nick avait déjà décidé de ce qu'il allait faire, mais il n'était pas disposé à inviter Thorne à l'accompagner dans l'aventure. L'agent de la DEA était sa couverture, uniquement sa couverture. Et il n'avait pas envie de jouer les bons petits gars.

— Désolé, mais ce sera sans moi. Je ne vais pas foutre ma vie en l'air pour vous permettre de coincer un, ou dix, ou dix mille gangsters. Maintenant, vous m'excuserez, il faut que j'y aille.

— Neumann, bordel ! On vous protégera ! Je m'y engage, au nom du gouvernement des États-Unis.

Nick chercha une dernière réplique qui le débarrasserait à jamais de Thorne – en vain. Les mots de celui-ci résonnaient dans sa tête en un écho étourdissant.

« Au nom du gouvernement des États-Unis. On vous protégera ! Je m'y engage, au nom du gouvernement des États-Unis... »

Pendant une seconde, ses yeux éperdus ne virent plus le visage de Sterling Thorne, mais les traits flasques de Jack Keely.

— Ah, Neumann, content de vous voir ici ! s'exclame Jack Keely, de toute évidence nerveux, mal à l'aise. Euh, le colonel Andersen a appelé mes chefs. Paraît que vous voulez faire carrière chez nous ? Félicitations. Le renseignement, ça vous dit, alors ? Un poste de liaison entre FBI et CIA, par exemple ?

Le lieutenant Nicholas A. Neumann est assis dans le salon d'attente des visiteurs au QG de la CIA, à Langley, en Virginie. C'est une grande pièce au haut plafond, éclairée de néons et maintenue fraîche par une climatisation qui, en ce jour de juin étouffant, n'est pas superflue. Nick est en treillis « Alpha », la poitrine ornée de deux décorations récentes : une pour mission dans le Pacifique, l'autre pour conduite méritoire, cette dernière se substituant à l'Étoile de bronze accordée pour les actes de bravoure au combat puisque l'opération concernée, officiellement, n'a jamais existé. De la main droite, il joue avec une canne noire, un net progrès par rapport aux béquilles qui lui ont servi quatre mois durant au Walter Reed Hospital. La vérité, la vérité brute, est qu'il a été déclaré « NPQ », physiquement inapte au service : même si c'était son intention, il ne peut plus être officier d'active. Dans dix jours, il sera réformé des cadres de l'US Marine Corps. Le colonel Sigurd Andersen sait tout cela parfaitement, bien entendu. De même qu'il connaît tout sur le compte de Keely.

— Merci de prendre le temps de me recevoir, commence Nick en faisant mine de se lever.

D'un geste, Keely le prie de ne pas se déranger.

— Alors, vos blessures sont guéries ? demande-t-il d'un ton désinvolte, comme si une jambe trouée d'éclats d'obus se laissait oublier aussi vite qu'une coupe de cheveux ratée.

— Ça vient, répond Nick en passant une main sur la cuisse pour signifier que la guérison définitive est encore loin.

Maintenant qu'il s'est assuré que son visiteur ne serait pas en état de le menacer physiquement, Keely se détend.

— Eh bien, dites-moi. Vous avez un poste particulier en tête ?

— Je serais intéressé par le même genre de missions que celle que vous aviez sur le *Guam* : planifier et coordonner des incursions en territoire étranger. Les marines préfèrent que ce soit un des leurs qui organise leurs opérations. Je me suis dit que vous pourriez me donner quelques conseils à ce sujet. Puisque vous avez si bien bossé, dans notre cas...

— Ah, quel merdier, hein ! s'exclame Keely avec une grimace. Je suis désolé de ne pas avoir pu en parler plus longtemps avec vous, sur le coup. Le règlement, vous comprenez ! Quoique vous n'étiez pas trop en état de parler avec qui que ce soit, quand ils vous ont ramené à bord.

— C'est sûr, reconnaît Nick, les yeux plissés, plongé dans ses souvenirs.

— Une panne radio ! Le colonel Andersen a dû vous le raconter, hein ? On n'a eu votre appel de détresse que lorsqu'il a été relayé par la tour de contrôle de l'aéroport. Pour l'avenir, rappelez-vous que c'est un moyen à n'utiliser qu'en tout dernier recours : ce ne sont pas des communications très fiables, sur le plan de la sécurité.

Nick ravale la haine que ce sinistre imbécile lui inspire. Il essaie de contenir sa hâte, aussi, en se répétant que le moment est pour bientôt.

— Nous avions un blessé grave, objecte-t-il d'un ton calme. Nous étions poursuivis par un ennemi supérieur en nombre. Le QG de campagne ne répondait pas à nos appels depuis plus de sept heures. Est-ce que tout ça peut compter comme « tout dernier recours » ?

Keely fourrage dans la poche de sa veste à la recherche d'une cigarette, se carre sur sa chaise et adopte l'expression arrogante qui lui est coutumière.

— Écoutez, lieutenant, personne n'aime s'étendre sur le passé, exact ? Nos renseignements étaient hyper-précis. Vous avez liquidé Enrile. Nous avons réalisé les objectifs. Quant à savoir qui vous a tendu l'embuscade, nous n'avons toujours pas la moindre idée là-dessus. Par ailleurs, vos gars ont merdoyé pendant l'évac, et c'était à l'équipage du *Guam* de vérifier l'état des radios. S'il y en avait une HS, qu'est-ce que j'y pouvais, moi ?

Avec un sourire poli, Nick répond qu'il comprend, qu'il comprend parfaitement. Dans sa tête, il a déjà dressé son plan, répété chacun des coups qu'il va infliger au corps prostré de Keely. Il a choisi délibérément de le faire à Langley, afin que l'autre ne se sente plus jamais en sécurité nulle part, qu'il ne puisse plus ouvrir une porte sans avoir un mouvement d'hésitation, sans se demander qui peut être derrière, sans prier pour que cela ne soit pas le lieutenant Neumann.

– Le passé, c'est le passé, approuve Nick. La raison de ma venue, monsieur Keely, c'est que j'aurais aimé visiter le centre de liaison de la Navy. Le colonel Andersen a dû vous en parler, je pense ? Je me suis dit que vous pourriez me donner des tuyaux sur la marche à suivre, quelle filière emprunter, etc.

– Mais comment donc, Neumann ! Venez avec moi.

Keely jette son mégot dans un gobelet de café abandonné sur la table. Il se lève, casant sa bedaine sous la ceinture de son pantalon.

– Ça va aller, avec cette jambe ?

Nick le suit dans un couloir impersonnel, furieusement administratif. Ils reviennent à la réception après avoir visité le département des images satellites, dirigé par un ancien marine du nom de Bill Stackpole, un vieil ami du colonel Andersen.

– Dis, Jack, il faudrait que j'aille aux gogues, annonce Nick alors qu'ils passent devant des toilettes. Tu pourrais me donner un coup de main ?

La visite s'est très bien passée. Ils sont à tu et à toi maintenant, Keely ayant insisté pour que Nick l'appelle par son prénom.

– Un coup... de main ? (Devant la grimace embarrassée du lieutenant, il se ressaisit.) Mais comment donc... Nick.

Il attend qu'ils soient à l'intérieur pour passer à l'action. Lâchant sa canne, il attrape Keely par l'épaule, fait pivoter l'agent de la CIA nullement sur ses gardes, passe le bras autour de son cou et l'emprisonne dans une clé implacable. Keely jappe de peur. De sa main libre, Nick cherche la carotide et serre, très fort, quelques secondes, le temps de bloquer la circulation du sang. Keely s'écroule par terre, inconscient. Nick sort de sa poche un butoir en caoutchouc et le coince sous la porte, sur laquelle il tape deux fois. Le même signal lui parvient de l'autre côté, annonçant qu'un écriteau « Hors service » pend désormais à l'extérieur : la contribution de Stackpole.

Il revient en boitant jusqu'à la forme étendue, se penche malgré la douleur et le gifle à deux reprises.

– Allez, réveille-toi. On a tant de choses à se dire...

Keely émerge de son évanouissement. Instinctivement, il se protège le visage.

– Mais qu'est-ce qui vous prend, bon Dieu ? C'est un local officiel protégé, ici !

– Je le sais, patate ! Je l'ai même foutrement bien protégé. Bon, t'es prêt ?

– À quoi ? s'étonne Keely, qui fait mine de se relever.

– À payer, mon pote.

D'une manchette à la joue, il l'envoie à nouveau s'étaler sur le carrelage.

– C'était la radio, putain ! gémit Keely. Je vous l'ai dit...

Du bout de sa chaussure gauche, Nick le botte en plein visage. Le sang gicle sur le sol.

– Allez, parle-moi pour de bon !

– Laissez tomber, Neumann. C'est... c'est au-dessus de vous. Il est question de *Realpolitik*, ici. De choix qui affectent l'avenir de millions de gens.

– Va te faire mettre, toi et ta *Realpolitik*. Et mes hommes ? Et Johnny Burke ?

– Burke ? Qui c'est, ça ? Ce bleubite qui s'est pris une bastos dans le ventre ? C'était de sa faute, pas de la mienne !

Nick l'attrape par les cheveux, l'oblige à lui faire face.

– Johnny Burke était quelqu'un qui ne se contrefichait pas des autres. C'est pour ça qu'il est mort. (Sans sommation, il lui donne un coup de tête – cartilage fracturé, le nez de Keely est en mille morceaux.) Tu es une saleté. Dès que je t'ai vu sur le *Guam*, j'ai senti que tu puais, mais j'étais encore trop con pour m'en soucier. Tu as voulu nous baiser. Tu étais au courant, pour l'embuscade. Et c'est toi qui as saboté les radios.

Les deux mains pressées sur son nez, Keely essaie de contenir l'hémorragie.

– Non, Neumann, c'est pas comme ça que ça s'est passé ! Ça vient de plus haut que vous ne pouvez l'imaginer.

– Je me fous d'où ça vient ! s'exclama Nick, prêt à frapper encore la masse frissonnante à ses pieds. Tu nous as mis dedans et je veux savoir pourquoi !

Puis il arrête sa botte qu'il allait lancer en avant, soudain écœuré par cet accès de violence sanguinaire. Neuf mois durant, il a rêvé de ce moment, imaginé les mâchoires de Keely craquant sous ses poings, il s'est répété que ce serait une vengeance méritée à laquelle Johnny Burke avait droit. Mais là, devant cette loque au nez éclaté, il hésite.

– Bon, d'accord ! jappe Keely, tâtant toujours de ses mains impuissantes sa figure abîmée. Je vais vous raconter toute l'histoire. (Il se traîne jusqu'à un coin des toilettes, s'adosse pénible-

303

ment au mur carrelé, expulse un filet de sang de ses narines en toussant.) L'opération Enrile était approuvée par le Conseil national de sécurité. Le but, c'était de montrer au gouvernement philippin que nous soutenions sa volonté de construire un système démocratique solide, à l'américaine. Sans toute la corruption et le copinage à la Marcos. Vous pigez ?

– À peu près.

– Seulement, certains ministres philippins ont jugé que le plan n'était pas suffisant, qu'il ne permettrait pas de réaliser leurs objectifs.

– Quels objectifs ?

– Ramener les USA aux Philippines, à grande échelle. Comme dans le bon vieux temps : investissements, business, les robinets ouverts à fond... Pour ça, ils avaient besoin d'un prétexte.

– Et le prétexte, c'était de faire couler du sang américain ?

– Une jeune démocratie, un pays allié qui nous demande un service... (Keely soupire.) Nos gars tués au moment où ils plantaient le drapeau de la liberté : ça marche à tous les coups, ce truc-là ! Si vous, les héros, vous vous étiez contentés de mourir comme convenu, nous aurions déjà dix mille hommes de retour à Subic Bay, un escadron de F 16 déployé à l'aéroport de Clark, et la moitié des plus grosses boîtes US se bousculant pour faire leur come-back aux Philippines.

– Mais cette partie-là, c'était un supplément au programme, hein, Keely ? Le coup monté contre nous, le Conseil national de sécurité n'en savait que dalle. C'était strictement entre toi et tes potes philippins, pas vrai ?

– C'était partir gagnant sur tous les tableaux. Certains d'entre nous se faisaient un peu d'argent de poche au passage, et en plus ça arrangeait bien les affaires de ces pauvres bougres de Philippins...

– Sur tous les tableaux ? J'ai bien entendu cette monstrueuse connerie, salopard ? Neuf marines envoyés à la mort pour monter un coup foireux ! Un brave mec tué, un autre invalide permanent... J'ai vingt-cinq ans, moi, Keely ! Cette jambe, je vais me la traîner pour le restant de ma vie !

Si Nick a été tenté, un instant, de pardonner, le cynisme imbécile de Keely a anéanti toutes ces bonnes dispositions. La correction, si violente dût-elle être, lui paraît plus que jamais justifiée. Sa vue s'obscurcit, il entend quelque chose se briser en lui, il revoit le torse tronqué de Burke sur la plage, puis le cratère ouvert à l'arrière de sa jambe droite, et à nouveau le spectacle lui donne la nausée, il n'arrive pas à accepter qu'il s'agit de sa jambe à lui, il entend le médecin lui annoncer d'un ton doucereux qu'il ne pourra plus jamais marcher normalement, et en moins d'une seconde il revit les longs mois de rééducation, si pénibles mais qui ont contredit ce verdict... Alors il balance de toutes ses forces son pied gauche en avant, le bout ferré de sa botte atteint Keely en plein bas-ventre. Celui-ci en a la respiration coupée. Cramoisi, il s'affaisse sur un côté. Pendant qu'il vomit, ses yeux semblent près de jaillir de leurs orbites.

— Tu vas payer, Keely. Celui-là, c'était pour Burke.

Le souvenir s'estompa aussi vite qu'il lui était revenu. Son moment d'absence n'avait duré qu'un éclair.

— Non, désolé, Thorne, je ne peux tout bonnement pas vous être utile. C'est un non définitif.

— Pensez un peu à vous, Neumann. Dès que j'aurai raconté à Kaiser comment ils vous ont radié des marines, il sera obligé de vous mettre à la porte, lui aussi. Il ne peut pas avoir un collaborateur dont le casier judiciaire n'est pas vierge. D'après moi, vos perspectives dans cette branche sont plus que compromises. Alors, autant aider votre pays pendant que vous y êtes encore.

Nick le contourna pour reprendre son chemin.

— Allez, sans rancune. Vous n'avez qu'à faire ce que vous avez à faire. Et moi de même.

Derrière lui, Thorne explosa :

— Je n'aurais pas cru que tu étais un tel lâche, Neumann ! Tu as déjà permis au Pacha de s'en tirer une fois. Ses crimes sont sur ta conscience !

35

N'était le halo d'une lampe tombant sur une pile de papiers au centre de la table, la pièce était plongée dans l'obscurité. Le bâtiment était silencieux, les couloirs déserts. Seul le bourdonnement électronique de l'ordinateur venait troubler la quiétude qui l'entourait tel un cocon.

Wolfgang Kaiser était seul.

À nouveau, la banque lui appartenait exclusivement.

Il était debout, une joue posée contre la vitre glacée de la grande fenêtre cintrée, toute son attention fixée sur un immeuble grisâtre à une cinquantaine de mètres : la Banque Adler. Aucune lumière ne filtrait de ses volets fermés. Tapi dans la nuit, menaçant malgré ses yeux fermés, le prédateur dormait. Comme sa proie. Mais Kaiser, lui, veillait.

Il se détacha de son poste d'observation et se mit à aller et venir dans le vaste bureau. Depuis un an déjà, il avait remarqué que la Banque Adler commençait à accumuler des actions de l'USB, mille par-ci, cinq mille par-là, sans rien risquer qui puisse attirer l'attention ou faire flamber le prix de l'action. Lentement, mais sûrement. Par petits paquets. S'il n'avait pu découvrir de quels moyens son ennemi disposait, il avait deviné les intentions de Konig. En réplique, il avait conçu un plan discret dans le but de conforter durablement sa position à la tête de l'Union suisse bancaire.

Douze mois plus tôt, l'USB avait fêté son cent vingt-cinquième anniversaire. Les membres du conseil d'administration et leurs épouses avaient été conviés à un dîner à l'hôtel Savoy afin de célébrer l'événement. On avait porté des toasts, prononcé des discours, peut-être même essuyé une larme dans un ou deux cas. Mais l'immense majorité des présents n'étaient pas là pour rendre hommage à l'œuvre de leurs dignes prédécesseurs : ils attendaient l'ultime déclaration de la soirée, ils guettaient avidement le moment où on leur annoncerait combien allait tomber dans leur escarcelle.

Kaiser se rappelait encore la cupidité qui se lisait aisément sur ces visages de rapaces. Lorsqu'il avait déclaré que chaque membre du conseil allait être gratifié d'une commission exceptionnelle de cent mille francs suisses à cette occasion, la nouvelle avait d'abord été accueillie par un silence de mort. Tous les présents, hommes ou femmes, étaient restés tétanisés sur leurs chaises, on aurait entendu voler une mouche. Puis les applaudissements avaient éclaté, tumultueux, chacun s'était levé et les cris de : « Vive l'USB ! », « Vive notre président ! » avaient retenti...

Comment aurait-il pu douter, alors, de la fidélité absolue du conseil envers sa personne ?

Il laissa échapper un petit rire désabusé. Depuis ce fameux soir, bien des membres alors si heureux d'empocher leur cadeau s'étaient ralliés à la meute de Klaus Konig, s'empressant de dénoncer eux aussi les méthodes de gestion « passéistes » du président de l'USB. L'avenir appartenait à la Banque Adler, clamaient-ils, à son agressivité sur les marchés, à ses prises de participation dans les compagnies les plus diverses, à ses spéculations permanentes sur les devises étrangères. L'avenir, résumait Kaiser à leur place, était à la surévaluation du prix des actions de l'USB que l'OPA de la Banque Adler sur sa vieille rivale ne manquerait pas de provoquer.

Zurich faisait désormais partie du Far West. Fini le temps des taux d'intérêt négatifs, quand les étrangers désireux de déposer leur argent en Suisse, non seulement renonçaient à toucher des intérêts dessus mais s'empressaient de payer les frais bancaires élevés qui leur étaient demandés. La Confédération helvétique n'était plus l'unique paradis fiscal au monde, la concurrence avait surgi de toutes parts : le Liechtenstein, le Luxembourg et l'Autriche offraient des établissements aussi solides et discrets, tandis que les îles Caïmans, les Bahamas ou les Antilles hollandaises proposaient les services les plus sophistiqués aux affairistes soucieux de mettre leurs fonds hors de portée d'un associé berné ou d'une épouse trompée.

Malgré un contexte aussi difficile, Wolfgang Kaiser s'était battu pour maintenir l'USB dans le peloton de tête du secteur bancaire privé. Et il y avait réussi. La rentabilité de l'établissement, certes, était en baisse. Les indicateurs essentiels de sa solidité (le rendement des actifs et celui du capital propre) avaient pâti des investissements consentis pour mener à bien cette politique de prestige. Les bénéfices nets, cependant, progressaient depuis neuf années consécutives, on attendait un profit de dix-sept pour cent au cours de la dernière année fiscale. Jadis, ces résultats auraient suscité l'admiration générale. Aujourd'hui, ils étaient décriés : que pesaient-ils, face à la progression de deux cent pour cent revendiquée par la Banque Adler ?

Kaiser fronça les sourcils. La direction qu'il avait donnée à la banque était pertinente, il en était convaincu. Elle respectait l'histoire de l'établissement tout en jouant de manière agressive sur ses points forts traditionnels. Au cours de son premier siècle d'existence, l'USB avait trouvé sa place parmi la douzaine de banques zurichoises de taille moyenne qui servaient à la fois les intérêts commerciaux des entreprises locales et les discrètes exigences de ressortissants étrangers désireux de placer leur argent dans un havre de sécurité et de confidentialité. Nombreuses étaient les nouvelles fortunes qui, décennie après décennie, avaient choisi la Suisse, et plus particulièrement le département financier de l'USB. Puis d'autres encore avaient suivi...

Le président s'arrêta au milieu de la pièce, captivé et conforté par cette évocation du passé. Il se jura encore une fois de ne pas laisser Klaus Konig et sa banque faire main basse sur l'USB. La situation, pourtant, ne prêtait guère à l'optimisme : même des gestionnaires de patrimoine employés ici avaient cédé à la tentation de vendre des actions de l'USB, tandis que la Banque Adler poursuivait sa politique d'achat à tout va. Était-il trop tôt pour espérer que les caisses de Konig, apparemment inépuisables, finissent par se vider ?

Kaiser retourna s'asseoir à son bureau et contempla les dossiers soigneusement empilés devant lui. Le coin lustré d'une photographie émergeait du bas de la pile. Il la sortit, la regarda un long moment. Stefan Wilhelm Kaiser. L'unique fruit d'une union aussi brève que destructrice. Sa mère vivait à Genève, remariée à un autre banquier. Il ne l'avait jamais revue depuis l'enterrement de leur fils.

— Stefan, chuchota-t-il à l'adresse des fantômes dissimulés dans la pénombre du bureau.

Son seul enfant, emporté à dix-neuf ans par une overdose d'héroïne.

Des années durant, Kaiser s'était forgé une cuirasse pour se protéger de cette souffrance. « Son fils » était encore un gamin qui adorait aller à la patinoire, ou nager dans la rivière. Il ne reconnaissait pas cet inconnu sur le cliché, ce voyou à la chevelure rebelle, aux traits ravagés par l'acné, ce drogué qui avait troqué son maillot de football contre un blouson en cuir, dédaigné les crèmes glacées pour la cigarette. Il ne voulait rien savoir de lui.

Et voici qu'une deuxième chance se présentait à lui. Le fils d'un ami, d'un frère presque, qui pourrait remplacer Stefan dans son cœur. La présence du jeune Neumann au quatrième étage le réconfortait. La ressemblance entre le père et le fils était si saisissante qu'en le regardant il regardait aussi dans le passé, il revoyait ses succès et ses échecs. Parfois, en observant Nicholas, il éprouvait l'envie soudaine de le prendre par les épaules et de lui demander si toute sa vie, tout son travail avaient servi à quoi que ce soit. Et il discernait dans les yeux du jeune homme que la réponse aurait été positive. Un oui catégorique. Mais d'autres fois il avait l'impression de contempler sa propre conscience, et il priait pour qu'elle ne le trahisse jamais.

Il éteignit sa lampe, se laissa aller dans son fauteuil. Comment la tourmente présente allait-elle se conclure ? Il ne voulait pas voir son corps fatigué rejoindre le tas de dépouilles de tous les brasseurs d'affaires déposés par leurs subordonnés. Il donnerait jusqu'à son dernier centime pour demeurer, jusqu'à sa mort, le président de l'Union suisse bancaire.

Il ferma les yeux et résolut de ne plus s'abandonner aux émotions. Il *était* la banque. Ses murs de granit et ses coffres inviolables, ses salons feutrés et ses bureaux trépidants d'activité, ses cadres autoritaires et ses stagiaires ambitieux. L'USB et lui ne faisaient qu'un. C'était son sang qui coulait dans les veines de la banque, et pour elle il avait hypothéqué son âme.

— Ils ne passeront pas, articula-t-il à voix haute, à l'instar d'un autre général assiégé avant lui. Ils ne passeront pas !

36

– Je n'en peux plus, soupira Ali Mevlevi en abandonnant un dernier morceau d'agneau rôti dans son assiette. Et toi, chérie ?

– Moi ? Je me sens comme un ballon qui va exploser, dit Lina en gonflant comiquement les joues.

Mevlevi examina la jeune fille. Elle n'avait presque pas touché à son déjeuner.

– Tu n'as pas aimé ? Je croyais que tu adorais l'agneau.

– C'était délicieux. Je n'ai pas très faim, simplement.

– Pas faim ? Comment est-ce possible ? Manque d'exercice, peut-être ?

Elle eut un sourire provocant.

– Ou peut-être excès, au contraire...

– Pour une femme comme toi, dans la fleur de l'âge ? Non, impossible.

Mevlevi repoussa sa chaise et alla jusqu'à la grande baie vitrée. Oui, il avait littéralement épuisé Lina, ce matin. Il s'était comporté comme un homme qui vient d'être libéré de prison. Encore une fois, une dernière fois, avait-il pensé. Un dernier instant dans ses bras.

Dehors, une armée de nuages encerclait la base : un front orageux venu de la Méditerranée s'avançait sur la plaine côtière libanaise et partait mollement à l'assaut des montagnes. Des rafales de vent balayaient la terrasse d'une pluie rare et secouaient les fenêtres.

Derrière lui, Lina passa les bras autour de sa taille et posa une joue contre son épaule. En temps habituel, il appréciait ses manières câlines. Mais ce genre de plaisirs appartenait au passé. Il lui desserra les doigts et repoussa ses mains.

— Oui, je vois clair, maintenant. La voie est toute tracée devant moi, le chemin bien éclairé.

— Et qu'est-ce que tu vois, Al-Mevlevi ?

— L'avenir.

— Mais encore ? insista Lina en se serrant à nouveau contre lui. Il se retourna, lui plaqua les bras contre les flancs.

— Tu sais ce dont il est porteur, j'en suis certain.

Lina plongea ses yeux dans les siens. Il y vit le désarroi devant un comportement qu'elle devait trouver étrange, et une innocence désarmante. Enfin, presque...

— Quoi ? Et toi, tu le sais ?

Mais Mevlevi ne l'écoutait plus. L'oreille tendue, il guettait le pas résolu de Joseph, qui résonnait déjà au loin dans le couloir. Jetant un coup d'œil à sa montre, il partit en direction de son bureau personnel. En chemin, il lança à la jeune fille :

— Joins-toi donc à nous, Lina. Ta présence est plus que souhaitée.

Entré dans son cabinet de travail, il se retrouva face à face avec son chef de la sécurité. Joseph, très droit, les yeux enfoncés dans les orbites, attendait les ordres. « Mon aigle du désert », se dit Mevlevi.

Un instant plus tard, Lina apparut. Elle alla se lover sur le canapé.

— Quoi de neuf ? demanda Mevlevi à son adjoint.

— Tout avance conformément aux plans. Le sergent Rodenko dirige l'entrainement de deux compagnies sur le flanc gauche. Tir de grenades réelles. Ivlov donne un cours sur l'utilisation des mines antipersonnel. La garde ne signale aucun mouvement suspect.

— « À l'ouest, rien de nouveau », plaisanta Mevlevi. Bien, très bien !

Contournant son aide de camp, il alla à sa table, rangea quelques papiers, replaça son fauteuil, puis gagna la bibliothèque, en sortit un roman, observa la couverture en fronçant les sourcils, le remit en place. Finalement, il vint se placer juste derrière Joseph.

— Ton affection pour moi, elle s'est tarie ?

Lina allait répondre, mais il la fit taire d'un geste et répéta sa question, cette fois dans l'oreille de Joseph.

— Ton affection pour moi, elle s'est tarie ? Réponds !

– Non, maître, répondit l' « aigle du désert ». Je t'aime et te respecte comme mon propre père.

– Menteur !

Le coup de poing qu'il reçut dans les reins fit tomber Joseph sur un genou. L'agrippant par la nuque, Mevlevi l'obligea à se relever.

– Aucun père ne pourrait être aussi mal servi par son fils. Ni aussi déçu. Comment oses-tu me décevoir à ce point ? Jadis, tu aurais donné ta vie pour moi... (Il passa un doigt pensif sur la cicatrice qui lui balafrait la joue, puis la gifla à toute volée.) Tu en serais encore capable ?

– Oui, Al-Mevlevi ! Toujours !

Un direct au ventre le plia en deux.

– Tiens-toi droit ! Tu es un soldat ! Une fois, tu m'as protégé. Tu m'as sauvé de l'opération-suicide menée par les tueurs de Mong. Avant, tu étais fier et loyal. Mais maintenant ? Tu ne me défendrais plus, ou si ?

Lina avait attrapé un coussin et le serrait contre sa poitrine. Mevlevi posa une main sur l'épaule de Joseph.

– Tu pourrais me sauver d'un serpent venu nicher sous mon toit ? Tout près de mon cœur ?

– Je ferai de mon mieux, toujours.

– Tu ne me trahirais pas, toi !

– Jamais !

Mevlevi le saisit par le menton et caressa de son autre main la courte chevelure de son homme de main. Il l'embrassa sur la bouche, un baiser violent, sans connotation sexuelle.

– Oui, dans mon âme je le sais. Maintenant j'en suis sûr ! (L'ayant relâché, il se rapprocha à pas comptés de Lina, toujours assise sur le canapé.) Et toi, chérie ? Quand me trahiras-tu ? (Muette, elle le regardait de tous ses yeux.) Quand ? répéta Mevlevi à voix basse.

Lina bondit sur ses pieds et se précipita dans le couloir.

– Joseph ! commanda le Pacha. Le bassin de Soliman !

À une cinquantaine de mètres de la maison s'élevait une construction basse, rectangulaire, au toit de tuiles typique de la région et dont les murs en ciment venaient d'être chaulés. Seuls les treillis auxquels quelques bougainvillées chétives s'accrochaient sur la façade animaient un peu ce morne bâtiment. En regardant bien, cependant, on était frappé par plusieurs détails surprenants : aucun accès n'était tracé à travers la pelouse bien entretenue qui encerclait la bâtisse. Plus encore, aucune porte ne s'ouvrait dans ses murs dépouillés, et les rares fenêtres à double vitrage, isolées antibruit, étaient toutes hermétiquement fermées par des rideaux noirs. Surtout, surtout, on était saisi par l'odeur indéfinissable qui s'échappait de la maison, une odeur si âcre qu'elle brûlait la gorge et les yeux. Détergent ? Désinfectant ? Ni l'un ni l'autre. Bien pire...

En descendant le passage souterrain, Ali Mevlevi gardait la tête basse. Tout, dans son maintien et son habillement, proclamait sa piété. Il portait une *dishdasha* blanche, des sandales ouvertes et un châle de prière musulman brodé de perles et de fils d'or. Il tenait un Coran ouvert à un passage de circonstance (« Leur infidélité a mérité nos fléaux et causé leur ruine »), qu'il entreprit de à voix haute. Alors qu'il approchait du bout du tunnel, ses yeux se mirent à pleurer, réaction naturelle aux effluves qui agressaient ses fosses nasales et ses glandes lacrymales. Il se résigna volontiers à cette épreuve, nécessaire à l'accomplissement de la volonté divine. Il lui restait à gravir quelques marches. Il déboucha dans l'entrée.

Devant lui s'étendait le bassin de Soliman, héritage du plus illustre monarque ottoman, Soliman le Magnifique. Le bassin, de trente mètres sur quinze, contenait un mélange saumâtre d'eau, de formol et de triphosphate de sodium. Longtemps, les despotes turcs avaient eu l'habitude de conserver des mois, voire des années durant, le corps juvénile des concubines qu'ils avaient particulièrement appréciées. Par un caprice de l'histoire et de leur autoritarisme sans bornes, ils en étaient venus à transformer ce moyen d'adoration en instrument de torture, puis en supplice mortel. Il suffisait de quelques pas, d'une poussée et d'un saut...

– Al-Mevlevi, hurla Lina en le voyant apparaître, je t'en supplie ! Tu te trompes ! S'il te plaît...

Sans modifier sa dévote attitude, il se dirigea lentement jusqu'à la jeune fille, qui était assise, nue, sur une chaise à haut dossier en raphia, les poings et les pieds retenus par des liens en sisal. Il caressa ses beaux cheveux noirs d'un air absent.

– Allons, allons, mon enfant. Pas besoin d'explications. Tu as demandé quel serait ton avenir ? Le voici.

Ses yeux se détournèrent de Lina pour parcourir la surface du bassin, sous laquelle on pouvait discerner une douzaine de têtes humaines, dont les chevelures flottaient entre deux eaux telles des algues sur un récif tropical. Les formes mortes, grotesquement distendues, s'étiraient vers le fond, où leurs chevilles étaient attachées à de lourdes pierres oblongues.

Lina prit sa respiration et se risqua à nouveau.

– Al-Mevlevi, je te jure que je ne travaille pas pour les Makdissi ! Ce sont eux qui m'ont amenée au club, c'est vrai. Mais je ne t'ai jamais espionné, je ne leur ai jamais rien dit. Je t'aime.

Éclatant d'un rire sauvage, Mevlevi était décidé à reléguer ses sentiments dans un coin obscur de lui-même. Le devoir passait au-dessus de tout.

– Tu m'aimes ? Ah, les Makdissi seraient mécontents de l'entendre. Moi, par contre, j'en suis charmé. Mais dois-je te croire ?

– Oui, oui, tu dois !

Ses larmes s'étaient taries. Elle plaidait pour sa vie avec l'énergie du désespoir ; la sincérité était sa seule défense.

– Dis-moi la vérité, chère Lina. Rien que la vérité. Il ne faut rien me cacher.

Habituellement, Mevlevi prenait plaisir à ces derniers instants, au jeu subtil des faux espoirs. Mais pas cette fois, non. En se penchant pour l'embrasser, il sentit que les lèvres de la jeune fille étaient desséchées, sans leur douceur coutumière. Il sortit un mouchoir de son cafetan pour lui essuyer les joues.

– Dis-moi la vérité, répéta-t-il d'un ton désormais apaisant, presque comme s'il voulait la bercer.

– Oui, oui, je le jure ! s'écria Lina en hochant furieusement la tête. Les Makdissi m'ont trouvée à Djounié. D'abord, ils ont parlé avec ma mère. Ils lui ont proposé beaucoup, beaucoup d'argent. Mille dollars américains. Quand ma mère m'a prise à part pour me le dire, je lui ai demandé : « Qu'est-ce que des gens pareils veulent de moi ? » Un des leurs, un petit gros avec des cheveux gris et des yeux énormes, des yeux comme des huîtres, a répondu : « On veut seulement que tu regardes, Lina. Que tu observes, que tu apprennes. – Et qu'est-ce que je devrai apprendre ? » j'ai dit. Et lui : « Observe simplement. On te contactera. »

– Ils n'ont rien mentionné de particulier ?

– Non. Juste que je devais te surveiller.

– Et ?

Elle s'humecta les lèvres, ouvrit encore plus grands ses yeux immenses.

314

– Je l'ai fait, oui ! Je sais que tu te mets au travail tous les matins à sept heures, et que souvent tu n'as pas fini quand je vais me coucher. Je sais que des fois tu ne récites pas la prière de la mi-journée ; je crois que ce n'est pas parce que tu oublies, mais parce que ça t'embête. Et puis, le jour de repos, tu regardes la télé. Du football, du matin au soir !

Il fut surpris par l'empressement qu'elle mettait à avouer son crime. Cette fille s'imaginait réellement innocente !

Elle poursuivit :

– Une fois, rien qu'une fois, je le jure, j'ai fouillé dans ton bureau pendant que tu étais sorti. Je regrette. Mais je n'ai rien trouvé, rien du tout ! Tous ces chiffres, je n'y comprenais rien, c'était impossible à comprendre, pour moi...

Mevlevi prit un air extasié pour s'écrier :

– Ah, quelle honnêteté ! Qu'Allah en soit remercié. Mais tu as parlé de chiffres. Dis-m'en plus, s'il te plaît.

– Il y en avait tant, je n'arrivais même pas à les lire. À quoi ça aurait servi, d'ailleurs ? Tu travailles, sans arrêt, sans arrêt...Toute la journée au téléphone !

Mevlevi sourit, comme charmé par tant d'ingénuité.

– Maintenant, Lina, tu dois me dire exactement ce que tu as raconté aux Makdissi.

– Rien, je t'assure ! (Elle baissa les yeux au sol.) Juste un peu... Des fois, le dimanche, quand j'allais voir ma mère, il appelait.

– Qui ça, *il* ?

– M. Makdissi. Il voulait savoir ce que tu faisais toute la journée. À quelle heure tu te levais, à quelle heure tu déjeunais, quand tu sortais... Rien de plus. Je te le jure !

– Et tout cela, tu le lui as dit, évidemment ? suggéra Mevlevi comme si cela tombait sous le sens, en effet.

– Oui, bien sûr. Il avait donné tellement d'argent à ma mère ! En quoi ça pouvait être grave ?

– Bien sûr, chérie. Je comprends. (Il caressa légèrement ses tresses soyeuses.) Maintenant, dis-moi : est-ce qu'il t'a questionnée sur mon argent ? À propos de banques ? De comment je paie mes associés ?

– Non, non, ça, jamais.

Mevlevi fronça les sourcils. Il était convaincu que c'était Albert Makdissi qui avait informé les services américains de ses virements. Makdissi, qui depuis longtemps rêvait de traiter directement avec Mong. D'éliminer tout intermédiaire, donc...

– Lina ? Je préfère quand tu me dis la vérité.

– Je t'en prie, Al-Mevlevi ! Tu dois me croire ! L'argent, non, il n'en parle jamais. Il veut juste savoir ce que tu fais, si tu te déplaces... C'est tout.

Il sortit de sa poche un Minox argenté, fit passer l'appareil photo miniature devant les yeux de Lina, puis sous son nez, comme s'il s'était agi d'un cigare de prix.

– Et ceci, alors ? Qu'est-ce que c'est, chérie ?

– Je ne sais pas... Un petit appareil photo. Oui, j'ai dû en voir, des comme ça, dans des vitrines.

– Non, chérie. « Des comme ça », tu ne peux pas en avoir vu dans un magasin !

– Ce n'est pas à moi, en tout cas !

– Bien entendu, susurra-t-il. Et ceci, ce petit bijou ?

Il lui présenta un boîtier en métal noir mat, pas plus grand qu'un jeu de cartes, d'où il fit sortir une antenne en caoutchouc. Lina considéra l'objet avant de s'exclamer d'un ton indigné :

– Je ne sais pas de quoi il s'agit ! Dis-le, toi !

– Moi ? (Il jeta un coup d'œil à Joseph.) C'est nous qui devrions le lui dire, alors ? (Joseph resta silencieux.) Écoute, Lina, je vais te confier un secret. Lorsque Max Rothstein m'a appris que tu lui avais été amenée par Albert Makdissi, nous avons inspecté ta chambre, Joseph et moi. Pour en avoir le cœur net. Parce que la parole de Max ne suffisait pas, tu comprends, chérie ? Mais ce n'était pas pour t'accabler. Alors, nous avons trouvé ce magnifique appareil – c'est une radio, évidemment –, ainsi que l'appareil photo, dans la cache que tu as si ingénieusement creusée dans le sol, sous ton lit... Allez, parle-moi un peu de cette radio. Un petit miracle de technologie, non ? Franchement, je n'aurais pas cru ces balourds de Makdissi capables d'en avoir de pareils.

Lina s'agita, forçant sur ses poignets et ses chevilles entravés.

– Assez ! cria-t-elle. Il n'y a pas de cache dans ma chambre ! L'appareil photo n'est pas à moi, et cette radio non plus, je ne l'avais jamais vue. Je le jure !

– La vérité, Lina, énonça Mevlevi d'un ton las et calme. Nous ne voulons que la vérité, ici. Allez, un effort. Jusque-là, tu t'en étais bien tirée...

– Je ne suis pas une espionne ! Je n'ai jamais écouté cette radio, je n'ai jamais eu d'appareil photo !

Mevlevi se pencha vers elle. Il s'était raidi, soudain aux aguets.

– Qu'est-ce que tu viens de dire ?

316

– Je n'ai jamais écouté cette radio, gémit Lina. Si je veux entendre de la musique, je vais au salon. Qu'est-ce que je ferais d'un transistor ?

Il la dévisagea comme s'il la voyait pour la première fois.

– Un *transistor* ? Elle n'a jamais écouté le *transistor* !

Son regard passa de Lina à Joseph. Il avait l'air de ne plus savoir à qui s'adresser. Mais la nature de l'appareil qu'il tenait dans la main ne lui échappait pas. Et ce n'était pas un banal transistor, loin de là. C'était un émetteur-récepteur à très haute fréquence, capable de capter le message le plus ténu sur son unique bande réceptrice. Un vrai bijou technologique, certes, aucunement conçu pour écouter des stations de radio commerciales.

– Elle est charmante, confia-t-il à Joseph d'un ton admiratif. Et parfaitement entraînée. Pendant un moment, j'ai été à deux doigts de la croire. Ah, les femmes... Elles sont si émotives, si sensibles, qu'on a tendance à prendre leur hystérie pour de la sincérité. Mais quand un homme pleure, c'est seulement parce qu'il est coupable et qu'il s'apitoie sur son sort.

Joseph resta silencieux, mais il hocha vigoureusement la tête, approuvant apparemment chaque mot de son chef.

Venant se placer derrière la chaise de Lina, Mevlevi fit courir ses mains sur le corps de la jeune fille, tâtant doucement ses belles épaules, caressant ses seins durs et fermes. Il paraissait triste, abattu presque.

– Le moment est venu de nous séparer, Lina. J'aimerais te suivre sur la voie sublime que tu vas prendre, mais mon œuvre ici-bas n'est pas terminée. Peut-être serons-nous réunis bientôt, cependant... Je t'ai aimée, sincèrement.

Les yeux clos, elle pleurait sans bruit.

– Pourquoi ? demanda-t-elle entre deux sanglots. Pourquoi ?

Un instant, Mevlevi adressa cette même question au Très-Haut. « Pourquoi ? Pourquoi dois-je perdre un être qui signifiait tant pour moi ? Un être qui ne m'a apporté que joie et lumière ? C'est une enfant. Une innocente. Elle ne devrait pas être punie, elle ne devrait pas souffrir. » Puis il sentit que sa résolution lui revenait, et il sut que le Tout-Puissant parlait désormais par sa bouche.

– Tu as croisé ma route afin de me mettre à l'épreuve : si je peux me séparer de toi, ma très douce, c'est que je peux renoncer à la vie elle-même. Allah exige des sacrifices de nous tous.

– Non, non, non, sanglotait-elle.

– Adieu, mon amour.

317

Il se redressa et fit signe à Joseph, qui s'approcha lentement de Lina.

— Pars dans la sérénité, conseilla celui-ci à la jeune fille. Sois forte et digne. C'est la volonté d'Allah. Tu ne dois pas la combattre.

Quand il la souleva dans ses bras, elle n'opposa pas de résistance. Il la porta jusqu'à un petit banc à l'autre bout de la salle. Une pierre ovale était posée au sol. Elle pesait quinze kilos, assez pour entraîner le corps d'une jeune femme au fond du bassin et l'y maintenir. Libérant les pieds de Lina, il les plaça l'un après l'autre dans deux cavités creusées dans la pierre, attacha ses chevilles par des menottes en acier inoxydable, elles-mêmes fixées au lest par une goupille en cuivre.

— Pourquoi fais-tu cela ? l'interrogea Lina, dont les yeux gonflés n'avaient plus de larmes.

— Je dois obéissance à Al-Mevlevi. Il voit plus loin que n'importe lequel d'entre nous.

Elle essaya de le gifler de ses deux mains entravées.

— Tu mens ! C'est toi, l'imposteur ! C'est toi qui as mis cette radio sous mon lit. Toi !

— Chuut ! commanda Joseph en lui tendant une coupe de vin. Il y a un tranquillisant très efficace, dedans. Al-Mevlevi a voulu t'épargner toute souffrance. Regarde, regarde dans l'eau. Tu ne voudrais pas subir une mort pareille en étant encore consciente, n'est-ce pas ?

— Non ! Je veux... Je veux vivre mes derniers instants.

Sans insister, il l'aida à se relever.

À l'autre extrémité du bassin, Ali Mevlevi avait le visage levé au ciel. Il interrompit la prière qu'il murmurait à peine, indiqua d'un signe à Joseph qu'il pouvait continuer et reprit ses incantations. Il l'avait aimée, oui.

Elle se débattit, maudissant les liens qui lui interdisaient le moindre mouvement. Tout en lui chuchotant des encouragements à l'oreille, Joseph la porta sur un petit pont qui s'arquait au-dessus du bassin. Là, il la souleva aussi haut que ses bras le pouvaient et la jeta dans la masse mouvante. Son cri, mêlé au jaillissement de l'eau autour d'elle, résonna quelques secondes sous les voûtes du pavillon alors qu'elle avait déjà disparu dans les profondeurs.

Sur l'esplanade centrale de la base, un hélicoptère Bell Jet attendait, ses pales tournant au ralenti. Le ciel était maussade, strié d'une fine pluie.

Mevlevi se dirigea vers l'appareil, une main posée sur l'épaule de Joseph.

— Lina mettait en danger le plan *Khamsin*. Il n'y avait pas d'autre solution, tu comprends ?

— Bien entendu, Al-Mevlevi.

— Je deviens trop sentimental, c'est idiot ! Mais j'ai eu de la peine pour elle. À mon âge, il devient difficile de s'interdire tout sentiment... (Il s'interrompit pour lancer un juron blasphématoire, ce qui était très inhabituel chez lui.) Enfin, nos priorités sont claires : il faut donner toutes ses chances à l'opération. Tu dois partir sur-le-champ prendre en charge notre prochaine livraison. Cet hélicoptère va te conduire sur un cargo qui croise en ce moment dans l'Adriatique, au large de Brindisi.

— Est-ce que je peux préparer mes affaires ?

— Non, impossible. Pas le temps.

Pour une fois, Joseph tenta de contester les ordres :

— Je n'en ai que pour quelques minutes !

— Tu embarques immédiatement, trancha Mevlevi. Prends ce sac. Tu y trouveras un passeport, quelques vêtements, et cinq mille dollars. Quand tu seras parvenu à bord, je te donnerai d'autres instructions. Il est indispensable de mener à bien cette transaction. Est-ce clair ?

— Oui, maître.

— Parfait.

Il aurait aimé pouvoir lui en dire plus. Lui confier que dans deux jours ses hommes allaient se mettre en route vers le sud, vers la frontière israélienne, répartis en deux groupes de trois cents guérilleros, ne se déplaçant que la nuit, entre deux et six heures du matin, au moment où les satellites américains n'espionnaient pas cette partie du monde. Surtout, lui expliquer que sans les profits générés par cette livraison, et les sommes encore plus considérables qu'ils allaient permettre de réunir, l'opération Khamsin était vouée à l'échec, qu'elle se résumerait à une incursion frontalière de plus, aussi courageuse que vaine et suicidaire... Mais tout cela, hélas, il devait le garder pour lui seul.

— Ah, je voulais te dire. Les gens que tu vas contacter à Brindisi...

— Oui ?

— Il faudra que tu te méfies. Je ne sais pas si on peut encore leur

319

faire confiance. Ils pourraient être de mèche avec les Makdissi. Ouvre l'œil, donc. La cargaison doit parvenir à Zurich aussi vite que possible. Dès que tout sera débarqué, ne tolère aucun retard.

Joseph avait déjà attrapé l'anse du sac de sport, mais Mevlevi tarda à le lui remettre. Les yeux plongés dans ceux de son adjoint, il prononça lentement :

— Tu ne me trahiras pas.

Joseph se raidit.

— Jamais, Al-Mevlevi. Je suis ton serviteur et j'en donne ma parole, sur ce que j'ai de plus sacré.

37

Marco Cerruti se redressa d'un bond dans son lit, haletant, noyé de sueur. De ses yeux écarquillés, il scruta la pièce autour de lui. Les ombres tapies dans l'obscurité prenaient forme, des fantômes se réfugiaient derrière les lourds rideaux, les meubles vénérables.

Dégageant ses jambes des couvertures en désordre, il alluma sa lampe de chevet. Il se retrouva face à face avec la photographie de sa mère qui le contemplait fixement, assise dans son fauteuil préféré. Il prit le cadre et le posa à l'envers sur la table, puis se leva. Il avait besoin d'un verre d'eau. Le contact froid du carrelage dans la salle de bains lui donna une sensation de propreté et de fraîcheur qui agit comme un baume sur ses nerfs à vif. Après un second verre au robinet, il décida de se livrer à une rapide inspection de l'appartement. Il vérifia que toutes les fenêtres et la porte d'entrée étaient bien verrouillées. Rassuré, il retourna à sa chambre, remit le lit en ordre, rajusta la veste de son pyjama de laine et se glissa dans les draps. Il tendit la main pour éteindre, mais s'arrêta à mi-chemin. Au souvenir de l'affreux cauchemar qui venait de l'assaillir, il jugea préférable de laisser encore un peu la lumière.

La tête posée sur l'oreiller, il contempla le plafond. Depuis des semaines, ce rêve n'était plus revenu le hanter. Il allait mieux, il ne redoutait presque plus la tombée de la nuit, il se sentait vraiment prêt à reprendre le travail, et puis... Et puis ce maudit Thorne avait surgi chez lui.

L'Américain le terrorisait. Il posait tant de questions... À propos de M. Mevlevi, du président de l'USB, et même de ce jeune Neumann que Cerruti n'avait pourtant rencontré qu'une seule fois ! Il s'était montré poli, aussi hospitalier qu'à son habitude. Il lui avait offert un Coca-Cola, des biscuits, il s'était prêté de bonne grâce à l'interrogatoire. Il avait menti, bien sûr, mais avec finesse et aplomb, du moins c'était ce qu'il espérait. Non, avait-il juré, il ne connaissait personne du nom d'Ali Mevlevi. Ni un client de la banque surnommé le Pacha. Un trafiquant d'héroïne à grande échelle ? L'USB ne traitait pas avec ce genre d'individus.

« Vous êtes moralement obligé de nous aider dans cette enquête, avait certifié Thorne. Autrement, si vous refusez de parler, vous ne serez pas que l'employé d'un établissement malhonnête, vous serez considéré comme un complice d'Ali Mevlevi. Un criminel, autant que lui. Je ne lâcherai pas tant que je ne l'aurai pas eu, lui. Et quand je l'aurai coffré et bien coffré, je m'occuperai de vous. N'en doutez pas une seconde. »

C'était drôle, tout ce raffut à propos de la drogue. Quoi, Thorne ne savait donc rien au sujet des armes ? Officier de réserve de l'armée helvétique – renseignement, évidemment –, Cerruti savait suffisamment ce qu'était l'équipement d'un bataillon d'infanterie pour ne pas avoir été stupéfait par la quantité astronomique de matériel militaire qu'il avait vue à la base de Mevlevi deux mois plus tôt seulement : des caisses et des caisses de mitrailleuses, de munitions, de revolvers, de grenades, sans parler d'armes beaucoup plus sérieuses, plusieurs lance-missiles sol-air Stinger, des canons antichars et au moins une douzaine de mortiers, dont certains d'une portée de cinq kilomètres. Amplement de quoi mener une petite guerre bien sanglante, avait conclu Cerruti en se demandant comment un simple particulier avait pu réunir un tel stock.

Il attrapa le verre d'eau sur sa table de nuit. La seule mention de sa dernière visite au campement dans les hauteurs dominant Beyrouth le ramenait à la source de son mal, à la cause de son déséquilibre mental. Au bassin de Soliman.

Jamais il n'avait cru qu'un spectacle aussi atroce pourrait lui être imposé. Le seul souvenir de l'odeur le faisait frémir : les effluves insupportables de cent expériences macabres. Et la vue de cette collection de cadavres blafards flottant entre deux eaux... Il ferma les yeux pour y échapper, se couvrit les oreilles pour ne pas entendre le rire impitoyable de Mevlevi, hilare en voyant ce pauvre Marco s'évanouir.

À nouveau, il s'assit dans son lit. Et si Thorne avait raison, finalement ? Peut-être fallait-il mettre fin aux agissements de Mevlevi : les armes, le bassin de Soliman, et maintenant l'héroïne, d'après ce que disait la DEA. Avait-il besoin de davantage pour reconnaître que cet homme était malfaisant ?

Il remonta les draps jusqu'au menton, comme pour se défendre contre les images du cauchemar qui revenaient l'assaillir, la surface sombre de l'eau, les démons dont il sentait confusément la présence. Il devait résister au sommeil s'il voulait y échapper. En se balançant d'avant en arrière, il se mit à répéter, comme s'il récitait un mantra : « Le bassin de Soliman, le bassin de Soliman... » Les lois suisses prévoyaient toutes les situations, et même si l'une d'elles avait fort peu servi depuis son adoption, il ne connaissait que trop bien son existence. Et il savait qu'en mentionnant « les clients dont les activités conduisent l'employé de banque à conclure à l'existence de pratiques commerciales illégales », elle concernait très directement M. Ali Mevlevi.

Cerruti se força à respirer plus calmement. Dès le lendemain matin, il appellerait Sterling Thorne et lui montrerait les documents qu'il conservait chez lui. Il apporterait la confirmation que le Pacha utilisait les services de l'USB, qu'il effectuait des virements deux fois par semaine. Il aiderait les autorités à traîner ce répugnant personnage devant les tribunaux.

– Non, monsieur Thorne, je ne suis pas un criminel, proclama-t-il dans le silence de sa chambre, avant d'ajouter à voix plus basse, pour lui-même : Je ne veux pas aller en prison !

Il se redressa, fier de sa décision. Bientôt, pourtant, le faible sourire qui lui était venu s'effaça. Il ne pouvait prendre seul une initiative aussi grave. Il fallait en parler, envisager le pour et le contre. Mais avec qui, et en pleine nuit, en plus ? Il n'avait pas de proches, personne qui fût capable de débroussailler une question aussi délicate, en tout cas. Pas d'amis non plus. Un collègue ? C'était hors de question.

Il se rallongea pour réfléchir, envahi peu à peu d'une sueur froide en arrivant à la conclusion qu'un seul être au monde était en mesure d'aborder ce sujet avec lui. L'homme qui l'avait déjà aidé à chaque tournant décisif de son existence, et qui pourrait le délivrer de son cauchemar, enfin...

Pour la seconde fois en l'espace d'un quart d'heure, il rejeta les couvertures et quitta son lit. Après avoir enfilé une robe de chambre, il alla dans toutes les pièces, alluma toutes les lampes et finit par aller s'asseoir derrière son petit bureau. Il sortit du tiroir un mince carnet gris, son répertoire d'adresses personnel, qu'il posa à côté du téléphone. D'une main encore assez ferme, il le feuilleta jusqu'à trouver le numéro qu'il cherchait. L'appartement était bien chauffé, mais il fut alors parcouru de frissons. Car s'il reconnaissait aisément le premier numéro indiqué à cette page, numéro qu'il avait appelé des centaines de fois au cours de sa carrière, il n'avait encore jamais utilisé le second. « Seulement en cas d'urgence, Marco! entendit-il encore la voix de stentor lui recommander, seulement pour les amis les plus sûrs, aux moments les plus durs! »

Cerruti hésita une seconde : s'agissait-il vraiment d'une « urgence », cet instant comptait-il parmi les « moments les plus durs »? Mais, après quelques minutes d'incertitude, il fut incapable de résister à une crise de larmes, et il sut alors que la réponse était là.

À une heure trente-sept, il décrocha le combiné et appela son sauveur.

Wolfgang Kaiser répondit à la deuxième sonnerie.

— Qu'est-ce que c'est, encore ? demanda-t-il sans lever la tête de l'oreiller, les yeux fermés.

Il n'y avait personne au bout du fil. Mais, alors qu'un autre téléphone se mettait à sonner tout près, Kaiser bondit hors de son lit, s'agenouilla devant la table de nuit et ouvrit le battant inférieur. Sur la tablette rétractable, il saisit le combiné d'un appareil noir.

— Kaiser, annonça-t-il d'un ton sec.

— Branchez maintenant, s'il vous plaît.

C'était un ordre.

Aussitôt, Kaiser pressa une touche translucide sur le socle du téléphone, déclenchant le brouilleur de communications, un Motorola Viscom III. Il y eut une succession de bips électroniques, une friture d'électricité statique, puis la liaison redevint normale.

— Kaiser à l'appareil, reprit-il, cette fois d'une voix posée, respectueuse.

— J'arrive dans deux jours, annonça Ali Mevlevi. Prenez les dispositions habituelles. Onze heures du matin, aéroport de Zurich.

Kaiser coinça le combiné contre son épaule pour couvrir le micro de sa main droite.

— Ouste! siffla-t-il à l'intention de la forme allongée dans le lit, sur le bord opposé. Va dans la salle de bains, ferme la porte, fais-toi couler un bain. Allez!

Puis, revenant à son interlocuteur :

— Onze heures, entendu. Je ne pourrai pas être là pour vous accueillir, malheureusement.

– Je n'imaginerais même pas déranger l'emploi du temps d'une personne aussi influente que vous. J'espère que je ne trouble pas trop votre nuit, déjà ! ajouta Mevlevi avec un rire caverneux.

Kaiser répéta son manège pour commander à nouveau :

– J'ai dit vite ! *Raus !*

Une femme se leva et alla à la salle de bains, entièrement nue. Il la regarda s'éloigner, admirant une nouvelle fois la voluptueuse silhouette qu'il connaissait depuis si longtemps. Sans même jeter un coup d'œil vers lui, elle referma la porte derrière elle.

Rassuré, le président de l'USB reprit sa conversation :

– Écoutez, Ali, c'est vraiment le pire moment, pour venir à Zurich. Thorne et sa bande doivent surveiller la banque sans arrêt.

– Thorne est un roquet facile à mater. Je ne pense pas que vous le considériez comme une menace sérieuse, si ?

– C'est un représentant officiel des autorités US. En d'autres temps, nous l'aurions fait déguerpir aisément. Mais aujourd'hui... (Il soupira.) Aujourd'hui, vous ne savez que trop bien dans quelle situation nous sommes.

– Peu importe. Il faut le neutraliser.

– Vous ne voulez tout de même pas dire que...

– Ah, on fait les petits délicats, maintenant ? Ne perdez pas les qualités que j'ai toujours appréciées chez vous : indomptable, impitoyable, implacable. Rien ne pouvait vous arrêter, jadis.

Kaiser aurait voulu répliquer qu'il n'avait pas changé, mais ce plaidoyer *pro domo* aurait pu paraître un aveu de faiblesse. Il préféra donc se taire.

– Débarrassez-moi du roquet, poursuivit Mevlevi. De quelle manière, ce n'est pas mon affaire. Si vous préférez des méthodes moins radicales, libre à vous. Mais ne commettez aucune erreur, car votre responsabilité est engagée sur ce point.

Kaiser imagina le Pacha installé devant son bureau à cinq heures du matin, une de ses ignobles cigarettes turques coincée entre les lèvres, ourdissant des plans pour l'avenir.

– Compris. En ce qui concerne votre arrivée, je vais envoyer Armin Schweitzer vous attendre à l'aéroport.

– Non. Expédiez-moi M. Neumann. J'ai hâte de connaître ce jeune fauteur de troubles. Savez-vous qu'il s'est entretenu plusieurs fois avec Thorne ? Ou Thorne avec lui : je n'ai pas encore décidé sous quel angle il fallait considérer ces contacts.

– Comment ? s'étonna Kaiser, incapable de dissimuler sa surprise.

– À trois reprises, oui, selon mes renseignements. Mais il résiste, ne vous inquiétez pas. Pas pour l'instant, en tout cas. Envoyez-moi Neumann, donc. Je veux simplement m'assurer qu'il est bien des nôtres.

– J'ai encore besoin de lui, annonça Kaiser d'un ton ferme. Veillez à ce qu'il ne lui arrive rien de fâcheux.

– J'en déciderai par moi-même. Vous devez avoir beaucoup d'autres étalons dans vos écuries, de toute façon.

– Je vous ai dit que Neumann m'est indispensable. Il occupe une place centrale dans nos efforts en direction des actionnaires encore hésitants.

Mevlevi toussa, puis rétorqua d'un ton désinvolte :

– Je vous répète que c'est à moi d'en décider.

Kaiser ne dissimula pas son irritation :

– Parfois, vous m'amenez à penser que vous êtes satisfait de l'OPA de la Banque Adler contre nous.

– Soyez content que je m'en préoccupe, au contraire. Vous pouvez y voir une preuve de mon respect pour notre longue relation.

Il s'éclaircit la voix avant de poursuivre :

– Vous avez d'autres nouvelles ?

Kaiser se frotta les paupières. Jusqu'à quel point le Pacha pouvait-il être au courant ? Comment avait-il pu apprendre si vite ce qui était arrivé – en l'espace de quelques minutes seulement ?

– Oui, nous avons un problème. Cerruti a craqué. Ce n'était pas judicieux de votre part, de l'effrayer à ce point. Il semble que Thorne ait exercé une forte pression sur lui.

– Cerruti est un faible.

– Exact. Mais c'est aussi un collègue que j'estime, qui a voué toute sa vie à la banque.

– Et maintenant ? Veut-il soulager sa conscience ? Cherche-t-il l'absolution auprès de la DEA américaine ?

– J'ai pensé que nous pourrions expédier le malheureux aux Canaries, proposa Kaiser, conciliant. Je possède un appartement là-bas. Il sera au calme et mes gens pourront garder l'œil sur lui.

– Solution de court terme à un problème durable. Vous m'étonnez, mon ami.

Kaiser regarda la porte de la salle de bains, écoutant le bruit étouffé de l'eau coulant dans la baignoire. Que penserait-elle de tout cela, si elle venait à l'apprendre ? Après tout ce temps avec lui, serait-elle surprise d'apprendre qu'il était le vassal d'un inconnu ?

– Où en sont ces individus sans foi ni loi de la Banque Adler, alors ? demanda Mevlevi.

– Ils disposent de revenus illimités, visiblement, et chaque dollar qu'ils reçoivent sert à acheter des actions de l'USB. Avez-vous réfléchi à ma proposition ?

– Deux cents millions de francs suisses, c'est plus qu'une proposition, non ?

– Un prêt. Que nous rembourserons en totalité dans les quatre-vingt-dix jours, avec quarante pour cent d'intérêts annuels. Soit un gain de dix pour cent sur vos débours.

– Mais je ne suis pas la Réserve fédérale, moi !

Kaiser s'efforça de garder son calme.

– Il est vital que nous repoussions l'offensive de la Banque Adler.

– Pourquoi donc ? demanda Mevlevi d'un ton badin. N'est-ce pas la règle du jeu, dans le monde de la finance ? Engloutir, dévorer le plus faible ? À peine plus civilisé que le mien, votre univers !

Cédant à la tension accumulée pendant les derniers jours, le président de l'USB explosa :

– Mais il s'agit là du travail de toute une vie, bon sang !

– Du calme ! ordonna Mevlevi. Je comprends vos difficultés, Wolfgang. Je les ai toujours comprises, n'est-ce pas ? Mais maintenant, écoutez-moi bien, et je suis certain que nous allons pouvoir trouver un arrangement satisfaisant pour chacun de nous. (Sa voix se fit plus grave, inflexible.) Si vous voulez que j'envisage de vous accorder un crédit temporaire de deux cents millions de francs, vous réglez le cas Cerruti avant mon arrivée. En y trouvant une solution « à long terme ». Et vous concevez aussi un plan destiné à me débarrasser de Thorne pour de bon. Compris ?

Kaiser ferma les yeux, déglutit avec peine.

– Oui.

– Très bien ! (Mevlevi partit d'un rire joyeux, tout d'innocence et de décontraction.) Faites-moi ces petites faveurs et nous reparlerons de ce prêt dès mon arrivée. Et n'oubliez pas, pour Neumann : je l'attends à l'aéroport.

Dieu, comme il était facile de recevoir des ordres, une fois qu'on avait pris le pli...

– Oui, entendu.

– Bonne nuit, mon ami. Vous pouvez dire à votre compagne de venir vous rejoindre. Dormez bien... si vous dormez !

38

Nick avait projeté son excursion à dix heures du matin précises, c'est-à-dire au moment où la banque tout entière vibrait, telle une ruche, d'une agitation soigneusement organisée. C'était alors que les secrétaires se hâtaient d'un bureau à l'autre, chargées de missions dont l'urgence restait à prouver, que les stagiaires reprenaient leur poste après quinze minutes de pause chronométrée, que des cadres aux manières reptiliennes intriguaient dans la pénombre des couloirs. Au milieu de toute cette activité, il comptait passer inaperçu.

Quittant son bureau une minute avant l'heure H, il passa devant l'antichambre du président et descendit le couloir jusqu'aux escaliers. Soucieux de ne pas trahir d'hésitation, il poussa résolument la porte et se mit à descendre les marches, tête basse, rasant les murs, n'accordant aucune attention à ceux qu'il croisait. Il n'était pas là. Officiellement, du moins.

En approchant de la porte métallique qui donnait sur le rez-de-chaussée, il s'arrêta et reprit sa respiration. Lorsqu'il se sentit prêt à affronter l'épreuve, il enfonça sa tête dans les épaules et s'engagea dans le hall, aussi interminable que dans ses souvenirs. Son pas pressé résonnait dans le couloir tandis qu'il se hâtait, un employé surmené parmi tant d'autres, et que les chiffres inscrits à l'entrée de chaque bureau décroissaient. Il parvint enfin à sa destination : pièce 103. La *Dokumentation Zentrale*.

En y pénétrant, il trouva les lieux étonnamment fréquentés. Deux queues disciplinées s'étaient formées devant un comptoir en Formica derrière lequel officiait un vieil homme tout voûté, la tête ornée d'une crinière blanche. C'était le fameux Karl, le maître de la DZ.

Nick prit sa place dans l'une des files. Il pensait à son père, qui avait travaillé ici même quarante ans plus tôt. L'endroit n'avait visiblement pas changé d'un iota depuis. Des bureaux en fer au style d'avant-guerre s'alignaient en une double rangée de quatre sur un linoléum qui s'en allait par plaques près des plinthes et sous les radiateurs. Seul l'éclairage avait dû être amélioré, si les tubes au néon pouvaient être considérés comme un progrès... Cela sentait le moisi, ce qui était sans doute déjà le cas en 1956, quand son père avait débuté sa carrière. Il l'imagina allant dénicher des classeurs perchés sur les plus hautes étagères, brassant les demandes de recherche, patrouillant le long des kilomètres de rayonnages jusqu'à trouver tel ou tel dossier. Deux ans sous les ordres de Karl. Vingt-quatre mois dans un pareil trou à rat. La première étape de son éducation, le premier barreau de l'échelle...

La femme qui le précédait ayant reçu les documents qu'elle désirait, Nick s'avança à son tour et tendit à Karl sa demande standard. Les yeux sur le vieillard, il se mit à compter dans sa tête. Dix, neuf... Le compte à rebours avant l'explosion.

— Pouvez pas dire « s'il vous plaît » ? aboya Karl en chaussant la paire de lunettes à double foyer qu'il portait en sautoir.

— S'il vous plaît, répéta Nick.

Sept, six, cinq...

Karl approcha le formulaire de son visage. Il émit un reniflement méprisant. Quatre, trois, deux... Il laissa retomber le papier sur le comptoir comme s'il s'agissait d'un billet de banque retiré de la circulation depuis des lustres.

— Jeune homme ! Cette demande n'est pas identifiée. Elle n'indique pas *qui* veut voir ces archives. Pas de référence, pas de dossiers ! Désolé.

Nick tenait une explication prête, même si elle ne lui paraissait pas des plus convaincantes et n'avait pas encore été mise à l'épreuve. Il jeta un coup d'œil par dessus son épaule, se pencha sur le comptoir et chuchota :

— Ces formulaires ont été produits par un nouveau système informatique. Il n'y a pas encore de code d'identification. Il n'est en service qu'au quatrième étage, pour l'instant. Mais je suis sûr que vous en avez entendu parler, vous. La Méduse...

Ses sourcils broussailleux ne formant plus qu'une seule ligne au-dessus de son nez, Karl contempla la feuille. Il ne paraissait aucunement convaincu.

– Pas de référence, pas de dossiers. Désolé.

Nick attrapa la demande et la brandit devant les yeux du vieil homme. Il était temps d'augmenter la mise.

– Si vous avez un problème, vous n'avez qu'à appeler Herr Kaiser tout de suite. Je sors de chez lui. Son numéro de poste, c'est le...

– Je connais son numéro de poste, trancha le maître de la DZ. Pas de référence, pas de dossiers. Dé...

– Désolé ! compléta Nick à l'unisson.

Il s'était attendu à une telle résistance. En fait, il avait connu dans les marines quelques sergents-chefs devant lesquels Karl aurait fait figure de bonne pâte, et il savait d'expérience que le seul moyen de les amener à oublier un instant la sacro-sainte routine était une technique qu'il avait personnellement mise au point : une menace voilée mais très ferme, suivie d'un hommage appuyé à leur position et d'une approbation laudatrice de la faveur qu'ils étaient sur le point d'accorder. Cette méthode, dite du bâton et de la carotte, marchait une fois sur deux, au mieux. Il fallait l'essayer, en tout cas.

– Écoutez moi bien, monsieur. Vous savez à quoi nous sommes occupés, là-haut ? Je vais vous le dire : nous travaillons jour et nuit à sauver la banque des griffes d'un petit intrigant. Et vous savez ce qui se passera s'il arrive à ses fins ? (Karl n'avait pas l'air de s'en soucier.) Eh bien, le papier, fini ! Le moindre de vos dossiers sera scanné, numérisé et stocké sur ordinateur. Ils rafleront toutes vos précieuses archives, tout ça (d'un grand geste circulaire du bras, il désignait l'ensemble de la DZ), et ils iront les entasser dans un entrepôt à Ebmatingen. Vous ne reverrez plus un seul dossier. Et moi, quand j'aurai besoin de consulter un document, je n'aurai qu'à m'asseoir devant mon moniteur, au quatrième, et à appuyer sur une touche !

Il guetta l'effet de la première phase de sa tactique sur Karl. Après avoir médité cette information, le vieil homme ne tarda pas à faire grise mine.

– Et... Et moi, dans tout ça ?

« Dans le mille ! » se dit Nick.

– Oh, je suis certain que Klaus Konig vous trouvera une place. Si, bien sûr, il accorde à l'expérience et à la loyauté autant de valeur que Herr Kaiser... Mais la DZ, elle, sera finie.

Après le bâton, la carotte :

– Je regrette de ne pas avoir identifié la demande correctement. Seulement, Herr Kaiser attend ces informations avec impatience. Je suis sûr qu'il vous sera très reconnaissant de votre aide.

Aplatissant le formulaire sur son comptoir, Karl chercha son stylo.

— Votre code, alors ?

— S... P... R..., énonça Nick sans se hâter.

Au cas où une enquête serait menée, l'utilisation de la référence personnelle de Peter Sprecher pourrait lui donner deux, voire trois heures de répit. Dans une telle hypothèse, cela serait peut-être suffisant pour lui permettre de quitter les lieux sans encombre. Ou non ? Quoi que l'avenir lui réserve, il n'était pas disposé à laisser ses empreintes digitales sur ce dossier.

Karl inscrivit les trois lettres dans la case prévue.

— Votre carte, s'il vous plaît ?

— Tout de suite !

En souriant, Nick plongea la main dans la poche de son pantalon. Tandis que la surprise puis la consternation se lisaient sur ses traits, il se mit à fouiller frénétiquement celles de sa veste, puis haussa les épaules d'un air à la fois contrit et courroucé.

— On dirait que c'est moi qui ai fait une bêtise, cette fois ! J'ai dû la laisser là-haut. Trouvez-moi ce dossier, voulez-vous ? Pendant ce temps, je cours la chercher.

Il hésita quelques secondes avant de tourner les talons et de se diriger à grands pas vers la sortie tout en secouant vigoureusement la tête, comme s'il n'arrivait pas à croire à sa distraction.

— Non, non ! lui lança Karl. Restez ! De toute façon, les dossiers de clients concernant un compte numéroté ne peuvent pas sortir d'ici. Asseyez-vous là, que j'aie l'œil sur vous. Pour le président, je suis prêt à faire une exception. (Il lui montra une petite table flanquée de deux chaises.) Là, oui. Allez vous asseoir. On vous appellera quand ce sera disponible.

Soulagé, Nick obéit, non sans continuer à manifester par force mimiques son mécontentement à se découvrir si tête en l'air. Il en faisait même trop, probablement.

La pièce était maintenant bondée, une dizaine de personnes attendant leur tour devant le comptoir. Le silence, cependant, était total. Seuls le bruit des feuillets tournés et les toussotements occasionnels d'une archiviste troublaient ce calme impressionnant.

— Herr Sprecher ?

Nick se leva, observant les alentours dans la crainte que

331

quelqu'un puisse le reconnaître. Mais personne ne le regarda bizarrement.

Karl tenait à deux mains un gros classeur couleur sépia.

– Voilà ce que vous cherchiez. Vous n'êtes pas autorisé à en retirer la moindre pièce, ni à le laisser sans surveillance, même si vous devez aller aux toilettes. Rapportez-le-moi directement quand vous aurez fini. Compris ?

Il acquiesça, prit le classeur et retourna à la table.

– Herr Sprecher ? le rappela Karl, visiblement troublé. Tout est en ordre, n'est-ce pas ?

Nick s'arrêta pour répondre un « Oui » des plus assurés, alors que cependant il redoutait à chaque instant d'entendre quelqu'un le traiter d'imposteur.

– Vous savez, vous me rappelez un garçon que j'ai connu il y a des années. Il travaillait avec moi. Mais il ne s'appelait pas Sprecher, remarquez...

Avec un haussement d'épaules, Karl se replongea dans son travail.

Le numéro tapé en gros caractères noirs sur la tranche était bien celui que Nick attendait : 549 617 RR. Plus détendu maintenant, il s'assit et ouvrit le classeur. À l'intérieur, agrafées au rabat gauche, se trouvaient plusieurs feuilles sur lesquelles figuraient le nom et la signature des cadres de la banque qui avaient consulté le dossier avant lui. Celui de Cerruti revenait dix ou onze fois, contre une seule fois pour Peter Sprecher. Ensuite, sur une période de six mois, le nom de Becker apparaissait à cinq reprises ; puis on tombait à nouveau sur Cerruti avec, avant lui, un nom illisible. En tournant les pages, en remontant le temps, donc, Nick finit par arriver à la première date de consultation : 1980 ; il reconnut aussitôt la signature : Wolfgang Kaiser. Encore un point pour Sterling Thorne, se dit-il : c'était là la preuve irréfutable que le président de l'USB, contrairement à ce qu'il avait dit, connaissait M. Ali Mevlevi.

Il passa alors à l'examen d'une grande enveloppe en kraft insérée au début du classeur, qui portait la mention « Courrier client ». Il s'agissait de confirmations écrites de virements effectués pour le Pacha. Comme c'était le cas pour tous les comptes numérotés, la banque conservait ce type de documents jusqu'au moment où le client les réclamait. Il y en avait relativement peu, et

Nick en conclut que Cerruti était parti avec toute une liasse de correspondance lors de son dernier voyage au Moyen-Orient. Il dénombra une trentaine d'enveloppes : des avis d'opéré ainsi que deux relevés mensuels, dont le dernier, celui de février, datait de la veille seulement.

Nick passa ensuite à un ensemble de formulaires mentionnant tous les mouvements survenus sur le compte depuis sa création. À la fin de la pile, se trouvait la copie des sept « protocoles » donnant la liste des comptes à créditer dans le monde entier. Ces dernières pièces auraient constitué une véritable mine d'or pour Sterling Thorne, une preuve plus accablante encore qu'un aveu : grâce à elles, il aurait pu suivre le trajet de toutes ces sommes depuis l'USB jusqu'à une soixantaine de banques à travers la planète. Première étape d'un long et sinueux chemin, certes, mais étape essentielle en ce qu'elle était la première, justement.

Nick étudia les virements effectués au cours des trois derniers mois de l'année précédente. Le règlement interdisant de photocopier tout ou partie de ces dossiers, ou de prendre des notes, il s'efforça de mémoriser les montants concernés chaque lundi et jeudi. Il remonta jusqu'à octobre, totalisant mentalement les sommes en dollars, mais son esprit se brouilla, ou plutôt n'arrivait pas à accepter un tel total. Il dut recommencer à partir du 31 décembre, fixant dans sa mémoire pas moins de treize chiffres colossaux. Il répéta en lui-même le résultat final de l'addition : durant cette courte période, pas moins de six cent dix-huit millions de dollars avaient transité par le compte du Pacha...

Levant les yeux, il surprit le regard inquisiteur que Karl faisait peser sur lui. « Qui êtes-vous, en réalité ? » semblait demander le vieil homme.

Il reporta son attention sur le classeur. Son but était de dérober la correspondance bancaire que Mevlevi n'avait pas retirée. Elle prouvait que celui-ci violait délibérément les limitations édictées par la DEA dans sa lutte contre le blanchiment de l'argent sale, et que l'USB se prêtait à ces infractions en toute connaissance de cause. Dans la poche de son veston, une douzaine d'enveloppes similaires attendaient, identiques à celles qu'il avait maintenant devant lui, sur lesquelles il avait tapé à la machine le numéro de compte du Pacha. La seule différence était qu'elles ne contenaient qu'une feuille de papier vierge. La tête toujours baissée sur la table, il sortit discrètement ces leurres de sa poche et les glissa sous sa cuisse. Il ne lui restait plus qu'à attendre l'arrivée d'un visiteur – Karl serait alors obligé de relâcher sa surveillance.

Il consulta sa montre. Dix heures trente-cinq. Théoriquement, il aurait dû être à son bureau, occupé à négocier des actions à tout va. Feller avait certainement remarqué son absence puisque, plus zélé que jamais, il avait pris l'habitude de l'appeler tous les quarts d'heure afin de tenir un compte permanent des actions que Nick vendait. Ce matin-là, il avait obtenu des ordres de vente d'une valeur de plus de huit millions de dollars, et racheté aussitôt des actions de l'USB pour une somme correspondante : le plan de bataille de Maeder se déroulait sans anicroche.

Les minutes passaient lentement. La DZ, prise d'assaut quand il y était arrivé, était maintenant presque déserte. Où étaient-ils tous passés, bon Dieu ? Il ne pouvait pas s'éterniser ici ! Il guetta Karl du coin de l'œil. La vieille fouine continuait à l'observer avec insistance.

Un instant plus tard, la porte s'entrouvrit pour se refermer aussitôt. Faux espoir. Nick laissa échapper un soupir d'anxiété. Si Feller se mettait à sa recherche, l'affaire allait très mal tourner. Il devait regagner le quatrième étage au plus vite. Il sentit une goutte de sueur, une seule, commencer à rouler le long de sa colonne vertébrale. En soulevant sa main de la table, il vit qu'elle y avait laissé une empreinte humide. Il la passa nerveusement sur son pantalon.

À onze heures cinq, enfin, un employé entra et alla au comptoir. Nick compta jusqu'à trois avant de retirer les lettres du classeur et de les poser sur ses genoux, puis il les remplaça par les fausses enveloppes. La tête toujours penchée, il rassembla les enveloppes dérobées en un petit tas qu'il glissa prestement dans la poche intérieure de son veston. Toutes s'y logèrent, sauf une, qui refusait obstinément d'entrer. Le bras arqué, il s'escrima sur elle à quatre reprises avant de la loger à sa place.

Il s'attendait maintenant au scandale. Karl – ou quelque secrétaire – avait dû remarquer ses contorsions. Tout restait calme. Il hasarda un coup d'œil vers le comptoir. Karl était toujours tourné vers lui. Comment un larcin aussi effronté avait-il pu échapper au cerbère ?

Sans plus se poser de questions, il remit le classeur en ordre et se leva pour le rendre. En approchant, il remarqua que les deux jeunes aides-archivistes, derrière Karl, riaient sous cape. Il regarda plus attentivement le maître de la *Dokumentation Zentrale*. Un coude sur le comptoir, le menton confortablement appuyé sur sa paume, ses lunettes en équilibre précaire au bout du nez, le redoutable gardien ronflait doucement.

Quittant le bureau à sept heures, ce même soir, Nick se hâta vers la Paradeplatz dans l'espoir d'attraper le prochain tram. La neige tombait délicatement, transformant Zurich en une ville enchantée. Il allait bon train, empli d'une énergie et d'une assurance qu'il n'avait encore jamais éprouvées depuis son arrivée à la banque huit semaines plus tôt. Négligeant l'arrêt du tram qui aurait pu le reconduire à son triste appartement, il vola de l'autre côté de la place, attrapant de justesse celui de la ligne 2, qui circulait dans la direction opposée.

Il s'assit près de la sortie et commença à répéter l'adresse de Sylvia dans sa tête, tandis que le véhicule partait en bringuebalant vers Universitätstrasse. Il espérait qu'elle ne prendrait pas ombrage en le voyant arriver sans avoir prévenu... si elle était chez elle, évidemment. Il avait essayé de la joindre à son bureau, mais son secrétaire lui avait appris qu'elle était absente pour la journée. Il sourit, heureux de se sentir si détendu. En fait, il ne comprenait pas ce qui le mettait dans un tel état d'euphorie. Était-ce parce qu'il s'était tiré sans encombre de ce vol peu glorieux ? Ou parce que par cet acte, il se rachetait de sa conduite antérieure ? En tout cas, il était en pleine forme – « plein de pisse et de vinaigre », aurait dit son père – et... et il avait très envie de voir Sylvia. De parler à quelqu'un qui connaissait l'univers étrange dans lequel il s'était jeté corps et âme.

Vingt minutes plus tard, il parvenait en haut de la Frohburgstrasse, guettant les fenêtres de l'appartement de la jeune femme. En y apercevant une lumière, il se força à ne pas courir jusqu'à l'entrée de l'immeuble. Quinze jours plus tôt, il s'était demandé ce qui l'attirait autant en elle. Désormais, il pouvait répondre à cette question sans réfléchir : jamais il n'avait connu quelqu'un qui exigeait encore plus de soi-même que lui. Pour une fois, il pouvait donc être celui qui se laissait aller, imprévisible, fantasque même, il pouvait s'abandonner un peu, certain qu'elle garderait le contrôle de la situation. C'était un rôle nouveau pour lui, et qui lui plaisait. Et puis, il y avait l'aspect sexuel, bien sûr. Il avait du mal à l'admettre, mais il avait pris plaisir à braver un tabou implicite en séduisant une femme plus âgée et plus haut placée que lui dans la hiérarchie du travail. Et il avait l'impression qu'elle aussi... Lorsqu'ils étaient ensemble, leur univers habituel s'abolissait, ils étaient entièrement l'un à l'autre et elle lui donnait un sentiment de plénitude, d'accomplissement.

335

En appuyant sur la touche de l'interphone, il pria pour qu'elle soit chez elle. Il se sentait trop bien pour se retrouver seul un vendredi soir. Il tapa du pied : « Allez, réponds ! s'exclama-t-il en lui-même, ouvre cette fichue porte ! » Il sonna à nouveau, avec déjà un peu moins d'euphorie. Il faisait un pas en arrière lorsqu'une voix résonna dans le micro :

– Qui est-ce ?

Nick sentit son cœur s'accélerer. Il était à la fois tendu et ravi.

– C'est moi, Nick. Ouvre.

– Nick ? Tout... Tout va bien ?

Il eut un petit rire joyeux. Elle devait sans doute se demander s'il était aussi chamboulé que le fameux vendredi soir, pas si lointain, où il avait débarqué ici.

– Mais oui, très bien !

Il se rua à l'intérieur dès que la serrure automatique se déclencha, oubliant sa douleur au genou, ne pensant qu'à Sylvia. Elle l'attendait à la porte, en peignoir éponge blanc, se frictionnant les cheveux avec une serviette. Il s'arrêta une seconde pour la contempler. Le teint animé par la chaleur du bain, le visage encore mouillé... Il franchit lentement les derniers pas. Il avait besoin d'elle, à un point qu'il n'avais jamais encore éprouvé. Il ne savait pas pourquoi, et il ne cherchait pas à comprendre.

– J'étais dans la baignoire. Tu as sûre...

Sans parler, il glissa un bras sous son peignoir et l'attira contre lui, l'embrassa impétueusement sur les lèvres. Elle résista d'abord, mais il passa son autre bras dans son dos et la serra encore plus fort. Alors elle se détendit et ouvrit la bouche pour mieux savourer son baiser. Elle gémit doucement. Il ferma les yeux, s'abandonnant à l'instant.

Après cette première étreinte, ils entrèrent dans l'appartement. Nick referma la porte et s'écarta pour la regarder dans les yeux. Il y vit une nuance dont il comprit le sens : elle se demandait pourquoi il se comportait ainsi, pourquoi il l'avait embrassée avec cette fougue, avant même d'entrer. Il s'attendait à ce qu'elle parle, peut-être même à ce qu'elle le chasse, mais elle demeura silencieuse, debout à quelques centimètres de lui. Il sentait la chaleur de son corps et son souffle lent, profond. Soudain, elle porta un doigt à ses lèvres et les effleura à peine, ce qui suffit à réveiller son désir. Puis elle le prit par la main et le conduisit à sa chambre. Elle le poussa sur le lit et dégagea ses épaules du peignoir, qui tomba à terre. Il contempla son corps, dont il voulait parcourir la moindre courbe, goûter toutes les saveurs. Il s'arrêta d'abord à ses seins, dont il sentit durcir les pointes sous ses pouces. Respirant plus vite maintenant, elle posa la main sur son membre viril, qu'elle caressa sans hâte. Elle se mit à genoux devant lui, pressa son visage contre le pantalon qu'elle déboutonna et retira avec des gestes décidés. Après l'avoir caressé un instant de sa langue, elle attrapa son sexe dans sa bouche.

Nick la regardait faire, le plaisir le tirant par les hanches jusqu'au bord du lit. Il voulait qu'elle en prenne encore plus, qu'elle le prenne tout entier. Il voulait être en elle et qu'elle soit en lui, animée du même souffle.

Sylvia le libéra pour le rejoindre sur le lit. Elle le chevaucha, le guidant lentement en elle, s'éloignant un peu, revenant. Les yeux clos, elle gémissait à chaque aller et retour. Nick était cramponné aux draps de tous ses doigts. Luttant pour se faire emporter moins vite. Une fois encore, elle s'abaissa sur lui et fut secouée d'un long frisson. Alors il s'assit, l'enveloppa de ses bras, l'embrassa voracement, mangeant ses lèvres brûlantes et moites de désir. Il se raidit des pieds à la tête et, quand il fut incapable de tenir plus longtemps, il s'arc-bouta contre son ventre, explosa en elle. Elle aurait paru perdre connaissance, n'étaient la plainte extasiée qui s'échappait d'elle et les trépidations de son corps, de plus en plus violentes. Elle posa ses deux mains à plat sur la poitrine de Nick, se détendit soudain et se laissa tomber sur le lit.

Elle resta étendue près de lui un long moment. Sa respiration reprit son rythme normal. Elle se souleva sur un coude et se mit à rire. D'un ongle, elle lui chatouilla le torse :

— Tu ferais mieux de te reposer un peu, cow-boy ! On a encore tout le week-end devant nous...

39

Sterling Thorne n'arrivait pas à effacer l'expression hilare qui lui déformait les traits. Il savait qu'il devait avoir l'air idiot, à sourire béatement comme un gosse de dix ans, mais il n'y pouvait rien. Il était en train de lire, pour la première fois dans son intégralité, le rapport d'accusation contre le lieutenant de marines Nicholas Neumann, et il s'en délectait. Un alinéa l'enchantait particulièrement, à telle enseigne qu'il le déclama à voix haute : « ... où le prévenu agressa le plaignant de manière délibérée et préméditée, causant audit plaignant plusieurs contusions aux reins et aux hanches, deux fractures aux quatorzième et quinzième vertèbres, un hématome sous-dural et une grave tuméfaction des testicules accompagnée des œdèmes concomitants ».

Ces derniers mots le faisaient sauter de joie sur sa chaise. « Une grave tuméfaction des testicules accompagnée des œdèmes concomitants » ! En clair, ce vieux Jack Kelly avait reçu la tannée de sa vie : l'échine à moitié brisée, le crâne en morceaux ou presque, et surtout les couilles bottées avec une telle énergie qu'elles avaient atteint la taille de deux bons pamplemousses ! Qui suppuraient, en plus...

Thorne passa à la page suivante, revint en arrière. Aucune mention n'était faite des raisons de l'agression ; nulle part l'acte officiel ne tentait seulement de comprendre pourquoi Neumann en était venu à vouer une telle haine à ce Keely, présenté comme « fonctionnaire civil de la Défense », formule que Thorne traduisit plus simplement par « agent secret ».

Un peu plus tôt dans la matinée, il avait finalement reçu la copie complète du dossier militaire de Neumann qu'un de ses amis s'était procurée au QG des marines et lui avait envoyée par exprès. Le même contact lui avait auparavant faxé son avis de réforme et les conclusions de la commission d'enquête, dont il s'était servi pour essayer de déstabiliser le gamin. *A posteriori*, et en toute franchise, Thorne aurait préféré avoir eu tous les éléments en main avant de commencer à le harceler : il n'avait pas la moindre envie de se retrouver dans le même état clinique que le fameux Keely.

Thorne referma la chemise tout en récapitulant les grandes lignes de la trajectoire de l'irascible lieutenant : un passage fulgurant à l'académie militaire, qu'il avait terminée avec mention et en obtenant le maximum de points aux tests d'aptitude, ce qui l'avait mené droit au Centre de formation aux opérations de commando ; il était sorti non pas parmi les tout premiers, certes, mais avec un taux de soixante-dix pour cent d'abandons pour sa classe, le fait de s'en tirer entier était déjà impressionnant ! Ensuite, il y avait eu un poste d'officier en charge d'une section à Camp Pendleton, pendant une année. Et puis, il avait disparu : aucune trace de ses activités trois ans durant. Pas le moindre rapport médical, pas la moindre note d'évaluation d'un supérieur, pas la moindre demande de mutation. Silence complet jusqu'aux conclusions de la commission d'enquête et sa radiation des cadres de l'armée. Pour motif disciplinaire. Pas étonnant que le petit ait choisi d'aller voir ce qui se passait sous d'autres cieux : avec un tel cadavre dans le placard, il aurait eu le plus grand mal à trouver du travail aux États-Unis.

Thorne se frotta les mains. Une fois que Kaiser aurait lu ce rapport, il aurait trop peur de garder à ses côtés un individu aussi potentiellement dangereux que Neumann. La radiation pour motif disciplinaire était peu de chose face à cette preuve que le jeune homme était capable d'agresser qui bon lui semblait, et de lui faire très mal... En théorie, Thorne le tenait par la peau des fesses. Il n'avait plus qu'à renforcer sa prise et à le convaincre, à l'obliger à l'aider dans sa traque d'Ali Mevlevi. Mais était-ce si simple ? Il commençait à se rendre compte que Neumann était aussi têtu que lui. Une attaque frontale risquait de le braquer définitivement...

Derrière lui, la porte s'ouvrit brutalement et alla claquer contre le mur.

– Bien le bonsoir, monsieur Thorne ! claironna Terry Strait. Ou devrais-je dire bonjour, vu que minuit est passé depuis longtemps ?

Thorne se tourna sur sa chaise pour regarder l'intrus campé les deux mains sur les hanches, qui grimaçait un sourire de faux jeton. On n'avait donc jamais expliqué à ce type qu'il fallait frapper avant d'entrer ?

— Salut, Terry. Déjà de retour ?

— Ouais, faut croire ! Mission accomplie.

— Et de quelle mission était-il question, déjà ? Fourrer ton nez dans la culotte de l'ambassadrice assez loin avant qu'elle ne t'éjecte ?

— Elle te transmet ses amitiés, à propos. (Il vint s'asseoir pesamment sur le bord du bureau.) Délicieuse soirée, vraiment. Un verre de porto à l'ambassade, puis dîner au Palace Bellevue. Un de nos homologues suisses nous a rejoints. Franz Struder.

— Homologue mon cul ! Ce mec est le procureur le plus lent, le plus méfiant et le plus faux derche que j'aie jamais rencontré.

— Lent ? C'est possible. Méfiant ? Tu ne dois pas bien le connaître, alors. Ce soir, M. Struder s'est montré intarissable. Bavard comme une pie, je dirais.

— Et à tous les coups tu te proposais de me rapporter ses sages propos, non ?

— Tu as été son sujet de conversation préféré, en fait. Il avait quelques arguments de poids dans sa manche, d'ailleurs : surgir dans le bureau du président de l'USB après avoir détourné un ascenseur *manu militari* et molesté une secrétaire, pour ensuite tenter de faire chanter Wolfgang Kaiser... Il a plus que l'impression que tout cela viole l'accord passé entre son gouvernement et le nôtre. Et madame l'ambassadrice s'est déclarée entièrement d'accord...

Thorne se rejeta dans son siège en levant les yeux au ciel. Mieux valait laisser le révérend Strait savourer son prêche.

— Continue.

— C'était quoi, le but recherché ? L'obliger à dénoncer Mevlevi s'il ne veut pas que la mort de son fils par overdose entre dans le domaine public ? Et moi qui pensais que c'était moi que tu n'aimais pas !

— Honnêtement, tu pensais bien.

Strait se récria, incrédule :

— Mais qu'est-ce qui t'arrive, enfin ? Tu as déclaré la guerre au monde entier, ou quoi ?

— Pour une fois, tu as peut-être raison ! admit Thorne en riant. Ouais, possible que ça soit ça.

Strait ne put s'empêcher de rire, à son tour.

– J'espère que tu ne t'en formaliseras pas trop, mais puisque madame l'ambassadrice était déjà de nettement moins bonne humeur et la soirée relativement fichue, je n'ai pas pu m'empêcher de te descendre en flammes, moi aussi. Le meilleur moment pour achever quelqu'un, c'est quand il est à genoux. Pas de quartier ! Pas vrai, Thorne ? C'est pas ta philosophie ?

– Ah, Terry, arrête, je brûle tellement de savoir que j'en suis tout chose. Je mouille, tiens. Alors, baise-moi tout de suite ou rentre cette grosse queue que tu as dans ton froc et barre-toi d'ici.

– Parfait. Je pense que je prends la première option, alors lève-toi et penche-toi en avant. C'est comme ça que vous aimez, non, vous les gars de la campagne ?

Thorne bondit de sa chaise, cherchant à saisir Strait à la gorge. Celui-ci repoussa son bras tendu, quitta précipitamment la table et plaça un fauteuil entre l'agent furibond et lui.

– Pour que tout soit très clair, Thorne, laisse-moi te réciter tes motifs d'inculpation. Un : menaces proférées à l'encontre d'un des hommes d'affaires les plus respectés de ce pays. Deux : avoir convaincu Studer d'inscrire le numéro de compte de Mevlevi sur la liste de surveillance sans l'accord de notre directeur. Et trois, quelque chose que j'ai appris hier seulement : harcèlement d'un citoyen américain en territoire étranger. Un certain Nicholas Neumann.

La mention de ce nom cloua Thorne sur place. Il n'aurait pas cru ce gosse capable d'aller moucharder. Strait continua donc :

– Je tiens de bonne source qu'à deux reprises tu as intercepté et assailli de questions ce monsieur, dans le seul but de lui soustraire des informations sur Ali Mevlevi.

– D'où tu tiens ça ? C'est Neumann qui t'a appelé pour pleurnicher ?

Strait prit un air surpris.

– Neumann ? Bien sûr que non ! Ce garçon est probablement mort de trouille. Non, tu devrais plutôt regarder autour de toi... (Il le nargua d'un grand sourire.) Ton chauffeur. L'agent Wadkins. La prochaine fois, choisis tes complices avec un peu plus de soin. Quoi, tu es surpris d'apprendre que tes collègues ne partagent pas ton acharnement à bafouer les lois du pays dans lequel vous opérez ? Qu'ils n'aiment pas désobéir aux ordres, *eux* ?

Thorne était soulagé d'apprendre que Neumann ne lui avait pas joué un mauvais tour en douce. Il constituait sa dernière chance de coincer Mevlevi. Quant à Wadkins, il lui botterait son gros cul plus tard.

— Quoi, tout ce foin pour ça ? Parce que je n'ai pas respecté toutes les procédures pour régler cette affaire ?

— Non, Sterling, c'est pour *Vent d'est*. On ne peut pas continuer à te laisser mettre cette opération en danger comme tu le fais.

— En danger ? (Thorne se retint de ne pas tomber à genoux pour se taper la tête contre le sol – ces crétins ne comprendraient donc jamais comment il fallait bosser !) J'ai l'impression d'être le seul à vouloir la faire réussir, cette opé ! Vous autres, vous seriez prêts à rester pépères pendant six mois en espérant recevoir un jour une bribe d'info sur ses livraisons de came !

— Et toi, tu es prêt à tout foutre en l'air pour le seul plaisir de choper quelques flingues de contrebande et clamer *urbi et orbi* que tu viens de neutraliser un nouveau Kadhafi ! Ceci est une opération antidrogue, vieux, pas antiterroriste, et à notre avis tu as perdu les pédales. Tu ne règles pas un compte personnel, ici. Tu es en mission, et tu n'as pas la patience de la laisser se développer.

— De la patience ? hurla Thorne, comme s'il en avait à revendre. Conneries ! Moi, je suis réaliste. Le seul dans ce cas à des bornes à la ronde.

— Écoute ! Nous n'avons plus de nouvelles du Jongleur depuis déjà dix jours. Si jamais sa position a été compromise, s'il a été liquidé... (Strait prit sa respiration) ... et je prie le ciel que non, eh bien ce sera de ta faute, à toi seul !

— Le Jongleur est *mon* agent. C'est moi qui le drive depuis le début, depuis dix-huit mois. À chaque décision que je prends, il est tenu au courant. Quand l'heure H sonnera, il pourra mettre ses fesses à l'abri.

— Ah oui ? Comme M. Becker, peut-être ?

Thorne se mordit férocement les lèvres. C'était le seul expédient qu'il ait pu trouver pour se retenir de tomber à bras raccourcis sur son collègue.

— Lui, il a seulement fait ce que sa conscience lui commandait de faire.

— Tu crois, vraiment ? rétorqua Strait avec un sourire narquois. Mais bon, le fait est qu'à partir de dorénavant *Vent d'est* est *mon* truc, point. Ainsi en a tranché notre estimé directeur. Ce qui signifie que la gestion du Jongleur me revient, et même plus encore : c'est moi qui mène la danse, maintenant. (Il sortit une enveloppe de sa veste et la jeta sur le bureau de Thorne.) Voilà. C'est à ma manière que ça va se passer, à partir d'aujourd'hui. Si on te chope en train de parler à Neumann, ou à n'importe quel employé de l'USB, tu reçois un aller simple pour les USA. Destination de ton choix, inutile de le dire : parce que pour nous, tu seras définitivement grillé.

L'intéressé prit l'enveloppe, la soupesa. Il devinait déjà le message : rabats ton caquet, fais ce que t'on dit et file droit ! Il l'ouvrit néanmoins : un fax en provenance du bureau du directeur. « Putain, même pas une lettre en bonne et due forme ! » Il le lut tout de même. Ses soupçons étaient entièrement confirmés, et il ne pouvait que se reprocher de ne pas l'avoir pressenti dès qu'il avait vu la mine réjouie de Strait : il était rétrogradé au rang de numéro deux. Il expédia la feuille dans la corbeille à papier.

— Alors, c'est comme ça que ça va se passer ?

— Non, corrigea l'autre : c'est comme ça que *ça se passe*, tout de suite !

— Félicitations, Terry. Tu reviens sur le terrain, donc, nota Thorne en lui tendant la main. Mais attends... Tu y as déjà été, seulement ?

Strait ignora son geste.

— Bon, tu dégages de *mon* bureau, maintenant. Et tu emportes tes trucs avec toi : tes nouveaux quartiers sont au bout du couloir. Tout près des poubelles.

— Ah, Terry, des fois tu arrives vraiment à être un fils de p... ! glissa Thorne d'un ton moqueur.

— Ça te fera le plus grand bien de goûter à nouveau à la discipline, vieux. Et crois-moi, tu vas y goûter plutôt deux fois qu'une, avec moi. J'ai rendez-vous avec Franz Studer demain. Pour voir comment on peut essayer d'arranger le merdier que tu laisses derrière toi.

— Ah bon ? N'oublie pas de lui donner ton numéro de compte bancaire, au cas où un de ses potes voudrait te faire un cadeau de Noël anticipé.

— Va te faire foutre, mec.

— Hé, Terry, attention ! On ne te laissera pas entrer au paradis, si tu dis des gros mots.

Strait préféra quitter la pièce.

Appuyé des deux mains sur sa table, Thorne se tourna vers la fenêtre. La neige tombait, noyant les voitures garées dans la rue. Encombrée de nuages bas, la nuit avait une texture cotonneuse. Pendant un instant, il pensa sérieusement à faire ses valises, à tout laisser tomber. Strait voulait l'opération pour lui ? Grand bien lui fasse...

— Bon Dieu, pas question ! s'exclama-t-il en tapant du poing sur le bureau. Le Pacha est pour moi !

Il vit le cul-bénit se risquer dans l'allée, prenant soin de ne pas trop lever les pieds par crainte de tomber sur une plaque de verglas. Prudence est mère de sûreté. Max la Routine. Allez, envoyez-le à Zurich, donnez-lui carte blanche, qu'est-ce que vous y gagnerez ? Une catastrophe assurée. Si le Jongleur n'était pas en danger jusqu'à maintenant, ses chances se réduisaient à zéro, désormais.

Une chose au moins était sûre : il n'allait pas travailler sous les ordres de Terry Strait. Cirer les pompes de ce nullard, pas question !

Il était tellement plongé dans ses pensées qu'il n'entendit pas tout de suite le téléphone sonner dans la pièce à côté. Chez Wadkins. Il se hâta d'aller décrocher, trop fatigué pour se demander qui pouvait bien appeler à une heure du matin.

— Ouais ?

— Sterling Thorne, s'il vous plaît.

— Lui-même, répondit-il en remarquant le bruit que faisaient les pièces de monnaie en tombant.

— Ah, monsieur Thorne ! Ici Joe Habib.

L'agent de la DEA ressentit le même effet que s'il avait été touché par la foudre.

— Hein ? C'est toi ? Toujours en vie ? (« Je croyais que Mevlevi t'avait réglé ton compte », avait-il failli ajouter.) Mais pourquoi tu as disparu comme ça, bon Dieu ? Deux contacts, tu as raté !

— Je n'ai pas beaucoup d'argent sur moi, alors je serai bref. Je suis à Brindisi, en Italie. On est en train de décharger plus de deux tonnes de marchandise. C'est dissimulé dans un chargement de bois de cèdre. Dans deux ou trois jours, on emmène le tout en Suisse. On passe par Chiasso, ensuite direction Zurich.

— Une minute, mon gars ! (Thorne jeta encore un coup d'œil au-dehors. Strait venait de disparaître dans la rue.) Note ce numéro, Joe. C'est mon perso. N'appelle plus ici. Terminé. La ligne n'est pas sûre. Il faut qu'on se rabatte sur le cellulaire. Tu me joins directement sur ce portable. C'est clair ?

— Mais pourquoi ? Vous m'aviez dit qu'en cas d'urgence je pouvais...

— Pas de discussion, Joe ! Fais ce que je te dis !

– D'accord, monsieur. Compris.

Un bip menaçant se mit à retentir dans l'oreille de Thorne. Le Jongleur allait être coupé, faute de pièces.

– Bon, cette livraison ? Qu'est-ce que tu fabriques en Italie, toi ?

– C'est à cause de Mevlevi. Il ne fait plus confiance aux Makdissi. Je suis censé tout surveiller pour lui. Dites, on le tient, cette fois ! La marchandise va arriver à Zurich !

– Où il est, lui ? interrogea Thorne, incapable de dissimuler plus longtemps son inquiétude. Mevlevi, où est-il ? Et son armée ?

– Il est...

Faute de pièces, la communication venait d'être interrompue.

Thorne raccrocha. Il n'avait pas obtenu de réponses à ses dernières questions, et cependant il était aux anges. Une cargaison arrivait à Zurich ! Alléluia !

Il repartit en trombe dans son bureau et se mit joyeusement au travail. Il s'agissait de réunir les documents dont il allait avoir besoin : transcriptions de tous les messages du Jongleur, archives concernant Mevlevi, ordres de virement du Pacha interceptés par les services du renseignement militaire américain et classés top secret... Tout ce qui était en mesure de lui servir dans les jours à venir se retrouva dans son vieil attaché-case. Ensuite, il gribouilla un mot à l'intention de Strait pour lui annoncer qu'il renonçait de sa propre volonté à sa participation. « Adios, Terry, et bon Vent d'est ! »

Il enfila son trench-coat, empoigna son précieux butin et quitta le 58 Wildbachstrasse. Tandis qu'il s'engageait dans l'allée enneigée, un seul mot résonnait dans sa tête. Un mot dont la sonorité lui paraissait admirable et que ses lèvres formaient avec délices, un mot qui lui ouvrait l'avenir, qui lui donnait encore une chance de convaincre Neumann et d'infliger le coup de grâce à Mevlevi. Dieu, comme il l'aimait, ce mot !

Rédemption.

40

Nick venait à peine de s'asseoir à son bureau que le téléphone sonna. C'était Reto Feller, plus paniqué que jamais.

— Ils viennent de dépasser les trente pour cent ! hurla-t-il sans même s'annoncer.

— Ah ? Je ne savais pas, répondit Nick, qui avait immédiatement compris qu'il s'agissait de la Banque Adler.

— Vous n'avez qu'à arriver à l'heure ! Tout le monde est déjà au courant !

Il regarda sa montre. Sept heures cinq. La banque était encore quasiment déserte.

— Mauvaise nouvelle, ça.

— Un désastre, oui ! Encore trois pour cent et Konig aura ses sièges. Il faut l'arrêter ! Vous avez commencé à vendre ?

— J'allais m'y mettre.

— Alors, allez-y ! Rappelez-moi à dix heures. Vous me direz combien d'ordres vous avez récoltés.

Et il raccrocha sans lui laisser le temps de répondre.

Trois heures plus tard, ses yeux lui brûlaient à force de scruter l'écran de son ordinateur. Il avait deux énormes piles d'imprimés avec lui, l'une sur sa table, la deuxième par terre, plus impressionnante encore : les descriptifs des portefeuilles dont la gestion avait été confiée à l'USB et qu'il devait traiter un par un. Sa tâche consistait à vendre cinquante pour cent des obligations, exprimées en francs suisses, et d'émettre un ordre d'achat d'actions de l'USB pour la somme correspondante. Depuis le début de la journée, il avait ainsi « libéré » – pour reprendre l'euphémisme que Maeder l'encourageait à employer – plus de vingt-cinq millions de francs suisses issus de quelque soixante-dix-sept comptes numérotés. Soit vingt-trois comptes par heure, ou encore un toutes les deux minutes et quarante-cinq secondes. Du travail à la chaîne, finalement, une fois qu'on avait pris le pli...

Il attrapa le portefeuille suivant. Celui-ci avait un nom, pour une fois. Son titulaire était un Italien, Renato Castilli. Nick parcourut le dossier, décidant de vendre du Metallgesellschaft, du Morgan Stanley, du Nestlé et du Lonrho. Deux de ces investissements étaient de mauvais chevaux, d'ailleurs, si bien que ce client n'aurait pas eu à se plaindre, s'il avait su. En deux minutes, il « libéra » ainsi quatre cent mille francs suisses du portefeuille appartenant au Signor Castilli, et émit un ordre d'achat d'actions de l'USB pour la même somme. *Finito !*

Repoussant sa chaise, il s'étira longuement. Il méritait un peu de repos. Ses yeux lui piquaient, son dos n'en pouvait plus. Cinq minutes, le temps d'aller aux toilettes, de boire un verre d'eau, puis retour au turbin. Un véritable robot.

Un contact téléphonique avec la Hambros de Londres était prévu à onze heures. Cet établissement détenait *grosso modo* dix millions de livres dans le capital de l'USB. Nick connaissait désormais par cœur le laïus qu'il allait leur tenir : l'Union suisse bancaire allait réduire ses coûts de fonctionnement en proposant des départs en préretraite et en licenciant du personnel, accélérer l'informatisation de ses services, créer un département bancaire commercial, étendre ses opérations de trading. Le résultat promis était d'augmenter le rendement de deux à quatre pour cent en douze mois. Et après ? Après, ce serait la banqueroute ou une année exceptionnelle, personne ne pouvait le prédire.

À midi, il devait déjeuner avec Sylvia. Elle lui avait promis de lui apporter d'autres rapports d'activité mensuels signés par son père. Le premier dossier qu'elle avait sorti pour lui s'était révélé décevant : 1975 était une année trop éloignée des faits. Ce dont il avait besoin, c'était de tout ce qu'elle pourrait glaner pendant la période allant de janvier 1978 au début 1980. Cela ne paraissait pas trop difficile, pour elle. En tout cas, si elle craignait qu'on lui demande pour quelle raison elle s'intéressait à ces vieux papiers, elle ne lui en avait rien dit.

Nick ferma les yeux. En une seconde, le parfum du corps de Sylvia l'envahit. Il fixa à nouveau son regard sur l'écran, mais au lieu de colonnes de chiffres il ne voyait maintenant qu'elle, il revivait les plus beaux instants du week-end qu'ils venaient de passer ensemble. Trois jours s'étaient déjà écoulés, un siècle presque... Pourtant, il avait toujours sur ses rétines le reflet de la jeune femme dans la vitre de Beyer, alors qu'elle lui désignait une montre incrustée de diamants horriblement chère avec une moue incrédule mais aussi, dans ses yeux, ce qu'il avait perçu comme une lueur d'envie. Ou chez Teuscher, quand elle plaçait une « petite gourmandise » entre ses lèvres et la qualifiait de *wunderbar*. Ou lorsqu'il restait contre elle, dans le lit sens dessus dessous, après qu'ils avaient fait l'amour, et s'amusait à dénombrer toutes les nuances de blond dans sa chevelure. Maintenant encore, il ne pouvait s'arrêter de contempler l'arrondi parfait de ses seins tandis qu'elle gémissait de plaisir puis s'effondrait sur lui, soudain silencieuse.

Ils se fréquentaient depuis quinze jours, il continuait à attendre que sa passion pour elle finisse par s'éteindre, et pourtant ce n'était pas le cas. À chaque fois qu'il la revoyait, il passait par un moment de panique, il redoutait toujours qu'elle ne lui annonce que c'était terminé entre eux. Mais elle souriait, lui donnait un petit baiser, et sa peur s'envolait. Et il pensait sans cesse à elle. S'il entendait une anecdote amusante, il avait envie de la lui raconter aussitôt ; s'il lisait un article intéressant, il se retenait de ne pas l'appeler sur-le-champ pour le lui conseiller. Et pourtant, malgré leur intimité grandissante, il était souvent incapable de prédire ses réactions. Comme lui, Sylvia tenait à conserver un petit jardin secret, une partie d'elle-même qu'il ne découvrirait jamais.

Le téléphone sonna. C'était Felix Bernath, du service des transactions.

– Vous avez un créneau de cinq mille actions USB à trois soixante-dix, lui annonça-t-il.

Nick le remercia. Il avait déjà en main un autre portefeuille qu'il examina, à la recherche de ventes possibles, dans la catégorie Q-Z. Son téléphone retentit encore, et il décrocha à la volée.

– Oui, Felix ? Encore un créneau pour moi ? lança-t-il d'un ton badin.

– Créneau de quoi, Nick ? Du château fort que tu es en train de construire ?

Il reconnut immédiatement cette voix sarcastique.

– Salut, Peter. Qu'est-ce que tu veux ? Je suis très pris.

– Je veux expier ma faute, très cher. J'appelais pour proposer la paix. C'était une énorme connerie, ce que j'ai fait l'autre jour. Donc, pardon.

Mais Nick ne pardonnait pas facilement.

– Super. Quand tout se sera calmé, on pourra peut-être se revoir. D'ici là, oublie, d'accord ? Garde tes distances.

– Ah, qu'est-ce qu'il est dur ! Je m'y attendais, en fait. Mais je ne te téléphonais pas juste pour le plaisir de bavarder. J'ai quelque chose pour toi. Écoute, je suis en train de prendre un double espresso chez Sprüngli, à l'étage. Tu ne voudrais pas venir ?

– Attends, tu rigoles ? Tu me demandes de lâcher mon travail juste parce que tu aurais « quelque chose » pour moi ?

– Je ne te le demande pas. Je te le dis, c'est tout. Et cette fois, tu dois me faire confiance. Je t'assure que c'est uniquement dans ton intérêt. Et dans celui de la banque, entre parenthèses. La tienne, celle de Kaiser, pas celle de Konig ! Ramène-toi aussi vite que tu peux. Moi, j'ai mis trois minutes. Pour toi, ça fera quatre. Allez ! Prêts ? Partez !

Exactement dans le délai prévu par Sprecher, Nick gagna la salle en étage de Sprüngli, la tête et les épaules couverts de neige. Presque toutes les tables étaient occupées par les habitués de l'endroit, surtout des femmes d'un certain âge impeccablement habillées et en quête de distractions. Une vieille rumeur prétendait que les dames seules qui fréquentaient l'étage de Sprüngli entre neuf et onze heures du matin étaient à la recherche de cavaliers, auxquels elles proposaient des activités beaucoup moins sages que d'aller faire du lèche-vitrines.

Sprecher lui fit signe de sa place. Sa tasse de café était vide.

– Un espresso, toi aussi ?

– Qu'est-ce que tu as en tête ? lui demanda Nick en restant debout. Je ne peux pas m'absenter longtemps du bureau.

– D'abord, je voulais m'excuser. S'il te plaît, oublie que je t'ai parlé de ces fichues actions. Konig pensait que tu étais une cible trop tentante pour ne pas essayer, alors il m'a choisi pour te sonder. Tu me connais, on me montre l'objectif et je charge sabre au clair, moi ! Un bon petit soldat, voilà ce que je suis !

– Comme excuse, c'est navrant.

– Allez, Nick ! Écoute, je venais juste de prendre mon job. Dans ces cas-là, on est prêt à tout pour faire plaisir aux pontes ! Tu sais de quoi je parle, hein ? Merde, tu as agi pareil, dans les faits.

349

– Je n'ai pas essayé de tromper un ami.

– Je répète, c'était minable de ma part. L'affaire est close. Il n'y aura pas de récidive.

Nick attira une chaise et s'assit. Quelques flocons tombèrent sur la table lorsqu'il se passa la main dans les cheveux.

– Bon, venons-en au fait. Tu disais avoir quelque chose pour moi ?

Sprecher poussa une feuille de papier sous ses yeux.

– Tiens, regarde. J'ai trouvé ça sur ma table ce matin. J'ai l'impression que ça nous met à égalité, toi et moi.

Nick étudia le document. C'était une photocopie, de très médiocre qualité, sur laquelle apparaissaient les noms de cinq actionnaires institutionnels de l'USB, une évaluation des parts qu'ils détenaient, le gestionnaire de leur portefeuille à la banque et son numéro de poste. Il releva la tête brusquement.

– C'est moi qui ai tapé cette liste.

Sprecher afficha un sourire victorieux.

– Exact ! Là, en bas, il y a tes initiales : NXM. Je ne sais pas qui a copié ce truc, mais il a travaillé comme un sagouin. On voit la moitié de l'en-tête de l'USB !

Nick le considéra d'un air méfiant.

– Où tu as pêché ça ?

– Je te l'ai dit : ça a atterri sur mon bureau ce matin. (Il fourragea dans sa poche pour en retirer ses cigarettes ; son expression moqueuse s'était un peu altérée.) Bon, pour tout dire, c'est George von Graffenried qui me l'a refilé. Le bras droit de Konig. Au passage, il a marmonné quelque chose à propos d'un investissement qui avait fini par rapporter des dividendes... On dirait que vous avez une taupe particulièrement vicieuse chez vous, mon grand.

– Nom de Dieu ! siffla Nick entre ses dents. C'est moi qui l'ai préparée, cette liste. Très peu de gens l'ont vue.

– Très peu ? Un seul suffit.

Nick compta tous ceux qui, à sa connaissance, avaient eu une copie du document à la banque : Feller, Maeder, Rita Sutter et Wolfgang Kaiser, bien entendu. Qui d'autre aurait pu y avoir accès ? En un éclair, il revit les traits crispés du celui qu'il avait surpris la main dans le sac, en train de fouiller dans ses papiers. Armin Schweitzer avait eu assez de présence d'esprit – ou avait assez paniqué ? – pour lui demander de voir cette liste, précisément ! Nick en rougit de colère, et d'embarras.

Pendant ce temps, Peter Sprecher avait repris la feuille, l'avait soigneusement pliée et rempochée.

– Il va falloir que je contacte ces gens-là. Pas le choix, tu es d'accord ? Mais j'ai comme l'impression que plusieurs d'entre eux seront injoignables ce matin. Je ferais mieux d'attendre cet après-midi, ou même demain, tiens. Tu connais mieux que moi ces problèmes de communications transatlantiques. Diablement compliquées, parfois...

Nick se leva en lui tendant la main.

– Merci, Peter. Comme tu dis, on est à égalité, je crois.

Sprecher le salua, mal à l'aise. Une expression indéfinissable était apparue sur son visage.

– J'ai pas encore décidé si j'étais un saint ou une putain.

L'esprit en ébullition, Nick retourna en hâte au siège de l'USB. Il fit un vague geste de la main à Hugo Brenner et se jeta dans l'ascenseur réservé aux clients pour regagner le quatrième étage. « Rira bien qui rira le dernier », grommela-t-il en lui-même.

Arrivé dans son bureau, il alla droit à sa chaise, repoussa la pile inépuisable des portefeuilles, se carra devant l'ordinateur. Quittant le programme Méduse, il entra dans Cerbère, accéda à son dossier de fichiers texte. La vaillante entreprise consistant à « rapatrier » les actions de l'USB allait devoir attendre un peu. Pour l'heure, il avait plus urgent à faire : débusquer un traître dans la maison.

Il ouvrit d'abord la liste qui était désormais en possession de Peter Sprecher, effaça la date et toutes les informations concernant ces actionnaires. À la place, il tapa la date du jour et, dans l'espace réservé au descriptif des actionnaires, le nom d'une institution que Maeder, Feller et lui n'avaient pas réussi à localiser lors de leur repérage initial... Comment s'appelait-elle, déjà ? Il se creusa la tête un moment. Ah oui ! Le Fonds des veuves et orphelins de Zurich. À côté, il inscrivit : « 140 000 actions placées chez J.P. Morgan, Zurich. Contact : Edith Emmenegger. »

Satisfait de son subterfuge, Nick plaça une feuille à en-tête de l'USB dans son imprimante laser et demanda l'impression. En relisant le document, il s'aperçut qu'il avait oublié d'indiquer le numéro de téléphone de cette bonne Mme Emmenegger. Lequel utiliser ? Pas le sien, en tout cas, puisque le préfixe de la *Personalhaus* de l'USB était le même que celui de la banque. Un seul autre lui venait à l'esprit. Il le composa, attendit. Ainsi qu'il l'espérait, un répondeur se mit en route. Une voix de femme : « Vous êtes bien au 555 31 31. Merci d'indiquer votre nom et l'objet de votre appel après la tonalité. »

« Merci à toi, Sylvia, murmura-t-il. Ou bien devrais-je dire Frau Emmenegger ? » Il compléta le document, l'imprima. Tout était à sa place, maintenant. Afin de le rendre encore plus crédible, il ajouta quelques notes marginales : « Appelé à 10 heures et 12 heures », avec la date de la veille, et : « Pas de réponse. Message laissé. » La feuille à la main, il tourna autour de son bureau, cherchant le meilleur endroit où la laisser. Un endroit bien en évidence, mais pas incongru. Il finit par choisir de le glisser sous le poste de téléphone, l'en-tête à moitié caché. Deux pas en arrière pour mieux admirer son petit chef-d'œuvre. Une merveille de désinformation.

Un cigare cubain aux lèvres, Wolfgang Kaiser arpentait son antre tout en écoutant Nicholas Neumann lui raconter comment il avait réussi à convaincre la Hambros de voter avec la direction actuelle lors de la prochaine assemblée générale.

— Voilà d'excellentes nouvelles ! s'exclama-t-il quand son collaborateur eut terminé. Alors, où en sommes-nous ?

La voix de Neumann retentit dans le micro de l'interphone :

— À environ quarante-cinq pour cent. Feller doit avoir le compte exact. Chez Adler, ils ont dépassé les trente pour cent ce matin mais on dirait que leur pouvoir d'achat est en train de s'éroder.

— Que Dieu en soit remercié, commenta Kaiser, soucieux de mettre la providence de son côté. Et le comte ? Vous avez organisé un rendez-vous ?

— Là, les nouvelles sont moins bonnes. Il n'est pas libre avant le jour de l'assemblée, le matin. Pourriez-vous lui accorder trente minutes à dix heures ?

— Hors de question. J'ai un petit déjeuner de travail avec le conseil d'administration à huit heures.

« Quelle plaie, ce Senn ! pensa le président. Il l'a toujours été. Et maintenant, proposer une rencontre le jour même de l'assemblée générale ! »

— Il est aux États-Unis jusqu'à cette date, ou presque. C'est dix heures ou rien.

Kaiser s'inclina devant l'évidence : il n'avait pas le choix.

– Bon, d'accord. Mais ne le lâchez pas. Essayez de décrocher un moment un ou deux jours avant.

– Bien, monsieur.

– Ah, et puis, il faut que je vous parle en privé, Neumann. Venez me voir dans dix minutes.

– Bien, monsieur.

Kaiser éteignit l'interphone. Ce garçon était un magicien, positivement. Le soutien de la Hambros ce matin, et la veille encore il avait su rallier à leur cause rien moins que le Banker's Trust, les ruffians les plus matois de la planète : Neumann avait pu persuader ces farfelus de Manhattan que les actions de l'USB – dans le cadre de sa présente gestion, évidemment... – étaient une base arrière solide pour leurs investissements souvent très risqués. Et ils avaient gobé l'hameçon, le flotteur, la ligne, tout ! Cela tenait du miracle, sans conteste : des parents spirituels de Konig, adeptes comme lui de la méthode « Quand on perd une main, on double à la suivante », se rangeant du côté des vieux barbons de l'USB ! Kaiser ne s'en tenait plus de joie. Oui, un putain de miracle, vraiment !

Il décrocha son téléphone pour demander à Feller de lui donner le décompte actualisé des prévisions de vote, qu'il gribouilla sur un bloc-notes : USB, quarante-six pour cent ; Adler, trente virgule quatre pour cent. Cela s'annonçait serré, que diable ! Mais le prêt de Mevlevi mettrait fin à toutes les spéculations. Kaiser était prêt à consentir à tout pour voir son ami turc cracher au bassinet et sauver la banque des griffes de Klaus Konig. Si Neumann était amené à piloter l'individu pendant sa visite, eh bien soit : ce n'était rien à côté de ce qui l'attendait...

Klaus s'assit dans son fauteuil pour réfléchir à la manière dont il devrait annoncer au jeune homme ses relations avec Mevlevi. Il n'allait pas être facile de parer aux accusations lancées par Sterling Thorne. À vrai dire, si le père de Neumann avait été témoin de la duplicité de Kaiser, il aurait démissionné sur-le-champ. Et il l'avait d'ailleurs fait, à deux reprises. À chaque fois, pourtant, Kaiser avait déployé des trésors de persuasion pour calmer la conscience révoltée d'Alex Neumann. « Un malentendu pur et simple, Alex ! Nous n'avions pas la moindre idée que ce client était dans la contrebande d'armes volées. Cela ne se reproduira plus jamais, crois-moi. On a été mal informés, voilà. Désolé, Alex. »

À ce souvenir, Kaiser se crispa. Heureusement que son fils avait davantage le sens des réalités. Mais enfin, après avoir nié catégoriquement connaître le bonhomme, au point de déformer son nom au passage, il n'était pas si simple de reconnaître maintenant qu'il était en affaires avec lui depuis un quart de siècle... Il lui suffit cependant de repenser à l'initiative que le jeune Neumann avait prise dans le but de protéger Mevlevi de l'enquête internationale pour se sentir rasséréné. Si ce petit était aussi malin que tout le monde le disait, il devait déjà avoir tout deviné.

Le bip de l'interphone le tira de ses pensées. De sa voix onctueuse, Rita Sutter lui annonça que M. Neumann était arrivé. Il lui demanda de le faire entrer.

Wolfgang Kaiser accueillit Nick au milieu de la pièce.

— Superbes nouvelles, ce matin ! Excellent, Neumann ! (Passant son bras valide autour des épaules du jeune homme, il le conduisit au canapé.) Un cigare ?

— Non merci, répondit Nick, que toutes ces prévenances avaient déjà mis en alerte.

— Un café ? Un thé ?

— De l'eau minérale, ce serait parfait.

— De l'eau minérale, comment donc !

On aurait cru que cette réponse, à elle seule, l'enthousiasmait. Il alla d'un pas joyeux à la porte restée ouverte et demanda à sa secrétaire une bouteille d'eau minérale et un espresso. Puis, revenant au canapé :

— Neumann, j'ai besoin que vous accomplissiez un petit travail pour moi. Quelque chose d'assez spécial, et d'extrêmement important. Quelque chose qui nécessite votre talent. (Il s'assit à ses côtés, exhala un nuage de fumée.) Il me faut un diplomate. Quelqu'un qui a des manières. Qui connaît le monde.

Nick fit un vague signe d'assentiment. Ce que Kaiser avait en tête devait être très « spécial », en effet : il ne l'avait encore jamais vu aussi amical.

— Voilà. Un de nos principaux clients arrive à Zurich demain matin. Il aura besoin d'un chaperon pour l'aider à régler ses affaires au cours de la journée.

— Il va venir à la banque ?

— À un moment ou un autre, oui, j'en suis certain. Mais d'abord, j'aimerais que vous alliez l'accueillir à l'aéroport.

— À l'aéroport ? (Il se frotta la nuque, un peu étourdi, un peu nauséeux – trop de temps passé devant l'ordinateur, ce matin.)

Vous n'ignorez pas que nous venons juste de commencer à appliquer le plan de Martin Maeder. J'ai encore cinq cents dossiers à traiter...

— Je le comprends, et j'apprécie votre zèle, concéda généreusement Kaiser. Continuez là-dessus aujourd'hui, et vous pourrez finir demain soir, ou le surlendemain. D'accord ? (Cette perspective ne l'enchantait pas du tout, mais il acquiesça tout de même.) Bien ! Alors, je dois vous donner quelques infos à propos de ce client...

Il tira longuement sur son cigare. Deux ou trois fois, il parut sur le point de se lancer mais se tut au dernier moment, tantôt pour retirer un brin de tabac de sa lèvre, tantôt pour s'installer plus commodément sur les coussins... Enfin, il se résigna à parler.

— Nicholas, j'ai bien peur de vous avoir menti, l'autre jour. Ou, plus exactement, j'ai menti à ce saligaud de Thorne. J'y ai été contraint par les circonstances, vous savez. J'aurais dû vous le dire avant. Je ne comprends pas pourquoi je ne l'ai pas fait. Vous auriez compris, j'en suis sûr. On est taillés dans la même étoffe, vous et moi : ce qui compte, c'est d'aller jusqu'au bout. Ai-je raison ?

Nick opina du bonnet. Il ne quittait plus Kaiser des yeux, désormais. Celui-ci était sur des charbons ardents. Tel un bandage usé, son visage révélait une blessure intérieure qui ne lui laissait pas de répit. Ses yeux avaient perdu leur éclat, ils étaient boursouflés, noyés de cernes noirs qui se détachaient sur ses traits cireux.

— Ali Mevlevi. L'homme que Thorne recherche. Celui que vous appelez le Pacha. Je le connais. Je le connais bien, même. Il a été un de mes premiers clients à Beyrouth. Vous ne savez peut-être pas que c'est moi qui ai créé notre antenne beyrouthine, il y a très longtemps.

— En 1978, non ?

— Exactement. (Kaiser eut un bref sourire. Nick savait qu'il était flatté.) M. Mevlevi était alors, comme aujourd'hui d'ailleurs, un homme d'affaires très respecté au Liban et dans tout le Moyen-Orient.

— D'après Sterling Thorne, ce serait un trafiquant d'héroïne.

— Je le connais depuis vingt ans et je n'ai jamais entendu la moindre allusion à ce genre d'activités. L'import-export de comestibles, de tapis, de textiles, oui. La drogue, non. Il est très respecté dans le monde des affaires.

« Tiens, tu te répètes ! » nota Nick en lui-même, et il dut réprimer une moue sarcastique. Certes, Marco Cerruti le « respectait » beaucoup, au point de tomber quasiment en syncope à la seule mention de son nom... Et Sterling Thorne le « respectait » tant qu'il n'avait pas hésité à se ruer au quatrième étage du siège de l'USB avec la furie d'un rhinocéros blessé. Mais alors, comment donc se comportaient les gens qui ne le respectaient pas, justement ?

— Vous n'avez pas à vous excuser, finit-il par dire. Vous devez conserver la confiance de vos clients, c'est on ne peut plus normal. Et cela ne regarde certainement pas Thorne !

— Thorne ! Il voudrait tous nous enrôler dans son escouade de gendarmes du monde ! Mais enfin, Neumann, vous avez vu cette photo de mon fils, vous aussi. Croyez-vous que je pourrais traiter avec une crapule qui fait commerce de la mort dans le monde entier ? Thorne fait fausse route en s'en prenant à notre Mevlevi. Je suis convaincu que vous le comprendrez demain, quand vous ferez sa connaissance. Et, Neumann, rappelez-vous : nous ne sommes pas là pour jouer aux policiers.

« Oh, encore cette rengaine ! » pensa Nick. Il avait maintenant le dégoût aux lèvres. Il l'eut plus encore lorsqu'il s'entendit murmurer :

— Je suis entièrement d'accord.

Son allégeance au défenseur de la foi était complète.

Prenant une bouffée de son cigare, Kaiser lui tapota amicalement le genou.

— Je savais que vous verriez les choses clairement. Donc, Mevlevi arrive en jet privé demain à onze heures. Vous serez là-bas pour l'accueillir. Vous aurez une voiture avec chauffeur, bien entendu. À mon avis, il aura plein de courses à faire.

Nick se leva. Il avait hâte de retrouver la solitude de son placard.

— Ce sera tout, monsieur ?

— Oui, Neumann. Remettez-vous au travail sur le plan Maeder. Demandez à Rita de vous faire monter à déjeuner. Tout ce qui vous fera plaisir. Tiens, quelque chose du Kronenhalle ?

— C'est que j'ai un ren..., tenta Nick.

— Ah oui, j'avais complètement oublié ! s'écria Kaiser. Mais bon, nous sommes tous sur le pont, à partir de maintenant.

En quittant ces lieux solennels, Nick se posait surtout une question : quand avait-il bien pu mentionner devant le président de l'USB son rendez-vous à déjeuner ?

41

Nick avait à peine franchi le seuil de l'appartement de Sylvia Schon qu'il lui demandait déjà :

– Tu as pu avoir les rapports ?

Il était huit heures du soir. Il arrivait directement de la banque.

– Quoi ? Pas de « bonjour » ? Pas de « comment s'est passé ton après-midi ? » (Elle lui donna un baiser sur la joue.) Ah, moi aussi, je suis contente de vous voir, monsieur Neumann !

Il partit vers le salon tout en retirant son manteau.

– Tu as réussi, oui ou non, Sylvia ?

– Je t'avais promis de t'aider, oui ou non ?

Elle le rejoignit près du canapé, ramassa son attaché-case en cuir verni qui était posé au sol et en tira deux épais classeurs, à la couverture du même jaune fané que celui qu'il avait eu entre les mains plusieurs jours auparavant. Elle lui en tendit un.

– Monsieur est satisfait ? Et encore pardon de ne pas avoir pu me les procurer avant le déjeuner.

Nick le prit, consulta l'intitulé sur la tranche : « Janvier-mars. 1978 » L'autre concernait la période d'avril à juin de la même année. « Au moins une chose qui a marché aujourd'hui ! » pensa-t-il.

– Pardon, si je n'ai pas été sympa...

En réalité, il était fatigué, sur les nerfs. Son seul instant de répit, durant cette maudite journée, avait été la brève demi-heure qu'il avait passée en compagnie de Sylvia au Kropf Bierhalle : le temps d'avaler une saucisse frites et deux Coca, mais pas de lui demander si elle avait parlé de leur rendez-vous à quiconque. Auparavant, ils avaient décidé d'un commun accord que leur relation

357

demeurerait discrète. Non pas « secrète », car c'était un mot trop déplaisant : de la discrétion, c'était suffisant. Ni l'un ni l'autre n'avaient soulevé la question du comportement à adopter au cas où on les interrogerait sur leur histoire. Et s'ils y avaient seulement pensé, ni elle ni lui n'avaient osé aborder ce sujet.

Sylvia se haussa sur la pointe des pieds pour lui caresser la joue.

– Tu veux en parler ? Tu n'as pas l'air en forme.

Il savait qu'il avait une mine épouvantable. Avec une moyenne de cinq heures de sommeil par nuit – quand il arrivait à s'endormir, évidemment –, ce n'était pas étonnant.

– Oh, les tracas habituels. C'est la folie, au quatrième. À cinq jours de l'assemblée générale, tu comprends...

– Qu'est-ce qu'il te fait faire, Kaiser ?

– La routine, tu sais, répondit-il vaguement.

C'était bien le dernier terme qui aurait pu convenir à leurs activités en cours, mais au-delà de ce qu'il ressentait pour Sylvia, il n'arrivait pas à lui avouer le plan scélérat qui était en cours au quatrième étage. Il ne pouvait pas *tout* lui dire...

– Mobiliser les votants. Répondre aux questions des analystes. On est sous pression, vraiment.

– On est *tous* sous pression ! corrigea Sylvia. Il n'y a pas que vous, les pontes ! Personne ne veut tomber sous la coupe de Konig. Le changement fait peur, surtout aux humbles mortels qui ne fréquentent pas le Nid de l'Empereur...

– Dommage qu'on ne puisse pas faire acheter à tous les employés de la banque une centaine d'actions chacun. Même s'ils n'avaient pas l'argent, on récupérerait par des retenues sur salaire. Ça serait un peu long pour contrer l'offensive de Konig, mais au moins je n'aurais pas à...

Il se mordit la langue.

– Tu n'aurais pas à quoi ? demanda-t-elle, soudain aux aguets.

– *Nous* n'aurions pas à nous battre aussi dur contre Konig, reprit-il sans se laisser désarçonner.

– Comment cela se présente, alors ?

– Quarante-six pour cent pour les bons, trente pour les méchants. Il te reste à croiser les doigts pour que Konig ne passe pas à l'étape supérieure dans son OPA.

– Qu'est-ce qui l'en empêche ?

– Le cash. Il faudrait qu'il offre une prime substantielle, mais s'il en est capable il y a assez d'actions entre les mains des arbitragistes pour qu'il puisse capter un bon soixante-six pour cent des voix. Même nos plus chauds partisans se rallieraient à lui, dans ce cas. Alors, il raflerait le conseil d'administration. Direction la sortie pour Wolfgang Kaiser.

– Et pour nous ? Tu sais pertinemment que si la fusion se fait, la première mesure qu'ils prendront sera de supprimer les postes redondants dans les secteurs administratifs. Je ne vois pas la Banque Adler décider qu'elle a besoin de deux directeurs des ressources humaines au département financier !

– Ne t'en fais pas, Sylvia. Notre but, c'est d'empêcher Konig d'entrer au conseil. Personne n'envisage un rachat pur et simple de la banque.

– Non, pas pour l'instant, en tout cas... (Elle plissa les paupières, comme pour éviter un spectacle déplaisant.) Tu ne mesureras jamais ce que l'USB signifie pour moi. Le temps que j'y ai consacré, les espoirs que j'ai gâchés dans ce boulot stupide...

– Gâchés ? Pourquoi ?

– Tu ne peux pas comprendre, soupira-t-elle. Tout simplement, tu ne peux pas. Tu n'imagines même pas ce que c'est, de travailler deux fois plus que tes confrères hommes, de faire sans cesse mieux qu'eux et de les voir tous, autour de toi, grimper plus vite les échelons, juste parce qu'ils ont du poil au menton et une voix plus grave. Ou de ne jamais pouvoir rencontrer les clients, tellement ces messieurs aiment se vanter en racontant qu'ils ont séduit telle ou tel... Ou de supporter tous les jours des compliments débiles du genre : « C'est un nouveau foulard que vous avez, Fräulein Schon ? Hé, vous êtes particulièrement smart, aujourd'hui ! » Et quand on te demande ton avis sur un projet, mais que monsieur le vice-président n'est pas d'accord, il te le dit avec un sourire galant et un petit clin d'œil. Un clin d'œil, dis ! Est-ce qu'Armin Schweitzer t'a déjà fait un clin d'œil, à toi ?

– Non, avoua prudemment Nick, surpris par la véhémence de la tirade.

– Moi, je dois tout faire deux fois mieux, deux fois plus vite. Toi, quand tu commets une erreur, les grands chefs disent : « Oh, ça peut arriver ! » Mais moi, ils penseront : « Ah, les femmes ! Pas étonnant ! » Tout en faisant des risettes, tout en se disant que ça vaudrait le coup de me proposer la botte. (Elle chercha ses yeux avant de pousuivre avec un sourire résigné :) Je ne subis pas ces absurdités depuis neuf ans pour qu'un salopard débarque un beau matin et m'éjecte de mon bureau. Si Konig rafle l'USB, je suis fichue, moi. (Le silence régna quelques secondes entre eux.) Désolée. Je me suis un peu emportée.

– Tu n'as pas à t'excuser. Le plus terrible, c'est que tout ça est vrai.

– Je suis contente que tu en sois conscient. Tu es sans doute le seul, dans cette boîte. Les mecs du quatrième étage préfèrent les femmes dans le genre de Rita Sutter. Depuis des siècles qu'elle prépare son café à Kaiser, lui réserve sa table au restaurant, alors qu'elle aurait été capable d'être vice-présidente... Comment supporter un pareil traitement aussi longtemps, franchement, ça me dépasse.

– Chacun fait ses choix, Sylvia. Ne t'inquiète pas pour Rita Sutter. Elle a forcément ses raisons.

Il revit en esprit la photographie que Marco Cerruti lui avait montrée. Kaiser en train de lui baiser la main ; et si la rivalité entre lui et Konig datait de ce temps-là ?

– Je ne m'inquiète pas ! Je me demande juste ce qu'elle peut bien en retirer, elle.

– C'est son problème, pas le nôtre.

Nick s'était assis sur le canapé lorsqu'il s'écria soudain :

– Bon sang, j'allais oublier !

Sylvia s'approcha de lui.

– Tu me fais peur. De quoi parles-tu ?

– Demain, si tu trouves un message bizarre sur ton répondeur, ne l'efface pas.

Et il lui raconta sa rencontre avec Peter Sprecher, lui exposa ses soupçons quant à l'identité de la « taupe » au sein de l'USB.

– Si c'est bien Schweitzer, commenta Sylvia avec colère, je jure que je lui mettrai moi-même un bon coup de pied là où tu sais !

– Si c'est lui, tu as ma permission. Mais pour l'instant, contente-toi de garder tous les messages qui te paraissent louches. Tu t'en rendras compte tout de suite en écoutant.

– Promis.

Après le dîner, Nick posa les classeurs sur la table, sortit de son attaché-case l'agenda 1978 de son père et attendit que Sylvia vienne le rejoindre.

– La première fois que j'ai parcouru ces notes, lui expliqua-t-il, j'étais seulement animé par la nostalgie, le désir de mieux connaître l'homme qu'il avait été. Mais il n'y a rien de personnel là-dedans, ce qui ne m'a pas étonné de sa part : il se vouait entièrement à son travail. C'est seulement après plusieurs relectures que j'ai senti le climat de peur qu'on perçoit dans les dernières pages de 1979. En les étudiant, j'ai constaté qu'il ne trahissait son trouble que lorsqu'il mentionnait un certain Allen Soufi et cette compagnie dont je t'ai parlé, Goldluxe.

– Alors, entre Soufi et Goldluxe, il y aurait un lien ?

– Non. En tout cas, je ne pense pas. Soufi était un client privé, détenteur d'un compte numéroté à l'USB, qui a voulu entraîner mon père dans je ne sais quel business pas net. C'est tout ce dont je dispose, pour l'instant.

– Cherchons ce qui le concerne, donc, suggéra Sylvia.

– Son nom apparaît pour la première fois le 15 avril 1978, rappela Nick en ouvrant l'agenda à cette date. « Dîner A. Soufi. The Bistro, 215 Canon Drive. »

– C'est tout ? demanda-t-elle en se penchant sur la page.

– À ce moment-là, oui, répondit Nick en pensant à la mention suivante, à propos des « menaces » proférées par l'énigmatique client. (Il prit le classeur contenant les rapports mensuels de janvier à mars 1978.) De toute façon, il faut commencer depuis le début de l'année, au cas où il en aurait parlé avant. Mon père devait informer le siège à chaque enregistrement d'un nouveau client. Si c'est lui qui a ramené Soufi, il doit y avoir des copies de l'ouverture du compte, de sa signature, les pièces habituelles, quoi.

– Et Goldluxe ?

– Eux, ils n'apparaissent qu'après.

En épluchant le rapport mensuel de janvier, Nick apprit que les résultats du bureau de Los Angeles en 1977 avaient dépassé les prévisions de trente-trois pour cent, que la nouvelle secrétaire embauchée pour 1978 allait gagner sept cent cinquante dollars par mois et que, cette année-là, le taux d'intérêt de base aux États-Unis avait atteint le chiffre astronomique de seize pour cent...

Celui de février incluait un budget prévisionnel révisé, une troisième demande de bureaux plus spacieux, et une proposition en vue d'ouvrir une antenne de deux personnes à San Francisco.

– Où il est, ce type ? s'exclama Nick en frottant ses yeux las. Où est Soufi ?

– Il va finir par se montrer, chéri, assura Sylvia en lui passant une main réconfortante dans le dos. Un peu de patience. On a presque terminé ce mois-ci.

Dans la partie consacrée aux nouvelles activités, elle suivit d'un doigt la liste des clients enregistrés depuis février. Alphons

Knups, Max Keller, Mme Ethel Ward... Avec un cri de triomphe, elle s'arrêta sur le dernier nom.

– Le voilà !

Nick rapprocha le classeur. Oui, Sylvia avait sans doute raison. « M. A. Soufi. » Un astérisque renvoyait à une note en bas de page, selon laquelle ce nouveau client était recommandé par C. Burki, vice-président affecté au bureau de Londres de l'USB.

– Dans le mille ! On a trouvé.

Il feuilleta le dossier à la recherche de la documentation correspondante. Mais si tous les intéressés avaient rempli la fiche d'information standard en indiquant leur identité, leur date de naissance, leur adresse personnelle et professionnelle, leur numéro de passeport, Soufi, lui, s'était contenté d'apposer sa signature, un paraphe ampoulé. Dans la case « Remarques », une seule note : « Dépôt en liquide : 250 K $. »

– Et qui est-ce Burki ? demanda Nick.

Sylvia retira ses lunettes et les frotta contre le pan de sa chemise.

– S'il était basé à Londres, il est probable qu'il n'appartenait pas au département financier. À première vue, ce nom ne me dit rien. Je vérifierai dans nos dossiers individuels, quand même. On ne sait jamais.

– Oui... approuva-t-il en gardant ses doutes pour lui.

Car il avait déjà tenté de retrouver la trace de Soufi dans Cerbère et la Méduse – en vain.

Au cours des deux heures suivantes, ils passèrent en revue les rapports restants, en comparant avec les notations qu'Alex Neumann avait portées sur son agenda. Outre les informations budgétaires prévisibles (revenus réels comparés aux projections, dépenses générales et administratives...), une liste de nouveaux clients était enregistrée chaque mois, chacun, société ou particulier, soigneusement répertorié et identifié. À nouveau, Nick s'étonna que Soufi ait échappé à cette règle.

Alors qu'il achevait le rapport de mai, il observa la jeune femme. Les yeux clos, elle dodelinait de la tête. Il se sentit aussi fatigué qu'elle paraissait l'être.

– Sylvia ? chuchota-t-il. On en reste là pour l'instant, hein ?

Il referma doucement les classeurs, se leva sans bruit et sortit dans le couloir.

– Ne pars pas, le rappela-t-elle d'une voix endormie. Tu peux rester, si tu veux.

– Oh, j'aimerais tellement ! Mais demain, j'ai une journée terrible, alors mieux vaut pas...

362

La sentir serrée contre lui pendant qu'ils plongeraient dans le sommeil : l'idée était plus que tentante, mais il y résista. Le lendemain, à onze heures, il accueillerait en grande pompe puis ferait les honneurs de la banque à un trafiquant de drogue international... non, pardon, à « un homme d'affaires respecté ». Cela nécessitait une vraie nuit de repos.

— Il faut que je me dépêche, si je veux attraper le dernier tram.

— Nick..., protesta-t-elle d'une voix faible.

— Je te passerai un coup de fil dans la matinée. Tu penses pouvoir rendre les classeurs et sortir les six mois suivants ?

— J'essaierai. Demain soir, je t'attends pour dîner ?

— Je ne pense pas que ce sera possible, non. Kaiser va me tenir occupé jusque tard.

— Appelle-moi si tu changes d'avis. N'oublie pas que je vais chez mon père, samedi.

Nick revint mettre un genou à terre près de sa chaise. Il repoussa une mèche blonde qui était tombée sur le visage de la jeune femme.

— Sylvia ? Merci. Merci.

— Pour quoi ?

Il la contempla encore quelques secondes, mourant d'envie de passer la nuit auprès d'elle, puis lui donna un rapide baiser. Elle essaya de l'attirer contre elle, mais il écarta doucement son bras. S'il s'attardait encore un seul instant, il ne partirait plus.

— Pour tout.

42

Poussant les douze cylindres de sa BMW 850 i à plein régime, Wolfgang Kaiser descendit le quai du Général-Guisan. À sa droite, les fenêtres illuminées du séculaire Tonhalle, la grande salle de concerts de Zurich, passèrent en trombe. À sa gauche, un tapis de glace emprisonnait le lac jusqu'à une trentaine de mètres de son pourtour, tandis qu'au-delà sa surface était striée par de fortes rafales venues du nord.

Kaiser réprima un frisson à cette vue, heureux d'être bien au chaud dans sa confortable berline. La situation paraissait s'améliorer. Grâce au rapide déploiement du plan de campagne conçu par Maeder, la banque avait récupéré trois pour cent de ses voix au cours de la journée qui venait de s'achever. Et grâce au jeune Neumann, il pouvait y ajouter un pour cent : les parts détenues par les douceureux responsables de la Hambros. Mais plus encourageant encore peut-être était le fait que la Banque Adler n'avait pas réagi au cours des dernières vingt-quatre heures, ses traders contemplant passivement les efforts de l'USB en vue de reprendre le maximum de ses actions, un paquet qui avoisinait les cent millions de francs suisses à la clôture des marchés. Et si les coffres de Konig étaient à sec, finalement ? Pauvre Klaus. Mais tout de même, on ne va pas à une vente aux enchères sans avoir de chéquier sur soi...

Il s'accorda un moment de jubilation silencieuse pendant qu'il s'engageait sur la Seestrasse et accélérait sur la voie express qui conduisait à Thalwil, à quinze kilomètres sur la rive occidentale du lac. Il consulta l'horloge digitale de la voiture. Vingt et une heures huit. Il était en retard.

« Et maintenant, une dernière corvée, pensa-t-il. Le dernier effort d'un baron en péril pour sauver son fief. »

Après, Mevlevi n'aurait plus aucune raison de lui refuser les deux cents millions de dollars qu'il lui avait demandés. Cette contribution garantirait son contrôle sur la banque et donnerait au coup de poker tenté par Klaus Konig le résultat qu'il méritait : un cuisant fiasco.

« Mais d'abord, encore une corvée. »

Il jeta un coup d'œil à l'objet compact qui se trouvait sur le siège du passager, enveloppé dans une housse imperméable. Quand il l'avait retiré un peu plus tôt de son coffre personnel, il avait été surpris par son poids : il lui avait paru beaucoup plus lourd que la dernière fois qui il l'avait utilisé. Certes, il était plus jeune, alors...

« Un effort. »

En regardant dans le rétroviseur, il découvrit un autre homme en train de le fixer, un homme aux yeux éteints. Toute sa joie disparut d'un coup. Un instant plus tôt, il s'adressait des félicitations ; maintenant, il avait honte de sa propre image. « Comment en suis-je arrivé là ? demanda-t-il à son sinistre reflet. Pourquoi suis-je en route vers Thalwil avec un revolver chargé à côté de moi ? Pourquoi vais-je trouver chez lui un homme qui a travaillé avec moi trente ans durant avec une seule et unique intention : lui loger une balle dans la tête ? »

Il reporta ses yeux sur la chaussée. Le véhicule laissa derrière lui la sortie vers Wollishofen. Il s'ébroua, décidé à ne plus s'apitoyer sur lui-même. « La réponse est simple, expliqua-t-il à la présence moins inflexible qui prétendait le juger. Ma vie appartient à M. Ali Mevlevi, célèbre businessman beyrouthin. Je la lui ai donnée il y a déjà des années. »

J'ai besoin des services d'une banque suisse.

Dans le silence de l'habitacle, ces mots résonnèrent comme s'ils venaient d'être prononcés par un passager fantôme. Une phrase venue d'une autre époque, d'une autre existence. Du temps où il était encore un homme libre. Il se souvint d'Ali Mevlevi surgissant devant lui. Sur la route de sa vie, il n'était plus dans la dernière portion, glissante et noyée d'obscurité, qui le conduisait en cet instant au meurtre. Il se trouvait encore en son début, sur une chaussée sèche comme l'air environnant. D'un coup, il n'était plus en Suisse, mais à Beyrouth. Vingt ans plus tôt.

– J'ai besoin des services d'une banque suisse, annonce le sémillant client.

Très british, avec son blazer bleu, son pantalon de toile crème et sa cravate en reps à rayures rouges, il fait à peine la quarantaine. Seuls son teint hâlé et son épaisse chevelure noire trahissent ses origines.

– À votre service, répond le chef d'agence récemment débarqué à Beyrouth et soucieux d'élargir sa clientèle.

– Je voudrais ouvrir un compte.

– Bien sûr, approuve-t-il.

Il s'autorise un sourire. Il faut montrer à l'inconnu qu'il a été bien avisé de suivre son instinct en choisissant l'Union suisse bancaire comme partenaire financier, en décidant de confier son argent à un Wolfgang Kaiser encore en train de parfaire son apprentissage.

– Comptez-vous effectuer un virement ou un dépôt par chèque, monsieur ?

– Ni l'un ni l'autre.

Le jeune directeur réprime un froncement de sourcils. Après tout, il existe maintes façons d'entamer une relation d'affaires. Et quand on est ambitieux, on ne doit s'étonner de rien.

– Un dépôt en liquide, alors ?

– Voilà.

Problème : au Liban, les versements en cash à des établissements étrangers sont interdits.

– À nos bureaux en Suisse, sans doute ?

– Non, à vos bureaux du 17, rue Moutiba, Beyrouth.

– Je vois...

Le banquier entreprend d'expliquer à son peu commode visiteur qu'il n'est pas autorisé à effectuer cette transaction, qu'il y va de la licence d'exploitation accordée à l'USB par les autorités libanaises.

– Je vais déposer un petit peu plus de vingt millions de dollars.

– Eh bien, c'est une somme, en effet. (Kaiser sourit, se racle la gorge, mais demeure inflexible.) Hélas, je ne peux rien faire...

Le client poursuit comme s'il n'avait pas entendu :

– Le tout en coupures US, essentiellement des billets de cent mais vous en trouverez aussi de cinquante et de vingt, je le crains. Rien de plus petit, c'est promis.

Il est vraiment trop aimable, ce monsieur... Ce M. Ali Mevlevi, complète Kaiser en son for intérieur après avoir jeté un coup d'œil sur la carte de visite restée dans la coupelle en argent devant lui. Pas de billets de dix, ni de cinq : c'est un ange.

— Si vous aviez voulu déposer cette somme en Suisse, je suis certain que nous aurions pu nous entendre. Malheureusement...

De son bras valide, le directeur fait un geste signifiant qu'il déplore de ne pas pouvoir saisir cette opportunité, mais qu'il n'a pas le choix. M. Mevlevi demeure imperturbable.

— Je ne crois pas avoir parlé de la commission que je suis prêt à payer pour cette opération. Quatre pour cent, cela vous paraît raisonnable ?

Kaiser ne peut dissimuler sa stupéfaction. Huit cent mille dollars. Le double des bénéfices qu'il prévoyait pour l'année entière ! Que doit-il faire ? Fourrer le tout dans sa serviette et sauter dans un avion pour la Suisse ? L'idée tourne dans sa tête un peu plus longtemps que la sagesse ne le voudrait. Il a le gosier si sec qu'il se sert un verre d'eau et le boit avidement, oubliant d'en proposer à son crésus de visiteur. Lequel ne prête aucune attention à cet impair.

— Peut-être allez-vous devoir envisager les modalités de l'ouverture du compte avec vos supérieurs hiérarchiques ? Et si vous vous joigniez à moi pour souper, ce soir ? J'ai un grand ami, M. Rothstein, qui est le propriétaire du Petit Maxim's. Un endroit délicieux. Vous connaissez ?

Kaiser sourit gracieusement. N'importe quel homme dans la capitale libanaise manquant des cent dollars pour payer l'entrée, ou de l'entregent nécessaire pour y être admis en tant que membre, tend l'oreille à ce seul nom. Une invitation ? Le directeur n'hésite pas. Ses chefs l'approuveraient sans réserve.

— Ce serait un plaisir pour moi.

— J'espère que vous m'annoncerez une réponse positive. À tout à l'heure.

Après lui avoir distraitement serré la main, Ali Mevlevi s'en va.

— Comment, « pas le choix » ? Vous voulez donc que je laisse mon argent à cette bande de voleurs ?

Kaiser secoue la tête, très gêné. C'est son initiation aux arcanes des pratiques commerciales levantines. Mevlevi se penche au-dessus de la table pour l'attraper par son bras atrophié.

— Je vois, je sens que vous désirez m'aider.

Il est scandalisé par la désinvolture avec laquelle l'autre traite son infirmité. Mais, plus que son bras, ce sont ses yeux qui se retrouvent sous la coupe de Mevlevi et, comme en état d'hypnose, il fait oui de la tête.

Mevlevi hèle un serveur, commande une bouteille de Johnnie Walker, Black Label. Quand le scotch arrive, il propose un toast :

– À l'esprit d'entreprise ! Le monde appartient à ceux qui le façonnent à leur image.

Une, ou deux, ou trois heures plus tard, Kaiser bénéficie des attentions d'une toute jeune femme. Une enfant, une gosse dépravée, plutôt, se dit-il. Mince, un visage sensuel encadré de longues mèches noires, des yeux sombres qui risquent des regards furtifs sous ses longs cils. Après un nouveau verre, la bretelle de la courte robe à paillettes glisse de son épaule, soyeuse mais musclée. Elle parle un anglais parfait. D'une voix rauque, elle lui demande de se rapprocher d'elle. Il est bientôt prisonnier de ses doigts hardis, de son haleine enivrante. Elle lui susurre des obscénités sans relâche.

Mevlevi a sorti une autre de ses cigarettes turques, des bombes de tabac brun qui explosent en colonnes de fumée bleue. Son verre est plein. Kaiser se demande s'il l'a déjà vu vide.

La fille aux cheveux d'ébène insiste pour qu'il la raccompagne chez elle. Comment pourrait-il refuser ? Ce n'est qu'à trois pâtés de maisons, après tout. Et puis Mevlevi, grand seigneur, lui a donné sa bénédiction sous la forme d'une tape fraternelle dans le dos et d'un clin d'œil complice qui signifie que tous ses désirs seront satisfaits, au Petit Maxim's. La fille tend un doigt vers le bar. Elle veut boire encore. Kaiser sert de généreuses rasades de whisky dans deux verres. Il sait qu'il a trop bu, mais il ne s'en soucie pas vraiment. Peut-être devient-il téméraire, d'un coup ? Quand elle lui tend son verre, il trempe ses lèvres dedans ; elle finit le reste d'une seule gorgée, effrayante. Elle se lève en titubant, farfouille dans son sac à main. Soudain, elle paraît chiffonnée, un vilain rictus apparaît sur ses traits. Et puis elle sourit, soulagée. Un amas de poudre blanche, immaculée, est coincé sous un de ses ongles parfaitement laqués. Elle le porte à son nez, aspire profondément, en propose à son compagnon d'un soir. Il fait mine de refuser, elle insiste, alors il sniffe à son tour.

— Je te présente mon cheval blanc, dit-elle en gloussant, et elle lui tend une autre dose.

Le banquier zurichois ne sait plus où il en est. Jamais il n'a senti son sang se ruer aussi impétueusement dans ses veines. Lorsque sa tête paraît près d'éclater, la pression se relâche et c'est sa poitrine qui l'oppresse. Il a chaud, trop chaud, il a seulement envie de dormir, mais une main avide vient le provoquer et le brasier descend maintenant de ses poumons dans ses reins. Ses yeux brouillés découvrent la jolie fille du Petit Maxim's accroupie devant lui. Elle défait sa ceinture et le prend dans sa bouche. Il n'a jamais été aussi dur. Sa vision se trouble encore plus, il s'aperçoit qu'il a oublié son nom, il se redresse pour le lui demander. Sa robe est tombée à la taille. Sa poitrine est plate, avec des tétons pâles, trop petits, entourés d'une touffe de poils. Kaiser sursaute, crie à cette femme... non, à cet homme, d'arrêter tout de suite. Mais d'autres mains le tirent en arrière. Il se débat comme dans un rêve, en vain. Quand l'aiguille pénètre dans la grosse veine bleue qui court sur son avant-bras atrophié, il ne la voit pas, ne la sent pas.

— Il vous suffit de signer en bas et nous pourrons oublier cette vilaine histoire.

Ali Mevlevi tend à Wolfgang Kaiser un papier à en-tête du bureau beyrouthin de l'USB. Un reçu pour vingt millions de dollars. Où a-t-il pu se le procurer ? Cela demeure un mystère, comme il y en a tant d'autres autour de lui...

Kaiser replie soigneusement son mouchoir et le rempoche avant de prendre le document et de le poser sur un tas de clichés photographiques en couleurs. Il est, lui, Wolfgang Andreas Kaiser, le sujet principal de ces photos. La vedette, pourrait-on dire. Lui et un travesti horriblement mutilé qui, il l'a appris depuis, répondait au nom de Rio.

En apposant sa signature au bas du reçu, il sait que cette « vilaine histoire » ne sera jamais oubliée. Mevlevi le regarde faire d'un air détaché. D'un geste, il désigne trois gros sacs bourrés à craquer qui ont été posés à l'entrée du bureau.

— Ou vous trouvez un moyen de les encaisser dans les trois jours, ou je fais une déclaration de vol. Dans votre pays, la fraude bancaire est mal vue, non ? Au Liban, c'est pareil. Seulement, je ne pense pas que nos prisons soient aussi confortables que les vôtres...

Kaiser se redresse. Il a les yeux bouffis, la respiration oppressée. Il détache l'original du reçu, le dépose dans un bac en plastique vide, tend la copie de couleur jaune à Mevlevi. Le refuge du banquier helvétique est l'ordre ; la procédure, son sanctuaire. Le troisième feuillet, rose, restera ici, explique-t-il, l'original sera expédié en Suisse.

— Avec l'argent, précise-t-il en tentant un sourire.

— Vous êtes exceptionnel, note Mevlevi. Je vois que j'ai bien choisi mon partenaire.

Kaiser hoche la tête machinalement. Oui, ils sont liés en affaires, désormais. Quelles nouvelles tortures cela lui réserve-t-il ?

— Vous pouvez dire à vos chefs que j'ai accepté une commission spéciale de deux pour cent des fonds, poursuit Mevlevi. De quoi couvrir les frais d'ouverture du compte. Pas mal, non ? Quatre cent mille dollars en une journée de travail. Ou plutôt devrais-je dire une nuit ?

Kaiser s'abstient de tout commentaire. Il lutte pour garder le dos collé au dossier de sa chaise. Car s'il perd le contact avec ce support, si la pression contre sa colonne vertébrale se relâche, il perdra la raison.

Le lendemain, le directeur du bureau de Beyrouth prend l'avion pour Zurich, avec escale à Vienne. Avec lui, répartis dans quatre lourds porte-documents, voyagent vingt millions cent quarante-trois dollars. Mevlevi lui a menti : il y a trois coupures d'un dollar.

Au contrôle des passeports, on lui fait signe de passer. Malgré son chariot surchargé de valises, les douaniers ne lui prêtent aucune attention mais stoppent le passager qui le suit, pourtant porteur d'un seul sac. D'un mouvement de sourcils, Kaiser leur fait comprendre qu'il se met à leur place : un sale Arabe, n'est-ce pas ?

Gerhard Gautschi, le président de l'Union suisse bancaire, en a perdu la parole. Kaiser est en train de lui expliquer qu'il ne pouvait laisser passer pareille chance d'augmenter les disponibilités de la banque dans des proportions aussi spectaculaires. Certes, il y avait un risque, et il n'imagine pas de le prendre encore une fois, évidemment. Mais enfin, l'argent est maintenant en sûreté dans leurs coffres, une commission substantielle a été encaissée et, mieux encore, le client dit vouloir investir par leur intermédiaire. Son premier achat ? Des actions de l'USB...

— Qui est-ce ? réussit enfin à articuler Gautschi.

— Un homme d'affaires très respecté là-bas.

— Évidemment ! s'esclaffe le président. Ils le sont tous, non ?

Lorsque Kaiser s'apprête à quitter la salle du trône, Gautschi l'arrête pour lancer une dernière remarque :

— Et la prochaine fois, Wolfgang, on vous enverra un jet privé, d'accord ?

Une rafale de neige contre son pare-brise ramena Kaiser au présent. Quelques secondes après avoir aperçu le panneau de Thalwil, il filait dans l'ombre de l'immense fabrique de chocolat Lindt et Sprüngli, une monstruosité tartinée de bleu lavande. Il ralentit, baissa sa vitre et éteignit le chauffage. Un froid intense envahit bientôt l'habitacle.

« Tu ne le supportes plus, hein ? » s'interrogea Kaiser. Il faisait bien sûr allusion à Ali Mevlevi, à celui qui avait détruit sa vie. « Et comment ! Je ne supporte plus les appels en pleine nuit, les téléphones mouchardés, les ordres incessants... Je ne supporte plus de vivre sous la botte d'un autre ! »

Il poussa un long soupir. Tout cela cesserait bientôt, si... Si Nicholas Neumann était aussi malin que Kaiser le croyait, s'il était aussi violent et implacable que son dossier militaire le laissait prévoir, Mevlevi ne serait plus qu'un mauvais souvenir. Le lendemain, il allait faire la connaissance de cette vipère. Mevlevi lui-même avait proclamé qu'il souhaitait voir Neumann devenir « un des nôtres », et Kaiser concevait parfaitement ce que cela signifiait.

Durant tout le mois qui venait de s'écouler, il avait caressé cette audacieuse idée : utiliser Nicholas Neumann afin de se débarrasser de Mevlevi. Il savait que le jeune Américain avait servi dans les marines, mais ses états de service étaient restés pour lui un mystère jusqu'au moment où il avait sondé quelques-uns de ses meilleurs clients, qui occupaient des postes importants au Département de la Défense US. Des courtiers du complexe militaro-industriel, des gens riches et sans scrupules. Les informations ainsi glanées avaient été un choc. Le dossier de Neumann était classé top secret, mais, plus intéressant encore, le garçon avait reçu un blâme en quittant les marines : trois semaines avant d'être réformé pour raisons médicales, il avait sauvagement agressé un employé civil de la Défense, un certain John J. Keely. Une terrible raclée, qui, selon les rumeurs, était une vengeance pour une opération ayant mal tourné. Très, très intéressant.

Il n'avait rien obtenu de plus, mais cela lui suffisait amplement. Un soldat pas commode. Un homme entraîné à tuer et réagissant au quart de tour. Bien entendu, il était hors de question de lui demander tout de go d'abattre quelqu'un, *a fortiori* un client ! Mais il pouvait créer les conditions dans lesquelles un jeune prêt à la bagarre se sentirait obligé de se servir de ses poings...

Tout le reste avait été fort simple. Il avait suffi de le nommer à la FKB 4, de le laisser s'occuper du compte 549 617 RR. La maladie de Cerruti puis la démission de Sprecher avaient été de formidables coïncidences, en l'occurrence. Et l'entrée en jeu de Sterling Thorne une véritable aubaine : qui, mieux qu'un représentant de la DEA, aurait pu dresser Neumann contre Mevlevi ? Et voici que l'intéressé arrivait de lui-même à Zurich. Sa première visite en quatre ans... Si Kaiser avait été croyant, il y aurait vu rien de moins qu'un miracle. Comme c'était un cynique, il préférait y voir la marque du destin.

À vingt et une heures quinze, Kaiser se gara dans un parking privé au bord du lac et coupa le contact. Il posa le paquet sur ses genoux et entreprit de déballer le revolver, dont l'échine argentée lui apparut bientôt. Bloquant l'arme entre son poignet et sa main gauches, il glissa une balle dans le magasin et retira le cran de sûreté. En portant son regard dans le rétroviseur, il fut soulagé d'y retrouver les yeux éteints, impassibles.

« Une dernière corvée. »

Arrivé en vue de l'immeuble, il ralentit le pas, aspira l'air nocturne. Toutes les lumières de l'appartement étaient allumées. Il crut voir passer une ombre devant la large baie. Il reprit sa marche, caressant l'objet en métal poli dans sa poche comme s'il s'agissait d'un talisman qui pourrait le délivrer de ce cauchemar. Il arriva devant la porte plus vite qu'il ne l'avait voulu. Une voix nerveuse, perçante, résonna dans l'interphone. Il voyait déjà ses yeux clignotants, affolés.

– Ah, vous êtes là, grâce à Dieu ! s'exclama Marco Cerruti.

43

Seul dans la spacieuse cabine, Ali Mevlevi entendit le pilote annoncer leur descente vers l'aéroport de Zurich. Il posa les papiers qui avaient accaparé toute son attention depuis trois heures et attacha sa ceinture de sécurité. Il avait mal aux yeux et à la tête. Brusquement, il se demanda s'il avait été bien avisé de venir en Suisse, mais il repoussa aussitôt ce doute. S'il voulait que Khamsin réussisse, il n'avait pas le choix.

Il reprit les documents qu'il avait abandonnés un instant sur ses genoux. Son regard parcourut l'en-tête, une formule en caractères cyrilliques qui signifiait, il le savait : « Entrepôt de surplus militaires ». Une courte introduction suivait, rédigée dans l'anglais le plus suave : « Nous ne commercialisons que les meilleurs armements, neufs ou d'occasion, en parfait état de fonctionnement. » En lisant ces lignes la première fois, il s'était presque attendu à se voir offrir la possibilité de retourner la marchandise dans les trente jours, au cas où il ne serait pas satisfait... Les Russes avaient décidément fait du marché international leur grande priorité. Après cette première page venait la liste du matériel qu'il avait acheté. Il la parcourut à nouveau.

Section I : aéronautique. Article 1 : hélicoptère d'assaut Lan, modèle VII A (la bête ailée tant redoutée par les Afghans). Prix : quinze millions de dollars l'unité. Il en avait pris quatre. Article 2 : hélicoptère d'attaque Soukhoï. Prix : sept millions de dollars. Il en avait commandé six. Article 3 : missiles air-sol au nom imprononçable, à cinquante mille dollars pièce : deux cents étaient déjà stockés dans ses hangars. Page suivante. Section II : véhicules chenillés. Des tanks T 52 à deux millions de dollars l'unité. Il en avait pris toute une flottille, vingt-cinq. Lance-roquettes mobiles Katioucha : dix, au prix sacrifié d'un demi-million chacun. À côté de l'article 7 (un BTR Joukov équipé à l'arrière de quatre mitrailleuses calibre 50, à deux cent cinquante mille dollars), deux traits et une note manuscrite : « Encore utilisé par les forces armées russes... Pièces de rechange disponibles ! ! ! » Il en avait pris douze. La liste se poursuivait ainsi, véritable corne d'abondance dispensatrice de mort. Artillerie, mortiers, mitraillettes, grenades, mines, munitions, de quoi équiper de pied en cap deux compagnies d'infanterie, une compagnie de cavalerie blindée et une escadrille d'hélicoptères. Six cents hommes en tout.

Et dire que tout cela n'était qu'une diversion...

En riant dans sa barbe, il arriva à la dernière page. Le plat de résistance. Les mots lui sautèrent au visage comme si c'était la première fois, et non la centième, qu'il les parcourait. Il en avait la chair de poule.

Section V : ressources nucléaires. Une bombe à concussion Kopinskaïa IV, deux kilotonnes. Mevlevi déglutit péniblement. Une arme nucléaire tactique. Pas plus grande qu'un mortier conventionnel, mais qui assurait une puissance destructrice dix fois supérieure à la bombe d'Hiroshima, avec seulement un cinquième de la radioactivité que celle-ci avait provoquée. Deux mille tonnes de TNT, pratiquement sans bavure.

C'était le seul article qu'il n'avait pas encore pu payer. Il lui fallait huit cents millions de francs suisses environ. D'ici trois jours, il aurait réuni cette somme. Le lendemain, la bombe serait à lui.

Il avait choisi sa cible avec le plus grand soin. Ariel, une colonie juive de quinze mille habitants isolée au milieu de la Cisjordanie occupée, construite alors même que les Israéliens disaient croire aux négociations en vue de leur retrait définitif. Prenaient-ils les Arabes pour des imbéciles ? Personne ne construit une ville pour l'abandonner un an plus tard ! Même le nom tombait parfaitement : Ariel, sans aucun doute un hommage à Ariel Sharon, le plus fanatique des Faucons israéliens, la brute qui avait personnellement supervisé les massacres de Sabra et Chatila en 1982.

Ariel, le nom qui symboliserait bientôt la punition infligée aux juifs.

Mevlevi fut pris d'un bâillement irrépressible. Il s'était levé à quatre heures du matin pour conduire une revue de détail de ses troupes sur le principal terrain d'entraînement. Ils lui avaient paru superbes dans leurs uniformes couleur sable, tous ces combattants de la foi prêts à parfaire l'œuvre du Prophète, à sacrifier leur vie pour Allah. Il était passé entre leurs rangs, leur prodiguant encouragements et bénédictions.

De là, il s'était rendu aux deux immenses entrepôts qu'il avait fait percer dans les collines au sud de la base cinq ans plus tôt. Entré dans le premier, il avait eu les oreilles agressées par le bruit assourdissant de vingt chars d'assaut dont les boîtes de transmission et les trains étaient vérifiés une dernière fois. Des mécaniciens se hâtaient entre les flancs luisants des monstres, criant aux conducteurs de passer la marche arrière ou d'actionner les tourelles rotatives. On procédait aux ultimes graissages, aux pleins de carburant. Il avait admiré un moment cette armada étincelante. Moshe Dayan devait se retourner dans sa tombe : tous les tanks étaient peints et immatriculés aux couleurs de l'armée israélienne, tous étaient munis d'un drapeau sioniste qui serait fixé à leur antenne au moment de l'attaque. La confusion ajouterait encore à l'effet de surprise.

Mevlevi était ensuite passé au second hangar, celui qui abritait les hélicoptères. « La mort qui vient du ciel », comme disaient les Américains et leurs vassaux israéliens. Eh bien, ils allaient y goûter, eux aussi. Il avait observé les pales des Lan, si lourdes qu'elles ployaient en leur milieu, le fuselage plus effilé des Soukhoï. La vue de ces redoutables engins lui avait fait passer un frisson dans le dos. Eux aussi étaient peints dans les tons kaki employés par l'armée ennemie. Trois d'entre eux étaient équipés de transpondeurs capturés dans des appareils israéliens abattus, qui seraient branchés lorsque l'escouade passerait la frontière. Ainsi, pour le monde entier, ou du moins pour les radars sionistes en Galilée, la formation n'aurait rien de suspect...

Avant d'embarquer pour Zurich, il s'était enfin arrêté au QG opérationnel, un bunker souterrain non loin des entrepôts. Il avait demandé un dernier briefing tactique au lieutenant Ivlov et au sergent Rodenko. Le premier avait résumé le plan de bataille dans sa version finale : samedi à deux heures du matin, les troupes de Mevlevi allaient pénétrer en Syrie et se diriger vers la frontière israélienne au sud. Ce mouvement devait coïncider avec le début d'un exercice anti-Hezbollah mené par des fantoches d'Israël, l'armée du Liban-Sud. Une reconnaissance syrienne était prévue. Leurs services de renseignement confirmaient qu'aucun satellite ne devait survoler la zone à ce moment-là. Une des compagnies d'infanterie prendrait position à six kilomètres de la frontière, près du village de Chebaa. L'autre, ainsi que les blindés, se rendrait à treize kilomètres de Djezzine, les chars devant être transportés jusqu'à ce point sur des plates-formes habituellement utilisées pour livrer des tracteurs agricoles. Lundi à l'aube, tout le dispositif devait être en place, n'attendant plus que l'ordre d'attaque du maître.

Mevelvi avait certifié à ses deux officiers que le plan se déroulerait comme prévu. Il n'avait pas pris la peine de les informer que leur incursion en territoire israélien, destinée à détruire les toutes nouvelles colonies de Névé-Tsion et d'Elbarakh, n'était qu'une diversion, un leurre sanglant conçu dans le but de détourner l'attention des sionistes d'un étroit corridor aérien surplombant la partie située tout au nord-est du pays. En vérité, quelques centaines de colons juifs étaient assurés de perdre la vie dans l'affaire, si bien que l'attaque d'Ivlov et Rodenko ne serait pas totalement sans conséquences. Simplement, celles-ci demeureraient insignifiantes en regard de ce qui allait se passer ailleurs...

Après avoir pris congé des mercenaires russes, Mevlevi était descendu par un escalier en colimaçon jusqu'à la salle des communications. Il avait demandé au technicien de garde de le laisser seul, s'était enfermé et avait passé un appel téléphonique sur l'une des trois lignes protégées.

À Alma-Ata, la capitale du Kazakhstan, une voix ensommeillée lui avait répondu.

– Le général Dimitri Martchenko, s'il vous plaît. Dites-lui que c'est son ami de Beyrouth.

Mevlevi s'attendait à ce que le responsable des « Surplus militaires » soit en train de dormir. Mais il avait composé son numéro personnel, et le général se vantait d'être « au service de ses clients vingt-quatre heures sur vingt-quatre », concept commercial qu'il avait sans aucun doute glané lors d'une de ses visites aux États-Unis. De plus, Mevlevi méritait toute sa considération : depuis le début, il avait déjà versé cent vingt-cinq millions de dollars au militaire-businessman et à ses protecteurs au sein du gouvernement kazakh.

Quelques secondes plus tard, son appel était transféré sur un autre poste.

– Bien le bonjour, l'ami ! tonna Martchenko dans l'appareil. Vous êtes un lève-tôt, je vois ! Nous avons un proverbe chez nous à ce sujet : « Celui qui part de bon matin à la pêche... »

– Je dois prendre un avion, général, l'avait coupé Mevlevi. Tout est en place pour le dernier acte.

– Magnifique !

– Vous pouvez donc emmener votre enfant nous voir, avait poursuivi Mevlevi en utilisant le code dont ils étaient convenus. Il faut qu'il soit là dimanche, dernier délai.

Martchenko était resté silencieux quelques secondes. À l'autre bout du fil, Mevlevi l'avait entendu allumer une cigarette. Il réfléchissait. S'il arrivait à conclure cette affaire, son peuple pourrait le considérer comme un héros national pendant encore plusieurs générations. Le Kazakhstan, en effet, était pauvre en richesses naturelles. Des immensités arides ou montagneuses, un peu de pétrole et d'or, cela n'allait guère plus loin. Pour l'essentiel, blé, viande, pommes de terre, il devait compter sur ses anciens « frères » soviétiques. Mais la gestion des ressources n'était plus assurée par un « centre » soucieux de réaliser ses plans quinquennaux. Il fallait désormais payer en espèces sonnantes et trébuchantes, en devises. Où puiser en priorité, sinon dans l'arsenal militaire laissé par la machine de guerre de l'URSS ? En l'espace d'une nuit, un apport de huit cents millions de francs suisses sortirait du rouge la balance des paiements de son pays. Il ne s'agissait pas tout à fait de refondre les épées en socs de charrue, mais presque.

– C'est possible, oui. Mais reste le petit détail du paiement.

– Il sera effectif lundi midi au plus tard. Je le garantis.

– Vous vous rappelez qu'il ne peut pas voyager tant que je ne lui ai pas fait mes dernières recommandations ?

Mevlevi avait acquiescé. Tant que le code préprogrammé n'aurait pas été entré dans son cerveau, la bombe ne serait qu'une masse inerte. Et il savait que Martchenko ne ferait rien avant d'avoir reçu de sa banque confirmation de l'arrivée de la somme.

– Alors, on vous emmène l'enfant dimanche, d'accord ? Oh, à propos, nous, on l'appelle Jojo. Parce qu'il ressemble à Staline : pas très grand, mais méchant comme une teigne !

Au souvenir de cette conversation, Mevlevi corrigea en lui-même le général : « Non, son nom est Khamsin. Et la tempête qu'il va soulever annoncera la renaissance de mon peuple ! »

44

Installé à l'arrière d'une Mercedes de l'USB, Nick observait le Cessna Citation qui gagnait son parking sous une averse de neige. Le rugissement de ses réacteurs passa de l'aigu au grave tandis qu'il quittait la piste de dégagement et s'approchait de la place assignée. Après un brusque coup de frein, l'appareil se tassa sur lui-même, les moteurs s'éteignirent. Aussitôt ou presque, la porte du jet s'ébranla et coulissa à l'intérieur alors qu'un escalier escamotable surgissait de la carlingue.

Un représentant des douanes helvétiques grimpa rapidement les marches et disparut dans l'avion. Nick avait quitté la voiture. Fourbissant le sourire le plus aimable possible, il répéta dans sa tête la formule de bienvenue qu'il réservait au Pacha. Il se sentait étrangement détaché, curieux de ce qui allait suivre, certes, mais comme un spectateur, pas un acteur. Ce n'était pas lui qui s'apprêtait à jouer les guides pour un trafiquant d'héroïne patenté. C'était un autre, ancien marine lui aussi, et dont un des genoux était si raide que chaque pas lui faisait le même effet que s'il avait eu du verre brisé dans la rotule.

Arrivé à quelques mètres du jet privé, il s'arrêta et attendit. Le douanier réapparut quelques secondes plus tard, descendit la passerelle et vint se planter devant lui.

— Vous pouvez monter, si vous voulez. Pas besoin d'autres formalités pour quitter l'aéroport.

Nick le remercia, tout en se demandant pourquoi il n'avait jamais eu la chance de passer la douane aussi vite, lui...

Lorsqu'il se tourna à nouveau vers le Cessna, le Pacha était à la porte. Nick se redressa de toute sa stature et le rejoignit rapidement.

— Bonjour, monsieur. Herr Kaiser vous souhaite la bienvenue, personnellement comme au nom de l'USB.

Mevlevi serra la main qu'il lui tendait.

— Monsieur Neumann ! Nous nous rencontrons, enfin ! Si j'ai bien compris, je vous dois des remerciements.

— Mais non, pas du tout...

— Mais si, et je les fais sincèrement. Merci. Je vous suis reconnaissant de votre clairvoyance. J'espère cependant pouvoir trouver une meilleure façon de vous prouver ma gratitude durant ce séjour. Généralement, je n'oublie pas ceux qui m'ont rendu service.

— Ce n'est pas nécessaire, vraiment... Et si nous y allions, maintenant ? Ne restons pas dans ce froid.

L'homme qu'il avait devant lui correspondait peu au criminel endurci auquel il s'était attendu. Mince, de taille moyenne – pas plus d'un mètre soixante-douze –, il portait un costume bleu marine et une cravate bordeaux de chez Hermès, ainsi qu'un manteau qu'il avait simplement jeté sur ses épaules, à la manière d'un aristocrate italien.

« Si je le croisais par hasard, pensa-t-il, je le prendrais pour un cadre supérieur ou un ministre d'Amérique latine. Ou bien pour un play-boy français d'un certain âge, ou encore un prince de la famille royale saoudienne. En tout cas, pas pour quelqu'un qui a amassé une fortune en inondant l'Europe d'héroïne de première catégorie ! »

— Oui, même à huit mètres je le sentais déjà ! avoua Mevlevi en serrant les pans de son manteau contre lui d'un geste théâtral. Je n'ai que deux bagages, vous savez. Le pilote est en train de les sortir de la soute.

Nick le conduisit à la Mercedes puis revint prendre ses valises. Elles étaient lourdes, très lourdes. En les logeant dans le coffre de la voiture, il se rappela les consignes que le président de l'USB lui avait données : faire exactement ce que Mevlevi demanderait. En fait, un seul rendez-vous figurait pour l'instant à son programme : un contact avec la direction des services d'immigration suisses à Lugano, prévu lundi matin à dix heures, soit d'ici trois jours. À l'ordre du jour : la délivrance d'un passeport helvétique à l'homme d'affaires libanais. C'était Nick qui l'avait organisé, sur les instructions de Kaiser, mais il n'éprouvait aucun enthousiasme à l'idée d'y participer. Car le même jour, à onze heures, Eberhard Senn, le comte Languenjoux, avait finalement accepté de rencontrer le président dans le petit hôtel particulier qu'il possédait au bord du lac de Lugano, sa résidence d'hiver. Nick avait dû déployer des trésors de persuasion pour le convaincre d'avancer cet entretien d'une journée par rapport à la date initialement fixée par le comte. Quant à Kaiser, il s'était rapidement résigné aux trois heures de route depuis Zurich que cela signifiait, en remarquant philosophiquement que les six pour cent du capital que détenait Senn valaient sans doute le déplacement. Mais lorsque Nick avait exprimé son souhait d'y être présent, son patron s'était montré intraitable : « Reto Feller m'accompagnera à votre place. Vous, vous devez prendre soin de M. Mevlevi. C'est à vous qu'il fait confiance. »

Maudissant le jour où son initiative lui avait attiré une telle reconnaissance, Nick rejoignit son hôte dans la limousine. N'importe quel benêt aurait compris pourquoi Kaiser ne tenait pas du tout à se montrer où que ce fût en compagnie de Mevlevi. Thorne avait bien raison : ils étaient tous du même acabit.

— D'abord, nous allons à Zoug, lui déclara Mevlevi. Au 67 de la Grütstrasse. Le Fonds international de placement.

— Grütstrasse, 67, répéta Nick au chauffeur.

En route, il ne sentit aucunement d'humeur à engager la conversation. Faire des mamours à un dealer de came ? Jamais ! D'ailleurs, Mevlevi gardait le silence, les yeux perdus à travers la vitre. De temps à autre, pourtant, Nick surprenait son regard sur lui, un regard non pas hostile mais réservé, prudent. Esquissant un sourire, le visiteur cessait de l'observer pour un moment. Nick savait qu'il était en train de le jauger.

Après la vallée de la Sihl, la route montait régulièrement à travers une forêt de conifères qui s'étendait à perte de vue. Mevlevi lui donna une petite tape sur le genou.

— Dites, avez-vous vu ce M. Thorne, dernièrement ?

Nick ne se déroba pas. Il n'avait rien à cacher.

— Oui, lundi.

— Ah ! fit Mevlevi en hochant la tête d'un air satisfait, comme s'il était question d'un de leurs vieux amis communs. Lundi...

Nick garda les yeux sur lui, tournant et retournant dans sa tête la question qu'il venait de lui poser. Les milliers de sous-entendus qu'elle contenait ne faisaient que confirmer ce qu'il aurait dû comprendre depuis des semaines : pour un homme tel que Mevlevi, Thorne n'était pas le seul à surveiller, il fallait aussi se préoccuper des intentions de Nick lui-même. Pensez, un Américain en Suisse, un ancien marine... Qui lui avait « rendu service », d'accord, mais qu'il était loin de juger absolument fiable. Soudain, il comprit le véritable sens de sa question. Thorne et lui étaient logés à la même enseigne, pour Mevlevi. L'un comme l'autre devaient être espionnés, suivis... L'homme au chapeau tyrolien, c'était sur les ordres de Mevlevi qu'il avait mené sa filature. Et son appartement avait été fouillé pour la même raison. Le Pacha l'observait depuis longtemps. Depuis le début.

Le Fonds international de placement occupait les deuxième et troisième étages d'un modeste immeuble au centre de Zoug, simplement annoncé par une discrète plaque dorée au-dessus de la sonnette. La porte s'ouvrit immédiatement quand Nick appuya sur le bouton d'appel. Ils étaient attendus.

Une femme d'une quarantaine d'années, au dos déjà voûté, les conduisit jusqu'à une salle de conférences dont les fenêtres donnaient sur le lac de Zoug. La table était garnie de deux bouteilles d'eau minérale Passugger, avec un verre, un cendrier, un bloc-notes et deux crayons alignés à chacune des places. Les deux visiteurs acceptèrent le café que leur hôtesse leur proposa. Nick n'était que vaguement au courant des motifs du rendez-vous. Son rôle se bornerait à écouter : il serait les yeux et les oreilles de son maître, Kaiser.

Après trois coups discrets frappés à la porte, deux hommes entrèrent, l'un grand, rougeaud, jovial, l'autre mince et presque chauve hormis une houppette de cheveux plaquée avec insistance sur le sommet du crâne.

— Affentranger, se présenta le premier en tendant sa carte de visite et sa main à Nick, puis à Mevlevi.

— Fuchs, fit le second en imitant la pantomime de son collègue.

Dès que tout le monde fut assis, Mevlevi prit la parole.

— Messieurs, c'est un plaisir pour moi de travailler de nouveau avec vous. Il y a quelques années, j'avais traité avec votre associé, M. Schmied. Il m'a été d'une aide précieuse dans la création d'un certain nombre de sociétés aux Antilles hollandaises. Remarquablement doué pour les chiffres. Je suis sûr qu'il est encore parmi vous. J'aurai peut-être l'occasion de le saluer ?

Affentranger et Fuchs échangèrent des regards inquiets.

— M. Schmied est mort il y a trois ans, annonça le rougeaud.

— Une noyade, en vacances, compléta son frêle acolyte.

— Non ! s'exclama Mevlevi en portant une main à sa bouche. Mais c'est affreux !

— J'avais toujours cru que la Méditerranée était une mer calme, commenta Fuchs. Mais apparemment, les courants sont traîtres sur la côte libanaise.

— Quelle tragédie, déplora Mevlevi tout en fixant un regard malicieux sur Nick.

Arborant un grand sourire destiné à dissiper toute pensée lugubre, Fuchs décida que le petit détail de la disparition de leur associé avait été suffisamment commenté.

— Nous espérons être toujours en mesure de vous être utiles, M...

— Malvinas. Allen Malvinas. (Nick parvint à demeurer impassible.) Eh bien, voilà : j'ai besoin de plusieurs comptes numérotés.

Fuchs se racla la gorge avant de répondre.

— Euh, vous devez certainement savoir que vous pouvez en obtenir auprès de n'importe quel établissement bancaire, dans cette même rue ?

— Bien entendu, rétorqua Mevlevi-Malvinas d'un ton poli. Mais j'avais l'espoir de m'éviter quelques-unes des formalités les plus fastidieuses.

Affentranger l'avait compris sur-le-champ.

— Oui, nos autorités sont devenues beaucoup trop envahissantes, ces derniers temps...

— Quant à nos banques les plus conservatrices, surenchérit Fuchs, leur discrétion n'est plus ce qu'elle était.

Mevlevi écarta les bras comme s'il les invitait à accepter cette triste réalité.

— Je vois que nous sommes tous sur la même longueur d'onde.

— Malheureusement, enchaîna Fuchs, nous sommes tenus de respecter les procédures officielles. Dans notre pays, tout client désireux d'ouvrir un *nouveau* compte de cette nature doit désormais apporter la preuve de son identité. Oh, un passeport suffit amplement.

Alors que Nick s'étonnait de l'accent que le petit chauve avait mis sur le mot *nouveau*, Mevlevi avait vu la perche qu'il lui tendait.

— Un nouveau compte, dites-vous... Oui, dans un tel cas, je

comprends très bien que vous ayez à respecter la législation. Mais il se trouve que je préférerais en trouver un parmi ceux qui existent déjà. Par exemple, un compte enregistré au nom de votre société mais que vous n'utilisez pas régulièrement.

Fuchs jeta un coup d'œil à Affentranger. Les deux hommes scrutèrent le visage de Nick, sur lequel l'inquiétude devait encore se lire. Mais eux durent être satisfaits de ce qu'ils y découvrirent puisque Affentranger répondit, d'abord avec prudence :

— Oui, de tels comptes existent, en effet. Mais ils sont de plus en plus difficiles à obtenir, et donc assez coûteux, je le crains. Avant de nous autoriser à transférer un compte de société à un client, les banques exigent de nous certaines conditions minimales.

— C'est tout naturel, approuva Mevlevi.

Nick, lui, se retenait de demander aux deux comparses d'annoncer leur prix une bonne fois pour toutes.

— Vous souhaiteriez en ouvrir un seul ? s'enquit Fuchs.

— Cinq, en réalité. Évidemment, je puis justifier de mon identité... (Il sortit de sa veste un passeport argentin qu'il posa sur la table.) Mais j'aimerais mieux que tout cela demeure anonyme.

Nick réprima un sourire devant le document bleu marine tout neuf. M. Malvinas, citoyen argentin... « Malvinas », le nom sud-américain des îles Malouines, ou Falklands pour les Anglais qui avaient toujours revendiqué ces territoires... Mevlevi se croyait décidément très malin. Il l'était, certes, et bien informé : ses complices à l'USB l'avaient sans doute prévenu que son compte, le 549 617 RR, avait été repéré par la DEA. Mais il devait être aux abois, aussi : autrement, pour quelle raison aurait-il quitté la sécurité de son fief beyrouthin, risqué une arrestation dans le seul but de régulariser une situation bancaire que n'importe quel acolyte sur place aurait pu reconfigurer en son nom ? Kaiser, Maeder, et même Nick auraient été en mesure de venir à Zoug pour ce faire.

— Est-ce que l'Union suisse bancaire vous paraîtrait adéquate ? interrogea Fuchs.

— Je ne connais pas de meilleur établissement, répliqua Mevlevi, affirmation à laquelle Nick ne put qu'acquiescer d'un hochement de tête.

Saisissant un téléphone, Fuchs demanda à sa secrétaire de lui apporter les formulaires nécessaires. En plusieurs exemplaires.

— Je me propose de déposer quatre millions de dollars sur chaque compte, annonça l'« Argentin ».

Du coin de l'œil, Nick vit que les deux financiers étaient en train de calculer mentalement à quel montant leur commission allait s'élever. En tablant sur un ou deux pour cent, le très respectable Fonds international de placement allait empocher plus de deux cent mille dollars.

— Parfait ! approuvèrent-ils tous deux à l'unisson.

Alors que M. Malvinas sirotait son café et que le duo remplissait les papiers, Nick s'excusa et quitta la pièce. Il se dirigeait vers les toilettes, au fond du couloir, lorsqu'il sentit qu'on le suivait. C'était Affentranger.

— Un sacré gros morceau, ce type, hein ? lui glissa-t-il.

— On dirait, oui, répondit Nick avec un sourire.

— Vous êtes nouveau, à la banque ?

— Oui.

— D'habitude, c'est Maeder que Kaiser nous envoie. Je ne l'apprécie pas trop, celui-là. Il s'accroche trop fort... là ! (Affentranger donna une tape sonore sur son postérieur bien rembourré.) Vous me suivez ?

— Ah, en effet...

— Et vous ? Ça va ?

À quoi faisait-il allusion ? À la commission que Nick allait lui aussi recevoir, dans son esprit ?

— Très bien.

Affentranger parut surpris.

— Eh bien, c'est parfait. Et puis, dites, si vous en avez encore d'autres comme ça, vous nous les envoyez, hein ?

Dans la salle de réunion, Mevlevi s'était assis à côté de Fuchs et l'aidait à remplir les formulaires, ou plutôt à ne pas les remplir. La case du nom et de l'adresse demeura vide. Toute la correspondance relative aux comptes devait être envoyée au siège central de l'Union suisse bancaire, à Zurich. La seule information précise qui lui fut demandée, ce fut les deux codes d'identification qu'il désirait utiliser. Il les donna volontiers : Ciragan pour l'un, 121 136 pour l'autre, soit les chiffres de sa propre date de naissance, le 12 novembre 1936. Il fallait aussi laisser un exemplaire de sa signature, exercice auquel il se prêta aimablement, laissant une sorte de courbe sinusoïdale au bas de la page. Avec force sourires et poignées de main, l'entrevue arriva à sa conclusion.

Nick et son client gardèrent le silence dans l'ascenseur qui les reconduisait en bas. Un rictus satisfait se lisait sur les lèvres de Mevlevi. Il y a de quoi, se dit Nick. Il vient d'obtenir cinq comptes numérotés à l'insu de tous, qu'il peut utiliser à sa guise. Le Pacha est de nouveau en selle ! »

Ce n'est que dans la Mercedes, déjà sur la route de Zurich, que le Pacha finit par desserrer les dents.

– Monsieur Neumann ? Je vais avoir besoin des services de votre banque. J'ai un peu de liquide sur moi, qu'il faudrait passer au compteur de billets.

– Sans problème. Quelle somme, en gros ?

– Vingt millions de dollars, annonça froidement Mevlevi, le regard perdu sur le triste paysage qui défilait derrière la vitre. Pourquoi croyez-vous que ces fichues valises sont si lourdes ?

45

À cinquante mètres de l'entrée du personnel au siège de l'USB, ce même matin à onze heures trente, Sterling Thorne prit sa garde sous le porche d'une église abandonnée, une bâtisse de béton tout en angles droits qui faisait plus penser à un local industriel qu'à un lieu de culte. Il attendait Nick Neumann.

Durant ces dernières vingt-quatre heures, ses idées à propos du jeune Américain avaient radicalement changé. Plus il y réfléchissait, en fait, plus il était persuadé que Neumann avait basculé de son côté. Au bord du lac, ce qu'il avait surpris dans ses yeux ne laissait pas l'ombre d'un doute : le garçon était prêt à rejoindre la croisade anti-Mevlevi. Il devrait lui parler de Becker un de ces jours, évidemment. Ce ne serait pas long, d'ailleurs.

Si Thorne avait approché Martin Becker à la mi-décembre, c'était pour deux raisons : parce qu'il était employé à la direction dont dépendait le compte de Mevlevi – les documents interceptés par les services de l'armée américaine portaient le code d'identification, FKB 4 –, et parce qu'il avait l'air de l'humble gratte-papier dont les scrupules moraux sont encore intacts. Il souriait souvent, avait remarqué Thorne, et ce genre de caractères étaient selon lui enclins à embrasser de grandes causes. Becker, en effet, s'était aussitôt montré prêt à collaborer, affirmant qu'il y pensait depuis déjà longtemps. Il avait promis de sortir, dans la mesure de ses moyens, toutes les preuves attestant que l'USB aidait Mevlevi à blanchir son argent. Une semaine plus tard, il était retrouvé mort, la gorge tranchée d'une oreille à l'autre et sans le moindre papier qui puisse aider la DEA dans son enquête. Oui, il le raconterait à

Neumann, mais en temps voulu : inutile de décourager les bonnes volontés.

Quelques employés commençaient à quitter le siège de la banque, isolés ou par petits groupes. Des secrétaires, essentiellement. Thorne ne quittait pas le perron des yeux, guettant son dernier espoir. Quelque part, en mer, le Jongleur voguait avec toute une cargaison d'héroïne destinée au marché helvétique : c'était déjà extraordinaire, mais la coopération de Neumann était indispensable s'il voulait aussi établir la complicité de l'USB avec le trafiquant. Il revit Wolfgang Kaiser lui mentir effrontément : « Alfie Merlani ? » Il méritait qu'on lui botte sérieusement le train, cet enfoiré... D'un coup, l'agent de la DEA se rendit compte qu'il voulait autant la peau de Kaiser que celle de Mevlevi. Et cette découverte le mit de très bonne humeur.

Son guet s'éternisait depuis vingt minutes lorsque le téléphone cellulaire qu'il portait à la ceinture se mit à sonner, le tirant brutalement de ses pensées. Tout en se battant avec les boutons de sa veste en cuir, il pria pour que ce soit le Jongleur. « Allez, vieux, débrouille-toi pour m'avoir trouvé ! » Il dégagea le combiné de son étui et appuya sur la touche OK.

— Thorne ! hurla Terry Strait sans préambule. Tu vas revenir au bureau, et tout de suite ! Tu as pris des documents qui sont la propriété de l'État ! Les dossiers concernant une opération en cours ne doivent jamais, je répète, jamais quitter l'endroit où ils sont conservés en sécurité. Et tu le...

Il écouta l'homélie du révérend quelques secondes encore avant de couper. Une vraie teigne, celui-là !

Le même bip, à nouveau. Thorne contempla le petit bloc de plastique dans sa main. À quoi bon répondre encore ? « Continue à rêver, Terry ! Tu ne me voulais pas dans tes pattes, je suis loin. Mais dans quelques jours, plus tôt que tu ne le penses, je vais mettre la main sur un bateau de came de première qualité, tout seul, comme un grand, et je vais coincer le Pacha pour de bon. Vent d'est sera un succès comme aucun d'entre nous n'aurait osé l'imaginer. Tu vas encore entendre parler de moi, et je ne te ferai pas de cadeaux, crois-moi ! »

Le téléphone sonnait encore. « Pas normal, s'étonna Thorne en son for intérieur. Si c'était Strait, il aurait déjà laissé tomber. »

— Allô, oui ?

— Thorne ? Ici le Jongleur. Je suis à Milan. Dans un appart des Makdissi.

Il ne fut pas loin de se signer et de tomber à genoux.

– Ah, ça fait tellement plaisir de t'entendre ! Tu peux parler ? Tu as un peu de temps ?

– Oui, un peu.

– Géant ! Bon, tu as des infos pour moi ?

– On va entrer en Suisse par Chiasso. Lundi matin, entre neuf heures et demie, et dix heures et demie. La dernière file à droite. On aura un semi immatriculé en Angleterre, avec la plaque « TIR » devant. Bâché gris. Un douanier est dans le coup. On doit passer sans problème.

– Oui, continue.

– Ensuite, on va à Zurich, je pense. Ce sont des potes aux Makdissi qui conduiront. On doit aller à leur point de livraison habituel, près d'un coin qui s'appelle Hardturm. Un stade de football, si j'ai bien compris. Mais l'ambiance est bizarre, ici. Tout le monde me regarde d'un drôle d'air. Avec des sourires de faux jeton. Je vous l'ai dit, je suis là uniquement parce que Mevlevi soupçonne les Makdissi de ne pas jouer franc jeu. C'est une trop grosse cargaison pour ne pas avoir l'œil dessus. Une tonne, facile. Il veut à tout prix que ça réussisse, et je...

– Ça serait super qu'on l'arraisonne, l'interrompit Thorne, mais le principal, c'est de pouvoir mouiller Mevlevi dedans. Autrement, dans quinze jours il en expédiera deux fois plus ! Un bahut de contrebande, c'est bien, mais sans le gars qui est derrière ça ne vaut rien. Il me faut la balle et le flingue qui l'a tirée, tu comprends ? Les Makdissi, je m'en branle.

– Je sais, je sais, mais comme il est...

Un brouillard d'interférences rendit la voix du Jongleur inaudible.

– Hein, qu'est-ce que tu dis ? C'est de Mevlevi que tu parles ? Tu m'entends, Joe ?

La ligne redevint normale.

– ... donc, je répète, on n'aura pas une meilleure occasion. Il ne faut surtout pas rater ce coup-là.

– Parle plus fort ! Je n'ai pas tout entendu.

Le Jongleur soupira. Il semblait à bout de souffle.

– J'ai dit qu'il était en Suisse !

– Qui ?

– Mais lui, Mevlevi !

Thorne eut l'impression d'avoir reçu un direct au ventre.

– Quoi ? Ali Mevlevi se trouve en Suisse ? C'est ce que tu es en train de me dire ?

– Oui, depuis ce matin. Il a appelé là où j'habite pour voir si tout était en ordre. Il m'a juré que si tout se passait bien il me ferait construire une maison sur sa base. Il est tout excité à propos de jeudi, de la réunion qu'il doit y avoir à cette banque dont je vous ai parlé des dizaines de fois. Il est là-dedans jusqu'au cou.

– OK, OK, vieux ! s'écria Thorne d'une voix suppliante. Mais il m'en faut plus. Son armée, quoi de neuf ?

– Il y a une opération prévue. *Khamsin.* Ça commence demain à quatre heures du matin. Il n'a rien dit sur l'objectif, mais je sais qu'ils partent au sud, vers la frontière. Il a six cents fanatiques gonflés à bloc. Pour quoi, je l'ignore, mais ça paraît gros.

– Samedi, quatre heures, répéta Thorne. Et pas d'objectif, tu dis ?

– Il a simplement parlé de marcher vers le sud. À vous d'imaginer...

– Bordel ! siffla Thorne.

Au pire moment ! Qu'allait-il faire de cette information, maintenant qu'il était *persona non grata* pour tous ces cons ? Il pouvait seulement essayer de la refiler à un de ses potes, à Langley. Lui donner un coup de fil, ou lui envoyer un fax, peut-être. Il ne lui restait qu'à lui confier le bébé et à prier. Et à espérer que six cents hommes armés jusqu'aux dents ne passent pas inaperçus dans un Sud-Liban où les convois militaires étaient la routine... Mais pour l'heure, il fallait régler ce qui était à sa portée.

– Super-boulot, vraiment. Mais bon, j'ai besoin de quelque chose pour le coincer la main dans le sac.

– Gardez l'œil sur la banque. Il va probablement y passer, à un moment ou un autre. Je vous ai raconté que Kaiser et lui étaient de vieilles, vieilles connaissances...

Les yeux fixés sur une Mercedes qui venait de s'arrêter devant le portail central de l'USB, Thorne répondit que c'était impossible, que Mevlevi savait trop bien que les Américains étaient après lui.

– Tu ne crois quand même pas qu'il aurait les couilles de venir se balader sous mon nez ?

– C'est votre problème. En tout cas, il faut que vous me teniez au courant de ce que vous allez faire. Je n'ai pas envie d'être encore avec cette bande quand ça va péter. Je n'aurais pas le temps de dire ouf, moi !

– Tu fais gaffe et tu me laisses organiser quelque chose, d'accord ? Il faut qu'on mette sur pied un comité d'accueil, par ici !

– Bon, mais faites vite ! Je ne peux pas vous appeler toutes les heures, moi. À la limite, j'aurai encore une seule occasion avant qu'on se mette en route.

Le portail automatique s'était ouvert, laissant la limousine avancer dans la cour de la banque.

– Pas de panique, Joe. Laisse-moi jusqu'à dimanche et je te promets une réception grandiose. On te tirera du feu sans une seule brûlure, garanti. Il faut que je trouve un moyen de choper ce chargement sans permettre à Mevlevi de prendre la tangente. Tu m'appelles après-demain, donc.

– Compris, compris. On y va comme ça, puisque ce n'est pas autrement...

Sur cette remarque fataliste, le Jongleur raccrocha.

« Tiens le coup, vieux, murmura Thorne à l'attention de son interlocuteur disparu. Encore un tout petit peu... »

À l'intérieur de l'enceinte de l'USB, les feux d'arrêt de la Mercedes s'étaient allumés. Le regard de Thorne s'attarda sur la porte arrière gauche qui venait de s'ouvrir. Une tête en émergea. L'épais portail métallique commençait à se refermer lentement en coulissant sur son rail.

« Kaiser et lui sont de vieilles connaissances, avait dit le Jongleur. Gardez l'œil sur la banque. »

Le chauffeur, qui avait déjà quitté la voiture, rajustait sa casquette en attendant que son passager soit sorti pour refermer la portière derrière lui. Une chevelure sombre... L'écran du portail lui bouchant la vue, Thorne se pencha de côté. Des mocassins impeccablement cirés s'étaient posés sur le sol. L'homme allait se tourner dans sa direction pour s'extraire de la limousine.

« Juste une seconde de plus ! » pria-t-il silencieusement.

Avec un bruit sourd, le portail se referma hermétiquement.

Piqué par la curiosité, Thorne trotta jusqu'à l'entrée. Un éclat de rire lui parvint à travers la muraille de fer. Quelqu'un en train de dire, en anglais : « Hé, cela faisait des siècles que je n'étais pas venu ! Laissez-moi jeter un coup d'œil. » Drôle d'accent. Italien, peut-être ? Il resta debout sur le trottoir, son cerveau travaillant à plein régime. « Et si... ? » Un sourire apparut sur ses traits. Il tourna les talons. Impossible. Impensable. Il ne s'était jamais fié aux coïncidences. Le monde était petit, d'accord, mais pas à ce point.

46

– C'est en pensant à vous que je l'avais achetée, Wolfgang, lança Ali Mevlevi alors qu'il entrait dans le bureau du président de l'USB, le doigt tendu vers la mosaïque qui avait tant fasciné Nick la première fois qu'il l'avait vue. Hélas, je n'ai pas la chance de la contempler bien souvent...

Kaiser se tenait déjà devant la porte de son ascenseur privé, tout sourire, la prévenance faite homme.

– Il faut que vous vous arrangiez pour venir plus fréquemment. Ce Sarrasin vous attend depuis votre dernière visite. Combien, trois ans ?

– Quatre, presque ! (Il saisit la main que Kaiser lui tendait, puis l'attira contre lui pour lui donner l'accolade.) Les voyages sont de plus en plus compliqués, maintenant...

– Plus pour longtemps. Je suis heureux de vous annoncer que j'ai obtenu un rendez-vous avec l'un de mes amis, lundi matin. Quelqu'un de très bien placé en ce qui concerne les problèmes de naturalisation.

– Un fonctionnaire ?

Kaiser haussa imperceptiblement les épaules, comme pour signifier que cela allait de soi.

– Encore un qui n'arrivera jamais à se contenter de son salaire, disons.

– Ah, que voulez-vous !

– Malheureusement, ce garçon habite dans le Tessin. À Lugano. Neumann n'a pu obtenir un rendez-vous que pour dix heures du matin. Cela fera tôt, avec la route...

– Vous m'accompagnerez, monsieur Neumann ?

Nick acquiesça, précisant qu'ils devraient quitter Zurich à sept heures.

Il venait juste de superviser le décompte des coupures apportées par Mevlevi. Vingt millions de dollars : deux heures et demie durant, il était resté dans une pièce exiguë au deuxième sous-sol, aidant à rompre les bagues de papier qui entouraient les billets de cent dollars et les tendant à l'employé poupin qui officiait au compteur automatique. Au début, il avait été pris de vertige devant tant d'argent, mais à mesure que le temps passait et que l'encre du Trésor public américain lui imprégnait les doigts, cette sensation avait laissé place à un profond ennui, puis à la colère. Il était plus que las de cette mascarade.

Mevlevi avait tout surveillé jusqu'au bout, impassible. « C'est drôle, avait pensé Nick, les seuls à ne pas faire entièrement confiance aux banques helvétiques sont les escrocs qui emploient leurs services ! »

Kaiser s'installa à sa place favorite, sous son Renoir.

— Si un passeport suisse est assez convaincant pour protéger un Marc Rich de l'ire du gouvernement américain, je suis certain qu'il en sera de même pour vous.

Mevlevi s'installa sur le canapé, non sans rajuster avec soin les plis de son pantalon.

— Là, je suis obligé de vous croire sur parole.

— Depuis qu'il est domicilié à Zoug, Rich n'a plus été inquiété par les Américains, insista Kaiser.

Avant d'encourir les foudres de la justice américaine, Marc Rich avait été à la tête de la plus grosse société d'import-export au monde, Phillipp Brothers. En 1980, incapable de résister aux prix du pétrole que les fondamentalistes récemment arrivés au pouvoir en Iran proposaient sur le second marché, il en avait acheté des quantités gigantesques sans tenir compte de l'embargo que les États-Unis avaient décrété contre l'ayatollah Khomeyni, puis il les avait revendues aux clients habituellement friands de ce genre d'aubaines, à un dollar le baril de moins que le plancher fixé par l'OPEC. L'opération avait été plus que juteuse, mais les inspecteurs américains eurent tôt fait de retrouver la trace de ces ventes à New York, puis aux bureaux d'un certain Marc Rich. Ses avocats réussirent à contenir l'offensive administrative pendant deux ans. Pour éviter la prison, Rich payait jusqu'à cinquante mille dollars par jour, mais le dossier contre lui était en béton et il devint évident que le milliardaire allait finir derrière les barreaux si l'instruction judiciaire parvenait à sa conclusion. La discrétion – et dans ce cas l'instinct de conservation – étant la substance même du courage, Rich se réfugia en Suisse, qu'aucun accord d'extradition pour délit fiscal ne liait aux USA. Il installa le siège de sa nouvelle société dans le canton de Zoug, recruta une douzaine de collaborateurs sur place, plaça à son conseil d'administration quelques notabilités locales, dispensa de généreuses donations à la communauté... Peu de temps après, il obtenait la citoyenneté helvétique.

Kaiser remontra à Mevlevi qu'il se trouvait à peu près dans la même situation. Pour tenter d'obtenir le gel de ses avoirs, Sterling Thorne invoquait la toute récente législation suisse qui interdisait désormais, du moins théoriquement, le recyclage de l'argent sale. Mais aucun procureur helvétique ne prendrait pareille mesure à l'encontre d'un concitoyen fortuné, sur la seule base d'accusations portées par une agence étrangère, si bien informée soit-elle. Avant tout, le suspect devrait être jugé et condamné. Il serait certainement autorisé à faire appel. Bref, la détention d'un passeport suisse lui garantissait à coup sûr que la DEA n'arriverait pas à obtenir un mandat lui permettant de bloquer son compte. Dans une semaine, Sterling Thorne appartiendrait au passé.

– Et nos autres petits tracas ? objecta Mevlevi. Ce casse-pieds qui risquait de nous mettre dans de sales draps ?

– La question est réglée, affirma Kaiser en surveillant Nick du coin de l'œil.

– Tant mieux, tant mieux ! souffla Mevlevi, rassuré. Ce voyage m'a déjà libéré d'un tas de soucis, je vois. On continue, alors ? Vous avez un moment pour que nous regardions un peu mon compte ?

– Certainement ! (Il se tourna vers son adjoint.) Nicholas, vous voulez bien courir à la DZ et prendre la correspondance adressée à M. Mevlevi ? Je suis sûr qu'il va vouloir l'emporter avec lui. (Il composa un numéro de poste à quatre chiffres sur le téléphone posé près de lui.) Karl ? Je vous envoie M. Neumann, il va vous demander le dossier du compte 549 617 RR. Oui, je sais qu'il est interdit de sortir ce genre d'archives de chez vous. Mais pour une fois, vous me ferez une petite faveur, n'est-ce pas, Karl ? Hein ? Comment ? La deuxième en une semaine ? Vraiment ?

Il s'interrompit, fixant son regard sur Nick. Le jeune homme devinait qu'il était en train de se demander ce qui s'était passé à la DZ, cette « première fois »... Mais l'heure n'était pas à bayer aux corneilles. Après une seconde à peine, Kaiser enchaîna :

– Merci, c'est très gentil à vous. Il s'appelle Neumann, Karl. Son visage risque de vous paraître familier. Si vous le reconnaissez, appelez-moi.

Nick n'était pas loin de paniquer. Évidemment, il s'était attendu à ce que Mevlevi exprime le désir de consulter son dossier. Et il avait pris soin de ramener à la banque toutes les lettres qu'il avait dérobées à la DZ trois jours plus tôt. Mais il les avait bêtement laissées dans son bureau, fixées avec du scotch dans le fond de l'un de ses tiroirs. L'occasion se présentait maintenant de les remettre en place avant que le Pacha ne découvre les enveloppes vides. Mais pour cela il devrait passer par son bureau, et c'était ce qui l'inquiétait.

Car il lui faudrait alors quitter le périmètre du Nid de l'Empereur avec le fameux dossier en main, ce qui pourrait attirer l'attention de Rita Sutter ou, pis encore, celle d'Ott, de Maeder, ou de n'importe quel habitué de l'antichambre présidentielle... Et ce n'était pas son unique sujet de préoccupation. Dans sa conversation avec le chef de la DZ, Kaiser avait cité son nom deux fois et lui avait demandé de s'intéresser à sa physionomie. Or, trois jours auparavant, Nick s'était fait passer pour Peter Sprecher devant lui. Comment ce vieux fouineur allait-il réagir ?

En attendant l'ascenseur, il maudit l'impasse dans laquelle il risquait de se retrouver. Si le Pacha découvrait le pot aux roses, il serait démasqué en quelques secondes. Et après ? Au mieux, il serait mis à la porte sur-le-champ. Au pire ? Il préférait ne pas y penser.

Sa seule planche de salut était la rapidité. Il fallait se précipiter à la DZ, attraper le dossier à la volée, remonter en trombe au quatrième, passer comme une flèche devant le territoire du président et remettre en place les lettres volées. C'était un défi qui aurait plutôt convenu à un Carl Lewis...

Arrivé au rez-de-chaussée, Nick se rendit en hâte à la DZ, dont il ouvrit la porte près avoir repris sa respiration. Il fonça au comptoir.

– Je viens prendre le dossier du compte 549 617 RR, pour Herr Kaiser.

Impressionné par son ton catégorique, Karl saisit le gros classeur qu'il avait déjà préparé et le lui tendit d'un seul geste. Le jeune homme avait tourné les talons et partait déjà à grands pas lorsque le cerbère cria dans son dos :

– Attendez ! Le président m'a demandé si je vous reconnaîtrais. Donnez-moi une minute !

Nick lui présenta son profil, à contrecœur.

– Pardon, mais nous sommes très occupés. Herr Kaiser a besoin de ce dossier immédiatement.

Sur ces mots, il s'éclipsa. Sa visite aux archives avait duré à peine quinze secondes.

Il se rua dans l'escalier, qu'il grimpa quatre à quatre, le classeur sous son bras gauche, sa main droite agrippant la rampe. Très vite, cependant, il dut ralentir son allure. Son genou déclarait forfait. S'efforçant d'oublier la douleur, et surtout de ne pas boiter, il marqua une pause sur le palier du quatrième. Et maintenant ? Il était hors de question de remettre le classeur à Ali Mevlevi tant qu'il n'aurait pas procédé à la substitution. Il n'osait même pas imaginer la réaction du Pacha lorsqu'il découvrirait des feuilles blanches dans les enveloppes qui lui étaient destinées. C'était impensable. Et pourtant, c'était ce qui risquait d'arriver dans moins d'une minute.

Il ouvrit la porte de communication, se jeta dans le couloir... et se cogna de plein fouet à Rudolf Ott.

– E... excusez-moi, bredouilla le vice-président, abasourdi.

– Il faut que je voie Herr Kaiser d'urgence ! s'exclama-t-il sans réfléchir.

Dans cette position, il lui était impossible de déduire la direction dans laquelle marchait Ott. S'il se rendait chez Rita Sutter, Nick n'aurait d'autre choix que de lui emboîter le pas. Le petit homme clignait des yeux affolés derrière ses verres épais.

– Mais je pensais que vous étiez avec lui ! Bon, qu'est-ce que vous attendez, alors ? Courez !

Nick reprit sa marche, un peu soulagé. La grande porte de l'antichambre présidentielle était tout près, maintenant. Ses deux battants était ouverts. La secrétaire devait être assise à sa table, guettant son retour. À moins de sprinter carrément en passant, elle ne pouvait que le voir. Il rentra la tête dans les épaules et décida de continuer sa route vaille que vaille, même si on le hélait. Son bureau était au bout du couloir, à gauche. En quinze, vingt secondes, il aurait le temps de replacer les lettres.

Malgré son genou douloureux, il se força à adopter un pas égal.

Il passa l'obstacle sans tourner la tête, notant seulement dans sa vision périphérique que le Nid de l'Empereur lui-même était fermé, avec la lumière rouge allumée au-dessus de la porte. Ne pas déranger. Sous aucun prétexte !

Il crut aussi voir que Rita Sutter était en train de parler avec quelqu'un, mais peu lui importait. Encore quelques pas et il serait hors de vue... En tournant au coin du couloir, il se redressa et soupira d'aise. Quelle frayeur pour rien !

— Neumann !

Nick continua à avancer. S'il le fallait, il s'enfermerait dans son bureau.

— Bon Dieu, je vous appelle, Neumann ! Arrêtez tout de suite !

Il ralentit, hésita. C'était la voix d'Armin Schweitzer. Celui-ci arriva bientôt à sa hauteur, hors d'haleine.

— Bon sang, vous êtes sourd ou quoi, mon garçon ?

Nick lui fit face.

— Le président m'attend. Je dois aller chercher des documents chez moi.

— N'iimporte quoi ! siffla Schweitzer. Rita m'a dit où vous étiez allé. Je vois que vous avez trouvé ce qu'on vous a demandé. Maintenant, vous revenez tout de suite ! Vous vouliez passer un coup de fil à une de vos petites amies, c'est ça ? Organiser votre vendredi soir, hein ? Il est exclu de faire attendre le président. Ce que vous vouliez fabriquer dans votre bureau peut attendre !

Le regard de Nick glissa vers sa porte, puis revint sur Schweitzer qui tendait déjà le bras vers lui, prêt à l'escorter de force chez Kaiser. Entre Mevlevi et le gros bureaucrate, il n'y avait pas à hésiter.

— Je vous ai dit que je devais prendre quelque chose ! Je serai de retour dans une minute.

Schweitzer fut désarçonné par la fermeté du jeune homme. Il fit encore un pas vers lui, puis s'arrêta.

— Comme vous voudrez. En tout cas, j'en informerai le président plus tard, comptez sur moi.

Nick lui tourna le dos et se précipita dans son bureau, dont il verrouilla la porte derrière lui avant d'aller à sa table. Ouvrant le tiroir du haut, il passa sa main dessous. Rien. S'était-il trompé de tiroir, alors ? Il les essaya tous, certain pourtant d'avoir scotché les lettres sous le premier. Rien. Quelqu'un avait trouvé cette preuve accablante et s'en était emparé.

En revenant dans l'antichambre, il trouva Rita Sutter occupée au téléphone.

– Je suis désolée, Karl, mais je ne peux pas déranger le président... (Coupant la communication, elle fit signe à Nick d'approcher.) C'était Karl. Il me demandait si M. Sprecher venait de descendre à la DZ à votre place.

Il grimaça un faible sourire. Et lui qui croyait s'en être bien tiré...

– Ah oui ?

– Je ne sais pas comment il a pu vous confondre tous les deux. Vous ne vous ressemblez pas du tout. Pauvre Karl ! Cela fait de la peine, de le voir vieillir comme ça. C'est ce qui nous arrivera bientôt, à nous aussi... (Elle pianota sur les touches de son interphone.) M. Neumann est de retour.

– Envoyez-le ! rugit Kaiser, si fort que Nick l'entendit de sa place.

Il pensait qu'elle allait lui parler de la bévue commise par Karl mais elle raccrocha et lui désigna du menton la porte du bureau.

En pénétrant dans le Nid de l'Empereur, Nick fut à nouveau saisi par la majesté des lieux. La lourde table d'acajou s'étendait comme un autel devant la fenêtre cintrée. Il regarda à travers les vitres. En bas, les trams se suivaient, les piétons se pressaient sur les trottoirs. Un grand drapeau carré, portant l'écusson bleu et blanc de Zurich, flottait au-dessus de la rue. Il ne l'avait encore jamais remarqué. En l'examinant mieux, il fut soudain frappé par une révélation : il connaissait cette vue depuis longtemps, très longtemps. Elle faisait partie de ses souvenirs de la dernière visite de son père au siège de l'USB, dix-sept ans auparavant. Il s'imagina enfant, le nez collé à la fenêtre, émerveillé par le spectacle de la rue. Il était entré chez Kaiser quand il n'avait que dix ans...

Toujours installés sur le canapé, les deux hommes ne prêtèrent pas attention à l'arrivée hésitante de Nick.

– Comment ont marché mes investissements, dernièrement ? était en train d'interroger le Pacha.

– Plutôt bien ! À la clôture hier soir, vous aviez fait du vingt-sept pour cent depuis dix mois.

Nick se demanda dans quoi Kaiser avait pu placer l'argent de Mevlevi.

– Oui... Et si la Banque Adler entre dans votre CA ?

– Nous ne le permettrons pas.

397

– Ils ne sont pas loin, quand même...

Kaiser venait seulement de remarquer le retour du jeune homme.

– Quel est le dernier décompte, Neumann ? Venez, asseyez-vous. Et passez-moi ce dossier !

Nick s'exécuta à contrecœur.

– La Banque Adler plafonne à trente et un pour cent des voix. Cinquante-deux pour nous. Le reste est encore flottant.

– Et moi, je contrôle combien de votes ? voulut savoir Mevlevi.

Il désignait du doigt le classeur que Kaiser avait posé sur ses genoux.

– Exactement deux pour cent, annonça le président de l'USB.

– Mais pas n'importe quels deux pour cent ! Ah, je comprends maintenant pourquoi vous avez tellement besoin de ce prêt !

– Un placement garanti, disons.

– Prêt, placement, appelez ça comme vous voudrez ! Vos conditions tiennent-elles toujours ? Dix pour cent net sur quatre-vingt-dix jours ?

– Pour la totalité des deux cents millions, oui. L'offre n'a pas changé.

Devant ce taux usuraire que son chef acceptait de si bon cœur, Nick ne put retenir une grimace.

– Et ce prêt servirait à acheter des actions, c'est bien cela ?

– Naturellement ! confirma Kaiser. Cela nous permettra d'arriver à soixante pour cent. De quoi bloquer définitivement Konig.

Mevlevi plissa le front comme s'il avait été jusqu'alors mal informé.

– Attendez ! Mais donc, si l'offensive de la Banque Adler tourne court, le prix de vos actions va dégringoler. J'aurai peut-être les dix pour cent que vous me proposez, mais la valeur de ma part aura souffert, dans l'histoire. Nous sommes sur le point de perdre beaucoup d'argent, vous et moi...

– Temporairement, c'est tout ! Car en même temps nous prenons des mesures drastiques afin d'améliorer nos performances. Quand elles auront été appliquées, nos actions seront cotées encore plus haut qu'elles ne le sont aujourd'hui.

– Ou du moins c'est ce que vous espérez, corrigea Mevlevi.

– Le marché est imprévisible, remarqua Kaiser, mais rarement illogique.

– Je ferais peut-être mieux de vendre les miennes pendant qu'il est temps, médita le Pacha. (Il montra d'un geste son dossier.) Vous permettez ?

Kaiser le lui tendait déjà lorsqu'il arrêta son geste à mi-chemin.

— Si la question du prêt pouvait être réglée cet après-midi, je vous en serais très reconnaissant...

Les yeux sur le classeur, Nick retenait son souffle. En son for intérieur, un chœur de voix contradictoires exigeait de savoir qui avait pu découvrir les documents qu'il avait dissimulés dans son bureau.

— Cet après-midi ? répéta Mevlevi. Impossible. J'ai des affaires urgentes à régler. J'aurai besoin de M. Neumann, d'ailleurs. J'ai peur de ne pas pouvoir vous donner de réponse avant lundi matin. Maintenant, j'aimerais pouvoir feuilleter un peu mes papiers. Mon courrier, notamment.

Tandis que Kaiser lui passait le classeur, Nick baissa les yeux au sol, la main sur sa tempe. Il entendait distinctement le battement de son cœur, qui contre toute attente restait modéré. Le sort en était jeté.

À peine avait-il ouvert la chemise que Mevlevi tomba sur une des enveloppes factices. Il la retourna, glissa un ongle sous le rabat et l'ouvrit d'un coup sec. Nick était fasciné. Puis il ferma les yeux, écoutant le bruit du papier déchiré. Il ne remarqua donc la présence de Rita Sutter que lorsqu'elle se trouva au milieu de la pièce. Kaiser bondit sur ses pieds, furibond.

— Qu'est-ce que c'est ?

La secrétaire paraissait sous le coup d'une terrible émotion. Son visage était cendreux. Elle tendit une main en avant, comme si elle cherchait un appui où se retenir.

— Mais que se passe-t-il, enfin ? Qu'est-ce qui vous arrive, bon sang ?

Elle recula d'un pas, visiblement heurtée par la brutalité de sa réaction.

— C'est... Marco Cerruti. Il s'est suicidé. La police est là.

Tels deux chevreuils pris dans les phares d'une voiture, Kaiser et Mevlevi restèrent pétrifiés une interminable seconde, échangeant un long regard qui révélait à lui seul leur statut de complices. Soudain, tout repartit en vitesse accélérée. Mevlevi jeta l'enveloppe dans le classeur, le ferma et se leva.

— Bien, une prochaine fois !

Kaiser lui montrait déjà son ascenseur personnel.

— Nous pourrions nous revoir ce soir ?

Mevlevi se dirigea à pas mesurés vers la porte dissimulée dans les lambris.

– Peut-être. Il est possible que je sois occupé ailleurs. Vous venez, Neumann ?

Nick hésita. Une voix intérieure lui enjoignait de ne pas quitter la banque. Cerruti mort, Becker assassiné : la fréquentation du Pacha n'était pas idéale pour l'espérance de vie...

Rita Sutter serra ses bras autour d'elle, comme pour se consoler.

– Je... C'est incompréhensible. Vous nous aviez dit que Marco allait beaucoup mieux !

Ignorant cette femme éplorée, Kaiser se tourna vers Nick :

– Nicholas, accompagnez M. Mevlevi et faites ce qu'il vous dit. Allez !

Le jeune homme se demandait encore ce qu'il devait décider, mais son sens du devoir l'emporta. Il rejoignit le Pacha dans la cabine de l'ascenseur. Alors que la porte coulissante commençait à se refermer, il vit Wolfgang Kaiser s'approcher de Rita Sutter, la prendre paternellement par les épaules et murmurer dans son oreille quelques mots que Nick réussit à saisir.

– Pauvre Marco... Pourquoi a-t-il fait ça ? Je ne l'en aurais jamais cru capable. Est-ce qu'il a laissé un message, au moins ? C'est affreux, affreux...

L'ascenseur se referma.

47

Le quart d'heure qui suivit fut un mirage, une succession d'images brouillées dans lesquelles il surprenait parfois son reflet, comme dans la vitre embuée d'un train lancé à toute allure. Nick serré contre le Pacha dans le petit ascenseur ; Nick montant dans la limousine ; Nick faisant les hochements de tête et les claquements de langue appropriés tandis que Mevlevi entame une première série de lamentations funèbres en l'honneur de Marco Cerruti ; Nick se taisant au lieu de protester quand son invité demande au chauffeur de les conduire au Platzspitz, trop occupé qu'il est à penser au regard échangé par les deux hommes lorsque Rita Sutter leur a annoncé la mort du malheureux banquier, et découvrant qu'il est persuadé de leur complicité dans cette disparition...

Alors que la voiture descendait rapidement la Talackerstrasse, il contempla le paysage urbain dans un état second, ne sortant de sa torpeur qu'au moment où ils passaient devant la gare centrale.

– Le Platzspitz n'est plus accessible. Bouclé. Entrée interdite.

Après s'être garé le long du trottoir, le chauffeur se retourna pour confirmer ses dires.

– C'est vrai ! Le parc est fermé depuis huit ans déjà. Trop d'histoires pénibles...

Ancien paradis des junkies, le Platzspitz avait été en effet longtemps un haut lieu pour tous les paumés d'Europe, au sol jonché de seringues. Une mine d'or pour le Pacha.

– On m'a assuré que nous pourrions y entrer, contra Mevlevi. Attendez quarante minutes. Nous allons juste faire un petit tour.

Il avait déjà quitté la Mercedes. Il alla à une porte percée dans la

401

solide grille de fer forgé qui ceignait le parc. Sa main se posa sur la poignée, qui tourna sans difficulté. Il jeta un coup d'œil à Nick par-dessus son épaule.

– Eh bien, allons !

Nick sortit de la limousine d'un bond. Il avait de mauvais pressentiments. Qu'est-ce que Mevlevi voulait donc faire dans un parc abandonné ? Qui lui avait « assuré » qu'il pourrait y entrer ? Comment avait-il su que cette porte-là, précisément, était ouverte ?

Il le suivit à l'intérieur de l'enceinte, par une allée en gravier qui coupait à travers des triangles d'herbe enneigée. Des pins immenses faisaient une voûte au-dessus d'eux. Au loin se profilaient la tour gothique et les créneaux du Musée national suisse.

– Vous vous êtes décidé, alors ? lança Mevlevi, qui avait ralenti le pas pour l'attendre.

– Le président m'a demandé de vous accompagner, constata Nick d'un ton neutre mais qui, à ses oreilles, n'était pas dénué d'agressivité.

En lui-même, il avait définitivement choisi d'abandonner l'immorale tour d'ivoire de la logique bancaire pour s'engager sur le terrain, autrement risqué, de la loi. S'il ne pouvait pas intervenir directement, du moins serait-il un témoin, une dénonciation vivante des crimes de cet homme malfaisant. Et s'il devait jouer le jeu jusqu'au bout dans ce but, et en payer le prix, il était prêt.

– Demandé ? Ordonné serait plus exact, remarqua le Pacha, qui avait adopté une allure de promenade. Mais enfin, il vous estime beaucoup. Il m'a raconté que votre père avait travaillé à l'USB, lui aussi. Vous suivez sa trace, comme un fils aimant. Mon propre père aurait voulu que j'en fasse autant, mais je n'ai jamais pu me résoudre à devenir un derviche. J'étais trop attiré par ce bas monde...

Nick marchait à ses côtés, écoutant à peine ce qu'il disait. Son esprit était seulement occupé à passer en revue tous les moyens possibles pour mettre fin au règne de Mevlevi.

– C'est important, la famille, continua à philosopher le Pacha. Ainsi, pour ma part, j'en suis venu à considérer Wolfgang comme un frère. Sans mon aide, je doute fort que sa banque aurait connu un développement aussi fulgurant. Et ce n'est pas tant de mon argent que je parle : ce que je lui ai donné, c'est l'envie d'entreprendre, l'étincelle qui permet la réussite. Sans encouragements, c'est étonnant ce qu'un homme pourtant intelligent peut *ne pas* faire. Nous sommes tous capables de grandes actions. C'est la motivation qui nous fait souvent défaut. Vous n'êtes pas de mon avis ?

Réprimant un sourire caustique, Nick se força à approuver, même si sa définition des « grandes actions » n'avait évidemment rien à voir avec celle du Pacha. Comment avait-il donc mis Kaiser sur la voie du succès ? Et que lui réservait-il, maintenant ?

— Le temps est proche où la responsabilité de cet établissement incombera à la nouvelle génération, poursuivit Mevlevi. C'est un réconfort pour moi de savoir qu'elle pèsera certainement en partie sur vos épaules, monsieur Neumann... Je peux vous appeler Nicholas ?

— « Monsieur Neumann » convient très bien.

— Ah, ah... (Il brandit un doigt dans sa direction, comme pour le réprimander gentiment.) Plus suisse que les Suisses eux-mêmes, à ce que je vois ! Excellente tactique. Que je connais bien. Au cours de ma vie d'adulte, j'ai vécu dans différents pays, moi aussi : Thaïlande, Argentine, États-Unis, le Liban maintenant...

— Où, aux États-Unis ?

— Ici et là, répondit plaisamment le Pacha. New York, la Californie... (Brusquement, il accéléra sa marche.) Ah, mes collègues sont arrivés !

Un peu plus loin, sur un banc qui faisait face à la Limmat, leurs traits dissimulés par l'ombre que projetait la ramure épaisse d'un pin, deux hommes emmitouflés étaient assis. L'un était petit et ramassé, l'autre paraissait énorme, carrément obèse.

— Cela ne sera pas long. Si le cœur vous en dit, restez avec moi. Non, je vous le demande, même. Kaiser attend de moi que je vous initie à la pratique commerciale. Disons que vous allez suivre maintenant la première leçon : comment un fournisseur doit entretenir des relations fructueuses avec ses distributeurs.

Nick se prépara à l'épreuve. « Tais-toi et observe, se recommanda-t-il ; et surtout, n'oublie pas un mot de ce qui va se dire. »

— Albert, Gino ! Quel bonheur de vous revoir ! *Salaam aleikoum.*

Tout en leur serrant énergiquement la main, Mevlevi les embrassa chacun trois fois : sur la joue gauche, la droite, puis encore la gauche.

— *Aleikoum salaam*, répondirent-ils tous deux chacun à leur tour.

Albert, le moins corpulent, la dégaine d'un petit comptable blanchi sous le harnais avec sa couronne de cheveux gris filasse et son teint jaunâtre, prit l'initiative :

— Donne-nous d'abord des nouvelles du pays, je t'en prie ! Ce que nous avons entendu est plutôt encourageant.

À ses côtés, Gino, un géant maladroit qui devait peser dans les une tonne et demie, hochait énergiquement la tête ; comme si son compagnon venait de lui arracher les mots de la bouche.

— En gros, oui. Des gratte-ciel qui se construisent partout, une nouvelle autoroute presque terminée... Presque plus de trous d'obus dans la chaussée, mais la circulation est un vrai cauchemar.

— Comme toujours ! lâcha Albert avec un rire forcé. Comme toujours.

— Le point le plus positif, peut-être, c'est la réouverture du Saint-Georges. Encore mieux qu'avant la guerre.

— Il y a des thés dansants ? interrogea Gino d'une voix à peine audible.

— Parle plus fort, voyons ! l'exhorta Albert en levant les yeux vers un public virtuel, là-haut dans le ciel. Plus gros qu'un éléphant, et ça fait à peine le bruit d'une souris !

— Je disais : est-ce qu'il y a toujours des thés dansants, au Saint-Georges ?

— Plus élégants que jamais ! confirma Mevlevi. Tous les jeudis et dimanches après-midi, dans la cour. Avec un quatuor à cordes extraordinaire !

La nouvelle inspira un sourire ravi à Gino.

— Voilà, tu as fait plaisir à mon frère ! constata Albert en posant une main sur l'épaule de Mevlevi.

Il se pencha vers son oreille et lui chuchota quelques mots.

— Oui, bien sûr ! approuva le Pacha qui recula aussitôt d'un pas et poussa légèrement Nick en avant. Voici M. Nicholas Neumann, un nouveau membre de mon équipe. Il s'occupe du financement de nos opérations. Neumann ? Je vous présente Albert et Gino Makdissi, des associés partis du Liban depuis longtemps.

Nick échangea une poignée de main avec chacun d'eux. Il connaissait parfaitement leurs noms : la presse locale parlait souvent d'eux, mais ce n'était pas dans la chronique mondaine...

Albert Makdissi conduisit le petit groupe vers la berge de la rivière.

— Nous avons eu nos collègues à Milan, ce matin. Tout est en ordre. Lundi, à cette heure-ci, le chargement sera arrivé à Zurich.

– Joseph me dit que vos hommes paraissent nerveux. Trop nerveux, il a dit. Pourquoi ?

– Joseph ? s'étonna Albert. Qui est-ce ? Pourquoi as-tu envoyé quelqu'un accompagner ta livraison, cette fois-ci ? Regarde-moi bien, mon ami. On a l'air nerveux ? Pas du tout. On est ravis de te revoir. Depuis tout ce temps... Nerveux ? Non. Surpris ? Oui, mais quelle bonne surprise !

L'expression du Pacha avait perdu toute aménité.

– Pas aussi surpris que moi quand j'ai appris que tu avais recommandé cette délicieuse Lina à Max Rothstein ! Tu savais qu'elle était tout à fait mon genre, hein ? Oh, tu as toujours été un malin, Albert.

Même pour Nick, la tension soudainement apparue entre les deux hommes était palpable.

Albert Makdissi tamponna le coin de ses yeux avec un mouchoir blanc. Ses paupières inférieures étaient affreusement distendues, révélant deux croissants vitreux.

– Qu'est-ce que tu racontes ? Lina ? Je ne connais pas de Lina ! C'est qui, cette fille ?

– Une beauté de Djounié. Une chrétienne. Elle a partagé ma vie, ces neuf derniers mois. Malheureusement, elle est partie, maintenant. D'après ce que j'ai compris, vous vous parliez tous les dimanches...

– C'est absurde ! protesta Albert, rouge de colère. Qui est Lina ? Vraiment, tu me dépasses, là ! Assez de bêtises, d'accord ? Nous avons une livraison qui arrive ! Des affaires à régler !

Sans quitter son frère des yeux, Gino émit un grognement d'approbation.

– Tu as raison, Albert, reconnut Mevlevi en adoptant un ton conciliant. Des affaires très importantes. C'est à cela que nous devons consacrer toutes nos énergies. Les désaccords personnels ? Oublions-les, OK ! Tiens, je suis prêt à te donner l'occasion de racheter tes agissements récents. Je veux que nous reprenions nos relations sur des bases aussi solides qu'auparavant.

– Ah, voilà un vrai gentleman ! remarqua Albert à l'attention de Gino, comme s'ils étaient seul à seul. Il propose de nous rendre quelque chose que nous n'avons pas encore perdu ! (Il eut un ricanement amer.) Vas-y, Mevlevi. On est prêts à entendre encore d'autres conneries.

Le Pacha ignora l'insulte.

– Eh bien, je vous demande un paiement anticipé de quarante millions de dollars pour le chargement qui doit arriver lundi.

Cette somme est à virer sur mon compte de l'Union suisse bancaire avant ce soir.

— Et tu attends de moi que je coure trouver mes banquiers, et que je ne les lâche pas tant que le virement ne sera pas parti ?

— Si nécessaire.

Gino décocha un petit coup de coude à son comparse.

— On pourrait peut-être prendre un moment pour y réfléchir, mon frère ? On l'a, cet argent. Après tout, c'est seulement une affaire de deux ou trois jours...

— C'est ça ! le coupa Albert. Avec des idées pareilles, on se serait déjà retrouvés sur la paille des dizaines de fois ! (Il vint se placer juste devant Mevlevi.) Nous n'accepterons jamais le moindre paiement anticipé. On parle de quarante briques, là ! S'il arrive quoi que ce soit à ce matos, qu'est-ce qu'on fait, nous ? Quand tout sera chez nous, pesé et repesé, la qualité vérifiée, alors on paiera. D'ici là, pas question !

Mevlevi secoua lentement la tête.

— Et moi qui pensais que je pouvais demander un petit service, après toutes ces années ! Moi qui pensais que cela valait la peine de passer l'éponge sur ton indiscrétion. Sur Lina. Cette fleur vénéneuse... (Il haussa les épaules, fataliste.) Est-ce que j'ai le choix, de toute façon ? Dans ce pays, je ne suis en mesure de traiter avec personne d'autre.

Les bras croisés, Albert Makdissi observa longuement le Pacha. Celui-ci paraissait encore espérer pouvoir le faire changer d'avis.

— Alors, c'est ton dernier mot ?

— Absolument.

Mevlevi soutint son regard.

— Le droit de refuser, c'est souvent l'ultime victoire que remporte un homme.

— Eh bien, je refuse.

Le Pacha détourna les yeux, sans fixer quiconque en particulier.

— Quel froid, n'est-ce pas ? remarqua-t-il à l'attention de tout le monde et de personne avant de sortir une paire de gants de conduite et de les enfiler soigneusement.

— Un hiver affreux, approuva Gino Makdissi. On n'avait encore jamais vu un temps pareil. De la neige, de la neige, de la neige... Pas vrai, monsieur Neumann ?

Nick approuva distraitement. Il ne savait pas très bien quelle attitude adopter, mais la phrase de Mevlevi à propos de l' « ultime victoire » lui semblait chargée d'une menace voilée qu'Albert

Makdissi n'avait pas l'air de saisir. Au contraire, ce dernier jeta un coup d'œil sceptique aux mains du Pacha et lança :

– Si tu veux avoir chaud, il te faudrait un peu mieux que ça !

– Oui ? (Mevlevi écarta les doigts devant lui, comme pour mieux admirer ses gants.) Tu dois avoir raison, certainement. Mais je ne les ai pas mis pour me réchauffer...

En moins d'une seconde, il avait tiré un 9 millimètre de sa veste et, saisissant l'aîné des Makdissi par les épaules, l'avait plaqué contre lui. Le canon du revolver profondément enfoncé dans les plis du manteau de sa victime, Mevlevi fit feu à trois reprises. Amorties par le vêtement, les détonations produisirent un bruit qui ressemblait plus à une mauvaise toux qu'à des bulles.

– Lina avait dit que tu avais des yeux comme des huîtres. Bien vu.

Quand Albert Makdissi tomba à terre, ses globes oculaires étaient en effet plus exorbités que jamais. Un filet de sang apparut à la commissure de ses lèvres. Gino s'affala à genoux près de son frère, son visage porcin pétrifié d'horreur. La main qu'il avait passée dans le manteau de son aîné ressortit cramoisie.

Nick ne fit pas un geste. Il n'avait pas prévu un dénouement si rapide. Après tout ce qu'il avait vu et entendu au cours de la journée, ce meurtre de sang-froid le laissait paralysé.

Les traits déformés par la haine, Mevlevi s'approcha du cadavre. Il leva un pied, enfonçant brutalement son talon dans la face sans vie, jusqu'à ce que le cartilage du nez cède et que le sang jaillisse.

– Triple imbécile ! Comment as-tu osé ?

Puis, prenant Nick totalement par surprise, il lui lança l'arme encore fumante.

– Hé, Neumann, attrapez !

Ils se trouvaient à un mètre à peine l'un de l'autre. Sans avoir le temps de dominer ses réflexes, Nick avait attrapé le revolver au vol, posé un doigt sur la détente, et mis en joue le Pacha.

Celui-ci écarta posément les bras.

– À vous de jouer, Nicholas, lança-t-il d'un ton sarcastique. Vous vous sentez dépassé, non ? C'est un peu trop pour vous en quelques heures, hein ? Vous n'êtes plus sûr d'avoir bien fait en choisissant la banque ? Je parie que vous n'auriez jamais cru que ce serait aussi trépidant, pas vrai ? Alors, c'est une chance à saisir, là, tout de suite : ou vous me tuez, ou vous venez avec moi. Pour toujours.

– Vous êtes allé trop loin, Mevlevi. Vous n'auriez pas dû m'entraîner dans votre monde pourri. Vous ne me laissez même pas le choix : vous pensez qu'on peut être témoin de choses pareilles et ne pas réagir ? Qui le pourrait ?

– J'en connais plein, et après avoir vu pire encore ! Bien pire. Vous aussi, vous allez préférer le silence. Ce sera notre secret commun. Notre pacte.

Nick abaissa le canon, visant maintenant le Pacha au cœur. Était-ce là l' « étincelle » qu'il se vantait d'avoir donnée à Wolfgang Kaiser ? L'avoir obligé à assister à l'un de ses forfaits, ou à plusieurs ?

– Vous vous trompez. Il n'y a aucun pacte. Je vous l'ai dit, vous êtes allé trop loin.

– Trop loin ? Cet endroit n'existe pas. J'ai passé ma vie à hanter les recoins les plus noirs de l'âme d'autrui. Croyez-moi, je sais de quoi je parle. Maintenant, rendez-moi cette arme. Nous sommes dans le même camp, après tout.

– Quoi, quel camp ?

– Le camp des bonnes affaires, évidemment ! Marché libre, commerce tous azimuts, profit maximum et juteuses commissions ! Allez, donnez-moi ça, vite fait !

– Non.

Il laissa son doigt caresser le métal poli de la gâchette, goûtant ses promesses de rétribution définitive, de jugement expéditif et sans appel. La crosse était encore chaude, l'odeur de la poudre brûlée chatouillait ses narines. Tout un passé était en train de lui revenir, d'un coup. Raffermissant sa prise sur le revolver, il en vint à sourire : ce serait facile, tellement facile...

Mevlevi, lui, n'en était plus à plaisanter.

– Nicholas, je vous en prie ! Les petits jeux n'ont qu'un temps. Vous avez un cadavre derrière vous, l'arme du crime est couverte de vos empreintes. Vous avez été très impressionnant et, comme je vous l'ai déjà dit, j'apprécie vos qualités. Je vois que vous n'êtes pas commode, vous non plus.

Quoi, Kaiser l'avait-il défié, lui aussi ? Ou faisait-il allusion à quelqu'un d'autre ?

– Je prends ce revolver et vous ne me reverrez plus. Ne comptez pas sur moi lundi. Quant à *ça* (il désigna d'un mouvement de la tête Albert Makdissi sur le sol), je ne peux pas y faire grand-chose. J'essaierai de tout expliquer au mieux.

– Expliquer quoi ? s'écria Gino, qui s'était relevé pour venir se placer à côté de Mevlevi. Que tu as tué mon frère ?

Le Pacha s'était tourné vers lui.

— Je suis vraiment désolé, sincèrement. J'ai agi comme tu l'avais demandé : je lui ai laissé une dernière possibilité de s'excuser.

— Qui ? Albert ? siffla le géant obèse. Il n'a jamais fait d'excuses à personne !

— Alors tout est clair, je le crains, reprit Mevlevi en revenant à Nick : c'est vous qui avez tué Albert Makdissi.

— Oui, renchérit le frère de la victime. Il y a deux témoins. Nous vous avons vu, tous les deux.

Nick laissa échapper un rire bref. Le Pacha avait acheté la parole du deuxième Makdissi. Une idée extrême fusa dans son esprit : il avait déjà la mort d'un homme sur la conscience, alors, merde, pourquoi pas deux ? Ou trois, même ? Il fit un pas vers Mevlevi et leva l'arme, le visant en plein visage, d'où avait disparu son sourire narquois. « Tu as flingué Cerruti, salopard ! pensait-il. Ton partenaire. Tu l'as tué de sang-froid ! Et avant lui, combien de sang tu avais déjà sur les mains ? Becker aussi, c'était toi ? Parce qu'il fouinait un peu trop ? Et maintenant, tu voudrais me faire porter le chapeau de ce meurtre ? »

La fureur réduisait son champ de vision à un étroit corridor au bout duquel montait le désir du dénouement, le désir d'en finir avec la tension qu'irradiait son doigt pressé sur la détente jusqu'à la clavicule. Le besoin de le faire, enfin. De faire du bien.

« Vas-y ! »

— Pensez à votre père, dit Mevlevi comme s'il lisait dans ses pensées.

— C'est ce que je fais.

Et il appuya sur la détente. Il y eut un déclic, métal contre métal. Il tira encore. Le même bruit vide.

Ali Mevlevi exhala un long filet d'air.

— Pas mal, pas mal du tout. Je dois admettre qu'il faut un certain courage pour rester face à une arme, même quand on sait qu'elle est vide. Pendant un moment, j'en ai oublié combien de balles j'avais expédiées à Albert.

Sans un mot, Gino Makdissi exhiba un pistolet muni d'un silencieux qu'il braqua sur Nick. Il jeta un coup d'œil à Mevlevi, attendant ses ordres. Celui-ci leva une main en l'air.

— Attends, c'est moi qui décide... Allez, Nicholas, donnez-le-moi. Doucement. Merci.

Nick laissa son regard dériver sur le cours d'eau en contrebas. La rage qui l'avait assailli quelques secondes plus tôt avait fait long feu. Il avait attendu le sursaut de l'arme dans son poing, la déflagration, le son net de la cartouche vide tombant au sol. Il avait été près de tuer un homme.

Après avoir rangé le pistolet dans sa veste et s'être baissé pour ramasser les trois douilles, Mevlevi s'approcha de Nick et lui murmura :

— Ce matin, je vous ai dit que je voulais vous manifester ma gratitude. Comment vous remercier mieux qu'en vous faisant entrer au sein de ma famille ? Le décès de Cerruti a laissé une place toute chaude...

Nick le regarda sans le voir.

— Je n'appartiendrai jamais à votre... *famille*.

— Mais vous n'avez pas le choix ! Aujourd'hui, je vous ai laissé la vie, non, je vous ai donné la vie. Dorénavant, vous ferez ce que je vous demanderai. Oh, rien de risqué, en tout cas pour l'instant. Je veux simplement que vous continuiez votre travail, pour le moment.

Gino Makdissi se rapprocha à son tour.

— N'oubliez pas, monsieur Neumann : vos empreintes digitales... Je suis peut-être un criminel, mais devant un tribunal ma parole vaudra celle de n'importe qui d'autre ! (Il haussa les épaules, philosophe, rassurant presque, avant de se pencher vers Mevlevi :) Tu peux me laisser à la Banque Schiller ? Si on veut que ce virement soit réglé aujourd'hui, il faut faire vite.

— Oh, pas d'inquiétude, répondit le Pacha en souriant. En matière de virements de dernière minute, M. Neumann s'y connaît mieux que personne. Tous les lundis et jeudis à trois heures, n'est-ce pas, Nicholas ?

48

Accroché à son bureau, Peter Sprecher réussit à se convaincre de compter jusqu'à dix avant d'exploser, tout en priant le Seigneur de ramener au calme le groupe de piailleurs en train de s'agiter non loin de lui. Il était bien obligé entendre Tony Gerber, un trader à face de rat spécialisé dans les options, se vanter d'avoir « verrouillé » les actions de l'USB, ce qui lui garantissait un profit net de deux cent mille francs en trente jours si leur prix ne variait pas de plus de cinq points par rapport à la cotation. « Allez-y, calculez-moi ça en annuel ! vociférait ce maniaque. Ça donne quoi ? Du trois cent quatre-vingts pour cent ! Qui dit mieux ? »

Arrivé à sept, Sprecher décida qu'il n'en pouvait plus : se propulsant sur sa chaise à roulettes, il alla abattre une main excédée sur l'épaule de Hassan Faris, le chef du département trading.

– Je sais que le week-end approche, mais si tu veux continuer ce tapage, emmène ta bande de voleurs un peu plus loin dans la caverne, Ali Baba ! J'ai encore une douzaine de coups de fil à passer et je ne m'entends même pas réfléchir, moi !

– Monsieur Sprecher ! répondit Faris au milieu du brouhaha, avec une déférence théâtrale. Dois-je vous rappeler que vous vous trouvez à l'étage du trading d'une banque qui tire la totalité de ses revenus de l'achat et de la vente de produits financiers ? Si vous avez des problèmes auditifs, je serais heureux de vous offrir une prothèse pour malentendants. Mais d'ici là, mêlez-vous de vos oignons, compris ?

Tout en marmonnant quelque chose à propos de sa propre conception de l'activité bancaire, Sprecher battit en retraite. Faris avait raison, évidemment : dans leur branche, ces requins devaient

411

se maintenir dans un état d'excitation permanente. « Suivre le marché », cela signifiait être sans cesse sur le qui-vive, car à chaque instant, quelque part, quelqu'un était en train de faire de l'argent... Il contempla la grande salle ouverte à tous les vents, ponctuée de sept « corbeilles » hexagonales autour desquelles les employés se pressaient dans la frénésie des ordres de vente et des négociations à terme. Quelqu'un était en train de commander une série de titres en rafale. Derrière lui, Alfons Gruber murmurait fiévreusement dans son micro : « Je sais que Philip Morris dépasse les douze pour cent dans la dernière semaine mais j'ai quand même envie de les brader, ces connards. Je sais qu'ils sont sur le point de se faire condamner. Crois-moi, vends tout ce que tu peux ! »

Sprecher se sentait perdu. Ce monde étrange n'était pas, ne serait jamais le sien. Il avait sous les yeux tout ce qu'il détestait depuis toujours. Être trader, selon lui, constituait une aventure aussi peu reluisante que vouée au court terme. Il n'était aucunement emballé par l'idée de téléphoner du matin au soir à de parfaits inconnus dans le seul but de les forcer à placer leur magot sur la Banque Adler et sur les projets aventuristes de Klaus Konig. Il avait l'impression de déchoir, en jouant ce jeu : de cœur, il restait un banquier formé à l'école de l'USB, et il en serait probablement ainsi jusqu'à sa mort.

Bon gré mal gré, il se remit au travail. Officiellement, il était chargé de rallier à la cause de la Banque Adler les plus gros actionnaires de l'USB. Malgré les listes confidentielles piratées au siège de l'établissement concurrent, la tâche n'avait rien d'aisé : les détenteurs d'actions suisses étaient généralement des personnes guidées par la prudence et le conservatisme, et donc peu enclines à apprécier les méthodes agressivement spectaculaires de Konig. À quelques jours de l'assemblée générale de l'USB, Sprecher était désormais convaincu que le seul moyen de gagner deux sièges à son conseil d'administration était d'acheter des parts sur le marché ouvert, en les payant comptant.

Il n'y avait qu'un seul problème : les réserves de liquidités de la Banque Adler s'étaient épuisées. Afin d'accumuler une quantité d'actions estimée la veille même à 1,4 milliard de francs suisses, Konig avait dangereusement réduit ses disponibilités et pris un risque majeur : s'il ne parvenait pas à obtenir l'ultime un pour cent qui lui conférerait la minorité de blocage, le prix des actions USB s'effondrerait aussitôt et le portefeuille de la Banque Adler en ferait durement les frais.

Sprecher remarqua un grand type qui lui faisait signe à l'autre bout de la salle : George von Graffenried, le bras droit de Konig, la grosse tête du service obligations. Il se levait déjà lorsque von Graffenried, par une mimique expressive, lui demanda de rester à sa place. Quelques instants plus tard, il était accroupi près de la chaise de Sprecher.

– Je viens de recevoir encore une petite surprise de la part de nos amis de l'USB, lui annonça-t-il à voix basse en lui tendant un papier. Regardez-moi ça : un paquet de cent quarante mille actions ! Juste ce malheureux un pour cent qui nous manquait ! Il faut que vous trouviez qui est cette nana et que vous alliez la cuisiner tout de suite. On a besoin de leurs votes !

Sprecher prit la feuille, une photocopie à en-tête de l'Union suisse bancaire, et l'examina soigneusement. « Fonds des veuves et orphelins de Zurich. Contact : Edith Emmenegger. » Il sursauta. Le piège tendu par son ami américain était visiblement en train de marcher à fond. La pression était si forte dans la dernière ligne droite que ni Konig ni von Graffenried ne s'étaient souciés de vérifier l'existence d'une compagnie dont ils n'avaient pourtant jamais entendu parler.

– Je veux une réponse d'ici demain, exigea von Graffenried. Entendu ?

Sprecher abattit le feuillet sur sa table. Un stylo à la main, il relut le court texte en contenant l'éclat de rire qui menaçait. Ah, ces notes manuscrites dans la marge ! Un véritable artiste, ce jeune Nick !

Modèle de discipline, il attrapa son téléphone et composa le numéro indiqué. À la quatrième sonnerie, un répondeur se déclencha. La voix du message enregistré lui rappela vaguement quelqu'un, mais qui ? Après le bip, il laissa un bref message : « Ici M. Peter Sprecher, de la Banque Adler. Nous aimerions vous parler aussi vite que possible, à propos de la prochaine assemblée générale de l'Union suisse bancaire. N'hésitez à me rappeler au numéro que je vais vous laisser. MM. Konig et von Graffenried seront heureux de vous recevoir personnellement afin de vous exposer en détail les projets d'investissements de la Banque Adler et leurs conséquences bénéfiques sur la tenue de votre portefeuille. Nous nous tenons à votre entière disposition. »

– Ah, remarquable ! s'exclama Hassan Faris, qui avait tout écouté de sa place. Ici M. Peter Sprecher ! Envoyez-nous vos épouses et vos filles. Faites-nous confiance : nous nous contenterons d'en faire nos esclaves sexuelles. N'ayez aucune inquiétude !

Sa petite troupe se tenait les côtes.

Sur le panneau de communication devant lui, une lumière s'alluma. Faris pressa le bouton, saisit le combiné. Au bout de quelques secondes, il dispersa ses admirateurs avec des gestes véhéments afin de poursuivre tranquillement la conversation téléphonique. Sprecher, qui avait remarqué son manège, s'approcha silencieusement de lui. C'était à son tour de jouer les indiscrets.

– Un moment, monsieur, je vais prendre note, était en train de dire le trader. Non, sur un ordre d'une telle importance, la moindre erreur est exclue... Oui, monsieur, c'est pour cela que vous m'employez, je comprends... Donc, quarante... quarante millions. Dollars ou francs suisses, monsieur ?... Un instant, je vous prie... Euh, monsieur Konig, d'après ce que je vois, notre réserve de cash est seulement de deux millions de dollars, monsieur... Oui, bien entendu, je peux les retenir pour mardi... Non, nous n'avons pas besoin d'en parler... Comment, monsieur ? Théoriquement, oui, mais il suffit de payer vingt-quatre heures plus tard, voilà tout... Mardi matin, à dix heures ? Oui, sans problème, monsieur... Je répète : un achat de quarante millions de dollars de parts USB, à terme, pour mardi. À verser entièrement sur le compte Ciragan Trading, c'est cela ? (Sprecher fit pivoter sa chaise pour jeter quelques mots sur le papier.) Bien, monsieur, je vous tiendrai au courant avant ce soir... Il faudra peut-être aller voir ce qui se passe après la clôture... Je vous rappelle, oui, monsieur.

– C'est quoi, ça, le compte Ciragan Trading ? lança Sprecher dès que l'autre eut raccroché.

Il préférait saisir le trader à chaud, encore sous le coup de l'appel venu d'en haut. Hassan Faris, qui était penché sur son bloc-notes, releva la tête.

– Hein ? Ah, mais c'est le compte personnel de Konig !

– Vraiment ? Ce n'est pas le nom d'un compte société suisse, ça. Pas de chez nous, du moins.

– En tout cas, c'est celui du principal sponsor de Konig. Je le sais, parce que toutes les actions USB que nous avons raflées sont parties dessus. Nous avons une procuration pour tout le compte. Pratiquement, il est à nous... (Il fronça soudain les sourcils.) Mais pourquoi je te raconte tout ça, moi ? Occupe-toi de tes affaires, merde !

Sprecher l'entendit appeler la corbeille à la Bourse de Zurich pour relayer l'énorme ordre d'achat d'un ton surexcité. Une fois cette transaction réalisée, la barre des trente-trois pour cent serait franchie, Konig entrerait en fanfare au conseil d'administration de l'USB. Ce serait la fin de Kaiser. Et de Nick.

« Ciragan », se répéta-t-il. Ces trois syllabes éveillaient un écho en lui. Oui, *Palais Ciragan* ! Le mot de passe du compte 549 617 RR. Celui du Pacha !

Zurich était une trop petite ville pour laisser place aux coïncidences.

Il prit son téléphone. Parler à Nick, tout de suite. Mais il se souvint de Faris lui répétant qu'il était imprudent d'appeler l'USB depuis son bureau. Il saisit son paquet de cigarettes, sa veste. L'heure du déjeuner n'était pas encore complètement passée. « Allez, Nick, fais pas le con ! murmura-t-il, ne bouge pas de ton bureau dans les dix minutes qui suivent ! »

49

Luttant contre la pente, Nick avançait sur le trottoir que le verglas rendait aussi glissant qu'une savonnette. En temps normal, il aurait pesté contre les éléments, mais ce soir-là il éprouvait une satisfaction morose à peiner ainsi. Tout ce qui pouvait détourner son esprit de ce qu'il venait de vivre était le bienvenu. Trois heures plus tôt seulement, il avait été sur le point de se transformer en meurtrier, délibérément. Et même après-coup, une partie de lui-même regrettait de ne pas avoir commis l'irréparable.

Il fit une pause, s'adossant au tronc d'un arbre dépouillé. Il était heureux de se sentir à bout de souffle. Il ferma les yeux, mais fut aussitôt assailli d'images : les trois détonations étouffées lorsque le Pacha avait abattu Albert Makdissi à bout portant ; son expression méprisante quand Rita Sutter était entrée pour annoncer la mort de Cerruti ; le visage défiguré de Makdissi, ses yeux exorbités et accusateurs... Peu à peu, ses propres traits remplaçaient ceux du Libanais assassiné. Il ne put combattre la nausée qui montait en lui : tombant à genoux, il vomit une traînée de bile qui lui brûla la gorge. L'air lui manquait. Il était devenu un pion entre les mains de Mevlevi. Il avait plongé dans l'enfer.

Après avoir quitté le parc, le Pacha l'avait ramené à la banque. Kaiser était sorti, le Nid de l'Empereur demeurait silencieux. Sur son bureau, Nick avait trouvé quatre messages de Peter Sprecher. Il n'y avait pas répondu. Reto Feller avait appelé pour lui annoncer qu'il s'était occupé de « libérer » les portefeuilles restants et que l'USB contrôlait désormais quarante-huit pour cent des voix, tandis que la Banque Adler stagnait à trente-deux pour cent.

À quatre heures et quart, Pietro, du service des paiements, lui

416

avait téléphoné pour lui signaler qu'un compte numéroté récemment mis en activité (l'un des cinq que Mevlevi avait obtenus à Zoug le matin même, en fait) venait de recevoir un gros virement en provenance de la Banque Schiller : quarante millions de dollars. Obéissant aux instructions que le Pacha lui avait données, Nick avait aussitôt transféré la somme aux divers comptes listés dans le protocole 1. Cette dernière mission achevée, il avait quitté le siège de l'USB.

Il repartit d'un pas plus lent en direction de l'immeuble de Sylvia Schon. Il n'avait pas voulu rentrer chez lui : le petit studio lui faisait l'effet d'une cellule de prison dont Mevlevi serait le geôlier. Arrivé en haut de la colline, il se retourna et laissa ses yeux errer sur les barrières, les haies, les maisons en contrebas. Il cherchait le fantôme qui, il en était certain, l'avait suivi jusqu'ici. L'ombre que le Pacha avait attachée à ses pas et qui devrait l'empêcher de se rendre tout droit à la police, si jamais l'idée lui en venait impromptu...

En arrivant devant l'entrée, il était dans un triste état : gelé, hors d'haleine, perdu. Il consulta sa montre : cinq heures et demie, trop tôt pour qu'elle puisse être déjà chez elle. Néanmoins, il sonna, attendit, essaya encore. Non, elle était encore au travail. Par la porte vitrée, le confort relatif du hall le narguait. À l'intérieur, il aurait eu chaud, au moins ! Il se laissa aller contre le mur, glissa lentement dessus jusqu'à se retrouver assis dans la neige craquante. « Sylvia va arriver, se répétait-il, calme-toi ! » Sa tête tomba sur sa poitrine. Encore quelques minutes et elle serait là...

Quelque part au-delà de l'horizon, la terre tremblait. Le sol s'ouvrit soudain, se soulevant en énormes plaques de béton qui menaçaient d'écraser son corps prostré. Un objet pointu s'enfonçait dans ses côtes. On le secouait par l'épaule. « Lève-toi, Nick ! disait sa mère, tu vas étouffer... »

Il ouvrit les yeux. Sylvia était penchée sur lui, ses mains lui réchauffaient les joues.

– Nick, ça va ? Depuis combien de temps es-tu là ? Mon Dieu, tu es glacé jusqu'aux os !

Incapable de répondre tout de suite, il s'ébroua, se releva péniblement. Son genou droit était devenu une pierre. Il regarda sa montre.

– Presque sept heures... Je m'étais assis à... cinq heures et demie.

Elle le morigéna comme une mère gronderait un petit garçon.

— Rentre tout de suite et prends une douche bouillante ! (Elle lui donna un rapide baiser.) Un vrai bloc de glace. Si tu n'as pas attrapé une pneumonie, tu auras de la chance !

Il la suivit, encore groggy. Remarquant les classeurs jaunis qu'elle portait sous le bras, il bredouilla :

— Alors, tu as pu en trouver d'autres ?

— Eh oui ! répondit Sylvia d'un ton triomphant. Le reste de 78 et 79 au complet ! On a tout le week-end devant nous, pas vrai ?

Nick hocha la tête en souriant. La facilité avec laquelle elle pouvait sortir des documents de la banque continuait à l'éberluer. Il se demanda si c'était elle qui avait informé Kaiser de leur rendez-vous à déjeuner, la veille, mais repoussa ce soupçon. Non, ce devait être Rita Sutter, ou ce fouille-merde de Schweitzer : l'un comme l'autre avaient très bien pu surprendre leur conversation téléphonique. « Sois content d'avoir quelqu'un qui t'aide ! » se recommanda-t-il. Il voulut la remercier de lui avoir procuré ces nouveaux rapports d'activité, mais elle ne lui en laissa pas le temps, l'assaillant déjà de questions : où avait-il disparu toute la journée ? Était-il au courant, pour ce pauvre Cerruti ? Et puisqu'il avait eu l'intention de dîner avec elle, pourquoi ne pas l'avoir appelée ?

Avec un profond soupir, il la suivit docilement dans la salle de bains.

À cinquante mètres de l'immeuble, dissimulé dans un bosquet de pins, le guetteur sortit son cellulaire sans quitter des yeux l'accès aux appartements. Il attendit une douzaine de sonneries avant d'obtenir une réponse.

— Oui ? Où est-il ?

— Avec la femme. Elle vient juste de rentrer chez elle.

— Exactement comme nous le pensions ! (Un rire entendu.) Il n'est pas trop imprévisible, au moins ! Je savais bien qu'il n'irait pas parler à la police. Il a l'air comment ?

— Crevé ! Il s'est endormi devant l'immeuble. Là, dans la neige, pendant plus d'une heure.

— Tu peux rentrer à la maison, lui commanda Ali Mevlevi. C'est un des nôtres, maintenant...

Sous la douche, Nick savourait le picotement brûlant de l'eau sur sa peau. « Encore une heure là-dedans et je redeviendrai un être humain ! » se dit-il en attendant que la chaleur dissipe son abattement. Il devait analyser avec détachement ce dont il avait été témoin. Il avait terriblement envie d'en parler, sans doute afin de pouvoir proclamer son innocence. Mais avec qui ? Il pensa se confier à Sylvia, puis renonça : moins elle en saurait à propos du Pacha, plus elle serait à l'abri des ennuis. Il ne voulait pas l'entraîner dans cette histoire.

Il leva le visage vers le pommeau, laissant le jet puissant masser ses traits fatigués. Brusquement, un souvenir prit forme dans son esprit troublé. Un ou deux mots entendus dans l'après-midi, qui sur le coup lui avaient rappelé les rapports écrits par son père. Il essaya de les reformuler. L'espace d'une seconde, il crut être sur le point de réussir, mais sa mémoire lui fit défaut. Pourtant, il était maintenant persuadé qu'une piste pouvait s'ouvrir devant lui. Et cette découverte l'emplit d'une énergie inattendue.

Il ne toucha presque pas au dîner, escalopes de veau et *Spaetzle*. Il expliqua à Sylvia son manque d'appétit et la manière dont il s'était effondré devant son immeuble par le surmenage : le rythme que lui imposait Kaiser était décidément trop épuisant. Elle accepta ces excuses sans commentaire. Ses pensées, d'ailleurs, étaient surtout occupées par les réactions d'émotion que l'annonce du suicide de Marco Cerruti avait provoquées parmi les cadres de la banque. Personne ne parvenait à croire qu'il ait pu en arriver à une telle extrémité... Nick fit son possible pour avoir l'air de partager son trouble.

— Ce devait être quelqu'un de courageux. Il en faut, du courage, pour se tirer une balle dans la tête.

« Sacrément plus que Cerruti n'en avait », ajouta-t-il par-devers lui.

— Il buvait, affirma Sylvia. Avec de l'alcool dans les veines, on peut faire n'importe quoi.

Un buveur, Cerruti ? De Coca-Cola, au maximum...

— Où tu es allée chercher ça ?

— Quoi, qu'il buvait ? Nulle part. C'est quelqu'un qui l'a dit, tout à l'heure. Pourquoi ?

Nick préféra invoquer sa conscience plutôt que ses propres informations pour récuser l'hypothèse.

– C'est un peu répugnant, comme idée, non ? Le pauvre type picolait jusqu'à en perdre complètement les pédales. Hop, on explique tout et on oublie. Du coup, tout le monde se sent soulagé : ce n'est pas notre faute, c'était un poivrot !

Sylvia fronça les sourcils.

– Je préférerais que tu ne parles pas de ce malheureux sur un ton pareil. C'est... une tragédie.

– Ouais, approuva Nick. C'est un crime.

Installé devant un tas de dossiers, il saisit celui qui couvrait la période de juillet à septembre 1978. Sylvia prit place sur la chaise qu'elle avait installée près de lui. L'agenda d'Alex Neumann posé contre sa poitrine, elle annonça :

– J'ai vérifié dans le fichier du personnel pour Burki, initiale du prénom : C. Tu sais, le responsable de l'USB à Londres qui avait recommandé Soufi à ton père ? Eh bien, il s'agit de Caspar Burki. Il a été vice-président de la banque jusqu'en 1988, date de son départ à la retraite.

– Il vit toujours ?

– J'ai une adresse à Zurich, c'est tout. Je ne sais pas si elle est encore valable.

Lui empruntant l'agenda, il chercha la page du 15 avril. La première mention d'Allen Soufi. Et à cet instant le souvenir capricieux qui l'avait visité sous la douche se précisa. Il se revit marchant dans les allées du Platzspitz en compagnie d'Ali Mevlevi. « Je n'ai jamais pu me résoudre à devenir un derviche, avait déclaré le Pacha, j'étais trop attiré par ce bas monde... »

Il contempla la mention écrite de la main de son père : « A. Soufi. » Oui, il était tout près...

– Sylvia, les derviches tourneurs, tu connais quelque chose làdessus ?

Elle lui jeta un regard soupçonneux.

– Tu te moques de moi ?

– Pas du tout. Alors ?

Elle réfléchit un moment.

– Non, rien. À part qu'ils ont ces drôles de chapeaux...

Elle plaça sa main très au-dessus de sa tête, simulant la taille d'un haut fez.

– Tu as une encyclopédie ?

– Sur CD-ROM, oui. Mon portable est dans la chambre, mais...

– Il faut que je vérifie, tout de suite.

Cinq minutes plus tard, assis à la table de Sylvia dans sa chambre à coucher, Nick lançait le moteur de recherche de l'encyclopédie électronique et tapait le mot « derviche » dans la case. Une courte définition s'afficha : « Ordre monacal fondé par les disciples de Djalal al-Din al-Rumi, l'un des plus grands poètes mystiques de l'Islam, dont les sectateurs se désignent eux-mêmes sous le nom de derviches tourneurs. Le fondement du mysticisme musulman est la tentative de parvenir à la connaissance de Dieu par la méditation et de... »

Nick interrompit sa lecture, fixant l'écran de tous ses yeux. « Appelé soufisme en Occident... »

Dominant son excitation, il se força à récapituler tout ce qu'il connaissait d'Ali Mevlevi. Turc d'origine, il avait choisi pour mot de passe le nom d'un célèbre palais ottoman d'Istanbul. Il avait reconnu devant Nick avoir vécu en Argentine, et son identité sud-américaine d'emprunt était Malvinas – les îles Malouines, évidemment – avec le prénom Allen. Comme Allen « Soufi »...

Tout correspondait. L'insaisissable Pacha devenait soudain remarquablement cohérent : Allen Soufi, Allen Malvinas, Ali Mevlevi... Et n'avait-il pas dit qu'il avait aussi passé un moment en Argentine ? Prenez l'ensemble, secouez bien, qu'obtenez-vous ? Ou bien une succession de pures coïncidences, ou bien la preuve que dix-huit ans plus tôt Alexander Neumann avait dû accepter pour client Ali Mevlevi, alias Allen Soufi.

Pourtant, Nick refusait encore d'accepter l'hypothèse à laquelle il était arrivé tout seul. Étrangement, il éprouvait une sorte de répugnance à l'admettre. Tout cela avait un fumet de fatalité, de karma – tout ce fatras pseudo-psychologique qu'il avait rejeté depuis sa prime jeunesse.

Certes, mais son intuition résistait bien à l'analyse. Les hommes d'affaires qui font appel à la même banque toute leur vie sont légion. Et il n'est pas rare qu'un fils travaille dans la même compagnie que son père. Il reprit l'agenda, observa encore le nom inscrit le 15 avril 1978. Tous ses doutes l'avaient quitté.

– Sylvia ? Il faut qu'on continue à chercher ce type, Allen Soufi !

– Quoi, tu as trouvé quelque chose ?

– Oui, une confirmation en béton... (Il se reprit, ne voulant pas paraître trop présomptueux.) Un pressentiment, en tout cas. Bon, c'est un peu dingue, tout ça. Reprenons les rapports mensuels. Les réponses que nous cherchons sont dedans.

Ils retournèrent s'installer côte à côte devant la table du séjour et reprirent leur inspection systématique des dossiers. C'était dans la dernière section du rapport de mars 1978, celle consacrée aux « Affaires diverses », que Nick avait découvert une première mention explicite d'Allen Soufi. Il poursuivit sa quête, certain que celui-ci avait eu de bonnes raisons pour vouloir utiliser les services de l'USB à Los Angeles.

Les mois passaient, sans résultat. Nick attrapa le dernier dossier. Octobre 1978. Il parcourut chaque paragraphe. Soudain, il abattit son poing sur la table.

— Ça y est, on le tient ! Le 12 octobre 1978, Sylvia ! Qu'est-ce que dit l'agenda ?

Sylvia chercha rapidement dans le carnet, consciente de l'impatience de son compagnon. Quand elle eut trouvé la date demandée, elle poussa l'agenda sous les yeux de Nick. « Dîner chez Matteo avec Soufi. Infréquentable. » Un des mots favoris de son père, qui l'utilisait souvent dans les contextes les plus surprenants, affirmant par exemple que les programmes de télévision des soirs de semaine étaient infréquentables.

Mais Allen Soufi l'était, et au sens propre.

— Que dit le rapport ? demanda Sylvia.

Il lui passa le dossier, le doigt posé sur la section IV (« Divers »), point 5 : « Le 12 octobre, troisième rencontre avec M. Allen Soufi. Facilités de crédit de 100 K $ proposées à Goldluxe Inc. Financement additionnel autorisé conformément aux instructions USB ZRH. Pour mémoire, AXN rappelle son opposition à l'extension du crédit. Rejetée par WAK, chef de division. »

Nick retenait son souffle. Ainsi, il existait une relation entre Soufi et la société Goldluxe, qu'Alex Neumann avait visitée au début 1979, selon une note dont il se souvenait. Nick prit l'agenda de cette année-là, qu'il feuilleta jusqu'à la date du 13 mars. Une adresse, seulement : 22550 Lankershim Bvd. Il passa au rapport d'activité pour le mois en question et là, dans la section « Financements commerciaux », il trouva ce qu'il cherchait : Goldluxe avait émis plus d'un million de dollars en lettres de crédit destinées à la société anonyme El Oro de los Andes, Buenos Aires, Argentine.

Allen Malvinas, l'Argentin...

Il continua sa lecture. Une note sous la rubrique « Goldluxe, compte rendu de visite » : « Voir ci-joint lettre à Franz Frey, vice-président au financement international, USB Zurich. » Il chercha en vain ce document. Perdu, ou volé.

De nouveau l'agenda. 20 avril 1979. « Dîner avec Allen Soufi à Ma Maison », et le mot *Schlitzohr*, avec dans le dossier archivé à l'USB l'écho de ce contact : Alex Neumann demandant l'annulation de tous les crédits accordés à Goldluxe, et une copie de la réponse de Franz Frey, qui se déclare d'accord avec cette proposition mais suggère qu'AXN (c'est-à-dire Alexander Neumann) obtienne d'abord le feu vert de WAK. WAK, pour Wolfgang Andreas Kaiser. Et, au bas de cette lettre, une note manuscrite signée des initiales de Frey : « Enquête Interpol sur A. Soufi, sans résultat. »

Nick médita cette dernière information. Son père avait donc jugé que les agissements de Goldluxe appelaient une enquête d'Interpol sur son client. Pourquoi ?

Il passa au rapport d'activité de juin. Une correspondance de Kaiser : « Poursuivre les activités avec Goldluxe. Aucun souci à se faire. »

Pendant ce temps, Sylvia, qui avait repris l'agenda, s'était arrêtée à la date du 17 juillet. Elle lui tendit le carnet. Trois mots barraient la page : « Franz Frey. Suicide. »

« Non ! pensa Nick. Et comment l'ont-ils tué, lui ? Une balle dans la tempe, la gorge tranchée ? »

Août. Lettres de crédit émises au nom de Goldluxe. Un montant de trois millions de dollars. Bénéficiaire : toujours la société El Oro de los Andes. Couverture en liquide accordée pour la totalité de la somme. Pas de dette en suspens. Alors, pourquoi son père se méfiait-il autant d'eux ? Dans quel secteur travaillaient-ils, d'ailleurs ? À l'évidence, ils importaient de grosses quantités d'or aux États-Unis, mais dans quel but ? Pour le revendre à des joailliers, ou pour fabriquer des bijoux eux-mêmes ? Pour battre une monnaie quelconque ? Étaient-ils grossistes, ou détaillants ?

Septembre. Le mois où les notations de son père dans son agenda personnel prenaient un tour effrayant. « Déjeuner au Beverly Wilshire avec A. Soufi... Le salaud m'a menacé ! »

12 novembre 1979. Après une mention de la visite de Soufi à quatorze heures, le numéro de téléphone de l'antenne du FBI à Los Angeles et le nom de Raylan Gillette, « agent spécial ». Sylvia arrêta la main de Nick au moment où il allait tourner cette page.

— Quand tu as lu ça, tu as essayé de contacter le FBI ?

— Oh, environ une dizaine de fois ! « Nous ne communiquons pas d'informations à des personnes privées sans autorisation préalable. » Refrain connu, non ?

19 novembre. « Appel du siège : conserver relations avec Gold-luxe à tout prix. »

20 novembre. « Evans Security, 213 555 33 67. »

Sylvia posa son doigt à cet endroit.

— Et eux, alors ? Evans Security. Tu les as appelés ?

— Bien sûr ! Ils proposent des chauffeurs professionnels, des employés de gardiennage et des gardes du corps. C'est le dernier article qui devait intéresser mon père, à mon avis. Le hic, c'est qu'ils n'archivent pas leurs dossiers clients aussi longtemps...

— Quoi, ton père pensait sérieusement engager un garde du corps ?

— Pas assez, il faut croire, puisqu'il ne l'a jamais fait... (Il s'interrompit, claqua des doigts : il venait de se rappeler l'appât qu'il avait laissé à Armin Schweitzer.) Ah, Sylvia, je dois écouter ton téléphone... Enfin, ton répondeur, je veux dire. (Il se leva, trouva le poste ; un vieux répondeur à double cassette était branché dessus, dont le voyant clignotait faiblement.) Tu as des messages. Viens repasser la bande, d'accord ?

— Il pourrait y en avoir de personnels ! s'écria-t-elle, choquée par son ton coupant.

— Je ne les écouterai pas, répliqua Nick. Mais vas-y, il faut que je sache si le piège que j'ai tendu hier a marché. Allez, allez !

Sylvia se rendit à ses injonctions. Le premier message avait été laissé par une de ses amies, une certaine Vreni dont il trouva la voix horripilante. Il y eut un bip, puis : « Ici M. Peter Sprecher, pour la Banque Adler. Nous aimerions vous parler aussi vite que possible, à propos de la prochaine assemblée générale de l'Union suisse bancaire. N'hésitez à me rappeler au numéro que je vais vous laisser... » Ils restèrent l'oreille tendue jusqu'au bout. Aussitôt après, un homme bourru commença : « Sylvia, tu es là ? » La jeune femme stoppa l'appareil.

— C'est mon père, expliqua-t-elle. Je crois que je vais l'écouter seule, celui-là.

— Très bien. Je comprends que ça ne me regarde pas... (Il avait trouvé que la voix du père de Sylvia ressemblait étrangement à celle de Wolfgang Kaiser, mais il garda cette réflexion pour lui.) Dis, tu as entendu Sprecher ? J'avais raison, donc : quelqu'un m'a volé ce papier à mon bureau et l'a transmis à la Banque Adler !

— Tu es... Tu es vraiment sûr que c'est Armin Schweitzer ? demanda-t-elle tout en tripotant les touches du répondeur.

— Mon instinct me dit que oui, mais je ne suis pas en mesure de le certifier... Il y a quatre ou cinq personnes qui peuvent entrer dans mon bureau quand je n'y suis pas... J'aurais tellement voulu que ce soit lui qui appelle chez toi, bon sang !

– Schweitzer ! s'écria-t-elle d'un ton dégoûté. Même pas la reconnaissance du ventre !

– Attention, on ne peut pas encore l'accuser formellement, la mit en garde Nick. D'abord, il faut que je parle à Peter Sprecher. Peut-être qu'il sait qui a repassé la liste aux services de Konig...

– Vas-y, parle-lui ! approuva-t-elle.

Comme personne ne répondait chez l'ancien cadre de l'USB, Nick proposa qu'ils se remettent au travail sur les dossiers.

Il éplucha les rapports d'activité d'octobre, novembre et décembre 1979, sans trouver une seule autre mention de Soufi, ni de Goldluxe. Finalement, il se pencha à nouveau sur l'agenda d'Alex Neumann. Le 20 décembre : « A. Soufi sur place, 15 heures. » Le 21 : « Pot de Noël, Trader Vics, Hilton de Beverly Hills. » Le 27 : « Nouvelle adresse : 602 Stone Canyon Road. » Le 31 : « La nouvelle année sera meilleure. Espérons ! »

Quand Sylvia se leva pour aller aux toilettes, Nick referma le carnet et sombra dans un état second. Suivant d'un ongle le relief des chiffres dorés sur la reliure, il s'abandonna à une manière de rêve éveillé où passé et présent se mêlaient confusément à ce qui pourrait être son avenir. « Burki », murmura-t-il au bout d'un moment. Le responsable de l'USB qui avait recommandé Soufi à son père. Burki était la clé de l'énigme.

Il se sentait plus que fatigué : privé de sa substance. Posant sa joue sur la table en bois, il répéta ce nom à plusieurs reprises, comme s'il craignait de l'oublier lorsque le sommeil finirait par l'emporter. « Burki, Caspar Burki. » Des images de son père, de sa mère, de Johnny Burke, de Gunny Ortiga se télescopaient dans son cerveau embrumé. Il se souvint de l'appréhension qui l'avait saisi quand il avait gravi pour la première fois le perron de l'USB, deux mois plus tôt. Il revécut le moment où il avait fait la connaissance de Peter Sprecher, et un faible rire s'échappa de ses lèvres. Les associations d'idées s'accélérèrent encore, avant de se fondre dans une obscurité qui se densifiait autour de lui. La paix, c'était tout ce qu'il désirait. Son souhait fut bientôt exaucé.

50

À trois cent cinquante kilomètres à l'est de Beyrouth, un gros-porteur Tupolev 154 qui venait de se poser lourdement sur une base militaire perdue au milieu du désert syrien fit halte dans un grondement assourdissant. Bien que le vol n'eût duré que cent quatre-vingts minutes, ses huit réacteurs étaient surchauffés : les circuits de refroidissement, dont l'huile n'avait pas été changée depuis plus de deux cents heures d'activité – soit le double de la limite de sécurité –, ne fonctionnaient plus que par intermittence. En fait, un des moteurs avait cessé de tourner pendant plus de quinze minutes alors que l'appareil survolait le Caucase, et le commandant de bord avait insisté pour rebrousser chemin vers Almaty. Mais le général Dimitri Martchenko n'avait pas cédé : l'avion-cargo devait arriver coûte que coûte à sa destination syrienne.

À peine les turbines s'étaient-elles tues que la trappe arrière du Tupolev se leva, libérant quatre véhicules qui descendirent sur le tarmac brûlant. Martchenko, qui les suivait de près, fut accueilli par l'officier syrien venu lui faire les honneurs.

– Colonel Hamid, je suppose ?

– Général Martchenko, mes respects ! Conformément aux ordres donnés, j'ai le plaisir de mettre à votre disposition une section d'infanterie d'élite qui accompagnera votre convoi jusqu'au Liban. Il s'agit d'une cargaison vitale, d'après ce que j'ai compris.

– Du matériel de liaison ultrasensible pour le QG régional du Hamas, oui. Des appareils de détection.

Martchenko avait du mal à dissimuler le peu de cas qu'il faisait de ses alliés arabes. À ses yeux, c'étaient de déplorables soldats,

426

qui perdaient toutes leurs guerres même s'ils prétendaient le contraire. En tant que simple escorte à sa mission, cependant, ils pourraient faire l'affaire : lorsqu'il s'agissait de soutenir des actions menées par les autres, pensa-t-il en son for intérieur, ils étaient d'un zèle et d'un courage hors pair...

Ils se dirigèrent vers le six-tonnes qui devait transporter la précieuse cargaison de Martchenko. Le général, petit, râblé mais aux gestes sûrs et décidés, écarta le filet de camouflage et se hissa sur la plate-forme, invitant son hôte syrien à le suivre. Ensemble, ils vérifièrent les courroies qui maintenaient les caisses en place. Au milieu d'une quantité d'émetteurs-récepteurs antédiluviens – mais soigneusement emballés dans des enveloppes en plastique qui faisaient croire à un matériel flambant neuf –, la Kopinskaïa IV était tapie dans son conteneur en acier. Ce dernier était équipé d'un système de protection ultraperfectionné qui le rendait inviolable : toute tentative pour le déplacer ou l'ouvrir sans respecter la procédure encodée déclencherait l'explosion d'une charge de Semtex. Personne ne pouvait s'emparer de « Jojo » impunément.

D'un bond, Martchenko retrouva le sol et partit vers la Jeep de tête. Ce n'était pas lui qui avait eu le premier l'idée de vendre au plus offrant une partie de l'arsenal conventionnel de son pays : le gouvernement kazakh s'était engagé dans ce commerce depuis longtemps déjà, estimant d'ailleurs qu'il ne faisait que reprendre la pratique des dirigeants de l'ex-URSS. L'évolution toute naturelle avait été de s'intéresser à une autre « ressource nationale », en l'occurrence son stock nucléaire. Si personne n'avait pensé (sérieusement, en tout cas...) commercialiser les mastodontes intercontinentaux qu'étaient les missiles SS 19 ou les SS 20, non tant par scrupule moral que parce qu'il s'agissait de systèmes trop complexes, l'attention s'était portée sur les réserves de plutonium enrichi conservées au laboratoire de recherche atomique Lénine, une des installations les plus protégées de l'ancienne Union soviétique située à quarante kilomètres d'Almaty.

Jusqu'à l'effondrement de l'URSS, en 1992, une division d'infanterie mécanisée avait assuré la garde du centre. Surveillé par plus de cinq cents hommes en armes, le laboratoire était protégé par pas moins de six barrages de contrôle. Il n'en restait plus qu'un, la sécurité s'étant considérablement relâchée dans le Kazakhstan indépendant...

En se remémorant des événements récents, Martchenko étouffa un juron. Les Américains, eux aussi, s'étaient intéressés au laboratoire Lénine et à ses stocks de matériaux fissiles. Les agents US s'y étaient infiltrés sans aucun mal et avaient proclamé que les installations étaient un véritable moulin à vent. À l'été 1993, une commission d'enquête conjointe de la CIA et du KGB s'était rendue au centre de recherche. L'opération, qui avait reçu le nom de code « Saphir », avait été un grand succès, officiellement parlant : plus de deux tonnes d'uranium 235 enrichi avaient été raflées par les liquidateurs et envoyées à l'Ouest. Toutes les réserves avaient été vidées, ou presque...

Martchenko, lui, avait senti le coup venir. Un peu tard, certes, mais suffisamment à l'avance pour prendre des mesures d'urgence lorsqu'il avait appris l'existence du plan des Américains. Avec ses collègues, il avait reporté ses espoirs sur une unité intégrée au centre de recherche, spécialisée dans la production d'armes nucléaires tactiques et qui avait développé dans les dernières années un prototype de bombe destinée aux frappes limitées. Quelques heures avant l'arrivée de la commission, lui et son équipe avaient réussi à s'approprier deux Kopinskaïa IV, bombes à concussion d'une puissance de deux kilotonnes. Deux joyaux du patrimoine national...

Quand le général s'installa dans la Jeep, son visage conservait une expression renfrognée mais en lui-même il ressentait l'excitation d'un adolescent. « L'affaire est pratiquement conclue », se répétait-il avec satisfaction. Il tapa sur l'épaule du chauffeur. Un à un, les véhicules de la petite colonne se mirent en route. Dans huit heures, le convoi serait parvenu à destination. Martchenko ferma les yeux, goûtant l'âpre caresse du vent du désert sur ses traits. Certain que personne ne pouvait le voir, il sourit d'aise.

Aux autres de souffrir, maintenant. C'était bien leur tour.

51

Tel un serpent perclus d'arthrose, le tram numéro 10 se glissa hors de la brume matinale, ses flancs bleutés couverts de rosée, son corps articulé se tordant avant de faire halte. Les portes s'ouvrirent, libérant quelques usagers. Nick tendit une main pour aider à descendre une vieille dame dont les jambes mal assurées menaçaient la ponctualité légendaire du système de transports en commun zurichois. Loin de l'en remercier, la sorcière brandit son parapluie pour le frapper. Il para le coup et se faufila à l'intérieur. Excellente manière de commencer la journée, se dit-il avec une sombre ironie.

Il descendit la travée, cherchant des yeux un siège libre. De toutes parts, des visages tristes, accablés par le privilège de vivre dans la plus riche démocratie du monde... Ce spectacle déprimant lui rappela qu'il était de retour dans la réalité, loin désormais de la chaleur du lit de Sylvia. Une réalité dans laquelle il était, lui, Nicholas Neumann, le témoin consentant d'un meurtre, le complice d'une fraude bancaire d'envergure et l'otage d'un homme qui paraissait de plus en plus impliqué dans l'assassinat de son père.

Il réussit enfin à s'asseoir au fond du tram, face à un homme âgé qui tenait ouvert devant lui le journal à scandale suisse par excellence, *Blick*. Sur la page deux, Nick ne put que voir la photographie reproduite en haut, à gauche. C'était Marco Cerruti, effondré dans un fauteuil en cuir. Au-dessus, un gros titre proclamait : « Le banquier déprimé finit mal. » Un court texte suivait, dont la seule fonction paraissait être d'atténuer la morbidité de l'image : les yeux fermés, un gros coussin blanc posé sur son ventre, Cerruti aurait semblé endormi, n'était le petit trou noir que l'on apercevait distinctement dans sa tempe.

Nick attendit que son voisin eût terminé sa lecture pour lui demander poliment s'il pouvait lui emprunter son journal. Après lui avoir lancé un long regard inquisiteur, comme s'il évaluait sa solvabilité, l'homme y consentit. Nick contempla encore la photographie un instant – combien le photographe de la police avait reçu pour laisser le document à *Blick*, c'était une question annexe mais non dénuée d'intérêt... –, puis parcourut les quelques lignes qui l'accompagnaient. « Marco Cerruti, le vice-président de l'Union suisse bancaire, cinquante-cinq ans, a été trouvé sans vie vendredi matin dans son appartement de Thalwil. Le lieutenant Dieter Erdin, chargé de l'enquête à la police de Zurich, a conclu à un suicide par blessure mortelle à la tête. Selon des sources autorisées à la banque, Marco Cerruti était en congé depuis le début de l'année en raison de son état d'épuisement nerveux. La banque a décidé de financer une chaire qui portera son nom à l'université de Zurich. »

Ses yeux revinrent sur la photo. Un détail, pourtant évident, le frappa seulement alors : une bouteille de whisky, vide, abandonnée sur sa poitrine le goulot en bas. Cerruti ne buvait jamais. Il n'avait pas d'alcool chez lui, même pour ses hôtes. Comment cette particularité avait-elle pu échapper aux enquêteurs ?

Pestant intérieurement contre l'incompétence de la police, Nick referma le journal. Son regard tomba sur la manchette : « Un chef de la pègre abattu au Platzspitz ! » Un cliché du cadavre d'Albert Makdissi au sol, près d'un mur en pierre. Il rendit la feuille de chou à son propriétaire en le remerciant. Il n'avait pas besoin de lire l'article : n'était-il pas le meurtrier ?

Comme à chaque fois qu'il ouvrait la porte de son appartement, Nick se demanda s'il avait été « visité » entre-temps. Depuis le jour où, trois semaines auparavant, il y avait décelé une odeur entêtante d'eau de Cologne et découvert que son revolver avait été examiné, il était pratiquement certain que personne n'était revenu fouiller le studio. Pratiquement, mais pas totalement...

Il alla à la commode, retira de sa cache le holster, prit le Colt dans sa main. Le contact familier de l'arme, son poids rassurant, la facilité avec laquelle il la maniait lui offrirent un instant d'apaisement. Il savait pourtant que c'était un réconfort aussi trompeur que passager. Mais c'était mieux que rien.

Dans le tiroir de sa table, il trouva une peau de chamois sur laquelle il déposa le revolver, décidé à le démonter et à le nettoyer. Même s'il n'avait pas tiré une seule balle en cinq mois, il éprouvait maintenant le besoin de retrouver un peu de la stabilité et de l'ordre qui avaient régi son passé. Il aurait voulu vivre dans un monde où des règles strictes auraient gouverné son existence quotidienne. Enfin, il n'y avait pas deux façons de réviser un Colt 45 semi-automatique. De cela, au moins, il était sûr.

Suivant des étapes mémorisées depuis longtemps, il dégagea le chargeur, enleva les neuf balles, inclina l'arme de côté afin d'extraire celle déjà logée dans le magasin. Son esprit était absorbé par ces tâches minitieuses, mais seulement en partie : une autre était en train de lui reprocher amèrement son égoïsme.

Car s'il n'avait pas couvert le Pacha pour des raisons qui n'appartenaient qu'à lui, aurait-il été témoin d'un crime, se serait-il enfoncé jusqu'au cou dans une manipulation financière qui révoltait sa conscience ? Le compte de Mevlevi aurait été placé sous scellés ; l'USB, contre laquelle une enquête scrupuleuse aurait été diligentée, n'aurait pas pu se servir frauduleusement des avoirs de ses clients ; le Pacha n'aurait jamais osé venir en Suisse et, plus important encore, Marco Cerruti serait toujours en vie...

Il sentit une bouffée de chaleur lui monter au visage. Il s'efforça de se concentrer entièrement sur son travail en attendant que le trouble qui l'avait envahi s'estompe. Mais la culpabilité était la plus forte, comme toujours. Oui, il se sentait coupable d'avoir protégé le Pacha, il se sentait coupable de la mort de Cerruti, et de tout l'affreux gâchis qui s'était enchaîné depuis son arrivée en Suisse. Et il ne pouvait prétendre au rôle d'innocent pris dans la tourmente, ni même de complice à son corps défendant. Il s'était lui-même jeté dans le guêpier, en toute bonne conscience.

Il démonta le canon, l'inspecta, à la recherche d'une trace d'huile suspecte. Les parois étaient propres, luisantes d'une infime couche de lubrifiant. Après l'avoir reposé sur la peau de chamois, il marqua une pause. Comme si elles n'attendaient que cette occasion, des images de la veille affluèrent en lui. Il vit à nouveau, toujours aussi impuissant, Albert Makdissi s'écrouler par terre, abattu de trois balles à bout portant. Toujours aussi stupéfait, il vit Mevlevi lui jeter l'arme du crime. Il sentit ses muscles se crisper en se rappelant comment il avait saisi le revolver et l'avait pointé sur le visage sardonique du Pacha. Dix-huit heures plus tard, la pulsion de meurtre se réveilla en lui, brûlante, implacable.

Lorsqu'il avait appuyé sur la détente, à ce moment-là, sa dernière pensée avait été pour son père. Bras tendu, cible en joue, absolument convaincu qu'il allait débarrasser la terre d'un être malfaisant, il avait souhaité, sans nul doute, l'approbation paternelle...

Son regard erra à travers la fenêtre. Une femme, visiblement d'origine slave, marchait rapidement sur le trottoir, traînant par la main son enfant récalcitrant. Elle s'arrêta net, leva un doigt menaçant et se mit à gronder le petit garçon.

Au lieu de ses cris, inaudibles de l'autre côté des vitres, ce fut la voix plaintive de sa propre mère que Nick crut entendre : « Mais tu as dit toi-même que tu n'étais pas certain ! Que tu ne savais pas s'il était vraiment un escroc ! Alors, arrête de faire tant d'histoires et agis comme ils te le demandent ! Pense un peu à toi, Alex ! »

« Bon Dieu, oui, papa ! s'exclama Nick en lui-même, pourquoi tu n'as pas fait ce qu'ils te demandaient ? Pourquoi tant d'histoires à propos... À propos de quoi, d'ailleurs ? Autrement, tu serais encore vivant, probablement. On aurait pu être ensemble, former une famille ! Le reste, ta discipline, ta dignité, ton honneur, qu'est-ce qu'on en avait à foutre ? Qu'est-ce que cela t'a rapporté, nous a rapporté de bon ? »

Il reposa brusquement le Colt, accablé soudain par le constat que, depuis toujours, il n'avait fait qu'obéir aux exigences des autres. Que son engagement dans les marines n'avait été qu'un prétexte de plus pour ne pas avoir à décider par lui-même. Que Harvard et la perspective d'une carrière dans la finance n'avaient pas été des « choix », mais plutôt le désir inconscient de se montrer à la hauteur des attentes de son père. Et que même en abandonnant tout pour venir en Suisse enquêter sur sa mort, il s'était encore contenté de suivre les principes d'Alex Neumann.

Le regard perdu au-dehors, dans le faible soleil du matin, Nick éprouva une étrange sensation de distance, comme s'il était un autre observant l'homme désemparé, prisonnier de son triste studio, qui s'acharnait sur les pièces d'un revolver. Un autre qui aurait voulu l'exhorter à abandonner enfin le passé, lui remontrer qu'en élucidant le meurtre de son père il pourrait peut-être trouver la paix avec le temps enfui mais qu'il n'en obtiendrait pas pour autant un sésame lui ouvrant magiquement la voie de l'avenir. Lui dire qu'il devrait le trouver par lui-même, ce chemin.

Nick hocha la tête, décidant de suivre ce conseil. Il acheva de nettoyer son arme, la remonta, remit le chargeur en place et engagea une balle. Plus question d'attendre en rongeant son frein. Il fallait passer à l'action.

Avec son Colt, il braqua une silhouette indécise qu'il était seul à voir, une ombre qui se profilait dans le clair-obscur. Oui, il devait dégager la route qui menait au futur. Et c'était Ali Mevlevi qui se tenait pour l'instant en plein milieu, qui la lui coupait.

Le téléphone sonna. Avant de répondre, il replaça le revolver dans son holster et rangea le tout.

— Neumann à l'appareil.

— Hé, vieux, on est samedi ! Tu n'es pas au bureau, tu l'as oublié ?

— Bonjour, Peter.

— Je suppose que tu es au courant. Je viens de lire les canards. Bon sang, je n'aurais jamais cru que ce vieux fou irait aussi loin...

— Moi non plus. Alors, quoi de neuf ?

— Ce qui est neuf, c'est que tu ne rappelles plus, visiblement. J'ai essayé de te joindre quatre fois, hier ! Où tu étais passé, nom d'une pipe ?

— Je n'étais pas d'humeur à prendre un verre, hier soir.

— Un verre ? Ce n'était pas pour traîner dans les bars que je t'appelais, figure-toi ! Il faut qu'on parle, Nick. Sérieusement.

— J'ai entendu ton message. C'était le numéro de Sylvia que tu avais, figure-toi !

— Ah, ces histoires d'actionnaires ? Non, ce n'est pas ça non plus. Écoute, je voulais qu'on discute d'un truc bigrement plus sérieux. Il s'est passé quelque chose hier, quelque chose que j'ai...

— Abrège, Peter. Viens-en au fait ! (Soudain, Nick se dit que son téléphone était probablement sur écoute, puisque son appartement avait été fouillé.) Bon, gardons ça entre nous, d'accord ? Tu me suis ?

— Euh... Oui... je te suis. Eh bien, voilà : ce que tu disais à propos de notre meilleur client, c'est peut-être pas complètement farfelu.

— Peut-être, répondit prudemment Nick. Si tu veux vraiment en parler, rends-toi à notre troquet habituel dans deux heures. J'y aurai laissé des indications pour que tu me rejoignes quelque part. OK ? Ah, et puis, Peter...

— Oui, vieux ?

— Habille-toi chaudement !

Deux heures et cinquante minutes plus tard, un Peter Sprecher haletant apparut sur la dernière plate-forme de la tour d'observation qui hissait ses soixante-quinze mètres tout en haut du mont Uetliberg.

— Tu es un peu gonflé ! souffla-t-il : me faire grimper jusque-là par un temps pareil !

— Quoi, mais c'est une merveilleuse journée ! On voit pratiquement le sol, d'ici...

Il s'était rendu à leur rendez-vous en brouillant les pistes au maximum, se perdant dans les ruelles de la vieille ville avant de prendre un tram jusqu'à la gare de Stadelhofen, puis de gagner le zoo. Le tout lui avait pris deux heures, en comptant les quarante minutes que l'ascension au sommet de l'Uetliberg lui avait demandées.

Sprecher risqua sa tête au-dessus de la rambarde. Les flancs de la tour disparaissaient dans la brume après une quinzaine de mètres. Renonçant à la polémique, il sortit un paquet de Marlboro de sa poche.

— Tu en veux une ? Ça tient chaud, tu sais...

— Non merci. Mais dis, je devrais te demander de prouver ton identité de manière quelconque. Tout à l'heure, je ne t'ai pas reconnu. Depuis quand es-tu devenu tellement sourcilleux, toi le grand cynique ?

— Je mets ce changement radical sur le compte des bières dont j'ai abusé en ta compagnie. Ça te va ? Ou disons que mon long séjour en Angleterre m'a rendu sensible au sort de l'éternel perdant.

— C'est trop gentil. Alors, qu'est-ce que tu as appris à propos de M. Ali Mevlevi qui t'ait mis dans cet état ?

— Hier après-midi, j'ai surpris quelque chose de très bizarre. En fait, je venais juste de téléphoner à ce Fonds des veuves et orphelins... (Il s'interrompit, pointant le bout allumé de sa cigarette vers Nick.)... Ah, tu es un petit malin, toi ! Mais quand même, la prochaine fois, applique-toi un peu plus. Si jamais il nous prend l'envie d'enlever l'oreiller pour voir qui on est en train de baiser !

« Il n'y aura pas de prochaine fois », se promit Nick en lui-même.

— Qui a refilé mes notes à ta bande, alors ?

– Aucune idée. Elles étaient entre les mains de von Graffen-ried. Il a seulement laissé entendre qu'elles ne lui avaient pas coûté très cher.

Sous l'effet d'une brusque bourrasque, la tour oscilla comme un marin ivre. Sprecher s'agrippa d'une main à la balustrade.

– Aucune indication qui permettrait de conclure que c'est Armin Schweitzer qui vous les a repassées ?

– Schweitzer ? Oh, c'est lui que tu soupçonnes ? fit Sprecher en haussant les épaules. Là, je ne peux pas t'aider. De toute façon, on s'en fout, maintenant. Donc, hier après-midi, alors que je venais d'appeler ton fameux organisme de protection de la veuve et de l'orphelin, j'ai pu suivre d'une oreille la conversation que Hassan Faris, mon voisin de bureau, a eue avec Konig. Un gros ordre d'achat concernant cent mille actions de l'USB, *grosso modo*. Toi qui es balèze en calcul, tu peux trouver la somme que ça repré-sente !

En moins d'une seconde, Nick était arrivé au résultat, qui lui fit l'effet d'un coup de poing à l'estomac : à quatre cent vingt francs suisses l'action, l'achat avait dû en mobiliser quarante-deux mil-lions.

– Avec ce paquet dans votre poche, vous arrivez aux trente-trois pour cent, constata-t-il sombrement.

– Trente-trois et demi, pour être exact. Le Fonds des veuves et orphelins non compris...

Quarante-deux millions de francs suisses. Soit quarante mil-lions de dollars, au cours du moment...

– Oui, vous allez avoir vos sièges au CA. Le règne de Kaiser est terminé.

– Mais c'est son successeur qui m'inquiète, moi ! Écoute-moi bien, mon jeune ami. Quatre-vingts pour cent des actions USB en notre possession sont déposées sur un compte spécial qui appar-tient au principal sponsor de la Banque Adler. Konig a une pro-curation dessus, mais elles ne lui appartiennent pas de droit. Ce compte, tu sais comment il s'appelle ? Ciragan Trading...

– « Ciragan Trading » ? Comme dans « palais Ciragan » ? Comme dans « le Pacha » ?

– Tu ne me traiteras pas de benêt si je soutiens qu'il s'agit du seul, de l'unique ? Je n'apprécierais pas que la Banque Adler ou l'USB soient la propriété d'un... d'un... comment tu l'as appelé, déjà ? D'un trafiquant de drogue international. Enfin, si ton ami Thorne dit vrai, évidemment...

435

« Si tu savais comme il dit vrai, se retint de rétorquer Nick, et c'est bien là le problème ! »

— Tu as dit que l'ordre d'achat concernait cent mille actions ? Quarante millions de dollars, en gros. Si je t'apprenais que j'ai fait partir exactement la même somme du compte de Melvevi à seize heures hier, tu me croirais ?

— Pas de gaieté de cœur, c'est sûr.

— Seulement, j'ai crédité les comptes listés dans le protocole numéro 1. Et la Banque Adler n'est pas dedans. Comment auriez-vous pu recevoir l'argent aussi vite ?

— Je n'ai jamais dit que nous avions *reçu* cet argent. En fait, Konig a demandé à Faris de se débrouiller pour que la transaction ne soit pas bouclée avant mardi matin. On pourra toujours invoquer une erreur technique quelque part. Quiconque encaisse quarante millions de dollars ne fait pas une jaunisse si le paiement a vingt-quatre heures de retard.

À son tour, Nick s'appuya contre la rambarde et laissa son regard se perdre dans la brume. Après quelques secondes passées à envisager quels buts Mevlevi pouvait poursuivre en soutenant l'OPA de Konig contre l'USB, il renonça : le champ des possibles était trop vaste. À la place, il eut une idée.

— On a un moyen très facile de vérifier si c'est bien le Pacha qui a été derrière l'offensive de Konig depuis le début : il suffit de comparer les virements issus de son compte à l'USB avec les achats d'actions USB réalisées par la Banque Adler. Si Konig a acheté chaque semaine l'équivalent des sommes virées, nous le tenons. À condition, bien entendu, que Mevlevi ait toujours suivi la même procédure qu'hier.

— Si quelqu'un voue un culte à l'ordre et aux habitudes, c'est bien le Pacha ! Je ne l'ai jamais vu varier d'une seconde pendant les dix-huit mois où j'ai travaillé avec Cerruti... Que le pauvre fêlé repose en paix.

Nick laissa échapper un profond soupir.

— C'est encore plus dingue que tu ne peux l'imaginer, Peter.

— Alors crache, mon pote.

— Tu ne veux pas savoir. C'est toi-même qui l'as dit.

Sprecher frappa du pied la plate-forme métallique.

— Hier, ou plutôt avant-hier encore, oui ! Mais maintenant, je veux savoir, et comment ! Ne me demande pas mes raisons, elles me suffisent, à moi. Alors vas-y, raconte !

— Je connais la provenance de ces quarante millions, annonça Nick en le fixant droit dans les yeux.

— Et tu veux bien daigner me l'apprendre ?

— Une livraison d'héroïne de première catégorie doit arriver à Zurich après-demain matin. Mevlevi s'est arrangé pour décrocher un paiement anticipé de son « distributeur local », Gino Makdissi.

— Puis-je me permettre de demander quelle est ta source ? lança Sprecher d'un air sceptique.

— C'est moi, la source ! s'exclama Nick, laissant d'un coup libre cours à sa fureur et à son dépit. *Mes* yeux, *mes* oreilles ! J'ai vu Mevlevi tuer Albert Makdissi. En échange de la promotion qu'il a reçue sur le champ de bataille, son frère, Gino, a craché toute la somme par avance. Quarante briques ! C'est comme ça que le business marche, maintenant, lui a fait clairement comprendre le Pacha. T'es pas content ? *Bang, bang,* t'es mort ! On règle les comptes à l'instant, et définitivement...

Il eut un mouvement de colère, puis reprit à voix plus basse :

— Putain, ma vie est totalement foutue, Peter...

— Allons, allons, du calme ! On croirait entendre un de ces zinzins de la Cosa Nostra.

— Je n'en suis pas encore un, non. Mais il fait tout ce qu'il peut pour que je le devienne, crois-moi !

— Attends un peu, Nick ! Qui essaie de te transformer en mafieux, tu dis ?

— Tu demandes qui ? Mais le Pacha, enfin ! Kaiser lui appartient pieds et poings liés. Comment, pourquoi, depuis combien de temps, je n'en sais rien, mais c'est un fait ! Et Cerruti, alors, qu'est-ce que tu crois ? Il ne buvait pas une goutte, tu ne l'ignores certainement pas ! Or tu as vu la photo dans le journal ? Celui qui l'a flingué lui a laissé une bouteille dans les bras. C'est tellement gros que c'en est indécent ! Et le coussin sur son bide, qu'est-ce que tu en penses ? Il a un impact de balle en plein dedans, j'en mets ma main à couper ! Tu vois le tableau ? Cerruti, complètement paf, prend la peine d'aller le chercher dans son lit et de revenir se griller la cervelle au salon, tout ça parce qu'il ne veut pas importuner les voisins avec le bruit... Un saint, jusque dans la mort !

Interrompant sa tirade, Nick se mit à faire le tour de la plateforme exiguë. Ils restèrent silencieux, se dévisageant sans un mot tandis que le vent plaquait par intermittence des rafales de pluie glacée et une odeur de pin mouillé sur eux.

— Alors, qui l'a tué ? finit par interroger Sprecher. Qu'est-ce

437

qu'il aurait su de plus maintenant, qu'il n'ait déjà su depuis cinq ans ?

Nick s'immobilisa. Les mots employés la veille par Mevlevi lorsqu'il parlait à Kaiser résonnèrent de nouveau dans sa tête : « Et nos autres petits tracas ? Ce casse-pieds qui risquait de nous mettre dans de sales draps ? »

– D'après moi, Cerruti s'apprêtait à tout raconter à Sterling Thorne ou à Studer, le procureur. Dès que Mevlevi en a eu vent, il l'a fait liquider.

Devant l'évident scepticisme de Sprecher, il justifia sa déduction avec la véhémence d'un condamné. Il lui raconta dans les moindres détails ce qui s'était produit au cours des quinze derniers jours, depuis le plan machiavélique de Maeder jusqu'à l'assassinat d'Albert Makdissi en passant par son expédition à la DZ. Enfin, il lui confia les véritables motivations de son entrée à l'USB, les circonstances encore mystérieuses de la mort de son père et sa conviction grandissante que Mevlevi y avait aussi été mêlé. Il ne laissa rien, ou presque, dans l'ombre.

Sprecher émit un long sifflement.

– Quoi, tu penses vraiment que le Pacha a trempé dans le meurtre de ton père ?

– Si Mevlevi est Allen Soufi, cela ne fait aucun doute. Ce que je dois encore élucider, c'est la raison pour laquelle mon père répugnait autant à travailler avec lui, dans quelles activités cette boîte, Goldluxe, était engagée... Le seul qui puisse le dire est un certain Caspar Burki.

– Qui ça ?

– Allen Soufi avait été recommandé au bureau de Los Angeles par un cadre de l'USB à Londres, un dénommé Caspar Burki. Lui, il devait savoir ce que Soufi et Goldluxe magouillaient. Mais dis-moi, toi qui as été douze ans à l'USB, Burki, ça ne te rappelle rien ?

– Au bureau de Londres ? Non, je ne vois personne de ce nom.

– Il a pris sa retraite en 1988. Il vivait à Zurich, en ce temps-là. Je suis allé tout à l'heure à son ancienne adresse, mais c'est inhabité, maintenant.

Le regard de Sprecher se perdit dans les frimas qui enveloppaient la tour. Il exhiba une autre cigarette de sa poche.

– Non, je ne vois pas... Le seul que je connaisse de cette époque, c'est Yogi Bauer. Toi aussi, d'ailleurs.

– Moi ? s'étonna Nick. Je ne connais personne qui s'appelle Yogi !

— Oh que si, très cher ! Tu lui as même payé un verre, rappelle-toi. Au Keller Stübli. Un gros type blanc comme un cachet d'aspirine, avec des cheveux graisseux. On a bu à la santé de la défunte et rouée Mme Schweitzer !

— Ah, oui... Quelle chance on a ! Ce mec est un poivrot fini. Il ne se rappelle même pas par quelle route il arrive à son bar tous les jours, alors un détail qui remonte à vingt ans ou plus, tu parles...

— Yogi Bauer a travaillé au bureau de Londres. Il était l'assistant de Schweitzer. Si Burki était en poste là-bas à ce moment, il l'a forcément connu.

Nick eut un petit rire amer.

— Tu n'as pas la vague impression qu'on se retrouve dans un drôle de pétrin ?

Sprecher alluma la Marlboro qui dansait entre ses lèvres depuis un moment.

— Je suis sûr que qui de droit saura nous en tirer facilement.

— « Qui de droit » ne fera rien du tout ! C'est à nous de coincer Mevlevi.

— C'est une ambition qui dépasse de loin nos compétences, j'en ai peur. Préviens les autorités concernées : c'est à elles de veiller à ce que tout rentre dans l'ordre.

— Vraiment ? s'écria Nick, ulcéré par la naïveté calculée de son interlocuteur. Mais enfin, le moindre document que nous pourrons montrer à la police se retournera contre nous. La banque portera plainte pour violation du secret professionnel. Je ne vois pas comment on serait en mesure de démasquer Mevlevi du fond d'une cellule de prison !

Sprecher ne parut pas convaincu.

— Je ne crois pas pour autant que le gouvernement fédéral serait ravi d'apprendre que deux des plus grosses banques du pays sont sous la coupe d'un baron de la drogue turc.

— La drogue, Peter, mais quelle drogue ? Sur ce plan, Mevlevi ne risque rien ! On a quoi ? Des comptes numérotés, de l'argent sale blanchi à plein régime, peut-être même une participation aux manœuvres de la Banque Adler... Mais aucune preuve qu'il est à la tête d'un réseau de drogue. Et aucun nom, même, à strictement parler. Non, il faut qu'on s'en charge nous-mêmes. Est-ce que je dois te rappeler ce qui est arrivé à Cerruti ? Ou à Becker.

— Pas la peine, reconnut Sprecher, qui avait pâli d'un coup.

Nick crut avoir marqué un point.

— Alors, tu penses qu'on pourrait établir une corrélation entre les virements du Pacha et les achats d'actions effectués par Konig ?

— Théoriquement, oui. Je te l'accorde. Et... qu'est-ce que tu vas me demander, maintenant ? J'en frissonne déjà.

— Apporte-moi une preuve noir sur blanc que le compte de Ciragan Trading retient quatre-vingts pour cent des actions USB soit-disant détenues par la Banque Adler. Que ces parts ne sont pas la propriété inaliénable de Konig mais qu'elles lui servent seulement à mener son OPA. Il nous faut un historique détaillé de la manière dont il a accumulé son trésor de guerre sur ce compte, avec dates, quantités et prix courants.

— Tu ne veux pas que je te rapporte le soulier de vair de Cendrillon, pendant qu'on y est ?

Si le ton de Sprecher était aussi désinvolte que d'habitude, Nick remarqua qu'il s'était crispé et que son regard s'était assombri. Avec un sourire, il essaya de pousser sa chance plus avant.

— Moi, il faut que je me débrouille une copie de tous les transferts réalisés pour le compte 549 617 RR depuis juillet dernier, c'est-à-dire depuis le moment où Konig a commencé à glaner des parts de l'USB. Et aussi une copie de tous ses protocoles. Nos archives montreront où son argent est parti à la première étape. Les vôtres établiront de quels établissements ils provenaient quand il est arrivé chez vous, à la fin du périple. Les deux ensemble, ça donnera un tableau assez complet, non ?

— Un très joli tableau, d'accord. Mais à qui tu espères le montrer ?

— Là, on n'a guère le choix. Il n'y a qu'un seul type assez gonflé pour prendre l'initiative pendant que Mevlevi est encore en Suisse.

— À part toi et moi, je ne vois pas de qui tu parles.

— De Sterling Thorne.

Sprecher n'aurait pas fait une autre tête s'il s'était aperçu qu'on lui avait volé ses cigarettes.

— Hein ? C'est une blague ? Pour être gonflé, remarque, il doit l'être : d'après le portrait que tu m'en as fait, il est même ravagé ! Mais quoi, Thorne ? Qu'est-ce qu'il fera ?

Nick prit soin de dissimuler ses propres appréhensions.

— Il fera l'impossible pour mettre la main sur le Pacha. Et il est le seul qui puisse utiliser les preuves que nous aurons réussi à détourner. S'il apprend que Mevlevi est ici, il battra le rappel de toute la DEA. Je parie qu'il serait prêt à faire venir tout un commando d'élite US pour kidnapper le Pacha et le ramener aux États-Unis !

– S'il le trouve...

– Oh, ça ! Lundi matin, à dix heures, je dois chaperonner Mevlevi dans un rendez-vous avec un ponte du service fédéral des passeports, à Lugano. Parce que, vois-tu, Kaiser s'est arrangé pour lui dégoter la citoyenneté helvétique, histoire de le mettre à l'abri des limiers de la DEA dans le doux pays de Suisse.

– Kaiser a fait ça ? s'écria Sprecher avec un petit rire. « Pieds et poings liés », tu disais ? Bon, et ce M. Thorne, il est joignable où ?

– J'ai sa carte, annonça Nick en tapotant la pochette de sa veste. À toi aussi, il l'avait donnée, non ?

– En effet, mais moi je suis plus malin : je l'ai jetée ! (Il fut pris d'un soudain frisson.) OK, mon pote, mettons ce plan au point, alors. Mais pas ici : il fait sacrément trop froid pour continuer la parlote !

En récapitulant ce qui lui restait à faire dans l'après-midi, Nick calcula qu'il ne serait pas libre avant le début de la soirée, au mieux.

– On se retrouve au Keller Stübli à huit heures, ça te va ? J'espère bien pouvoir dire deux mots à notre Yogi.

– Croise les doigts, dans ce cas : s'il a forcé sur la bière d'ici là, ce ne sera pas évident...

Nick joignit pieusement les mains.

– Fasse le ciel que non !

52

Après le long, trop long périple du retour vers le centre-ville, Nick parvint à la Paradeplatz à deux heures cinq et se hâta vers la banque. Chaque minute était comptée, désormais. Lundi, Gino Makdissi allait prendre livraison de l'envoi de Mevlevi, le lendemain, Konig obtiendrait officiellement les parts qui lui permettraient d'entrer au conseil d'administration de l'USB. Il devait les arrêter, l'un et l'autre.

Le ciel se couvrait de plus en plus, une armée menaçante de nuages venus du nord qui semblait préparer un siège aérien de la cité. Indifférents au temps, une foule de badauds se pressaient sur la Bahnhofstrasse, femmes et hommes impeccablement habillés se livrant au shopping avec un zèle aussi morne qu'efficace. Nick se glissa à travers la cohue, l'impatience atténuant pour un instant l'appréhension qui ne le quittait plus.

Arrivé dans la cour d'entrée, il jeta un coup d'œil à la façade grisâtre. Une rangée de fenêtres étaient éclairées au quatrième étage, qui égayaient un peu le triste bâtiment et donnaient aux passants l'impression que contre vents et marées l'établissement veillait sans cesse aux intérêts de ses clients. Un modèle de respectabilité et d'esprit d'entreprise... Il secoua la tête, écœuré par cette image si éloignée de la réalité.

Il grimpa rapidement le petit perron qui conduisait à l'entrée du personnel. Il portait sa tenue de travail habituelle, costume gris sombre et manteau bleu marine. Il passa la porte à tambour en brandissant son badge à l'attention du vigile de service. Celui-ci le fit passer d'un petit signe négligent : quiconque était assez dingue pour venir au bureau un samedi méritait d'entrer sans encombre...

Arrivé au quatrième étage, il perçut aussitôt la rumeur caractéristique d'un service administratif en pleine activité. Des téléphones sonnaient, des portes claquaient, des voix s'interpellaient. Celui qui parlait le plus fort, toutefois, au point que Nick l'entendit du bout du couloir, était Wolfgang Kaiser.

— Mais bon Dieu, Marty, vous m'aviez promis de me libérer deux cents millions ! Cela fait cinq jours que j'attends, et jusqu'ici vous ne m'en avez ramené que quatre-vingts seulement !

La réponse à l'algarade était à peine audible. Nick entendit cependant distinctement, et à sa grande surprise, que son nom avait été prononcé.

— Puisque j'avais besoin de Neumann pendant un jour ou deux, rétorqua un Kaiser toujours aussi furibond, vous n'aviez qu'à le remplacer vous-même. Relever les manches et attaquer ces portefeuilles ! C'est cela, se comporter comme un vrai dirigeant ! Mais je vois qu'il est trop tard pour que vous appreniez...

Rita Sutter surgit en trombe du Nid de l'Empereur pour se jeter dans le couloir. En apercevant le jeune homme, elle pila sur place. Une expression inquiète apparut sur son visage.

— Monsieur Neumann... Je ne m'attendais pas à vous voir aujourd'hui.

Nick se demanda pourquoi. Tout le monde était sur le pont, pourtant...

— Je dois parler à Herr Kaiser.

Elle mordilla un de ses ongles effilés.

— Oh, c'est une journée terrible ! Les nouvelles de la Bourse sont épouvantables. M. Zwicki et M. Maeder sont en réunion avec le président. Vous êtes au courant ?

— Non, mentit Nick. De quoi s'agit-il ?

— Klaus Konig a trouvé encore un pour cent de nos parts. Il va obtenir ses sièges au CA.

— Ah, il y est arrivé, finalement, murmura Nick en affectant l'air le plus éploré possible.

— Ne prenez pas ce que dit Herr Kaiser au pied de la lettre, le mit-elle en garde. Il s'emporte facilement, mais il n'en pense pas la moitié. Il vous aime beaucoup, ne l'oubliez pas.

— Alors, où est-il ? lança le président de l'USB lorsqu'il vit Nick apparaître dans la double volée de portes, ce jour-là restées grandes ouvertes afin de permettre à ses proches d'aller et de venir. Où est Mevlevi ? Qu'est-ce que vous avez fait de lui ?

Rudolf Ott, Martin Maeder et Sepp Zwicki se tenaient debout autour de lui, en un demi-cercle déférent. Il ne manquait que Schweitzer.

— Pardon ? fit Nick.

Il trouvait la question absurde : personne ne pouvait *faire* quoi que ce soit du Pacha !

— J'essaie de le joindre à son hôtel depuis hier soir ! Il a disparu.

— Je ne l'ai pas revu depuis hier après-midi, quant à moi. Il était un peu... préoccupé par son réseau de distribution. Apparemment, il s'est brouillé avec un de ses associés.

— Euh, attendez que j'en finisse avec ces deux-là, le coupa Kaiser en reprenant conscience de la présence de ses collaborateurs. Restez ici ! (Il claqua des doigts et désigna le canapé.) Asseyez-vous, j'arrive.

Nick obéit. De sa place, il entendit le président continuer à passer sa rage sur ses subordonnés. Ce fut d'abord le tour de Zwicki, accusé d'incapacité chronique à « communiquer », de myopie affligeante puisqu'il n'avait même pas vu arriver le dernier coup de Konig. Après avoir bredouillé quelques mots inutiles pour sa défense, le chef du trading baissa la tête et s'esquiva. Maeder était maintenant sur la sellette.

— Et Feller ? aboya Kaiser. Qu'est-ce qu'il fabrique, en ce moment ?

— Il achève de libérer le dernier portefeuille, risqua Maeder sans oser soutenir le regard glacial du président. On a réussi à gratter encore quinze millions. (Il rajusta nerveusement son nœud de cravate avant de risquer une question :) Pas de nouvelles du prêt dont vous... ?

— Non, évidemment ! Autrement, nous aurions déjà ces actions en poche, au lieu de les avoir laissées à Konig !

Il le congédia sans ménagement avant de venir s'installer près de Nick, suivi comme son ombre par Rudolf Ott.

— Eh bien, où est-il passé, vous avez une idée ? reprit-il. Enfin, je vous confie un homme qui me doit deux cents millions de francs et vous le laissez s'évaporer dans la nature !

Mais Mevlevi ne lui *devait* rien, à sa connaissance. Nick se rappelait fort bien que le Pacha avait promis de réfléchir à l'offre de prêt, sans aller plus loin. Et c'était sans doute pour éviter ce genre d'explications houleuses qu'il avait préféré prendre le large.

— Vous le trouverez certainement en compagnie de Gino Makdissi, annonça-t-il posément. Le petit frère doit être en train de faire de son mieux pour remplacer son aîné. Reprendre les relations sur de nouvelles bases...

Kaiser lui lança un regard impossible à interpréter. Savait-il ce qui s'était passé la veille au Platzspitz ? Ou bien cet épisode devait-il rester un des petits secrets du Pacha ?

— Vous aviez la responsabilité de guider M. Mevlevi à Zurich, constata-t-il après un silence. À toute heure, j'insiste ! Ce n'était pas compliqué, ou en tout cas je le croyais... Au lieu de cela, vous apparaissez ici hier en plein après-midi, tel un zombie, d'après ce que Rita Sutter m'a dit, et vous vous installez à votre bureau pour exécuter les quatre volontés de ce salopard. Quarante millions arrivent chez nous, quarante millions repartent aussi sec. Par le passé, vous aviez eu la bonne idée de retarder ses virements. Vous n'auriez pas pu y penser, cette fois encore ?

Nick préféra se taire. Il était plus que las de la pression que Kaiser n'arrêtait pas d'exercer sur lui. Au début, il y avait vu une preuve d'énergie débordante, la tension créatrice d'un homme déterminé à réussir. Mais elle lui faisait maintenant l'effet d'un bluff pur et simple, d'un effort désespéré en vue de reporter sur ses adjoints la responsabilité de ses propres erreurs. Il savait que ce prêt de deux cents millions de francs suisses ne servait plus à rien, désormais : non seulement Konig avait obtenu ses fatidiques trente-trois pour cent, mais il y était parvenu avec l'argent de Mevlevi en personne. Désolé, Wolfgang, mieux vaut oublier ce dernier espoir. Ton maléfique ange gardien ne te sauvera pas la mise *in extremis* !

— D'ailleurs, pourquoi êtes-vous là, aujourd'hui ? insista Kaiser. Pour bayer aux corneilles, comme à votre habitude ? Trois semaines au quatrième et vous êtes déjà lessivé ! Encore un soldat incapable de monter au front !

— Ne vous énervez pas contre M. Neumann, intervint Rita Sutter qui venait d'entrer avec une liasse de photocopies. Je suis certaine qu'il a fait tout ce qu'il a pu. Vous m'avez dit vous-même que M. Mevlevi était parfois impré...

— Personne ne vous a demandé votre avis ! l'interrompit grossièrement Kaiser. Posez ces papiers ici et dégagez le plancher !

445

Retenant ses larmes, la secrétaire battit en retraite avec un pauvre sourire.

Les poings serrés sur sa poitrine, Rudolf Ott, qui n'avait rien perdu de la scène, glissa perfidement :

— Oui, Neumann, vous disiez ?

— J'étais venu aider Reto Feller à terminer les portefeuilles. Je ne savais pas que Konig avait franchi la barre des trente-trois pour cent.

En réalité, il n'avait aucunement eu cette intention. Son rôle de complice dévoué était terminé. S'il s'était rendu au siège un samedi après-midi, c'était dans le seul et unique but de dérober le dossier du Pacha à la DZ.

— Ses trente-trois pour cent, il peut les avoir, rétorqua sèchement Kaiser, mais je ne le laisserai pas mettre un pied au CA ! Pas tant que je serai à la tête de cette banque. Et dire qu'il a été un des nôtres, jadis... Le traître !

— Et il y en a d'autres parmi nous, commenta Ott.

Kaiser ignora cette flèche.

— Je ne le permettrai pas ! Un point, c'est tout !

Nick détourna le regard, gêné. Oui, Kaiser allait se battre jusqu'au moment où le dernier vote serait dépouillé à l'assemblée générale, mais la vérité était qu'il avait déjà perdu. Il lutterait encore contre les changements que son adversaire ne manquerait pas de préconiser à la direction de l'USB, et là encore il finirait par être mis en déroute. Toute mesure visant à augmenter rapidement les bénéfices d'un établissement était *a priori* populaire. À cet égard, Kaiser était un dinosaure, le dernier représentant d'une école pour laquelle le développement à long terme passait avant des résultats spectaculaires mais fragiles. Il était « trop suisse », en fin de compte, même pour la Suisse...

— Allez chez Feller et voyez où en est notre position, commanda-t-il en se retournant vers Nick. Je veux une liste complète des actionnaires sur lesquels nous pouvons compter. Et je veux...

La main blanchâtre qu'Ott posa sur son épaule le fit s'arrêter net. Ses yeux suivirent le regard que son éminence grise avait braqué sur le seuil du bureau. Armin Schweitzer s'avançait vers eux, son visage cireux couvert de sueur.

— J'ai... Je suis venu aussi vite que possible, déclara-t-il à l'intention du duo, ignorant délibérément la présence de Nick.

Kaiser se leva pour aller à sa rencontre.

446

– Je suis désolé de vous avoir sorti du lit, Armin. Rudy m'a dit que vous aviez attrapé la grippe. Rappelez-vous : le seul remède, c'est du repos et encore du repos !

Nick, pour sa part, trouvait qu'il présentait tous les symptômes d'une sévère gueule de bois.

Schweitzer opina du bonnet, visiblement décontenancé par l'étonnante sollicitude de son président.

– Je ne manquerai pas de suivre votre conseil.

– Vous êtes au courant des dernières nouvelles, je présume ?

– Rita Sutter m'a prévenu, en effet. La prochaine manche sera d'éjecter Konig du conseil. Nous venons de subir un revers, mais nous devons nous dire qu'il est temporaire. Sous votre direction, je suis persuadé que nous arriverons bien à nous débarrasser de lui.

– Oui ? Je pensais que vous seriez content, au contraire...

– Content, moi ? Comment pourrais-je l'être ?

Il tenta un rire maladroit, chercha des yeux du renfort auprès de Rudolf Ott, et même de Nick tant il était aux abois.

– Mais oui ! Vous vous entendiez très bien avec Klaus Konig, dans le temps... Les deux jeunes loups du trading. Sans cesse sur la brèche, hein ?

– Je... J'étais dans les obligations, moi. C'est Klaus qui s'occupait des prises de capital et des options.

– Mais vous étiez amis, non ?

– C'était un type correct. Jusqu'à ce qu'il parte aux États-Unis, évidemment. Il en est revenu la tête farcie de théories financières plus fumeuses les unes que les autres.

– En tout cas, ce qu'il fait en ce moment, c'est spectaculaire, suggéra Kaiser d'un ton envieux.

– Le spectacle n'appartient pas au monde des affaires, décréta Schweitzer. Les salles de jeu de Monaco, voilà sa place. Je pense que Klaus est devenu un joueur invétéré.

– Mais vous partagiez les mêmes ambitions, il n'y a pas si longtemps ? insista Kaiser en clignant un œil complice. New York, Londres, vous avez mené la grande vie, tous les deux ! Ça vous monte vite à la tête...

– Le passé est le passé, trancha Schweitzer, refusant de se laisser entraîner sur ce terrain.

– Un passé que vous n'avez cessé de regretter, en tout cas.

– Pas du tout. Je suis très satisfait de ma position actuelle.

– Allons, Armin, ne me dites pas que vous ne rêvez pas de

retrouver la griserie et le prestige du trading ! L'audit interne ? Mais ce doit être assommant, pour quelqu'un de votre envergure !

– Si c'est d'une éventuelle mutation qu'il est question, nous devrions peut-être en parler de façon privée...

Il considéra les alentours d'un air désapprobateur, peu disposé à devenir le centre d'intérêt d'une assistance si considérable. Car outre Nick sur le canapé et Ott debout près de son seigneur et maître, Rita Sutter s'approchait furtivement, retenant dans un pas de deux presque comique un Reto Feller qui paraissait très désireux de lui fausser compagnie et de se précipiter vers le groupe.

– « Armin Schweitzer, vice-président en charge du service des obligations », prononça Kaiser avec la même solennité que s'il envisageait cette promotion pour lui-même.

Il marqua une pause, avant de poursuivre d'un ton amène :

– C'est ce que Konig vous a proposé ? Un nouveau job à la Banque Adler ?

– Pa... Pardon ? fit Schweitzer d'une voix tremblante.

– Je vous demande quelle promesse Konig a pu vous faire. En échange de vos activités d'espion.

– De quoi parlez-vous, Wolfgang ? Il n'y a rien de tel, voyons ! Il est exclu que j'adresse la parole à Konig, et encore plus que je travaille pour lui. Vous le savez parfaitement !

– Ah oui ?

Kaiser vint se placer à quelques centimètres de l'homme qu'il avait condamné. Il caressa distraitement le revers de sa veste puis, sans sommation, gifla à toute volée son collaborateur pourtant bien plus robuste que lui.

– Je vous ai sorti des cachots d'un pays étranger. Je vous ai accordé une place à mes côtés, à la tête de cette banque. Je vous ai redonné la vie, tout bonnement ! Et maintenant, *ça* ! Pourquoi, Armin ? Dites-moi pourquoi !

– Assez ! hurla Schweitzer, les doigts sur sa joue cramoisie. (Un instant, la pièce fut plongée dans un silence de mort.) Assez, répéta-t-il, à bout de souffle. Qu'est-ce que vous racontez, pour l'amour du ciel ! Jamais je ne vous trahirais.

– Menteur ! Qu'est-ce que Konig vous a promis pour vous acheter ?

– Rien ! Je le jure ! C'est... c'est dément. Je n'ai rien à cacher, moi ! (Il fit un pas en avant, désigna Nick d'un index menaçant.) Qui a fait courir ces bruits infâmes sur moi ? C'est lui ?

– Non, répliqua abruptement Kaiser. Ce n'est pas lui, non.

Vous avez pensé à Neumann parce que c'est dans son bureau que vous avez volé la liste, n'est-ce pas ?

— Quelle liste ? Qu'est-ce que c'est que cette histoire ? Je n'ai jamais rien donné à Konig !

Rudolf Ott s'était glissé au côté de son protecteur.

— Comment avez-vous pu en arriver là, Armin ?

— Je ne sais pas ce qu'on a pu vous raconter, mais c'est faux, archifaux ! Un tas d'ordures, rien de plus. La banque est tout pour moi. Ma maison, ma famille. Je vous ai donné trente ans de ma vie. Et vous avez pensé que je pourrais risquer de perdre tout cela ? Soyez sérieux, Wolfgang !

— Oh, je le suis, Armin, terriblement sérieux, même ! (Il fit le tour de l'accusé à pas lents.) Je vous ai sauvé une fois. Si c'est de cette façon que vous avez voulu me témoigner votre gratitude, parfait : profitez bien de vos nouvelles fonctions à la Banque Adler. En tout cas, vous ne remettrez plus les pieds ici. La prochaine fois que nous nous croiserons dans la rue, vous avez intérêt à changer de trottoir. La prochaine fois que nous nous retrouverons dans le même restaurant, vous avez intérêt à quitter les lieux sur-le-champ, si vous ne voulez pas que je me lève et que je vous lance votre félonie à la figure, devant tout le monde ! C'est bien compris ?

Les yeux écarquillés, Schweitzer battait follement des paupières pour empêcher les larmes d'apparaître.

— Non, c'est impossible. Vous ne pouvez pas penser cela. Il y a erreur. Je jure que...

— La seule erreur, ça été la vôtre lorsque vous avez décidé de vous mettre au service de Konig. Bonne chance, Armin. Et maintenant, dehors !

Malgré le bras que Kaiser tendait vers la porte, Schweitzer resta pétrifié, oscillant de droite à gauche comme s'il se trouvait sur le pont d'un navire par gros temps.

— C'est de la folie ! S'il vous plaît, Wolfgang... S'il vous plaît, Herr Kaiser ! Donnez-moi au moins la possibilité de défendre mon honneur. Vous n'avez pas le droit de me...

— J'ai dit dehors, tout de suite ! vociféra le président d'une voix effrayante que Nick ne lui avait encore jamais entendue. Dehors !

Sa disgrâce consommée dans le vaste bureau où un silence funèbre régnait désormais, Schweitzer tourna les talons et s'éloigna sous les regards médusés de ses anciens collègues.

— Quant à vous, ordonna Kaiser au petit groupe, reprenez vos postes immédiatement ! Nous n'avons pas encore tout perdu.

53

Les témoins de l'exécution sommaire d'Armin Schweitzer passèrent dans l'antichambre du Nid de l'Empereur, encore sous le choc de la scène qu'ils venaient de vivre. Si Ott et Feller semblaient en avoir tiré une stimulante satisfaction – Nick se dit qu'ils devaient sans doute faire de gros efforts pour ne pas se laisser aller à sourire –, Rita Sutter, elle, s'était assise à son bureau où elle garda un silence accablé. Nick attendit que Reto Feller ait quitté la pièce pour s'approcher du vice-président.

– J'ai été chargé pour le client que j'accompagnais hier, le titulaire du compte numéro...

– M. Mevlevi, oui, le coupa Rudolf Ott. Je connais son nom, Neumann !

– Oui. Il m'a demandé de lui apporter toute la correspondance concernant son compte.

Nick aurait préféré aborder le sujet avec Kaiser, mais l'arrivée et, surtout, la sortie de Schweitzer ne lui en avaient pas laissé le temps. Il devait donc se rabattre sur Ott.

– Vraiment ? (Celui-ci passa un bras sous celui du jeune homme et l'entraîna dans le couloir, tel un courtier échangeant les dernières rumeurs avec un collègue.) Je croyais qu'il avait examiné son dossier hier après-midi...

– Oui, mais il a été interrompu, expliqua Nick tout en jouant du coude afin de se dégager de l'emprise du bonhomme – sans succès. Par l'annonce de la mort de Cerruti.

– Ah ! fit Ott d'un air entendu. Eh bien, pour quand le veut-il ?

– Ce soir, avant sept heures. J'avais pensé en parler au président, mais...

– Je vous comprends et vous approuve. Ce n'est vraiment pas le moment de l'importuner avec des détails administratifs. Quant à Mevlevi, ne pourrait-il pas attendre un peu et venir lire son courrier ici, dans nos locaux ?

– C'est ce que je lui ai suggéré moi-même. Mais il dit qu'il veut le consulter avant que nous nous rendions à Lugano lundi matin.

– Tiens ! Alors, pour sept heures ce soir ? Et il veut que vous le lui apportiez à son hôtel ?

– C'est cela, au Dolder. Je suis censé le lui laisser à la réception.

– Bien, bien ! Herr Kaiser va donc être soulagé de savoir où il peut joindre Mevlevi, n'est-ce pas ? Évidemment, il ne peut guère risquer de s'y rendre personnellement. Il est beaucoup trop connu pour être vu en compagnie de ce genre d'individu. Surtout en ce moment. (Il leva la tête pour le dévisager, puis consulta sa montre.) D'accord. Laissez-moi le temps de prévenir la sécurité. Présentez-vous à la DZ dans dix minutes. À... À trois heures précises, donc.

Nick réussit enfin à s'extraire de son emprise insistante. Il s'éloignait déjà lorsque Rudolf Ott le héla :

– À propos, Neumann ! Prenez Feller avec vous, entendu ? Il a travaillé un an avec Karl. Il vous aidera à trouver ce que vous cherchez.

Nick gagna son bureau en maudissant sa déveine : être flanqué de ce zélote n'allait pas simplifier sa tâche. Après s'être enfermé à double tour, il sortit d'un des tiroirs un gros classeur sépia, à peu près de la taille de celui du Pacha, qu'il entreprit de bourrer de vieux rapports et de documents anodins. Sur une impulsion, il interrompit son travail pour tirer le tiroir du haut et en tâter le fond à la recherche des formulaires dont il avait constaté la disparition la veille sans s'expliquer qui avait pu les dérober, ni dans quel but. Ses doigts ne rencontrèrent que le bois brut. Vingt-quatre heures plus tôt, leur perte lui avait fait l'effet d'un cataclysme. Désormais, il n'y accordait qu'une importance toute relative : ces ordres de virement n'étaient finalement que de la petite bière en regard du dossier Mevlevi, avec les exemplaires de signatures, les originaux des sept protocoles de transferts, la liste des gestionnaires de patrimoine qui s'étaient occupés de son compte, à commencer par Wolfgang Kaiser. C'était cela qui comptait, tout ce sac de preuves accablantes...

Nick referma le tiroir et s'acquitta de sa tâche. Il ôta sa veste, glissa le faux dossier dans son dos, rajusta sa ceinture afin de le maintenir en place, remit son veston et quitta son bureau en hâte.

451

– Vous avez vu la tête qu'il faisait ? Oui ? l'interrogea Feller alors qu'ils attendaient ensemble l'ascenseur qui allait les conduire au rez-de-chaussée. Je n'avais encore jamais vu un homme adulte pleurer. Encore moins le vice-président d'une banque. Bon Dieu, il chialait comme un gosse ! Non, comme un nouveau-né !

« Ou comme un innocent », se dit Nick.

Dans la cabine, il appuya sur le bouton et regarda obstinément le sol, désireux de se soustraire à l'excitation de Feller, qu'il trouvait aussi déplacé qu'exaspérante.

– De quelle liste a parlé Kaiser ? insista cependant ce dernier. Ce point-là m'a échappé, j'avoue. (Comme Nick avait marmonné qu'il n'était pas plus au courant que lui, il revint à la charge :) Allez, Neumann, racontez-moi ce qu'il a fait ! Ces derniers temps, vous avez passé bien plus de temps que moi avec le président. Mettez-moi au parfum, quoi !

– Impossible, mentit Nick afin de se débarrasser de cet insupportable cancanier. Je n'en sais rien moi-même.

En réalité, s'il connaissait les détails du forfait, il en ignorait les motivations. Pourquoi Schweitzer avait-il décidé de trahir la banque à laquelle il avait voué trente années de son existence ? Était-ce la perspective de reprendre ses activités de trader qui l'avait convaincu, avec ce que cela signifiait : plus d'argent, un poste de responsabilité au sein d'un établissement en plein essor ? Non, Nick n'arrivait pas à le croire. À l'USB, Schweitzer avait fait partie du saint des saints, participé aux décisions prises au plus haut niveau : une expérience grisante, même s'il n'était théoriquement que directeur de l'audit interne. Il n'aurait guère pu en espérer autant à la Banque Adler.

Plus encore, Peter Sprecher avait souligné que, d'après von Graffenried, les concurrents de l'USB avaient obtenu la liste pratiquement pour rien, ce qui ne cadrait pas avec les manœuvres sordides dont Schweitzer avait été accusé et qu'il venait de payer au prix fort, au contraire. L'apparente gratuité de cette fuite semblait répondre au plus méprisable des mobiles : la vengeance.

Feller pianotait nerveusement des doigts sur la paroi de la cabine.

– Il faut vraiment être un moins que rien pour refiler des infos à l'ennemi en plein milieu de la bataille, non ? Vous ne trouvez pas, Neumann ?

Il se contenta d'un vague grommellement en guise d'assentiment, tandis que la remarque de Feller réveillait en lui une question dérangeante qu'il avait essayé de refouler depuis une demi-heure, tant elle le mettait mal à l'aise : qui avait soufflé à l'oreille de Kaiser que Schweitzer était le traître ? C'était lui-même qui avait mis en place le piège de la liste, et il n'en avait parlé qu'à deux personnes seulement...

De très loin lui parvenaient les perfidies que Feller continuait à proférer.

– Et il pleurait comme une Madeleine, en plus ! Penser que ce type a soixante ans ou presque... Ça me ferait le même effet de voir mon père éclater en sanglots. *Unglaublich !*

Soudain, Nick en eut assez.

– Sa vie est fichue, vous ne voyez pas ça ? Quel genre de plaisir pouvez-vous éprouver à vous délecter de sa déchéance ?

– Aucun, se défendit Feller, quelque peu refroidi. Mais s'il a vraiment volé des informations confidentielles, vitales pour nous, et les a monnayées auprès de Konig, je lui souhaite de brûler en enfer, à ce salaud ! Enfin, vous, Neumann, est-ce que vous auriez ne serait-ce que l'idée de porter atteinte à la banque, de mettre le président en difficulté ? Non ! Vous voyez ? C'est impensable !

– Absolument, approuva Nick alors que le bord du faux dossier lui cisaillait les reins.

Un vigile les attendait à l'entrée des archives. Il examina leur badge avant de les laisser pénétrer à la *Dokumentation Zentrale*, déserte et plongée dans l'obscurité. Feller trouva tout de suite le panneau de commande des néons, qu'il alluma pendant que le vigile s'asseyait à la table de lecture.

– Comme au bon vieux temps ! s'exclama Feller en allant prendre la place habituelle de Karl derrière le comptoir au revêtement vert élimé, sur lequel il s'appuya en demandant d'une voix chevrotante : Que puis-je faire pour vous, jeune homme ? Voulez un dossier, pas vrai ? Alors remplissez-moi la demande, ahuri ! Ah, cette nouvelle génération, tous pareils ! Des cossards, des lambins, des mous... Je ne sais pas comment la banque pourra s'en tirer. Bon, ce formulaire, il est complet, oui ou non ? (Il fit mine de lui arracher des mains un papier imaginaire.) Pas de références, pas de dossier ! Non mais, quel demeuré !

Nick rit de bon cœur. L'imitation n'était pas si mauvaise, et il en concluait qu'il n'avait pas été le premier employé à *oublier* d'inscrire ses initiales sur le sacro-saint formulaire. Feller lui fit signe de le rejoindre derrière le comptoir.

– J'ai besoin du dossier du compte 549 617 RR.

L'autre répéta le numéro avant de s'engager dans une enfilade de rayons qui se poursuivait à perte de vue.

– Cinq, quatre, neuf, oui. Et après, c'est comment ?

– Six, un, sept.

– Oui, oui, venez par ici.

Ils firent encore quelques mètres, prirent à droite et parvinrent à une section où les archives étaient stockées sur une hauteur de plus de trois mètres, avec des numéros placardés à chaque angle, telles des plaques de rues. Feller obliqua ensuite à gauche, débouchant dans un couloir si étroit qu'ils pouvaient à peine se tenir côte à côte.

– Ah, voilà ! 549 617. Et qu'est-ce que vous voulez, dans ce dossier ?

– Juste le courrier non réclamé.

– Là-haut, la quatrième étagère ! Moi, je n'y arriverai pas.

– Vous n'avez pas une échelle quelque part ?

– Si, il doit y en avoir, mais vous aurez fait aussi vite de grimper sur les étagères. Avant, on faisait des concours à qui arriverait à toucher le plafond le premier.

– Tiens !

C'était exactement le genre de diversion qu'il attendait. Il se mit sur la pointe des pieds, ne parvenant qu'à effleurer le dossier du Pacha de ses doigts.

– Vous seriez partant pour le refaire ?

– Oh non, j'ai pris les habitudes du quatrième étage, maintenant ! constata Feller d'un ton contrit tout en palpant sa brioche naissante.

Nick vit ses chances augmenter.

– Je n'en crois pas un mot, Reto ! Allez, je vous donne le signal. Je vous accorde deux ou trois essais, histoire de vous échauffer, et après je vous mets la pâtée !

– Hein, vous ? Avec votre genou ? Non, je ne suis pas méchant, moi. (Il avait déjà enlevé son veston, pourtant.) ... Enfin, en temps normal, du moins. Mais bon, puisque vous voulez une leçon, allons-y !

Et il chercha des yeux les espaces vides sur les rayonnages qui allaient lui permettre son ascension.

Pendant ce temps, Nick retira rapidement le dossier coincé dans son dos, le posa sur une étagère. Il se haussait de toute sa taille pour atteindre le classeur du Pacha lorsqu'un affreux tintamarre retentit dans l'espace confiné : Feller avait escaladé la structure métallique et appliquait sa main au plafond d'un air triomphant.

— Vous voyez, Neumann ? lança-t-il de son perchoir. Quatre secondes maxi !

— Sacrément rapide, concéda Nick d'un ton admiratif, non sans vérifier que son corps masquait le dossier de substitution sur l'étagère.

— Vous me charriez ou quoi ? protesta Feller, plus que jamais nostalgique de sa jeunesse. Avant, dans mes bons jours, c'était l'aller-retour que je faisais en quatre secondes ! Tenez, regardez ça !

Il dévala en bas. Nick n'eut même pas le temps de redouter qu'il ne finisse par découvrir son manège : sans reprendre souffle, il pivota sur lui-même et partit à nouveau à l'assaut de la montagne de fer et de papier. Il était à mi-course lorsque le vigile cria de sa place :

— Qu'est-ce que vous fabriquez tous les deux, là-bas ? Revenez tout de suite !

Feller s'immobilisa aussitôt, agrippé à son précaire appui. Il tournait le dos à Nick. Celui-ci en profita pour extraire le dossier de son casier, l'ouvrir et en retirer la pile de fausses lettres qu'il y avait glissée quelques jours plus tôt. Puis il fourra le classeur, bien plus épais qu'il ne se le rappelait, dans son pantalon et rajusta sa veste afin de dissimuler la bosse qu'il lui faisait au bas du dos. Il avait l'impression d'avoir une enclume accrochée à la ceinture !

Le vigile les héla encore une fois :

— Dépêchez-vous ! Qu'est-ce que vous fichez, bon sang ?

Avec un toupet dont Nick ne l'aurait jamais cru capable, Feller s'écria :

— Hé, mais on grimpe aux murs, tiens !

Par-dessus son épaule, il adressa un clin d'œil à son compagnon.

— Dépêchez-vous quand même, insista le vigile. Et le match, alors ? Zurich-Neuchâtel ! Vous autres, les gratte-papier, vous allez me faire manquer le coup d'envoi.

Nick envoya une petite tape sur la jambe de Feller et lui tendit le faux dossier.

— Vous voulez bien remettre ça en place pour moi ? De là où vous êtes, ce sera plus facile.

Le vigile avait passé la tête au coin de l'allée. Il observa les deux garçons d'un air méfiant. Après avoir remis le classeur dans son casier, Feller sauta au sol.

— On dirait que notre compétition va devoir être ajournée ! Enfin, vous avez tout ce que vous vouliez ?

— Tout, oui ! l'assura Nick en brandissant la liasse de correspondance factice.

54

Il était un peu plus de vingt et une heures lorsque Nick arriva au Keller Stübli. Il se sentait tendu, mais pour une fois c'était l'impatience qui en était la cause, et non pas la frustration. Pour une fois, il agissait au lieu de réagir.

Le plan qu'il avait conçu en vue de dérober le dossier du Pacha avait été couronné de succès. Tout était là, ainsi qu'il l'avait rapidement vérifié : les confirmations du moindre virement, les protocoles de transferts internationaux, la liste des gestionnaires de patrimoine qui, en restant si modestement dans l'ombre, avaient administré le compte depuis des années. Mais il était aussi porteur de sa propre contribution : un programme d'action destiné à confondre à la fois Mevlevi et Kaiser. À l'idée qu'il était sur le point de reprendre le contrôle sur son existence et sur son avenir, il se sentait des ailes, il en oubliait sa fatigue. Que Sprecher ait lui aussi de bonnes nouvelles à lui annoncer et cette journée resterait dans les annales...

Il inspecta le bar. À aucun moment il n'avait eu l'impression d'être suivi, mais cela n'était pas suffisant. En se rendant à la taverne, il s'était arrêté à plusieurs reprises devant des vitrines, guettant le reflet suspect d'un homme ou d'une femme qui serait passé un peu trop lentement. Qu'il n'ait rien vu ni rien senti ne prouvait pas qu'il était en sécurité. Des experts de la filature auraient pu s'être accrochés à ses basques depuis des jours sans jamais éveiller ses soupçons. Conclusion ? Il fallait rester sur le qui-vive, ne pas baisser la garde.

Le Keller Stübli était déjà presque plein. Les consommateurs se pressaient autour des tables alignées le long des murs, le brouhaha des conversations couvrant la musique de jazz diffusée en fond sonore. La cigarette aux lèvres, Sprecher était installé à sa place habituelle, tout au bout du comptoir.

— Alors, bonne pêche ? demanda Nick à brûle-pourpoint. Tu as pu obtenir quelque chose à propos de Ciragan Trading ?

— Oh, c'était la foire, là-bas ! Konig avait fait livrer une caisse de dom-pérignon à l'équipe du trading, histoire de fêter notre victoire. La manne tombée du ciel.

— C'est peut-être un peu prématuré, non ?

— Il a abattu tous les obstacles, tu veux dire ! En fait, il avait une arme secrète dans sa manche depuis le début. Il semble que deux ou trois grosses banques américaines aient conclu un accord avec lui : à partir du moment où il réussissait à franchir la barre des trente-trois pour cent, elles lui avançaient assez de cash pour racheter toutes les parts de l'USB encore disponibles. Lundi matin, à huit heures, il va lancer la bombe : une offre à cinq cents francs l'unité pour toute action qui n'est pas encore dans sa poche. C'est-à-dire vingt-cinq pour cent de mieux par rapport à la cotation à la fermeture hier soir.

— Ça fait trois milliards de francs suisses ! (Nick ferma les yeux quelques secondes – ce n'était plus une offensive, c'était de l'extermination...) Kaiser va résister.

— Il va essayer, oui, et puis ? De combien de voix la direction sortante est-elle assurée, en réalité ? Vingt-cinq, trente pour cent ?

Nick reprit encore une fois l'addition. Même après le plan de « libération » orchestré par Maeder, l'USB ne contrôlait directement que quarante pour cent de ses parts. Le reste appartenait à des institutions qui, *pour l'instant*, avaient été convaincues de resserrer les rangs derrière Kaiser.

— Un petit peu plus, répondit-il.

— Aucune importance, trancha Sprecher. Mardi, en début d'après-midi, Konig pourra revendiquer plus de soixante-six pour cent du gâteau. Dis-moi, qui va refuser de revendre ses parts avec un profit net pareil ?

— Kaiser aura trouvé un sauveur, d'ici là.

— Tu parles !

À son corps défendant, Nick devait reconnaître que Sprecher avait raison. L'assemblée générale avait éveillé de telles convoitises que les investisseurs affluaient déjà de New York, de Paris ou de Londres. Dès qu'ils entendraient le prix proposé par Konig, ils allaient arriver à la rame, même ! Et la Banque Hambros, Bankers

Trust, tous ces groupes qu'il s'était évertué à persuader de rester fidèles à Kaiser, en feraient autant. Qui pourrait le leur reprocher, d'ailleurs ? Deux mois plus tôt, les actions USB s'échangeaient à trois cents francs. Non, personne ne pouvait laisser passer un coup pareil !

— Enfin, tu peux imaginer la folie qui régnait là-bas ! reprit Sprecher. Tout le monde a tellement bossé pour arriver à ce moment... Il y avait une telle cohue qu'on ne pouvait plus bouger. Alors, essayer de piquer quelque chose ! Et demain, rebelote : Konig a mobilisé toutes ses troupes pour dix heures du mat. C'est dimanche, d'accord, mais c'est aussi la dernière ligne droite avant mardi.

Nick leva des yeux découragés au plafond.

— Tu es en train de me dire que tu n'as rien pu sortir sur Ciragan Trading ?

Sprecher lui tapota tristement le dos comme s'il était en train de lui présenter ses condoléances. Et puis, soudain, il grimaça un large sourire.

— Moi ? Mais je n'ai jamais dit ça ! (Il exhiba une enveloppe et l'agita sous le nez de son comparse.) Voilà, tout ce que tu désirais si fort dans ton petit lit, au moindre détail près ! Tonton Peter ne t'aurait pas lai...

— Oh, écrase, Peter, et donne-moi ce machin !

Quand il lui arracha l'enveloppe des doigts, ils éclatèrent de rire ensemble. Et puis, instinctivement, Nick jeta un coup d'œil par-dessus son épaule. Le nombre de clients n'avait guère changé au cours des dix dernières minutes. Il observa les tables alentour : personne ne leur prêtait particulièrement attention. Ne résistant plus à sa curiosité, il fendit l'enveloppe de son pouce après avoir consulté Sprecher du regard. Sur papier à en-tête de la Banque Adler, c'était le relevé hebdomadaire des actions USB achetées pour le compte E 1931 DC, Ciragan Trading. La date de l'offre et celle de la transaction, le prix, la commission, le nombre de parts – « au moindre détail près », en effet.

— Tu n'as quand même pas tapé tout ça sur ton clavier ? demanda-t-il pour plaisanter.

— Même si je l'avais voulu, je n'aurais pas pu. Tu vois ces quatre lettres en bas à gauche, là, suivies des lettres A et B ? C'est le code de référence interne pour la consultation de ce document et son impression. Quelque part dans notre gros ordinateur, donc, mon petit larcin est conservé en mémoire...

– Et donc ce relevé est toujours dedans aussi, exactement sous cette forme ? compléta Nick.

– Naturellement ! (Il lui fit un clin d'œil.) Ça a été tellement facile que c'en est honteux, mon pote ! Bon, je te l'ai déjà dit, à notre étage, c'était le vrai foutoir. Faris, notre génie ès rachats de capitaux, est juste à côté de moi, installé dans l'autre sens. Je sais quoi chercher, je sais où chercher, ce qui me manque, c'est l'occasion. Alors qu'est-ce qu'il fait, Tonton Peter ? Il n'arrête pas de verser du roteux dans le verre du brave Faris. Bientôt, *presto magico*, le pauvre doit aller soulager sa vessie et moi je vais droit à son moniteur. Attention, il ne se délogue pas à chaque fois qu'il va pisser, l'animal ! Donc je carre mes fesses dans son fauteuil, je fais comme si j'avais toujours été là, je ne surveille même pas les environs. Hop, je tape le nom du compte, je demande un historique de tous les mouvements des dix-huit derniers mois. J'appuie sur « imprimer », et le tour est joué. Ah, évidemment, tu n'as pas à t'en faire : avant de me lever, j'ai rechargé le texte qui était à l'écran avant que j'arrive, le cours comparé des devises ou un truc de ce genre. Je suis passé comme un songe, comme un rêve ! Et vous, mon jeune ami, comment avez-vous navigué ?

Conscient qu'il lui aurait été difficile de rivaliser avec pareille truculence, Nick choisit la sobriété.

– J'ai le dossier du Pacha, *in extenso*, annonça-t-il en montrant son attaché-case posé près de lui. Avec ce qu'il contient et l'historique que tu as obtenu, on va pouvoir comparer les virements de Mevlevi avec les achats de Konig.

– Ah, le brave petit ! Bien entendu, *moi*, je n'ai jamais douté que tu réussirais...

– Pour l'instant, je vais te confier le dossier. Le garder chez moi serait trop risqué.

Sprecher contempla un moment l'attaché-case avant de prononcer d'une voix solennelle :

– Ne pas plier, ne pas agrafer, ne pas découper.

– Et tu pourrais ajouter : ne pas tacher avec de la bière !

À deux reprises avant de quitter la banque, Nick avait tenté de joindre Sylvia dans l'espoir de lui soutirer une invitation à venir passer la nuit avec elle. Elle n'était pas chez elle. Il s'était brusquement rappelé qu'elle devait aller voir son père à Sargans, et avait donc abandonné l'idée de cacher le dossier Mevlevi chez elle.

D'ailleurs, il avait préparé toute une série de questions à lui poser ; et à ce souvenir, assis au comptoir du Keller Stübli, il se sentit envahi par l'amertume et la colère. Qui avait informé Kaiser de la disparition de la liste des actionnaires incontournables et lui avait expliqué qu'elle se trouvait certainement aux mains de Klaus Konig, désormais ? Qui lui avait désigné Armin Schweitzer comme le seul coupable possible ? Qui avait informé le président que Sylvia et lui devaient se retrouver à déjeuner, le jeudi précédent ? Et qui encore avait laissé le message qu'il avait surpris sur le répondeur téléphonique de la jeune femme, la veille au soir ? Avait-il eu raison de croire avoir reconnu la voix de Wolfgang Kaiser ?

Il voulait se persuader à toute force que Sylvia n'était pas, ne pouvait être la réponse à toutes ces interrogations. Il aurait tant voulu la connaître assez bien pour apporter de lui-même un démenti catégorique à ses soupçons... Mais il savait qu'elle avait toujours gardé un petit jardin secret, et il en était d'autant plus conscient qu'il ne s'était pas comporté autrement, lui. Jusqu'alors, cet élément de mystère, ce continent inconnu qu'il croyait entrevoir derrière un regard voilé ou un soupir inexpliqué, lui avait paru ajouter un charme supplémentaire à leur relation, un appel tacite à en explorer les limites. Désormais, il était obligé de se demander si Sylvia avait seulement cherché à se protéger, ou si elle dissimulait l'inavouable.

Il reporta son attention sur la salle bondée.

– Notre ami, tu l'as vu ?

Sprecher se leva pour scruter la foule.

– Non, il n'a pas l'air d'être là.

– Je vais regarder sous les tables, j'ai peut-être une chance... Toi, tu surveilles cet attaché-case, hein ?

Il quitta son tabouret, s'enfonça dans la cohue. Il chercha la silhouette qu'il conservait dans sa mémoire, un homme voûté en costume sombre, aux cheveux gris. Personne ne ressemblait de près ou de loin à Yogi Bauer dans ces groupes de femmes et d'hommes qui conversaient debout, un verre à la main et une inévitable cigarette aux lèvres. Il alla jusqu'au fond de la salle, inspecta les banquettes. Lorsqu'il revint bredouille au comptoir, Sprecher était en train de siroter une nouvelle bière.

– Alors, rien ? interrogea-t-il en allumant une Marlboro.

Nick fit non de la tête, commanda une chope à son tour.

Sprecher s'étira, un sourire sarcastique distendant ses traits.

– Euh, rappelle-moi : dans les marines, tu faisais quoi, déjà ?

– Reconnaissance. Pourquoi ?

– C'est bien ce que je pensais. Eh bien, je plains ton unité !

Il déposa sa cigarette dans le cendrier, pivota prestement sur son tabouret. Son doigt virevolta dans l'air avant de se braquer sur le recoin le moins éclairé du bar.

– Là-bas, près du palmier en pot ! Tu devrais envisager d'investir dans une paire de bonnes binocles.

Nick suivit des yeux la direction que pointait son index. Comme si elles obéissaient à un signal, deux jolies femmes qui étaient tombées dans les bras l'une de l'autre se séparèrent, laissant apparaître derrière elles un petit homme en complet anthracite froissé, agrippé à sa chope. C'était bien Yogi Bauer. Le problème, c'est qu'il n'était pas seul : pas moins de dix verres vides étaient parsemés sur la table devant lui.

– Il est cloué à sa chaise, diagnostiqua Sprecher avant de se tourner vers le barman : Hé, tu nous sers une autre tournée, plus ce que M. Bauer a l'air d'écluser depuis ce matin, là-bas !

– M. Bauer ? s'étonna le garçon. Yogi, quoi ! Oh, pour lui, bière ou schnaps, c'est égal.

– Bière et schnaps, alors !

Il revint bientôt avec la commande et se pencha sur le comptoir pour glisser à Sprecher :

– Allez-y mollo avec lui. Il est là depuis midi. Il est un peu grognon, des fois, mais c'est un bon client !

Attrapant une partie des boissons et suivant son collègue à travers la foule, Nick se dit qu'ils ne tireraient sans doute rien d'une pareille épave. Arrivé à la table de Bauer, Sprecher s'empara d'une chaise libre et s'assit devant lui.

– Que diriez-vous de boire un verre avec nous ? Je suis Peter Sprecher, et voici mon copain, Nick.

Yogi Bauer étendit les bras pour rajuster des manchettes plus que douteuses.

– Ça fait plaisir de voir que les jeunes d'aujourd'hui ont encore des manières, constata-t-il en levant sa chope.

Avec sa chevelure terne et en désordre, sa cravate marron affligée d'une tache qui avait la taille et la forme d'un petit pays d'Afrique, ses yeux injectés de sang, il était le portrait-robot type de l'alcoolique vieillissant.

Il prit le temps de terminer sa bière avant de poursuivre :

– Sprecher... Je te connais, toi ! Tu as passé un bout de temps dans l'île des brouillards, si je ne m'abuse ?

— Exact. J'ai fait mes études à Carne, dans le Sussex. Justement, nous voulions vous poser quelques questions au sujet de votre séjour en Angleterre, à l'époque où vous étiez à l'USB.

— Où j'étais à l'USB ? s'étonna Bauer. Mais quand est-ce que je n'ai *pas* été à l'USB ? Pour nous tous, c'est pareil ! Bon, je t'ai déjà raconté l'histoire de Schweitzer ? Qu'est-ce que tu veux encore savoir ?

Nick se penchait déjà sur la table pour le mitrailler de questions mais Sprecher posa une main apaisante sur son épaule. Alors, il se redressa et laissa son compagnon poser ses appâts, ce que celui-ci ne fit pas tant que Bauer n'eut pas terminé sa chope.

— Combien de temps avez-vous été au bureau de Londres ? Deux ans ?

— Deux ans ? se récria le vieux poivrot comme si on était en train d'essayer de le rouler. Plus que ça, hé ! On a ouvert la boutique là-bas en 75 et je suis parti en 79, quand on m'a sifflé pour que je revienne au siège. J'aurais mieux fait de me casser une jambe, ce jour-là...

— C'était un petit bureau ?

— Oui, assez, en tout cas au début. C'est Armin Schweitzer qui était aux commandes, moi j'étais son second. Mais pourquoi ça t'intéresse autant ? Tu y retournes ?

— Hein ? lâcha Sprecher, cette fois pris de court. Euh, oui, en effet, je pensais demander à être muté là-bas. Londres est très à la mode, en ce moment. À propos, vous étiez un staff de combien ?

— On a commencé à trois. Et on était trente quand je suis parti !

— Vous deviez connaître tout le monde, alors ?

Bauer émit un grognement qui signifiait indubitablement : « Évidemment, connard ! »

— On formait une famille. Enfin, une sorte...

— Il y avait un certain Burki avec vous en ce temps-là, non ? Vice-président. Caspar Burki, si je ne me trompe. Lui aussi, vous l'avez certainement connu... (Les yeux de Bauer passèrent de la chope vide au verre rempli de schnaps.) Caspar Burki, répéta Sprecher.

— Bien sûr que je me souviens de Cappy ! (Cela sonnait plus comme une confession forcée que comme un simple souvenir.) Difficile de ne pas remarquer quelqu'un quand on bosse avec lui pendant cinq ans...

— Burki était gestionnaire de patrimoine, non ? intervint Nick. Alors que vous, vous étiez trader.

– Cappy s'occupait de la clientèle, oui, et alors ?

Sprecher appuya une main sur le bras de Bauer et, désignant Nick du menton :

– Le père de mon ami ici présent a connu Burki, lui aussi. Donc il aurait bien aimé le retrouver, vous comprenez, juste pour dire un petit bonjour, évoquer le passé, discuter le bout de gras.

Bauer fit la grimace. Il ne paraissait pas apprécier le tour que prenait la conversation. Il saisit le schnaps que Sprecher avait poussé vers lui, l'avala d'une seule goulée mal ajustée.

– Il vit encore, n'est-ce pas ? demanda Nick.

– Oui, bordel, grommela le vieil homme, dont les yeux s'étaient noyés de larmes sous l'effet corrosif de l'alcool. Cappy court toujours, oui.

– Et qu'est-ce qu'il fait maintenant ? Il profite de sa retraite, comme vous ?

Bauer lui lança un regard mauvais.

– Oui, il se la coule douce, tout comme moi. On nage en plein âge d'or, tous les deux. Assis devant un bon feu de bois, à faire sauter nos petits-enfants sur nos genoux. Les vacances sur la Côte d'Azur. Le pied, quoi ! (Il leva un bock vide.) Allez, à la bonne vôtre ! Comment c'est ton nom, à toi, déjà ?

– Neumann. Mon père s'appelait Alex Neumann. Il a dirigé le bureau de Los Angeles.

– Je l'ai connu, lui aussi. Pas eu de bol, le pauvre. Mes condoléances.

– Cela fait déjà longtemps...

Bauer le considéra avec circonspection avant de poursuivre d'un ton nouveau, empreint de sympathie :

– Alors, tu cherches Caspar Burki ? Crois-moi, laisse tomber. Oublie-le... Bon, de toute façon ça fait des mois que je ne l'ai pas revu. Où il pourrait être, j'en ai pas la moindre idée.

– Mais il vit toujours à Zurich ? insista Nick.

Bauer lâcha un rire qui ressemblait plutôt à un hennissement.

– Et où il irait, hein ? Il doit bien rester près de la source, non ?

Nick en resta bouche bée. *La Source ?* Qu'est-ce qu'il voulait dire par là ? Était-ce le nom d'une taverne ? Burki s'était-il lui aussi transformé en pilier de bar du troisième âge ?

– Vous ne savez vraiment pas où je pourrais le trouver ? Il n'habite plus à l'adresse que la banque avait.

– Il a déménagé il y a un moment, oui. Me demande pas pour aller où, je n'en sais rien. Et, encore une fois, ce n'est pas une

464

bonne idée de le chercher. Il est dans la mouise. Avec sa retraite, il s'en tire pas...

Nick laissa ses yeux errer sur le costume défraîchi et le col de chemise noirâtre de Bauer. « Surtout s'il claque tout dans la picole », pensa-t-il. Il n'arrivait pas à s'avouer battu.

— C'est très important pour moi, Yogi. Vous êtes certain que vous ne pouvez pas m'aider à le trouver ?

Bauer dégagea d'un geste sec le bras sur lequel Nick avait posé sa main.

— T'es en train de me traiter de menteur, c'est ça ? Il est parti, Burki. Il n'existe plus ! En tout cas, le Burki que ton père a pu connaître. Pfff, envolé ! Fous-lui la paix. Et pendant que tu y es, lâche-moi la grappe, à moi aussi !

Son regard égaré passa de Sprecher à Nick, comme s'il attendait que son seul magnétisme oblige les deux hommes à quitter la table. Mais, comme tout buveur chronique, il se lassa vite de cet effort et se contenta de roter bruyamment.

Nick vint s'accroupir près de sa chaise pour lui murmurer à l'oreille :

— On s'en va, d'accord. On ne veut pas abuser de votre gentillesse. Quand vous verrez Burki, dites-lui que je le cherche, et que je ne renoncerai pas tant que je ne l'aurai pas trouvé. Dites-lui que c'est à propos d'Allen Soufi. Il comprendra.

De retour au comptoir, les deux comparses se frayèrent un passage dans la cohue pour commander une tournée de bières. Avisant deux tabourets qui venaient de se libérer, Sprecher se jeta dessus avec une joyeuse exubérance que Nick n'arriva pas à s'expliquer.

— Il ment ! proclama-t-il une fois qu'ils se furent assis côte à côte. Il sait où est Burki. Ils doivent se rencontrer régulièrement pour se pinter ensemble. Simplement, il n'a pas eu envie de nous le dire.

— Mais pourquoi ? Pourquoi essayer de nous dissuader de le retrouver ? Et cette histoire de *source*, ça signifie quoi ?

— Seul celui qui se sent coupable éprouve le besoin de dissimuler, très cher. On dirait que nous lui avons volé dans les plumes, en tout cas. Moi, j'appelle ça un succès.

Nick n'en était pas si sûr. En admettant que Burki soit toujours en vie, et que Bauer et lui se voient pour boire, ils ne disposaient ni du temps ni des moyens de surveiller le vieil ivrogne jusqu'au moment où ils le surprendraient en compagnie de l'ancien vice-président. Un succès ? Aux yeux de Nick, c'était plutôt un échec. Allen Soufi restait plus insaisissable que jamais.

Sprecher lui décocha soudain un coup de coude.

– Tiens, tiens. Oui, on lui a volé dans les plumes, je te dis. Maintenant, voyons un peu jusqu'où il s'envole...

À moins de deux mètres, la tête de Yogi Bauer était apparue au milieu du mur que formaient les consommateurs devant le comptoir. Il était en train d'agiter un billet de dix francs suisses en l'air, criant au barman de lui faire la monnaie. Celui-ci s'exécuta en un tournemain. Bauer tourna la tête à droite, puis à gauche. Ignorant le regard insistant de Nick, il s'éclipsa.

Après avoir recommandé à Sprecher de garder l'œil sur son attaché-case, Nick se glissa à bas du tabouret et suivit le vieil homme qui se dirigeait maintenant vers les toilettes, écartant sans ménagement les groupes agglutinés sur son passage, renversant deux verres que des clients trop confiants gardaient en main et recevant en rétribution une brûlure de cigarette délibérément infligée à son fond de pantalon. Arrivé enfin à l'autre bout de la salle, il s'engagea dans le petit escalier qui menait aux cabinets. D'en haut, Nick le vit descendre les marches une à une, cramponné à la barre en bois, s'arrêter pour chercher une pièce de monnaie dans sa poche et disparaître dans le couloir. À son tour, il s'élança en bas, s'abrita derrière un coin et inspecta les lieux. Debout, tête baissée, le combiné plaqué contre son oreille, Bauer était en train de téléphoner.

Nick attendit peut-être quinze secondes, mais qui lui parurent une éternité. Et puis, soudain, le vieil excentrique se redressa, visiblement soulagé.

– *Hoi! Bisch-edu dehei?* Salut, tu es chez toi, alors ? Bon, j'arrive dans un quart d'heure. Quoi ? Tant pis, sors-toi de ton pieu ! Pourquoi ? Parce qu'ils ont retrouvé ta trace, finalement...

Dissimulés dans une encoignure en face du Keller Stübli, Sprecher et Nick attendaient que Yogi Bauer sorte du bar. Le long de la Niederdorf, comme tous les samedis soir, la parade des damnés de la terre battait son train, chacun conspuant à voix haute l'indifférence générale entre force rasades de bière ou de vin. Dix minutes s'écoulèrent, vingt...Yogi n'avait pas tenu son horaire, conclut le jeune Américain.

L'attaché-case coincé sous son bras, Sprecher s'agita.

— Si tu veux parier sur ton pressentiment que le Bauer va émerger d'ici et te conduire droit chez Burki, moi je suis prêt ! Il a peut-être dit qu'il partait tout de suite, mais mon petit doigt soutient au contraire qu'il va s'incruster là jusqu'à la fermeture, et qu'ensuite il va tituber jusqu'à son lit pourri, et au revoir. Il est onze heures passées, vieux ! J'en ai ras le bol, moi.

— Alors rentre ! On n'a pas besoin d'être deux, de toute façon. On se voit demain matin. Chez Sprüngli à neuf heures, OK ? Si tu te réveilles plus tôt, vérifie ces chiffres. Et rapporte-moi le dossier. J'ai quelques idées à te soumettre.

— J'y serai, à neuf heures. Mais ces idées, Nick, tu veux mon avis ? Laisse-les dans ton placard !

Yogi Bauer émergea de la taverne quelques minutes après le départ de Sprecher. Pour quelqu'un qui avait passé sa journée à boire, il marchait plutôt vite, titubant parfois, certes, tanguant un peu, mais maintenant un cap relativement droit grâce à son torse incliné en avant. Tout en priant pour qu'il ait décidé d'honorer son rendez-vous, Nick le suivit à prudente distance.

Frôlant les murs, Bauer parvint à la Brungasse. Là, il obliqua sur la gauche et Nick le perdit de vue. Il s'engouffra à son tour dans la petite ruelle, si impétueusement qu'il faillit télescoper le vieil ivrogne à quelques mètres du coin. Sur ces pavés inégaux, même un passant totalement à jeun avait du mal à grimper la pente. S'appuyant de la main gauche contre les façades, agitant le bras droit en guise de balancier, Bauer entreprit péniblement l'ascension. Nick attendit qu'il ait disparu de l'autre côté du raidillon pour s'élancer jusqu'au sommet. De cet observatoire idéal, il découvrit un spectacle qui le combla d'aise : à mi-chemin de la descente, sur le trottoir de gauche, Yogi Bauer gardait un doigt enfoncé sur la sonnette d'un immeuble.

Plaqué dans un recoin, Nick continua à le surveiller. Le vieil ivrogne était en train de maugréer quelques obscénités à l'intention de la porte qui demeurait obstinément close. Au bout d'un moment, il fit quelques pas en arrière, leva sa tête dodelinante vers une fenêtre au premier ou au second étage et entreprit de héler Caspar Burki.

— Ouvre tout de suite, Cappy. C'est important. *Sie sind endlich hier.* Ils sont venus, finalement.

Brusquement, les vantaux s'ouvrirent, une tignasse grise apparut.

467

– Bauer, merde ! Il est minuit ! Tu avais dit que tu arriverais avant ! (Le grésillement électrique du portail automatique se fit entendre.) Bon, alors entre, maintenant !

Nick laissa passer une minute avant de descendre jusqu'au porche. Il passa en revue le nom des habitants de l'immeuble, impeccablement calligraphiés en face des boutons de sonnette. C. Burki, appartement 3 B. Et voilà. Après un instant de pure joie, il vérifia le numéro et la plaque de la rue. 7 Seidlergasse. Le lendemain, il serait de retour. Il allait parler au locataire de l'appartement 3 B. Il allait faire la connaissance de Caspar Burki et apprendre, enfin, qui était Allen Soufi.

55

La femme et l'homme bougeaient sur un tempo de plus en plus rapide. Le matelas oscillait à un rythme régulier, émettant des couinements très victoriens ; la tête de lit alla cogner contre le mur. En contrepoint des mouvements toujours plus violents de la literie, une plainte virile s'éleva, accompagnée des cris haut perchés de la femme qui tissaient une enivrante rhapsodie du plaisir. Les gémissements se firent désordonnés, convulsifs. L'homme arqua le dos, la chevelure féminine tombant sur sa poitrine telle une averse d'été. Il poussa un long soupir, puis tout redevint silencieux dans la chambre obscure.

Quelque part dans la maison, une horloge sonna minuit.

Sylvia Schon releva la tête du torse encore palpitant.

— Comment arrives-tu à dormir, avec ces carillons toute la nuit ?

— Je m'y suis habitué. Ils m'empêchent de me sentir seul.

La main d'albâtre de la jeune femme s'attarda sur le ventre plat de Wolfgang Kaiser.

— Quoi, tu es seul, là, maintenant ?

— Pas ce soir, non ! (Il l'attrapa par la nuque, pesa pour qu'elle s'incline et dépose un baiser sur ses lèvres.) Dis, je n'ai même pas eu le temps de te remercier, au sujet de Schweitzer.

— Il a avoué ?

— Armin ? Tu plaisantes ! Il a tout nié en bloc, jusqu'au bout.

— Et tu l'as cru ?

— Comment aurais-je pu ? Tout ce que tu m'as raconté tient parfaitement debout. Non, je l'ai viré aussi sec.

— Il devrait être content de s'en tirer aussi bien. Il aurait pu terminer en prison, si tu avais voulu.

Kaiser grommela une réponse indistincte. C'était peu probable, pensa-t-il, mais autant la laisser savourer son triomphe...

— Nous étions ensemble depuis trente ans, quand même...

— Tu parles de lui comme si c'était une femme ! s'écria-t-elle pour le taquiner.

— Oui, mais trente ans, c'est beaucoup. Toi, tu en as passé combien avec nous, neuf ? Tu as encore toute ta vie devant toi. Lui, je ne sais pas ce qui l'attend...

Il remonta le drap sur lui, aiguillonné soudain par le remords.

— Il s'est mis tout seul dedans ! Personne ne lui avait demandé de livrer nos secrets à Klaus Konig. Il n'y a rien de pire que d'espionner son propre camp.

Kaiser eut un petit rire.

— Tu crois que Neumann pense la même chose ?

Elle le dévisagea durement, puis lui retourna :

— Il n'est là que depuis deux mois. Pas le temps de faire réellement partie de notre camp. En plus, si je l'espionne, c'est pour toi...

— Non, c'est pour la banque, corrigea Kaiser en lui flattant la croupe. (Il renonça à lui expliquer que si elle avait connu le père de Nicholas, si elle avait su à quel point son fils lui ressemblait, elle aurait compris que le jeune Neumann était, intrinsèquement, « un des leurs ».) À propos, tu n'avais pas fini de me raconter ce que tu as appris.

Sylvia s'allongea sur un coude, écarta de son visage une mèche de cheveux.

— Il cherche un certain Caspar Burki. Un cadre de nos bureaux à Londres, qui aurait recommandé à son père un client du nom d'Allen Soufi. Tu l'as connu ?

— Qui, Burki ? Et comment : c'est moi qui l'ai engagé. Un drôle de type, très réservé, tel que je me le rappelle. Il a pris sa retraite il y a un moment. Aucun signe de lui, depuis.

— Non, je voulais parler d'Allen Soufi.

Même si son cœur avait bondi à ce seul nom, il feignit l'étonnement.

— Soufi ? Ça ne me dit rien. Comment ça s'écrit ?

Sylvia le lui épela. Toujours rien. Soufi ? C'était un fantôme surgi d'un lointain passé, un homme que toute personne sensée préférerait savoir encore dans la tombe...

— Burki vit toujours, il est à Zurich, souligna la jeune femme. Et Nick, qui croit avoir deviné qui est ce Soufi, est certain que Burki pourrait lui dire s'il se trompe ou non.

— Tu ne lui as pas donné son adresse ?

— Mais si ! répliqua-t-elle d'un ton de défi.

Kaiser réprima un juron. Il avait été sur le point de la gifler, mais il veilla à ne pas se laisser emporter par la colère. Tandis qu'il retrouvait son calme, il constata avec surprise que son premier sujet d'inquiétude avait été de perdre le petit Neumann, et non de savoir que Soufi risquait d'être démasqué. Étrange, pensa-t-il. Lorsque, trois semaines auparavant, Sylvia lui avait appris que Nicholas voulait explorer les archives de la banque à la recherche d'informations sur le meurtrier de son père, il s'était dit qu'il ne risquerait rien en laissant le garçon se plonger dans de vieux rapports poussiéreux. S'il était réellement destiné à prendre des responsabilités importantes à la tête de l'USB, mieux valait qu'il ne nourrisse pas de soupçons à l'encontre de la banque à propos de la mort d'Alex.

— Son père se sentait menacé, expliqua Sylvia, visiblement désireuse de se racheter. Il avait envisagé de prendre un garde du corps.

— Quoi ?

— Oui. Et il a même contacté le FBI.

Juste ciel, c'était de pire en pire ! Kaiser s'assit dans le lit, aux abois.

— Comment as-tu appris tout ça ?

— C'est Nick qui me l'a dit, déclara-t-elle en s'écartant de lui.

— Mais lui, comment le saurait-il ? Quand Alex Neumann est mort, il n'avait que dix ans, enfin !

— Je... Je ne sais pas. Je ne me rappelle plus exactement ce que Nick m'a expliqué.

Il l'attrapa par l'épaule et la secoua, une seule fois mais sans ménagement.

— Dis-moi la vérité ! Tu me caches quelque chose, c'est clair ! Si tu veux vraiment m'aider à empêcher Konig de s'emparer de la banque, tu dois me le dire. Tout de suite !

— Tu n'as pas à t'inquiéter. Tu n'es pas impliqué là-dedans.

— C'est à moi d'en juger, tu permets ? Raconte-moi immédiatement d'où Neumann a tiré toutes ces absurdités, Allen Soufi, le FBI, que sais-je encore.

— Je ne peux pas, répondit-elle en baissant la tête.

— Si, tu peux, et tu dois ! Ou bien tu préfères que je me range à l'avis de Rudy Ott et que j'annule ton voyage aux USA ? Je peux parfaitement bloquer ta carrière au point où tu en es maintenant :

une vague bureaucrate. Une parmi cent cinquante minables ! (Sylvia lui jeta un regard haineux. Elle avait rougi violemment et il remarqua qu'une larme s'était échappée d'un de ses yeux.) Tu es amoureuse de lui, c'est cela ?

— Mais non, voyons ! (Elle ravala un sanglot, prit sa respiration.) Alex Neumann notait presque tout dans son agenda personnel. Nick en a découvert deux dans les affaires de sa mère, quand il les a mises en ordre après sa mort. 1978 et 1979. C'est de cette manière qu'il a appris l'existence de Soufi, et l'histoire du FBI.

Kaiser se passa une main fébrile sur la nuque, en une piètre tentative pour dominer son anxiété grandissante. Pourquoi n'apprenait-il l'existence de ces damnés agendas que maintenant ?

— Le FBI ? Il semblerait qu'il avait vraiment des ennuis, alors. Qu'est-ce qu'il dit exactement à ce sujet, dans ces fameux carnets ?

— Il y a juste le nom d'un agent à Los Angeles et son numéro de téléphone. Nick a appelé, mais il n'a rien pu obtenir de plus.

« Dieu merci » !

— Et le mien, de nom, il n'apparaît nulle part ?

— Seulement sur les rapports d'activité mensuels.

— Évidemment ! Je dirigeais le département international, à l'époque. Tout ce que nos bureaux envoyaient, j'en recevais automatiquement copie. Mais c'est l'agenda qui m'intéresse. Tu es certaine que je n'y suis pas mentionné ?

Elle s'essuya la joue avec le coin du drap. Elle paraissait s'être ressaisie : à l'évidence, elle avait compris qu'elle avait intérêt à filer droit, cette petite...

— Quelquefois, peut-être. Des notes du genre « appeler Wolfgang Kaiser » ou « dîner avec Wolfgang Kaiser ». Rien de plus. Ne te fais pas tant de souci. Puisque tu n'avais rien à voir avec Allen Soufi, peu importe ce que Nick pourra trouver ou pas.

Il grinça des dents.

— Si je me fais du souci, comme tu dis, c'est seulement pour la banque, corrigea-t-il d'un ton doctoral.

En lui-même, pourtant, une voix secrète était en train d'adresser d'amers reproches au jeune Neumann : « Nicholas, Nicholas... Moi qui te voulais à mes côtés ! La première fois que je t'ai vu entrer dans mon bureau, c'était comme si je revoyais ton père. Si j'avais réussi à te convaincre de rester avec moi, j'aurais eu par là même la preuve que les orientations que j'ai choisies pour nous, les mesures que j'ai prises, si extrêmes eussent-elles été, étaient justes. C'est ton père qui s'est fourvoyé, Nicholas, pas moi. Les intérêts de la banque sont au-delà des personnes, des amitiés. J'ai pensé que tu comprendrais cela, toi... Et maintenant, que vais-je faire de toi ? »

— Ce gamin n'imagine même pas le quart de la moitié des véritables raisons de la disparition de son père, proclama-t-il avec l'assurance que lui donnait l'improvisation risquée d'un scénario au fur et à mesure qu'il parlait. Alex Neumann a été l'unique responsable de sa mort, tu comprends ? Il était mouillé dans une très grave histoire de drogue. Complètement accro à la cocaïne. Nous allions être obligés de le licencier pour détournement de fonds du bureau de Los Angeles.

Sylvia se raidit, lâchant le drap qu'elle serrait dans ses doigts.

— Tu n'en avais encore jamais parlé... Pourquoi ne pas avoir tout expliqué à Nick, sans attendre ?

— Sa famille ne devait pas savoir. C'est Gerhard Gautschi qui en avait décidé ainsi. Nous avions pensé que ce serait au moins un réconfort, pour eux, d'ignorer ça... Je ne veux pas que Nicholas le découvre. Ça rouvrirait trop de blessures.

— Moi, je trouve qu'il devrait être mis au courant. Au moins, cela le dissuaderait de continuer cette quête absurde. Tant qu'il n'aura rien trouvé, il ne s'arrêtera pas. Je le connais. Il préférera toujours connaître la vérité, même si elle est dure à entendre. Et c'est normal, finalement : il s'agit de son propre père, quand même !

Dieu tout-puissant ! Voilà que cette fille prétendait avoir une conscience morale, maintenant...

— Tu ne lui répètes pas un mot de ce que je viens de t'apprendre, compris ?

— Mais ce serait tellement important pour lui ! Enfin, nous n'allons pas cacher une chose pa...

— Pas un mot, j'ai dit ! hurla Kaiser, incapable de se contrôler plus longtemps. Si j'en viens à découvrir que tu l'as mis au courant, tu n'auras même pas besoin de te ronger les sangs parce que Konig voudrait supprimer ton poste : c'est moi qui te jetterai dehors ! C'est clair ?

Les traits de la jeune femme se décomposèrent. Il avait réussi à l'effrayer, enfin...

— Oui, admit-elle à voix basse, c'est très clair.

Kaiser lui caressa les cheveux, un peu honteux d'être allé aussi loin.

473

– Excuse-moi d'avoir crié, chérie. Tu ne te rends pas compte des dangers que nous courons, en ce moment. Dans les prochains jours, il est vital que la banque demeure inattaquable. Nous ne pouvons pas nous permettre la moindre insinuation contre notre moralité. Je le répète, c'est à la banque que je pense, pas à moi.

Sylvia hocha la tête en signe d'assentiment. Mais il voyait bien que son cœur était encore partagé. Elle avait besoin d'une preuve de ce que l'USB pouvait faire pour elle, en échange de son entière fidélité.

– Et puis, à propos de cette promotion dont il avait été question...

Elle leva les yeux.

– Oui ?

– Ce titre de vice-président... Ou de vice-présidente ! Eh bien, je ne vois pas pourquoi attendre plus longtemps. Sitôt l'assemblée générale passée, on va concrétiser. Avec ça sur ta carte de visite, tu n'en auras que plus de poids auprès de ces frimeurs de New-Yorkais !

– Tu... C'est sérieux ?

– Bien sûr que oui ! (Il lui releva le menton d'un doigt.) Mais seulement à une condition : que tu me pardonnes.

Après avoir considéré un moment sa demande, elle vint poser sa tête contre le torse de Kaiser en soupirant. Sa main se glissa sous les draps, se fit tendre, puis hardie.

– Tu es pardonné, murmura-t-elle.

Le patron de l'USB ferma les yeux, s'abandonnant aux caresses de la jeune femme. Il aurait tant voulu que Nicholas Neumann ait été aussi facile à acheter...

56

Sous un ciel majestueusement bleu, le général Dimitri Martchenko parvint à l'entrée du fief d'Ali Mevlevi le dimanche matin à dix heures. Le parfum des cèdres flottait dans l'air, le printemps était là. Sautant à bas de sa Jeep, il fit signe aux camions alignés derrière lui d'attendre. Aussitôt, une sentinelle en uniforme lui adressa un salut crispé et ouvrit la grille. Un autre soldat s'installa sur l'aile de la jeep et leur montra la direction à suivre de son bras tendu.

S'engageant dans une légère montée qui longeait un terrain de sport, le convoi fit route vers le centre de la base, traversa une esplanade goudronnée et s'immobilisa à nouveau en face de deux vastes portails qui s'ouvraient directement dans la paroi de la falaise. Même si c'était lui qui avait vendu tout cela à Mevlevi trois mois auparavant, Martchenko fut impressionné par l'arsenal qu'il aperçut dans les deux immenses hangars. Leur guide fit signe au chauffeur d'avancer la jeep jusqu'à deux hélicoptères de fabrication soviétique stationnés près de l'entrée, puis abaissa son bras d'un geste péremptoire. Ils étaient arrivés à destination.

Le colonel Hamid rejoignit Martchenko au petit trot.

– Dites au camion qui transporte les « émetteurs-récepteurs » de se garer là, ordonna-t-il en montrant un point du hangar. Ensuite, vous devrez nous indiquer lequel de ces deux hélicos est le plus à même de transporter un « équipement de surveillance » aussi sophistiqué.

À la manière dont Hamid avait insisté sur les mots, il savait certainement de quoi il en retournait, pensa Martchenko en pestant intérieurement. C'était prévisible, cependant : dans cette partie du monde, personne n'était capable de garder un secret...

– Le Soukhoï, répondit-il sans perdre de temps. Il est plus rapide, plus maniable. Le pilote devra décrocher très vite, une fois qu'il aura largué la bombe.

L'officier syrien lui adressa un sourire désarmant.

– C'est mal connaître les principes d'Al-Mevlevi, général. Le pilote ne reviendra pas. Il doit poser son appareil au sol et seulement alors actionner le détonateur. De cette manière, aucune erreur n'est possible.

Martchenko se contenta de hocher la tête, renonçant une fois de plus à comprendre les ressorts du fanatisme. Il quitta la jeep sans un mot, se rendit au camion transportant la Kopinskaïa IV et parla brièvement au chauffeur, en kazakh ; celui-ci démarra aussitôt et vint se ranger à l'intérieur du hangar, près du Soukhoï. Entre-temps, Martchenko était allé au deuxième véhicule pour ordonner à ses hommes de prendre position autour de l'hélicoptère. Vingt soldats descendirent de la plate-forme bâchée et s'exécutèrent. Son intention était d'installer la bombe sur le Soukhoï aussi vite que possible : de la sorte, il serait en mesure de constater une éventuelle déficience de l'engin tant qu'il pouvait encore intervenir dessus. De plus, un agent ennemi infiltré ne se risquerait sans doute pas à essayer de voler le Soukhoï lorsque ce dernier serait armé. Hamid avait certainement pour instructions de protéger la bombe par tous les moyens. Martchenko avait donné les mêmes consignes à ses hommes. Il avait aussi prévu que les portes du hangar ne seraient ouvertes que cinq minutes avant le décollage.

Il supervisa personnellement le déchargement de la Kopinskaïa IV, faisant d'abord dégager les caisses remplies de matériel de transmission avant de grimper dans le camion pour désactiver le système de protection de la charge nucléaire. Ensuite, il ouvrit le conteneur au moyen d'une clé spéciale commandant le verrou arrimé au châssis du poids lourd. Une caisse en bois, semblable à celles qui avaient déjà été débarquées, se trouvait à l'intérieur. À son ordre, plusieurs soldats la saisirent et la déposèrent à côté de l'hélicoptère.

À l'aide d'un pied-de-biche qu'il avait trouvé dans le camion, Martchenko fit sauter le couvercle en bois. Un boîtier en acier inoxydable de soixante centimètres de diamètre et de quatre-vingt-dix centimètres d'épaisseur reposait sur un lit de mousse synthétique. Il le dégagea avec précaution de sa fixation, le retira de la caisse sans difficulté : il pesait une quinzaine de kilos.

La bombe elle-même n'avait rien de spectaculaire. Elle lui faisait penser à une grosse grenade lacrymogène, dont une face était bombée et l'autre plate. Soixante-dix centimètres de hauteur pour un diamètre de vingt-deux. À peine plus de dix kilos. Avec son enveloppe en acier renforcé, elle était décidément peu impressionnante, et cependant c'était un redoutable engin de mort : elle contenait quatre cents grammes de plutonium 238 enrichi, soit une puissance équivalant à deux mille tonnes de TNT. Si elle paraissait dérisoire en comparaison des missiles atomiques géants, elle était capable de tout dévaster dans un rayon de près de deux kilomètres, et de pulvériser êtres vivants comme objets inanimés à cinq cents mètres autour de son point d'impact ; plus loin, elle porterait la mort par le truchement des rayons gamma provoqués par l'explosion, et plus loin encore par des projections de débris contondants, éclats de verre ou blocs de béton propulsés à une vitesse de près de deux mille kilomètres à l'heure.

Martchenko ouvrit les trois loquets qui retenaient le couvercle, dégagea doucement ce dernier et le tendit à un soldat. La charge de plutonium était logée dans un réceptacle en titane. La réaction en chaîne ne pouvait être déclenchée qu'une fois le code approprié entré dans le gestionnaire informatique de l'unité. Il ne le ferait qu'au moment où il recevrait la confirmation du virement de huit cents millions de francs suisses à son compte d'Almty, par les soins de M. Ali Mevlevi. D'ici là, avec son détonateur inerte, la bombe demeurerait un bout de métal inoffensif.

Il retourna la Kopinskaïa, permettant ainsi au soldat qui le secondait d'enlever les six vis fixées à sa base. En retirant le couvercle intérieur, Martchenko découvrit avec satisfaction le petit point qui clignotait régulièrement en bas à droite de l'écran à cristaux liquides. En dessous, un clavier à neuf touches attendait ses ordres. Il tapa le chiffre 111, attendit : cinq secondes plus tard, un voyant vert s'alluma sur l'écran, indiquant que l'autotest s'était déroulé normalement. Tout était en place. Il ne lui restait plus qu'à entrer dans le micro-ordinateur l'altitude de déflagration et le code à sept unités qui déclencherait l'explosion.

Il réassembla les éléments, reposa le tout sur son lit de mousse et marqua une pause. Le hangar était silencieux, presque trop calme. Les soldats, fusil en bandoulière, attendaient sans trahir le moindre signe de tension. À quelques pas, le colonel Hamid gardait les yeux rivés au boîtier de métal mat, totalement fasciné. Martchenko tendit encore l'oreille, presque certain d'entendre au loin le grondement d'une escadrille de F 16 israéliens fonçant sur eux. Puis il haussa les épaules, amusé par son accès de paranoïa, et s'abandonna à une brève rêverie. Bientôt, son portrait apparaîtrait dans chaque bureau de l'administration kazakh. D'ici vingt-quatre heures, il serait devenu un héros pour avoir fait pleuvoir une telle manne d'argent sur son pays, une manne sur laquelle il allait prélever sa propre commission, huit millions de francs suisses... Les Américains avaient une expression pour cela. *From rags to riches* : de la misère à l'opulence.

57

Réveillé en sursaut par le téléphone, Nick s'assit d'un bond dans son lit. La pièce était sombre, froide : le chauffage central ne s'était pas encore remis en route. Ses yeux ensommeillés cherchèrent sa montre. À peine six heures. Il réprima un bâillement, tâtonna vers le combiné, manquant renverser un verre d'eau et trouvant d'abord la lampe de chevet.

– Allô ?

– Salut, toi ! C'est moi.

– Salut, toi ! répéta-t-il, toujours groggy. Qu'est-ce que tu fais de beau ?

Trois mois après, les formules revenaient naturellement. C'était la façon qu'ils avaient de se saluer, depuis toujours. Un réflexe qui à son grand étonnement restait bien vivace. Il posa un pied au sol, se gratta les cheveux.

– Je voulais t'entendre, c'est tout. Voir comment tu allais. Ça fait un moment...

Entièrement réveillé maintenant, il sentait sa voix se repercuter en lui, revenant en écho de toutes parts, comme si elle parlait dans une caverne.

– Euh, attends que je réfléchisse. C'est un peu tôt pour le dire, en fait. Il fait encore nuit, ici !

– Je sais ! Mais j'essaie de te joindre depuis déjà une semaine. J'ai pensé que si j'avais une chance de t'avoir chez toi, c'était maintenant ou jamais.

– Au travail, tu n'as pas tenté ? Tu te rappelles où je bosse, non ?

– Bien sûr que je me rappelle ! Je me souviens aussi d'un ancien marine hyper-sérieux, qui n'aimait pas du tout recevoir des appels perso au bureau...

Il l'imaginait assise sur son lit, le téléphone posé entre ses jambes. On était dimanche : elle devait porter un jean élimé, un T-shirt noir sous une chemise blanche ouverte, peut-être une des siennes...

— N'exagère pas ! Je n'étais pas si coincé ! Tu peux m'appeler quand tu veux au boulot, d'accord ?

— Entendu. Et comment ça se passe ? Le travail, je veux dire.

— Bien. Je n'arrête pas. Le vrai petit stagiaire modèle ! (Il eut un petit rire moqueur.) Pfff, si tu savais dans quel merdier je me suis mis, Anna...

— Et pour ton père ? demanda-t-elle, peu disposée à le suivre sur le terrain de l'autodérision. Ça s'éclaircit ?

— Possible, répondit-il prudemment, ne tenant pas à aborder ce sujet avec elle. Je risque d'obtenir quelque chose d'ici peu. Enfin, on verra... Et toi, comment va ? Les études ?

— Super. Les partiels dans quinze jours. Après, ce sera la dernière ligne droite. Je rêve d'avoir déjà terminé !

— Bon, tu auras deux ou trois mois de libres avant de commencer à New York. Tu le prends toujours, ce job ?

— Oui, Nick, je le prends toujours. Tout le monde ne pense pas que c'est la mort, de bosser à New York...

Il nota la nuance d'hésitation dans sa voix, comme si elle voulait aborder un sujet précis sans savoir comment l'amener sur le tapis. Mieux valait l'aider un peu. Nick croyait deviner la raison pour laquelle elle l'avait appelé. Il ne pouvait pas y en avoir des dizaines.

— Tu ne travailles pas trop dur, au moins ? Tu ne fais pas de nuits blanches, j'espère ?

— Non. D'ailleurs, les nuits blanches, c'était toi, dans le temps ! Moi, j'ai toujours été bien mieux organisée.

— Et tu sors un peu ?

Voilà. La perche était tendue. Anna Fontaine marqua un temps d'arrêt avant de répondre.

— Euh, en fait c'est pour ça que je te téléphone. J'ai rencontré quelqu'un.

— Oui ? (Il était complètement réveillé, maintenant.) Parfait... Enfin, je veux dire, si ça se passe bien.

— Ça se passe très bien.

Nick n'écoutait plus. Immobile, il laissa son regard errer autour de lui. D'un coup, il était attentif aux moindres détails. Le tic-tac du réveil sur la table de nuit, les borborygmes du radiateur revenu à la vie, les couinements des canalisations dans le plafond alors qu'un autre lève-tôt était en train de se faire couler un bain... Soudain, il remarqua que l'élastique de son caleçon lui avait laissé une marque à la taille et il se dit qu'il allait décidément devoir perdre un peu de poids. Oui, la vie suivait son cours, mais la place qu'il y occupait venait de changer, à son insu.

— Et c'est sérieux ? lança-t-il brusquement en émergeant de son absence.

— Il me propose de partir avec lui en Grèce cet été. Il prépare une maîtrise en droit international, en attendant il a un poste dans une compagnie d'assurances à Athènes. Tiens, d'ailleurs tu le connais : Paul MacMillan. Le frère aîné de Lucy.

— Oui. Lucy. Bien sûr. Eh ben...

C'était un robot qui parlait à sa place. Il ne se souvenait de personne de ce nom, et elle le savait parfaitement. Mais elle avait dû se dire que la nouvelle serait moins pénible à apprendre pour lui si ce garçon avait l'air de faire partie de son cercle de connaissances, s'il n'était pas un complet inconnu... Histoire de s'éloigner définitivement, mais en douceur. Pourquoi l'avait-elle appelé, au fait ? Cherchait-elle son approbation ? Attendait-elle qu'il donne son aval à ce Paul MacMillan, un petit con qui croyait qu'il pourrait entretenir une fille comme Anna avec son boulot de scribouillard minable à Athènes ?

Nick chercha à stimuler encore son animosité, mais il ne ressentait qu'une grande lassitude. Il était là, bêtement assis sur son lit étroit, dans l'obscurité glaciale d'un studio accablant de tristesse, à six heures deux du matin, piégé à Zurich.

— Anna, reprit-il enfin, n'oublie...

— N'oublie pas quoi ? le coupa-t-elle un peu trop vite.

Était-ce un reflet d'espoir qu'il avait entendu dans sa voix, ou bien s'impatientait-elle déjà à l'idée qu'il allait lui faire la leçon ? Lui-même ne savait pas vraiment ce qu'il voulait lui dire. Il était sidéré de découvrir à quel point il tenait encore à elle. Mais quoi, il était certainement trop tard pour prétendre faire valoir ses droits. Si elle voulait s'envoler pour la Grèce avec Paul MacMillan, ou Paul McCartney, ou n'importe qui d'autre, ce n'était plus son affaire...

— N'oublie pas que tu dois réussir tes partiels, enchaîna-t-il péniblement. Il faut que tu gardes ton avantage si tu veux décrocher une bonne fac en troisième cycle.

– Oh, Nick...

À son tour, elle s'interrompit. Cette fois, ce fut à lui de guetter la suite, qui ne vint pas.

– Je suis content pour toi, finit-il par prononcer d'un ton neutre.

En lui-même, d'autres mots se formaient : « J'ai déjà renoncé à toi, c'est la pire chose que j'aie eu à faire dans ma vie, maintenant il ne faut pas revenir en arrière. Tu ne peux pas resurgir dans mon existence au moment où je dois être fort, invulnérable... » Dans son cœur, pourtant, il n'en voulait qu'à lui, à lui seul, tant il était sûr qu'elle n'avait jamais tiré un trait sur leur histoire.

– Nick, tu es là ?

Sa question le sortit du silence dans lequel il s'était plongé sans même s'en rendre compte.

– Réfléchis bien, Anna, c'est tout. Bon, il faut que j'y aille.

Il raccrocha le premier.

Peter Sprecher se hâtait vers Sprüngli, le journal qu'il venait d'acheter au kiosque de Paradeplatz sous le bras, l'attaché-case de Nick dans l'autre main, revêtu de son uniforme de cadre bancaire, complété d'une écharpe blanche autour du cou.

– Ne prends pas cet air surpris, dit-il au jeune homme alors qu'ils se retrouvaient sur le trottoir. C'est dimanche, d'accord, mais on va quand même au travail, non ?

Nick lui donna une bourrade amicale. Il portait quant à lui un jean, un polo et une grosse parka verte.

– Tout dépend de quel travail il s'agit !

Il lui ouvrit la porte du salon de thé et le suivit à l'étage. Ils choisirent une table du fond, à gauche, près du buffet de petit déjeuner copieusement garni. Une serveuse vint prendre leur commande, et ce fut seulement alors qu'ils s'attelèrent à leur tâche.

– Alors, tu as eu le temps de jeter un œil ? lui demanda Nick en montrant d'un geste son attaché-case.

– J'ai fait mieux que ça, même ! (Sprecher en sortit une grande feuille divisée en deux colonnes, l'une intitulée : « Virements USB », l'autre : « Achats Ciragan Trading », et la tendit à son compagnon.) On brûle, mais pas à cent pour cent. Donc, depuis juin dernier, Mevlevi a fait transiter plus de huit cents millions par son compte à l'USB...

482

– Et Konig a acheté pour combien d'actions ?

– Il a démarré doucement à partir de juillet, jusqu'à atteindre le plein régime en novembre. Étonnant que Kaiser n'ait pas vu venir le coup plus tôt, je dirais.

– Ça aurait pu être n'importe qui : des fonds d'investissement, des mutuelles, des spéculateurs privés... Comment aurait-il pu savoir que Konig était derrière tous les achats ?

Sprecher leva un sourcil sceptique. Il continuait à penser que le patron de l'USB avait fait preuve d'une coupable négligence.

– En tout cas, voilà, il y a eu cent millions de dépensés en actions.

Nick étudia un instant le relevé comparatif.

– Oui, mais attends, regarde bien. Pendant vingt semaines et quelques, les achats effectués par la Banque Adler correspondent exactement aux virements ordonnés par Mevlevi. Même si le total général ne tombe pas pile-poil, c'est quand même significatif, non ?

Il garda les yeux sur la feuille. Il était presque certain de tenir là une preuve irréfutable que Mevlevi avait orchestré en sous-main l'OPA de Konig contre l'USB, mais il avait aussi conscience que la bataille décisive était encore devant lui. S'il venait d'obtenir des munitions précieuses avec cette liste, le combat décisif se jouerait le lendemain... À condition que les armées se présentent sur le théâtre des opérations en temps voulu. Trois affrontements devaient se dérouler sur deux fronts distants de quarante kilomètres, chacun dépendant étroitement de l'autre. Il fallait encore attendre avant de célébrer la victoire.

– En tout cas, je n'aimerais pas être à la place de Kaiser, commenta Sprecher. Être sur le pont pendant que son navire change de mains... Tu crois qu'il sait qui est le Pacha ?

– Bien entendu ! Tout le monde le sait. Tout le truc, c'est de prétendre le contraire sans montrer qu'on ment effrontément.

– Tu as sans doute raison...

– Oh, Peter ! Mevlevi a la Banque Adler dans sa poche, c'est clair comme de l'eau de roche. Ce qui m'inquiète, c'est de ne pas découvrir assez tôt ce qu'il recherche exactement. Pourquoi veut-il mettre la main sur l'USB ?

– Et pourquoi la Banque Adler ? renchérit Sprecher.

– « Une banque, c'est là où se trouve l'argent. » Tu sais qui a dit ça ? Willie Sutton. Dans les années vingt. Un type spécialisé dans les vols à main armée.

– Très juste ! s'exclama Sprecher. Soixante ans plus tard, tu changes la couleur de son passeport, tu lui mets d'autres fringues et tu retrouves notre homme. Un gangster en costard croisé !

– Ah oui ? rétorqua Nick, peu convaincu. Si le Pacha est un second Sutton, alors nous assistons non seulement au casse du siècle mais même au plus gros de toute l'histoire ! Et au plus coûteux, aussi !

– Bon, tu vas dire que je suis vieux jeu, mais je trouve que c'est pas mal, comme rendement : tu claques deux milliards, mais tu en regagnes dix !

– Non, Peter, ça ne tient pas...

Pourtant, alors que ses yeux dérivaient sur la Bahnhofstrasse en contrebas, sur ses boutiques de luxe où de simples pull-overs en cachemire se négociaient à trois mille francs suisses et des sacs à main italiens pour des sommes plus exorbitantes encore, il ne put s'empêcher de se demander : « Et pourquoi non ? » Et si Ali Mevlevi était tout bonnement un voleur de grand chemin, un artiste de la cambriole en train de ruiner son propre banquier sous d'obscurs prétextes... ou peut-être même sans prétexte aucun ?

Ces interrogations le conduisirent à une question encore plus inquiétante : cet argent, à quoi Mevlevi le destinait-il ? Il n'avait rien oublié des allégations de Thorne à propos de l'arsenal que le Pacha aurait réuni près de Beyrouth. S'il était déjà armé jusqu'aux dents, quel potentiel militaire serait-il en mesure de réunir avec les sommes colossales soutirées à la Banque Adler et à l'USB ? Depuis la fin de la guerre froide, les marchands d'armes bradaient tout ce qu'ils pouvaient en échange d'espèces sonnantes et trébuchantes. Mevlevi n'avait qu'à décrocher son téléphone pour faire ses sinistres emplettes...

– Impossible, reprit-il, en partie dans le but de se rassurer lui-même. Le Pacha est un pirate, c'est clair, mais là il prendrait trop de risques. Et puis, en fin de compte, peu importe ce qu'il a vraiment en tête. Avec ce dont nous disposons déjà, nous avons amplement de quoi le stopper. Je récapitule : les ordres de virements créditeurs et débiteurs à l'USB, les documents d'ouverture de son compte, avec sa signature et les codes écrits de sa propre main, les copies des protocoles de transferts, et maintenant la preuve de sa collusion avec Konig.

– Oui, mais Thorne ? Sans lui, tout ce que nous avons, c'est un tas de papiers et une théorie abracadabrante.

– On peut compter sur lui, assura Nick avec une conviction un peu forcée. J'ai réussi à l'avoir ce matin, il est prêt à agir avec nous.

Il ne fit aucun commentaire sur ce qu'il lui en avait coûté d'appeler Thorne et de lui offrir ses services. Depuis l'épisode Jack Keely, il s'était juré de ne plus jamais adresser la parole à un représentant des autorités américaines, mais la gravité de la situation l'avait contraint à surmonter ses préventions. Thorne était sa seule issue, que cela lui plaise ou non...

– Eh bien, raconte ! De quoi as-tu convenu avec lui ?

Au cours du quart d'heure suivant, Nick lui exposa les grandes lignes de son plan, sans chercher à interpréter les multiples grognements et gémissements qui échappèrent à son ami. Lorsqu'il eut terminé, Sprecher lui tendit la main.

– Je marche. On a cinquante pour cent de chances de réussir, mais j'y vais quand même. Hé, c'est la première fois de ma vie que je me sens utile, tu te rends compte ? Ne me demande pas si ça me plaît ou pas : je n'en sais encore rien !

Nick paya l'addition et ils quittèrent les lieux.

– Tu vas pouvoir attraper ton train ?

Sprecher consulta sa montre.

– À l'aise ! J'ai encore une demi-heure avant celui de douze heures sept. Il s'arrête à Lucerne, celui-là.

– Et tu as de la compagnie, avec toi ?

Avec un clin d'œil, Sprecher tapota la petite bosse que l'on devinait sous son bras.

– L'équipement de base de tous les officiers suisses. Je suis capitaine de réserve, hé !

– Bien. Tu crois que tu auras besoin de combien pour les convaincre de te donner cette suite ?

– Celle au dernier étage avec vue sur le lac, on est d'accord ? Cinq cents, au minimum.

– Ah, quand même ! Je vais te les devoir, alors.

Sprecher boutonna son manteau et rejeta son écharpe sur son épaule d'un geste crâne.

– Si je finis à la morgue, oui. Autrement, disons que ce sera ma cotisation d'entrée à votre association de braves citoyens du monde civilisé !

Caspar Burki habitait un ensemble résidentiel lugubre dont chaque bâtiment était peint d'une couleur différente. L'immeuble le plus proche de l'entrée était jaune, ou plutôt l'avait été deux décennies plus tôt. Le suivant était d'un brun tristounet, puis venait celui de Burki, d'un gris passé. Toutes les façades étaient maculées de suie, striées de coulées sales tombées des toits mansardés.

Se préparant à une longue attente, Nick prit position de l'autre côté de la rue, sous le porche d'un magasin d'antiquités. Il s'en voulait d'être arrivé si tard. Après avoir accompagné Peter Sprecher à la gare, il avait passé deux appels téléphoniques, l'un à Sterling Thorne, le second à Sylvia. Celle-ci avait confirmé qu'elle l'attendait à dîner le soir même. Dix-huit heures trente, au plus tard : autrement, elle dégageait toute responsabilité quant à l'état du rôti qu'elle aurait mis au four. Sa conversation avec Thorne avait été des plus brèves. Comme convenu, il s'était présenté sous le nom de Terry, puis l'agent américain n'avait eu que deux mots : « Feu vert. » Ce qui signifiait que le Jongleur avait donné de ses nouvelles et que tout se déroulait comme prévu.

Il observa à nouveau le bâtiment, hésitant. Fallait-il aller sonner ou patienter encore ? Allait-il reconnaître Burki, si ce dernier finissait par quitter sa tanière ? Son cerveau résonnait encore des paroles de Bauer : « Laisse tomber... Il doit bien rester près de la source, non ? » Et quoi, encore ? « Il n'existe plus, Burki. »

Derrière la porte vitrée du hall, il aperçut la silhouette de deux hommes accrochés l'un à l'autre. Incapable de discerner ce qui était en train de se passer, il fit quelques pas en avant. À cet instant précis, la double apparition sortit de l'immeuble. Le plus grand d'entre eux, efflanqué, les yeux vitreux, soutenait un avorton qui flottait dans son costume du dimanche. Nick sursauta. C'était Yogi Bauer qui se faisait escorter ainsi, Yogi Bauer qu'il entendait maintenant pester sur ses jambes flageolantes, ne cessant de répéter :

– *Du kommst mit ?* Tu viens avec moi, hein ?

Nick battit en retraite, feignant de contempler un fauteuil Louis XV dans la devanture. En réalité, il surveillait du coin de l'œil le type dégingandé, grisonnant, occupé à empêcher Bauer de s'affaler sur le trottoir. Burki, certainement. Il était prêt à parier que leur destination était le Keller Stübli. Il suivit de loin la marche zigzagante du duo, ne tenant pas à aborder Burki tant que son compagnon de beuverie serait là. Ils arrivèrent à la destination que Nick avait prévue, mais il se passa alors quelque chose d'inattendu : malgré les véhémentes protestations de Bauer, son comparse refusa d'entrer dans le bar. Après un dernier juron, l'ivrogne tituba à l'intérieur de la taverne, seul.

Burki rajusta son manteau et repartit d'un pas décidé dans la rue. Vers où ? Mystère.

58

Il allait à un rendez-vous précis, c'était évident. Il marchait à une cadence régulière, tête baissée, le torse ramassé en avant comme s'il luttait contre le vent. Nick ajusta son pas au sien, en rythme. Il se revit, jeune recrue, en train d'apprendre à défiler à Quantico, en Virginie. Il n'entendait plus le bruit de leurs souliers sur les pavés inégaux du vieux Zurich, mais la voix excédée de l'adjudant-chef : « Neumann ! Vous vous croyez où, là ? Fermez-moi cette bouche et gardez les yeux fixés droit devant vous ! Une, deux, une, deux ! Oui, comme ça ! Les mains ! Elles reviennent sur le pli du pantalon, une, deux ! Et les talons, nom de Dieu, Neumann, les talons ! Arrêtez de les lever comme ça ! Une, deux, une, deux... »

Gardant une immuable distance de quinze mètres entre eux, comme à la parade, Nick le suivit sur le pont qui menait à la Bahnhofplatz. Il était sûr que Burki se rendait à la gare, mais soudain celui-ci obliqua vers le Musée national et se mit à longer le parc du Platzspitz par les berges. Où pouvait-il aller ?

Ils traversaient maintenant une zone déshéritée. Ils longèrent une usine abandonnée, aux portes condamnées par des planches et aux vitres cassées, un immeuble désaffecté aux murs couverts de graffitis. Nick n'aurait jamais soupçonné l'existence d'un quartier aussi sale à Zurich. Ils croisèrent des petites bandes de jeunes, à peine des adolescents, qui considérèrent ses cheveux courts et ses habits propres avec un mépris non déguisé. Les trottoirs étaient maintenant jonchés de canettes vides, de papiers, de mégots.

« Il doit bien rester près de la source », avait dit Bauer.

Nick ralentit en voyant Burki s'engager sur une passerelle en bois franchissant la Limmat. Le vieil homme rentra les épaules. Il semblait vouloir passer inaperçu parmi les clochards agglutinés sur son chemin, hommes mal rasés, en haillons, femmes emmitou-flées dans de vieilles couvertures. La gorge serrée, Nick lui emboîta le pas sur les planches disjointes. Il avait compris où aboutissait la passerelle : Letten, le fief des junkies zurichois. La « source » de Caspar Burki.

Alors qu'il traversait le pont, attentif à ne pas laisser transpa-raître son appréhension, un barbu vint à sa rencontre.

— Hé, toi, la gravure de mode ! siffla-t-il. Tu es sûr que tu es dans le bon quartier ? Si c'est pour une manucure, tu t'es gouré d'endroit. (Dans un rictus, il montra ses dents de guingois et se rapprocha encore.) Cinquante balles. Moins cher, tu peux pas trouver. Pas en ce moment, ça c'est sûr. Pas avec une pénurie pareille.

Nick le fit reculer de deux doigts tendus qu'il enfonça dans sa poitrine.

— J'ai tout ce qu'il me faut. Merci quand même.

L'autre leva les bras en l'air et recula prudemment.

— La prochaine fois, ce sera soixante-dix. Tu diras pas que je t'ai pas prévenu !

Nick poursuivit son chemin, cherchant des yeux Burki tout en se demandant ce qu'il faisait là. Un drogué. Que pourrait-il tirer d'un drogué ? Il contourna une fille d'une quinzaine d'années affa-lée dans l'escalier de la passerelle. Elle venait de retirer l'aiguille d'une seringue de son bras, quelques gouttes de sang avaient jailli sur le béton. En découvrant la gare désaffectée, il eut l'impression d'entrer dans un monde à part, une planète condamnée. Sur le quai crasseux, groupés en petits bivouacs désordonnés, une bonne centaine de femmes et d'hommes dépenaillés se serraient autour de feux allumés dans de vieux bidons d'essence, baignant dans une fumée nauséabonde. Un bombage barrait l'une des poutrelles de l'auvent : « Bienvenue à Babylone ! »

Ou dans le royaume des morts.

De loin, il vit que Burki était parvenu à sa destination : un cercle de pauvres hères de son âge, prostrés tout au bout du quai, qui semblaient attendre quelque chose. Une sorcière famélique était en train de préparer une dose d'héroïne à son « patient », qui pré-sentait les mêmes yeux hagards et la même maigreur maladive que l'ancien cadre de l'USB. Après l'avoir fait asseoir à une table en bois improvisée, elle saisit son bras décharné, le découvrit, noua un bout de caoutchouc autour du biceps et pinça la chair afin de faire ressortir la veine. Satisfaite, elle enfonça l'aiguille, tira la seringue pour permettre au sang de se mêler à la drogue, puis lui injecta le mélange. Avant la fin, elle retira l'aiguille, crispa son poing et s'injecta le reste. Puis elle jeta l'ustensile dans un sac en plastique décoré du sigle de la Croix-Rouge, adressa quelques mots au drogué et lui déposa une bise sur chaque joue. Elle paraissait suivre un rituel bien établi. Il se leva en titubant, laissant sa place au suivant. Caspar Burki.

Nick comprit qu'il devait intervenir avant qu'il ne soit trop tard. Lorsque Burki aurait eu sa dose, il ne serait plus capable de prononcer une phrase cohérente. Comment s'y prendre pour l'en empêcher ? Le temps manquait pour décider d'un plan. Il traversa le quai en hâte, s'efforçant de ne pas prêter attention aux épaves humaines sur sa route. Certaines images, cependant, n'échappèrent pas à la fascination qu'il éprouvait malgré lui, conscient de leur caractère macabre : un jeune garçon montrant à son compagnon comment piquer la veine qu'il venait d'isoler dans son cou ; une femme nue jusqu'à la taille, assise en tailleur à même le béton, insérant une seringue dans le creux de sa cuisse, sous les yeux d'une fillette de six ou sept ans...

À bonne distance, tournant le dos à ce spectacle affligeant, cigarette au bec, les bras confortablement croisés sur leurs fusils-mitrailleurs, un groupe de policiers bavardaient entre eux. Des *Sonderkommandos*, d'après leur uniforme bleu. Brigades anti-émeutes qui avaient pour mission de garder un œil sur ces drogués que la ville préférait savoir réunis en un seul endroit, sous leur surveillance désabusée. Pas de vagues : le fondement de la « manière suisse ».

Rejoignant Burki au moment où celui-ci avait retiré son manteau et remontait sa manche, Nick prit un billet de cent francs dans son portefeuille et le tendit à la harpie qui officiait derrière la table branlante.

— Tenez, c'est pour mon ami Caspar. Ça ira pour deux fix, vrai ?

Burki lui lança un regard haineux.

— D'où tu sors, toi ?

Arrachant le billet de la main de Nick, la femme s'écria :

— T'es cinglé ou quoi, Cappy ? Ce petit veut te faire un cadeau. Accepte !

Nick joua son va-tout :

— Il faut que je vous parle deux minutes, monsieur Burki. C'est à propos d'amis que nous avons en commun. Ce ne sera pas long, mais je préférerais que nous le fassions avant... (il chercha les mots appropriés, y renonça avec un geste évasif)... avant ça. Vous êtes d'accord ?

Burki hésita un moment, ses yeux allant de la mégère à Nick.

— Des amis communs ? Comme qui ?

— Yogi Bauer, par exemple. On a pris quelques verres ensemble, hier soir.

— Pauvre Yogi... Si c'est pas malheureux, de se détruire comme ça... (Il plissa soudain les paupières.) Ah, tu es le fils Neumann ! Yogi m'a prévenu.

D'un ton aussi calme qu'il le pouvait, Nick se présenta :

— Je suis le fils d'Alex Neumann, oui. Je travaille à l'USB. J'aurais quelques questions à vous poser sur le compte d'Allen Soufi.

— Hein ? Connais pas ! grommela Burki. Et maintenant, fais-moi le plaisir de déguerpir. Rentre chez maman. C'est l'heure de la sieste.

L'« infirmière » partit d'un rire hystérique. Nick lui demanda de lui rendre son billet, puis il saisit Burki par le bras et l'attira un peu plus loin.

— Écoutez, ou bien vous saisissez l'occasion tout de suite et vous m'accordez cinq minutes, ou bien je vous traîne devant ces flics, là-bas, et je leur explique que vous êtes un voleur. (Joignant le geste à la parole, il fourra la coupure de cent francs dans la main du vieil homme.) Vous me suivez ?

Sans sommation, Burki lui cracha au visage.

— T'es une ordure ! gronda-t-il. Comme ton père, tiens !

— Si ça vous fait plaisir, rétorqua calmement Nick en s'essuyant la joue.

Il regarda plus attentivement l'ancien collègue d'Alex Neumann. Sa peau ridée, trop tendue sur les os de son crâne, était parsemée de plaies béantes. Sa lèvre supérieure était fendue, laissant apparaître une incisive noircie par les caries. Des cernes hideux lui mangeaient les joues. Yogi Bauer n'avait pas exagéré quand il avait dit que Burki était « dans la mouise », non...

Il se détendit soudain, haussa les épaules.

— Laisse-moi me faire un petit fix maintenant et on parlera après. J'suis en manque, tu piges ? Même pour toi, ce serait mieux comme ça, non ?

— Vous avez vos cent francs. Vous pouvez attendre. Et si vous me prouvez que vous avez une bonne mémoire, je pourrais même allonger un peu plus, peut-être. Ça marche ?

— J'ai le choix ?

— Évidemment : celui de rentrer chez vous, de prendre une douche et de vous mettre au lit avec un bon bouquin ! Et même je vous raccompagnerais, histoire de veiller à ce qu'il ne vous arrive rien en route...

Avec un juron, Burki se décida à attraper son manteau, l'enfila et fit signe à Nick de le suivre. Arrivé au mur d'enceinte de la gare, il repoussa du pied les détritus et s'assit par terre. Surmontant sa répugnance, Nick l'imita.

— Allen Soufi, répéta-t-il. Parlez-moi de lui.

— Qu'est-ce que tu veux savoir sur lui ? Et d'abord, pourquoi t'es venu me trouver, bon Dieu ?

— J'ai eu accès à des documents écrits par mon père juste avant qu'il ne soit assassiné. Le nom de Soufi y revient à plusieurs reprises. J'y ai vu aussi que c'était vous qui l'aviez recommandé au bureau de Los Angeles, alors je me suis dit que vous deviez bien le connaître.

— M. Allen Soufi, prononça Burki en détachant chaque syllabe. Ça fait une paie, oui... (Il sortit un paquet de cigarettes.) Tu fumes ?

— Non merci.

Burki aspira une longue bouffée.

— T'as qu'une seule parole, hein ? Tu feras ce que t'as dit ?

Posément, Nick exhiba un autre billet de cent francs, le plia en quatre et le glissa dans la poche de son polo.

— Ta récompense.

— OK, commença l'autre après un instant d'hésitation. Soufi était un de mes clients, oui. Il avait placé une bonne partie de ses thunes chez nous. Trente millions et quelques, si je me rappelle bien.

— Un de vos clients ? C'est-à-dire ?

— C'est moi qui gérais son portefeuille. Évidemment, il avait un compte numéroté... Mais moi, je connaissais son nom !

Nick repensa à la liste des gestionnaires qu'il avait vue dans le dossier personnel de Mevlevi. Il ne se rappelait pas y avoir remarqué de Burki, et encore moins de Caspar, prénom qui aurait certainement retenu son attention.

— Un jour, mon boss arrive et me demande de le recommander à ton père. Paraît-il que Soufi voulait faire du business à L.A...

– Votre boss ? C'était qui ?

– Il est toujours chez vous. Armin Schweitzer.

– Schweitzer vous a demandé d'envoyer Soufi à mon père ?

– Eh oui ! Sur le coup, j'ai pas pensé à demander pourquoi. J'veux dire, ça pouvait être que pour une raison... (Il écarta largement ses mains l'une de l'autre.) Mettre de la distance entre ce client et Papy.

– Papy ? !

– Kaiser, Wolfgang Kaiser. Ben oui, quoi ! Déjà à cette époque, Schweitzer était chargé de toutes ses sales corvées !

– Vous voulez dire qu'Armin Schweitzer vous a chargé de recommander Allen Soufi à mon père dans le seul but de permettre à Kaiser de prendre ses distances ?

– Ouais, c'est ce à quoi ma légendaire perspicacité est arrivée, après coup. Sur le moment, évidemment, je ne comprenais rien à leurs petits secrets. Le seul truc qui m'avait paru un peu bizarre, c'est que Soufi ne m'ait pas demandé lui-même de le faire. À moi, il n'a jamais dit un mot à propos de Los Angeles ! (« Et pour cause ! pensa Nick. Tout ce qui était réellement important passait par Kaiser. ») Bon, j'en ai pas fait toute une affaire, poursuivit Burki. J'ai obtempéré et je suis passé à autre chose. J'ai écrit une bafouille, du genre : « Cher Alex, la personne en question est un de mes bons clients, qui traite depuis longtemps avec la banque, merci de lui offrir vos services, faites passer toutes questions ou demandes de références supplémentaires. Sincèrement, Cap. » Et hop ! Une pâte de banquier, mézigue ! Toujours prêt à arranger le coup !

– Et c'est tout ? insista Nick, qui savait pertinemment que non.

Burki ferma les yeux et resta sans répondre. Brusquement, il fut pris d'un spasme violent, rouvrit les paupières et tira sur sa cigarette comme un damné.

Nick se sentit accablé par l'absurdité de sa situation. Tout son univers partait à vau-l'eau. Assis sur le sol gelé d'un repaire de junkies, conversant avec un héroïnomane et continuant à nourrir l'espoir insensé d'obtenir de lui la vérité, enfin... Anna avait eu raison, depuis le début : il était en proie à une obsession. Comment expliquer qu'il en soit arrivé là, autrement ?

– Si seulement..., soupira Burki en revenant à lui. Six mois ont passé, peut-être sept, et puis un jour, voilà que ton père m'appelle, directement. Il cherchait à savoir si j'avais plus de détails concernant Allen Soufi. « Quoi, il y a un problème ? », je lui demande. Et lui, il me répond : « Il fait trop d'affaires. » Moi, je me dis : Comment peut-on faire *trop* d'affaires ?

Nick surmonta son étonnement pour l'interroger aussitôt :

— Il a fait allusion à Goldluxe, mon père ?

Burki eut un sourire contraint, comme si ça l'embêtait de découvrir que Nick en savait autant.

— C'était à propos de Goldluxe, oui.

— Et alors ?

Le soir tombait. La gare désaffectée paraissait se remplir un peu plus à chaque instant.

— Soufi possédait une chaîne de bijouteries à Los Angeles. Goldluxe Inc. Il voulait que l'USB se charge de tout pour lui : placer son argent, payer ses factures, établir des lettres de créance pour financer ses importations. Comme Alex insistait, je lui ai tout raconté à son sujet. Enfin, presque tout : que c'était un businessman du Moyen-Orient, qu'il avait plus de trente briques chez nous, que c'était quelqu'un à prendre très au sérieux. J'ai dit à ton père qu'il ne fallait pas le contrarier. Mais Alex, écouter ? Tu parles ! Un peu de temps a passé encore, et puis Schweitzer se met à me bombarder de questions : et si Neumann a parlé de Soufi, et s'il s'est plaint de lui, et s'il a fait allusion à des problèmes... Je lui ai répondu qu'il m'avait appelé une fois, point. Et j'ai dit à Armin de me lâcher un peu.

— Qu'est-ce que Goldluxe manigançait ?

Burki ne répondit pas. Il chercha son paquet de cigarettes, essaya d'en sortir une, y renonça. Ses mains tremblaient trop fort. Il jeta un regard inquiet à Nick.

— Tu ne peux pas me faire attendre plus que ça, petit. Ça fait déjà... long. Tu piges ?

Nick rattrapa le paquet, qui avait glissé de ses doigts, sortit une cigarette, l'alluma et l'inséra entre les lèvres du vieux drogué.

— Il faut que vous restiez encore un peu avec moi. Le temps d'arriver au bout de cette histoire.

Burki aspira profondément. Stimulé par l'afflux de nicotine, il poursuivit :

— Je suis venu à Zurich un peu après, de passage, et on est sortis un soir avec Schweitzer. Lui, il n'avait personne qui l'attendait chez lui, mais c'était lui qui l'avait choisi ! Moi, ma femme m'avait plaqué depuis longtemps. On a commencé au Kronenhalle, on est allés ensuite à l'Old Fashioned et on a fini au King's Club, totalement pétés, deux supernanas au bras. C'était le 24 novembre 1979, je m'en rappelle parce que c'était mon anniversaire. Trente-huit ans.

Nick le dévisagea. Donc, cet homme n'avait pas soixante ans, et il avait l'air d'un vieillard. Malgré le froid ambiant, un film de sueur brouillait ses traits. Il commençait à souffrir.

– On avait déjà pas mal éclusé quand j'ai mis le Soufi sur la table. « Qu'est-ce qui s'est passé entre Neumann et lui ? », je lui demande. Pas vraiment par curiosité, juste pour parler, quoi ! Alors Schweitzer devient rouge, vert, et se met à déballer son sac. Qu'Alex Neumann ceci, qu'Alex Neumann cela, que c'est un chieur élitiste, qu'il se prend pas pour n'importe qui, qu'il fait seulement ce qui lui passe par la tête, qu'il est incontrôlable. Comme ça pendant une heure ! Ça, il avait une dent contre ton père. Enfin, au bout du compte j'arrive à le calmer et il me sort sa version des faits. D'après lui, donc, ton père fait la connaissance de Soufi, se dit qu'il n'est pas plus filou qu'un autre et lui ouvre un compte numéroté. Peu après, Soufi ramène Goldluxe et demande un compte commercial courant. Une affaire de petite bijouterie, des chaînes, des pendentifs, des bagues de fiançailles, de la breloque, quoi. Pendant un moment, tout se passe au poil. Et puis Alex remarque que ces quatre magasins de « breloque » font des ventes de plus de deux cent mille dollars par semaine ! Ce qui fait dix millions par an s'ils tiennent le rythme ! M'est avis que ton père est allé y voir de plus près. Petite inspection, comme ça. Et là, ça s'est corsé vite fait.

– Quoi, ils ne vendaient pas de bijoux, alors ? demanda Nick en revoyant la mention de la visite à Goldluxe dans l'agenda de son père.

– Oh, si, un collier par-ci, un bracelet par-là. Mais pas de quoi rapporter deux cent mille dollars en sept jours ! C'étaient des boutiques de rien du tout, à peine mille mètres carrés chaque...

– Une couverture, donc ?

– Un système très au point pour blanchir du fric, beaucoup de fric. Et maintenant, suffit ! J'en peux plus, moi ! Va dire à Gerda de me préparer une dose. Je peux me faire le fix tout seul.

Nick sentait le froid, et l'impatience, l'envahir. Il avait l'impression que ses fesses étaient en train de geler sur le sol. Il n'était pas question de laisser Burki se droguer tout de suite. Il déplia le second billet de cent francs et le lui tendit.

– Tiens, Cappy. Mais continue un peu. On y est presque. Raconte-moi comment Goldluxe fonctionnait.

Lorsqu'il saisit le billet, un éclair réveilla ses pupilles mortes.

– Bon, il faut d'abord comprendre que cette boîte baignait littéralement dans le cash. Il leur fallait un système à long terme qui leur permette d'engranger leur fric au fur et à mesure qu'il entrait. Tu me suis ?

— Oui.

— Ça marchait comme ça : l'USB émettait une lettre de crédit au nom de Goldluxe pour un fournisseur d'or de Buenos Aires. Par exemple de cinq cent mille dollars. Ce qui signifie que la banque s'engage à payer une livraison d'or destinée à Goldluxe d'une valeur de cinq cent mille. La compagnie argentine expédie l'or, c'est sûr, mais pas pour cette valeur, non ! Ils se contentent d'en envoyer pour *cinquante* mille !

— Mais le poids de l'envoi ne serait pas du tout le même ! protesta Nick, qui se rappelait avoir vu à plusieurs reprises le nom « El Oro de los Andes » dans les rapports d'activité de son père.

— Exact, Neumann ! Les douaniers risqueraient de faire la tronche, c'est ça ? Eh bien, pas de problème, mon cher, on leste la cargaison avec du plomb et le tour est joué. En général, les envois de métaux précieux ne sont pas ouverts à la douane. Du moment que les papiers sont en règle et que le destinataire est satisfait, la banque est autorisée à honorer la lettre de crédit.

— Alors, pourquoi Goldluxe aurait voulu payer cinq cent mille dollars pour une quantité d'or qu'ils ne recevaient pas, en fin de compte ?

Le rire de Burki tourna court et se termina en violente quinte de toux. Il lui fallut une bonne minute pour retrouver son souffle.

— Mais parce qu'ils avaient trop de cash ! Ce sont des petits magouilleurs, et ils ont besoin de mettre leur fric à l'abri !

— Je ne te suis pas trop, là.

— C'est pourtant simple ! Je reprends : Goldluxe a un million en cash. Ils importent pour cinquante mille dollars d'or. Ça, c'est leur stock réel...

Nick commençait à voir où il voulait en venir.

— ... Mais dans leurs livres, cela apparaît comme une réserve de cinq cent mille dollars de métal précieux. Juste comme dans les documents douaniers.

« Voilà ! Goldluxe doit faire comme si ses magasins ont effectivement vendu pour un million de dollars de breloques. Donc, ils revendiquent un stock d'une valeur d'un million et ils le mettent en vente. Ou plutôt, ils produisent un tas de factures bidon jusqu'à arriver à cette somme. En fait, ils n'ont que cinquante mille d'or dans leurs coffres, valeur d'achat, soit à peu près le double à la revente. Dans leurs livres, ils ont vendu pour un million. Avec ça, ils peuvent très bien aller porter leur fric à la banque sans risquer le moindre pépin avec le fisc.

La simplicité de la manœuvre laissa Nick rêveur.

— Oui... Et d'où il venait, cet argent ?

— Je ne connais que deux types de business qui peuvent rapporter autant de fric : le jeu et la drogue. Or, je n'ai jamais entendu dire que Soufi avait des casinos à Las Vegas... Toi si ?

Nick eut un sourire amer.

— Donc, sous couvert de bijouterie, on blanchit des tonnes d'argent.

— Évidemment ! Une fois que le million de dollars est sur le compte, l'USB paie la lettre de crédit à la boîte de Buenos Aires, que Soufi contrôle, bien entendu... Les autres cinq cent mille dollars restent au crédit de Goldluxe. Profit commercial. Et deux fois par semaine Soufi fait virer tout ce qu'il veut à ses comptes de Londres ou de Zurich.

— Deux fois par semaine ?

— Ah, pour être ponctuel, il l'était, ton « Allen Soufi » !

— Et mon père, dans tout ça ?

— Alex a tiré la sonnette d'alarme. Il posait trop de questions. Quand il a découvert le pot aux roses, il a menacé de fermer le compte. Deux mois après ma soirée zurichoise avec Schweitzer, ton père a été retrouvé mort. (Il braqua un doigt tremblant sur Nick.) N'essaie jamais d'envoyer chier un mec comme Soufi, un pro de la magouille internationale !

— Allen Soufi, ce n'était pas son vrai nom, hein ?

Nick connaissait la réponse, mais il désirait l'entendre de la bouche d'un autre, il voulait obtenir la preuve concrète qu'il n'avait pas perdu la boussole.

— Qu'est-ce que ça peut te faire ? souffla Burki en se remettant péniblement debout. Bon, on en reste là, petit. Maintenant, tu fous le camp et tu me laisses à mes oignons.

Nick l'attrapa par l'épaule et l'obligea à s'accroupir près de lui.

— Tu as dit que c'était *mon* Allen Soufi. Que je pouvais l'appeler comme ça me chantait. Quel est son véritable nom ?

— Ça te coûtera encore cent balles. Faut bien vivre, quoi !

« Ou mourir », pensa Nick en ressortant son portefeuille.

— Allez, dis-le.

Burki froissa le billet en boule dans son poing gauche.

— C'est un nom qui ne te dira rien. Un bandit turc. Mevlevi, il s'appelait. Ali Mevlevi.

59

Sous son vernis cosmopolite, Zurich cache une secrète solitude, un caractère introverti qui constitue sa véritable personnalité. Ici, le culte du commerce frise le fanatisme, le sens de la collectivité peut aller jusqu'à l'intrusion dans la vie privée de chacun, la vanité triomphe, et tout cela, durant la semaine, contribue à dissimuler l'authentique Zurich. Mais par un dimanche d'hiver, lorsque ceux qui ont une famille se réfugient dans un univers d'églises impassibles et de douillettes cuisines et ceux qui n'en ont pas dans la retraite confinée de leurs appartements, ses rues restent nues, ses immeubles perdent leur prétentieuse façade. Avec le ciel plombé pour seul témoin, Zurich se dépouille de ses atours prospères et écrase discrètement une larme. Et, tandis qu'il parcourait ses boulevards esseulés, Nick sourit en lui-même : il savait que cette solitude intrinsèque de la cité était aussi la sienne.

Il était venu en Suisse afin de découvrir la vérité sur la mort de son père, renonçant à ses exigences morales les plus précieuses dans le seul but de comprendre ce qu'Alex Neumann avait pu faire pour attirer sur lui les balles de son assassin. Et cependant, désormais qu'il commençait à entrevoir plus clairement un scénario fait d'intrigues et de mensonges, il n'éprouvait aucune des émotions qu'aurait dû susciter la fin imminente d'une telle odyssée : ni fureur après avoir recensé les crimes dont Wolfgang Kaiser était coupable, ni fierté d'avoir démasqué Mevlevi sous le déguisement d'Allen Soufi, ni même, pis encore, piété filiale accrue par la mise au jour de la courageuse résistance de son père – ou s'agissait-il plus simplement d'obstination ? Bref, il n'éprouvait pas plus de jubilation que de soulagement. Juste une froide détermination, la volonté d'en finir avec toute cette histoire – pour de bon.

Tant qu'il n'aurait pas arrêté la main d'Ali Mevlevi, rien n'avait le moindre sens.

Il s'arrêta au milieu du Quaibrucke. Le lac de Zurich était pris dans une gangue de glace. D'après les journaux, c'était la première fois depuis 1962 que ses eaux étaient aussi complètement gelées. La bise hivernale emporta bientôt la mélancolie du jeune homme avec elle. Il concentra toutes ses pensées sur le Pacha, sur les heures et les jours à venir qui devaient sceller la fin d'Ali Mevlevi. Sentant une bouffée de chaleur monter en lui à l'idée qu'il allait contribuer à annihiler son règne mortifère, il reconnut que c'était sa personnalité réelle, son moi véridique, qui revenait ainsi au premier plan et qui l'encourageait à écarter ses doutes et sa tristesse. Pourtant, il comprenait aussi qu'il ne pourrait jamais s'en dépouiller totalement, qu'il allait devoir apprendre à vivre avec ces sentiments, le mieux possible.

Oui, le monde avait changé pour lui, et il en prit conscience à cet instant. Ce n'était plus pour son père qu'il se battait. Alex Neumann était mort. Il ne pouvait rien y faire. Désormais, Nick luttait pour lui-même. Pour sa vie.

Bientôt il n'y eut plus que le Pacha dans son esprit. Son sourire onctueux, son rire hautain. Ses yeux perfides, ses fanfaronnades.

Il voulait tuer cet homme.

Il n'était pas très tard lorsque Nick grimpa la pente, maintenant familière, qui conduisait à l'immeuble de Sylvia Schon. La rue était verglacée, ce qui l'obligeait à avancer lentement. En fait, il se surprit à ralentir encore son pas, pour une tout autre raison : il cherchait à retarder le moment où il arriverait devant chez elle. Depuis la veille, il était tourmenté par des interrogations de plus en plus désagréables sur le compte de la jeune femme. Pour quelles raisons l'avait-elle aidé à retrouver les rapports signés par son père ? Était-ce l'affection qu'elle éprouvait pour lui ? Ou le besoin de faire justice à un homme qu'elle ne connaissait pas et qui avait disparu depuis près de vingt ans ? Ou bien était-elle, tout simplement, l'espionne de Kaiser ? Avait-elle été chargée de surveiller ses moindres faits et gestes ? Était-elle en train d'aider le président de l'USB, poursuivant des objectifs qu'il ne devinait que trop bien ?

Il ne cherchait pas de réponses à ces questions. Il redoutait d'en obtenir, même. L'interroger aurait été avouer sa défiance et, au cas où il aurait eu tort de se méfier d'elle, la confiance sur laquelle toute leur relation était fondée serait irrémédiablement détruite. Les mots du vieil Eberhard Senn, comte Languenjoux, résonnèrent dans sa tête : « Les gens comptent sur la confiance. Il en reste si peu, dans notre monde... »

Mais une autre voix l'obsédait aussi, celle qu'il avait entendue sur le répondeur de Sylvia le vendredi soir précédent. Cette voix bourrue, autoritaire, qui était celle de Wolfgang Kaiser, il en était persuadé. Demander tout de go à Sylvia si c'était elle qui avait parlé de Schweitzer au patron de l'USB ? Sa réponse ne serait jamais assez convaincante pour lui. Non, il fallait écouter à nouveau cet enregistrement.

Il fut accueilli par un baiser sur la joue et un grand sourire. Et, pour la première fois, une partie de lui-même mit en doute la sincérité de son accueil.

— Comment va ton père ? demanda-t-il une fois entré dans l'appartement douillettement chauffé.

— Très bien. Curieux de savoir avec qui je passe tellement de temps. Il brûlait d'avoir des détails sur mon nouvel amant.

— Tu as un nouvel amant ? Qui est-ce ?

Elle l'enlaça et se hissa sur la pointe des pieds pour plonger ses yeux dans ceux de Nick.

— Je ne me rappelle pas son nom. C'est un Américain pas commode. Trop sûr de lui, même, pourraient dire certains...

— Un pauvre type, quoi. Tu ferais mieux de le laisser tomber.

— Peut-être. Je n'ai pas encore décidé s'il était assez bien pour moi.

Nick émit un gloussement de circonstance. Il ne lui était pas facile de se montrer détendu alors qu'il se remémorait le moment où Wolfgang Kaiser avait jeté à la rue un collaborateur de trente ans, qu'il se demandait pour la centième fois qui avait pu convaincre Kaiser que Schweitzer était un traître, et que pour la centième fois il parvenait à la même détestable réponse.

— Viens, mets-toi à l'aise, lui dit Sylvia en le conduisant par la main dans le salon.

Tout en retirant sa parka, il s'efforça de ne pas la regarder, de maintenir une certaine distance entre eux. Seulement, elle ne lui avait jamais paru aussi belle, aussi radieuse, avec ses joues rosées et ses cheveux blonds comme les blés ramenés en queue de cheval.

Elle lui prit le manteau et lui donna une légère caresse sur l'épaule.

— Qu'est-ce qu'il y a ? Quelque chose qui ne va pas ?

Repoussant sa main, il la fixa droit dans les yeux. Il avait répété la scène tant de fois, et pourtant il n'arrivait plus à trouver ses mots. C'était bien plus difficile qu'il ne l'avait cru.

— Hier après-midi, j'étais chez le président. On était un petit groupe, Ott, Maeder, Rita Sutter... Ambiance très tendue, tout le monde prêt à se sauter à la gorge, à dramatiser le moindre truc. Kaiser a convoqué Armin Schweitzer et lui a demandé de s'expliquer sur les infos que la Banque Adler avait reçues. Tu sais, cette liste bidon d'actionnaires encore hésitants ? Alors, Kaiser l'a accusé d'être l'espion de Klaus Konig. Et il l'a renvoyé. Il l'a pratiquement jeté de son bureau à coups de pied au cul.

— Il a licencié Schweitzer ?

— Viré, oui !

Sylvia parut abasourdie par sa réaction.

— Mais il le méritait, ce rat ! Tu me l'as dit toi-même. Tu étais sûr qu'il te volait des papiers dans ton bureau...

— Écoute, Sylvia. À part toi, Peter Sprecher et moi, personne ne savait qu'il y avait une taupe de Konig à l'USB. Ce que nous pensions de Schweitzer, c'était uniquement une supposition, une hypothèse.

— Et alors ? Si Kaiser l'a viré, c'est donc que nous avions bien raison !

Nick secoua la tête. Elle ne lui simplifiait pas du tout la tâche.

— Est-ce toi qui as dis à Kaiser que Schweitzer refilait des informations à la Banque Adler ?

Sylvia éclata de rire, comme si cette idée était d'une absurdité achevée.

— Je n'aurais même pas pu joindre directement Herr Kaiser. Je le connais à peine !

— Sylvia, si c'est toi, il n'y a rien de mal ! Que tu aies voulu protéger la banque, c'est compréhensible. Nous voulons tous empêcher Konig de réussir.

— Je t'ai dit que ce n'était pas moi !

— Allez, Sylvia ! Comment le président aurait pu l'apprendre, autrement ?

— Il me semble que vous êtes en train de m'accuser, monsieur Neumann ! (Elle avait rougi sous l'effet de la colère.) Tu me demandes comment Herr Kaiser l'a su ? Schweitzer est coupable.

501

Le président l'a découvert tout seul. Il l'a surpris la main dans le sac. Est-ce que je sais, moi ? Tu crois que Konig est le seul à avoir des espions ? Herr Kaiser est capable de se protéger sans ton aide, sans la mienne. Il dirige la banque depuis assez longtemps pour ça ! (Elle s'éloigna dans le salon.) Et en tout cas, ce qui est sûr, c'est que je n'ai pas de comptes à te rendre !

Nick la suivit. Il était persuadé qu'elle était en train de lui mentir. Elle et son sens du devoir professionnel, ses ambitions... En accablant Schweitzer, elle avait vu un bon moyen de donner un coup de pouce à sa propre carrière. Pourquoi essayait-elle de nier cette évidence ?

– Et ton répondeur ?

– Quoi, mon répondeur ?

– Vendredi soir, quand on écoutait tes messages. J'ai entendu la voix de Wolfgang Kaiser. Et tu as compris tout de suite. Tu as eu peur que j'insiste pour repasser la bande, je t'ai vue. Allez, dis la vérité !

– La vérité ? C'est ce que tu veux ?

Elle courut au répondeur et entreprit de rembobiner la cassette, s'arrêtant à plusieurs reprises afin de vérifier à quel niveau elle se trouvait. Arrivée au passage qu'elle cherchait, elle appuya sur le bouton de lecture.

– Tu veux la vérité ? Je n'avais pas peur, non ! J'étais gênée, c'est tout.

La fin du message de Peter Sprecher : « ... à propos de la prochaine assemblée générale de l'Union suisse bancaire. N'hésitez pas à me rappeler au numéro que je vais vous laisser. Merci ». Un silence, un bip puis une autre voix : « Sylvia, tu es là ? Décroche, s'il te plaît... Bon, alors écoute ! »

L'homme avait une voix bourrue, un peu pâteuse. Il était ivre, se dit Nick.

« Je veux que tu viennes à la maison ce week-end. Tu te rappelles notre plat favori du samedi soir ? Les garçons l'ont toujours adoré. On passe à table à sept heures, entendu ? » Une pause. « Tu es une bonne fille, Sylvia, mais je crois que ta mère ne serait pas très contente de savoir que tu es si loin, que tu laisses ton père vieillir dans son coin. Bon, je me débrouillerai, de toute façon. N'oublie pas de prévenir tes frères. Qu'ils soient à l'heure, eux aussi. Sept heures. Ou bien on commence sans eux ! »

Nick s'avança jusqu'à la machine, l'arrêta. Ce n'était pas Wolfgang Kaiser.

Sylvia se laissa tomber sur une chaise, tête baissée.

– Mes frères ne sont pas allés le voir depuis trois ans. Je me retrouve à chaque fois seule avec lui. Hier, il m'a reproché pendant cinq minutes de ne pas les avoir prévenus. Moi, je me suis contentée de dire oui, que j'étais désolée. Et maintenant, tu es satisfait ? Ça te plaît, de tout savoir sur les petites habitudes de mon père ? Qu'il se saoule tout seul ? Qu'il m'accuse de l'avoir abandonné ?

Il vint s'asseoir près d'elle, à la table. Tout son acte d'accusation soigneusement préparé venait de s'écrouler comme un minable château de cartes. Comment avait-il pu être aussi idiot ? Pourquoi avait-il douté d'elle, ne fût-ce qu'une minute ? Il lui avait manifesté sa défiance au pire moment, juste quand il aurait dû lui témoigner toute sa confiance. Elle qui, depuis le début, n'avait cessé de l'aider... Était-il si difficile d'accepter son affection ? De reconnaître enfin qu'il n'y avait rien de répréhensible à compter sur le soutien d'autrui ?

– Pardonne-moi, murmura-t-il sincèrement. Je ne voulais pas te faire de peine.

Telle une petite fille écrasée de chagrin, elle serra ses bras autour de ses flancs.

– Pourquoi tu ne m'as pas crue dès la première fois ? Moi, te mentir ?

Il posa ses mains sur les épaules de la jeune femme.

– Je suis désolé. Je ne saurais expliquer pourquoi j'ai...

– Ne me touche pas ! cria-t-elle. Oh, c'est tellement absurde ! Je n'ai pas parlé de Schweitzer à Wolfgang Kaiser. Si cette réponse ne te plaît pas, fiche le camp d'ici !

Il essaya encore de l'attirer vers lui. Cette fois, elle se laissa aller contre sa poitrine.

– Je te crois, prononça-t-il à voix basse. Mais il fallait que je te demande. Il fallait que je sois sûr...

Elle cacha son visage dans le cou de Nick.

– C'était évident, pour moi, qu'il se ferait prendre. Je m'y attendais depuis longtemps. Mais ça ne signifie pas que je me sois mise à bavarder comme une pie, à crier sur tous les toits ce que Peter Sprecher avait découvert. (Elle redressa la tête pour le regarder droit dans les yeux.) Pour rien au monde je n'aurais trahi ta confiance.

Il la serra un moment dans ses bras, respirant la fraîche odeur de sa chevelure, goûtant la douceur de son corps sous le pull en cachemire.

— Ces dernières semaines ont été atroces, Sylvia. Comme si j'étais sous l'eau et que je nageais à contre-courant. Si j'arrive à tout régler demain, on parviendra peut-être à oublier.

— C'est au sujet de ton père ? Tu ne m'as même pas dit si tu avais retrouvé Caspar Burki ?

— Oh, pour le retrouver, je l'ai retrouvé, oui !

— Et alors ?

Il la tint à bout de bras, réfléchissant à ce qu'il pouvait lui confier. La mettre dans le secret, était-ce tout partager comme deux amants sincères, ou simplement avouer sa propre faiblesse, en une stupide tentative pour faire taire sa culpabilité après l'avoir blessée si cruellement ?

— Raconte, chéri, le supplia-t-elle encore. Qu'est-ce que tu as découvert ?

— Il est en train de se passer des tas de choses. Que tu n'imagines pas...

— De quoi parles-tu ? De l'OPA de Konig ?

— Il a obtenu les trente-trois pour cent. Maintenant, il réunit les fonds nécessaires pour rafler toutes les actions restantes. Il veut l'USB de A à Z. Ça, c'est la bonne nouvelle.

Le visage de Sylvia se décomposa.

— Comment ?

Son expression prouvait clairement qu'elle n'avait aucunement envie d'entendre la « mauvaise ».

Il la regarda dans les yeux, se persuadant de n'y voir qu'amour et compréhension. Il était las de sa solitude, de supporter sans l'aide de quiconque le fardeau de la vie. Il était fatigué d'être sur ses gardes. Pourquoi ne pas tout lui dire, jusqu'au bout ?

— La mauvaise nouvelle, c'est que Kaiser est au service d'Ali Mevlevi. Celui que nous appelons le Pacha. Cela fait des années qu'il blanchit son argent. Des masses d'argent. Mevlevi est un baron de la drogue qui opère depuis le Liban et Kaiser est son homme de paille en Suisse.

Sylvia leva une main pour l'arrêter.

— D'où tiens-tu tout cela ?

— Il faut que tu me croies sur parole. Je peux seulement te jurer que ce que j'avance, je l'ai constaté de mes propres yeux.

— Je ne peux pas le croire ! Peut-être que ce Mevlevi exerce un chantage sur le président ! Peut-être que Herr Kaiser n'a pas le choix...

— Les crimes de Kaiser ne se limitent pas à sa collaboration avec Mevlevi. Il voulait tellement empêcher Konig d'obtenir ses sièges au CA qu'il a forcé plusieurs d'entre nous, au quatrième, à vendre des parts de portefeuille de nos clients afin de réinvestir ces sommes en actions USB. Il est en train de tromper des centaines de personnes qui détiennent un compte numéroté à la banque. De fouler aux pieds je ne sais combien de lois. Personne ne l'a forcé à faire tout ça !

– Mais il essaie seulement de garder l'USB hors de la portée de Konig ! C'est sa banque, après tout !

Nick prit les mains de la jeune femme dans les siennes.

– Non, Sylvia, l'USB n'appartient pas à Wolfgang Kaiser. Il n'est qu'un salarié de la banque, comme toi et moi. D'accord, il y a consacré sa vie, mais il en a été plus que récompensé. Combien crois-tu qu'un type de son niveau peut gagner ? Plus d'un million annuel, à l'aise. Sans parler d'options sur un gros paquet d'actions, j'en suis sûr. La banque est la propriété de ses actionnaires, pas la chasse gardée d'un Kaiser ! Il faut que quelqu'un l'empêche de continuer.

– Oh, tu me terrorises, avec toutes tes histoires !

– Il y a de quoi être terrorisé ! Toi, nous tous. Kaiser est aussi pourri que Mevlevi. Ils ne respectent rien, ni l'un ni l'autre. Pour arriver à leurs fins, ils sont prêts à tuer. Et c'est ce qu'ils font !

S'arrachant à son étreinte, Sylvia alla à la baie qui donnait sur la terrasse.

– Je ne te crois pas, annonça-t-elle d'un air buté.

– Alors, d'après toi, qui a tué mon père ? s'écria Nick, indigné. Je vais te le dire, moi : c'est Ali Mevlevi ! Sauf qu'à l'époque il s'appelait Allen Soufi, et que maintenant il se fait passer pour un certain Allen Malvinas. Peut-être que Kaiser n'a pas appuyé sur la gâchette, mais il savait ce qui se tramait, de bout en bout ! Il a tout fait pour obliger mon père à travailler avec Mevlevi, et quand mon père a refusé, il n'a pas levé le petit doigt pour empêcher Mevlevi de l'abattre. Tu as lu les rapports d'activité aussi bien que moi : « Continuez avec Soufi, ne rompez pas les liens... » Pourquoi ne l'a-t-il pas prévenu de ce qu'il risquait ? Ils ont grandi dans la même rue, merde ! Ils se connaissaient depuis l'enfance ! Pourquoi Kaiser n'est-il pas allé à son secours, ni...

Il s'interrompit, pétrifié par la découverte qu'il le savait depuis toujours, *pourquoi*. Il le savait depuis sa visite à Marco Cerruti, lorsque ce dernier avait évoqué la rivalité qui existait entre les deux hommes ; depuis que Rita Sutter lui avait confié que si son père avait encore été en vie, elle aurait préféré travailler pour lui, et non pour Wolfgang Kaiser ; depuis qu'il avait été témoin de la jalousie féroce qu'Armin Schweitzer avait éprouvée devant sa promotion fulgurante jusqu'au Nid de l'Empereur... Alex Neumann avait été le seul capable de barrer la route de la présidence de l'Union suisse bancaire à Kaiser. Tout n'avait été qu'une affaire d'ambition. Kaiser avait laissé son principal rival se faire éliminer.

— Ce sont des accusations épouvantables, constata Sylvia d'un ton atterré, presque comme si elles étaient dirigées explicitement contre elle-même.

— Mais c'est la vérité, proclama Nick, soudain réconforté par la certitude qu'il venait de trouver le dernier maillon d'une chaîne aussi complexe que sordide. Et je vais les faire payer pour ça, tous les deux.

Il ne tolérait plus les objections faciles, la feinte naïveté de Sprecher ou la loyauté aveugle de Sylvia envers son employeur. Le meurtre de son père n'avait servi qu'à assurer la position d'un autre. C'était si banal, si laid, qu'il en avait la nausée.

La jeune femme le prit dans ses bras et l'attira contre elle.

— Ne te laisse pas entraîner dans une folie. Ne te mets pas en danger. Promis ?

« En danger » ? Il ne l'avait jamais autant été, de toute sa vie. Il devait maintenant agir s'il voulait en réchapper.

— Demain matin, je pars dans le Tessin avec Mevlevi, en voiture. Je vais...

Il hésita à poursuivre. Il éprouvait le besoin de lui exposer tout son plan, de recueillir son approbation, voire de recevoir ses encouragements et sa bénédiction. Mais l'avis de Sylvia n'y changerait rien, de toute façon. À contrecœur, il dut reconnaître que sa réticence à lui révéler la partie la plus délicate de ses projets était justifiée par une autre raison : le spectre de trop de questions laissées en suspens, qui revenait le narguer en répétant qu'elle lui avait menti, à un moment ou un autre. Il aurait voulu se confier, à elle, ô combien ! Mais c'était impossible.

— Je vais le neutraliser pour de bon, compléta-t-il laconiquement. Si Mevlevi arrive à s'en tirer, demain, ma vie ne vaudra plus très cher.

« Plus rien du tout, même », précisa-t-il en lui-même.

Plus tard, ils allèrent se promener dans la forêt qui venait s'arrêter au pied de son immeuble. Dans le ciel glacé, la nouvelle lune brillait de toute sa masse, donnant une teinte irisée au manteau de neige qui couvrait le sol. Ils restèrent silencieux, laissant le craquement de leurs pas ponctuer la conversation tacite qui se poursuivait entre eux.

Cette nuit-là, il resta chez Sylvia. Enlacés, ils réchauffèrent son grand lit. Ils firent l'amour lentement, précautionneusement, presque, chacun attentif au plaisir de l'autre. Dans la proximité de son corps, dans cette intimité magiquement revenue, Nick comprit que ses soupçons obsédants n'avaient pas porté atteinte à ce qu'il éprouvait pour elle. Il se répéta que l'amour était de donner à un autre sans prétendre tout savoir d'elle ou de lui. Mais au plus secret de lui-même il se demandait si ce n'était pas une piètre excuse, s'il ne restait pas avec Sylvia par simple rancune envers Anna.

Bientôt, il se dit que toutes ces hésitations à propos du passé et de l'avenir n'étaient pas de mise. Ce qui importait, c'était d'être encore en vie le lendemain soir, après une journée où il allait jouer son va-tout. Ce qui suivrait, il l'ignorait. Alors, pour une fois, pour cette nuit seulement, il se laissa prendre entièrement par le sommeil.

60

— Apportez-nous une autre bouteille ! ordonna Wolfgang Kaiser, une grimace désapprobatrice sur les traits. Ce vin a tourné. Ça vous a un goût de pisse et de vinaigre.

Sans réussir à masquer entièrement son étonnement, le sommelier du Kunststube versa une larme de corton-charlemagne 1975 dans son tastevin en argent, la fit rouler un instant sur son palais et l'avala.

— Je ne partage pas l'opinion de monsieur, si monsieur m'autorise. Il est rare qu'un cru de cette qualité tourne, plus rare encore que deux bouteilles de suite soient défectueuses. Si monsieur veut bien essayer de se rafraîchir le goût avec une bouchée de pain et l'essayer à nouveau...

— Conneries ! lança Kaiser après avoir porté une fois de plus le verre à ses lèvres. On dirait qu'il sort d'un tonneau de poudre, votre machin. Ramenez-en une autre !

Il était ivre, et conscient de l'être. Le whisky ne lui avait jamais réussi. Il en avait avalé deux bien tassés en attendant que Mevlevi daigne apparaître. Quel culot, celui-là ! Disparaître de son hôtel sans crier gare puis téléphoner un dimanche soir pour proposer un dîner en tête à tête, et arriver une heure en retard, en plus !

Les yeux du sommelier glissèrent vers la porte des cuisines, à la recherche de l'approbation du propriétaire de l'établissement, le chef Petermann. Sur un discret signe de tête de ce dernier, il répondit avec onction :

— Tout de suite, monsieur.

— Impudent crétin ! lança Kaiser dans le dos de l'employé, destinant par-devers lui ce qualificatif peu flatteur à son commensal, sur lequel il reporta son attention. Comme je vous le disais, Ali, ça va mal. Vendredi après-midi, Klaus Konig a réussi à s'emparer d'un gros paquet d'actions USB. Il campe à nos portes, maintenant. C'est comme si je les entendais traîner leurs sabres dans la cour, lui et ses complices !

Il tenta un gloussement sarcastique mais ne put émettre qu'un claquement de langue pâteux.

Le Pacha s'essuya délicatement les commissures des lèvres. Il était aussi élégant qu'à son habitude, dans un impeccable blazer croisé rehaussé d'une lavallière gris perle. L'image même de la sérénité cossue.

— Allons, M. Konig ne peut pas être aussi méchant que cela, objecta-t-il comme s'il s'agissait d'un voisin trop bruyant.

— Non, il est pire, rétorqua Kaiser. C'est un pirate sans foi ni loi. Plein aux as, mais un pirate quand même.

— Mais vous avez sûrement de quoi repousser son offensive ? émit le Pacha en levant un sourcil interrogateur.

— Vous pourriez penser que le contrôle de soixante pour cent des actions de ma banque me donne une marge de manœuvre confortable. Mais non, pas en Suisse démocratique ! Vous voyez, nous n'avons jamais prévu de nous méfier de nos concitoyens. Toutes nos lois ont été conçues dans le seul but de garder les barbares à distance. Nous nous croyions tous des saints. Mais aujourd'hui, c'est contre un ennemi intérieur qu'il faut se défendre.

— Eh bien, Wolfgang, que désirez-vous, exactement ? C'est de ce prêt que vous voudriez parler ?

« Et de quoi d'autre, crapule ? » pensa Kaiser qui répondit cependant de sa voix la plus policée :

— La proposition tient toujours, je vous l'ai dit. Quatre-vingt-dix jours, pas un de plus. Vous retrouverez votre mise augmentée d'un bonus de dix pour cent. Franchement, Ali, c'est plus que raisonnable : c'est fichtrement généreux !

— Généreux, certes... (Mevlevi tendit la main par-dessus la table pour tapoter affectueusement le bras du patron de l'USB.) Vous l'avez toujours été, mon ami.

Kaiser se rencogna dans sa chaise en lui adressant un pâle sourire. Combien de temps cette mascarade devrait-elle durer ? Il n'en pouvait plus, de jouer une comédie qui l'obligeait à agir comme s'il avait accueilli l'argent du Pacha de sa propre volonté.

— Comprenez-moi bien, poursuivit Mevlevi. Si je disposais

d'un tel magot, je l'aurais mis à votre disposition sans hésiter. Et ne parlons pas d'intérêts, je ne suis pas un usurier, tout de même ! Le fait est qu'à cette période de l'année mes disponibilités sont terriblement limitées, malheureusement...

— Et ces quarante millions qui ont transité par votre compte vendredi, alors ?

— Tenez, une preuve de plus ! Dans mon secteur, on ne fait pas crédit.

— Nous n'avons pas besoin de toute la somme dont il était question, Ali. La moitié suffirait amplement. Il faut que nous soyons présents à la réouverture demain, en force. Je ne peux pas me payer le risque que Konig rafle d'autres actions. Ils ont déjà trente-trois pour cent. Qu'ils obtiennent plus et ma position est fortement compromise.

— Ah, mais les temps changent, Wolfgang ! Et si le moment de la relève était venu ?

— Changement ? Dans notre monde, c'est un mot tabou. Ce à quoi nos clients aspirent, c'est à la stabilité. L'USB leur garantit la tradition, la sécurité. Que la Banque Adler décide de faire le tapin, c'est son affaire !

Mevlevi eut un sourire amusé.

— Oui, le marché est un terrain miné...

— Ce que je vous propose n'est pas la mer à boire, tout de même ! Nous pouvons descendre jusqu'à soixante-dix millions de francs. Et ne me dites pas qu'avec ce que vous brassez vous ne pouvez pas vous permettre un investissement aussi minime !

— Minime, minime, comme vous y allez ! (Il lui décocha un autre de ses sourires badins.) Mais puisque nous y sommes, puis-je vous rappeler que j'ai déjà beaucoup investi sur vous ? Deux pour cent de votre capital, si je ne m'abuse.

Kaiser se pencha vers lui, incrédule. Qu'y avait-il de si drôle dans toute cette affaire ?

— Nous nous retrouvons le dos au mur, Ali ! C'est le moment où les vieilles amitiés comptent vraiment, non ? Disons que je vous demande une faveur, entre vous et moi. D'accord ?

— Mais mes comptes me disent que c'est impossible, hélas. Croyez bien que j'en suis désolé, Wolfgang.

Kaiser prit un air entendu. Désolé, vraiment ? Dans ce cas, pourquoi avait-il l'air de tant se délecter de la passe critique que l'USB était en train de traverser ? Il porta son verre de vin à sa bouche, mais interrompit son geste. Il avait encore une carte à jouer. Le navire sombrerait avec tous ses passagers, soit. Il brava le regard de son hôte.

— Je vous laisse le petit Neumann, en plus.

— Vraiment ? rétorqua Mevlevi, menton levé. D'après ce que j'ai vu, je ne savais pas que vous en disposiez si facilement.

— Ah, mais j'ai découvert certaines choses, voyez-vous ! Notre jeune ami est celui qui mène l'enquête, semble-t-il. Visiblement, il s'intéresse beaucoup à ce qui s'est passé avec son père...

En son for intérieur, Kaiser présentait déjà ses excuses au fils de son ancien ami. Il aurait voulu lui dire qu'il avait fait de son mieux pour lui accorder une place près de lui mais que les hésitants, les traîtres ne pouvaient être admis dans ce cénacle. Le même discours qu'il avait plus ou moins tenu à Alex Neumann deux décennies plus tôt.

— C'est plus inquiétant pour vous que pour moi, commenta Mevlevi.

— Non, je ne pense pas. Neumann soupçonne un certain Allen Soufi d'avoir trempé dans l'assassinat de son père. Je n'ai jamais porté ce nom, moi.

— Moi non plus, glissa Mevlevi en prenant une gorgée de vin. Pas depuis longtemps, en tout cas.

— Il est au courant pour Goldluxe, aussi.

— Goldluxe ! s'écria le Pacha avec une mimique théâtrale. Mais c'est une autre époque, ça ! Une époque révolue. Qu'il fouine autant qu'il veut autour de Goldluxe ! Je ne pense pas que quiconque se montre excité par une affaire de blanchiment d'argent qui n'existe plus depuis dix-huit ans. Vous si ?

— Non, évidemment ! Mais personnellement, Ali, je ne serais pas rassuré d'apprendre qu'un jeune homme aussi entreprenant est en train de fouiller dans mon passé. Qui sait ce qu'il pourrait découvrir d'autre ?

Mevlevi lui lança un long regard.

— Pourquoi me racontez-vous tout cela maintenant ?

— Je ne l'ai appris qu'hier soir, figurez-vous.

— Et vous pensiez que cela allait m'effrayer ? Que j'allais tomber à genoux devant vous en vous tendant ma bourse ? Neumann ? Je le tiens dans le creux de ma main. Tout comme vous. Ses empreintes digitales sont sur l'arme qui a tué Albert Makdissi. S'il dit ne serait-ce qu'un mot sur moi à la police, il se retrouvera en détention provisoire, pour sa sécurité, pendant que moi j'aurai tout le loisir d'aligner assez de témoins pour le rendre responsable du meurtre. Non, Neumann m'appartient. Tout comme vous. Vous pensez sérieusement qu'il aurait le cran de me doubler ? Il a vu de très près le sort que je réserve à ceux qui me trahissent. Vous me dites qu'il s'intéresse à mon passé. Moi, je réponds : parfait, laissons-le faire ! (Soudain, un petit rire sec lui échappa.) Ou bien vous essayez juste de m'intimider, Wolfgang ?

Un maître d'hôtel en smoking apparut, flanqué d'un garçon en veste blanche qui, sous l'œil attentif de son supérieur, entreprit de leur servir un bar grillé en sauce. Les deux convives interrompirent leur conversation jusqu'au moment où ils se retrouvèrent seuls.

— Ali, j'ai toujours pris soin de vos intérêts. Le mieux possible. Honnêtement, j'ai pensé que cette information valait bien quarante millions de francs au moins. Avec cette somme, nous pourrions nous acheter aisément un pour cent des parts.

— Un pour cent ? répéta Mevlevi. Vous me donnez Neumann en échange d'un pour cent ? Dites-moi ce qu'il peut avoir appris de plus. Si vous voulez que je considère votre proposition, je dois disposer de tous les éléments.

— Interrogez-le, lui ! L'important n'est pas ce que Neumann sait ou ne sait pas, mais ce que son père savait. Et ce qu'il a écrit noir sur blanc. Le gamin a les agendas personnels d'Alex. Il y est question du FBI, visiblement.

— Pourquoi tournez-vous tant autour du pot ?

Kaiser s'autorisa un petit mensonge.

— Je les ai vus de mes propres yeux.

— Si Neumann déterre cette histoire de Goldluxe, cela sera plus dommageable pour vous que pour moi.

— Que m'importe, à partir du moment où Klaus Konig me vole ma banque ! Il y a vingt ans, vous m'avez volé la vie que j'aurais pu avoir. Si l'USB coule, je suis prêt à couler avec.

— La vie que vous auriez pu avoir ? Vous n'en avez jamais voulu d'autre ! Si vous voulez m'utiliser dans le but d'apaiser votre conscience, ne vous gênez pas. Mais au fond de vous-même vous savez que vous n'êtes pas différent de moi. (Il repoussa son assiette vers le centre de la table.) Non, Wolfgang, je suis désolé, mais la banque, c'est votre rayon, pas le mien. Si vous n'êtes pas capable de résister à des concurrents plus agressifs, et peut-être aussi plus compétents, ce n'est tout de même pas de ma faute !

Kaiser sentit le sang lui monter à la tête.

— Bon Dieu, Ali, je sais que vous l'avez, cet argent. Donnez-le-moi. Vous me le devez !

— Je ne vous dois rien du tout ! répliqua Mevlevi en abattant une main sur la table.

Le président de l'USB resta les yeux exorbités, le visage congestionné. Le sol se dérobait sous lui. Comment avait-il pu en arriver là ? Le Pacha, lui, se radossa contre sa chaise, plus calme que jamais.

— Enfin, je veux bien essayer d'arranger quelque chose, en guise de remerciement pour ce que vous venez de me dire au sujet du jeune Neumann. Demain, je téléphonerai à Gino Makdissi. Il sera peut-être en mesure de venir à votre rescousse.

— Gino Makdissi ? Ce voyou ?

— Son argent n'a pas plus d'odeur que le vôtre. Comment dit-on, déjà ? *Pecunia non olet :* c'est la devise de votre patrie, pratiquement, non ? Gino sera heureux d'accepter vos conditions, je n'en doute pas.

— Elles ne valent que pour vous. Nous ne ferons jamais d'affaires avec un membre de la famille Makdissi, jamais !

Mevlevi poussa un soupir exaspéré.

— Très bien. Dans ce cas, je vais reconsidérer votre offre. Mais, très franchement, je ne vois pas où je pourrais trouver une telle somme. Enfin, il faut que je regarde un peu... Demain, à deux heures, je pourrai vous dire.

— Demain, j'ai un rendez-vous important avec l'un de nos plus anciens actionnaires. Je ne serai pas au bureau avant trois heures.

Mevlevi était resté très évasif, et pourtant Kaiser n'avait pu s'empêcher de sauter sur le maigre espoir qu'il lui avait fait miroiter. Il était vraiment pris à la gorge. Mevlevi lui adressa un aimable sourire.

— Je vous promets d'avoir une réponse à ce moment.

Après avoir reconduit un Wolfgang Kaiser à moitié groggy à sa voiture, Ali Mevlevi revint dans le restaurant et commanda un digestif. Un bref instant, il éprouva une sincère pitié pour ce pauvre fou. *Un pour cent !* Pratiquement la bave aux lèvres, le patron de l'USB avait voulu lui vendre le petit Neumann, tel un vulgaire marchand d'esclaves. Mais Neumann valait une balle de revolver, rien de plus, et c'était tout ce que le Pacha était prêt à dépenser pour lui.

Donnez-moi un pour cent ! Oui, il était tenté de le lui donner, ne fût-ce que pour apaiser sa propre conscience. Après tout, même lui avait besoin de se rappeler qu'il en avait une, de temps en temps ! L'idée lui arracha un gloussement. Il savoura une gorgée de liqueur. Kaiser et son un pour cent, Neumann qui jouait aux détectives... Le monde était plus vaste que cela ! Bien plus vaste. Et la place qu'il y occupait, lui, Ali Mevlevi, l'était aussi.

Après avoir réglé l'addition, il sortit dans la nuit glaciale, fit un seul geste de la main. Aussitôt, une Mercedes gris métallisé vint se ranger le long du trottoir. Il s'installa dans la voiture, serra la main de son majordome libyen, Moammar al-Khan.

— Tu sais où tu vas ?

— Ce n'est pas loin. Quelques kilomètres le long du lac, ensuite on monte un peu. Un quart d'heure, pas plus... (Le chauffeur saisit la petite médaille votive qu'il portait au cou et l'embrassa.)... Si Dieu veut.

— Je te fais confiance, dit Mevlevi en souriant.

Il savait pouvoir compter sur Al-Khan. C'était lui qui avait découvert que l'héroïne vendue par les Makdissi à Letten n'était pas la sienne.

Quatorze minutes plus tard, en effet, ils étaient en vue d'un chalet isolé tout au bout d'une piste qui serpentait à travers l'épaisse forêt. Trois véhicules étaient déjà garés devant. Il y avait de la lumière à l'intérieur.

— Il en manque encore un, constata Al-Khan. Je ne vois pas sa voiture.

Mevlevi avait deviné de qui il s'agissait, mais il ne fit aucun commentaire. Le retardataire répétait simplement le rôle qu'il n'occuperait que dans quelques jours. Un chef pouvait se permettre d'arriver après les autres : il lui concédait cette coquetterie.

Il descendit de la Mercedes, alla à la porte d'entrée, frappa une seule fois et pénétra dans le chalet. Hassan Faris était dans le couloir. Mevlevi l'embrassa sur les deux joues tout en lui serrant la main.

— Je veux entendre la bonne nouvelle de ta bouche, Faris.

— Oui, la Chase Manhattan et Lehman Brothers ont signé une lettre d'intention pour la totalité de la somme. Ils se partagent le financement du prêt.

Un homme de plus grande taille, qui se tenait près du feu de cheminée, s'approcha à son tour.

— C'est exact, confirma George von Graffenried, le vice-président de la Banque Adler. Nos amis new-yorkais sont passés à la caisse. Nous avons un crédit-relais de trois milliards de dollars.

Plus qu'assez pour acheter toutes les actions USB que nous ne contrôlons pas encore. Mais vous nous aurez tenu en haleine jusqu'à la dernière minute, Ali ! On a failli rater toute l'opération à quelques centimes près.

— Je tiens toujours mes promesses, George. Ou, sinon, Al-Khan les tient pour moi.

Von Graffenried en perdit d'un coup son air hilare.

Mevlevi salua de la main un troisième invité, resté près du foyer.

— Ah, monsieur Zwicki ! J'ai enfin le plaisir de faire votre connaissance. Je vous suis reconnaissant de votre contribution à notre petit montage. Surtout durant ces derniers jours...

Zwicki, le responsable du département trading à l'USB, avait en effet limité au maximum le rachat de ses actions par la banque, sabotant ainsi par-derrière l'ambitieux plan de libération des avoirs que Maeder avait mis au point. Il s'avança vers le Pacha, inclina le buste.

— Le plaisir est pour moi, monsieur.

— Nous n'attendons plus que votre collègue, le docteur...

Le bruit de la porte s'ouvrant brusquement interrompit Mevlevi.

— Bonsoir, monsieur Mevlevi ! Sepp, Hassan, George, comment allez-vous ? (Rudolf Ott alla droit vers von Graffenried et lui chuchota quelques mots à l'oreille.) Vous avez bien eu ce que je vous ai fait passer, au sujet de ce fonds de placement pour les veuves ? Vous les avez contactés ?

— On aura une réponse demain, j'espère, *Herr Doktor*. Je suis certain que vous serez satisfait.

— Ah, bonsoir, Rudolf, intervint Mevlevi. (Il détestait ce lèche-bottes, mais il fallait bien le supporter : c'était l'élément principal de son équipe suisse.) Tout est en place, pour demain ?

Ott retira ses lunettes et essuya soigneusement avec son mouchoir la buée qui s'était formée sur les verres.

— Certainement. Les documents concernant le prêt ont été établis. Vous aurez l'argent à midi, dernier délai. Huit cents millions de francs, tout de même ! Je ne pense pas que nous ayons jamais prêté autant d'argent à une personne privée.

Mevlevi en doutait, lui aussi. Il avait tout le nantissement nécessaire, certes : environ trois millions d'actions USB placées à la Banque Adler, plus quelques milliers à l'Union suisse bancaire elle-même. Bientôt, toutefois, ces garanties deviendraient inutiles : c'était justement pour cette raison qu'il avait décidé de prendre les rênes de la banque, qu'il avait monté tout cet amusant stratagème. Le temps était venu d'avoir pignon sur rue.

Le lendemain matin, Klaus Konig allait annoncer son offre publique d'achat sur l'USB : deux milliards huit cents millions pour les soixante-six pour cent du capital qu'il ne contrôlait pas encore. Et mardi, lors de l'assemblée générale des actionnaires, Rudolf Ott ferait sensation en révélant qu'il soutenait l'opération hostile de la Banque Adler. Il exigerait la démission immédiate de Wolfgang Kaiser, avec l'approbation de tous les membres du conseil d'administration : ces derniers, qui détenaient de grosses parts de l'USB, seraient trop heureux de les vendre au prix plus qu'avantageux offert par Konig. En rétribution de sa loyauté – ou de sa traîtrise, cela dépendait de l'angle selon lequel on considérait toute l'affaire... –, Ott serait nommé à la direction du nouvel établissement bancaire issu de cette fusion forcée, dont la gestion quotidienne serait confiée à von Graffenried, Zwicki et Faris se partageant la responsabilité du trading. Klaus Konig, qui demeurerait formellement président-directeur général, verrait son rôle limité à la mise en œuvre des investissements de l'USB-Adler : il était décidément trop impulsif pour garder les commandes d'une banque suisse de cette importance. S'il n'était pas satisfait de cet arrangement, une explication en tête à tête avec Moammar al-Khan saurait lui remettre les idées en place...

Avec le temps, les postes clés de la nouvelle banque seraient confiés à des hommes de l'acabit de Faris, tous choisis par Mevlevi. Le conseil d'administration serait profondément remanié. Le Pacha serait le maître incontesté d'un butin qui dépasserait les soixante-dix milliards de dollars.

Ces pensées amenèrent un large sourire sur le visage d'Ali Mevlevi. Tous les présents l'imitèrent volontiers, jusqu'à l'impassible Al-Khan.

Mevlevi n'avait pas l'intention d'abuser de son pouvoir. Pas au début, tout au moins. Mais les possibilités que lui ouvrait le contrôle d'une grande banque suisse étaient si alléchantes : aide au financement des compagnies libanaises les plus rentables, renflouement de la monnaie jordanienne, cadeaux en espèces sonnantes et trébuchantes à son ami irakien Saddam Hussein... Et puis, *Khamsin* ne serait que le premier d'une longue série de coups d'éclat de ce type. Dans son cœur, cependant, c'était le plus important.

Il s'excusa et sortit du chalet pour appeler son QG aux environs de Beyrouth. Il demanda à parler au général Martchenko.

– Monsieur Mevlevi ? *Kak dela ?*

– Tout va bien, général. Je voulais vous dire que tout se déroule conformément au plan. Vous aurez votre argent demain, avant midi. Le bébé doit donc être prêt pour son voyage à ce moment. Le lieutenant Ivlov passera à l'action à la même heure.

– Compris. Dès que j'aurai eu la confirmation du virement, il ne faudra que quelques minutes pour régler les derniers détails. J'attends votre signal, donc.

– À midi, Martchenko. Pas plus tard.

Il replia son téléphone cellulaire et le glissa dans sa poche. L'air frais de la montagne lui parut délicieux, soudain. Il se sentait plein d'une énergie renouvelée.

Demain, Khamsin allait se lever. Le vent auquel rien ne résistait.

61

Nick quitta l'appartement de Sylvia à cinq heures et demie. Encore ensommeillée, elle tint à l'accompagner jusqu'à la porte et lui fit promettre qu'il ne prendrait pas de risques inutiles. Il ignora la nuance d'inquiétude perceptible dans la voix de la jeune femme, préférant ne pas se demander s'il la voyait pour la dernière fois, puis l'embrassa et partit d'un bon pas vers Universitätstrasse. Il gelait à pierre fendre, le ciel était d'un noir d'encre. Il arriva chez lui à six heures cinq, après avoir attrapé le premier tram du matin. Il se penchait pour glisser sa clé dans le verrou lorsqu'il constata que la porte de son appartement était déjà entrouverte. Il la poussa lentement.

Le studio avait été mis à sac. Le ou les intrus n'avaient rien épargné.

La table de travail était renversée, des papiers jonchant le sol tout autour. Tous ses habits avaient été sortis du placard et jetés en boule sur le tapis, de même que le contenu de tous les tiroirs de la commode. Son lit avait été soulevé, le matelas retourné. Dans la salle de bains, même champ de bataille : la glace du meuble de toilette était cassée, des débris de verre avaient sauté partout sur le carrelage.

En quelques secondes, il avait inspecté les dégâts. Et à cet instant il remarqua son holster, abandonné dans un coin dissimulé par les étagères. L'étui de cuir verni brillait dans la pénombre. Il était vide.

Il alla refermer la porte puis se mit au travail, ramassant ses vêtements un à un, gardant l'espoir de sentir la masse compacte du revolver sous quelque T-shirt, quelque pull-over. Rien. Le Colt

Commander avait disparu. Il tâtonna partout, frénétiquement, souleva le matelas et le jeta de côté, tâta le sommier.

Un détail saugrenu le frappa soudain : près du bureau, plusieurs de ses livres avaient été disposés comme une pile de bûches dans un foyer, prête à être enflammée. Au sommet était posé un ouvrage plus grand que les autres, un souvenir de ses années d'études, *Les Principes de la finance*, de Brealy et Myers. Il ne restait plus que la couverture : toutes les pages avaient été brutalement arrachées de la reliure. Il attrapa un autre livre, qui avait subi le même traitement. Un *Iliade* en collection de poche, l'œuvre préférée de son père, était démantelé. Il le laissa tomber par terre.

Seul au milieu de l'appartement silencieux, les bras ballants, Nick se dit qu'il était inutile de continuer à chercher son arme. Mevlevi, ou l'un de ses sbires, était venu ici dans un but bien précis, en quête de quelque chose... Mais de quoi ?

Un coup d'œil à sa montre le fit sursauter. Sept heures moins vingt-cinq, déjà. Il ne disposait que de dix minutes avant l'arrivée de la limousine pour se raser, prendre une douche et enfiler des habits propres. Au moyen de deux chemises sales roulées en boule, il dégagea le sol de la salle de bains des éclats de verre, puis se déshabilla pour une douche « de marine » : trente secondes sous l'eau glacée. Ensuite, il se rasa en un temps record. Tant pis s'il n'était pas impeccable, pour une fois.

Dehors, un klaxon retentit deux fois. Il écarta un rideau. C'était la voiture qui venait le chercher.

Il se précipita vers la table de travail renversée, la posa sur le côté, tâta les pieds de bois à la recherche d'une petite encoche qu'il avait faite dans l'un d'eux quelques semaines auparavant. Quand il l'eut trouvée, il dévissa l'embout métallique et inséra délicatement dedans l'extrémité de son pouce et de son index. Avec un soupir de soulagement, il attrapa entre ses deux doigts la pointe acérée et retira de la cache son couteau de l'armée. La lame était lisse comme un rasoir sur une tranche, dentelée de l'autre. Des années plus tôt, afin d'empêcher la poignée de glisser dans sa main, il l'avait entourée de sparadrap. La bande de tissu était usée, tachée de sueur, de poussière et de sang.

Dans la salle de bains, il finit par retrouver un rouleau de ce même adhésif dont il se servait pour maintenir la coquille de renfort qu'il portait au genou droit lorsqu'il faisait du sport. Après en avoir découpé quatre bandes, il ajusta le couteau, poignée en bas, sur le contrefort de son bras gauche. Il les serra modérément : il fallait pouvoir dégager l'arme d'une seule traction. Le geste suivant serait mortel.

Après une rapide recherche, il exhuma du désordre une chemise et un costume qui sortaient de chez le teinturier et qui n'avaient pas été trop froissés. Une seule cravate pendait encore à la porte du placard. Il la saisit au vol et s'élança dehors.

Dans la limousine, il ne cessa de consulter sa montre. La circulation était dense, le centre-ville plus embouteillé que jamais. Après Bellevue, la Mercedes entreprit l'ascension du Zurichberg, à travers la forêt. Enfin, la tour du Grand Hôtel Dodler se profila à sa gauche. Son cœur s'accéléra. Le moment était venu.

Il s'obligea à attendre que la voiture se fût complètement arrêtée pour ouvrir sa portière. Il pesta contre lui-même : dix minutes de retard, ce n'était pas tragique, mais ce jour-là chaque seconde allait compter. Après avoir grimpé l'escalier du perron quatre à quatre, il poussa la porte à tambour et aperçut aussitôt le Pacha, qui l'attendait dans le hall.

— Bonjour, Nicholas. Vous n'êtes pas en avance, dites-moi. Mettons-nous vite en route. M. Pine, le directeur de l'hôtel, m'a prévenu que nous allions peut-être avoir de la neige en chemin. Je ne voudrais pas me retrouver dans une tempête quand nous passerons le col du Saint-Gothard.

Nick fit un pas en avant et échangea une poignée de main avec Mevlevi.

— Il ne devrait pas y avoir de problème. Le tunnel est toujours ouvert, là-bas, même en plein hiver. Le chauffeur certifie que nous pourrons être rendus à Lugano dans les temps. La voiture est à quatre roues motrices, et nous avons des chaînes.

— Eh bien, ce sera vous qui l'aiderez à les installer, au besoin. Pas moi !

En souriant, le Pacha s'installa à l'arrière de la Mercedes après avoir salué d'un signe de tête le chauffeur, qui lui tenait la portière ouverte. Nick s'installa près de lui, résolu à se montrer aussi poli, serviable et discret que possible. Un modèle d'accompagnateur.

— Vous avez votre passeport et trois photographies, n'est-ce pas ? demanda-t-il à Mevlevi.

— Bien sûr ! Tenez, regardez. Je l'ai eu grâce à des amis à moi, qui travaillent dans les services britanniques. D'après eux, il n'y a pas mieux. Les Anglais raffolent de la variante argentine : histoire d'envenimer un peu la plaie, je suppose ! Mais c'est moi qui ai choisi le nom. Bien trouvé, non ?

Nick ouvrit le passeport que Mevlevi avait sorti lors de leur rendez-vous de travail à Zoug. Allen Malvinas, résidant à Buenos Aires. Le siège de la compagnie El Oro de los Andes, aussi...

– Vous m'avez dit que vous aviez vécu en Argentine, non ?

– Oui, à Buenos Aires. Mais très peu de temps.

Nick lui rendit le document sans ajouter de commentaires. « Soufi, Malvinas, Mevlevi : tu ne m'abuses pas, moi ! »

Comme s'il avait lu dans ses pensées, le Pacha remarqua d'un ton dégagé :

– J'en ai eu d'autres, des noms, vous savez ?

Nick déboutonna sa veste. Son mouvement lui rappela la présence de la lame contre son bras. « Et tu sais que je le sais ! » se dit-il.

La quiétude du petit matin environnait la Mercedes tandis qu'elle filait vers le sud. Le Pacha paraissait endormi. Quand il ne surveillait pas sa montre, Nick se laissait aller à contempler le paysage environnant. De bleu pâle, le ciel tournait à un gris aqueux. Mais la neige ne tombait pas encore, et il s'en félicitait.

Le puissant moteur de la Mercedes continuait à ronronner discrètement. Ils traversèrent un village pittoresque, Küssnacht, avant d'emprunter la route secondaire qui longeait la rive septentrionale du lac de Vierwaldstätter, en direction du Saint-Gothard. De sa place, Nick eut l'impression que les nuages bas au-dessus des eaux assombries formaient comme les lambeaux de la grand-voile d'un trois-mâts assailli par la tempête. Un mauvais présage, aurait-il pensé s'il avait été superstitieux. Peu après, ils entrèrent dans une première averse qui lui masqua la vue du lac.

Au moment même où Nick dépassait Küssnacht, Sylvia Schon tentait pour la quatrième fois de joindre son patron chez lui. Le téléphone sonna à dix, vingt reprises, avant qu'elle ne raccroche violemment, des larmes de rage ruisselant sur ses joues. Durant la nuit, elle s'était levée subrepticement pour appeler Kaiser, sans plus de succès. Où était-il passé ? se demanda-t-elle à nouveau, les poings serrés.

Elle partit à la cuisine, fouilla dans tous les tiroirs jusqu'à trouver un vieux paquet de gauloises. Indifférente à l'âpreté du tabac brun, elle se mit à tirer sur sa cigarette dont l'odeur entêtante la débarrasserait de celle de Nick, qui continuait à flotter dans l'appartement. « Non, je ne veux pas te trahir, expliqua-t-elle en silence à l'ombre de son amant. Je sauve ma peau, c'est tout. J'aurais pu t'aimer. Tu peux le comprendre, ou bien es-tu trop occupé par ta croisade personnelle pour essayer d'entrevoir mes propres motivations ? Es-tu capable d'imaginer ce qui arrivera si Kaiser est mis hors course ? Ce sera Rudolf Ott qui prendra sa place. Ott, mon rival depuis toujours, dont la jalousie me poursuit sans cesse. C'est lui, Nick ! C'est lui qui a tout manigancé ! »

Elle eut un instant d'hésitation, de culpabilité, sans pouvoir décider si elle déplorait le sort de Nick ou le sien. Mais elle le surmonta rapidement : elle avait choisi sa voie depuis longtemps, si longtemps...

Elle écrasa la gauloise, consulta sa montre. Dans dix minutes, Rita Sutter serait à son bureau. La ponctualité faite femme, aimait à dire Kaiser. À sept heures et demie, la fidèle d'entre les fidèles serait à son poste et pourrait lui indiquer où joindre le président de l'USB. Car il ne faisait pas un geste sans la prévenir, elle...

Sylvia fut parcourue d'un soudain frisson. Le tabac brut l'avait mise au bord de la nausée. Huit minutes manquaient encore, et cependant elle décrocha son téléphone pour appeler le Nid de l'Empereur.

Surplombant la majestueuse vallée qui s'enfonçait au cœur des Alpes suisses, la route grimpait doucement le long de la Reuss. Nick s'était accoudé à la fenêtre, fasciné par la beauté du paysage, tout en priant pour que la neige ne se mette pas à tomber et en se demandant où Sterling Thorne pouvait être, à cet instant. De tout son cœur, il souhaitait aussi que Wolfgang Kaiser ait quitté Zurich à temps pour son rendez-vous avec le comte, à onze heures. Altdorf, Amsteg, Wassen : les panneaux passaient en un éclair sous ses yeux, petits villages de pierre accrochés au flanc de la montagne.

Alors qu'ils approchaient de Göschenen, Ali Mevlevi demanda au chauffeur de quitter un moment l'autoroute. Il voulait se dégourdir les jambes. Ils arrivèrent bientôt sur la place du hameau et abandonnèrent tous trois la limousine. Une fontaine bruissait tranquillement à quelques pas.

— Eh bien, eh bien, lança le Pacha en regardant ostensiblement sa montre. Nous sommes très en avance, maintenant. Vous m'avez dit que nous avions rendez-vous à...

— Dix heures et demie, compléta Nick, instantanément sur ses gardes.

Il n'avait prévu aucun arrêt de ce genre. Dans son esprit, le voyage de Zurich à Lugano devait se dérouler d'une seule traite.

— C'est cela, approuva Mevlevi. Ce qui nous laisse plus qu'assez. Croyez-moi, je n'ai aucune envie de faire tapisserie là-bas en attendant que ce rond-de-cuir veuille bien nous recevoir !

— Nous pourrions l'appeler ; M. Wenker, je veux dire, et lui proposer d'avancer le rendez-vous ?

Il avait tellement craint d'être en retard qu'il se trouvait maintenant désarmé devant le cas de figure totalement inverse.

— Non, non, inutile de le déranger, fit Mevlevi en consultant d'un œil le ciel plombé. J'ai une meilleure idée. Et si nous prenions l'ancienne route, par le col ? Je ne l'ai jamais traversé pour de vrai, ce fameux Saint-Gothard !

Nick tenta de masquer sa nervosité devant une proposition aussi insensée.

— Je ne pense pas que ce soit raisonnable, vraiment. Avec tous ces ravins, ces tournants... Il y aura du verglas, à coup sûr.

Le Pacha réprima à peine un froncement de sourcils.

— Je trouve que c'est une magnifique idée, au contraire ! Demandez au chauffeur combien de temps il nous faut.

Ce dernier, qui fumait tranquillement près de la fontaine, daigna répondre :

— S'il ne neige pas, c'est faisable en une heure.

— Vous voyez, Neumann ? s'écria Mevlevi, enchanté. Une heure ! Mais c'est parfait ! Un petit extra à notre voyage.

Une sirène d'alarme se déclencha dans la tête de Nick. Il observa le site grandiose qui les entourait, les flancs abrupts de la vallée couverts de rochers et de pins enneigés, les sommets qui se découpaient dans la brume. C'était spectaculaire, et même effrayant. Et voilà que Mevlevi voulait soudain faire du tourisme ! Hors de question.

— Je suis désolé d'insister, mais nous ne devrions pas quitter l'autoroute. Le temps change très vite, en montagne. Nous risquons d'être pris dans une tempête de neige, une fois arrivés là-haut.

— Si vous saviez comme il est rare que je quitte ce petit pays aride qui est le mien, Neumann, vous m'accorderiez tout de suite ce plaisir. M. Wenker risque de nous attendre un peu ? Qu'il attende ! Avec ce que Kaiser doit déjà lui avoir donné, il sera la patience incarnée ! (Il administra une claque amicale dans le dos du chauffeur.) Eh bien, mon brave, vous pensez que nous pourrions être à Lugano à dix heures et demie ?

— Sans problème, répondit celui-ci en écrasant le mégot sous sa semelle et en rajustant sa casquette.

Nick lança un sourire crispé au Pacha. Tout son plan se jouait à la minute près. Ils devaient retrouver Wenker à l'heure dite. Dix heures trente, exactement. Il ouvrit sa portière, avala une dernière bouffée d'air avant de reprendre sa place dans la limousine. Ce détour n'était pas un simple coup de tête. Mevlevi l'avait prévu. Le chauffeur était sans doute un de ses hommes : aucun être doué de raison ne s'aventurerait sur l'ancienne route du Saint-Gothard dans de pareilles conditions météo, avec des chutes de neige qui menaçaient à tout instant.

Avant de remonter en voiture, Mevlevi fixa Nick droit dans les yeux, tapa deux fois le toit de la Mercedes avec sa paume ouverte.

— Alors, on y va ?

Sylvia Schon aurait volontiers étranglé la standardiste de l'USB.

— Peu importe que la ligne soit occupée ! Passez-moi un autre poste. C'est urgent, vous comprenez ?

— Mme Sutter ne peut pas prendre votre appel pour l'instant, répéta stoïquement l'employée. Il faudrait réessayer plus tard. *Auf Wiederhören.*

Et elle raccrocha.

Folle de rage mais pas découragée, Sylvia attendit de retrouver la tonalité et composa à nouveau le numéro direct de la présidence. Elle fut bientôt récompensée de son entêtement.

— *Secretäriat Herr Kaiser, Sutter.*

— Ah, madame Sutter ! Où est le président ? Je dois lui parler immédiatement.

— Fräulein Schon, je présume ? répondit la secrétaire d'un ton glacial.

— Oui, c'est moi ! Où est-il ?

— Herr Kaiser est en rendez-vous à l'extérieur. Il ne sera pas joignable avant cet après-midi.

— Je... je dois lui parler tout de suite, bredouilla Sylvia. C'est très urgent. S'il vous plaît, dites-moi où je pourrais le contacter !

— Avec plaisir, rétorqua Rita Sutter, aussi professionnelle qu'à son habitude : à son bureau, cet après-midi à partir de quinze heures. Avant, c'est impossible. Si je peux vous aider, par contre...

— Non, bon sang ! Écoutez-moi. Le président est en danger. Sa sécurité, sa liberté sont menacées. Vous m'entendez, ou...

— Du calme, ma jeune amie ! Que voulez-vous dire, *en danger* ? Si vous désirez aider Herr Kaiser, vous devez tout m'expliquer. Ou préférez-vous que je vous passe le Dr Ott ?

— Non ! (Elle se pinça l'avant-bras pour se forcer à garder son calme.) S'il vous plaît, madame Sutter ! Rita ! Il faut me croire ! C'est pour notre bien à tous que je dois le prévenir, tout de suite !

« Pardon, Nick, expliquait-elle à l'ombre qui ne voulait pas la quitter, mais la banque est toute ma vie... »

Rita Sutter toussota poliment.

— Il sera de retour à trois heures. Au revoir, Fräulein Schon.

— Attendez ! hurla Sylvia.

La communication avait été coupée.

Nick ne quittait pas des yeux le ciel au-dessus d'eux. La faible lumière du matin s'était encore ternie, des nuages gris s'amoncelaient à l'horizon, annonciateurs de neige. Alors que son regard descendait sur les flancs escarpés de la montagne, il découvrit un autre véhicule en contrebas, loin derrière eux mais qui semblait se rapprocher à une vitesse surprenante. Ils n'étaient donc pas les seuls inconscients à s'être risqués sur cette route impossible... Il se tourna vers Mevlevi. Dans tous ces virages en épingles à cheveux que la Mercedes négociait à vive allure, il paraissait livide, au bord de la nausée. Il avait entrouvert sa vitre, à la recherche d'un peu d'air frais. Soudain, il se pencha en avant pour interroger le chauffeur :

— Nous sommes encore loin du col ?

— Encore cinq minutes. Soyez tranquille. Le temps ne va pas se gâter tout de suite.

Mais il avait à peine terminé sa phrase que la limousine entrait dans une nappe de brouillard. En deux secondes, la visibilité fut réduite à moins de dix mètres. La Mercedes ralentit en catastrophe.

— *Scheisse !* s'exclama le chauffeur assez fort pour inquiéter ses passagers, ou tout du moins Nick.

Le Pacha, lui, semblait étonnamment à l'aise. Son visage avait repris son teint naturel. Il s'adossa confortablement à son siège et jeta un regard sur son accompagnateur.

– L'esprit de rébellion... (Il avait prononcé ces mots comme s'il s'agissait de proposer un sujet de conversation à son compagnon de route.) Vous avez cela dans le sang, chez les Neumann, non ? Ce besoin d'envoyer balader tout le monde. De n'en faire qu'à sa tête. Vous auriez pu connaître une brillante carrière, dans mon secteur.

Nick fit une grimace sarcastique. On se préoccupait donc aussi de « carrière », chez les trafiquants de drogue ?

– Je préfère me contenter du mien.

Le Pacha lui décocha un sourire épanoui.

– Je tiens de bonne source que vous avez développé une véritable passion pour les archives de votre banque. Les vieux dossiers. Le mien, tout particulièrement, mais d'autres aussi... Comment vous appelez cela, déjà ? Oui, les « rapports d'activité mensuels » de votre père. Dans quel but, s'il vous plaît ? Était-ce pour les comparer à ses agendas personnels ?

Pour Nick, le temps s'était arrêté. Il n'avait plus conscience du mouvement de la voiture, de quoi que ce fût. Il se demanda même s'il était encore capable de respirer. Et puis, brusquement, une myriade de questions explosèrent dans son cerveau. Qui avait raconté à Mevlevi qu'il avait retrouvé les papiers de son père à l'USB ? Qui lui avait parlé de son intérêt pour le dossier du compte 549 617 RR ? Comment le Pacha connaissait-il l'existence des agendas ? Et pourquoi avait-il choisi ce moment pour l'attaquer ?

Il reprit ses esprits en se répétant qu'il n'avait qu'un seul but devant lui : conduire le Pacha à l'hôtel Olivella, sur le lac de Lugano, où un certain Yves-André Wenker, un fonctionnaire désireux d'arrondir ses fins de mois, allait l'interroger une heure durant sur les motifs qui le conduisaient à demander la nationalité helvétique. Une fois arrivés là-bas, le plan s'enchaînerait tout seul. Mais les questions qui l'avaient assailli ne le laissèrent pas si facilement. Elles persistèrent, telles de vilaines blessures.

– Alexander Neumann... reprit Mevlevi. Oui, en effet, je l'ai connu. Mais vous le savez déjà, non ? Par contre, vos chers rapports d'activité vous ont-ils révélé la raison pour laquelle il a été tué ?

Nick sursauta. La lame de son couteau de survie était pressée contre ses côtes. « Arrête, ferme-la ! avait-il envie de crier. Tu ne te doutes pas que je peux t'étriper sur-le-champ ! Donne-moi seulement le prétexte. S'il te plaît ! » Mais une autre voix en lui plaidait pour qu'il conserve son calme : « Il ne faut pas te laisser prendre à son jeu. Il veut te pousser à bout, pour découvrir ce que tu sais réellement. C'est un piège. » Et, comme une litanie : « Ce ne peut pas être Sylvia qui lui a dit, non ! »

— Abattu par une arme à feu, c'est cela ? Mais ces fameux rapports vous ont-ils appris s'il avait suffi d'une seule balle, ou s'il en avait fallu plusieurs ? Trois, peut-être ? Pour ma part, je trouve que c'est ce qu'il y a de plus... radical. Jamais vu quiconque survivre à trois balles dans la poitrine. Explosives, de préférence. De quoi lui faire sauter le cœur.

Nick l'entendit à peine. Son corps entier était pris dans un tourbillon de haine. Un voile écarlate lui obscurcissait la vue. Et le couteau fixé contre son bras ne cessait de crier vengeance : « Vas-y ! Sers-toi de moi ! Finissons-en, tue-le ! »

Il se préparait à porter un coup fatal au Pacha lorsque ses yeux revinrent sur lui. Mevlevi avait un 9 millimètres argenté dans la main, braqué sur le cœur de Nick. Il souriait.

Surgissant en tempête dans l'antichambre du bureau présidentiel, Sylvia fondit sur Rita Sutter.

— Où est-il ? Il faut que je le voie. Tout de suite !

La secrétaire la fusilla du regard par-dessus son clavier.

— Est-ce que vous avez entendu ce que je vous ai dit, tout à l'heure ? Je vous avais pourtant clairement indiqué que Herr Kaiser ne serait de retour qu'en milieu d'après-midi. D'ici là, on ne peut pas le déranger.

— Si, on peut ! On doit ! Vous voulez pouvoir continuer à travailler avec lui ? Alors laissez-moi lui parler avant qu'il ne soit trop tard !

Rita Sutter repoussa sa chaise et retira posément ses lunettes.

— Calmez-vous. Le bureau du président n'est pas le lieu approprié pour les crises d'hystérie. Ni pour les menaces.

Incapable de se dominer davantage, Sylvia abattit son poing sur la table.

— Donnez-moi immédiatement son numéro de téléphone. Si vous vous souciez de lui, et du sort de la banque, obéissez !

La secrétaire du P-DG bondit sur ses pieds, saisit la jeune femme par le bras et l'entraîna sans ménagement vers un coin de la pièce meublé d'un canapé et de fauteuils.

– Comment osez-vous me parler sur ce ton ? Comment osez-vous douter de mon dévouement envers la banque ? Ou envers Herr Kaiser ? Expliquez-vous, enfin ! Quelle mouche vous a piquée ?

Se dégageant violemment de son emprise, Sylvia se laissa tomber sur le sofa.

– Herr Kaiser va être... On va l'arrêter, avant midi. Vous êtes satisfaite ? Maintenant, dites-moi où il est parti. Dans le Tessin, je le sais. À Lugano ou à Locarno ? Bellinzona ? Nous avons des agences dans toutes ces villes.

– Et qui va *arrêter* Herr Kaiser ?

– Je ne sais pas. Sans doute Thorne. L'agent américain.

– Qui est responsable ? Est-ce M. Mevlevi ? Je n'ai jamais pu le voir, celui-là ! Est-ce à cause de lui que Wolfgang est inquiété ?

Sylvia la considéra comme si elle était folle à lier.

– Mevlevi ? Bien sûr que non ! Ils vont l'appréhender en même temps que le président ! Non, c'est Nicholas... Nicholas Neumann. C'est lui qui a tout monté. Je crois qu'il travaille avec la DEA.

Un sourire incrédule passa sur les traits de Rita Sutter, mais aussitôt après son visage se décomposa.

– Alors, il est au courant ? Oh, mon Dieu ! Qu'est-ce qu'il a raconté ?

– Que Kaiser a aidé Mevlevi à tuer son père. Qu'il allait le leur faire payer, à tous les deux !

Sylvia eut un geste d'impatience. Il fallait agir, sans tarder. Permettre à Kaiser d'échapper à la police. Et surtout, surtout, empêcher que Rudolf Ott ne lui succède à la tête de l'USB.

– Alors, comment pouvons-nous le joindre ?

Rita Sutter revint brusquement à la réalité.

– Oh, il va falloir attendre, j'en ai peur. Pour l'instant, ils sont dans la voiture de M. Feller, je ne connais pas le numéro du téléphone dont elle est équipée. Ils seront à Lugano dans une heure. Herr Kaiser a rendez-vous avec Eberhard Senn.

– Où doivent-ils se retrouver ?

– À l'hôtel Olivella. C'est là que le comte passe l'hiver.

– Donnez-moi le numéro ! Vite !

– Qu'est-ce... Qu'est-ce que vous pensez leur dire ?

– Qu'ils demandent à Herr Kaiser de nous rappeler dès qu'il arrivera. Dans combien de temps, déjà ?

– Wolfgang est parti de chez moi à sept heures et quart. S'il ne neige pas, ils devraient être sur place à dix heures et demie maximum.

Sylvia en resta bouché bée, certaine d'avoir mal entendu.

– Pardon ? Herr Kaiser était... chez vous ? Il a passé la nuit chez vous ?

– Eh bien quoi ? Pourquoi êtes-vous si surprise ? J'aime Wolfgang depuis toujours. Vous m'avez demandé si je me souciais de la banque ? Évidemment, puisque la banque, c'est lui !

Elle retourna à son bureau, trouva un papier sur lequel quelques chiffres étaient écrits et le montra de loin à la jeune femme.

Sylvia se jeta en avant pour le lui arracher des mains. Saisissant le combiné, elle appela le palace à Lugano.

– Oui, la réception, s'il vous plaît. C'est extrêmement urgent !

Les yeux fixés sur le pistolet de Mevlevi, Nick posa un genou dans la neige qui couvrait l'aire de stationnement, tout en haut du col du Saint-Gothard. La limousine était quelque part derrière lui, le chauffeur debout à côté d'elle. Ils s'étaient garés là moins d'une minute plus tôt. Depuis, Nick n'avait fait que suivre docilement les instructions du Pacha : sortir de la voiture, avancer de quelques pas dans le brouillard de plus en plus épais. Il aurait dû avoir peur, mais c'était surtout la colère et la honte qui dominaient ses émotions. Il avait été assez bête pour ne pas aller au bout de ses déductions, pour se laisser aveugler par ses sentiments au lieu de garder la tête froide. Non, il n'y avait rien d'étonnant à ce que Sylvia ait pu obtenir si facilement les rapports de son père, à ce que Kaiser ait choisi d'accabler Armin Schweitzer, à ce que Mevlevi connaisse l'existence des agendas d'Alex Neumann. La source de toutes ces informations était aussi évidente qu'indéniable : Sylvia Schon. Et l'aisance avec laquelle elles étaient passées de l'un à l'autre, dans leur cercle de conspirateurs, était admirable...

Mevlevi le dominait maintenant du buste.

– Merci d'admettre avec moi que je n'ai pas d'autre choix que de vous abandonner ici, dans ce cadre peu hospitalier, commença-t-il d'une voix moqueuse. Je suis certain que vous arriverez à retrouver votre chemin. Mais ne prenez pas la peine de tenter l'ascension jusqu'au restaurant : il est fermé jusqu'à mai. Quant au téléphone public... (il secoua la tête d'un air navré)... je pense que vous découvrirez qu'il est en dérangement.

Nick ne quittait toujours pas le revolver des yeux. Il avait reconnu l'arme qui avait servi à tuer Albert Makdissi.

– Voyez-vous, reprit Mevlevi, je ne peux me permettre de garder à mon service quelqu'un qui tient aussi peu à sa peau. Vous devriez être un tantinet plus égoïste, sincèrement ! De ce point de vue, Kaiser était l'idéal. Jamais d'objections, toujours un accord parfait... En fait, il était si facile à guider dans la bonne direction qu'il a fini par me donner de mauvaises habitudes, je crois.

Décidé à ne prêter attention ni au soliloque du Pacha, ni aux amers reproches qu'il s'adressait en son for intérieur, Nick ne réfléchissait plus qu'à une seule chose : comment distraire l'attention de Mevlevi, à quel moment faire usage de son couteau, quel sort réserver au chauffeur ensuite...

– J'avais pensé que vous seriez une bonne, une excellente recrue, poursuivait l'autre. Ou plutôt, c'est ce que Kaiser pensait. Il était tellement emballé par l'idée de circonvenir le fils d'un homme qui avait menacé de le trahir, jadis... La suite, vous la connaissez. Et ce n'est pas tolérable, pas vrai ? Oui, décidément, une grosse déception. Pour ce qui est de Kaiser, je pense qu'il se consolera vite de votre perte. Dès mardi, en fait. Quand la Banque Adler s'emparera de l'USB et qu'il se retrouvera sur le trottoir. (Il ajusta la mire sur sa cible.) Désolé, Nicholas. Tout à l'heure, c'est vous qui aviez raison. Je ne peux pas me payer le luxe d'être en retard. Ce passeport suisse, il me le faut. Grâce à lui, je serai définitivement à l'abri de votre insupportable compatriote, M. Thorne.

Il fit un pas en avant, plaçant un mocassin impeccablement ciré sous le menton de sa victime pour l'obliger à relever la tête. Nick entendit le déclic du cran de sûreté quand le Pacha le déverrouilla. À cet instant, il passa à l'action. Sa main droite vola dans sa chemise, qu'il déchira de deux coups secs avec la lame du couteau, puis décrivit un arc imparable dans les airs. L'arme fendit le pantalon de Mevlevi, ne ralentissant que pour ouvrir une voie sanglante dans son tibia. Il y eut une détonation, le sifflement d'une balle ricochant sur un rocher. Avec un juron étouffé, Mevlevi tomba à genoux. Soutenant le revolver des deux mains, il coucha en joue son adversaire, qui bondit sur ses pieds et se mit à courir.

Le chauffeur voulait lui barrer le chemin. Il chercha dans sa veste, en ressortit une arme de poing. Loin de chercher à l'éviter, Nick fonça sur lui, fit pivoter le couteau dans sa paume pour que le côté dentelé se retrouve en bas et frappa vers le haut, juste à l'épaule. Le bras qui tenait le revolver se détacha pratiquement du tronc. Le coup avait été si violent que la lame se planta dans l'os. Il la dégagea tandis que l'homme s'effondrait en hurlant.

Nick repartit dans une course éperdue. Les larmes que le froid intense lui arrachait gelaient sur ses joues. Il entendit encore une détonation, puis une autre, et encore une autre... Quatre, cinq, il ne pensait plus à les compter, concentré qu'il était sur le mouvement de ses jambes. Plus vite, plus vite ! Ses poumons lui brûlaient. Rejetant la tête en arrière, il lança un cri sauvage : l'ordre donné à son corps de ne pas flancher.

Soudain, il se sentit partir en avant. Sa jambe droite se déroba sous lui tel un roseau cassé en deux. Il s'écroula sur le côté, son épaule rebondit sur le macadam enneigé. À terre.

Un silence irréel s'installa. Rien ne bougeait derrière le rideau que faisait la neige en tombant. Il n'entendait plus que les battements de son cœur et le mugissement du vent qui balayait sans pitié le col désert. Il se souleva pour examiner sa jambe désarticulée, reconnaissant la douleur avant même d'avoir aperçu la tache de sang.

Il avait été touché.

62

Nick avait les yeux perdus dans le vide blanc.

À chaque seconde, il s'attendait à entendre des pas crisser sur la neige, et le rire sarcastique qui suivrait, et l'exclamation du Pacha en constatant qu'il avait une nouvelle fois triomphé de l'ennemi, puis le staccato des balles tandis qu'elles l'atteindrait en pleine poitrine, réduisant au silence son cœur trop naïf, trop confiant.

Mais rien ne se produisit, rien ne troublait le silence, hormis la plainte du vent dans les arbres.

Baissant les yeux sur sa jambe, il constata que l'hémorragie s'était calmée. La flaque de sang dans laquelle elle reposait ne s'étendait plus. Du bout des doigts, il trouva la plaie dans sa cuisse. Elle avait été traversée de part en part, car il sentit du sang frais de l'autre côté, mais aucune artère n'avait été touchée. Il allait s'en tirer. À cette idée, un mince sourire apparut sur ses lèvres et aussitôt une constatation s'imposa à lui : il ne devait pas attendre l'apparition du Pacha. Rester passif, c'était la mort. Il fallait se mettre en route, vaille que vaille.

Il dénoua sa cravate, improvisant un garrot en haut de sa cuisse. Puis il trouva son mouchoir, le plia en quatre et l'enfonça dans sa bouche, aussi loin qu'il le pouvait sans risquer l'étouffement. Il ferma les yeux, se préparant à l'épreuve. Il compta jusqu'à trois.

Un. Le ton sincère de Sylvia lorsqu'il lui avait demandé pourquoi elle tenait à l'aider dans ses recherches : « C'est moi qui me suis montrée égoïste. Un fils a le droit de savoir le maximum sur son père. »

Deux. Sa voix incrédule, rieuse, presque : « Je n'aurais même pas pu joindre directement Herr Kaiser. Je le connais à peine ! »

Trois. « Sylvia ! »

Mordant dans la boule de tissu, il se força à se mettre en position assise. À peine l'avait-il bougée que sa jambe s'enflamma d'un coup. Pendant un instant, sa vision se brouilla, il ne vit plus qu'un fourmillement de points sombres. Il cracha le mouchoir pour aspirer l'air à pleins poumons. « Encore un essai, se répéta-t-il. Encore un et tu vas réussir à te lever ! »

En tournant la tête, il aperçut le restaurant auquel Mevlevi avait fait allusion, un bâtiment bas aux murs en ciment, seulement décoré d'une enseigne défraîchie. L'Alpenblick. Il surplombait légèrement l'aire de stationnement et la route. Au-delà, la falaise de granit s'élevait, implacable, infranchissable. Et quelque part par là, dans la neige, il y avait le Pacha, le tibia profondément entaillé. Ce salaud avait encore de la chance de ne pas avoir été atteint par le côté dentelé de son couteau.

Nick se préparait à une nouvelle tentative quand il entendit une des portières de la Mercedes claquer et le moteur redémarrer. Il tendit l'oreille. La voiture ronronna un instant au point mort, puis se mit à rouler. Le vent tourna et il ne perçut plus aucun bruit.

Il resta immobile, n'arrivant pas vraiment à croire que le Pacha ait décampé. Pour quelle raison ? Avait-il décidé de le laisser geler ici ? Se vider de son sang ?

Le son d'un autre véhicule vint le tirer de ses pensées. Celui-ci arrivait d'en bas, peinant dans la dernière montée avant le col.

Il se rappela avoir aperçu une voiture, loin derrière eux, tandis qu'ils grimpaient à flanc de montagne. Était-ce elle ? Son arrivée imminente avait-elle obligé le Pacha à prendre la fuite ? Nick n'en savait rien. Mais ce qui était certain, c'était qu'il lui faudrait de l'aide, très vite. Sans gants ni manteau, il pourrait résister au froid quelques heures, peut-être jusqu'à la nuit. Pas plus. Sa jambe blessée s'était déjà engourdie. Il avait besoin d'une assistance médicale, de bandages et de désinfectant, et surtout, il avait besoin d'un véhicule pour donner la chasse à Mevlevi. Il ne laisserait pas cette ordure s'échapper.

Les pneus de la voiture crissèrent dans l'ultime virage avant le sommet. Nick bascula de côté afin d'essayer de glisser sa jambe gauche sous lui. Des larmes de souffrance lui montèrent aux yeux. Mais la douleur ne l'empêcha pas de se demander soudain qui pouvait être assez dément pour se risquer jusqu'ici en plein hiver, en plein blizzard. Un touriste téméraire, ou un habitant de la région qui connaissait les routes par cœur et ne redoutait pas l'adversité du climat ? Malheureusement, c'était peu probable. L'hypothèse d'une arrière-garde envoyée par Gino Makdissi dans le but de nettoyer les lieux après le passage de son partenaire, paraissait bien plus plausible.

Il pesa le pour et le contre. Dans tous les cas, il devait permettre au conducteur de le découvrir. S'il s'agissait d'un montagnard, il serait hors de danger et à nouveau sur la route en quelques minutes. Si c'était un complice de Mevlevi, il faudrait jouer serré. Mais l'essentiel était de sortir d'ici, de trouver un moyen de suivre le Pacha.

Il tâtonna autour de lui jusqu'à tomber sur une pierre de taille respectable, sans doute un fragment de granit, qu'il attira près de lui. Il passa ses mains ensanglantées dans la flaque de sang et les essuya consciencieusement sur sa chemise, qui fut bientôt si maculée qu'il dut se retenir pour ne pas vomir. Un bout de tissu cramoisi, comme la chemise de son père la dernière fois qu'il l'avait vu.

Lentement, il se traîna au milieu de l'aire de stationnement. Il se tassa sur le sol, les yeux fixés sur un poteau de sécurité qui flanquait l'arrivée au col, rigide comme un cadavre. C'était l'image qu'il voulait donner. Alors que la neige tourbillonnait en tous sens, il n'arriva pas à discerner le modèle du véhicule qui approchait péniblement. La carrosserie était rouge, c'était tout ce dont il pouvait être sûr. Brusquement, les pinceaux de ses phares tombèrent sur son visage. Il se demanda si le conducteur lui avait adressé un appel ou si l'intensité lumineuse avait seulement été affectée un instant par le brouillard et la neige. Le moteur se tut.

Une portière s'ouvrit. Des pas se rapprochaient. Il s'efforça de garder le regard le plus fixe possible, celui d'un mort. Il retenait sa respiration, effort d'autant plus pénible que son cœur battait la chamade. Aux abois, il guetta le bruit d'une deuxième porte. Rien. Celui qui se tenait à quelques mètres de lui était arrivé seul.

L'inconnu reprit sa marche. Du coin de l'œil, Nick commençait à deviner une silhouette. Un homme, de taille moyenne, vêtu de couleur sombre, qui avançait avec précaution. « Pourquoi ne dit-il rien ? Il devrait me héler, me demander : Ça va ? » Il resserra sa prise sur la pierre qu'il dissimulait sous lui. L'autre approcha encore, se pencha sur le corps étendu à terre. Sans sommation, il décocha un coup de pied dans le dos de cette forme prostrée.

« Celui-là ne cherche pas à te porter secours ! »

Nick ne bougea pas d'un pouce, empêchant ses yeux de ciller. Toujours silencieux, l'homme se pencha encore, examinant la chemise tachée de sang, guettant son regard vitreux. D'un instant à l'autre, il allait passer une main devant ses lèvres pour vérifier s'il respirait encore, et alors sa supercherie serait découverte. Son visage était tout près de celui de Nick, dont les narines inertes perçurent pourtant une odeur d'eau de Cologne de bonne qualité. Ses pupilles immobiles enregistrèrent une barbe grisonnante, soigneusement taillée, des sourcils épais, et un objet que l'homme tenait dans sa main droite.

Un chapeau. Vert sombre. En loden. Un chapeau tyrolien.

Brusquement, Nick tourna la tête vers lui et regarda droit dans les yeux celui qui l'avait suivi dans les rues de Zurich. L'homme poussa un cri de surprise, mais il n'eut pas le temps de s'écarter : avec sa pierre, Nick lui assena un coup violent sur la joue. L'autre haleta, vacilla sur ses jambes et tomba évanoui. Dans la main gauche, il avait un revolver à canon court.

Nick se redressa pour examiner ses traits. C'était bien lui, sans aucun doute possible. Il se rappelait encore le sourire fanfaron qu'il lui avait adressé lorsqu'ils s'étaient croisés à l'entrée du salon de thé, chez Sprüngli. Il s'empara de son arme, fouilla toutes ses poches. Pas de portefeuille, ni de téléphone cellulaire, ni de trousseau de clés. Quelques centaines de francs en liquide.

Nick rassembla toutes ses forces pour se lever. La colère avait estompé sa douleur, étonnamment. Il réussit à se mettre debout, cette fois, et partit à la voiture en claudiquant. C'était une Ford Cortina. La clé était sur le contact. Un modèle avec boîte automatique, pour sa plus grande chance. Il se pencha sur le siège du passager, à la recherche d'une trousse de secours ou d'un téléphone. Rien. Il reprit espoir en apercevant une sorte de boîtier sur la plage arrière, et il ressortit de l'habitacle pour aller ouvrir la portière arrière et l'attraper. Il contenait du sparadrap, de la gaze, de l'aspirine, du mercurochrome. Pas mal, pour commencer...

Dix minutes plus tard, il avait achevé de nettoyer et de bander sa blessure. L'homme au chapeau tyrolien était toujours étendu au sol, inconscient. Il avait certainement la mâchoire fracturée et quelques dents cassées, mais le pire pour lui serait quand il se découvrirait abandonné au sommet du col. Nick étendit sur lui la couverture de survie qu'il avait trouvée pliée dans la trousse de secours. De quoi le garder en vie jusqu'à ce qu'il se débrouille pour redescendre. Lui-même pourrait passer un coup de fil à la police, plus tard, en leur signalant un piéton blessé au Saint-Gothard... Ou non ? Pour l'instant, en tout cas, il avait d'autres préoccupations, bien plus urgentes.

Il s'installa précautionneusement derrière le volant. Il démarra, s'exerçant à utiliser l'accélérateur du pied gauche. La montre du tableau de bord indiquait dix heures et demie. Le Pacha avait trente minutes d'avance sur lui.

Vite.

63

Ali Mevlevi atteignit l'hôtel Olivella au Lac à dix heures quarante. Le temps était clément, un soleil timide perçant à travers la mince couche nuageuse. Grâce aux vents venus de la Méditerranée, le Tessin bénéficiait d'hivers cléments, presque comparables à ceux du montagneux Liban. Les Suisses aimaient à dire qu'à l'époque où les Zurichois se réfugiaient frileusement derrière les doubles vitrages de leurs bureaux surchauffés, les habitants de Lugano, eux, se contentaient de relever leur col pour déguster un espresso à l'une des terrasses de la Piazza San Marco. Ce qui était le cas ce jour-là, du moins pour les privilégiés qui avaient le temps de siroter un café...

Il claqua la porte de la Mercedes et se dirigea vers le perron en s'efforçant de ne pas boiter. La plaie de son tibia, qu'il avait traitée grâce au kit d'urgence de la limousine, nécessiterait des points de suture quand il aurait le temps de consulter un médecin. Pour l'heure, il fallait s'en tenir au programme prévu. Il alla droit à la réception, demanda la chambre de M. Yves-André Wenker. Après avoir remercié l'employée, il gagna l'ascenseur, serrant les dents pour surmonter la douleur. La 407. Ce qui le soulageait, au moins, c'était de savoir que Neumann gisait sous une épaisse couche de neige, que seule la débâcle du printemps viendrait rappeler sa mort en haute montagne. Ce petit aurait dû comprendre depuis longtemps l'inanité qu'il y avait à se vouloir honnête jusqu'à en perdre la vie. Le sort de son père ne lui avait pas servi de leçon, hélas.

Parvenu devant la porte qu'il recherchait, Mevlevi frappa discrètement. Il entendit qu'on débloquait la chaîne de sûreté, puis la serrure. Un homme plutôt grand, vêtu d'un costume rayé gris, apparut devant lui. Avec ses lunettes en demi-lune et ses épaules voûtées, il semblait l'archétype du bureaucrate blanchi sous le harnais.

— Entrez, entrez, je vous prie, commença-t-il en français. Vous êtes bien monsieur... ?

— Malvinas, Allen Malvinas. Bonjour.

Mevlevi se força à répondre dans la même langue, qu'il détestait.

— Yves-André Wenker, du service de la naturalisation. (D'un geste, il l'invita à passer dans sa suite, aussi vaste que luxueusement meublée.) Vous êtes seul ? Je croyais que l'adjoint de M. Kaiser devait vous accompagner. M. Neumann, si je ne m'abuse ?

— Il a eu un empêchement de dernière minute, malheureusement. Un malaise.

Wenker fronça les sourcils.

— Vraiment ? Pour être tout à fait franc, je commençais à me demander si vous alliez venir. En règle générale, qu'il vente ou qu'il neige, j'attends de ceux qui traitent avec moi qu'ils se présentent à l'heure convenue. Même s'ils me sont recommandés par quelqu'un d'aussi respectable que M. Kaiser.

— Oui, du vent, de la neige, du brouillard... La route n'a pas été facile.

Le fonctionnaire suisse lui lança un regard sceptique avant de l'inviter à s'asseoir.

— Herr Kaiser m'a dit que vous étiez un ressortissant argentin, c'est cela ?

— De Buenos Aires, en effet, concéda Mevlevi, pour une fois mal à l'aise. (Ce visage ne lui était pas inconnu ; et puis, il perdait de son assurance lorsqu'il devait s'exprimer dans la langue de Voltaire.) Vous parlez anglais, sans doute ?

— Non, désolé, rétorqua Wenker en inclinant poliment son buste. Je ne me sens à l'aise que dans les idiomes d'origine latine : le français, l'italien, l'espagnol un peu... L'anglais est si barbare !

Mevlevi ne répondit pas. Il était certain d'avoir déjà entendu cette voix, sans arriver à l'identifier.

— Eh bien ? Si nous passions aux choses sérieuses ? lança Wenker en consultant sa montre.

Il s'assit devant la table basse où plusieurs chemises avaient été étalées, chacune munie d'une étiquette indiquant son contenu : « Cursus professionnel », « Domiciliation », « Informations financières »...

– En temps normal, la procédure prend au moins sept ans, à partir du moment où la résidence permanente en Suisse a été prouvée. Dans notre cas, il va falloir aller plus vite, et donc remplir certains de ces questionnaires sur place. Je vous demanderai donc un peu de patience.

Le Pacha hocha distraitement la tête. Ses pensées étaient restées en arrière, à une heure de distance, dans une passe de montagne noyée par le brouillard. Neumann avait été touché au moins une fois, c'était incontestable : il l'avait entendu pousser un cri et s'écrouler. Mais alors, pourquoi ne pas l'avoir achevé ? Avait-il été surpris par la résistance qu'il lui avait opposée, à l'inverse de son père, qui était resté tétanisé devant lui, les yeux hypnotisés par le revolver ? Ou bien avait-il eu peur de tomber, au milieu de la brume, sur un garçon nullement diminué et bien décidé à se battre jusqu'au bout ? C'était un ancien marine, après tout... Qui d'autre serait capable d'amputer un adversaire d'un bras avec un seul et unique coup de couteau ? Le chauffeur n'avait pas longtemps souffert, d'ailleurs : il l'avait achevé d'une balle dans la nuque. Un acte de charité.

– Vous avez apporté trois photos d'identité ? demanda Wenker.

– Absolument, répondit Mevlevi en lui tendant son passeport et une pochette contenant les clichés.

– Il faut les signer au dos, demanda le fonctionnaire après les avoir rapidement inspectées.

Mevlevi hésita une seconde, puis obtempéra en pestant intérieurement : ces Suisses ! Sourcilleux jusqu'à la manie, même quand ils se livraient à des actes de corruption...

Après avoir rangé les photos signées dans un dossier, Wenker se tourna vers lui.

– Bien. Nous pouvons commencer avec les questions ?

– Je vous en prie !

Le regard du Pacha glissa à travers la large baie vitrée. La vue des palmiers frissonnant dans la brise du matin, au bord du lac, ne put dissiper son appréhension. Il ne se sentirait pas tranquille tant que le sort de Neumann lui laisserait encore des doutes.

À trente kilomètres au sud de Lugano, l'approche du poste-frontière de Chiasso était encombré de véhicules. C'était l'un des trois points de passage routiers des exportations de l'industrieuse

Italie du Nord en direction de ses puissants voisins, la France et l'Allemagne. Des poids lourds de toutes tailles, de toutes marques et de tous âges attendaient sur le terre-plein. Parmi eux, un Magirus bleu à neuf essieux, aux chromes rutilants, qui traînait derrière lui deux remorques.

Dans la cabine, Joseph Habib était inconfortablement installé entre deux voyous italiens, deux sous-fifres employés par les Makdissi de l'autre côté de la frontière. Cela faisait dix-huit mois qu'il était infiltré chez Mevlevi. Dix-huit mois qu'il n'avait plus goûté aux délicieux *mezze* préparés par sa mère. Encore quelques minutes, à condition que ces deux excités ne fassent pas tout rater, et le moment de la libération serait venu. Il n'y avait qu'une ombre au tableau : il ne pourrait pas avoir le plaisir de contempler la tête que ferait le Pacha lorsqu'il apprendrait qu'il avait perdu sa précieuse cargaison.

Le poste de douane était encore loin. Les véhicules avançaient d'un ou deux mètres puis s'arrêtaient encore.

— Je t'avais dit de prendre la file de droite, dit Joseph à Remo, le conducteur du camion. Allez, vas-y.

— Tu parles, c'est la plus bouchée ! Si on s'y met, on n'arrivera jamais à Zurich, protesta Remo, un petit caïd très fier de sa queue de cheval noire et de ses biceps bien dessinés qu'il exhibait en roulant ses manches de chemise le plus haut possible.

Joseph pivota son torse vers lui.

— Je te répète, la file de droite ! Ou bien on fait demi-tour et on repart. Tu veux vraiment désobéir aux ordres de M. Makdissi ?

Remo dut stopper à nouveau. Il alluma une cigarette.

— Makdissi ? Qu'est-ce qu'il y connaît, à ce poste-frontière ? Moi, je l'ai passé dix mille fois. Et jamais un lézard !

— Franco, toi, dis-lui, commanda Joseph à celui qui était serré contre la portière. Ou on prend à droite, ou on décroche.

Il savait que ce gros lard le craignait comme la peste. Il l'avait plus d'une fois surpris à porter un regard à la fois fasciné et horrifié sur la balafre qui lui barrait la joue.

Franco passa son bras par-dessus Joseph pour donner une tape sur la main du chauffeur.

— Allez, mec. La file de droite. *Presto !*

— Combien de temps il nous reste ? interrogea Remo.

— Vingt minutes, répondit Joseph. Ça va aller. Le gars est de service jusqu'à dix heures et demie.

— Mais qu'est-ce qui se passe, ce matin ? pesta-t-il en donnant un coup de poing au volant. Pourquoi on n'avance pas ? Franco, jette un œil !

Ce dernier essaya d'attraper un étui en cuir posé à leurs pieds, mais sa bedaine l'en empêcha. Il adressa un sourire servile à Joseph, qui se pencha, sortit les jumelles de l'étui et les lui tendit. L'instant était décisif. Il devait garder son calme s'il ne voulait pas que ces deux crétins se mettent à paniquer.

Franco baissa sa vitre et se déhancha au-dehors pour inspecter à la jumelle ce qui se passait devant eux.

— Alors ? s'impatienta Remo, qui mâchonnait nerveusement le bout de sa cigarette.

— Il n'y a que deux files ouvertes, annonça Franco en repassant son buste à l'intérieur de l'habitacle.

— Deux ! s'exclama Remo en se frappant le front. Pas étonnant qu'on se traîne comme ça !

— Laquelle est fermée ? interrogea Joseph en priant pour obtenir la réponse qu'il souhaitait.

— Celle de gauche. Tout le monde se rabat sur les deux autres.

Joseph respira plus librement. Actionnant son klaxon, Remo commença à manœuvrer pour prendre la file de droite.

À une trentaine de mètres derrière le mastodonte, le conducteur d'une Volvo blanche mit son clignotant et entreprit de passer lui aussi à droite. Il porta à ses lèvres la médaille en or qu'il avait au cou et murmura :

— On y est presque, *inch Allah !*

Assis sur le bord du canapé, ses formulaires sur les genoux, Yves-André Wenker gardait son stylo en l'air.

— Bien. Votre nom ?

— Allen Malvinas... Écoutez, est-ce vraiment nécessaire de me le demander ? Vous avez mon passeport, là, devant vous !

Wenker jeta un bref coup d'œil au document de la République argentine.

— Oui, je comprends, monsieur Malvinas. Mais je préfère que nous fassions ça dans les règles. Vous êtes né le...

— 12 novembre 1936.

— Adresse actuelle ?

— Elle est sur le passeport ! À la page 3 !

Wenker ne sourcilla pas.

– Adresse ?

Mevlevi saisit son passeport et la lut à voix haute.

– Voilà, satisfait ?

La tête penchée, Wenker remplissait d'un air besogneux les cases prévues à cet effet.

– Combien de temps, à cette adresse ?

– Sept ans.

– Sept ?

Ses yeux d'un bleu délavé observèrent le Pacha par-dessus les lunettes en demi-lune. Il repoussa une mèche de cheveux blonds qui lui était tombée sur le front.

– Oui, sept, confirma Mevlevi, qui luttait à la fois contre son impatience et contre sa douleur à la jambe. Pourquoi pas sept ? ajouta-t-il, le souffle court, soudain assailli par une inquiétude irrationnelle.

– Non, c'est parfait, approuva Wenker en souriant. (Il revint au formulaire.) Profession ?

– L'import-export.

– L'import-export de quoi, exactement ?

– Surtout les métaux précieux et les biens de consommation. Or, argent, etc.

Quoi, Kaiser ne lui avait-il donc pas tout expliqué ? L'insistance du rond-de-cuir commençait à lui taper sérieusement sur les nerfs. Ce n'était pas tant ses questions que le ton sur lequel il les posait. Un ton qui lui déplaisait de plus en plus.

– Revenus ?

– Ceci ne vous regarde pas.

Wenker retira posément ses lunettes.

– Nous n'encourageons pas l'immigration des personnes qui pourraient avoir besoin d'une assistance financière de l'État.

– Ce n'est certainement pas mon cas ! lança Mevlevi d'une voix offusquée.

– Non, bien sûr. Cependant, nous devons...

– Et puis, qui a parlé d'immigrer ?

Wenker reposa sa liasse de papiers sur la table basse et leva le menton, se préparant à administrer une leçon à cet étranger.

– M. Neumann m'a indiqué explicitement que vous aviez l'intention d'acheter une propriété à Gstaad et de vous y établir définitivement. Il existe certaines dérogations pour l'établissement d'un passeport helvétique, mais la résidence permanente sur notre

542

territoire est une condition *sine qua non*. Donc, je dois savoir si vous avez l'intention de vous installer en Suisse, ou pas.

Ali Mevlevi toussota et se servit un verre d'eau minérale. S'il avait eu le choix, il aurait préféré un pays où les fonctionnaires véreux ne la ramènent pas, en plus...

— Pardon pour ce malentendu. M. Neumann avait absolument raison. Ma résidence principale sera à Gstaad, en effet.

Avec un sourire glacial, Wenker reprit son formulaire et s'installa plus confortablement sur le canapé.

— Revenus ? répéta-t-il.

— Cinq cent mille dollars annuels.

Le Suisse leva un sourcil.

— C'est tout ?

Le Pacha se leva, rouge de colère.

— Quoi, ce n'est pas assez ?

Imperturbable, Wenker fit aller son stylo sur la feuille. Sans lever les yeux, comme s'il s'adressait à son questionnaire, il commenta :

— Si, c'est assez.

Avec une grimace, Mevlevi se rassit en essayant de ménager sa jambe blessée. Il sentait un filet de sang chaud couler sur sa cheville. « Encore un peu de patience. » Bientôt, il pourrait téléphoner à Gino Makdissi et obtenir confirmation de ce qu'il savait déjà, de ce qu'il voulait entendre : que la cargaison avait passé la frontière sans encombre, et que Nicholas Neumann avait quitté ce monde.

Après un coup d'œil à sa montre, Wenker posa son stylo sur la ligne suivante. Il se racla peu discrètement la gorge.

— Maladies contagieuses ?

Remo, qui s'était tordu le cou à travers sa vitre, se tourna vers ses deux passagers avec une expression abasourdie sur les traits.

— Ils contrôlent tous les bahuts, un par un !

— Du calme, recommanda Joseph, qui s'adressait autant aux deux mafieux qu'à lui-même. Écoutez-moi bien ! Tout va se dérouler comme prévu. Qu'est-ce que ça peut nous faire, qu'ils regardent les bons de livraison ? Peut-être que c'est le cas tous les lundis matin ? Nous avons un type à nous dans la guérite de droite. Il nous attend. Donc, pas de panique et tout ira pour le mieux.

Remo lança un regard apeuré au-dehors. Les Alpes suisses se découpaient à l'horizon, tel un spectre menaçant qui se dressait devant eux.

– Je peux pas plonger encore une fois, gémit-il. Trois ans, que j'ai déjà tirés !

Deux poids lourds les séparaient encore du groupe de douaniers qui s'affairaient autour du large portique destiné à mesurer le gabarit de chaque véhicule de transport pénétrant en territoire helvétique. Près de chacun des deux postes en service, un responsable muni d'un talkie-walkie faisait signe au camion suivant d'avancer à chaque fois que le précédent avait terminé les formalités.

En inspectant les lieux depuis la cabine surélevée, Joseph se raidit : à deux cents mètres environ, sur un parking bordant l'autoroute, une dizaine de voitures de police étaient stationnées. Pourquoi un tel déploiement de forces ? se demanda-t-il, très inquiet maintenant. Trois hommes dans un semi-remorque. À quoi s'étaient-ils attendus ? À une armée ?

Crachant un nuage de fumée, le camion-citerne qui les précédait démarra et vint s'arrêter devant le douanier de service. Remo gardait les yeux fixés sur l'espace qui venait de se libérer. Joseph lui décocha un coup de coude.

– Allez, avance ! N'attire pas l'attention sur nous.

Le jeune Italien appuya sur l'accélérateur. Le poids lourd s'ébranla lentement.

Devant, le douanier avait sauté sur le marchepied du camion-citerne, dont le conducteur lui tendit sa feuille de route par la vitre. Le fonctionnaire, un homme grand et mince sanglé dans son uniforme vert olive, avait les cheveux en bataille. Il redescendit au sol, maintenant le livret fermé contre le vent au moyen de l'antenne de son talkie-walkie. Quand il lança un coup d'œil distrait au semi-remorque bleu, Joseph nota les cernes noirs qui creusaient ses joues parsemées de cicatrices d'acné. Sterling Thorne, égal à lui-même...

Après avoir laissé le camion-citerne repartir, il fit signe d'avancer au poids lourd international qui portait des plaques britanniques. En même temps, il lança ce qui semblait être des consignes urgentes dans le micro de son talkie-walkie.

Franco sursauta, pointant Thorne du doigt.

– T'as vu comment il nous a matés ? On est repérés, merde !

– Du calme ! insista Joseph, qui sentait pourtant que la tension avait monté d'un cran dans l'habitacle.

– Moi aussi, je l'ai vu ! s'écria Remo. Cet enfoiré, là ! Il va nous coincer. Putain, c'est un piège ! Ils savent exactement ce qu'ils cherchent ! Et c'est nous !

– Ta gueule ! On n'a pas le choix, on doit avancer. Tous nos papiers sont en règle. Notre chargement est tout ce qu'il y a de plus légal. Il faudrait qu'ils soient des génies pour trouver la came.

Remo le contempla d'un air méfiant.

– À moins que quelqu'un les ait mis au parfum...

Franco ne tenait plus en place.

– À peine il nous a vus qu'il a appelé du renfort ! Et tenez, regardez là-bas ! Il y a dix bagnoles de flics ! On était attendus !

– Pas du tout, répliqua Joseph. Tu te plantes complètement.

Il fallait empêcher ces minables de perdre la tête, jusqu'au moment où ils n'auraient plus qu'à se rendre sans faire d'histoires. Encore une minute ou deux.

– Allez, fermez-la et serrez les fesses.

À cet instant, les deux grands rétroviseurs s'illuminèrent des lumières rouges et bleues de plusieurs gyrophares. À vingt mètres derrière eux, une escouade de véhicules policiers avançait dans leur direction. Le camion-citerne sortait du poste-frontière lorsqu'une douzaine de policiers arrivèrent en courant pour venir se placer derrière le « douanier ». Chacun était revêtu d'un gilet pare-balles et portait un fusil automatique à bout de bras.

– On est baisés ! hurla Remo qui gigotait derrière son volant comme un enfant turbulent au bord de la crise d'hystérie. J'vous l'avais dit ! Moi, je retourne pas au trou. Non, j'peux pas !

– Écoute, Remo ! supplia Joseph. Il ne faut pas qu'on se laisse intimider. C'est notre seule chance de nous en sortir !

– On a zéro chance ! explosa Remo. Quelqu'un nous a donnés et maintenant on est coincés !

Joseph lui enfonça un doigt menaçant dans la poitrine.

– Il y a deux tonnes de matos derrière, qui appartiennent à mon boss. Je ne vais pas risquer de les paumer juste parce que tu as les nerfs fragiles. Tant qu'on n'a pas les menottes aux poignets, il faut garder son calme.

Remo renifla, les yeux braqués sur le douanier qui lui faisait signe d'avancer. Il était terrorisé.

– On est foutus ! Moi je le sais, et Franco aussi ! Pourquoi tu joues aux naïfs, toi ? (Soudain, il leva le bras et lui décocha un coup de coude qui atteignit Joseph à la tempe.) Pourquoi, je vais te l'dire ! Parce que tu veux nous entraîner dans la petite réception qu'ils ont préparée pour nous, hein ? Avoue, sale bougnoule ! Les Makdissi m'avaient bien dit de t'avoir à l'œil. C'est toi qui nous as balancés ! (Il le frappa à nouveau, en plein visage cette fois ; l'arête de son nez céda, libérant un geyser de sang.) La file de droite, tu voulais ! Eh ben tu vas l'avoir, enculé !

Il écrasa l'accélérateur, arrachant un cri de guerre étranglé à Franco.

Thorne se tenait, une main levée en l'air, face au monstre d'acier qui arrivait en grondant sur lui. En un éclair, Joseph vit la surprise, puis la terreur, passer sur son visage, tandis qu'il demeurait pétrifié, ne sachant que faire. Remo appuyait sur le klaxon sans discontinuer. Soudain, Thorne disparut sous le châssis avant du poids lourd.

Joseph se jeta sur le volant, donna un coup du pied droit au levier de vitesse pour placer l'engin au point mort tout en lançant son bras gauche en arrière et en enfonçant ses doigts dans la face de Franco, cherchant ses yeux. Celui-ci glapit de douleur et appela désespérément son complice à son secours.

— Tue-le ! hurla Remo, trop occupé à repasser en première.

À l'arrière, un crépitement de détonations se déclencha. Plusieurs pneus éclatèrent, le mastodonte fut déséquilibré à gauche mais son chauffeur accélérait encore tandis que les balles ricochaient sur les parois métalliques de la remorque, telle une averse de grêle sur un toit en tôle. Après quelques secondes de flottement, les policiers ajustaient maintenant leurs tirs. Le pare-brise explosa en mille morceaux.

D'un doigt, Joseph énucléa l'œil de son voisin. Il laissa tomber le globe sanguinolent sur le plancher. Franco se cassa en deux, les deux mains sur son visage massacré, poussant des hurlements inhumains. Joseph tendit le bras, ouvrit la portière et éjecta de la cabine l'homme qu'il venait d'éborgner.

Remo avait été atteint. Des filets de bave rosée pendaient de ses lèvres. Les joues tailladées par des éclats de verre, il pressait sa paume à l'endroit où une balle s'était logée dans son ventre. Mais il continuait à foncer en avant avec la rage aveugle d'un taureau blessé.

Calant son coude droit sur le tableau de bord et l'autre dans le dossier du siège, Joseph prit son élan pour envoyer ses pieds joints dans la tête du conducteur. Atteint à la mâchoire par les lourdes bottes propulsées avec une telle force, Remo alla cogner contre le montant de sa porte. À moitié assommé, il tenta de se défendre mais Joseph esquiva aisément son bras et le frappa à nouveau de toutes ses forces. Crachant le sang, Remo s'abattit en avant, le front sur le volant. Évanoui, ou mort.

Livré à lui-même, le poids lourd partit sur la droite, fonçant droit sur la colonne de voitures de police garée en bordure de l'autoroute. Joseph s'escrima à redresser Remo et à retirer sa jambe droite de l'accélérateur, mais les cahots rendaient ses efforts inutiles. Vingt mètres à peine séparaient le camion fou des véhicules. Dix, cinq...

Comprenant qu'il ne pourrait plus rien faire pour arrêter le poids lourd, Joseph poussa à nouveau la porte droite, descendit sur le marchepied et se laissa tomber en freinant l'impact de ses deux jambes tendues. Il courut quelques mètres, entraîné en avant, et s'affala de tout son long au moment où la bête d'acier attaquait la première voiture, qu'elle écrasa sous ses pneus avant de se ruer sur les suivantes. Dans un fracas de verre brisé, de tôles écrasées et de sirènes devenues folles, le réservoir de l'un des véhicules explosa, déclenchant un incendie général dont le semi-remorque se retrouva prisonnier. Il finit par se renverser sur le côté, lui aussi en proie aux flammes.

Un cercle de policiers s'était formé autour de Joseph, toujours allongé par terre. Sterling Thorne le fendit pour venir s'accroupir à côté de son agent.

– Bienvenue dans le monde civilisé, mon gars !

Le Jongleur manifesta sa reconnaissance par un hochement de tête. Il n'aurait pas aimé demeurer plus longtemps braqué par tous ces FM...

– Tu as quelque chose pour moi, je crois ?

Il leva les yeux sur Thorne. Quel salaud, décidément ! Il ne lui avait même pas demandé s'il n'avait rien de cassé ! Sans un mot, il retira un bout de papier de sa poche. Quelques mots étaient griffonnés dessus : « Ali Mevlevi, hôtel Olivella, chambre 407, 10 h 30. Compte USB 549 617 RR. » Exactement ce que Thorne lui avait dicté au téléphone.

L'Américain lui arracha le feuillet de la main, se releva et commença à parler dans son talkie-walkie :

– Voilà, la fouille du suspect nous a permis de découvrir des preuves très précises, qui nous permettent de supposer que le responsable de l'importation d'une grosse cargaison d'héroïne se trouve actuellement à l'hôtel Olivella, Lugano, chambre 407. Intervenez avec précaution. Terminé.

Derrière eux, un dernier réservoir d'essence explosa, envoyant une gerbe de feu dans le ciel pâle.

Thorne rentra la tête dans les épaules, puis tendit une main à son agent pour l'aider à se relever.

— Tu n'étais pas censé me compliquer autant le travail, lança-t-il froidement. J'ai des preuves accablantes qui sont en train de cramer, là-dedans !

Moammar al-Khan ne pouvait détacher ses yeux des volutes de fumée noir et orange qui s'élevaient devant lui. Sa main tâtonna, à la recherche de son téléphone portable, sur le siège du passager. « Une tonne de marchandise volatilisée ! pensa-t-il, atterré. Que Dieu ait pitié de nous ! »

Il sortit de son égarement en entendant un douanier frapper un coup sec sur le toit de sa Volvo, lui signifiant d'avancer vers la guérite. Il tendit un passeport italien à un autre fonctionnaire, qui ne prit même pas la peine de l'examiner.

— Allez, circulez. Et ne traînez pas pour regarder.

Ignorant cette consigne, il passa à vitesse très réduite devant le site du carnage. Des policiers encerclaient un homme étendu à terre, visiblement inconscient, les traits couverts de sang et de suie... C'était Joseph ! Il était donc vivant, par la volonté d'Allah ! Un douanier dégingandé venait de s'approcher de lui et avait posé un genou au sol pour lui parler.

Al-Khan se pencha sur la droite pour mieux voir.

Non, ce n'était pas un fonctionnaire suisse. C'était Thorne, l'agent yankee. Aucune confusion possible : mêmes cheveux, mêmes traits émaciés. La DEA avait réussi à mettre la main sur leur livraison.

À cet instant, quelque chose d'hallucinant se produisit : Thorne tendit la main à Joseph pour l'aider à se remettre debout. Il lui donna une bourrade amicale, puis rejeta la tête en arrière et éclata de rire. Les policiers souriaient, eux aussi. Et ils ne braquaient pas leurs armes sur lui. Et même Joseph paraissait amusé, soulagé...

Al-Khan réprima un juron. L'homme de confiance de Mevlevi était une balance.

Il s'éloigna en trombe, fonça deux minutes avant de se rabattre brutalement sur la bande d'arrêt d'urgence et de couper le contact. Attrapant son portable, il composa le numéro que Mevlevi lui avait donné en cas de force majeure.

Un siècle lui parut s'écouler avant qu'il n'obtienne une réponse. Le souffle court, il chercha ses mots. Rien ne lui vint à l'esprit, sinon une phrase hachée :

— Joseph ! Il est avec eux !

64

Ali Mevlevi était hors de lui. Il avait réussi depuis trop longtemps à s'épargner le moindre tracas administratif pour supporter les questions absurdes qu'on était en train de lui infliger. Avait-il l'intention d'installer son affaire en Suisse ? Si oui, combien d'employés pensait-il embaucher ? Désirait-il bénéficier des avantages fiscaux offerts aux nouvelles entreprises créées sur le territoire helvétique ? Sa famille viendrait-elle s'installer avec lui ? Trop, c'était trop. Kaiser avait certainement assez graissé la patte à ce cinglé pour qu'il daigne les remplir lui-même, ses formulaires ! Les réponses, il n'avait qu'à se creuser un peu la tête pour les inventer !

Il se leva du canapé, reboutonna son veston.

— Je vous remercie encore pour votre aide, mais mon emploi du temps est extrêmement serré, malheureusement. J'avais cru comprendre que notre rendez-vous n'était qu'une simple formalité, voyez-vous.

— C'est que vous avez été mal informé, le coupa sèchement Wenker.

Il fouilla dans les paperasses étalées sur la table, puis se mit à inspecter le porte-documents en cuir posé à côté de lui, d'où il finit par sortir une grosse enveloppe en papier kraft. Avec un soupir de soulagement, il la tendit solennellement à Mevlevi.

— Voici un bref aperçu de l'histoire de notre pays. En tant que nouveau citoyen de la confédération, vous êtes censé connaître et respecter notre tradition de neutralité et de démocratie. En tant qu'entité nationale, la Suisse a été fondée en 1921, lorsque trois cantons forestiers, Uri, Schwyz et Unter...

— Merci encore! lâcha brusquement le Pacha en acceptant l'enveloppe et en la glissant dans son attaché-case. (Ce perroquet pensait-il sérieusement qu'il pouvait se payer le luxe d'une conférence sur le glorieux passé de la Suisse?) Si nous en avons terminé, je vais devoir prendre congé, maintenant. Mais j'espère avoir le plaisir de profiter un jour de cette passionnante rétrospective historique, quand cela sera possible.

— Monsieur Malvinas, un instant, je vous prie! Pas si vite! J'ai encore un document de la plus grande importance à vous faire signer. Votre dispense de service militaire. C'est absolument indispensable.

Mevlevi poussa un soupir exaspéré.

— Bon, mais faites vite!

Juste à ce moment, un faible bip s'échappa de son attaché-case. «Grands dieux, enfin! se dit-il. C'est Gino Makdissi. Il veut m'annoncer que tout s'est passé comme prévu.» Tout en sortant le téléphone cellulaire, il gagna le coin le plus éloigné de la suite avant de répondre.

— Allô, oui?

— Joseph! Il est avec eux! souffla une voix oppressée. J'ai tout vu! Le camion a été encerclé par les flics. Le chauffeur a essayé de leur échapper. C'était sans issue. Joseph est le seul à s'en être tiré. Tout a brûlé, brûlé!

Mevlevi se boucha l'autre oreille de sa paume ouverte, comme si la ligne était si mauvaise qu'il n'arrivait pas à saisir ce que son correspondant lui disait. Mais elle était impeccable, hélas.

— Calme-toi, Moammar! chuchota-t-il en arabe tout en lançant un regard inquiet à Wenker, lequel ne paraissait pas prêter la moindre attention à leur conversation. Répète!

— La cargaison a été interceptée au poste de Chiasso. Dès que le semi est arrivé en vue des douaniers, les flics l'ont entouré. Ils l'attendaient, c'est certain!

Mevlevi sentit les cheveux se dresser sur son crâne. Tout son sort dépendait de ce qu'il allait apprendre dans les prochaines secondes.

— Attends! Tu dis que la livraison a brûlé, et maintenant qu'elle a été confisquée. Sois précis!

— Remo, le chauffeur, a tenté de passer quand même. Il n'est pas allé loin. Il a perdu le contrôle du camion. Il y a eu une explosion terrible, tout son contenu a été détruit. Pardon, mais c'est tout ce que je sais.

– Et Joseph, alors ?

– Il a pu en réchapper. Je l'ai vu étendu par terre. Ensuite, les policiers l'ont aidé à se remettre debout. J'ai vu un officier qui lui donnait l'accolade. C'était lui, le traître, depuis le début !

« Pas Joseph, non ! hurla Mevlevi en son for intérieur. Lina, c'était Lina ! C'est elle qui a aidé les Makdissi à nous tendre ce piège, avec la DEA. Joseph, mon aigle du désert. Il ne peut pas m'avoir trahi. Lui seul mérite ma confiance ! »

– Il faut que tu quittes la Suisse immédiatement, reprit Al-Khan. Puisque les Américains savaient pour la cargaison, ils doivent avoir appris que tu étais ici. Joseph a tout mouchardé d'un coup. Ils ne vont pas s'arrêter là, c'est clair !

Mevlevi resta muet. Joseph... un informateur des services américains !

– Tu m'entends, Ali ? On va t'organiser un départ sûr. Rends-toi à Brissago, à la frontière italienne, après Locarno. Je t'y attends dans une heure. Sur la place principale.

– Oui... Brissago. La grand-place. Dans une heure.

Il raccrocha, hébété. Le fonctionnaire suisse le fixait de tous ses yeux, les traits révulsés de dégoût. Mevlevi suivit son regard jusqu'au sol, à ses pieds.

Sur le tapis d'une blancheur immaculée, une flaque de sang grandissait rapidement.

Faisant hurler ses pneus dans la courbe de l'allée qui conduisait au perron de l'hôtel, une Range Rover de couleur verte s'arrêta devant l'entrée. Un homme imposant, en costume trois-pièces, ouvrit la portière de droite à la volée et sortit de la voiture. Il inspecta son reflet dans la vitre, rajusta sa veste et caressa sa moustache brune. Satisfait, Wolfgang Kaiser monta l'escalier de pierre d'un pas pressé.

– Quelle heure ? lança-t-il par-dessus son épaule.

– Onze heures et quart, souffla Reto Feller qui galopait derrière lui.

– Quinze minutes de retard ! s'exclama le président de l'USB. Ah, le comte va être bien disposé, maintenant ! Et tout cela grâce à vous, monsieur Feller, et à votre magnifique auto !

La satanée « tout-terrain » n'avait rien trouvé de mieux que de se retrouver avec un pneu crevé en plein milieu du tunnel du Saint-Gothard ! C'était un miracle si ses deux occupants n'avaient pas péri asphyxiés par les gaz d'échappement...

Le pauvre Feller réussit à le devancer à la réception, où il s'acharna sur la sonnette d'appel.

— Nous cherchons le comte Languenjoux, annonça-t-il à l'employé impeccablement vêtu qui avait daigné s'approcher du comptoir en bois verni. Il est dans quelle chambre ?

— Euh... Qui dois-je annoncer ?

Kaiser lui avait déjà tendu sa carte de visite.

— Nous sommes attendus.

— Merci, Herr Kaiser, répondit le réceptionniste après avoir discrètement consulté la carte. Le comte occupe la suite 407.

Il se pencha soudain en avant d'un air préoccupé et poursuivit sur un ton confidentiel :

— Nous avons reçu plusieurs appels pour vous, ce matin. Très urgents, tous. Votre correspondant voulait même rester en ligne tant que vous ne seriez pas arrivés...

Kaiser leva un sourcil étonné et regarda derrière lui. Feller était à trois pas, tout ouïe.

— Qui était-ce ?

— Une dame de l'USB, à Zurich. Voulez-vous que je vérifie si elle est encore en ligne ?

— Son nom, elle vous l'a dit ?

— Fräulein Schon.

— Oui, vérifiez, absolument !

Comment avait-elle pu le retrouver ici ? Personne, à l'exception de Rita Sutter, n'était au courant de son rendez-vous avec Senn.

— Le comte nous attend, monsieur, insista Feller.

— Eh bien, allez-lui tenir compagnie, lui ordonna Kaiser, devinant quelles suppositions salaces devaient déjà avoir traversé l'esprit de ce petit intrigant. J'arrive dans deux minutes.

Le réceptionniste était déjà de retour.

— Oui, la dame est toujours là. Je fais transférer l'appel dans une de nos cabines privées. Juste derrière vous, Herr Kaiser. La 1. C'est la première porte vitrée à votre gauche.

Après l'avoir remercié, Kaiser gagna la cabine. Il s'était à peine assis sur le petit tabouret que le téléphone se mit à sonner.

— Allô ?

— Wolfgang, c'est toi ?

— Mais qu'est-ce qui te prend, enfin ? Attirer l'attention sur nous de cette manière, en bombardant cet hôtel d'appels hystériques ! Le comte l'apprendra certainement.

— Écoute-moi, le coupa fermement Sylvia. Il faut que tu repartes de là-bas. Tout de suite !

– Ne sois pas grotesque ! Je viens seulement d'arriver.

– C'est... C'est Nicholas Neumann. Il t'a tendu un piège. J'essaie de te prévenir depuis hier soir !

– Nicholas se trouve avec l'un de mes meilleurs clients, annonça-t-il sèchement, tout en se demandant ce que pouvait signifier un tel tissu d'absurdités.

La voix de la jeune femme monta dans les aigus.

– Wolfgang ! Nick pense que c'est ton ami, M. Mevlevi, qui a tué son père. Il a dit que tu étais au courant depuis le début. Il m'a juré qu'il avait des preuves suffisantes ! Il ne m'a pas donné plus de détails, mais je t'en supplie, écoute-moi et quitte l'hôtel sur-le-champ !

– Quoi, qui a des preuves contre qui ? tonna Kaiser, exaspéré par le staccato incohérent de cette petite.

– Va-t'en, c'est tout ! Ils vont venir vous arrêter, toi et Mevlevi...

Kaiser respira profondément, n'arrivant pas à décider si ce galimatias pouvait ou non avoir un sens.

– Écoute, je dois m'entretenir avec l'un de nos principaux actionnaires. Sa voix sera déterminante si nous voulons contrecarrer les plans à long terme de Konig. Je ne peux pas repartir sans l'avoir vu.

– Quoi, tu n'es pas au courant, alors ?

Soudain, Kaiser se sentit seul, affreusement seul. Dans la voix de la jeune femme, l'appréhension avait cédé la place à un autre sentiment : la pitié.

– Au courant de quoi ?

– Ce matin, à neuf heures, Konig l'a annoncé à la radio... La Banque Adler propose de racheter nos actions cinq cents francs l'unité. C'est une OPA sur toutes les parts qu'il ne détient pas encore.

– Non... Non, je ne savais pas, réussit à murmurer Kaiser après quelques secondes d'un silence accablé.

Reto Feller. Pendant tout le trajet, il avait tenu à lui faire écouter un CD des *Concertos brandebourgeois* sur sa chaîne flambant neuve. Il allait l'étrangler, cet imbécile !

– Demain, à l'assemblée générale, il va exiger un vote de confiance du conseil d'administration.

– Ah ? laissa-t-il échapper distraitement.

Son attention était accaparée par le brouhaha étouffé qui lui parvenait de l'entrée de l'hôtel. Des bruits de portières qui claquaient, des ordres lancés sur un ton autoritaire. Plusieurs employés de l'établissement s'étaient amassés devant la porte à tambour. Il raffermit sa prise sur le combiné contre son oreille.

– Sylvia, attends une seconde. Ne raccroche pas, surtout.

Il entrouvrit la porte vitrée. Devant le perron, un gros véhicule venait de s'arrêter, des consignes étaient données en italien. Des pas cadencés sur le gravier. Un groom fonça dans le hall et se jeta derrière le comptoir de la réception. Peu après, le directeur de l'hôtel surgit de son bureau pour franchir en trombe la porte à tambour. Son affolement, qui contrastait fortement avec la dignité de sa tenue et de son maintien, était visible. Il reparut quelques secondes plus tard en compagnie de deux visiteurs. Kaiser reconnut le premier immédiatement : Sterling Thorne. Le visage du second, dont le portrait apparaissait si souvent dans les quotidiens, n'était pas difficile à identifier : c'était Luca Merolli, le procureur général du Tessin, surnommé « Monsieur Anti-Corruption » par la presse.

Thorne se pencha vers le directeur et annonça avec son accent inimitable :

– Nous envoyons une douzaine de nos gars au quatrième étage. Leurs armes sont chargées, leur supérieur a la permission d'ordonner le feu si nécessaire. Je ne veux personne dans leurs pattes. C'est compris ?

Luca Merolli répéta ces instructions, précisant que l'opération avait l'aval des autorités judiciaires.

– Oui, oui ! approuva le directeur, qui ne tenait plus en place. Il y a un ascenseur et l'escalier principal. Venez, je vais vous montrer !

– Allez-y, faites entrer vos hommes, dit Thorne au procureur. Kaiser est là-haut, avec Mevlevi. Les deux rats dans la même cage ! Magnez-vous, bon sang ! Il me les faut, les deux !

– *Capito, si* ! s'exclama Merolli en repartant vers l'entrée comme une fusée.

– Wolgang ? Tu es toujours là ? Allô, allô ?

Kaiser contempla le combiné dans sa main. « Elle disait vrai, alors ! Ils sont venus m'arrêter, avec Ali Mevlevi... » Étonnamment, il ne pensa pas à lui, en cet instant critique, mais à la banque, et seulement à la banque. Qu'allait devenir l'USB ? Comment protéger des griffes de Konig l'établissement auquel il avait tout sacrifié, désormais ?

– Wolfgang, tu m'entends ? (Encore une voix de femme, différente – c'était Rita Sutter.) Écoute ce que dit Fräulein Schon. Tu

554

dois revenir ici immédiatement. Quitte l'hôtel, je t'en prie ! C'est le sort de la banque qui est en jeu.

Le ton calme et posé de sa secrétaire éveilla en lui un instinct de survie qui avait mis très longtemps à se manifester. D'un coup, il prit conscience du danger qu'il était en train de courir. Sterling Thorne était là, sous ses yeux, mais le pire était que cet odieux espion pouvait le découvrir à tout moment, lui aussi. Il suffisait qu'il tourne une seule fois la tête du côté des cabines vitrées... Retirant son pied de l'encoignure, Kaiser fit pivoter le tabouret jusqu'à tourner entièrement le dos au hall d'entrée.

– Oui, visiblement vous avez raison, toutes les deux. Je vais essayer de revenir aussi vite que possible. Si on essaie de me joindre, surtout les journalistes, dis que je suis en déplacement. C'est clair, Rita ?

– Oui, mais où vas-tu aller ? Comment pourrons-nous te...

Il reposa le combiné et se leva, dissimulant ses traits tant bien que mal. Se forçant à garder les yeux fixés sur une brûlure de cigarette à ses pieds, souvenir laissé par un client ingrat à la moquette de la cabine, il s'attendait à chaque seconde à entendre frapper à la porte transparente, et à voir apparaître le visage moqueur de Sterling Thorne, qui d'un doigt plié lui ferait signe de sortir de sa tanière. Le moment où la vie de Wolfgang Kaiser serait réduite à néant.

Mais il ne se passa rien de tel. Le seul bruit qui lui parvint fut celui d'un groupe d'hommes disciplinés foulant en bon ordre le sol carrelé de marbre, une, deux, une, deux, et les consignes que Thorne jappait encore. Et puis le silence, grâce au ciel, le silence...

Ali Mevlevi leva les yeux de son pantalon ensanglanté.

– Oui, il faut que je parte, je vous le répète.

Yves-André tendit un doigt autoritaire en direction de la flaque qui s'était formée autour de la chaussure du Pacha.

– Avec une hémorragie pareille ? Pas question. Asseyez-vous. Laissez-moi appeler un médecin. Vous avez besoin d'être soigné.

Mevlevi traversa la pièce en claudiquant. Il souffrait atrocement.

– Pas maintenant, monsieur Wenker. Je n'ai pas le temps.

Pour douloureuse qu'elle fût, sa blessure était désormais le cadet de ses soucis. Même s'il s'était montré totalement paniqué, Al-Khan venait de justifier d'un coup toutes ses inquiétudes : si

Joseph était bien un agent de la DEA, Thorne ne devait plus rien ignorer, à cette heure. Il fallait s'attendre au pire. Tous ses projets suisses étaient plus que compromis : son alliance avec Gino Makdissi, son pouvoir sur Wolfgang Kaiser, et surtout son contrôle de l'OPA de la Banque Adler sur l'USB...

L'opération *Khamsin* était menacée, elle aussi !

— Vous allez m'écouter, maintenant ! s'écria Wenker, visiblement hors de lui. Prenez un siège. J'appelle la réception tout de suite. Ne vous inquiétez pas, le personnel est très discret, ici.

Sans lui prêter la moindre attention, Mevlevi jeta son téléphone cellulaire dans l'attaché-case. Il se retourna machinalement : il avait laissé une épaisse traînée rougeâtre derrière lui. La plaie était sérieusement ouverte. Que ce Neumann soit maudit !

— Au moins, signez-moi ce formulaire ! insista Wenker en agitant la feuille en l'air, des gouttes de sueur perlant sur son front. Il me faut cette dispense de service militaire. Je vous l'ai dit, c'est une pièce obligatoire !

— Tout compte fait, je n'aurai pas besoin de passeport suisse aussi rapidement que je l'avais pensé. Et maintenant, laissez-moi tranquille. Je m'en vais.

Il saisit son porte-documents, contourna Wenker et s'engagea dans la petite antichambre. Le sang giclait de son mocassin à chaque pas.

— Merde ! Tu ne bouges pas d'ici, j'ai dit ! (Le flegmatique fonctionnaire, qui venait de hurler ces mots en un anglais parfait, bondit vers la porte – il avait un revolver en main.) Qu'est-ce que tu as fait à Nicholas Neumann, salaud ?

Les yeux de Mevlevi passèrent de l'arme au visage de son assaillant. Son intuition avait été juste, tout à l'heure : cette voix, il la connaissait. C'était celle de Peter Sprecher, l'ancien supérieur de Neumann à l'USB. Un banquier n'oserait pas tirer sur un homme sans défense, pensa-t-il. Lui, par contre, était entièrement en droit de se défendre. Légitime défense. Il avait à peine fait mine de sortir son propre revolver que Sprecher se rua sur lui, les traits déformés par la rage, et le plaqua contre le mur.

— Réponds, ordure ! Où est Neumann ?

Groggy, le Pacha n'offrit pas de résistance à cette brute furieuse qui le dépassait d'une bonne tête.

— Je vous l'ai dit, monsieur Sprecher. M. Neumann est souffrant. La grippe... Et maintenant, lâchez-moi. Inutile de nous comporter en sauvages.

– Tant que tu ne m'auras pas dit ce qui est arrivé à Nick, tu ne sortiras pas d'ici !

Brusquement, Mevlevi envoya son genou gauche dans l'entre-jambe de Sprecher tout en lui assenant un violent coup de tête sur le nez. Un truc quasiment imparable qu'il avait appris dans sa jeunesse, alors qu'il s'était embarqué clandestinement sur un cargo en route vers Bangkok.

Avec un râle affreux, Sprecher chancela et laissa tomber son arme à terre. Mevlevi l'expédia au loin d'un rapide coup de pied tout en tirant de sa veste le Beretta 9 millimètres. Il répugnait à tirer, cependant : laisser un cadavre derrière soi dans un palace cinq étoiles n'était pas précisément une bonne idée. Leur manie de la propreté n'allait pas jusqu'à se débarrasser des macchabées sans broncher. L'attaché-case dans la main gauche, il s'apprêtait à l'assommer d'un coup de crosse lorsque Sprecher, lâchant son nez fracturé, leva le bras et para l'attaque. De son autre main, il essaya de lui arracher le porte-documents. Mevlevi renâcla sous le choc, tenta de tenir bon. Le revolver était maintenant à la hauteur de l'épaule de son adversaire. Il pressa sur la détente. L'impact pro-pulsa Sprecher contre le mur, mais il ne lâcha pas pour autant sa prise sur la mallette en cuir. Projeté en avant, Mevlevi enfonça le canon dans le sternum du Suisse.

« Jamais vu quelqu'un s'en tirer avec trois balles dans la poitrine », avait-il expliqué à Neumann...

Il fit feu à deux reprises, n'obtenant que le claquement sec du magasin tournant à vide. Idiot qu'il était ! En un éclair, il retourna l'arme dans sa main, prêt à se servir de la crosse pour mettre l'autre hors d'état de nuire.

Un coup bref frappé à la porte le figea.

Ce diable de Sprecher criait maintenant de tous ses poumons :

– À l'aide ! Venez, venez !

Un visage stupéfait apparut dans l'embrasure. Reto Feller, qui parvint difficilement à balbutier :

– Sprecher ? Vous ? Où est le comte ? Est-ce que Kaiser sait que vous êtes ici ?

Le regard de Mevlevi vola de l'un à l'autre. Sa décision ne fut pas longue à prendre : la crosse du Beretta s'enfonça dans la joue molle du nouveau venu, qui s'effondra d'un coup, venant cogner contre le tibia blessé du Pacha. Avec un cri de douleur, ce dernier essaya de se dégager, mais Sprecher ne lâchait toujours pas la poi-gnée et l'empêchait de se mouvoir.

— Salaud ! gargouilla-t-il, maintenant à genoux, se cramponnant à l'attaché-case comme un naufragé à un bout de bois. Tu ne t'en iras pas !

Mevlevi fut submergé par un accès de panique. Il fallait s'enfuir, à l'instant même. Aller à Brissago. La grand-place. Dans une heure. Tout se liguait contre lui. Il y avait eu une détonation, des cris, des appels au secours... Battre en retraite, tout de suite !

Il dégagea sa jambe de son obstacle adipeux, essaya une dernière fois d'arracher l'attaché-case des doigts obstinés de Sprecher et finit par le lui abandonner. Replaçant le revolver sous sa veste, il recula dans le couloir. L'entrée de la suite 407 offrait un spectacle peu inquiétant, en fin de compte : un homme évanoui, un autre sur le point de tourner de l'œil. Aucun danger, de ce côté. Il observa les alentours. L'ascenseur était tout au fond, à sa gauche. L'escalier à quelques pas, sur sa droite. Un peu plus loin, toujours à droite, l'issue de secours extérieure.

Ce fut cette dernière solution qu'il choisit. Il allait abandonner la Mercedes, trop compromettante. Il lui suffirait d'éviter l'entrée principale de l'hôtel et de marcher jusqu'à la route, où il avait remarqué plusieurs restaurants lorsqu'il était arrivé. De là, il appellerait un taxi. Avec un peu de chance, il serait à Brissago dans moins d'une heure. Et de l'autre côté de la frontière peu après.

Khamsin ! C'était tout ce qui comptait, plus que jamais.

65

Un œil rivé à sa montre, le général Dimitri Martchenko entreprit de traverser le hangar. Il était une heure quarante, soit midi moins vingt à Zurich, où Ali Mevlevi devait s'apprêter à virer huit cents millions de dollars à un compte officiel kazakh d'Alma-Ata. Sentant sa gorge se nouer, il s'exhorta à rester patient. Et confiant : Mevlevi n'était-il pas le plus ponctuel des hommes ? Il allait certainement appeler dans vingt minutes tapantes. D'ici là, il n'avait aucune raison de s'inquiéter.

Atteignant le groupe de soldats qui montaient la garde autour de la bombe nucléaire tactique, il les salua, puis s'approcha de la Kopinskaïa IV, qui reposait sur un support en bois à quelques mètres de l'hélicoptère Soukhoï sur lequel elle allait être embarquée. Le moment était venu de programmer l'altitude de déflagration.

Le pilote du Soukhoï était déjà là, un Palestinien aux traits harmonieux qui souriait en échangeant de solides poignées de main avec ses camarades de combat kazakhs. Martchenko savait que la compétition avait été rude entre les aviateurs pour recevoir cette mission, chacun rêvant d'avoir l'insigne honneur de larguer « Jojo » et de se faire joyeusement volatiliser du même coup...

Il exposa son plan de vol au général étranger : basse altitude après le décollage, pas plus de quinze mètres, afin d'éviter les radars, en fonçant à cent quarante nœuds de vitesse moyenne. À huit kilomètres de la frontière israélienne, en vue du poste de Chebaa qui dominait la zone frontalière libanaise, l'appareil grimperait à trois cents mètres. Le transpondeur israélien serait alors branché, transformant cette mission en un vol de routine parmi les centaines d'autres qui sillonnaient chaque jour l'espace aérien au nord de l'État sioniste. Là, il suivrait une trajectoire sud-est en direction de la colonie d'Ariel, en Cisjordanie occupée. À peine cent vingt kilomètres, qu'il couvrirait en moins d'une demi-heure. Il connaissait le plan de la ville par cœur, ayant étudié des douzaines de photos aériennes du site. Lorsqu'il aurait repéré la principale synagogue, il amènerait le Soukhoï à quinze mètres du sol et déclencherait le détonateur.

Martchenko savait ce que la bombe provoquerait dans la petite colonie : d'abord un cratère de plus de trente mètres de profondeur et de quatre-vingt-dix de diamètre, une boule de feu qui consumerait tout dans un périmètre de cent cinquante mètres. Plus loin, l'onde de choc détruirait les constructions alentour, déclencherait des incendies en série... En l'espace de cinq secondes, pas plus, Ariel et tous ses habitants seraient rayés de la carte.

Il prit la Kopinskaïa dans ses mains, rapprochant de ses yeux le petit écran à cristaux liquides qui faisait office de moniteur. À l'idée qu'il prenait maintenant la responsabilité de décimer plus de quinze mille innocents, il fut pris d'une hésitation inattendue, contre laquelle il réagit énergiquement : *innocents*, vraiment ? Qui est innocent, dans ce monde ? Il entra dans le cerveau électronique les coordonnées de l'altitude critique, huit mètres. Cela fait, il vérifia encore l'heure : midi moins dix, en Suisse. Qu'est-ce que Mevlevi attendait, enfin ?

Il décida d'installer sans tarder l'engin de mort sur le Soukhoï : ainsi, pas une minute ne serait perdue dès qu'il apprendrait que son argent était arrivé. Et puis, il devait s'occuper l'esprit, autrement il risquait de devenir fou... Sitôt le signal de Mevlevi reçu, il activerait la bombe, réunirait ses hommes et reprendrait sans tarder la route de la Syrie, où le gros porteur les attendait pour les ramener au Kazakhstan. Là-bas, au pays, il allait être accueilli en héros...

Il ordonna au mécanicien en chef de prendre la Kopinskaïa et de l'aider à la fixer à sa rampe de lancement. Tandis que le technicien maintenait la bombe, il ouvrit les attaches métalliques prévues pour recevoir un missile air-sol. Avec un déclic, le cylindre fut verrouillé à la rampe. Toute l'opération avait demandé moins d'une minute. Il ne restait plus qu'à entrer le code final et sa contribution à *Khamsin* serait terminée.

Après avoir demandé au pilote de faire chauffer ses turbines, il quitta en hâte le hangar, se dirigeant vers la salle des communications de la base, bâtie en sous-sol et protégée par une épaisse porte en acier renforcé. Il demanda à l'opérateur de garde de le mettre en contact avec Ivlov, qui se trouvait désormais à deux kilomètres seulement au nord de la frontière israélienne. La voix chuintante de l'officier qui commandait l'opération de diversion lui parvint aussitôt :

– C'est moi, oui.

– Comment ça se passe, chez toi ?

Ivlov eut un petit rire désabusé.

– Oh, très bien ! J'ai trois cents gus à un jet de pierre du territoire ennemi, dont la moitié avec plus de Semtex que de fringues sur eux. Si on ne reçoit pas le feu vert d'ici peu, ils vont partir à l'assaut sans me demander mon avis. On est un commando-suicide ou on ne l'est pas, non ? À part ça, j'ai une batterie de Katioucha pointée sur Elbarakh, Rodenkoen braque le double sur Névé-Tsion. Les conditions climatiques sont au poil. On attend, c'est tout. Qu'est-ce qu'il fabrique là-bas, bon sang ?

– Patiente encore quelques minutes. J'attends son appel d'un instant à l'autre.

Martchenko raccrocha et revint dans le hangar. Le jeune pilote était déjà aux commandes, casqué. Dans un vrombissement aigu, le rotor central se mit à tourner lentement.

Midi moins cinq à Zurich. Qu'était-il arrivé à Mevlevi ? Où était l'argent ?

66

Ravi de constater que le climat sur le flanc sud des Alpes était nettement plus clément, Nick accéléra dans la descente. Dix minutes plus tôt, il avait quitté le col du Saint-Gothard dans la tempête de neige. Mais, alors qu'il dépassait le relais de montagne d'Airolo, le ciel se dégagea entièrement. Seule une pellicule de brume planait encore sur la vallée qu'il distinguait à peine en contrebas. L'état de la route, lui aussi, était sans comparaison avec l'autre flanc : après quelques lacets, elle descendait régulièrement, sur quatre voies. Malgré sa jambe blessée, qu'il avait étendue sur la console centrale, et son pied gauche peu habitué à manœuvrer la pédale d'accélérateur, il avançait à une moyenne de cent cinquante kilomètres-heure.

« Coince-le, Peter ! aurait-il voulu crier dans le silence de l'habitacle. J'arrive, tiens le coup ! » Il s'abandonnait au ronronnement quasi hypnotique du moteur, qui lui semblait capable de calmer la douleur dans sa cuisse et aussi, pour être tout à fait honnête, la tristesse qui lui rongeait le cœur. Ainsi, Sylvia avait été l'instrument de Kaiser, depuis le début... C'était sur les instructions du président de l'USB qu'elle lui avait procuré les archives concernant son père, sur ses instances qu'elle avait réussi à s'immiscer dans les pensées ses plus secrètes, usant de sa séduction et des promesses d'amour qu'elle lui faisait miroiter pour le faire sortir de la carapace qui l'avait protégé depuis toujours...

« Mais moi, je t'ai aimée ! » protesta-t-il en lui-même, désireux de faire porter à la jeune femme la responsabilité de la déception, du sentiment d'injustice et de dégoût qui lui tordaient les entrailles. À bien y réfléchir, cependant, il se demandait s'il avait éprouvé un amour sincère pour Sylvia, ou s'il n'avait jamais pu s'y abandonner totalement, tant les soupçons, les doutes l'avaient assailli en permanence. Tels qu'il s'en souvenait désormais, les moments qu'ils avaient passés ensemble avaient toujours été ternis par les réactions imprévisibles de Sylvia, ses réticences à se livrer totalement. Quand trop de silences et de non-dits s'accumulaient, la méfiance devenait une sorte de sixième sens, une faculté aussi exercée que la vue ou l'odorat, qui empêchait de s'abandonner entièrement à l'autre, et donc à ce qu'il était convenu d'appeler l'amour. Avec le temps, cette réticence initiale aurait peut-être pu s'émousser, mais elle n'aurait jamais disparu, il en était persuadé.

Et puis, une autre voix s'éleva en lui, qui tentait de le réconforter : « Aie confiance ! Confiance en toi, en ton cœur ! » Nick sourit lorsqu'il crut entendre le vieux comte Languenjoux s'associer à ces encouragements : « La confiance, c'est tout ce qui nous reste... »

Et donc l'espoir, peut-être.

Une heure plus tard, il traversait le centre de Lugano, avant de s'engager sur l'étroite chaussée qui épousait étroitement le contour du lac. Un panneau indicateur avec le nom de Morcote, des toits en tuiles rouges, une station-service, un café, un taxi qui venait en sens inverse et qui le frôla en klaxonnant... Tout passait dans un brouillard, jusqu'au moment où il aperçut l'hôtel. Un instant, son cœur s'arrêta.

Une demi-douzaine de fourgons de police obstruaient l'allée centrale. Une camionnette gris argenté était stationnée à côté, sa porte latérale grande ouverte. À l'intérieur, Nick remarqua six hommes en tenue de combat, assis, en train de reprendre des forces. À leur mine abattue, il devina aussitôt que l'opération s'était mal terminée.

Il abandonna la Ford, franchissant les derniers mètres jusqu'au perron en boitant. Un vigile en uniforme tenta de lui interdire l'entrée de l'hôtel.

– Je suis américain, protesta Nick. Je travaille avec M. Thorne !

Fouillant dans son portefeuille, il trouva une carte de l'armée US, périmée depuis longtemps. Mais le garde ne regarda même pas la pièce d'identité obsolète : il n'avait d'yeux que pour sa chemise maculée de sang séché et son pantalon déchiré.

– DEA ! cria Nick, indifférent à l'air révulsé que l'autre avait pris.

Le vigile abandonna sa posture agressive.

— *Sì, prego, signore. Camera quattro zero sette.*

À l'exception d'un policier en faction devant l'ascenseur, le couloir du quatrième étage était désert. Un de ses collègues était visible à l'autre bout, devant une porte ouverte. Des kilomètres de moquette bleutée semblaient s'étendre jusqu'à lui, et pourtant Nick capta d'emblée l'odeur de la cordite. On avait tiré. Qui était blessé ? Qui était mort ? Qui avait été la victime de son plan imbécile ?

Nick se nomma au policier de garde et attendit que celui-ci reçoive sur son talkie-walkie l'accord de quelque grand chef officiant dans la suite 407. Il avait déjà parcouru la moitié du couloir lorsque Sterling Thorne sortit de la pièce et vint à sa rencontre. Il portait une veste d'uniforme sale, son visage était noir de crasse, et il était encore plus échevelé qu'à son habitude. Pour la première fois pourtant, Nick éprouva du soulagement en le voyant.

— Hé, hé, voyez qui nous arrive ! Le fils prodigue ! Il était temps que vous vous pointiez, dites !

— Désolé, rétorqua Nick du tac au tac. La circulation...

Thorne ébauchait un sourire lorsqu'il parut découvrir enfin l'état dans lequel se trouvait son jeune compatriote.

— Bon Dieu, Neumann, mais qu'est-ce qui vous est arrivé ? On dirait que vous vous êtes battu avec dix chats de gouttière ! Et que vous avez perdu, soit dit en passant. (Il désigna du doigt sa chemise cramoisie.) Va falloir que je commande une autre ambulance, alors. C'est grave comment ?

Nick poursuivit péniblement sa marche vers la suite 407. Ce n'était pas le moment de s'attarder sur des détails.

— Je ne vais pas en mourir. Mais ici, qu'est-ce qui s'est passé ?

— Votre pote s'est reçu un pruneau dans l'épaule. Il va bien, mais bon, s'il voulait lancer pour le prochain tournoi mondial de base-ball, c'est râpé. Il a perdu pas mal de sang.

— Et Mevlevi ?

— Disparu. (Il montra d'un geste du menton l'issue de secours, au bout du couloir.) On a retrouvé des traces sur les marches. Et dans la chambre. Blessé, lui aussi. La police a bouclé les frontières et ratisse les environs.

Nick était fou de rage. Comment Thorne avait-il pu le laisser s'échapper, dans l'état où il était ? Il était au courant de l'arrivée de Mevlevi. Pourquoi ne pas avoir déployé préventivement ses hommes ? Mais la réponse que l'agent de la DEA ne manquerait pas de lui faire lui vint aussitôt à l'esprit : « Les autorités suisses n'auraient pas levé le petit doigt tant qu'on ne leur aurait pas fourni une preuve de délit grave sur leur propre territoire. Il fallait qu'on attende le Jongleur... »

– C'est vous qui lui avez charcuté la jambe ? interrogea Thorne.

– On a eu un petit désaccord, en effet, expliqua Nick, qui avait surmonté son accès de colère. Il voulait me tuer, moi je ne trouvais pas que c'était une idée géniale. Il avait un revolver, moi un couteau. On était presque à la loyale.

– Franchement, on a tous pensé que vous y étiez resté. On a retrouvé la Mercedes dans laquelle vous étiez en bas. Avec le chauffeur, mais dans le coffre arrière. Un bras démantibulé, une balle dans la nuque. Je suis content de vous voir en vie. (Il posa une main sur l'épaule du jeune homme.) Dites, vous nous avez ramassé un petit trésor sur le compte de ce sagouin ! Son dossier à l'USB, la trace de ses magouilles à la Banque Adler, des photos d'identité signées de sa main, sans parler de son faux passeport... Pas mal du tout, Neumann ! Dans moins de quarante-huit heures, il ne pourra plus retirer une thune de ce pays.

Nick lui décocha un regard incendiaire. Dans moins de quarante-huit heures ! D'ici là, Mevlevi aurait réussi à virer ailleurs tout l'argent qu'il gardait en Suisse, jusqu'au dernier centime. D'ici là, il serait en sécurité dans sa forteresse libanaise. « Et d'ici là, compléta-t-il amèrement, je serai sans doute mort. »

Thorne lut dans ses yeux les reproches muets qu'il lui adressait.

– On aurait dû l'avoir, je sais ! (Il leva un doigt en guise de garde.) Mais oh, c'est tout ce que vous obtiendrez de moi qui ressemble un peu à une excuse, compris ?

– Et le Jongleur ?

– Il s'en est tiré. La drogue a été perdue dans l'opération. Cramée de A à Z. (Il passa un pouce sur sa joue noircie et inspecta pensivement la suie qui s'y était collée.) Ouais, c'est à peu près ce qui nous reste de toute cette came ! Seulement, on serre Mevlevi de près, maintenant ! Grâce à vous, on a finalement obtenu la pleine coopération des Suisses. Et Kaiser est grillé. Votre collègue, ce M. Feller, nous a dit qu'il était dans l'hôtel mais qu'il s'était arrêté en bas pour prendre un appel téléphonique. Une certaine Mlle Schon mourait d'envie de lui parler : sans doute pour le prévenir, car il s'est tiré en loucedé. Évaporé, le Kaiser ! Évidemment, tant qu'il n'y a pas de motif d'inculpation formel, ils ne peuvent pas lancer de mandat d'arrêt contre lui...

Nick se força à rester stoïque en entendant mentionner le nom de Sylvia. Plus tard, il aurait tout le loisir de se dire et de se répéter qu'il s'était fait avoir comme un bleu.

— Je croyais qu'on *coopérait*, non ?

— Au coup par coup, oui, plaida Thorne en haussant les épaules. Mevlevi, c'est une chose, et Kaiser une autre. Pour l'instant, je me contente de ce qu'on me donne.

Nick avança encore, tel un somnambule, accablé par un découragement incommensurable. Tout son plan avait capoté. Ni Mevlevi ni Kaiser...

— Je veux voir Peter.

— Allez-y, mais dépêchez-vous. L'ambulance ne va pas tarder.

Sprecher était étendu au milieu du vaste salon. Ses yeux étaient grands ouverts, attentifs à tout ce qui se passait dans la suite. Des serviettes de toilette roulées en boule avaient été empilées sous son épaule. Un policier était auprès de lui, qui appuyait des deux mains sur la blessure afin de contenir l'hémorragie. Nick vint s'asseoir par terre en étendant sa jambe blessée, et se chargea d'assurer cette manière de garrot. En le découvrant, son ami souleva un peu la tête et tenta un faible rire.

— Toi non plus, il t'a pas eu ?

— Non, répondit Nick. Mais toi, comment tu te sens, mon vieux ?

— Je vais peut-être faire une taille de moins, pour les vestes. À part ça, je suis vivant.

— Au moins... (La voix de Nick faillit se briser.) Au moins, on aura essayé.

— Je l'ai fait tourner en bourrique aussi longtemps que j'ai pu. Tu n'imagines pas combien de prétextes à la con j'ai dû inventer ! Mais je n'arrêtais pas de penser à ce qu'il t'avait fait. Et puis, quand il a appris qu'il venait de perdre toute sa came, c'est devenu intenable. Le sol brûlait sous ses pieds, tu comprends ?

— Tu t'en es bien tiré, Peter. Super-bien.

Sprecher lui adressa un sourire malicieux.

— Et même mieux encore, vieux.

Avec un clin d'œil, il se souleva pour chuchoter à l'oreille de Nick :

– Je sais où il est parti ! J'ai rien voulu dire à Thorne. Honnêtement, je ne lui ai jamais fait confiance, à cet oiseau-là : à cinq minutes près, il avait le Pacha sur un plateau... Voilà, j'ai écouté quand il parlait au téléphone. Ce con ne se doutait même pas que je comprends l'arabe ! Il a rencard sur la place centrale de Brissago, dans pas longtemps. Avec qui, j'en sais rien... Brissago, un bled pas possible, juste sur la frontière italienne...

– Il est onze heures et demie, là. Quand est-ce qu'il s'est enfui ?

– Il y a un quart d'heure. Hé, vous vous êtes croisés, les mecs ! Enfin, ça veut dire qu'il doit y être d'ici quarante-cinq minutes, si j'arrive encore à compter...

– Et Kaiser ? Il ne tient plus ses rendez-vous, celui-là ?

– Pour ce qui est de monsieur le président, je ne saurais dire... Faut demander à Feller. Ils l'ont déjà emmené, lui. Il s'est pris le revolver de Mevlevi dans la tronche, le pauvre. Il saignait encore pire que moi. Ne le lui dis pas, mais je pense qu'il m'a sauvé la vie... Allez, maintenant, file ! Trouve Mevlevi et transmets-lui mes amitiés, OK ?

Nick lui serra sa main valide.

– Je vais le trouver, Peter, ne t'en fais pas. Et crois-moi, je vais lui faire comprendre ce que tu penses de lui. Tu peux compter sur moi.

Sterling Thorne l'attendait à l'entrée de la suite.

– Hé, Neumann, avant que vous ne preniez la direction de l'hosto avec votre pote, je voulais vous montrer quelque chose qu'on a retrouvé dans l'attaché-case de Mevlevi.

– Hein, quoi ?

Nick n'avait aucune intention de se rendre dans le moindre hôpital pour l'instant. Ni de tailler une bavette à propos de tout et de rien. Chaque seconde qui passait mettait un peu plus de distance entre le Pacha et lui, ruinait un peu plus l'espoir de mettre la main sur lui, une bonne fois.

Ignorant sa réticence, Thorne lui plaça entre les mains une liasse de papiers retenus par une agrafe dorée. Sous un en-tête en caractères cyrilliques apparaissaient le nom de Mevlevi et le numéro d'une boîte postale à Beyrouth, suivis d'un texte de présentation en anglais, lui-même suivi d'une litanie d'instruments de mort sophistiqués, de l'hélicoptère au tank en passant par les missiles, avec prix, quantités et dates de livraison.

Malgré son impatience, Nick ne pouvait qu'être captivé par un tel document. Au bout d'un instant, il releva la tête.

– Il y a même une bombe nucléaire tactique, là-dedans ? Qui est le cinglé qui lui aurait vendu tout cela ?

– Qui ? Mais nos nouveaux « alliés » russes, évidemment ! Vous avez une idée de ce que Mevlevi voudrait en faire ?

– Vous n'avez pas dit qu'il avait levé une armée privée ?

– Je l'ai dit, oui, mais c'était pour forcer un peu le tableau ! En fait, je parlais d'une milice de traîneurs de sabre comme il en existe déjà une bonne douzaine à travers le Liban. Mais là... Ça équivaut à la puissance de feu de toute une division de chez nous, cette liste ! Et je ne veux même pas imaginer ce que ce malade serait prêt à fricoter avec une tête nucléaire. Enfin, j'ai refilé l'info à Langley. Espérons qu'ils vont contacter le Mossad à ce sujet.

Penché sur les feuillets, Nick eut l'impression de voir les derniers éléments du puzzle s'emboîter les uns aux autres. Pourquoi le Pacha avait-il voulu financer une OPA sur l'USB ? Pourquoi avait-il placé des cadres d'origine moyen-orientale dans la hiérarchie de la Banque Adler ? Pourquoi était-il si pressé d'obtenir des Makdissi une avance de quarante millions de dollars ? Pourquoi s'était-il déplacé personnellement en Suisse ?

Nick soupira, accablé par l'évidence : parce que la Banque Adler ne suffisait pas à ses projets. Parce qu'il lui fallait le potentiel financier combiné des deux établissements, Adler et USB, afin de constituer un arsenal aussi important. Et maintenant, Dieu seul savait où il se disposait à faire usage de toutes ces armes.

Nick lui rendit la liasse.

– À propos, Sprecher vient de me donner une information qui pourrait vous intéresser. Il croit savoir où Mevlevi s'est rendu en s'enfuyant d'ici.

Thorne inclina la tête et palpita des narines, tel un chien d'arrêt qui vient de sentir une piste fraîche.

– Tiens... Il ne m'en a pas parlé, à moi !

Il était sur le point de lui dire la vérité lorsqu'il se ravisa : s'il voulait mettre la main sur Mevlevi, il fallait tenir Thorne à l'écart. Celui-ci exigerait en effet qu'il passe d'abord à l'hôpital, ou prétendrait qu'il n'était qu'un simple citoyen et ne devait pas mettre encore sa vie en danger, bref il inventerait n'importe quel prétexte pour se réserver la neutralisation du Pacha. Or, Nick en faisait une affaire personnelle, lui aussi...

– Peter pense que l'opération a peut-être foiré à cause de vous. Je lui expliqué que non, que vous ne saviez pas que Mevlevi était avec moi...

Il s'interrompit, laissant l'agent de la DEA bouillir sur place.

— Bon Dieu, Neumann ! finit par éclater Thorne. Où a-t-il dit que Mevlevi était parti ? Vite !

— À Porto Ceresio. C'est sur la frontière italienne, à l'ouest. Mais attendez, ne foncez pas tout seul, je viens avec vous !

Thorne secoua négativement la tête. Il avait déjà sorti son talkie-walkie.

— J'apprécie votre zèle, mais non. Avec votre jambe, vous n'allez nulle part. Vous restez bien tranquille ici, le temps que l'ambulance arrive.

Nick jugea bon de forcer encore un peu :

— Quoi, vous voulez me laisser derrière ? Hé, c'est moi qui vous ai donné l'info ! Mevlevi a essayé de me buter. Maintenant, je veux sa peau, personnellement. Je veux avoir le plaisir de le flinguer sur place.

— C'est bien pour cela que je n'ai pas besoin de vous ! Moi, il me le faut vivant. Mort, il ne nous servirait plus à rien.

Nick baissa la tête en maugréant entre ses dents, comme si son épuisement physique l'avait finalement emporté sur sa détermination. Il leva une main en une ultime protestation, puis la laissa retomber.

— Merci encore pour tout, Neumann. Et maintenant, hop, allez vous faire recoudre cette jambe !

Plaquant l'appareil contre sa bouche, il donna ses consignes d'un ton excité :

— On a une piste, pour Mevlevi ! Je serai en bas dans trente secondes. Prévoyez deux voitures de police pour m'escorter. Hein ? Oh, un trou qui s'appelle Porto Ceresio. Appelez les responsables, là-bas. Dites-leur qu'on arrive ! Pigé ?

67

À l'arrière du taxi lancé à pleine vitesse, Ali Mevlevi enrageait
encore à l'idée d'avoir perdu son attaché-case. Des documents
extrêmement compromettants s'y trouvaient, et surtout son cellulaire et son carnet d'adresses. Il s'était toujours vanté de savoir
garder son flegme, même dans les situations les plus critiques,
mais il devait désormais accepter la réalité : il était, fondamentale-
ment, un lâche. Autrement, pourquoi avoir passé toute sa vie terré
dans une forteresse, au milieu d'un pays en proie à l'anarchie ?
Pourquoi ne pas s'être assuré que Neumann était mort, tout à
l'heure ? Pourquoi avoir abandonné son porte-documents à ce
fou de Sprecher, tant il était pressé de s'enfuir ? La peur, et rien
d'autre, guidait ses actes depuis le début.

« Tu meurs de trouille, Ali ! » Pour une fois, il ne tenta même
pas de repousser ce constat.

Il se pencha en avant pour demander au chauffeur s'ils étaient
encore loin de Brissago.

– On y est presque, répondit laconiquement celui-ci.

Mais cela faisait une bonne demi-heure qu'il prétendait la
même chose ! Mevlevi tourna son attention sur le paysage qui
défilait derrière la vitre. Ils étaient dans la vallée du Tessin, envi-
ronnés de collines d'un vert éteint, couleur qui lui rappela les
montagnes du Chouf, près de sa base... À sa gauche, il aperçut le
reflet bleu de l'eau, ce qui le rasséréna un peu. Le lac Majeur.
L'Italie était de l'autre côté.

En se redressant sur son siège, il grimaça de douleur. Sa jambe
était en feu. Il releva son pantalon pour inspecter discrètement la
plaie : elle faisait moins de dix centimètres mais elle était très pro-

fonde, presque jusqu'à l'os, et le sang n'avait même pas pu commencer à coaguler dessus tant il s'était peu ménagé, d'abord dans sa lutte avec Sprecher puis en marchant près de cinq cents mètres pour trouver le taxi après s'être enfui de l'hôtel. Du pus se mêlait maintenant à l'hémorragie. « Au diable ta blessure ! se morigéna-t-il. Réfléchis plutôt au moyen de sortir de ce merdier ! »

Il avait conscience d'avoir peu de temps. Le déploiement policier autour de l'hôtel prouvait que les autorités suisses participaient désormais activement à la traque. Dans un jour ou deux, ses comptes seraient gelés, un mandat d'arrêt international serait lancé contre lui. Kaiser avait sans doute déjà été arrêté, et Dieu seul savait ce qu'il allait raconter aux enquêteurs...

Pourtant, il se sentit curieusement détaché de tout. Plus il pensait à son sort, plus il avait l'impression de se délivrer d'un poids écrasant. Sur le plan financier, il était évidemment ruiné : il allait perdre tous ses investissements dans la Banque Adler, ses avoirs à l'USB, les vingt millions qu'il y avait déposés en liquide le vendredi précédent. Mais il crut entendre encore la voix de son père lorsqu'il lui expliquait qu'un homme de foi ne pouvait connaître la banqueroute, qu'il garderait toujours sa principale richesse, l'amour d'Allah. Et pour la première fois de sa vie, il fut convaincu de la justesse de cette assertion.

Mais il y avait encore autre chose qui n'était pas perdu : l'opération Khamsin. Se forçant à respirer calmement, il se rappela la promesse de Rudolf Ott : ce matin, avant midi, son compte à l'USB avait dû être crédité de huit cents millions de francs suisses. S'il arrivait à assurer le virement de la somme à Martchenko avant que sa ruine et l'arrestation de Kaiser ne soient publiquement annoncées, il pourrait au moins laisser derrière lui un grandiose héritage : la destruction d'une colonie sioniste.

Il jeta un coup d'œil à sa montre. Midi moins vingt. Même sans son carnet d'adresses, resté dans l'attaché-case, il pouvait passer deux appels capitaux pour lui : l'un à Rudolf Ott, dont il se rappelait le numéro par cœur, l'autre à son centre de communications près de Beyrouth. À condition d'en avoir le temps...

Mevlevi sourit malgré la souffrance que sa jambe lui infligeait. Oui, *Khamsin* allait souffler !

Agrippé au volant de la Ford, Nick fonçait sur la route balayée par le vent tout en se demandant où Brissago pouvait bien être. La carte routière qu'il avait trouvée dans la boîte à gants indiquait une distance de quarante kilomètres, soit une demi-heure. Et cela faisait trente minutes qu'il roulait ! Les pneus hurlèrent dans un tournant serré, qu'il négocia si vite qu'il faillit manquer le panneau blanc où le nom du village apparaissait avec une flèche à gauche.

À l'embranchement, il s'engagea sur une artère plus étroite qui descendait rapidement vers le lac Majeur. Il descendit sa vitre pour goûter la brise venue du lac. Il fait presque chaud maintenant, tout paraissait calme, paisible, à l'image de la sérénité qui l'avait envahi depuis son départ de Lugano. Il ne pensait plus à Sylvia, ni à son père ni à lui. Un seul sentiment dominait sa raison et son cœur : une haine froide, totale, à l'encontre d'Ali Mevlevi.

Quittant les rives du lac, la route obliquait sous une voûte d'ormes. Au bout, c'était Brissago, un alignement de maisons basses passées à la chaux, aux toits en tuiles canal. La rue principale était déserte. Il passa devant une boulangerie, une banque, un kiosque à journaux. Tout était fermé. Soudain, il se rappela que les commerces n'ouvraient que le lundi après-midi, dans la Suisse provinciale. Tant mieux. Avec sa tenue d'homme d'affaires fortuné, Mevlevi serait repérable à trois kilomètres.

Midi moins cinq. La rue tournait à droite. La place centrale apparut sur sa gauche, une vaste piazza avec une fontaine sans prétention au milieu. À l'autre bout, une église bien plus tapageuse, flanquée d'un café pour ceux qui désiraient boire autre chose que du vin de messe. Le lac était à nouveau visible de ce côté. Nick ralentit, guettant la silhouette du Pacha. À l'entrée de la place, un groupe de villageois âgés jouaient aux boules. Une vieille dame promenait son chien. Deux adolescents flirtaient au bord de la fontaine, cigarette à la main. Pas de trace de Mevlevi.

À une cinquantaine de mètres, il se gara sur un parking revêtu de gravier et revint à pied jusqu'à la place. Il n'y avait aucun moyen de se dissimuler. Il avançait à découvert, sans arme. Une cible facile, si Mevlevi était déjà là. Mais il ne s'en souciait pas, entièrement absorbé par sa recherche. Et si le Pacha n'était pas arrivé ? Il avait quitté l'hôtel seulement dix minutes avant son arrivée, sans son véhicule.

Parvenu à la fontaine, il inspecta encore l'esplanade. Il régnait un silence presque sépulcral, n'étaient le bruit du vent et, de-ci de-là, un chien qui aboyait. Au loin, les joueurs de boules ne lui prêtaient pas la moindre attention, tout à leur partie.

Un calme d'outre-tombe...

Nick alla jusqu'à l'église, poussa la lourde porte en bois. À l'intérieur, il s'adossa contre le mur, laissant ses yeux s'habituer à la pénombre. Il y avait quelques femmes en noir sur les bancs de devant. Un prêtre en habit sacerdotal sortit de la sacristie, s'apprêtant à célébrer la messe.

Revenu dehors, une main en visière face au soleil éblouissant, il prit à droite vers le bord du lac. Il s'arrêta au coin de l'église, observant les joueurs de *bocce*. Un autre monde, pensa-t-il. La brise du sud soulevait une petite houle régulière sur l'étendue d'eau. Jugeant ce poste d'observation favorable, il se laissa aller contre le mur, s'exhortant à la patience. À une dizaine de pas, il y avait un téléphone public, dissimulé près du porche de l'église. Une Volvo blanche passa le long de la place. Son regard la suivit jusqu'à ce qu'elle eût disparu, puis revint sur la cabine téléphonique. Quelqu'un, qui lui tournait le dos, était en train de l'utiliser. De taille moyenne, les cheveux bruns, un manteau bleu marine.

Nick fit un pas vers lui. L'homme pivota sur ses talons, et en le découvrant ses yeux s'agrandirent.

Le Pacha.

Ali Mevlevi était arrivé sur les lieux à midi moins dix. Il avait observé tous les coins de la place à la recherche d'Al-Khan, sans résultat. Mais son collaborateur venait de plus loin, s'était-il dit. Il avait donc le temps de trouver un téléphone et d'appeler Ott à Zurich. Il avait fait le tour de l'esplanade et commençait à se décourager lorsqu'il avait aperçu le reflet métallique de la cabine sous le porche de l'église. Il s'y était rué pour contacter l'Union suisse bancaire. Pendant que les secrétaires partaient à la recherche du vice-président, il avait prié pour que celui-ci n'ait pas encore appris ce qui venait de se passer à Lugano.

– *Ott. Guten Morgen.*

Dieu merci, sa voix ne trahissait aucune émotion particulière.

– Bonjour, Rudolf. Comment allez-vous ?

Il s'efforçait de garder un ton aussi dégagé que possible. Les Suisses avaient la faculté de deviner les ennuis à des kilomètres de distance, même au téléphone...

573

– Très bien, monsieur Mevlevi. J'imagine que vous m'appelez au sujet de votre prêt ? Tout est en ordre. La totalité de la somme a été versée à votre nouveau compte.

– Merveilleux !

Puis, estimant nécessaire de sacrifier à quelques mondanités :

– Et la déclaration de Konig, ce matin ? Comment est-ce pris, chez vous ?

Ott eut un petit rire.

– Oh, très mal, bien entendu ! Je surveille les transactions depuis huit heures. Le ban et l'arrière-ban des courtiers s'arrachent les actions de l'USB. Tout le monde a l'air de penser que l'affaire est faite.

– Elle est faite, Rudolf ! s'était exclamé Mevlevi, lui-même étonné par sa capacité à tromper son monde. Écoutez, mon cher. Je viens d'avoir un petit problème : on m'a volé mon attaché-case, ce matin. Tous mes numéros de comptes, mon carnet d'adresses, mon cellulaire... Il a fallu que je me débarrasse de cet horrible fonctionnaire, de ce Wenker, pour vous appeler.

– Ils peuvent être très collants, oui, avait approuvé servilement Ott.

– J'ai besoin que vous me rendiez un petit service, Rudolf. Je voulais virer toute la somme à un collègue, mais je n'ai plus son numéro de compte, maintenant. Alors je me demandais s'il pouvait vous joindre, lui. Évidemment, il aurait mon propre numéro et le code d'accès habituel. Vous savez : Palais Ciragan...

– Quel est son nom ?

– Martchenko. Dimitri Martchenko. Un de mes partenaires russes.

– Où veut-il recevoir le virement ?

– À la Banque nationale du Kazkhastan, à Almaty. Je pense que ce ne devrait pas être difficile. Il vous donnera toutes les coordonnées nécessaires.

– Et comment saurais-je qu'il s'agit bien de lui ?

– Je vais le joindre immédiatement. Demandez-lui seulement comment s'appelle son bébé. Il répondra « Jojo ».

– Jojo ?!

– Oui ! Et, Rudolf ? C'est urgent, s'il vous plaît...

Ott ne pensait plus qu'à son ascension imminente à la tête de la nouvelle banque. La procédure qu'il lui imposait était peu orthodoxe, certes, mais il ne laisserait certainement pas cette question somme toute mineure troubler ses relations avec celui qui avait financé son succès...

– Je comprends... Ali. Dites à M. Martchenko de me contacter tout de suite. Je me chargerai personnellement de la transaction.

Après l'avoir remercié, Mevlevi avait inséré trois pièces de cinq francs dans l'appareil et avait composé un numéro international. Son cœur battait plus vite, maintenant. *Khamsin* était pratiquement sauvé.

Un de ses hommes avait répondu à la troisième sonnerie. Il lui avait ordonné d'aller chercher le général kazakh immédiatement. Lorsqu'il avait enfin entendu la voix de fumeur de Martchenko, il s'était épanoui d'aise.

– Eh bien, général, désolé de vous avoir fait attendre ! Il y a eu quelques petits imprévus, ici...

– Quoi ?

– Rien de grave, vraiment ! La somme est sur mon compte. Le problème, c'est que j'ai égaré *votre* numéro ! Ils voudraient que vous les appeliez pour leur donner vos coordonnées. Vous devez demander Rudolf Ott, le vice-président de l'USB. Il vous suffira de vous nommer et d'annoncer le nom de votre enfant, Jojo. Ensuite, il voudra vérifier que vous connaissez mon propre numéro, et mon code d'accès, que je vais vous donner tout de suite.

Martchenko avait un peu tardé à répondre.

– Il n'y a rien de bizarre, là-dessous ?

– Non, vous pouvez me faire confiance.

– D'accord. Mais je vous rappelle que je ne dirai rien au bébé tant que la somme ne sera pas arrivée chez moi.

Un soulagement indicible. C'était gagné !

– Compris ! Bien, vous avez de quoi noter ?

– Une seconde...

Mevlevi avait jeté un regard à la surface irisée du lac. Quelle magnifique journée ! Souriant, il s'était tourné pour inspecter à nouveau la place.

Nicholas Neumann était à quelques pas, les yeux braqués sur lui.

De saisissement, le numéro du compte qu'il avait ouvert quelques jours plus tôt à Zoug lui échappa momentanément. Mais il reprit ses esprits et, convaincu d'être inspiré par un souffle divin, se mit à dicter d'une voix ferme :

– Donc, c'est le compte quatre, quatre, sept...

Nick ouvrit la porte de la cabine à la volée. Saisissant le Pacha par l'épaule, il l'envoya sur la paroi de verre et de métal, entra dans le réduit et lui expédia un seul direct en plein estomac. Mevlevi se plia en deux, lâchant le combiné. Il l'avait à sa merci, cette vipère...

– Neumann ! bredouilla Mevlevi. Repassez-moi ce téléphone. Ensuite, je vous suivrai. C'est promis.

Nick lui décocha un crochet à la mâchoire. Il sentit une de ses phalanges casser. Le Pacha s'effondra, cherchant toujours à rattraper le combiné.

– Je me rends, Nicholas ! Mais par pitié, il faut que je finisse. Ne raccrochez pas !

Le jeune homme porta l'appareil à son oreille. Une voix furieuse lui parvint :

– Alors, ce numéro ? Qu'est-ce que vous fichez ?

Nick jeta un coup d'œil au Pacha, écroulé dans un coin de la cabine. Un vieux fou terrorisé. Sa rage disparut presque à ce spectacle si pitoyable. Non, il ne pouvait pas tuer un pareil déchet. Il allait appeler la police, faire prévenir Sterling Thorne...

– S'il vous plaît, Nicholas ! Laissez-moi terminer cette conversation...

Avant que Nick ait pu réagir, Mevlevi s'était rué sur lui. Il n'avait plus rien de pathétique. Un petit couteau, en forme de serpe, brillait dans sa main. Il frappa son adversaire au ventre, d'un geste furieux. Nick fit un saut en arrière, parant le coup de la main gauche et immobilisant le bras de Mevlevi contre la paroi. De la droite, il passa le cordon métallique du téléphone autour de son cou et serra brusquement. Les yeux exorbités, le souffle coupé, Mevlevi ne lâcha pas pour autant son arme. Non, il n'avait pas capitulé, pas du tout. Il envoya son genou dans l'entrejambe de Nick. Surmontant la douleur, celui-ci tira d'un coup sec sur le cordon, soulevant littéralement Mevlevi du sol. Il entendit un bruit d'os brisés.

Le Pacha éructa quelques sons affreux, cherchant désespérément l'air que son larynx broyé ne pouvait plus lui donner. Il tomba à genoux, lâchant la serpe de cueilleur de pavot, cherchant des deux mains à libérer sa gorge. Mais Nick conserva sa prise. Dix, vingt secondes s'écoulèrent. Nick serrait toujours, décidé à tuer.

Mevlevi fut soudain pris d'un terrible soubresaut, qui lui fit donner de la tête contre la paroi à trois reprises. La vitre explosa. Alors il s'affaissa, immobile.

Détachant le cordon du mort, Nick porta à nouveau le combiné à l'oreille. La même voix irritée continuait son monologue :

– Vous ne m'avez donné que trois numéros, enfin ! Ce n'est pas suffisant ! Vous êtes là, monsieur Mev...

Au moment où il raccrochait, le clocher de l'église se mit à sonner les douze coups de midi.

Au volant de sa Volvo de location, Moammar al-Khan repassa une nouvelle fois le long de la place, cherchant en vain la silhouette de son maître. À part un groupe de vieux affairés autour de leurs boules, l'esplanade était vide. À l'horloge du tableau de bord, il était midi. Pourvu qu'Al-Mevlevi réussisse à gagner Brissago... Il éprouvait de la pitié de le savoir en si triste posture, trahi par son plus proche serviteur, obligé de quitter la Suisse comme un vulgaire délinquant. Ces chiens d'infidèles étaient des bêtes sauvages, mais avec l'aide de Dieu...

Il s'engagea dans la rue principale, qu'il descendit lentement. Arrivé au bout du village, il fit demi-tour, décidant de revenir se garer près de la place. Mieux valait se poster près de la fontaine : ainsi, le fugitif ne pourrait pas le manquer lorsqu'il arriverait enfin à Brissago.

Après un rapide coup d'œil dans son rétroviseur, il effectua sa manœuvre et repartit vers le centre. En longeant au ralenti la place, il baissa même sa vitre et passa la tête au-dehors, surveillant les moindres recoins. Personne. Il reprit de la vitesse pour atteindre le parking qu'il avait précédemment remarqué. Sur l'autre trottoir, un homme marchait dans la même direction. Il boitait. Al-Khan se tordit le cou pour le dévisager au passage. C'était Nicholas Neumann.

Mais comment ? Il devait être mort ! Brusquement, Al-Khan se rappela que le maudit Américain ne le connaissait pas, lui. S'il était à Brissago, ce ne pouvait être que pour une seule raison : il avait appris que Mevlevi allait tenter de franchir la frontière ici. Mais pourquoi était-il venu seul, alors ? Pour une unique raison encore, qui lui fit passer un frisson dans le dos : parce qu'il voulait tuer Mevlevi de ses propres mains.

Il était arrivé au parking. Un seul véhicule s'y trouvait déjà, une Ford Cortina. Celle de l'Américain, à coup sûr. Il alla se garer à l'autre bout. Dans son rétroviseur, il vit Neumann s'approcher de la voiture rouge, ouvrir la porte et s'installer à l'intérieur.

Il savait ce qui lui restait à faire. Il quitta la Volvo et se dirigea lentement vers la Ford afin de ne pas éveiller la méfiance du jeune

577

homme. Au même moment, une Mercedes noire arriva et vint se ranger près de son véhicule de location. Pas de chance : si ses occupants devaient être témoins de ce qui allait se passer, il faudrait les tuer, eux aussi. Il déboutonna sa veste, sourit en sentant le métal froid sous ses doigts. Désormais, toute son attention était concentrée sur sa proie. Il allongea le pas, indifférent à tout ce qui n'était pas la Ford rouge.

Nick mit son moteur en marche. Un plumet de fumée noire sortit du tuyau d'échappement.

D'un bond, Al-Khan fut à côté de la vitre du conducteur. Il sortit son revolver et posa la gueule du canon contre la glace.

Neumann tourna la tête, découvrit l'arme. Ses pupilles se dilatèrent mais il demeura immobile. Seules ses mains avaient quitté le volant.

Al-Khan attendit encore quelques secondes, savourant la terreur qu'il voyait dans les yeux de sa victime, avant de presser la détente. La balle qui l'atteignit de plein fouet fit sauter toute la partie gauche de son crâne. Il y eut un éblouissement, puis le noir, un noir absolu. Le revolver glissa de sa main et tomba sur le gravier. Al-Khan s'abattit contre la portière. Mort.

Nick n'avait pas bougé. Il entendit le claquement d'une arme de gros calibre. L'instant d'après, le tueur qui le menaçait derrière la vitre était plaqué contre la Ford, puis s'affalait lentement, révélant à dix pas derrière lui Sterling Thorne, un bras tendu.

L'agent de la DEA s'approcha de la voiture tout en rengainant son arme.

Pendant un moment, Nick resta les yeux fixés droit devant lui. Le lac miroitait. Il le trouva magnifique. Tout était magnifique, d'ailleurs : il était vivant.

Après un petit coup frappé à la glace, Thorne ouvrit la portière.
— Tu mens vraiment très mal, Neumann !

68

Nick arriva à la salle des congrès quinze minutes avant le début de l'assemblée générale, prévue pour onze heures. L'amphithéâtre de plusieurs milliers de places s'emplissait rapidement. Les représentants de la presse financière internationale s'agitaient dans les travées, recueillant les avis des agents de change, investisseurs et actionnaires présents. Après le choc produit par les révélations sur les relations douteuses que Wolfgang Kaiser avait entretenues avec un trafiquant de drogue international, tout le monde attendait avec une impatience non déguisée de savoir qui allait reprendre les rênes de l'Union suisse bancaire. Nick ne se faisait toutefois aucune illusion : après les regrets d'usage et les promesses de « moralisation », tout allait continuer comme avant. Qu'Ali Mevlevi ait été mis hors d'état de nuire, que l'entrée de l'héroïne en Europe ait été ralentie, du moins pour un certain temps, ne suffisait pas à le consoler. Car si Thorne avait obtenu sa victoire, celle de Nick ne pouvait être complète : près de vingt-quatre heures après avoir échappé à la souricière de Lugano, Kaiser demeurait introuvable.

Il descendit au fond de la salle et se tourna pour considérer la mer de visages qui lui faisaient face. Personne ne parut lui prêter attention. Son rôle dans cette affaire spectaculaire restait ignoré du public, en tout cas pour l'instant. Il se demanda avec colère si Ott, Maeder et leurs comparses auraient le front de venir présider la séance comme si rien de particulier ne s'était passé la veille. Il imagina l'air innocent que Peter Sprecher aurait adopté pour lui répliquer : « Mais pourquoi, Nick ? Il s'est passé quelque chose de spécial, hier ? » À cette idée, il se sentit encore plus furieux, et déçu.

Pourtant, il ne renonçait pas à croire que Kaiser puisse refaire surface, ici même. Ce serait insensé de sa part, d'accord, mais Nick doutait que le patron de l'USB mesure toute la gravité de sa situation. Quoi, lui, un grand banquier, obligé de s'enfuir clandestinement de Suisse ? Jamais ! Même à cette heure, il était sans doute encore persuadé de n'avoir rien commis de blâmable...

Il repéra Sterling Thorne, embusqué à côté d'une sortie de secours à la gauche de la tribune. Ayant croisé son regard, l'agent américain lui adressa un discret signe de tête. Un peu plus tôt dans la matinée, Thorne lui avait tendu le *Herald Tribune* du jour. Il avait entouré au marqueur un titre en page trois : « L'aviation israélienne intervient au Liban ». Selon le court article, une concentration de troupes appartenant à une faction dissidente du Hezbollah libanais avait été mise en déroute alors qu'elle s'apprêtait à attaquer le territoire israélien. Les pertes étaient « importantes » dans les rangs des assaillants. Un dernier paragraphe rapportait que leur quartier général, aux environs de Beyrouth, avait été bombardé et détruit. « Et voilà pour l' " armée privée " de Mevlevi ! » s'était exclamé Thorne avec un petit sourire amusé. Mais lorsque Nick l'avait interrogé à propos de l'arme nucléaire tactique que Mevlevi avait achetée, il avait repris tout son sérieux et soupiré : « Ça, on ne saura jamais... »

Juste en face de lui, dix places sur la première rangée de sièges avaient été entourées d'un cordon jaune, chacune munie d'une carte portant le nom de la personne à laquelle elle était réservée : Sepp Zwicki, Rita Sutter, et autres gros bonnets. Soudain, il aperçut à sa droite, descendant lentement la travée en comptant une à une ses précieuses ouailles, Sylvia Schon qui, même en ces circonstances, n'avait donc rien trouvé de mieux que de suivre aveuglément les consignes de son patron.

Sans réfléchir, il alla vers elle, bouillant d'une rage contenue dont une partie était dirigée contre lui – pour avoir été si confiant et même pour avoir aimé, peut-être... – mais qui avait surtout la jeune femme pour objet. Elle avait sacrifié la vie de son amant à ses intérêts égoïstes. Comment le lui pardonner ?

– Quelle surprise, de te voir ici ! attaqua-t-il sans préambule. Je pensais que tu serais en train d'essayer de faire embarquer ton chef bien-aimé sur le premier vol pour les Bahamas. Et même d'embarquer avec lui, d'ailleurs...

Elle se rapprocha, tenta un sourire triste.

– Je suis désolée, Nick. Je n'aurais jamais cru que...

– Que quoi ? la coupa-t-il, incapable de supporter ces piètres excuses. Qu'il était sacrément plus compliqué de faire sortir un type d'un pays que de l'aider à s'enfuir d'un hôtel ? Surtout quand il est recherché par les flics du monde entier ? Ou bien tu as prévu de le rejoindre sous les Tropiques une fois que tout ça se sera un peu calmé ?

Sylvia plissa les yeux. Son visage n'était plus qu'un masque rigide. À cet instant, les sentiments qu'ils avaient pu éprouver l'un pour l'autre n'auraient plus aucune place dans leur cœur.

– Laisse-moi, tu veux ? siffla-t-elle. Ce n'est pas parce que je l'ai aidé que j'avais l'intention de m'enfuir avec lui. Tu t'es trompé de femme...

Sans comprendre cette dernière pique, Nick la quitta. Au troisième rang, il trouva une place libre et s'assit avec précaution, déposant sa canne à ses pieds. La plaie à sa cuisse avait été bien soignée, et s'il n'était évidemment pas encore près de danser la rumba, du moins pouvait-il marcher.

Un projecteur s'alluma, braqué sur le pupitre vers lequel Rudolf Ott était en train de se diriger. Tout au fond de la salle, quelqu'un cria : « Où est le président ? » D'autres voix reprirent la question en écho. Après s'être retourné pour voir qui étaient les perturbateurs, Nick reporta son attention vers l'estrade. Au premier rang, tous les sièges étaient maintenant occupés, sauf celui de Rita Sutter.

Ott plaça une liasse de papiers devant lui et entreprit d'essuyer consciencieusement ses lunettes. Il attendait que le chahut se calme. « Tu t'es trompé de femme », venait de dire Sylvia. Où était la secrétaire du président ? Comment expliquer qu'elle soit absente à une réunion aussi importante ? La photographie précieusement conservée par Cerruti lui revint en mémoire. Kaiser baisant la main de Rita Sutter au milieu de leur groupe d'amis, en 1967. Seulement une pose, une jolie plaisanterie ? Et pourquoi une personne aussi qualifiée s'était-elle contentée de tenir l'agenda du P-DG, des années durant ?

– Mesdames et messieurs, commença enfin le vice-président, en temps normal j'aurais ouvert cette réunion par quelques mots de bienvenue avant de passer au bilan de nos activités pour l'année écoulée. Les événements qui viennent de se produire, cependant, m'obligent à bouleverser l'ordre du jour. Je viens de recevoir des informations que je ne peux garder pour moi seul plus longtemps. (Comme toute l'assistance, Nick se redressa et retint son souffle.)

581

Conformément aux instructions données par M. Klaus Konig, la Banque Adler renonce à présenter sa propre liste à l'élection du conseil d'administration de l'Union suisse bancaire. En conséquence, j'ai le plaisir de confirmer dans leurs mandats les membres actuels du conseil, pour une durée d'un an.

Des cris de surprise et de joie s'élevèrent de la part des employés de l'USB assemblés dans la salle. Le vacarme fut bientôt assourdissant. Des journalistes quittaient l'amphithéâtre à toutes jambes afin d'aller téléphoner à leur rédaction. Des rafales de flashes crépitaient autour du podium.

En une phrase, une seule phrase, l'hydre avait été mise hors de combat.

Si Ott ne daigna pas condescendre à une explication, Nick en avait déjà une, obtenue par simple déduction : puisque le procureur fédéral avait bloqué *sine die* le compte Ciragan Trading, la Banque Adler n'était pas en mesure d'utiliser son pouvoir sur les actions qui y avaient été placées, et cela tant qu'un titre de propriété inaliénable n'aurait pas été reconnu sur elles. En clair, des années, une décennie peut-être de procédures judiciaires, de contestations et d'appels interjetés par la DEA et d'autres organismes officiels allaient s'écouler sans que Konig puisse récupérer légalement les avoirs de son « infortuné client », feu Ali Mevlevi...

Tandis qu'autour de lui on trépignait, on s'embrassait, Nick demeura immobile. Il aurait dû se réjouir, lui aussi : libérée de l'influence funeste de Mevlevi et de la gestion criminelle de Kaiser, l'USB allait pouvoir reprendre sa tradition de respectable établissement bancaire qu'elle avait pu maintenir depuis cent vingt-cinq ans, réaffirmer son indépendance. Et il avait joué un rôle déterminant, lui, le fils d'Alexander Neumann...

Devant lui, Martin Maeder donnait l'accolade à Sepp Zwicki, Rudolf Ott paradait au milieu des membres du conseil, qui venaient de l'échapper belle. « Le roi est mort, pensa Nick, les yeux fixés sur le petit homme rondouillard, vive le roi ! »

Instinctivement, son regard dériva sur le fauteuil de Rita Sutter, toujours vide. La banque était venue au grand complet, et elle...

« Tu t'es trompé de femme. »

D'un coup, il se leva et commença à remonter la rangée. Il avait compris. Il allait au siège de l'USB. Wolfgang Kaiser s'y trouvait. En ce moment même. Se frayant un chemin dans la foule en liesse, il réfléchissait à l'hypothèse qui venait de l'illuminer, de plus en plus convaincu. Kaiser ne s'était jamais préparé à devenir un horsla-loi. Entre un séjour d'une période indéterminée dans une prison helvétique et la fuite dans un pays peu lié à la communauté internationale par des accords d'extradition, il choisirait la deuxième alternative. Nick avait été naïf de le croire capable de se présenter à l'assemblée générale, certes, mais il était sûr que l'ex-patron de l'USB ne quitterait pas la Suisse avant de savoir si Konig avait perdu sa bataille : il était trop pétri d'orgueil pour cela. Et puis, il devrait réunir de l'argent, des documents. Oui, il était à son bureau, précisément maintenant, profitant de ce que le siège de l'USB était pratiquement déserté en raison de l'assemblée générale.

Parvenu à la travée, il se mit à grimper vers la sortie. Ignorant sa jambe encore fragile, il hâta le pas, poussa les portes battantes, traversa le foyer, lui aussi bondé, les reporters, portable collé à l'oreille, s'y bousculant. Réprimant l'envie de hurler qu'on le laisse passer, il se retrouva bientôt sur le grand perron de pierre qu'il dévala aussi vite qu'il le pouvait. Il sauta dans le premier des taxis qui attendaient devant le palais des congrès et ordonna au chauffeur de le conduire à l'Union suisse bancaire. Tout de suite !

Trois minutes plus tard, il payait sa course et s'élançait dans les escaliers de l'entrée, non sans remarquer plusieurs policiers en uniforme qui battaient la semelle sur le trottoir.

En voyant le jeune homme apparaître soudainement, Hugo Brenner quitta son bureau et se précipita vers lui.

– Pardon, monsieur Neumann, mais j'ai la consigne formelle de ne pas vous laisser entrer.

S'appuyant sur sa canne, Nick marqua une pause, le souffle court.

– Consigne de qui, Hugo ? Du président ? Il est là ?

– Ceci ne vous regarde pas, monsieur. Maintenant, vous allez me...

Une manchette dans le ventre l'empêcha de continuer. D'un crochet au menton, Nick mit le portier hors de combat, non sans présenter des excuses silencieuses à cet homme d'âge respectable. Puis il le traîna derrière son comptoir, inconscient. La scène, qui n'avait duré que quelques secondes, n'avait pas eu de témoin.

Le quatrième étage était également désert, même si les lumières étaient restées allumées dans tous les bureaux. Nick traversa l'antichambre présidentielle, seul le martèlement de sa canne venant troubler le silence de mort qui régnait dans le Nid de l'Empereur. La double porte était fermée. Retenant sa respiration, il appuya son oreille contre le battant de bois. Il surprit un bruit de papiers froissés, puis celui d'un objet tombant lourdement au sol. Il essaya de tourner la poignée. La serrure était fermée. Alors, il recula de quelques pas, prit son élan et se jeta sur la porte, l'épaule en avant. Sur sa lancée, il ne put garder son équilibre et atterrit sur un genou dans le bureau de Kaiser.

L'ancien président de l'USB sursauta. Une expression de surprise passa sur ses traits livides, hagards. Il venait de libérer le Renoir de son lourd cadre doré et s'affairait à le rouler avant de le glisser dans un étui en carton.

— C'est tout ce qui me reste, annonça-t-il d'un ton presque tranquille, qui contrastait étonnamment avec les circonstances. Je n'avais pas préparé d'argent. Et tous mes comptes doivent déjà être bloqués, je suppose... (Il désigna la toile d'un geste las.) Au cas où vous en douteriez, c'est à moi que ce tableau appartient, pas à la banque.

Nick ramassa sa canne et se remit debout.

— Bien sûr. Vous n'imagineriez même pas voler un centime à la banque.

Kaiser glissa la toile dans le cylindre en carton, qu'il reboucha de son couvercle en plastique.

— Eh bien, je devrais sans doute vous remercier d'avoir liquidé Mevlevi ?

— Si vous voulez... (Il était pris de court par l'attitude cordiale de son ancien supérieur, d'un homme qui la veille encore avait désiré sa mort.) Où est Rita Sutter ? Je ne l'ai pas vue, tout à l'heure. À l'assemblée générale.

Kaiser écarquilla les yeux et partit d'un éclat de rire.

— Alors, c'est comme cela que vous avez deviné que j'étais ici ? Malin, très malin ! Elle est en bas, elle m'attend. Nous sommes entrés par-derrière. Elle conduisait, moi elle m'avait fourré dans le coffre de sa voiture. Plus prudent, d'après elle...

— C'est donc encore elle la plus maligne de tous.

Posant l'étui sur le canapé derrière lui, Kaiser s'éloigna de quelques pas, caressant pensivement sa moustache.

— Vous ne pouvez pas savoir comme j'ai été heureux lorsque vous avez décidé d'intégrer la banque. C'était stupide de ma part de croire que vous vouliez réellement faire carrière chez nous, je le reconnais volontiers. Dire que pendant un moment j'ai même pensé que vous prendriez ma succession, un jour... Un vieil homme aveuglé par le pouvoir, voilà ce que j'étais.

— Non, je ne pensais pas à ma carrière, en effet. Si je suis venu, c'était dans le but de découvrir pour quelles raisons mon père avait été tué. Il ne méritait pas d'être abattu comme un chien juste pour vous permettre de vous laisser aveugler par le pouvoir, comme vous dites.

— Ah, mais vous inversez les rôles, Nicholas ! Pour moi, la banque était la seule chose qui puisse donner un sens à mon existence. C'était un but que je plaçais au-dessus de mes ambitions, ou qui du moins pouvait les justifier. Votre père, par contre... Ce qu'il voulait, c'était la recréer à sa propre image.

— L'image d'un homme honnête ?

Kaiser partit d'un rire mélancolique.

— C'est ce que nous étions, oui, tous les deux ! Seule l'époque ne l'était pas, honnête ! Voyons, vous êtes certainement conscient de tout ce que j'ai fait pour l'USB. Nous sommes un établissement de plus de trois mille personnes. Pensez à leurs familles, au public, au pays, même ! Dieu sait ce qui serait advenu si Alex s'en était emparé...

— Il serait encore vivant, en tout cas. Et Cerruti aussi. Et Becker.

Kaiser fronça les sourcils, puis soupira.

— Peut-être, oui... Je n'étais pas libre de tous mes actes, vous comprenez ? Vous n'imaginez pas quelle pression Mevlevi exerçait sur moi !

« Oh, que si ! » pensa Nick, qui préféra pourtant répliquer :

— Vous auriez dû résister.

— Impossible.

— Uniquement parce que vous êtes un faible ! Pourquoi ne pas avoir prévenu mon père que Mevlevi allait le tuer ?

— Je l'ai prévenu ! Je l'ai mis en garde des dizaines de fois ! Je n'avais pas pensé que les choses allaient se gâter aussi vite, c'est tout...

— Comment donc ! Non, vous saviez, mais vous vous êtes bouché les yeux et les oreilles parce que ainsi plus personne ne pouvait vous empêcher de prendre la tête de l'USB, vous n'aviez plus de rival !

Nick le contempla, laissant la colère monter en lui et le submerger. L'homme qu'il avait devant lui avait eu une telle influence sur le cours de sa vie : la mort de son père, son enfance troublée, les efforts pour garder la tête hors de l'eau, les choix douloureux auxquels il avait dû consentir quand il avait tout abandonné pour partir en Suisse... Une ombre malfaisante, qui avait plané au-dessus de lui depuis le début.

— Pourquoi, autrement ? s'écria-t-il. Ya-t-il une autre raison que votre arrivisme puant ?

Kaiser secoua la tête, un air de commisération sur le visage.

— Tu ne comprends pas, Nicholas ? murmura-t-il. C'était la seule issue. Une fois que nous avons choisi notre voie, il faut la suivre. Toi, moi, ton père... Nous sommes tous pareils. Nous sommes fidèles à nous-mêmes. Victimes du personnage que nous incarnons.

— Non, c'est faux ! hurla le jeune homme. Nous n'avons rien en commun, rien ! Vous, vous avez décidé que votre carrière méritait de sacrifier votre moralité. Quand bien même me proposeriez-vous dix millions de dollars et la direction de l'USB, je ne vous laisserais pas quitter cet immeuble !

Les traits convulsés par la rage, Kaiser fonça en avant, la bouche déformée pour crier sa haine, le bras déjà levé. Mais il s'arrêta brusquement, et ses épaules s'affaissèrent comme si cet accès n'avait été qu'un feu de paille. Tête basse, il alla s'asseoir derrière son bureau.

— Je me doutais que tu étais venu dans ce but, constata-t-il d'une voix éteinte.

— Vous aviez raison, répliqua Nick en le fixant droit dans les yeux.

Un pâle sourire sur les lèvres, Kaiser se pencha au-dessus d'un de ses tiroirs. Il en sortit un revolver qu'il tint devant lui, l'examinant sous toutes les faces, avant de le poser sur la table. Du pouce, il leva le chien.

— Ne t'inquiète pas, Nicholas. Je ne te ferai pas de mal. Et pourtant, j'aurais toutes les raisons, non ? Car c'est toi qui es responsable de cet affreux gâchis. C'est curieux, je ne suis même plus fâché. Tu es quelqu'un de bien : ce que nous avions tous rêvé de devenir, dans le temps.

Nick s'approcha lentement, resserrant sa prise sur la poignée caoutchoutée de sa canne.

— Je ne vous laisserai pas faire, annonça-t-il avec un calme proportionnel à la tempête intérieure qui le secouait. Lâchez cette arme, s'il vous plaît. Ce serait un acte de couardise, la fin d'un lâche. Et vous le savez.

— Vraiment ? Je croyais que c'était la fin d'un samouraï, moi.

— Non. Quand un guerrier est défait, il a l'honneur de laisser le vainqueur décider de son châtiment.

Tout en lui jetant un regard étrange, Kaiser porta le canon à sa tempe.

– Mais, Nick, comme tu l'as compris toi-même, le vainqueur, c'est moi...

À cet instant, un cri retentit derrière eux. Plus tard, Nick comprit qu'il avait été poussé par Hugo Brenner, que le vieux serviteur avait supplié son maître de ne pas tirer. Mais sur le coup il lui fit seulement l'effet d'un écho lointain, incapable de distraire son attention. Déjà il se penchait sur l'immense table et fouettait l'air de sa canne aussi loin qu'il le pouvait, espérant atteindre le bras de Kaiser. Dans ce mouvement désespéré, il renversa une lampe et tapa violemment contre l'ordinateur. Une détonation lui transperça les tympans. Déséquilibré, il chancela contre le bureau et s'écroula par terre.

Wolfgang Kaiser était étendu à quelques pas de lui, immobile. Le sang bouillonnait hors de son crâne. En quelques secondes, ses traits en furent recouverts, disparurent sous le flot visqueux.

Kaiser toussa. Il souleva la tête du sol, les yeux écarquillés, cherchant de l'air, découvrant qu'il était encore en vie. Quand il retira la main qu'il avait posée instinctivement sur sa blessure, Nick découvrit que la balle n'avait fait qu'effleurer la tempe sur plusieurs centimètres. La plaie était très superficielle.

Il se jeta sur le bras de Kaiser et le désarma. Pas question de lui accorder une deuxième chance...

– Stop ! vociféra Hugo Brunner, dont le gros soulier s'abattit sur le poignet de Nick.

Il s'agenouilla près du jeune homme, lui retira le revolver et, d'un ton bien plus amène, il chuchota :

– Merci, monsieur Neumann.

En le fixant droit dans les yeux, Nick sentit son courage l'abandonner. Il était convaincu que Brunner allait maintenant aider Kaiser à prendre la fuite.

Il avait tort, pour une fois. Après l'avoir aidé à se relever et grommelé quelque chose à propos de sa mâchoire en piteux état, le vieux portier saisit le téléphone et composa le numéro de la police.

Nick se laissa aller sur le canapé, épuisé mais radieux. La litanie d'une sirène s'éleva au loin, se rapprochant rapidement. C'était le plus beau son qu'il eût jamais entendu.

Il sortit sous un ciel d'un gris velouté, dans une forte brise du sud qui annonçait le frémissement du printemps. Debout sur le perron, il aspira l'air de tous ses poumons. Il s'était attendu à se sentir plus heureux, plus libre peut-être. Ce qui l'en empêchait ? Un doute persistant au fond de lui, l'intuition qu'il lui restait encore quelque chose à accomplir. Non, quelqu'un à aller trouver, pour se confier, pour donner son amour... Mais qui ? Un nom se formait sur ses lèvres, mais il ne le prononça pas. Pour la première fois au cours des deux mois qu'il venait de passer dans la patrie de son père, il n'avait aucun but précis, aucune urgence devant lui. Il était livré à lui-même.

Une Mercedes noire était garée le long du trottoir. Sterling Thorne baissa la vitre avant. Il souriait de toutes ses dents.

– Allez, monte, Neumann ! Je vais te conduire...

Nick le remercia, obéit machinalement. Il s'attendait à un commentaire final, mais Thorne demeura inhabituellement silencieux. Le regard perdu au-dehors, Nick remarqua dans la grisaille un coin de ciel bleu apparu, qu'un gros nuage vint bientôt agressivement refouler. Thorne se rencogna sur son siège et jeta un coup d'œil à son passager. Le sourire était toujours là.

– Dis, vieux, tu sais où on peut se faire servir un hamburger correct, dans ce patelin ?

Dans le hall des départs de l'aéroport de Zurich, le lendemain matin, Nick se planta devant l'immense tableau où les vols en partance s'affichaient dans un bruissement de lettres et de chiffres télécommandés. Une unique valise était posée à ses pieds, un manteau jeté sur son bras. Appuyé sur sa canne pour soulager sa jambe bandée, il passa en revue les destinations qui apparaissaient devant lui : Francfort, Stockholm, Milan... Ces noms le faisaient rêver, avec leurs promesses d'une vie nouvelle, d'un avenir inconnu. Ses yeux descendirent sur des villes bien plus familières : Chicago, New York, Los Angeles...

À nouveau, le tableau s'anima, tel un jeu de cartes battu par une main experte. Un vol avait disparu, les suivants remontaient en cadence, chacun occupant la ligne du dessus, plus près de l'heure de départ.

« Vol Swissair 174 à destination de New York, embarquement immédiat porte 62. » Après l'anglais, l'annonce fut répétée en allemand, puis en italien.

Nick prit son portefeuille dans sa veste, en sortit un papier qu'il déplia et parcourut pour la énième fois. 750 Park Avenue, appartement 16 B. Il eut un petit rire. Si Anna voulait vraiment aller en Grèce cet été, ce serait avec lui, pas autrement ! Une cérémonie nuptiale sur l'Acropole, n'était-ce pas une superbe idée ? Il reporta son regard sur le tableau des départs. Son avion était là. En partance. Décollage dans trente minutes.

Remerciements

Je voudrais exprimer ici toute ma gratitude à :

Babs et Willy Reich, pour leur soutien et leurs encouragements de tous les instants,

Farlan Myers, un ami de longue date, qui a révélé des trésors quand il le fallait,

Karla Kuban, Tina Veneman et David Yorkin, pour les précieux conseils qu'ils m'ont dispensés après avoir lu les premières versions du manuscrit,

Sarah Piel, d'Arthur Pine Associates, qui s'est avérée d'une aide inappréciable dans la mise en forme définitive de ce livre,

Lori Andiman, également d'Arthur Pine Associates, que je vois comme une fée, ni plus ni moins,

Jacqueline Miller, mon éditrice, qui m'a ouvert la voie et m'a soutenu dans plusieurs passes difficiles,

Carole Baron, qui a bien voulu manifester sa confiance à un écrivain débutant.

Plus encore, je veux remercier Leslie Schnur d'avoir cru en ce livre et d'avoir balayé tous les obstacles. Vous êtes unique, Leslie.

Enfin, merci du fond du cœur à mon agent, Richard Pine. Toujours plus haut, Richard !

Cet ouvrage a été réalisé par la
SOCIÉTÉ NOUVELLE FIRMIN-DIDOT
Mesnil-sur-l'Estrée
pour le compte des Éditions Albin Michel
en octobre 1998

Imprimé en France
Dépôt légal : novembre 1998
N° d'édition : 17726 – N° d'impression : 43807